Aspernig · Czeike · Hülber · Mayer · Perger

Wiener Bürgermeister im Spätmittelalter

Verein für Geschichte der Stadt Wien

Kommissionsverlag Jugend und Volk Wien — München

Wien 1980

Das Wiener Bürgermeisteramt im Hoch- und Spätmittelalter

Von Felix Czeike, Wien

Die Untersuchung der Anfänge des Wiener Bürgermeisteramts hat für das 13. Jahrhundert bisher nur wenige Fixpunkte erbracht. Wesentlich erscheint, daß in keiner der babenbergischen, staufischen oder habsburgischen Stadtrechtsurkunden dieses Jahrhunderts die Funktion eines Bürgermeisters erwähnt wird, nicht einmal ab jenem Zeitpunkt, da in kontinuierlicher Folge bereits Vertreter dieses höchsten städtischen Amtes in Urkunden, Grundbüchern und anderen Dokumenten namentlich genannt werden. Es ist dabei ohne Belang, ob es sich um landesfürstliche oder kaiserliche Privilegien handelt: weder im ältesten, uns wenigstens dem Inhalt nach überlieferten, Stadtrecht Herzog Leopolds VI. vom 18. Oktober 1221[1] noch in jener (im Original ebenfalls verlorenen) Urkunde vom April 1237[2], mit welcher Kaiser Friedrich II. in einer Zeit des Zwistes mit seinem Namensvetter, dem Babenbergerherzog Friedrich II. dem Streitbaren, der Stadt reichsunmittelbare Rechte zugestand, um des Babenbergers Einfluß zu schwächen, wird das Amt erwähnt.

Die Entwicklung bis zur Machtübernahme durch die Habsburger

Das Stadtrecht von 1221 übertrug die oberste Gewalt in der Stadt einem vom Landesherrn ernannten Stadtrichter. Da dieser nicht nur das Richteramt ausübte, sondern auch den Vorsitz im Stadtrat innehatte, sind Spekulationen hinsichtlich eines Bürgermeisters zu diesem Zeitpunkt noch müßig. Der Rat, die höchste gremiale Instanz der städtischen Verwaltung, ist damals ein Organ gewesen, dem 24 Bürger angehörten; ihnen fiel die Aufgabe zu, alle „die Ehre und den Nutzen der Stadt“ berührenden Angelegenheiten zu erledigen. Ob die Mitglieder dieses Rats damals von der gesamten Bürgergemeinde gewählt oder vom Landesfürsten ernannt wurden, läßt sich nicht beantworten.

Der Stadtrichter, der im Namen des Landesfürsten die Stadt regierte, verlor im Laufe der Jahre zunehmend an Einfluß, wogegen der Rat als Vertretung der Bürgerschaft immer mehr Vollmachten erhielt und schließlich — durchaus im Sinne des erwähnten kaiserlichen Privilegs vom April 1237, das eine politische Aufwertung der Stadt bezweckte — sogar das Richteramt unter seinen Einfluß bringen konnte[3]. Parallel dazu nahm die Zahl der den Rat bildenden Bürger von 24 (im Stadtrecht von 1221) auf 20 (in den habsburgischen Stadtrechten von 1278 und 1296) ab; diese Bürger sollten dem Kreis der „weisesten, getreuesten, nützlichsten und ehrbarsten“ entnommen werden, wobei 1296 zu-

[1] Heinrich Fichtenau und Erich Zöllner, Urkundenbuch zur Geschichte der Babenberger in Österreich, II, Wien 1955, 56 ff. (mit Quellen- und Literaturangaben); Johann Adolph Tomaschek, Rechte und Freiheiten der Stadt Wien, in: Wiener Geschichts-Quellen, hg. v. Karl Weiß, I. Abt., 1. Bd., Wien 1877, 8 ff.

[2] Tomaschek (Anm. 1), I/1, 15 ff.

[3] Richard Perger, Beiträge zur Wiener Verfassungs- und Sozialgeschichte des Spätmittelalters, in: Jb. VGStW 32/33 (1976/77), 21 (mit Quellen- und Literaturangaben).

sätzlich die Bedingung des eigenen Hausbesitzes gestellt wurde. Im Gegensatz zur Verleihung des Bürgerrechts, für welches die Bewerber lediglich die Voraussetzung der eigenen Haushaltsführung — gegebenenfalls sogar in einer Mietwohnung — zu erfüllen hatten, war demnach seither für die Wahl in den inneren Rat der Besitz eines Hauses (oder wenigstens eines Hausanteils) in der Stadt erforderlich[4].

Nach dem Aussterben der Babenberger im Mannesstamm — Herzog Friedrich II. fiel unverheiratet und kinderlos am 15. Juni 1246 in der Schlacht an der Leitha im Kampf gegen die Ungarn — herrschten in Österreich und damit auch in der Residenzstadt Wien unklare Machtverhältnisse, da sich mehrere benachbarte Fürsten um das herrenlose Erbe bewarben. Das „Interregnum“, welches in seinen politischen Auswirkungen durch das kurz darauf eintretende Machtvakuum auf dem Kaiserthron — Friedrich II. starb 1250 in Sizilien — verschärft wurde, beendete der an den österreichischen Ländern neben König Bela IV. von Ungarn besonders interessierte Böhmenkönig Přemysl Ottokar II. dadurch, daß er 1251 die ehemals babenbergischen Territorien — Österreich und Steiermark — kurzerhand unter Einsatz militärischer Mittel unter seine Kontrolle brachte. Von der Wiener Bürgerschaft und vom österreichischen Adel unterstützt, weil ihn verheerende Einfälle aus Ungarn und Bayern als den alleinigen Retter erscheinen ließen, suchte Ottokar seine Ansprüche 1252 durch eine Ehe mit Margarete, der ältesten Schwester des letzten Babenbergers, zu legitimieren. Im Lande selbst seither allgemein anerkannt, ging der Kampf mit Ungarn allerdings unvermindert weiter; der 1254 durch päpstliche Vermittlung zustandegekommene Frieden von Ofen endete mit einem Kompromiß: Ottokar behielt nur Österreich samt dem Traungau und dem Pittener Gebiet, die Ungarn hingegen erhielten die Steiermark.

Obwohl wir über die Ereignisse der Zeit recht gut unterrichtet sind, ist die rechtliche Stellung Wiens insofern wenig transparent, weil man nicht einmal mit Sicherheit feststellen kann, welches Stadtrecht seit den fünfziger Jahren tatsächlich gegolten hat: das kaiserliche von 1237 (das 1247 erneuert worden war) oder das landesfürstliche von 1244 (welches auf das leopoldinische von 1221 zurückging). Alle Privilegien sind nämlich, sofern Ottokar sie überhaupt schriftlich bestätigt haben sollte — was nach den Umständen als eher unwahrscheinlich anzusehen ist —, verlorengegangen; man nimmt an, daß Herzog Albrecht I. sie 1288, als er den Aufstand der Wiener Bürgerschaft gegen das habsburgische Regiment niedergeschlagen hatte, vernichtete: möglicherweise, um die Bürger zu demütigen, sogar in der Form, daß er sie vor ihren Augen einfach zerriß.

Immerhin gibt es für die ottokarische Zeit die ersten Hypothesen, daß der Stadtrichter rangmäßig durch einen städtischen Würdenträger abgelöst worden sein könnte. Gestützt werden derartige Überlegungen durch den Umstand, daß Ottokar aus verschiedenen politischen Erwägungen eine sehr städtefreundliche Politik betrieben und daher auch die Stadt Wien in mancher Hinsicht sehr gefördert hat. Man nimmt deshalb an, daß in den sechziger, spätestens aber in den siebziger Jahren des 13. Jahrhunderts dem damals besonders einflußreichen Paltram vor dem Freithof, einem getreuen Anhänger des Böhmenkönigs, eine bürgermeisterähnliche Funktion zukam; mit an Sicherheit grenzender Wahrscheinlichkeit hat er jedoch den Titel „magister civium“ (Bürgermeister) nicht

[4] Ebenda, 13.

geführt (als solcher wird erstmals 1282 Konrad Poll bezeichnet). In diesem Zusammenhang sollte — bezogen auf Paltram — auch der Hinweis Heinrich Schusters[5] beachtet werden, daß bereits im Jahre 1276 ein von der Ratsversammlung losgelöster, allerdings nicht als Bürgermeister bezeichneter Vorsitzender bekannt ist.

Im Zuge seiner verfassungsgeschichtlichen Forschungen ist Schuster[6] zu der Ansicht gekommen, man müsse in der Bezeichnung „Bürgermeister" und in der Art der Installation dieses ranghöchsten städtischen Funktionärs einen reichsstädtischen Aspekt erblicken. Der Landesfürst mußte seiner Meinung nach ein Interesse daran haben, dem Rat durch die Einsetzung eines ständigen Vorsitzenden aus seinen eigenen Reihen, der sich gleichermaßen des Vertrauens der Bürgerschaft wie des Landesfürsten erfreute, größere politische Stabilität zu sichern. Tatsächlich hatten nach zweifachen Ansätzen in den dreißiger und vierziger Jahren (1237 bzw. 1247) die bürgerlichen Freiheiten im Stadtrecht Rudolfs I. 1278 einen Höhepunkt erreicht; die Kompetenzen des Stadtrats sind zu jener Zeit über die ihm anfangs zugebilligten Rechte weit hinausgewachsen.

Die Zeit der frühen Habsburger

Als König Rudolf I., der 1273 von den Fürsten gewählt worden war, 1276 gegen Wien zog, um dem unbotmäßigen Ottokar das Land zu entreißen, hielten diesem viele Wiener Bürger die Treue. Rudolf mußte Wien fünf Wochen lang belagern, erst dann wurde ihm die Stadt übergeben. Nur ein kleiner Kreis von Bürgern, geschart um den reichen Paltram und seine sechs Söhne, blieb mit Ottokar weiterhin in Verbindung und suchte ihn zu unterstützen; als das Komplott entdeckt wurde, mußten die Paltrams fliehen. Ottokar, der durch Rudolf der österreichischen Gebiete verlustig erklärt worden war, zog sich vorübergehend auf seine Stammländer zurück, versuchte aber dann einen neuerlichen Vorstoß; am 26. August 1278 wurde er in der Schlacht bei Dürnkrut auf dem Marchfeld endgültig geschlagen und verlor im Kampf (unter nicht völlig geklärten Umständen) sein Leben.

Rund zwei Monate davor, am 24. Juni 1278, hatte der damals 60jährige Rudolf I., nun in seiner Herrschaft bereits konsolidiert und des umstrittenen babenbergischen Erbes fast sicher, der Stadt Wien ihr Stadtrecht erneuert[7] und bei dieser Gelegenheit auch wesentlich erweitert. Seinem Rechtsinhalt entsprechend teilt sich dieses Privileg, das die Wissenschaft als „Rudolfinum" bezeichnet, in zwei Teile: Rudolfinum I[8] nennt man das auf den Vorläufern von 1221 und 1244 aufbauende herzogliche, Rudolfinum II[9] das auf den Urkunden von 1237 und 1247 beruhende Reichsprivileg. 1278 wurde Wien ein letztes Mal in seiner Geschichte reichsstädtisch, allerdings wieder nur für wenige Jahre. Das „Rudolfinum" ist die erste Gesamtredaktion der mittelalterlichen Stadtrechtstexte Wiens; wie alle seine Vorläufer hat es sich im Original nicht erhalten.

[5] Heinrich Schuster, Rechtsleben, Verfassung und Verwaltung, in: Geschichte der Stadt Wien, hg. v. Alterthums-Verein zu Wien, II/1, 397.

[6] Ebenda, 399.

[7] Tomaschek (Anm. 1), I/1, 42 ff. und 51 ff.

[8] Ebenda, 42 ff.

[9] Ebenda, 51 ff.

Wie bereits erwähnt, brachte das Stadtrecht von 1278 den Bürgern und dem Rat größere Rechte und Kompetenzen. Der Umstand, daß dennoch auch in dieser Urkunde jede ausdrückliche Erwähnung eines Bürgermeisters fehlt, wurde zwar von Forschern der älteren Generation stets kritisch vermerkt, tut meines Erachtens jedoch deshalb nichts zur Sache, weil wir eine solche Erwähnung auch im Stadtrecht Albrechts I. vom 12. Februar 1296[10] vergeblich suchen, zu einem Zeitpunkt also, in dem es nachweislich bereits seit fast eineinhalb Jahrzehnten amtierende Bürgermeister gegeben hat. Über die Durchführung der Wahl des Bürgermeisters, dessen Funktion schließlich 1340 urkundlich fixiert erscheint, wissen wir sogar noch wesentlich länger nichts Genaues: die Vorgangsweise, daß Bürgermeister und Rat jedes Jahr neu zu wählen seien, wird nämlich erst im „Ratswahlprivileg" vom 24. Februar 1396[11] geregelt, das auch aus anderen Gründen unser Interesse verdient.

Fügt man alle Erkenntnisse zusammen und bedenkt man weiters, daß der Humanist Wolfgang Lazius in seiner „Vienna Austriae" einen Christoph Poll bereits zu den Jahren 1280 bis 1284 als Bürgermeister angibt[12] — eine Nennung, die übrigens (mit dem richtigen Vornamen Conrad) später auch Hormayr übernommen hat[13] —, darf man wohl als gesichert annehmen, daß das Bürgermeisteramt um 1280, mit hoher Wahrscheinlichkeit noch während der Regierungszeit Rudolfs I. in Österreich, entstanden ist. Wenn manche Forscher die Machtübernahme durch die Habsburger (1276) bzw. das Stadtrecht König Rudolfs I. (1278) allerdings als einen Ausgangspunkt betrachten, so muß davor gewarnt werden: das Bürgermeisteramt steht nämlich keinesfalls am Beginn, sondern am Ende einer hochmittelalterlichen Verfassungsentwicklung.

Der erste Wiener Bürgermeister, den wir in einer Urkunde des Jahres 1282 nachweisen können[14], hieß Konrad Poll. Er entstammte einer bedeutenden Patrizierfamilie[15], welche man mit Sicherheit zwei Jahrhunderte lang (von 1256 bis 1456), mit großer Wahrscheinlichkeit sogar bis ins frühe 16. Jahrhundert verfolgen kann. Es ist bemerkenswert, daß bereits der erste Wiener Namensträger der Familie, der uns bekannt ist, zum Amt des Bürgermeisters aufsteigen konnte, und dies sogar, obwohl sein städtischer Besitz nicht sehr ausgedehnt war[16]. Die nächstfolgenden Bürgermeister waren, soweit bisher festgestellt werden konnte, Heinrich Hansgraf (1285)[17] und Konrad von Eslarn (1287)[18], die ebenfalls reichen Patriziergeschlechtern angehörten.

[10] WStLA, H.-A.-Urkunde 22 (Privileg 2); Tomaschek (Anm. 1), I/1, 69 ff.; Felix Czeike, Das Wiener Stadtrecht des Jahres 1296, in: Stadt Wien, Nr. 7 v. 13. Februar 1971, 16 f.

[11] WStLA, H.-A.-Urkunde 1325 (Privileg 27); Tomaschek (Anm. 1), I/2, 1; Felix Czeike, Das Ratswahlprivileg von 1396, in: Stadt Wien, Nr. 10 v. 6. März 1971, 15.

[12] Da Leopold Sailer, Die Wiener Ratsbürger des 14. Jahrhunderts, in: Studien aus dem Archiv der Stadt Wien 3/4, Wien 1931, 218, unter den zahlreichen Namensträgern der Familie keinen Beleg für einen Christoph Poll beibringen kann, darf man — vorausgesetzt, daß man Lazius für glaubwürdig erachtet — eine Verschreibung des Vornamens nicht ausschließen.

[13] Joseph Frh. v. Hormayr, Wien, seine Geschicke und seine Denkwürdigkeiten, III/1, Wien 1823, Tab. nach 240.

[14] Quellen zur Geschichte der Stadt Wien, I/2, 1521 (1282 August 22); Sailer (Anm. 12), 218; Felix Czeike, Wien und seine Bürgermeister, Wien - München 1974, 64 f.

[15] Sailer (Anm. 12), 211 ff. Er lieferte detaillierte Angaben über 105 Namensträger, unter denen sich drei Bürgermeister befinden.

[16] Ebenda, 218. Sailer konnte nur ein Haus samt Garten am Alten Fleischmarkt nachweisen; der übrige Besitz lag außerhalb der Stadt.

[17] Richard Perger, Wiens Bürgermeister und Stadtrichter im Jahre 1285, in: WGBl. 21 (1966), 23 f.

[18] Sailer (Anm. 12), 275.

Auf vier Fakten ist besonders hinzuweisen, weil sie im Hoch- und Spätmittelalter für die Oberschicht der Wiener Bürger symptomatisch sind. Erstens gehörte das Geschlecht der Poll — analog zu anderen reichen Familien, wie den Paltrams, Haimonen, Greiffen, Auf der Säul, Tierna oder Eslarn, um nur einige wenige herauszugreifen[19] — zu den Großgrundbesitzern seiner Zeit[20]. Konrads gleichnamiger Vater besaß nicht nur ausgedehnten Besitz in Vöslau, sondern auch ein Lehen in der Wachau.

Zweitens gehörten die Poll — und auch hier ergeben sich deutliche Parallelen zu anderen Familien — nicht zum bodenständigen Bürgertum. Konrads Vater, ein vermögender Großkaufmann, war über Regensburg nach Österreich unter der Enns gekommen und hatte sich hier — zusätzlich? — als Großgrundbesitzer etabliert.

Drittens entsprach es den Gepflogenheiten der Zeit, daß Angehörige zugewanderter vermögender Familien schon in der ersten Generation höchste Ämter bekleiden konnten. Diese Öffnung des Ratsgremiums für Zuwanderer wurde später sogar urkundlich fixiert.

Viertens schließlich bildeten Verschwägerungen mit anderen „Erbbürgern" die Voraussetzung für eine Fundierung der Machtposition. So waren beispielsweise die Poll mit den Petziech, Polz, Prenner, Brunnen, Prunner, Chitzel, Chrannest, Lang, Lauben und Schuchler durch direkte Heiraten verschwägert[21], in entfernteren Verwandtschaftsverhältnissen standen sie noch zu den Angerfelder. Abgesehen davon, daß die Familien Polz, Chrannest, Lang und Schuchler im 14. Jahrhundert selbst Bürgermeister stellten, gelang es auch den Poll noch zweimal, Mitglieder ihrer Familie auf den höchsten städtischen Amtsposten zu bringen: Konrads d. J. Sohn Niklas (urkundlich nachweisbar 1310 bis 1329) war zwischen 1324 und 1327 Bürgermeister[22], dessen Sohn Berthold (Konrads d. J. Enkel), den man urkundlich zwischen 1326 und 1349 nachweisen kann, übte das Bürgermeisteramt 1338 und 1339 aus[23].

Werfen wir einen kurzen Blick auf die Stadtrechtsentwicklung[24]. Albrecht I., der über Betreiben seines Vaters Rudolf I. gemeinsam mit seinem (damals erst zehnjährigen) Bruder Rudolf (II.) auf dem Reichstag zu Augsburg 1281 mit den österreichischen Ländern belehnt wurde, zog als tatkräftiger Landesherr in Wien ein. Die Haltung des sechsundzwanzigjährigen Herzogs führte allerdings sehr bald zur Unzufriedenheit innerhalb der Bürgerschaft, weil er die Rechte der Stadt — auch hinsichtlich des wirtschaftlich so entscheidenden Stapelrechts, das er 1281 durch das „Niederlagsprivileg" zugunsten der oberdeutschen Kaufleute durchlöcherte — beschnitt[25]. Als Verhandlungen mit Albrecht keinen Erfolg zeitigten, kam es 1288 zum offenen Aufruhr gegen den

[19] Ebenda, X (Register der ratsbürgerlichen Familien).

[20] Im Laufe der Zeit kam es hinsichtlich der Vermögens- und Einkommensbasis der Geschlechter zu merklichen Veränderungen: neben den Grundbesitzern stiegen zunächst vornehme Handwerker, später auch Handelsherren in die Schichte der „Erbbürger" (Patrizier, Ratsbürger) auf und erfüllten damit die Voraussetzung für die Ausübung politischer Macht.

[21] Sailer (Anm. 12), 139 f.

[22] Ebenda, 220.

[23] Ebenda, 212.

[24] Vgl. Felix Czeike, Vom Stadtrecht des Mittelalters zur modernen Verfassung, in: WGBl. 26 (1971), 258 ff. Grundlegend noch immer: Rudolf Geyer, Die mittelalterlichen Stadtrechte Wiens, in: MIÖG 58 (1950), 589 ff.

[25] WStLA, Privileg 1 (1281 Juli 24).

Habsburger. Wien erklärte ihm die Fehde, konnte sich allerdings nicht durchsetzen. Der Aufstand wurde niedergeschlagen, der Stadtrat mußte die alten Privilegien ausfolgen und die mächtigsten Bürger wurden gezwungen, in gesonderten Urkunden Albrecht die Treue zu geloben[26]. Der Bürgermeister mußte gemeinsam mit dem Rat und der Bürgerschaft auf das Stadtrecht Rudolfs I. von 1278 („Rudolfinum") verzichten, ohne daß unmittelbar darauf ein neues Stadtrecht gewährt worden wäre. Durch diesen Verzicht war nicht nur der Weg für die Neuformulierung eines Stadtrechts frei, sondern es stand seither auch fest, daß die Stadt in Hinkunft an die Politik der habsburgischen Landesherren fest gebunden und dem Bürgermeister keine Möglichkeit mehr eingeräumt sein würde, legal selbständige Stadtpolitik zu betreiben.

Das von Albrecht I. schließlich am 12. Februar 1296 den Bürgern gewährte neue Stadtrecht ist das älteste, das sich im Original erhalten hat[27]. Jede Beziehung zur Stellung einer freien Reichsstadt war in diesem Privileg konsequent ausgemerzt. Dazu gehörte die nunmehr durch den Herzog zu vollziehende Ernennung des Stadtrichters, der damit seine alte Stellung als landesfürstlicher Beamter zurückerhielt und nicht mehr der Kontrolle durch den Stadtrat unterlag. Die Ratsmitglieder bedurften weiterhin der herzoglichen Bestätigung, im übrigen blieben dem Stadtrat jedoch seine Rechte erhalten. Die Ratsherren mußten zwar über Hausbesitz verfügen, im übrigen gab es jedoch keine sozialen Beschränkungen; vor allem läßt sich aus keinem Privileg eine Ausklammerung bestimmter Berufsschichten von der Ratsfähigkeit — und damit vom Bürgermeisterposten — entnehmen. Der Bürgermeister nahm — obgleich im Stadtrecht von 1296 nicht ausdrücklich als solcher erwähnt — als „primus inter pares" einen der Ratssitze ein und vertrat zweifelsohne die Stadtgemeinde nach außen[28]. Die herzogliche Forderung, daß dem Stadtrichter nach Ablauf seiner Amtszeit ein Sitz im Rat gesichert bleiben müsse, wurde lediglich durch die Bestimmung entschärft, daß nur hausbesitzende Bürger in den Rat wählbar waren; es handelte sich jedoch um eine weitere Eingriffsmöglichkeit in die Zusammensetzung des Stadtrats, die man nicht geringschätzen darf. Trotz aller politischer Beschränkungen der Rechte der Stadt ist allerdings das Stadtrecht Albrechts I. als ein Dokument wohlbedachter Mäßigung des Herzogs anzusehen; es spricht für sein diplomatisches Geschick, daß er nach dem niedergeschlagenen Aufstand weder eine neuerliche Machtdemonstration noch eine nochmalige Demütigung der Bürger anstrebte. Der Kreis der „Bürger" war am Ende des 13. Jahrhunderts eng gezogen und von verschiedenen Faktoren — besonders materiellem Besitz — abhängig; man darf die Bürgerschaft daher keinesfalls mit der (männlichen) Gesamtbevölkerung identifizieren. War somit — um moderne Ausdrücke zu verwenden — das „aktive Wahlrecht" schon sehr eingeengt, so blieb das „passive Wahlrecht" auf eine noch kleinere Gruppe, nämlich auf die städtischen „Ratsbürger" beschränkt, welche die übrigen Bürger an Macht und Besitz überragten. Die „Ratsbürger", deren rechtliche Begriffsbestimmug die Wissenschaft immer wieder beschäftigt hat[29], entstammten den

[26] Karl Uhlirz, Die Treubriefe der Wiener Bürger aus den Jahren 1281 und 1288, Innsbruck 1896. Vgl. auch: Verzichts- und Huldigungsbriefe, in: Tomaschek (Anm. 1), I/1, 66 f. Die Treubriefe tragen Daten zwischen dem 19. und 28. Februar 1288.

[27] Vgl. Anm. 10.

[28] Perger (Anm. 3), 21.

[29] Lothar Groß, Zur Frage der Wiener Erbbürger, in: Mitt. VGStW 1 (1919), 27 ff.; Sailer (Anm. 12).

angesehensten und wohlhabendsten Familien der Stadt, waren praktisch den Rittern gleichgestellt und gehörten neben Kirche und Adel zu den größten Grundbesitzern in der Stadt.

Das Stadtrecht von 1296 bildet den vorläufigen Abschluß einer Rechtsentwicklung und die Grundlage der bürgerlichen Existenz in den nächsten zwei Jahrhunderten, ist somit auch für die Position des Bürgermeisters in der Stadtgemeinde und in seiner Stellung nach außen von Belang. Daß Albrecht nur den ersten Teil des „Rudolfinums“ bestätigte, hat lange Zeit hindurch zu wissenschaftlichen Spekulationen über eine möglicherweise verlorengegangene Teilfassung dieses Stadtrechts Anlaß gegeben, umso mehr als dieser „verschollene“ zweite Teil einige Jahrzehnte später am 24. Juli 1340, von Albrecht II. bestätigt worden ist[30]. Erst Rudolf Geyer hat eine einfache Erklärung gefunden[31]: Die beiden Stadtrechte von 1296 und 1340 bilden eine Einheit, sie ergänzen einander; AlbrechtI. revidierte nicht das gesamte „Rudolfinum“, sondern nur den ihm reformbedürftig erscheinenden „kaiserlichen“ Teil, wogegen der zweite Teil rechtskräftig blieb und erst durch Albrecht II. modernisiert wurde. Das bedeutet, daß die Stadtrechte von 1296 und 1340 erst in ihrer Gesamtheit das mittelalterliche Stadtrecht ergeben und es daher erst 1340 zu einem „formvollendeten Abschluß der Textgestaltung der mittelalterlichen Stadtrechte Wiens“[32] gekommen ist. Beide Teile blieben nunmehr — von geringfügigen Änderungen abgesehen — bis ins beginnende 16. Jahrhundert in Kraft[33], die Rechtsentwicklung blieb im großen und ganzen ruhig.

Selbst das Stadtrechtsprivileg von 1340, in dessen Art. 78 zum erstenmal in der Verfassungsentwicklung Wiens ausdrücklich von einem Bürgermeister gesprochen wird, läßt deutlich erkennen, daß dieser ohne Mitwirkung des Rates keine Verfügungen treffen konnte. Der Bürgermeister dieser Zeit darf zwar nicht als selbständiges Verwaltungs-, Regierungs- oder Exekutivorgan angesehen werden, war aber das anerkannte Oberhaupt der Stadt. Wenn die Ratsmitglieder den Amtseid in die Hände des Bürgermeisters ablegten und andererseits er selbst seinen Amtseid in die Hände des Rats leistete, so sollte man dabei nicht übersehen, daß dieser Eid ausschließlich dem Landesfürsten galt[34], somit über die Beziehung zwischen Bürgermeister und Rat keinen Aufschluß zu geben vermag.

Die „Ratsbürger“ waren fast eineinhalb Jahrhunderte hindurch mächtig genug, ihre Dominanz zu wahren: ohne Unterbrechung stellten sie aus ihren Reihen die Bürgermeister. Erst nach 1419 wurde dieses Prinzip durchbrochen, aber bis 1462 kam es immer noch vereinzelt zur Wahl von Persönlichkeiten aus ihrem Kreis. Vermögen und Einkommen waren nach wie vor die Grundlage für die Übertragung und Ausübung politischer Macht. Änderungen ergaben sich lediglich aus dem Wandel der ökonomischen Situation, das heißt, daß die Geschlechter ihre Einnahmen im Laufe der Zeit aus anderen Quellen zu schöpfen begannen (Einnahmen aus Grund- und Hausbesitz wurden durch solche aus dem Ertrag von Weingärten, aus der Gewerbeproduktion und schließlich aus Geld- und Handelsgeschäften ersetzt). Die Aufzählung der Bürgermeister des 14. und 15. Jahrhunderts gleicht jedenfalls einer Versammlung von Angehörigen der

[30] WStLA, H.-A.-Urkunde 221 (Privileg 5); Tomaschek (Anm. 1), I/1, 104 ff.
[31] Geyer (Anm. 24), 589 ff.
[32] Ebenda, 601.
[33] Czeike (Anm. 24), 263.
[34] Sailer (Anm. 12), 16.

reichsten (und damit einflußreichsten) Bürgergeschlechter der Stadt. Am Ende des 14. Jahrhunderts vollzog sich europaweit eine Veränderung in der sozialen Struktur: Handwerker stiegen in vielen Städten in die patrizische Oberschichte auf. Wien kann es — im Gegensatz zu vielen deutschen Städten — für sich in Anspruch nehmen, daß sich hier dieser Strukturwandel unblutig vollzog. Entscheidend dafür war es, daß im Gefolge der Stadtrechtsbestätigung vom 15. Jänner 1396[35] auch eine Urkunde besiegelt wurde, welche die Zusammensetzung des Stadtrats regelte; sie ist als „Ratswahlprivileg"[36] bekannt geworden.

Das Ratswahlprivileg von 1396 und seine Auswirkungen

Aus den ersten Monaten des Jahres 1396 besitzen wir insgesamt drei für die Verfassungs- und Verwaltungsentwicklung Wiens bedeutsame Urkunden. Zunächst bestätigten am 15. Jänner 1396 die Brüder Herzog Wilhelm und Herzog Leopold IV. (Söhne Herzog Leopolds III., der nach der Länderteilung von Neuberg im Mürztal am 25. September 1379 die „Leopoldinische Linie" begründete und 1386 im Kampf gegen die Eidgenossen in der Schlacht bei Sempach fiel) sowie deren Vetter, Herzog Albrecht IV. (Sohn Herzog Albrechts III., der die „Albertinische Linie" begründete, welcher die Herrschaft über Österreich ober und unter der Enns einschließlich der Stadt Steyr und des Salzkammerguts, jedoch ohne Wiener Neustadt und das Pittener Gebiet übertragen wurde), in Anerkennung der ihnen von Bürgermeister, Rat und Gemeinde erwiesenen Dienste und Treue alle Rechte, Freiheiten und Gewohnheiten, welche die Stadt von Albrecht I. und seinen Nachfolgern erhalten hatte[37]. Die drei Herzöge teilten sich nach dem Tode Albrechts III. (1395) die Herrschaft, beschworen jedoch alsbald durch vielfache Streitigkeiten um Macht und Einfluß, vor allem in Wien, jahrelange Auseinandersetzungen herauf. Das Werben um bestimmte soziale Schichten der Bevölkerung gehörte zu den diplomatischen Positionskämpfen, doch schreckten die Brüder auch vor militärischen Konfrontationen nicht zurück. Im Gefolge der Stadtrechtsbestätigung wurden zwei Punkte des Stadtrechts von 1296 in gesonderten Privilegien abgeändert bzw. präzisiert und ergänzt: am 24. Februar 1396 wurde die Zusammensetzung des Rats neu geregelt[38], am 1. März 1396 die Abhaltung von Jahrmärkten[39].

Die Urkunde vom 24. Februar 1396, ebenfalls von Wilhelm, Leopold IV. und Albrecht IV. besiegelt, wird allgemein als „Ratswahlprivileg" bezeichnet. Sie gilt als Markstein in der Entwicklung der Wiener Stadtverfassung, ist aber nicht nur von verfassungsgeschichtlichem, sondern gleichermaßen auch von sozialhistorischem Interesse: ist sie doch das einzige Beispiel für das Eingreifen der Landesfürsten in die soziale Gliederung und die Machtverteilung innerhalb der bestimmenden städtischen Gremien. Die Urkunde setzte de iure — noch nicht in der Praxis — einen Schlußstrich unter die Alleinherrschaft der erbbürgerlichen Geschlechter. Bürgermeister und Rat sollten von der „gemayn der

[35] WStLA, H.-A.-Urkunde 1321 (Privileg 26); Tomaschek (Anm. 1), I/1, 203 f.
[36] WStLA, H.-A.-Urkunde 1325 (Privileg 27); Tomaschek (Anm. 1), I/2, 1; vgl. Czeike (Anm. 11) und Perger (Anm. 3), 32 ff.
[37] Vgl. Anm. 35.
[38] Vgl. Anm. 36.
[39] WStLA, H.-A.-Urkunde 1326 (Privileg 28); Archivalien aus acht Jahrhunderten (Katalog zur 15. Sonderausstellung des Historischen Museums der Stadt Wien), Wien 1964, 16.

ganczen stat" jährlich neu gewählt werden, und zwar, soweit es den Rat betraf, aus den Reihen „von erbern erbpurgern, kaufleuten und gemaynen erbern hantwerchern ... auz yegleichem tail sovil, damit die andern tail und auch reich und arm nicht überdrungen noch beswert werden". Das heißt: Den Erbbürgern wurden Handwerker und Kaufleute gleichberechtigt und zahlenmäßig in gleicher Stärke an die Seite gestellt — Kaufleute, weil sie offenbar in den Jahrzehnten vor 1396 immer mehr an Einfluß gewonnen haben, Handwerker hingegen aus politischen Erwägungen. Die Urkunde ist ein früher Beweis dafür, daß politische und soziale Probleme schon im Mittelalter eng miteinander verbunden waren und soziale Reformen durchaus machtpolitischen Zielsetzungen dienstbar gemacht wurden. In diesem Zusammenhang darf auch der Passus des Privilegs nicht übersehen werden, daß im Rat „reich und arm nicht überdrungen" werden sollten, daß also auch den ärmeren Schichten der Bevölkerung ein entsprechendes Mitentscheidungsrecht zugebilligt werden sollte. Unverändert blieb allerdings die Begriffsbestimmung des „Bürgers", so daß nach wie vor untere Mittelschichten oder gar Unterschichten der Bevölkerung ausgeschlossen blieben.

Die Urkunde stellt zweifelsohne einen innenpolitischen Vorstoß der „Leopoldiner" dar, die sich in einem günstigen Augenblick mit ihrem Eintreten für die Handwerker die Sympathien der breiten Masse des Wiener Bürgertums sichern wollten, um diese zu einem späteren Zeitpunkt erforderlichenfalls politisch für ihre Zwecke einsetzen zu können. Richard Perger hat sich im Zusammenhang mit dieser Urkunde mit der Bevölkerungszahl und der beruflichen Gliederung der Wiener Bevölkerung kritisch auseinandergesetzt und ist dabei unter Berücksichtigung der Forschungen von Otto Brunner und Karl Schalk zu dem Schluß gelangt[40], daß Wien am Beginn des 15. Jahrhunderts rund 20.000 Einwohner gehabt haben muß, von denen nur 2000 Bürger waren (zuzüglich geschätzter 8000 Familienangehöriger derselben). Von diesen 2000 Bürgern entfielen (nach Pergers Berechnungen) etwa 5 Prozent (rund 100) auf die Erbbürger, etwa 15 Prozent (300) auf Kaufleute, Hausgenossen und Laubenherren, wogegen rund 80 Prozent (1600) ein Handwerk — im weitesten Sinn dieses Wortes — ausübten. Gliedert man die 103 Branchen, die im Aufgebot von 1405 erwähnt werden, auf, so kann man 73 Branchen (rund 1130 Berufsangehörige) dem Handwerk im engeren (das heißt technischen) Sinn zurechnen, 19 (rund 300 Berufsangehörige) dem Kleinhandel und elf (rund 170 Berufsangehörige) dem Dienstleistungsgewerbe. Nach Vermögen und Kapitalkraft dürfte der gemeinsame Anteil der Erbbürger und Kaufleute (Gesamtanteil an den Bürgern nur 20 Prozent) mindestens 50 Prozent betragen haben, ihre politische Vertretung im Rat war jedoch — trotz des sozial ausgleichenden „Ratswahlprivilegs" — mit zusammen zwei Dritteln weiterhin übermächtig.

Dennoch darf das „Ratswahlprivileg" in seiner Bedeutung nicht unterschätzt werden: ist seine Ausfertigung doch nicht nur ein Einbruch in die Phalanx der Erbbürger, sondern de iure sogar gleichbedeutend mit deren Aufgabe durch den Landesfürsten (wenngleich ihre Kraft auf dem Verordnungsweg allein natürlich nicht gebrochen werden konnte, solange sie eine ausreichende ökonomische Basis, und zwar sowohl auf dem Vermögens- wie auf dem Einkommenssektor, besaßen). Weiterhin waren sie stark genug, durch ein Zusammengehen mit den Kaufleuten, die dank ihres erheblichen Reichtums nicht mehr ausgeschaltet werden konnten, wenigstens eine weitere Machtausweitung der

[40] Perger (Anm. 3), 14, 20.

Handwerker einzudämmen. Das „Bündnis“ mit den Kaufleuten war für die Erbbürger auch deshalb ungefährlich, weil diese in den seltensten Fällen nach hohen städtischen Funktionen, wie etwa dem Amt des Bürgermeisters, griffen; ihre Geschäftstätigkeit verbot es ihnen, sich allzu oft oder lange aus der Stadt zu begeben, wie dies beispielsweise bei der Teilnahme an „Reisen“ zu Landtagen oder zum Kaiser bzw. Landesfürsten zwingend notwendig war.

Die Urkunde von 1396 verdankt ihre Ausfertigung gewiß nicht der Notwendigkeit, die jährliche Wahl von Bürgermeister und Rat festzulegen, denn diese Regelung bestand bereits seit einem Jahrhundert; auch die Erwirkung der Ratsfähigkeit der Handwerker galt mit Sicherheit schon früher, wenn wir in Ermangelung vollständiger Ratslisten für das 14. Jahrhundert auch nicht feststellen können, wie stark etwa die Handwerker im Rat zuvor vertreten gewesen waren. Hauptzweck war zweifellos die Parität, und zwar in doppelter Hinsicht: nach Berufsschichten und im Vermögensgefälle. Außerdem sollte die Bildung von Familienclans nach Tunlichkeit unterbunden werden (der Rat sollte in Zukunft frei von verwandtschaftlichen Bindungen sein). Alle diese Regelungen mußten sich auch auf das Bürgermeisteramt und die personellen Bsetzungen desselben voll auswirken.

Entgegen bisherigen wissenschaftlichen Auffassungen konnte Perger nachweisen[41], daß es den Handwerkern bereits unmittelbar nach der Erlassung des „Ratswahlprivilegs“, nämlich zwischen 1397 und 1402, gelungen ist, im inneren Rat mehr als ein Drittel der Sitze einzunehmen, und auch in der gesamten ersten Hälfte des 15. Jahrhunderts vermochten sie stets ein Minimum von sechs bis sieben Ratssitzen zu behaupten. Es sollte dabei nicht übersehen werden, daß das „Ratswahlprivileg“ insofern keinen revolutionären Akt darstellte, als gerade in den beiden letzten Jahrzehnten des 14. Jahrhunderts die Handwerker in Wien eine bemerkenswert starke Position besaßen: entstammten doch die Bürgermeister Paul Holzkäufl, der 1376—1379, 1381—1386 und 1396—1400 amtierte, sowie Michael Geukramer, der in den Jahren der Alleinherrschaft Herzog Albrechts III. von 1386 bis 1395 Bürgermeister war, Handwerkerfamilien und leiteten demgemäß eine neue gesellschaftliche Periode ein. Beide dürfen als Beweis dafür herangezogen werden, daß sich die in die Oberschicht aufgestiegenen vermögenden Handwerker von den alteingesessenen Geschlechtern kaum unterschieden.

Obwohl die verstärkte Präsenz in den städtischen Ratsgremien den Handwerkern die Möglichkeit gab, ihre Interessen besser zu vertreten, konnte ihr zahlenmäßiger Anteil im Rat jenem an der Zahl der Bürger nicht gerecht werden — nicht einmal im äußeren Rat, in welchem sogar mehr als die Hälfte der Mitglieder aus dem Kreis der Handwerker stammte. Mit Recht hat Perger in diesem Zusammenhang betont[42], daß die Diskrepanz wohl dadurch entstand, daß trotz aller Beteuerungen, das Vermögensgefälle im Rat sei zu berücksichtigen, die Voraussetzungen für eine Zugehörigkeit zu den Ratskollegien und zu den Zeugengenannten nur von den reichen Handwerkern erfüllt werden konnten. Der vergleichsweise geringe prozentuelle Anteil der Erbbürger und Kaufleute an der Bürgerschaft dürfte durch eine Übermacht an Kapital ausgeglichen worden sein, das ihnen entsprechenden Einfluß sicherte. Die breite Masse der ärmeren Handwerker blieb wohl zeitlebens der politischen Willensbildung fern.

[41] Ebenda, 32 f.
[42] Ebenda, 33.

Will man die gesellschaftspolitische Situation richtig einschätzen, hat man noch eine andere Überlegung anzustellen und sich zu fragen, wieviele Bürger in dieser Zeit das aktive Wahlrecht besaßen. Es gilt als erwiesen[43], daß dieser Kreis mit maximal 240 Bürgern äußerst beschränkt gewesen ist. Damit können wir die Oberschicht im rechtlichen Sinn auf maximal 12 Prozent der Bürger (beziehungsweise maximal 1,2 Prozent der Einwohner) schätzen, von denen wiederum etwa die Hälfte Handwerker gewesen sein dürften. Daß sich trotz des nicht unbeträchtlichen Anteils der Handwerker die Erbbürger und Kaufleute (einschließlich der Münzer-Hausgenossen und Laubenherren) als alleinige „Oberschichte“ fühlten und auch im Sprachgebrauch des Spätmittelalters allein als „Bürger“ betrachtet wurden — denen man bewußt die „Handwerker“ gegenüberstellte —, unterstreicht die Bedeutung des „Ratswahlprivilegs“, das die Gleichberechtigung verfassungsrechtlich verankerte. Hatte das Stadtrecht von 1296 mehr oder minder dem rechtlich privilegierten ritterlich-bürgerlichen, auf innerstädtischem Grund ausschließlich besitzfähigen Patriziat ein Ende bereitet, hatte Herzog Rudolf IV. ihm 1360 seine wirtschaftliche Existenzgrundlage entzogen und damit bereits eine soziale Verschiebung von nachhaltiger Wirkung angebahnt, die mit einem Bedeutungswandel des Begriffs „Erbbürger“ Hand in Hand ging. Im 15. Jahrhundert stehen sie als berufslose Besitzer liegender Güter im Gegensatz zu „kaufleut, cramer, hantwercher und ander, so hantierung und gewerb treiben“, sind praktisch nur „Ratsbürger“ wie andere auch, Reiche, „die ros vermugen“, das heißt ihrer militärischen Dienstpflicht zu Roß nachkamen.

Weder der landesfürstliche Eingriff „von oben“ (1396) noch die revolutionäre Agitation „von unten“ (1462) konnte den Handwerkern den ihnen quantitativ zustehenden Anteil am Stadtregiment sichern. Deshalb ist nicht die Einhaltung der Bestimmungen des „Ratswahlprivilegs“ mit seiner Drittelparität für die Beurteilung der politischen Situation maßgebend, sondern der Umstand, daß die Handwerker ihren dominierenden Anteil an den Bürgern niemals in politischen Einfluß entsprechender Stärke umsetzen konnten. Daß sie auch im Machtkampf der Herzöge am Beginn des 15. Jahrhunderts entweder nur eine passive Statistenrolle spielten oder Pyrrhussiege errangen — wie etwa im Jahre 1408, als sie eine vorübergehende Schwäche der Gegenpartei dazu nützten, Bürgermeister Konrad Vorlauf den Prozeß zu machen und ihn aufs Blutgerüst zu schicken —, zeigte sich deutlich darin, daß es ihnen danach nicht einmal gelang, den von ihnen vorgeschlagenen Hermann Buchfeller durchzusetzen, sondern daß wieder ein Angehöriger einer ratsbürgerlichen Familie, Hans Veltsberger, Bürgermeister wurde.

Es kann vorweggenommen werden, daß in der Stadtordnung von 1526 ein (negativer) Schlußstrich gezogen wurde: Das „Ferdinandeum“ schloß die Verfassungsentwicklung des Spätmittelalters mit einem Sieg der „Bürgerpartei“ über die „Handwerkerpartei“ ab.

Wahl und Funktion des Bürgermeisters

Über die Wahl von Bürgermeister und Rat, dem er angehörte, wurden in jüngster Zeit eingehende Untersuchungen angestellt[44]. Die Wahl des inneren Rats, dem 1278 aufgrund der Bestimmungen des Stadtrechts 20 Bürger angehör-

[43] Ebenda, 34.
[44] Ebenda, 30 ff.

ten, ist seither schriftlich geregelt[45]. Der Bürgermeister wird, wie bereits dargelegt, erstmals im Stadtrecht von 1340 ausdrücklich erwähnt, das „Ratswahlprivileg“ von 1396 schließlich enthält detaillierte Durchführungsbestimmungen. Auf seiner Grundlage wurden am 28. bzw. 31. Oktober 1396 Rat und Bürgermeister „von gantzer gemain armer und reicher“ gewählt. Dieser Vorgang scheint allerdings eher eine formale Handlung gewesen zu sein, denn im Verlaufe des 15. Jahrhunderts ist immer wieder von der „alten gewohnheit“ die Rede, derzufolge die Wahl den Zeugengenannten, also einem „äußeren Rat“, zustand (welcher am 18. November 1356 zum erstenmal urkundlich erwähnt wird[46]). Die Genannten hatten die Wahlzettel dem Landesfürsten vorzulegen, der sodann „durch sein fürstlich gnad“ die Bestätigung vollzog[47]. Präzisiert wird der Wahlvorgang in einem Schreiben der Stadt Wien an den Landesfürsten (damals Kaiser Friedrich III.) vom 13. Februar 1461[48], in welchem zu lesen steht, daß „von alter loblicher gewonhait herkomen ist, das alle jar des nagsten rattag vor sand Thomans tag ein burgermeister vnd rat von irn ambten aufsten vnd urlaub nemen, vnd darnach an sand Thomans tag[49] vnder dem geleut sullen die genanten in das rathaus komen vnd ain yeder daselbs ain zedl legen, darinn er ain burgermaister vnd rat bestymen sol“. Die Genannten übten also offenbar die Wahl im Namen der gesamten Bürgergemeinde aus, analog zu anderen Bereichen der Verwaltung und der politischen Willensbildung, wo die Gemeinde ebenfalls nicht in ihrer Gesamtheit agierte, sondern sich — in diesen Fällen durch die Ratskollegien — vertreten ließ[50].

Die finanzielle Unabhängigkeit der Ratsbürger äußerte sich auch in der geringen Vergütung, welche ihnen für ihre Dienste zugebilligt wurde. Anders als den Ratsherren standen dem Bürgermeister allerdings Einkünfte zu, die nicht allein repräsentativen Charakter trugen. Prinzipiell empfing er das Doppelte des jeweiligen Ratsherrensalärs, womit allein bereits sein Rang unterstrichen wurde. Wie die landesfürstlichen Beamten hatte er Anspruch auf das sogenannte Weihnachtskleinod, einen vergoldeten Silberbecher im Wert von 25 Pfund Pfennig. Spätestens ab dem 14. Jahrhundert erhielt der Bürgermeister einen festen Jahressold von anfangs 10 Pfund Pfennig, seit 1424 — unverändert bis ins 16. Jahrhundert — von 32 Pfund Pfennig. Diese Summe dürfte allerdings im Gesamteinkommen, das damalige Bürgermeister aus ihrem privaten Vermögen oder Beruf schöpften, eine eher untergeordnete Rolle gespielt haben. Sonstige Zuwendungen — das „Hausengeld“ in der Fastenzeit (zum Fischeinkauf), das Hofgewand zu Pfingsten (für Besuche bei Hof) und das Opfergeld zu Weihnachten — fielen ebenfalls kaum ins Gewicht.

[45] Im Stadtrecht vom 24. Juni 1278 heißt es wörtlich: „ut de tota universitati civitatis viginti viri ... pro consulibus eliguntur“ (daß von der ganzen Bürgergemeinde 20 Männer zu Ratsherren erwählt werden sollen). Das Stadtrecht vom 12. Februar 1296 bestimmt: „daz von der gemaine der stat zu dem rat werden erwelt zwainzig man“. Das „Ratswahlprivileg“ vom 24. Februar 1396 enthält folgende Bestimmung: „daz dieselb gemain der ganczen stat ainen andern burgermaister und ainen andern rat järleich mit rechter wal ... erweln sullen“.

[46] Perger (Anm. 3), 25.

[47] Diese Vorgangsweise läßt sich anhand von Urkunden aus dem Jahre 1441 nachweisen (Quellen zur Geschichte der Stadt Wien, II/2, 2759 bis 2761), wobei von „alter gewohnheit“ die Rede ist; vgl. Perger (Anm. 3), 30.

[48] Copeybuch der gemainen Stadt Wienn 1454—1464, hg. v. Hartmann Zeibig, in: Fontes rerum Austriacarum II/7, Wien 1853, 11.

[49] D. i. der 21. Dezember.

[50] Perger (Anm. 3), 31.

Die Bürgermeister mußten allerdings, den Vorstellungen ihrer Zeit entsprechend, nicht nur finanziell unabhängig, sondern auch jederzeit beruflich abkömmlich sein; sie mußten daher Vertrauensleute (oder Familienangehörige) besitzen, welche in der Lage waren, in ihrer Abwesenheit ihre privaten Unternehmungen klaglos weiterzuführen. Der Zeitaufwand bestand für die Bürgermeister weniger in den ursprünglich zweimal (seit dem 16. Jahrhundert dreimal) wöchentlich abgehaltenen Ratssitzungen (im alten Rathaus), sondern in den oft wochenlangen Abwesenheiten auf Gesandtschaftsreisen[51] oder Kriegszügen, welche eine geregelte persönliche Wirtschaftstätigkeit so gut wie unmöglich machten. Dies ist auch ein wesentlicher Grund dafür, weshalb beispielsweise ein so mächtiger Mann wie der Großkaufmann Simon Pötel niemals das Bürgermeisteramt angestrebt hat, sondern sich mit dem ebenfalls sehr repräsentativen und angesehenen, jedoch ausschließlich in Wien abzuwickelnden Amt eines Kirchenmeisters zu St. Stephan (das heißt eines Vermögensverwalters der Domkirche) begnügte. Ähnlich verhält es sich mit vielen anderen.

Da die Raumverhältnisse im Rathaus äußerst unbefriedigend waren und nicht einmal ein Saal zur Verfügung stand, in welchem Empfänge oder Festlichkeiten abgewickelt werden konnten, mußte sich die Stadt zu diesen Zwecken — auch dann, wenn durchreisende Persönlichkeiten von Rang, etwa der Kaiser, eine Unterkunft benötigten — der Häuser vermögender Bürger bedienen, wobei natürlich die Stadthäuser der Bürgermeister, so sie sich hiefür eigneten, besonders gerne ausgewählt wurden.

Seit der Mitte des 15. Jahrhunderts standen verfassungsrechtliche Probleme stärker als je zuvor im Mittelpunkt der Diskussion, wobei die Bürgermeisterwahl als neuralgischer Punkt der obrigkeitlichen Einflußmöglichkeit betrachtet wurde. Die Versuche, gerade in dieser Frage recht eigenwillige Interpretationen der bestehenden Rechtslage vorzunehmen, erreichten in den Auseinandersetzungen der beginnenden sechziger Jahre ihren Kulminationspunkt. So versuchte beispielsweise Kaiser Friedrich III. 1461, den ihm ergebenen Bürgermeister Christian Prenner entgegen den Bestimmungen des geltenden Stadtrechts von sich aus in seiner Amtszeit zu verlängern, womit er sich unter der Bürgerschaft zahlreiche Feinde schuf. Als der Kaiser im darauffolgenden Jahr, ebenso verfassungswidrig, die Genannten veranlaßte, die Wahl eines neuen Bürgermeisters vorzunehmen, konnte er sich wiederum nicht durchsetzen. Wir können daraus den Schluß ziehen, daß die Bürgerschaft ihre Rechte nicht nur kannte, sondern auch alles daransetzte, sie zu erhalten, ebenso auch, daß der Landesfürst bei bestimmten politischen Konstellationen Schlappen erleiden konnte, wobei allerdings seine Machtposition, mittelfristig betrachtet, immer wieder stark genug war, sich durchzusetzen.

Waren die Landesfürsten im 15. Jahrhundert selten stark genug, wirksam in das städtische Getriebe einzugreifen, so gelang es andererseits auch den Bürgermeistern kaum, im Sinne der ihnen zum Vorbild dienenden oberdeutschen Reichsstädte eigenständige Politik zu betreiben. Ansätze dazu sind allerdings mehrfach unternommen worden. In diesen Jahrzehnten dürften Entscheidungen, soweit sie politischen Charakter trugen, von den Bürgermeistern hauptsächlich

[51] Die Liste der Gesandtschaftsreisen bei: Otto Brunner, Die Finanzen der Stadt Wien von den Anfängen bis ins 16. Jahrhundert, in: Studien aus dem Archiv der Stadt Wien 1/2, Wien 1929.

unter Beiziehung von Ausschüssen aus dem Genanntenkolleg und der Bürgergemeinde gefaßt worden sein. Wie das tragische Beispiel des Bürgermeisters Wolfgang Holzer zeigt (dem Hans Hülber in diesem Band einen Beitrag widmet), endete das Engagement der Bürgermeister nicht selten mit persönlichen Nachteilen, im speziellen Fall mit einem unter grausamen Umständen erlittenen Tod.

Die Aufgaben des spätmittelalterlichen Stadtrats, dessen Sitzungen der Bürgermeister als Vorsitzender leitete[52], entsprachen weitgehend denen einer modernen Verwaltung. Man hob Steuern und Abgaben ein, übte die Rechte der Straßen-, Sicherheits-, Bau- und Feuerpolizei aus und regelte das Marktwesen; außerdem mußte man sich im Hinblick auf die oftmalige militärische Bedrohung der Stadt um die Wehrfähigkeit der Bürger und die Instandhaltung der Befestigungen kümmern.

Den Ausklang der spätmittelalterlichen Entwicklung stellt das Stadtrecht Kaiser Maximilians I. vom 20. November 1517[53] dar, das stark reformistische Züge aufweist. Maximilian schuf es zwar nicht gänzlich neu, doch wurde das bestehende Stadtrecht in entscheidenden Punkten derart drastisch verändert und streckenweise völlig abweichend interpretiert, daß es einer völligen Neufassung nahekam. Die Tendenz des Landesherrn, die Rechte möglichst in seiner Hand zu vereinigen, führte auch zu einer unmittelbaren Einflußnahme auf die Bürgermeister- und Ratswahlen. Hand in Hand mit der Entmachtung des Bürgertums, einer konservativen Restauration und einer verstärkten Abhängigkeit der städtischen Funktionäre vom Landesfürsten gingen die Ausbildung der Residenz, der Zuzug vieler Hofämter sowie die Ansiedlung zahlreicher Adeliger und Geistlicher. Maximilian I. hat 1517 den entscheidenden Schritt zu einem absolutistischen Regime getan, indem er sich entgegen alter Gewohnheit das Recht vorbehielt, das von ihm gewährte Stadtrecht nach eigenem Ermessen „zu meren und zu mindern"; sein Nachfolger Ferdinand hat mit der Stadtordnung vom 12. März 1526 den endgültigen Schlußstrich gezogen.

[52] Vgl. Felix Czeike, Wien und sein Altes Rathaus, in: WGBl. 27 (1972), 446 ff., insbes. 449. Die Kammeramtsrechnungen geben immer wieder Hinweise auf die Amtstätigkeit von Bürgermeister und Rat; so wurde beispielsweise 1476, fol. 121v, der Ankauf eines „polsterziechen" vermerkt, „darauf der burgermaister sitzet".

[53] WStLA, H.-A.-Urkunde 6133 (Privileg 56).

Hans Scharffenperger aus Kufstein

Wiens Bürgermeister 1425 und 1426

Von Richard Perger, Wien

Die ersten Spuren der bürgerlichen Familie Scharffenperger[1] finden wir im 14. Jahrhundert im damals noch bayerischen Kufstein am Inn[2]. 1373 ist dort ein Dietrich Scharffenperger als Richter nachweisbar[3]. Auf einen Friedrich Scharffenperger aus Kufstein, der 1397 in Wien verstarb, und seinen Vetter Hans Scharffenperger beziehen sich drei Schriftstücke, die letzterer zu Anfang des Jahres 1398 dem Wiener Rat vorlegte und deren Text ins Wiener Stadtbuch eingetragen wurde[4]: eine Bestätigung des Rates der Stadt Kufstein vom 2. Dezember 1397, eine Bestätigung des Kufsteiner Pflegers Rudolf von Rosenheim gleichen Datums und ein in Wasserburg am Inn verfaßter Brief des Herzogs Stephan III. von Bayern an den Wiener Rat vom 6. Dezember 1397. In diesen Dokumenten, deren Wortlaut wir im Anhang erstmals veröffentlichen, wird erwähnt, daß Friedrich Scharffenperger, einst Bürger zu Kufstein und zuletzt Diener des Wiener Bürgers Jörg Neuer, vor kurzem in Wien verstorben sei. Sein nächster und einziger Verwandter und Erbe sei sein Vetter Hans Scharffenperger, dessen Vater dem Friedrich mit Rat und Hilfe beigestanden sei. Man möge dem Hans Scharffenperger, Diener und Höfling des Herzogs Stephan und Überbringer der drei Schriftstücke, den Nachlaß Friedrichs ausfolgen. Außerdem möge man ihm bei Eintreibung einer Forderung gegen den Juden Michel-

[1] Auch: Scharffenberger. Nicht zu verwechseln mit der oberösterreichischen Adelsfamilie der Scharffenberger oder Scherffenberger (auch: von Scherffenberg), die als Wappen eine goldene Krone im blauen Feld führen; zum Wappen der bürgerlichen Scharffenperger siehe Anm. 89. Der Adelsfamilie zuzurechnen ist Ulrich Scharffenberger, der 1373 in Wien als Gatte der Elsbeth, Witwe nach Niklas Scheck, aufscheint, 1379 in zweiter Ehe mit Anna, Witwe nach Herrn Wilhelm Schenk von Liebenberg, Speismeister Herzog Rudolfs IV., vermählt ist und 1379 als verstorben erwähnt wird; 1385 wird er posthum mit dem Adelsprädikat „Herr" genannt. Seine Witwe Anna, nach ihrem ersten Mann gelegentlich Speismeisterin genannt, kommt bis 1387 vor. Siehe Quellen zur Geschichte der Stadt Wien (im folgenden als „Quellen" zitiert), II/1, Nr. 536, 596, 754; I/2, Nr. 1713; III/1, Nr. 534, 597, 645, 854, 923, 1106, 1161, 1194, 1375, 2004; III/3, Nr. 3872, 3935. Aus derselben Familie stammt Magdalena Scharffenbergerin, die 1414 bis 1416 Äbtissin des Wiener Clarissenklosters St. Clara war; siehe Wiener Stadt- und Landesarchiv, Grundbuch (im folgenden als „Gb" zitiert) 1/32, fol. 159, 245v; Quellen I/4, Nr. 4398, 4409.

[2] 1392 war die Herrschaft im Herzogtum Bayern unter mehreren Mitgliedern des Hauses Wittelsbach geteilt worden. Kufstein fiel hiebei an Herzog Stephan III. (Linie Bayern-Ingolstadt), der es 1393 zur Stadt erhob. Nach Aussterben der Ingolstädter Linie 1447 fiel Kufstein an die Linie Bayern-Landshut, nach deren Aussterben 1503 war es Streitobjekt im bayerischen Erbfolgekrieg und wurde 1504 vom Habsburger König Maximilian I., der die Linie Bayern-München unterstützte, belagert und erobert. Dieser erhielt 1506 Kufstein, wie auch Rattenberg und Kitzbühel, vertraglich zugesprochen. Seit damals ist Kufstein österreichisch; heute Bezirkshauptstadt im Bundesland Tirol. Siehe Eduard Lippott, Kufsteiner Chronik, in: Kufsteiner Buch 2 (Schlern-Schriften Nr. 157), Innsbruck 1958, 13; Max Spindler (Hg.), Handbuch der bayerischen Geschichte, 2, München 1969, 188—190, 293.

[3] Matthäus Mayer, Regesten zur Geschichte Kufsteins 1343—1622, in: Das Archiv. Wissenschaftliche Beihefte zu den Tiroler Heimatblättern, Doppelheft 1/2, Innsbruck 1927, 1 ff., Nr. 4. (Briefliche Auskunft des Tiroler Landesarchivs, Innsbruck, vom 11. Oktober 1977, wofür ich Herrn Archivdirektor Univ.-Prof. Dr. Fridolin Dörrer herzlich danke.)

[4] Wiener Stadt- und Landesarchiv, Testamentenbuch (im folgenden als „TB" zitiert), 1, fol. 38v; vgl. Anhang.

traut, der sich derzeit in Wien aufhalte, behilflich sein; diese Forderung habe Herzog Stephan dem Ulrich Petsch, Landschreiber in Oberbayern, abgetreten.

Die Briefe hatten den gewünschten Erfolg; der Wiener Rat forderte Jörg Neuer auf, dem Hans Scharffenperger den Nachlaß seines Vetters Friedrich auszufolgen[5]. Neuer, der aus Niederrußbach bei Stockerau stammte[6], gehörte zu den Wiener Honoratioren. 1390 bis 1395 saß er im inneren Rat[7], 1397 wird er als Genannter des Stubenviertels geführt[8], außerdem ist er 1389 und 1390 als Verweser des St.-Martin-Spitals vor dem Widmertor[9] und zwischen 1403 und 1409 als Zechmeister der Schreiberzeche auf dem neuen Karner zu St. Stephan nachweisbar[10]. 1414 wird er letztmals als lebend[11], 1416 bereits als verstorben erwähnt[12]. Da zu seinen Besitztümern eine Wechselbank gehörte[13], dürfte er sich mit Bankgeschäften befaßt und dem Gremium der „Hausgenossen" angehört haben[14]; die Dienste, die ihm Friedrich Scharffenperger leistete, werden daher kaufmännischer Art gewesen sein. Verheiratet war Jörg Neuer mit Elsbeth, Tochter des Wiener Neustädter Bürgers Leb Vierdung, die schon 1395 als seine Gattin aufscheint und 1419 verstarb[15].

Ob Hans Scharffenperger schon ab 1398 ständig in Wien blieb oder vor seiner endgültigen Niederlassung in dieser Stadt nochmals nach Bayern zurückkehrte, wissen wir nicht. Sein Dienstverhältnis zu Herzog Stephan dürfte er noch vor 1404 gelöst haben, denn ab diesem Jahr ist er dauernd in Wien nachweisbar[16]. Seine Heirat mit Lia, Tochter des Wiener Neustädter Bürgers Hans Haiden[17], mag Jörg Neuer vermittelt haben, dessen Frau, wie erwähnt, eben-

[5] Wie Anm. 4; vgl. Anhang, letzter Absatz.

[6] TB 2, fol. 201v.

[7] Quellen II/1, Nr. 1196, 1213, 1228, 1281, 1294, 1298; I/4, Nr. 4009; Fontes rerum Austriacarum II/28, Nr. 575. Siehe auch Leopold Sailer, Die Wiener Ratsbürger des 14. Jahrhunderts (Studien aus dem Archiv der Stadt Wien, 3/4), Wien 1931, 355—357, Nr. 53/5.

[8] TB 1, fol. 33v.

[9] Quellen II/1, Nr. 1174, 1194.

[10] Quellen II/1, Nr. 1566, 1774; I/4, Nr. 3663; Gb. 28/38, fol. 9. Siehe auch Albert Camesinas Regesten zur Geschichte des neuen Karners, in: Berichte und Mitteilungen des Altertums-Vereines zu Wien, XI (1870), 222, Nr. 28.

[11] Quellen II/2, Nr. 1985.

[12] Quellen III/2, Nr. 2797; TB 2, fol. 200, 200v, 201v.

[13] 1410 wird Johannes, des Neuer Wechsler, 1417 die Wechselbank der Elsbeth Neuerin erwähnt; TB 3, fol. 102, Quellen II/2, Nr. 2060.

[14] Zu den Hausgenossen im allgemeinen vgl. u. a. Richard Perger, Herzog Leopold VI. von Österreich und die Stadt Wien, in: Wiener Geschichtsblätter, 26 (1971), Sonderheft, 275 f.

[15] Quellen II/1, Nr. 1298; Stadtarchiv Wiener Neustadt, Scrinium XXVI, Urkunde Nr. 11 vom 4. Juli 1403; TB 3, fol. 28—29. Zu Beziehungen Neuers bzw. seiner Frau zu Wiener Neustadt siehe auch Quellen I/10, Nr. 18156; II/1, Nr. 1294.

[16] Vgl. Anm. 22.

[17] Stadtarchiv Wiener Neustadt, Ratsbuch I, fol. 25v—26 (= pag. 32—34), betrifft Aussagen vom 3. September 1433. Frau Archivdirektor Dr. Gertrud Gerhartl und ihren Mitarbeitern sei für die Unterstützung bei meinem Archivbesuch herzlich gedankt (vgl. auch Anm. 15 und 19). Literatur über die Haiden bei Josef Mayer, Geschichte von Wiener Neustadt, I (1924), 355 (Stammtafel), und bei Herbert Pfeifer, Leinein-Haiden, Maurer und Vierdung, die bedeutendsten Patriziergeschlechter von Wiener Neustadt im 14. Jahrhundert, phil. Dissertation Wien 1964, 33 (Stammtafel), 64—69, wo allerdings nicht zwischen Hans Scharffenperger und seinem gleichnamigen Sohn (vgl. hier Anm. 54 ff.) unterschieden wird. Hans Haiden, Vater der Lia, war 1384—1385 und 1388/89 Judenrichter in Wiener Neustadt gewesen. Die Wiener Neustädter Haiden haben mit der Wiener Ratsbürgerfamilie Haiden, die sich später nach Guntramsdorf nannte, nichts zu tun; vgl. Richard Perger, Die Haiden von Guntramsdorf, in: Jahrbuch der Heraldisch-genealogischen Gesellschaft Adler, 3. Folge, Bd. 7 (1970), 95—127, bes. Anm. 32. Zur Versippung Scharffenpergers mit den Haiden vgl. auch Anm. 19, 27, 35, 36, 59, 60, 78, 79.

falls aus Wiener Neustadt stammte[18]. Da Lias erster Mann, der Wiener Neustädter Ratsbürger und Fleischhacker Konrad Rueber, bis zum 27. September 1400 urkundlich faßbar ist[19], anderseits Lias und Hans Scharffenpergers Sohn am 19. Juni 1425 bereits großjährig — nach damaligem Recht über 18 Jahre alt — gewesen und daher spätestens 1407 geboren sein muß[20], werden wir die Eheschließung des Hans in den Zeitraum 1401 bis 1406 datieren können. Es scheint, daß Lia bald nach Geburt ihres Sohnes starb; in keinem der Belege, die ihren Gatten betreffen, wird sie erwähnt, wir erfahren von ihrer Ehe überhaupt erst aus einer Aussage ihres Sohnes im Jahre 1433[21], als sie offenbar längst tot war. Trifft unsere Annahme zu, müßte Hans Scharffenperger, der bis 1433 lebte und, soweit feststellbar, keine andere Ehe einging, jahrzehntelang Witwer geblieben sein, was damals nur selten vorkam.

Scharffenperger ist in Wien bald zu Wohlstand gelangt und hat sein wachsendes Vermögen hauptsächlich in Haus- und Grundbesitz angelegt. 1404 erwarb er um 500 t von Jakob Kranvogel ein Haus am Lichtensteg, das er noch im selben Jahr um 730 t an Bertlme Petzold verkaufte[22]. 1405 kaufte er um 25 t von Peter Waiz ein Haus in der Strauchgasse, 1408 veräußerte er es um denselben Betrag an Thoman Feuchter, dem er 20 t vom Kaufpreis gegen hypothekarische Sicherung stundete[23]. Ebenfalls 1405 kaufte er um 325 t von Kolman Kranvogel ein Haus in der Kärntner Straße, das er 1423 um 330 t an Kaspar Slinger abtrat[24]. Weiters erwarb er 1411 um 85 t von Kaspar Neunkirchner ein Haus in der Weihenburg[25], 1412 um 121 t von Ulrich von Nikolsburg ein Haus in der Bognergasse[26] und 1414 von Erhard Haiden, Bürger zu Wiener Neustadt, um 400 t ein Haus und um 200 t ein angrenzendes „Zuhaus", beide am Hohen Markt zu Wien gelegen[27]. 1418 kaufte Hans Scharffenperger um 47 t von der St. Jörgenkapelle zu St. Michael einen vormals Hans Pob gehörigen Gewandkeller unter den Langen Tuchlauben, den jene Kapelle durch gerichtliche Exekution erworben hatte, und verpflichtete sich zur Zahlung der Burgrechtsgült von 5 t jährlich, die vom Gewandkeller an jene Kapelle zu entrichten und mit

18 Vgl. Anm. 15.

19 Als Gatte der Lia, geb. Haiden, ist Konrad Rueber 1399 belegt; Quellen II/1, Nr. 1418; II/3, Nr. 1417 bis. Als Besitzer einer Fleischbank in Wiener Neustadt wird er schon 1392 genannt (Stadtarchiv Wiener Neustadt, Scrinium Ss, Nr. 140/6). Seine Stiftung vom 27. September 1400 für den Heiligkreuz-Altar der Stadtpfarrkirche von Wiener Neustadt war von der dortigen Fleischhackerzeche zu betreuen (Stadtarchiv Wiener Neustadt, Scrinium Yy, Nr. 15/2, fol. 12v—13; Scrinium Xx, Nr. 1/9, fol. 58v; Scrinium Ss, Nr. 87, fol. 1v, dort auch die Gattin Lia und ein Hans Rueber genannt; Ratsbuch II, fol. 526v—527; Scrinium Ss, Nr. 142, fol. 6, Erwähnung der Rueberschen Fleischbank zum Jahre 1405, offenbar posthum). Konrad Rueber war 1396 Stadtrichter und 1398 Ratsherr in Wiener Neustadt (Mayer, wie Anm. 17, 351, 358).

20 Am 19. Juni 1425 ist erstmals von Hans Scharffenperger dem Älteren die Rede (Quellen I/4, Nr. 4687; vgl. Anm. 55). Zur Festlegung der Großjährigkeit mit 18 Jahren siehe das Wiener Stadtrechtsprivileg von 1340 bei Johann A. Tomaschek, Die Rechte und Freiheiten der Stadt Wien, I (1877), 37, Art. 51.

21 Vgl. Anm. 17, 59.

22 Gb. 1/66, fol. 22v, 98. Heute Teil von Bauernmarkt 14.

23 Gb. 1/66, fol. 112, 98; Gb. 1/32, fol. 280. Heute Teil von Strauchgasse 1.

24 Gb. 1/66, fol. 20v, Gb. 1/6, fol. 100. Heute Kärntner Straße 7. (Vgl. Anm. 34.)

25 Gb. 1/66, fol. 81. Heute Teil von Weihburggasse 14. (Vgl. Anm. 58, 81, 85.)

26 Gb. 1/66, fol. 43. Heute Bognergasse 7 — Naglergasse 8. (Vgl. Anm. 58, 68.)

27 Gb. 1/66, fol. 52. Heute Teil von Hoher Markt 10—12. (Vgl. Anm. 35, 36, 37, 58, 80.) Zur Lage des Hauses: Richard Perger, Der Hohe Markt (Wiener Geschichtsbücher 3), Wien - Hamburg 1970, 72, 118 (Parzellen G, H, I).

40 t ablösbar war[28]. 1422 erwarb er um 76 t von Jakob Asperlaibl ein Haus im Schiltergässel[29], wohl gleichzeitig auch ein angrenzendes Haus mit Keller[30]. 1433 schließlich schenkte ihm Herzog Albrecht V. von Österreich ein Haus in der Wildwerkerstraße[31]. Diese acht zuletzt genannten Objekte behielt er bis zu seinem Tode. Überdies ist er 1412 als Besitzer von zwei Häusern, drei Hofstätten und einem Safrangarten in Gumpendorf nachweisbar[32] und 1413 als Käufer eines Weingartens im Haseneck bei der Neustift[33].

Gelegentlich deckte er seinen Bargeldbedarf durch Kredite. So nahm er am 26. August 1411 gemeinsam mit dem Wiener Ratsbürger Ott Weiß, der vielleicht sein Partner im Rahmen einer Handelsgesellschaft war, bei den Juden Rachym von Traiskirchen, Manusch von Neuburg und Jakob von Weitra 265 t auf, rückzahlbar bis 25. Jänner 1412 und verzinsbar mit 5 Helbling pro t und Woche, als Sicherstellung dienten Scharffenpergers Haus in der Kärntner Straße und das Haus des Ott Weiß in der Münzerstraße[34]. Am 14. Juli 1418 verpfändete Hans Scharffenperger sein Haus am Hohen Markt um 300 t, zahlbar in sechs Jahresraten ab 29. September, an Dorothea, Tochter des verstorbenen Wernhart Wambeiser und Gattin des Erhard Haiden, Bürgermeisters zu Wiener Neustadt[35], eines Verwandten von Scharffenpergers Frau, der ihm das Haus 1414 verkauft hatte[36]. Auf dasselbe Haus nahm Scharffenperger am 31. Jänner 1424 weitere 300 t auf und verschrieb dafür der Meßstiftung des Leonhard Schauer auf dem Leonhards-Altar zu Maria am Gestade eine Burgrechtsgült von 37½ t jährlich[37]. Am 29. April 1433, knapp vor seinem Tode, verpfändete er sein Haus in der Wildwerkerstraße dem Wiener Bürgerspital um 200 t, verzinsaber mit 20 t jährlich in drei Raten, jeweils zum 29. September, 25. Dezember und 23. April[38]. Auf die Nachzahlung von Grundzinsen, die Scharffenperger von nicht näher bezeichneten Gütern dem Schottenstift schuldete, hat dieses am 19. Juni 1425 als Gegenleistung dafür verzichtet, daß er dem Stift Zahlungen

[28] Gb. 1/66, fol. 38; Quellen III/2, Nr. 2899; Gb. 1/32, fol. 129. Heute Teil von Tuchlauben 18. (Vgl. Anm. 39, 58, 65.)

[29] Gb. 1/6, fol. 166. Heute Schultergasse 4. (Vgl. Anm. 58, 66.)

[30] Zeit und Art der Erwerbung unbekannt, da die Schotten-Gewerbücher, in denen das Haus geführt wurde, erst ab 1434 erhalten sind; nur als Erbgut des jüngeren Hans Scharffenperger zu erschließen (Anm. 58, 66). Heute Teil von Schultergasse 6.

[31] Gb. 1/6, fol. 374. Areal der heutigen Parzellen Wipplingerstraße 5 — Jordangasse 1 und Jordangasse 3 — Schultergasse 6. (Vgl. Anm. 38, 58, 67.)

[32] Quellen I/1, Nr. 59.

[33] Quellen I/4, Nr. 4380.

[34] Gb. 1/32, fol. 122v; vgl. Anm. 24. Scharffenperger war einer der Testamentsvollstrecker des Ott Weiß, der 1427 starb (Gb. 1/6, fol. 211; TB 3, fol. 258).

[35] Gb. 1/32, fol. 129v. (Vgl. Anm. 27, 36, 37, 58, 80.)

[36] Vgl. Anm. 27. Erhard Haiden war 1398, 1408 und 1431 Ratsherr, 1409, 1418 und 1430 Bürgermeister von Wiener Neustadt. Sein Vater, Peter Haiden, war ein Bruder des Hans Haiden, des Vaters von Scharffenpergers Frau Lia (vgl. die unter Anm. 17 zitierte Literatur, insbes. die Stammtafeln bei Mayer und Pfeifer). Die Hypothek war noch 1435 aufrecht und damals Streitobjekt unter den Erben des Erhard Haiden und seiner Kinder Jakob, Wilhelm und Anna (Quellen I/4, Nr. 4660), zu denen auch Hans Scharffenpergers gleichnamiger Sohn gehörte. Dieser hat 1440 nach Abfindung des Miterben Thoman Wisent, damals Hubmeister in Österreich (vgl. Anm. 60), die Hypothek getilgt (Gb. 1/32, fol. 129v, Nota).

[37] Gb. 1/33, fol. 109v; Quellen II/2, Nr. 2225, 2226 (vgl. Anm. 27, 35, 36, 58, 80). Kaplan der Meßstiftung war damals Ulrich Wachsgießer (vgl. Anm. 57). Die Gült wurde erst 1450 von Hans Scharffenperger dem Jüngeren abgelöst (Gb. 1/33, fol. 109v, Nota; Quellen I/7, Nr. 15254).

[38] Gb. 1/33, fol. 128. Auch diese Hypothek hat erst der jüngere Hans Scharffenperger getilgt, und zwar 1438 (ebendort, Nota). Vgl. Anm. 31, 58, 67.

an seinem Gewandkeller, vermutlich für Tuchlieferungen, erlassen hatte; am 17. Juni 1433 wurde dieses Übereinkommen erneuert[39].

Wie seinerzeit Herzog Stephan III. von Bayern hat sich auch Herzog Albrecht V. von Österreich die kaufmännische Begabung Scharffenpergers zunutze gemacht. Am 4. Dezember 1426 verlieh er ihm, *zu dem wir sunder getrawn und zuversicht haben, daz er darczu fugleich vnd nucz sei*, eine Hausgenossenschaft[40], das heißt einen Anteil an jenem Konsortium von Wiener Bürgern, dem seit Ende des 12. Jahrhunderts Münzprägung, Edelmetallhandel und Geldwechsel im Lande Österreich vorbehalten waren[41]. Wahrscheinlich hat Scharffenperger an den Münzreformen jener Zeit mitgewirkt[42]. Ob der Fürst mit der vorhin erwähnten Schenkung eines Hauses in der Wildwerkerstraße, die am 20. April 1433 grundbücherlich vermerkt wurde[43], Scharffenperger belohnen oder eine Schuld an ihn abstatten wollte, wissen wir nicht.

Daß Scharffenperger auch ein geschickter Politiker und Verwaltungsfachmann war, zeigen die städtischen und landesfürstlichen Ämter, die er zwischen 1412 und 1431 bekleidete. Für die Stadt Wien wirkte er 1412 bis 1415 als Ratsherr[44], 1416 bis 1419 als Stadtrichter[45], 1420 bis 1424 wieder als Ratsherr[46], 1425 und 1426 als Bürgermeister[47], 1427 bis 1431 nochmals als Ratsherr[48], außerdem 1421 bis 1423 als Meister des Bürgerspitals[49]. Dem Landesfürsten diente er 1427 bis 1431 als Kellermeister in Österreich, das heißt als oberster Verwalter der herzoglichen Weingärten[50]. Schließlich finden wir ihn 1415 und 1416 auch als Verwalter der Güter des Schottenstifts[51]. Zur Beurteilung seiner Leistungen im einzelnen reicht das vorhandene Quellenmaterial nicht aus; wir können nur vermuten, daß die damaligen politischen und wirtschaftlichen Verhältnisse in Österreich — Hussitenkriege, Kirchenreform, Judenvertreibung, Außenhandelsprobleme — hohe Anforderungen an leitende städtische und landesfürstliche Funktionäre stellten[52].

[39] Quellen I/4, Nr. 4687; I/7, Nachtrag Nr. 55. Siehe auch Quellen I/7, Nr. 15240. Gemeint ist offenbar der unter Anm. 28, 58, 65 erwähnte Gewandkeller.

[40] Quellen I/4, Nr. 4563.

[41] Vgl. Anm. 14.

[42] Vgl. u. a. Arnold Luschin v. Ebengreuth, Das Münzwesen in Österreich ob und unter der Enns im ausgehenden Mittelalter, in: Jahrbuch für Landeskunde von Niederösterreich, 13/14 (1914/15), 273—275.

[43] Gb. 1/6, fol. 374. (Vgl. Anm. 31.)

[44] Österreichische Nationalbibliothek, Codex 8019 (im folgenden als „ÖNB cod. 8019" zitiert), fol. 3v—4v; Quellen I/4, Nr. 4373, 4380; I/1, Nr. 466.

[45] ÖNB cod. 8019, fol. 5—6v; TB 2, fol. 197v, 225v, 255v, 283v; Quellen I/4, Nr. 4458, 4485; I/1 Nr. 473, 482; Gb. 1/32, fol. 129.

[46] ÖNB cod. 8019, fol. 7—9; Quellen II/2, Nr. 2150, 2225; Wiener Stadt- und Landesarchiv, Bürgerspitalsurkunde Nr. 483 (im folgenden als „BSpUrk." zitiert) Quellen I/9, Nr. 17617.

[47] ÖNB cod. 8019, fol. 9v, 10; Quellen II/2, Nr. 2253, 2261, 2262, 2267, 2285, 2288, 2289; I/4, Nr. 4545; BSpUrk. 514.

[48] ÖNB cod. 8019, fol. 10v—12v; Quellen II/2, Nr. 2306, 2350, 2373; BSpUrk. Nr. 525 bis.

[49] BSpUrk. Nr. 483; Gb. 1/6, fol. 166, 96v, 100.

[50] Quellen II/2, Nr. 2306, 2307, 2350, 2373; BSpUrk. 525 bis; ÖNB cod. 8019, fol. 12, 12v; Gb. 1/6, fol. 110.

[51] Karl Schalk, Rechnungen von Amtleuten der Stiftsherrschaft Schotten in Wien aus den Jahren 1411 bis 1418, in: Blätter des Vereins für Landeskunde von Niederösterreich, 17 (1883), 284, 287, 316.

[52] Vgl. u. a. Felix Czeike, Wien und seine Bürgermeister, Wien 1974, 105 f.

Nach 1431 hat Hans Scharffenperger kein Amt mehr bekleidet. 1432 hören wir von ihm nichts, vielleicht war er erkrankt. Die letzten Nachrichten, die ihn noch als lebend erweisen, datieren vom 20. und 29. April und vom 17. Juni 1433[53]. Einen Beleg vom 20. Juli 1433[54], in dem ein Hans Scharffenperger erstmals seit 1425 wieder ohne Kennzeichnung als „der Ältere“ bzw. „der Jüngere“ aufscheint[55], werden wir als terminus ante quem für das Ableben des einstigen Bürgermeisters ansehen und wie auch alle späteren Belege auf den gleichnamigen Sohn beziehen müssen. Wo Hans Scharffenperger der Ältere bestattet wurde, ist unbekannt; vielleicht im Schottenstift, mit dem er, wie erwähnt, öfter zu tun hatte und wo dereinst sein Sohn, ein besonderer Wohltäter dieses Ordenshauses, die letzte Ruhestätte finden sollte[56].

Dieser Sohn, Hans Scharffenperger der Jüngere, war seit 1429 mit Margret, Witwe nach dem 1428 verstorbenen einstigen Wiener Bürgermeister Hans Mustrer, vermählt[57] und erbte nun den gesamten Besitz seines Vaters[58]. Außerdem finden wir ihn 1433, 1434 und 1435 unter den Erben eines Verwandten seiner Mutter, des Erhard Haiden zu Wiener Neustadt[59]. Aus dessen Nachlaß

[53] Vgl. Anm. 43, 38, 39.

[54] Quellen I/4, Nr. 4641; vgl. Anm. 69.

[55] „Der Ältere“ am 19. Juni 1425 (Quellen I/4, Nr. 4687, vgl. Anm. 39), 20. April 1433 (Gb. 1/6, fol. 374, vgl. Anm. 31), 29. April 1433 (Gb. 1/33, fol. 128, vgl. Anm. 38) und 17. Juni 1433 (Quellen I/7, Nachtrag Nr. 55, vgl. Anm. 39); „der Jüngere“ am 16. März 1429 (Gb. 1/6, fol. 342, vgl. Anm. 57).

[56] Vgl. Anm. 84—87.

[57] Gb. 1/6, fol. 342, 199v; bezieht sich auf ein Haus in der Wildwerkerstraße, das Margret 1429 von ihrem ersten Mann erbte und 1434 verkaufte; heute Wipplingerstraße 16, Schwertgasse 2, 4. Zu Mustrer vgl. Richard Perger, Hans Mustrer († 1428) — ein Waldviertler als Wiener Bürgermeister, in: Jahrbuch für Landeskunde von Niederösterreich, 40 (1974), 33—46. Margret war eine Verwandte des Geistlichen Ulrich Wachsgießer (vgl. Anm. 37), Bruders des Wiener Ratsbürgers Mert Wachsgießer. Ulrich hatte 1421 von seiner Schwestertochter Katrei, Gattin des Peter Waiz (vgl. Anm. 23), die Hälfte eines Hauses, genannt Turm oder Türndl, am Eck der Gasse, *da man zu Unser Frauen geht,* geerbt (Gb. 1/6, fol. 303; heute Teil von Salvatorgasse 2 — Marc-Aurel-Straße 1); 1434 beerbten ihn seine Vettern und Muhmen, nämlich Heinrich Enzesfelder und dessen Schwester Anna, Gattin des Laurenz Höflich in Wiener Neustadt, Gregor Wachsgießer und Margret, Gattin des Hans Scharffenperger, die die Haushälfte noch im selben Jahr um 200 t an Agnes, Witwe nach dem Kürschner Hans Hirss, verkauften (Gb. 1/6, fol. 382v, 122).

[58] Die entsprechenden Grundbuchseintragungen erfolgten erst nach und nach, und zwar für das Gewandgewölbe unter den Tuchlauben 1435 (Gb. 1/6, fol. 389, vgl. Anm. 28, 39, 65), eines der Häuser im Schiltergässel 1436 (Gb. 1/6, fol. 400, vgl. Anm. 29, 66); sodann 1437 für das Haus in der Weihenburg (Gb. 1/7, fol. 418v, vgl. Anm. 25, 81, 85), das Haus in der Bognergasse (Gb. 1/7, fol. 419, vgl. Anm. 26, 68), das Haus am Hohen Markt (Gb. 1/7, fol. 419, vgl. Anm. 27, 35—37, 80) und das Haus in der Wildwerkerstraße (Gb. 1/7, fol 419, vgl. Anm. 31, 38, 67), 1439 für den Keller im Schiltergässel (Gb. 29/21, fol. 530, vgl. Anm. 30, 66).

[59] Stadtarchiv Wiener Neustadt, Ratsbuch I, fol. 25v, 26 (= pag. 32 f., vgl. Anm. 17, Aussagen vom 3. September 1433); Quellen I/7, Nachtrag Nr. 58, 59; I/4, Nr. 4731; I/7, Nr. 14652. Erhard Haiden, dessen Kinder ebenfalls gestorben waren, war ein Sohn des Peter Haiden. Ihn beerbten die noch lebenden Nachkommen von Peters Geschwistern Hans Haiden und Margret, Gattin des Hans Hertl, nämlich Hans Scharffenperger d. J., Sohn von Hans Haidens Tochter Lia, sowie Thomas Haiden d. J., Sohn von Margrets Sohn Thomas d. Ä., der den Namen Haiden angenommen hatte, und die Kinder von Margrets anderem Sohn Lienhard, genannt Haiden, nämlich Paul Haiden und Elsbeth, die nacheinander mit Hans Weispacher († 1418), Ulrich Gundloch († 1430) und Fritz Flugengel verheiratet war und aus erster Ehe die Tochter Margret, Gattin des Thoman Wisent zu Klosterneuburg, hatte (siehe die Stammtafel bei Mayer und Pfeifer, Anm. 17, ferner Quellen I/4, Nr. 4660, Gb. 1/6, fol. 203, 338, 353, 396, sowie die hier unter Anm. 60, 79 und 86 zitierten Belege).

erhielt er 1435 gemeinsam mit Thoman Wisent ein Haus und eine Hofstatt in Wien vor dem Kärntnertor auf der Wieden in der Paniglgasse[60]. In den Jahren 1434 und 1435 kaufte er um insgesamt 110 t 3 s 15 d das Riemhaus am Hohen Markt[61] und um 130 t ein Haus im Fischhof[62]; beide grenzten an sein ererbtes Haus am Hohen Markt[63]. Aus dieser Zeit haben sich zwei interessante Dokumente erhalten, die einen Vergleich von Scharffenpergers Vermögen mit jenem anderer Wiener Bürger gestatten. Es sind dies Verzeichnisse jener Bürger, die zu einem Darlehen von insgesamt 8000 fl (d. s. zum damaligen Umrechnungskurs 6000 t) an Kaiser Sigmund beisteuern mußten. Die Liste vom 1. Februar 1435 weist 65 Bürger aus, die insgesamt 3727 t 4 s (d. s. 2795 t 5 s) aufbrachten und offenbar die Reicheren waren; in der Liste vom 11. Februar 1435, die weitere 200 Bürger mit einem Gesamtbeitrag von 3094 fl (d. s. 2320 t 4 s) erfaßt, finden wir Hans Scharffenperger mit einer Leistung von 40 fl (= 30 t), die, bezogen auf alle 265 Besteuerten, von 14 Bürgern erreicht und von 52 überschritten wurde[64].

Von seinem Erbgut verkaufte Scharffenperger den Gewandkeller unter den Tuchlauben schon 1435 um 70 t an Andre Hiltprant von Meran[65]; eines der Häuser im Schiltergässel gab er 1436 um 94 t an den Tuchscherer Erhard Haselperger, das andere 1437 um 100 t an den Schneider Ulrich Tanperger, den Keller überließ er 1442 dem Tuchscherer Michel Reicher[66]. Das Haus in der Wildwerkerstraße teilte er in drei selbständige Realitäten, 1438 verkaufte er eine um 85 t an den Faßzieher Kunz von Eckenfeld und seine Frau Anna und eine um 145 t an den Schneider Lienhard Unger, die dritte gab er 1442 um 101 t an den Schneider Heinrich Stumpfweck und dessen Frau Anna[67]. Das Haus in der Bognergasse kam 1440 um 250 t an den Messerer Stephan Lebenprust und seine Frau Barbara[68]. 1439 erwarb Scharffenperger um 409 t von Lienhard Hedersdorffer zwei Fuder Wein jährlichen Bergrechts auf Weingärten vor dem Widmertor außerhalb von St. Ulrich in den Rieden Langenmaß, Mitternhart und bei der Schottenwiese; 1446 veräußerte er diese Einkünfte um 423 fl (zum damaligen Kurs etwa 380 t) dem Kapitel zu St. Stephan[69]. Als Weingartenbesitzer

[60] Gb. 5/1, fol. 167. Das Haus war Scharffenperger und Wisent von Elsbeth, Gattin des Fritz Flugengel (vgl. Anm. 59) abgetreten worden. 1440 arrangierte sich Scharffenperger mit Wisent (Quellen I/7, Nr. 14841, 14850); er ist später alleiniger Besitzer des Hauses (vgl. Anm. 86).

[61] Dieses Haus zerfiel damals in neun Besitzanteile, sogenannte Riemtischstätten, die verschiedenen Personen oder Körperschaften gehörten und an Riemer, die dort ihre Ware verkauften, vermietet waren. Hans Scharffenperger erwarb 1434 sieben und 1435 zwei Tischstätten, jede zum Preis von 12 t 65 d, so daß ihn das ganze Haus 110 t 3 s 15 d kostete (Gb. 1/6, fol. 68v, 123, 123v, 200v, 281v, 57v, 126v); fortan blieb das Haus den Riemern entzogen. Heute Teil von Hoher Markt 10—12; vgl. Perger, Der Hohe Markt (wie Anm. 27), 72, 116 (Parzelle E). Vgl. auch Anm. 80.

[62] Gb. 1/6, fol. 202v; Verkäufer war die Meßstiftung des Thoman Payr auf dem Frauenaltar zu St. Stephan. Heute ebenfalls Teil von Hoher Markt 10—12 bzw. Fischhof 1—1 A; vgl. Perger, Der Hohe Markt (wie Anm. 27), 72, 117 (Parzelle F).

[63] Vgl. Anm. 27.

[64] Otto Brunner, Die Finanzen der Stadt Wien von den Anfängen bis ins 16. Jahrhundert (Studien aus dem Archiv der Stadt Wien, 1/2), Wien 1929, 102 und 455—458 (nach den Hauptarchivsakten Nr. 72 und 73 des Wiener Stadt- und Landesarchivs).

[65] Gb. 1/6, fol. 124v. Vgl. Anm. 28, 39, 58.

[66] Gb. 1/6, fol. 129v; Gb. 29/21, fol. 489, 566. Vgl. Anm. 29, 30, 58.

[67] Gb. 1/7, fol. 66v, 331, 185v. Vgl. Anm. 31, 38, 58.

[68] Gb. 1/7, fol. 503v. Vgl. Anm. 26, 58.

[69] Quellen I/4, Nr. 3786, 3810, 3820.

finden wir ihn 1433 im unteren Alseck, 1442 in Meidling und 1460 — posthum — in Ottakring[70]. Der Stadt Wien zinste er 1451 von einer Wiese an der Donau[71].

So wie sein Vater hat auch Hans Scharffenperger der Jüngere städtische und landesfürstliche Ämter bekleidet. In den Jahren 1434 bis 1437 und 1440 bis 1443 saß er im Wiener Rat[72], 1443 war er auch Steuerherr[73], 1446 ist er als Genannter nachweisbar[74], 1447 und 1448 nochmals als Ratsherr[75]. Als Anwalt des Landesfürsten in der Wiener Münze fungierte er von 1443 bis 1449[76].

Nach 1449 übte er kein Amt mehr aus. 1450 prozessierte er vor dem Wiener Münzgericht gegen Oswald Reicholf „umb verpotene wort und inzicht", das heißt wegen Verleumdung[77], 1451 und 1452 vertritt er beim Wiener Stadtgericht seine Klage gegen Hans Angerfelder auf Herausgabe einer versiegelten Lade, die von Erhard Haiden stammte[78]; durch Verzicht der noch lebenden Miterben hatte nur mehr Scharffenperger Anspruch auf den Haidenschen Nachlaß[79]. 1451 veräußerte er um die riesige Summe von 1600 t seine drei Häuser im Bereich Hoher Markt — Fischhof an Michel von Menestorff[80], 1453 verkaufte er sein Haus in der Weihenburg um 200 t an Hans Kanstorffer[81]. Mit der Eintreibung offener Forderungen betraute er 1452 Friedrich Westendorffer, Hofmeister des Schottenstifts[82], und 1453 Hans Kanstorffer, Hubschreiber in Österreich[83]. Diese allmähliche Flüssigmachung seines Vermögens erklärt sich wohl aus der Absicht Scharffenpergers, der kinderlos geblieben war, seinen Lebensabend in der Abgeschiedenheit des Wiener Schottenstifts zu verbringen und dieses Ordenshaus durch großzügige Widmungen zu unterstützen. Die Schottenkirche war 1443 durch ein Erdbeben schwer beschädigt worden und hatte bis 1449 bzw. 1451 neue Gewölbe und einen neuen Chor erhalten. Auf Kosten Scharffenpergers wurde nun die neue südliche Chorkapelle, die den Aposteln geweiht war, ausgemalt; eines der dortigen Glasgemälde wurde von ihm und Veit Hintperger gestiftet und trug beider Wappen. Auch die Georgskapelle, die wahrscheinlich an die Südseite der Kirche angebaut war, ließ Scharffenperger ausmalen und mit einem neuen Altar und einem wappengeschmückten Glasgemälde ausstatten; vielleicht waren auch die von ihm gestifteten Statuen der Heiligen Maria, Gregor und Karl für diese Kapelle bestimmt.

[70] Quellen I/4, Nr. 4641; II/2, Nr. 2870; I/8, Nr. 15771.

[71] Wiener Stadt- und Landesarchiv, Oberkammeramtsrechnung 1/11 (1451), fol. 2v, 34v, 141.

[72] ÖNB cod. 8019, fol. 14v—16, 18—19v; Gb. 1/6, 123, 202; Quellen I/1, Nr. 497, 660; I/2, Nr. 1824; I/4, Nr. 3803, 4731; I/7, Nachtrag Nr. 58, 59; II/2, Nr. 2618, 2620, 2856; II/3, Anhang Nr. 36.

[73] ÖNB cod. 8019, fol. 19v; Quellen II/2, Nr. 2942.

[74] Adam Franz Kollár, Sylloge diplomatum, litterarum etc., in: Analecta monumentorum omnis aevi Vindobonensia, II, Wien 1762, 1264 (zum 26. November 1446).

[75] ÖNB cod. 8019, fol. 21v, 22; Quellen I/4, Nr. 4054.

[76] Quellen II/2, Nr. 2942, 2990, 3182, 3326; I/4, Nr. 3810, 3820, 4054.

[77] Quellen I/7, Nr. 15253.

[78] Quellen I/7, Nr. 15309, 15346. Zu Erhard Haiden vgl. Anm. 36, 59.

[79] Quellen I/7, Nr. 15237, 15306, 15388. Vgl. Anm. 59, 60.

[80] Der Verkaufspreis betrug für das ererbte Haus am Hohen Markt 1100 t, für das Riemhaus 370 t, für das Haus im Fischhof 130 t (Gb. 1/7, fol. 371v; Quellen II/2, Nr. 3438; Gb. 1/7, fol. 372, 371v). Vgl. auch Anm. 27, 35—37, 58.

[81] Gb. 1/7, fol. 222v. Vgl. Anm. 25, 58, 85.

[82] Quellen I/7, Nr. 15343. Vgl. Anm. 86, 88.

[83] Quellen I/7, Nr. 15403. Vgl. Anm. 81, 86, 88.

Im Schottenhof ließ er für sich selbst, offenbar als Alterssitz, ein Haus bauen und davor einen Brunnen graben[84]. Am 26. März 1453, als er das Haus in der Weihenburg verkaufte, wird Hans Scharffenperger der Jüngere letztmals lebend erwähnt[85], am 21. Jänner 1459 übernehmen seine Witwe Margret, nun schon Gattin des Friedrich Westendorffer, und Hans Kanstorffer das ihnen hinterlassene Haus mit Hofstatt auf der Wieden in der Paniglgasse[86]. Danach dürfte Scharffenperger 1458 gestorben sein. Als Begräbnisstätte hatte er die vorhin erwähnte Georgskapelle bestimmt[87]. Am 9. Juni 1461 war auch seine Witwe Margret schon tot, ihr Witwer Friedrich Westendorffer übernahm damals das von ihr hinterlassene Besitztum auf der Wieden, nachdem er den Anteil des Hans Kanstorffer abgelöst hatte[88].

Damit verschwanden die Scharffenperger aus der Geschichte Wiens. Auf einigen Urkunden haben sich Siegel erhalten, die ihr Wappen zeigen: im Feld einen Stechhelm mit Decke, Ohren und geschweiften Hörnern[89]. Die Georgskapelle bei den Schotten, in der Hans der Jüngere und vielleicht auch schon sein Vater bestattet wurde, ist wohl dem Neubau der Schottenkirche in den Jahren 1638 bis 1648 zum Opfer gefallen[90].

[84] Albert Hübl, Baugeschichte des Stiftes Schotten in Wien, in: Berichte und Mitteilungen des Altertumsvereines zu Wien, 46/47 (1914), 53, 55 f., 59 (nach den Codices 395 und 405 der Stiftsbibliothek und dem Liber oblationum et anniversariorum, ediert in Monumenta Germaniae historica, Necrologe V, 310 f.); Coelestin R. Rapf, Das Schottenstift (Wiener Geschichtsbücher 13), Wien - Hamburg 1974, 30—33; Richard Perger und Walther Brauneis, Die mittelalterlichen Kirchen und Klöster Wiens (Wiener Geschichtsbücher 19/20), Wien - Hamburg 1977, 113.

[85] Gb. 1/7, fol. 222v. Vgl. Anm. 81.

[86] Gb. 5/2, fol. 82v. Vgl. Anm. 60, 88.

[87] Vgl. Hübl (Anm. 84), 55.

[88] Gb. 5/2, fol. 100. Vgl. Anm. 60, 86.

[89] Beschreibung: Quellen II/2, S. 434. — Ausführlichere Besprechung der Wappen bei Wolfgang Mayer, Die Siegel der Wiener Ratsbürger 1396—1439, Hausarbeit am Institut für österreichische Geschichtsforschung, Wien 1977, 94 f. Vgl. auch den Beitrag in diesem Band, S. 81 ff.

[90] Hübl (Anm. 84), 61—67; Rapf (Anm. 84), 43—46; Perger-Brauneis (Anm. 84), 122.

Anhang*

1.

Stephan von gots genaden phallentzgraf bey Reyn vnd Hertzog in Bayrn. Vnssern gruzz vnd Furdrung bevor. Ersam weyse sunderlieb. Es chumpt zu ew Johanns Scharffenberger, zaiger dicz briefs, der vnser dyener vnd tëgleichs hofgesind ist, dem etwas guts yetz ledig ist worden mit tod Fridreichs des Scharffenberger, seins Vettern, dartzu er nachst erb ist, als er mit solichen briefen, die er hat von vnserr stat ze Chueffstain, wol mag erweysen. So haben wir auch demselben vnserm dyener empholln von zwain hundert guldein wegen, die vns vor zeiten ein jud Micheltrawt, yetzund ze Wienn bey ew gesezzen, schuldig ist gewesen, vnd die wir Vlreichen Petschen, vnserm lanndschreyber in Ober Bayrn vnd lieben getrawn, redleich verschafft haben, als solich brief, die ew der egenant Scharffenberger mit dem sol furpringen, vollichleich auz weysen. Pitten wir ew mit fleizz ernstleich vnd getrawn ew an zweyfel wol, das ir ew die egenanten zwen dyener in vaiden sachen furderleich lazzet enpholhen sein durch vnsern vnd rechtens willen vnd in ein willigs vnntzogens recht schaffen vnd widergen lazzet, also das si dabey beleiben, dartzu sy in den yetzigen iren sachen recht haben vnd pilleich beleiben sullen. Daran ertzaigt ir vns sunder dinst vnd wol gevallen. Geben zu Wazzerburg an sand Niclas tag anno lxxxxvii.

2.

Wir der rat vnd gemainichleich, die purger arm vnd reich der stat zu Chueffstain bechennen offennleich mit dem brief vnd tun chund allen den, die in sechent oder horent lesen, das vns chuntleich mit warhait gewizzen ist, das Hanns der Scharffenberger, zaiger des briefs, Fridreichs des Scharffenberger seligen, der vor jarn vnser mitburger zu Chueffstain vnd nu Jorgen des Newer, purger zu Wienn, dyener vnd newleich, als wir vernomen haben, mit tod abgegangen ist, nachst frewnd gewesen vnd chain nechendern frewnd noch erben nyndert gehabt oder hinder im lazzen hat, wann vns gewizzen ist, was der egenant Fridreich bey vns gehabt oder hinab pracht hat, darumb vnser etleichen wol chund ist, daz er von des egenanten Hannsen vater gut hilffen vnd raten gehabt vnd gewunnen hat, vnd des sprechen wir also bey vnsern trewn an allez gever vnd arglist. Mit vrchund des briefs, der geben vnd mit vnser stat aigenn insigil besigilt ist ze Chueffstain an suntag nach Andree anno lxxxxvii.

3.

Ich, Rudolf von Rosenhaim, phleger zu Chueffstain, bechenn offennleich mit dem brief, das mir chuntleich gewizzen ist, daz Hanns Scharffenberger, zaiger des briefs, Fridreichs des Scharffenberger selig, der etwenn purger zu Chueffstain vnd nu des Neuer, purger zu Wienn, dyener gewesen vnd newleich mit tod abgegangen ist, nachst frewnd gewesen vnd chainen nachsten frewnd noch erben, den ich wizz, nyndert gehabt noch hinder im lazzen hat, der vor dem egenanten Hannsen sein hab vnd gut geerben mug oder sull. Vnd das sprich ich also bey meinen trewn an alles geit mit vrchund des briefs, der geben vnd mit meinem aigen insigl besigilt ist, zu Chueffstain an suntag nach Andree anno damini MCCClxxxxvii.

4.

Vnd darumb so hat der rat der stat zu Wienn mit dem vorgenanten Jorgen dem Newer geschafft, das er dem vorgenanten Hannsen dem Scharffenberger alles das gut, wie das genant oder waz das gewesen ist, in geantwurt vnd geben hat, daz Fridreich der Scharffenberger selig in sein gewalt hinder im lazzen hat.

Währungseinheiten werden nach dem Brauch des 15. Jahrhunderts abgekürzt zitiert: t (talentum) = Pfund, s (solidus) = Schilling, d (denarius) = Pfennig. Auf ein Pfund gingen in Österreich acht Schilling zu je 30 Pfennig, somit 240 Pfennig für ein Pfund. — fl (florinus) = Gulden. Gemeint ist hier der ungarische Gulden, der auch in Österreich — weil wertbeständiger als die Pfennigwährung — als Zahlungsmittel genommen wurde.

* Aus Band I der sogenannten Testamentenbücher (richtiger Stadtbücher) im Wiener Stadt- und Landesarchiv (Handschrift 9/1), fol. 38v (Abkürzungen sind aufgelöst, Interpunktionen eingesetzt).

Ritter Hans Steger, Bürgermeister von Wien

Von Hans Hülber, Wien

Es ist erstaunlich, daß über einen Wiener Bürgermeister, der zumindest 35 Jahre dem Wiener Stadtrat angehört hat, so wenig bekannt ist wie über Hans Steger. Die Quellenbelege sind so dürftig, daß selbst bei der europaweiten Suche nach Material kein vollständiges Lebensbild dieses Mannes erstellt werden kann.

So weit wir es erfassen können, hat Hans Steger von 1422 bis 1457, möglicherweise sogar bis 1459, im Wiener Stadtrat in verschiedenen Funktionen gewirkt. Es gibt wohl eine große Zahl von Urkunden, in denen er erwähnt wird oder die er gesiegelt hat, aber nur selten kann aus diesen Belegen über die Person des Bürgermeisters Aussagekräftiges entnommen werden.

Ein Erinnerungszeichen hat sich allerdings bis in unsere Tage erhalten. Es sagt einiges aus, gibt zugleich aber auch Rätsel auf: nämlich die Grabplatte im Wiener Stephansdom. Wenn man im Dom vom Haupttor her das linke Seitenschiff betritt, kommt man — unmittelbar vor dem Abgang zu den Katakomben — zu dem den Heiligen Peter und Paul geweihten Altar, einem vergleichsweise bescheidenen Andachtsbereich. Im gedämpften Licht des Raumes übersieht man sehr leicht den an der Rückseite dieses Altars aufrecht stehenden, gewaltigen, roten Marmorblock, eine Grabplatte[1], die mit gotischen Buchstaben beschriftet ist und deren Mitte in Ritztechnik das Wappenbild des Hans Steger trägt. Dieses Relikt aus Wiens Vergangenheit, das zwar künstlerisch nicht besonders wertvoll, aber doch zeitgeschichtlich interessant ist, wird von dem unmittelbar daneben zur Höhe strebenden Mauerpfeiler des Doms teilweise verdeckt und verdunkelt. So ist es nicht verwunderlich, daß die Besucher des Gotteshauses achtlos an diesem Grabstein vorbeigehen.

Beim Studium der zeitgeschichtlichen Verhältnisse und des vorhandenen Urkundenmaterials kommt man zu dem Schluß, daß in der Amtszeit des Hans Steger in und außerhalb Wiens Bedeutendes geschehen ist. Erfolge und Mißerfolge säumen den Lebensweg dieses Bürgermeisters. Doch das wäre nicht das Besondere. Was Hans Steger heraushebt, sind die zeitbedingten Umstände. Unter Albrecht II. wird durch Heirat das erste Mal Österreich mit Böhmen und Ungarn in habsburgischer Personalunion vereint. Und Wien gewann als Residenz des Herzogs und zweifachen Königs besondere Bedeutung. Aber die Stadt war Kammergut und die Stände rangen um mehr Freiheit für sich und für die Stadt.

Wo und wann Steger geboren wurde, wissen wir nicht. Gestorben ist er vermutlich im Jahre 1459[2]. Genaue Daten sind auch darüber nicht mehr aufzufinden. Seine erste Ehefrau, Katharina Haubner, verw. Werder, starb bereits Ende des Jahres 1430[3]. Das wissen wir aus den Kirchenmeisteramtsrechnungen.

[1] Wiener Dombauvereins-Blatt, 1. Serie, Wien 1881—1888, 7. Jg. (1887), Nr. 45, 5178; Berichte und Mitteilungen des Alterthumsvereines zu Wien, XXVII (1891), 130, mit Abb.

[2] Walter Weinzettl, Die undatierte Genanntenliste der Wiener Ratstafel, in: Jb.VGStW, 11 (1954), 12.

[3] Karl Uhlirz, Die Rechnungen des Kirchenmeisteramtes von St. Stephan zu Wien, 2. Abteilung, Wien 1902, 448.

Die Grabplatte in der Stephanskirche ist um diese Zeit geschaffen worden. Somit ist sie mehr als 500 Jahre alt: ein bescheidenes, aber ehrwürdiges Denkmal an ehrwürdiger Stätte im Zentrum der Stadt.

Erste urkundliche Erwähnung des Hans Steger

Bei oftmaliger Benützung der Quellen zur Geschichte der Stadt Wien[4] fällt auf, daß Hans Steger ein sehr oft genannter, viel beschäftigter, fleißiger Stadtvater, zugleich aber auch ein erfolgreicher Geschäftsmann war. Es war nur notwendig, alle erreichbaren Belege über ihn, und zwangsläufig auch über seine Zeit, zu sammeln, zu ordnen und aus den vielen, weit verstreuten Unterlagen — teils originale Urkunden, teils schriftliche Vermerke, notgedrungen auch Literatur — ein Gesamtbild dieses Mannes zu erstellen, dessen lange Amtszeit als Ratsherr, Richter, Kämmerer und Grundbuchsverweser, nicht zuletzt als Bürgermeister der Nachwelt die Verpflichtung auferlegt, seine Biographie zu schreiben.

Steger hat auch über die Grenzen der Stadt hinaus als landesfürstlicher Beamter gewirkt, denn er war außer mit seinen städtischen Funktionen auch mit denen eines Kellermeisters von Österreich und eines Münzmeisters belastet. Diese zusätzliche Ehre und Auszeichnung verdankt er sicher in erheblichem Maß seinem wohlfundierten Vermögen. So hat er zur Hebung des Ansehens der landesfürstlichen Residenzstadt Wien wesentlich beigetragen. Dem Landesfürsten war mit diesem — wie es scheint — tüchtigen, wendigen und wohlhabenden Beamten sicherlich sehr gedient. Es nimmt daher nicht wunder, daß Hans Steger sehr bald eine Standeserhöhung erfuhr und zum Ritter geschlagen wurde[5].

Bei der Suche nach Quellenbelegen zeigte sich, daß Materialien über Hans Steger außer in den Wiener auch in vielen europäischen Archiven zu finden sind. Die Ursache haben wir in seiner langjährigen diplomatischen Tätigkeit zu suchen. Sehr oft finden sich Hinweise auf geschäftliches Wirken für angesehene Persönlichkeiten, so in Passau[6], Tirol[7], Mähren[8], Ungarn[9] u. a.

Die älteste verifizierte urkundliche Erwähnung des vergessenen Bürgermeisters von Wien trägt die Jahreszahl 1414[10]. In dieser Urkunde, die im Passauer Domkapitel liegt, wird Hans Steger als Vertrauensmann des damaligen Bürgermeisters Rudolf Angerfelder belegt. Er weilte in dessen Auftrag in Passau, um an einer Streitverhandlung teilzunehmen, in der schließlich dem

[4] Quellen zur Geschichte der Stadt Wien (in der Folge kurz: Quellen), 16 Bde. (1895 bis 1921).

[5] Franz Krones, Kleine Beiträge zur mittelalterlichen Quellenkunde, in: MIÖG, 7 (1886), 248 f.; Codex germ. Nr. 317, fol. 141.

[6] Passauer Domkapitel, Urk. Nr. 2190 (1414 August 8).

[7] Tiroler Landesarchiv, Urk. Nr. 3682 (1435 Mai 25), Rechtsstreit mit Anna Schidmann, Bozen.

[8] J. E. Schlager, Wiener Skizzen aus dem Mittelalter, NF III (1839), 142, Reiserechnung aus 1438: Hans Steger, Bürgermeister und „ettliche herren des Rats, mitsambt andern iren gesind, hinaus für den großen Tabor zu unsern genedigisten herrn getan, und auf 35 Pherdt, auf der Stat Sold“ auf dem Weg nach Mähren.

[9] Karl Weiß, Geschichte der Stadt Wien, 1, Wien 1882, 218. Deputation zur Krönung Albrechts nach Stuhlweißenburg, 1438.

[10] Siehe Anm. 6.

Angerfelder ein Eckhaus in Passau, in der „Slottergrube", zugesprochen wurde. Da Hans Steger — obwohl der Name auch anderwärts vorkommt — dem Bürgermeister Angerfelder und dessen Söhnen, Jörg und Hans, in mehreren Rechtsgeschäften bis in das Jahr 1426 beistand, zuletzt als Testamentvollstrecker der verstorbenen Söhne, und zumindest eine der noch erhaltenen Urkunden von ihm gesiegelt worden war, ist die Identität für diesen Urkundenbereich ab 1414 eindeutig erwiesen[11].

Was über die Zeit vor dem Jahre 1414 zu sagen wäre, woher er stammt, wann und wo er geboren worden ist, bleibt uns wohl verborgen. Trotz eifriger Suche ist nichts Eindeutiges zu finden gewesen. Für Vermutungen über Vorfahren gäbe es Anhaltspunkte; am Schluß dieser Studie soll darüber noch gesprochen werden. Anzunehmen ist, daß Hans Steger einer vornehmen Familie angehört hat und wahrscheinlich rechtskundig gewesen ist.

Vermerkt sei in diesem Abschnitt noch Stegers erstes beweisbares Auftreten im Wiener Stadtrat. Im Wiener Neustädter Stadtarchiv befindet sich eine Verlassenschaftsurkunde aus dem Jahre 1422, die er als Mitglied des Stadtrates mit seinem Wappensiegel, dem sogenannten Wiener Kreuz, gesiegelt hat[12]. Auch im Ratsverzeichnis des Codex 8019 (ÖNB) ist er in diesem Jahr erstmals als Ratsherr genannt.

Bei Durchsicht der Wiener Grundbücher fand sich eine interessante Belegstelle aus dem Jahre 1421[13], die die persönlichen Verhältnisse etwas aufhellt. Darüber soll in einem eigenen Abschnitt berichtet werden.

Die öffentlichen Funktionen des Hans Steger

Aus vielen österreichischen Urkunden, aus Grundbüchern und den Testamentenbüchern Wiens können wir die öffentlichen Funktionen, die Hans Steger im Laufe seines Lebens innegehabt hat, ablesen[14]. Die wichtigsten Belegstellen unter Benützung des Ratsverzeichnisses des Codex 8019, wie sie Tomaschek bearbeitet hat, sind, ergänzt durch bisher nicht veröffentlichte Quellen, in chronologischer Reihenfolge dieser Studie angeschlossen. Es genügt daher, hier die wichtigsten Stationen seiner öffentlichen Tätigkeit festzuhalten.

Hans Steger ist, wie bereits erwähnt, ab 1422 als Ratsmitglied der Stadt Wien belegt. Im Jahre 1426 wird er außerdem als Kämmerer der Stadt genannt. 1427 und 1428 tritt er in einigen in- und ausländischen Urkunden als Stadtrichter in Erscheinung. 1432 ist er wieder Ratsmitglied; im Juni dieses Jahres wird er aber in zwei Wiener Quellen (siehe Anhang) erstmals als Bürgermeister urkundlich erwähnt. Nach dem Bürgermeisterverzeichnis bei Tomaschek[15] ist zu dieser Zeit Konrad Holzler Bürgermeister gewesen. Allerdings vermerkt Tomaschek, daß 1432 zweimal Wahlen stattfanden, und zwar bedingt durch

[11] Stadtarchiv Wiener Neustadt, Urk. Nr. 68 (1422 November 7; Stegerwappen); Quellen I/4, 3747, 3748, 3749, 4555.

[12] Siehe Anm. 11 (Wiener Neustadt).

[13] Wiener Stadt- und Landesarchiv (in der Folge: WStLA), Grundbuch (in der Folge: Gb.), 1/6 b, fol. 306 aus 1421; 1/6 a, fol. 113 aus 1430 Dezember 11.

[14] Vor allem sei auf die Wiener Quellen verwiesen; Gb. 1/6 a, fol. 133; Gb. 1/6 b, fol. 306; Geschäftebuch (WStLA, Hs. 9), fol. 130; Gb. 1/33, fol. 120 und 125; schließlich J. A. Tomaschek, Die Rechte und Freiheiten der Stadt Wien, 2, Wien 1879, 270 ff.

[15] Siehe Anm 14; nach Ludwig Fischer, Brevis notitia urbis veteris Vindobonae, Wien 1764, pag. 109, soll Hans Steger auch 1444 Bürgermeister gewesen sein.

Todesfälle mehrerer Ratsmitglieder. Es ist nicht erwiesen, aber möglich, daß Hans Steger 1432 in der Zwischenwahlzeit den Bürgermeister vertreten hat. Im gleichen Jahr wird er auch erstmals als Kellermeister von Österreich angesprochen. Im Zeitraum von 1434 bis 1449 war Hans Steger dreimal Bürgermeister: nach Tomaschek 1434—1439, 1443 und 1447—1449, das wären insgesamt zehn Jahre. Nebenbei oblag ihm immer wieder das Amt des Kellermeisters und schließlich auch das verantwortungsvolle und risikoreiche Amt des Münzmeisters. Man kann aus all dem ersehen, daß die Ämterkumulierung durchaus kein modernes Problem ist.

Am 1. Jänner 1438 wurde Hans Steger als Bürgermeister mit den Stadtratsmitgliedern Konrad Holzler, Stephan Wirsing und Hans Würfel in Stuhlweißenburg von König Albrecht V. zum Ritter geschlagen[16]. Diese Standeserhöhungen, die sicher ihre Begründung in der Hilfeleistung der Stadt bei den Auseinandersetzungen mit Böhmen und Ungarn hatte, kamen Wien zugute. Albrecht war nach dem Tod Sigismunds (9. Dezember 1436) am 17. Dezember 1437 in Stuhlweißenburg ohne Widerstand zum ungarischen König gewählt worden, und Wien und die Wiener hatten wieder einmal auf die richtigen Karten gesetzt. *Und darnach am samcztag,* (5. Jänner) *do komen die mär gen Wien, wie der künig gekrönt wär. Da prennat man fewr an allen placzen und man sung „Te Deum laudamus" nach der vesper mit trumetten und pawkhen mit zwain orgeln und dapey was die gancz universitet, und am abent da czünttat man frewdenfeuer und man hieng die hincz dem newn turn herus. Und am suntag* (6. Jänner) *da gieng man mit dem heiligtum umb, als man get am achtisten tag gots leichnams über den graben und uber den hohen markcht von allen klöstern*[17].

Die Standeserhöhung war ein sehr wesentliches Ereignis im Leben von Hans Steger. Sein diplomatisches Geschick hat er wiederholt bewiesen, sonst wäre er bei den Gegensätzen, die vor allem im finanziellen Bereich zwischen den Bürgern und dem Landesfürsten immer bestanden, nicht so viele Jahre in die leitenden Stellungen gewählt und vom Landesfürsten bestätigt worden. Daß er geschäftstüchtig war, läßt sich aus einer Transaktion erkennen, von der noch gesprochen werden soll.

Nach Ogesser[18] wird er noch 1450 als Ritter und Münzmeister zitiert. In den folgenden Jahren erscheint er in verschiedenen Urkunden (siehe Anhang) immer wieder als Ratsmitglied bis zum Jahre 1457.

Nach Walter Weinzettl („Die undatierte Genanntenliste der Wiener Ratstafel") wäre er auch 1459 und 1460 aktiv gewesen; es gibt jedoch keine schlüssigen Belegstellen, welche diese Nennung erhärten. Weitere Nennungen des Hans Steger finden sich in grundbücherlichen Eintragungen.

Um oder knapp nach 1459 dürfte Hans Steger gestorben sein. Die Übertragungen seines Besitzes an seine Erben erfolgte grundbücherlich am 18. Dezember 1461[19]. Bei der langatmigen mittelalterlichen Prozeßführung würde das auf den Tod Anfang des Jahres 1460 hinweisen. Demzufolge wäre er nicht nur 35, sondern sogar in einem Zeitraum von 37 Jahren (mit geringfügigen Unter-

[16] Krones (Anm. 5), 249.
[17] Ebenda, 249.
[18] Joseph Ogesser, Beschreibung der Metropolitankirche zu St. Stephan in Wien, Wien 1779, 60.
[19] Gb. 1/8, fol. 40v/2.

brechungen, die man aber nur vermuten kann) im öffentlichen Leben tätig gewesen.

In all diesen Jahren seiner Tätigkeit, die Schalk die „Zeit des österreichischen Faustrechts“ nennt[20], fallen einige beachtenswerte Entscheidungen des Stadtrats. Es sei hier kurz darauf verwiesen, daß in die Zeit unmittelbar vor dem Eintritt Hans Stegers ins politische Leben im internationalen Bereich einschneidende Ereignisse, wie etwa das Konzil von Konstanz (1414—1418), fallen. Während seiner Amtszeit gab es die dauernde Bedrohung durch die Hussiten (1419—1436) und die Auswirkungen des Basler Konzils (1431—1449), gegen Ende dann das Anschwellen des habsburgischen Familienstreits und die Auseinandersetzungen mit dem ungarischen und böhmischen Adel (Johann Hunyadi und Georg von Kunstadt-Podjebrad). Im engsten Bereich aber die Eingriffe des zeitweiligen Gubernators von Österreich, Ulrich von Eitzing, welcher der Stadt manche Verlegenheit bereitete. Wirtschaftlich gesehen ist eine sehr belastende Münzverschlechterung eingetreten („Schinderlinge“). Der Anteil der Stadt am internationalen Export- und Importgeschäft ging um die Mitte des Jahrhunderts stark zurück. Die Rivalität mit Wiener Neustadt, gefördert von König Friedrich IV. (seit 1452 Kaiser Friedrich III.), beeinträchtigte das Wirtschaftsleben der Stadt Wien sehr wesentlich.

Man kann unschwer ableiten, daß im Leben des Bürgermeisters Hans Steger viel Dramatik lag. Es mangelt aber leider das konkrete Wissen, so daß vieles Spekulation bleiben muß.

Zur Sicherung der Stadt wurde — wohl eingedenk der unmittelbaren Bedrohung durch die Hussiten gegen Ende der zwanziger Jahre — eine Verstärkung der Bollwerke (1435) und im Anschluß daran die Anlage einer Vorbefestigung aus Palisadenzäunen (1440) veranlaßt. Diese sollten dem Schutz der „Lucken“ vor der Stadt dienen. Ebenfalls 1435 berief der Bürgermeister einen Wasserbaumeister aus Salzburg, da die Versandung des an der Stadt vorbeifließenden Donauarmes immer weiter fortschritt[21]. Diesem Bemühen war allerdings kein Erfolg beschieden. Im Jahre 1439 wurde die älteste Donaubrücke beim Tabor über den stark verästelten, schwer passierbaren Strom geschlagen. Das war eine für den Handel mit den nördlichen Nachbarn sehr wichtige Maßnahme, da immer der Umweg über die Nußdorfer Fähre gemacht werden mußte. Später, 1455, wurde versucht, die Donau zu regulieren, jedoch ohne Erfolg[22].

Die Stadt war sehr oft mit Stellungspflicht von Menschen und Pferden für Kriegshändel belastet. So beispielsweise 1441[23]. Im September des Jahres 1447 forderte König Friedrich vom Wiener Stadtrat die Beistellung von 200 Reitern und 100 Mann Fußvolk zur Bekämpfung des Pankraz von Szent-Miklós, der weite Teile des Marchfeldes und das anschließende Ungarn beherrschte. Die Stadt Wien zögerte aber und bot nur 100 Mann Fußvolk, weil die Weinlese vor der Tür sei und auch sonst die Not in der Stadt groß wäre. Der Hauptgrund, so vermutet man, war aber die Unzufriedenheit mit der Politik des Königs, der die Rechte der Stände einzuschränken versuchte[24].

[20] Karl Schalk, Aus der Zeit des österreichischen Faustrechts, 1440—1463, in: Abhandlungen zur Geschichte und Quellenkunde der Stadt Wien, 3 (1919).

[21] Victor Thiel, Geschichte der älteren Donauregulierungsarbeiten bei Wien, I. Von den ältesten Nachrichten bis zum Beginn des XVIII. Jh.s, in: Jb. LKNÖ, NF 2 (1903), 117 ff.

[22] Quellen II/2, 3631 (1455 Juni 30).

[23] Schlager (Anm. 8), NF III, 503.

[24] Weiß (Anm. 9), 228.

Hans Steger hinterlegte auch das sogenannte Normalmaß im Rathaus, um die ständigen Händel zwischen Kaufleuten und Käufern zu beseitigen. Es ist zu vermuten, daß er als Münzmeister auch bei der Ordnung des Münzwesens seine Hand im Spiel hatte[25].

Im 1350 angelegten Stadtbuch, dem „Eisenbuch", einer Sammlung von Privilegien, steht auf folio 52v[26] in großen gotischen Zierbuchstaben geschrieben: *Anno Domini Millesimo Quadringentesimo Tricesimoquarto Hat der Ersam vnd weiß Her Hanns der Steger zu den zeiten Burgermeister vnd Kellermeister zu Wienn die hernach geschriben Fürstleichen brief vnd Hanndvessten in das gegenbürtig groß Stat puch geschafft zuschreiben.* Damit wurde Recht im Auftrag des Hans Steger kodifiziert.

Der erfaßbare private Bereich des Hans Steger

Über die Person des Bürgermeisters kann man nur aus äußeren Umständen und jenen Quellen, die über Besitz und Vermögen etwas aussagen, Schlüsse ziehen. Eine Liste von Hinweisen auf seinen Grund-, Haus- und Gartenbesitz — so unvollständig sie sein mag — rundet das Bild doch einigermaßen ab. Die Liste ist diesem Beitrag angeschlossen.

Wir haben bereits festgehalten, daß in den Grundbüchern der Stadt Wien zwei Belegstellen[27] aus dem Jahre 1421 interessante erste Einblicke in den privaten Bereich des Bürgers Hans Steger bieten. Kathrey, seine vermutlich erste Ehefrau, Hainreichs des Haubner, selig, Tochter, erhält Nutz und Gewähr eines Hauses *so vormaln zway heuser gewesen* sind, gelegen *an dem Harmarkcht ze Wienn weilent Stephans des Glaser Haus* und der *padstuben* bei dem *Rothenturm.* Die zweite Eintragung nimmt auf diesen anerstorbenen Besitzerwerb Bezug. Ergänzend heißt es hier *zenegst weilent Stuchsen des Fleischhakchers Haus am Harmarkcht.*

Der Vater der Kathrey war 1402 bereits verstorben. Die Mutter Margarete lebte noch. Sie heiratete in zweiter Ehe den Wiener Bürger Niclas Schermitza. Dies entnehmen wir dem Testamentenbuch[28]. Kathrey dürfte vor 1402 geboren worden sein. Sie war daher um 1420 vogtbar (= großjährig) und als Erbin etwa 18 bis 20 Jahre alt. In einer vorausgehenden Ehe war sie mit einem Wiener Bürger namens Werder verheiratet. Aus dieser Ehe entstammte ein Sohn Daniel, der zweimal in Urkunden genannt wird. Im Jahre 1430 ist Kathrey — wie wir wissen — im Alter von etwa 30 Jahren gestorben. Der Sohn Daniel wurde dem Stiefvater Hans Steger zugesprochen.

In den von Karl Uhlirz herausgegebenen Kirchmeisteramtsrechnungen von St. Stephan ist vermerkt, daß *Hanns Steger von seiner hausfraun, die hat man gelegt in kirchen, 5 tl dn.* bezahlt hat. Die Eintragung erfolgte im Dezember. Da die Textierungen der Eintragungen sehr genau differenziert sind, ergibt sich eindeutig, daß die Grabstelle der Steger nicht am Friedhof, sondern in der Stephanskirche lag.

[25] Felix Czeike, Wien und seine Bürgermeister, Wien 1974, 108.

[26] Eisenbuch, fol. 52v (WStLA, Hs. 1).

[27] Gb. 1/6 b, fol. 306 (1421), zwei Eintragungen; Gb. 1/6 a, fol. 113 (1430 Dezember 11); hier zusätzliche topographische Hinweise: „baide gelegen bey dem Rotenturm zenagst des Salomons des Hamer haus" und „zenagsst des Herczogen kastn". Genannt werden noch „Gilgen Sniczer und Niclassen Zyger".

[28] Geschäftebuch (Anm. 14), fol. 130.

Daß Hans Steger älter war als seine Frau, ist anzunehmen. Er hat ein hohes Alter erreicht und dürfte um die 70 Jahre alt geworden sein. Das ist zwar nicht eindeutig beweisbar, doch wenn man in Betracht zieht, daß er bereits 1414 eigenberechtigt als Vertreter des Bürgermeisters nach Passau gereist war, so darf man annehmen, daß er zu dieser Zeit älter als 18 Jahre gewesen ist Über seine Eltern wissen wir nichts; zu den Steger-Familien dieser Zeit sollen am Schluß dieser Studie noch einige Hypothesen angeschlossen werden.

Im Jahre 1430, wohl nach dem Tod seiner Frau Kathrey, verkaufte Hans Steger die beiden Häuser beim Rotenturm am Haarmarkt für sich und seine lebenden, noch unmündigen Kinder. Daniel Werder hat laut Grundbuch merkwürdigerweise zugunsten der anderen verzichtet. Der Verkauf erfolgte am 11. Dezember 1430[29].

Kathrey hatte in ihrem Testament bereits im Jahre 1429 ihren Gemahl Hans Steger und die drei unmündigen Kinder bedacht. Das älteste Kind — aus der Ehe mit Werder — wurde bei dem Verkauf nicht mehr erwähnt[30]. Unter welchen Umständen Daniel Werder verzichtete, ist nicht zu ersehen.

Über das persönliche Eigentum des Hans Steger, *Rath der Stat ze Wienn,* liegt 1425 eine Eintragung im Grundbuch[31] vor. In dieser wird fixiert, daß er Nutz und Gewähr eines halben Hauses, gelegen vor dem Stubentor im Gereut, erhält. Für eine Geldschuld spricht ihm der Stadtrichter vor der Bürgerschranne den Besitztitel zu.

Die Existenz der zweiten Ehefrau, Agnes, wird uns erstmals 1432 durch eine Grundbucheintragung bekannt. Gemeinsam mit ihrem Gemahl verkauft sie ein Haus *gelegen in der Kumphfluckchen zunechst Albrecht des Paumann Haus.* Hans Steger verpfändet zur gleichen Zeit sein Haus, den Margarethenhof, für sechs Pfund Pfennig seiner Gattin Agnes[32]. Aus welcher Familie Agnes kommt, ist nicht bekannt. Zu vermuten ist aus Hinweisen eine Schwägerschaft mit den Familien Kraft und Wirsing[33].

Vom 19. April 1434 existiert eine Urkunde, die für Johann Steger und seine Ehefrau Agnes die Erlaubnis enthält, einen beliebigen Beichtvater zu wählen[34], eine beachtenswerte Ausnahme, die nur angesehenen und hochgestellten Menschen gewährt wurde.

In dieser Zeit, genau am 12. Mai 1435, bestätigte *Hanns der Steger, Bürgermeister zu Wien und Kellermeister in Österreich,* für sich und seine unmündigen Kinder, Hanns und Agnes — Daniel wird nicht mehr erwähnt —, die Ausstattung einer zu St. Stephan gestifteten Messe, und zwar mit Weingärten in Perchtoldsdorf *am Haspan*[35].

Von der Ehefrau Agnes ist anzunehmen, daß sie nach 1434 und vor 1439 gestorben ist. Leider fehlen die entsprechenden Kirchmeisteramtsrechnungen. Daß sie im Bereich des Stephansfriedhofs oder in der Kirche selbst bestattet

[29] Gb. 1/6 b, fol. 306 aus 1421; 1/6 a, fol. 113 aus 1430 Dezember 11; Gb. 1/6 b, fol. 348 aus 1430 März 8; fol. 349 aus 1430 März 10.

[30] Geschäftebuch III, fol. 348^{v} (WStLA, Hs. 9/3); siehe auch Heinrich Demelius, Eheguterrecht der Münzerstraße im 15. Jh., in: Jb.VGStW 26 (1970), 72; Gb. 1/6 b, fol. 349: Hans Steger empfängt Nutz und Gewähr der Anteile des Daniel Werder, seines „steufsuns“; Der Grund dafür ist nicht zu erkennen.

[31] Gb. 1/6 b, fol. 326 aus 1425.

[32] Gb. 1/6 a, fol. 117^{v}; Gb. 1/33, fol. 125, 126.

[33] Quellen II/2, 2493; 2957.

[34] Ebenda I/2, 1797.

[35] Ebenda II/2, 2523.

wurde, ist wahrscheinlich. Andere Daten sind über die Ehefrau Agnes nicht aufzufinden. Nichtaussagekräftige Grundbucheintragungen zeugen wohl von ihrer Existenz, aber nicht mehr.

Nach „Der niederösterreichische Ständische Adel", S. 220, wäre Hans Steger mit Katharina, Tochter des Konrad Schirmer und der Margarete von Puchau, verheiratet gewesen, die — so die Quelle — 1440 gestorben ist. Erst für 1456 wird der Beginn der Verbindung mit Magdalena Aspan von Haag auf Wimsbach angegeben. Da Agnes vermutlich in der Zeit 1434—1439 gestorben ist und nach einer anderen Quelle (Hoheneck)[36] Magdalena erstmals 1439 als Ehefrau genannt wird, so wäre der Zeitraum von 1435 bis 1439 nicht dokumentiert. Es finden sich aber keine Anhaltspunkte für eine Ehe mit Katharina Schirmer. Auch von einem in der erstgenannten Quelle erwähnten Sohn Gregor ist nichts bekannt. Die Annahme, daß Hans Steger Magdalena Aspan erst 1456 geheiratet habe, ist sicher unrichtig. Es werden in dieser Studie einige authentische Quellenbelege genannt, die als Beginn dieser Ehe die Zeit knapp vor 1440 erkennen lassen.

Die Ehefrau Magdalena Aspan überlebte Hans Steger. Über sie haben wir mehr Informationen als über die vorausgegangenen. Sie war die Tochter des Simon und ihre Schwester Ursula war die Ehefrau des Friedrich Kraft mit Sitz am Förthof in der Wachau[37], wodurch eine verwandtschaftliche Beziehung zu den Edlen Krafts von Marsbach begründet ist. Magdalena dürfte im Jahre 1484 gestorben sein[38].

Ein wichtiger Punkt im Familien- und Besitzbereich des Hans Steger ist der St.-Margareten-Hof in der Münzerstraße in der Nähe der Brandstatt, also im Zentrum der Stadt. Daher sei dieser hier unter teilweiser Benützung des von Heinrich Demelius erarbeiteten Materials kurz behandelt[39].

Hans Steger übernahm den Hof 1430 vom Klosterneuburger Bürger Peter Paltinger durch dessen Geschäftsausrichter, seinen Schwager Stephan Wirsing[40]. Die Mittel zum Ankauf (Preis 1000 Pfund Pfennig) hatte ihm vielleicht die Erbschaftsmasse seiner in diesem Jahr verstorbenen Frau Katharina ermöglicht; dies scheint nach der bisherigen Vermögensfeststellung wahrscheinlich. Wohl wissen wir über seinen Besitz vor dem Jahr 1430 zu wenig, können aber annehmen, daß Steger aus wohlhabender Familie stammt. Sechs Jahre nach der Inbesitznahme des Hofes (1436) wurde die Gewähreintragung durch eine zweite ergänzt. Ein Zubau zum Hof wurde gegen Bezahlung eines jährlichen *ewigen Zinses* dem Hans Steger zugeschrieben[41]. Hier wäre nochmals die Gabe an seine Frau Agnes aus dem Jahre 1432 zu erwähnen[42].

Der Margaretenhof in der Münzerstraße (heute Bauernmarkt) wird urkundlich bereits zu Beginn des 14. Jahrhunderts erwähnt. Im Jahre 1396 ist der „Stiftshof bei St. Margareten in Wien" von Abt Albert von Zwettl verkauft

[36] J. G. A. Hoheneck, Die löbliche Herren Stände des Ertzherzogthumb Österreich ob der Enns, II, 45.

[37] Hans Hülber, Friedrich Kraft, Richter und Mautner zu Linz, in: Hist. Jb. d. Stadt Linz 1975, Linz 1976, 35 ff.

[38] Gb. 1/8, fol. 149v (1484).

[39] Demelius (Anm. 30), 72.

[40] Gb. 1/6 b, fol. 258/1; Quellen II/2, 2957 (1443 Dezember 4).

[41] Gb. 1/6 b, fol. 401v (1436).

[42] Gb. 1/33, fol. 125, 126.

worden[43]. 1497, also in der Zeit, in der die Maroltinger im Besitz des Hofes waren, steht in einer Urkunde *curia St. Margarete, versus forum St. Peter*[44].

Seit Beginn des 15. Jahrhunderts war der Hof im Besitz zweier Familien, der Wiener Bürger Eckprecht und der Klosterneuburger Bürger Paltinger[45]. Zwischen den Jahren 1436 und 1443 gibt es keine Berichte über den Margaretenhof. Der dritten Gattin widmete Hans Steger 1443 zu dem seinen Kindern eingeräumten „Satz" (Hypothekardarlehensverschreibung) einen „Doppelsatz" für 600 Pfund Pfennig[46].

Demelius fand heraus, daß Magdalena eine bargeldreiche Frau war, die Steger auch in der Folge sehr wirkungsvoll unter die Arme greifen konnte[47]. 1448 ist in einer Urkunde des Stiftes Zwettl zu lesen: *in domo strenui militis domini Johannis Steger, magistri civium et monetarum Wienne*[48].

Nach dem Abgang des Hans Steger, etwa 1460, blieb das Haus in der Münzerstraße testamentarisch seinen beiden Kindern aus erster Ehe, die aber das offenbar durch die ihrer Stiefmutter Magdalena zustehenden Sätze überlastete Haus dieser im Jahre 1461 kaufweise zu überlassen gezwungen waren[49].

Magdalena Steger, die in einer weiteren Ehe mit Sigmund Maroltinger vermählt war, wendete ihrem überlebenden Mann im Jahre 1484 das Haus testamentarisch zu[50]. 1504 geht der Hof an dessen Kinder aus einer vorausgehenden Ehe.

Das Haus in der Münzerstraße war einer der bedeutenden Höfe der Stadt. 1458 hatte hier Kaiserin Elisabeth, die Mutter des Ladislaus Postumus, Quartier genommen[51].

Aus der Grundbuchabhandlung des Jahres 1461[52] ergibt sich, daß Hans Steger vor dem 18. Dezember 1461 gestorben sein muß. Bei einer sicher langwierigen Verlassenschaftsabwicklung infolge der zu vermutenden Gegensätze zwischen Magdalena und den Kindern Stegers und bei der mittelalterlichen bürokratischen Praxis kann wiederum geschlossen werden, daß Hans Steger im Laufe oder gar zu Beginn des Jahres 1460 verstorben ist.

Von seinem Sohn Hans (Johannes) wissen wir, daß er 1443 an der Universität Wien immatrikuliert war[53]. Die Tochter Agnes war mit Andre Dietram verheiratet, der einer begüterten und angesehenen Wiener Ratsbürgerfamilie entstammte[54]. Die Spur des Sohnes Johannes verliert sich. Über die Tochter Agnes liegen einige Urkunden vor. Im Jahre 1461, da sie und ihr Bruder Nutz und Gewähr des Margaretenhofes zugesprochen bekamen, war Agnes bereits verwitwet. Auch 1464 wird sie als Witwe apostrophiert[55].

[43] Quellen I/1, 813 (1396, nach April 5).

[44] Richard Groner, Wien wie es war, Wien ³1934, 290.

[45] Paul Harrer, Wien, seine Häuser, Menschen und Kultur (WStLA, Hs. B 433), I, 716; Geschäftebuch II (WStLA, Hs. 9/2), fol. 68v/2; Gb. 1/6 a, fol. 93 (1421).

[46] Gb. 1/34, fol. 154/3 (1443).

[47] Siehe Anm. 39.

[48] Quellen I/1, 817 (1448 April 14).

[49] Gb. 1/8, fol. 40v (1461).

[50] Ebenda, fol. 149v.

[51] Copey-Buch der gemainen Stat Wienn 1454—1464, hg. v. H. J. Zeibig, in: Fontes rerum Austriacarum, II/7 (1853), 143 ff.

[52] Siehe Anm. 49.

[53] Die Matrikel der Universität Wien, in: Publikationen des Instituts für österreichische Geschichtsforschung, VI. Reihe: Quellen zur Geschichte der Universität Wien, 1 Abt., 1, II/A 3.

[54] Quellen I/2, 1734 (1396 Juni 21); I/4, 3816 (1445 August 27); I/1, 419 (1381 Juli 6).

[55] Ebenda I/3, 2429 (1464 August 6).

In den folgenden Jahren wird ein Christoph Steger als Ratsherr der Stadt Wien einige Male erwähnt. Ob er vielleicht ein Sohn des Johannes und somit ein Enkel des Hans Steger ist, kann in keiner Weise belegt werden[56].

Wo die Grabstätten der Ehefrauen Agnes und Magdalena zu suchen sind, wissen wir nicht. Daß sie im Bereich des St.-Stephans-Freithofes bestattet wurden, ist wohl anzunehmen.

Bei diesen Überlegungen wird man unwillkürlich auf die riesige Marmorplatte des Hans und der Kathrey Steger in der Kirche hingelenkt, die uns erhalten geblieben ist.

Die Marmorplatte im Stephansdom

Auf die im Wiener Stephansdom erhaltene Grabplatte wurde bereits eingangs Bezug genommen. Mit diesem Relikt hat sich 1887 Wilhelm Neumann im Wiener Domvereinsblatt[57] beschäftigt. Im Jahre 1891 erschien dann in den „Berichten und Mittheilungen des Alterthums-Vereines zu Wien"[58] eine kurze Abhandlung, die auch eine Xylographie der Grabplatte enthält.

Diese beiden an sich wertvollen Literaturbeiträge zur Geschichte des Bürgermeisters Hans Steger beinhalten leider eine ungenaue und in mancher Hinsicht unrichtige Darstellung über die Personen und über die Grabplatte selbst.

Der große rote Stein (128 × 219 cm) lag wohl durch Jahrhunderte vor dem Agnes-Altar, im linken Seitenschiff, teilweise durch Stufen des Altars verdeckt, teilweise den langsam, aber sicher zerstörenden Schritten der Kirchenbesucher ausgesetzt. Um das Jahr 1880 wurde mit Erlaubnis des Ordinariats der Stein gehoben und an jenen Platz gestellt, an dem er heute noch steht. Unter dem gehobenen Stein befand sich kein Grab. Es bleibt daher unbekannt, an welcher Stelle des Domes Katharina und Hans Steger tatsächlich bestattet worden sind.

Die Inschrift der Grabplatte lautet: Anno Domini MCCCC (. . . . .) obiit nobilis et strennuus miles Johannes Steger civis wiennensis Et anno Domini MCC (. . . . .) obiit honesta Domina Katharina uxor sua hic sepulti. Das dritte und vierte C in der zweitangeführten Jahreszahl ist zwar abgetreten, aber deutlich erkennbar. Der freigelassene Raum für eventuelle Ergänzungen ist bemerkenswert klein. Warum bei Hans Steger die genaueren Daten des Todes bzw. der Bestattung fehlen, ist unerklärbar. Die Annahme Neumanns, daß die Grabplatte schon vor dem Tod der Katharina im Jahre 1429 oder Anfang 1430 geschaffen wurde, ist wenig wahrscheinlich, es sei denn, das Wappen in der Mitte des Steins wäre erst später eingefügt worden. Jedenfalls ist der gekrönte Stechhelm vor 1430 noch nicht, wohl aber ab 1436 in Siegeln (siehe Abbildungen) belegt. Das Wappen kann vor dem Jahre 1436 nicht angebracht worden sein.

Das Wappen auf dem Stein zeigt das Wiener Kreuz. Welche Beziehung zwischen diesem und dem Kreuz des Stadtwappens bestehen könnte, ist nicht zu ergründen. Neumann irrt sicher, wenn er den Zusammenhang in der späteren Bürgermeisterwürde des Hans Steger vermutet. In den vier Ecken des Kreuzes befinden sich vier sechsstrahlige Sterne. Die sechszackige Krone auf dem Stechhelm erscheint zwischen 1422 und 1432 noch in keinem der erhaltenen Siegeln.

[56] Ebenda I/2, 1933 (1491 März 6): Christof Steger, Bürger und Rat der Stadt Wien, Scolastica, seine Hausfrau, und Christof, deren Sohn.

[57] Wiener Dombauvereins-Blatt (Anm. 1).

[58] Berichte und Mitteilungen des Alterthums-Vereines zu Wien, XXVII (1891), 130.

Wohl aber vor der Standeserhöhung von 1438. Dies läßt den Schluß zu, daß Steger schon vor dem Akt in Stuhlweißenburg Nobiles war. Die Sterne in den Kreuzachsen waren in den früheren Siegeln allerdings noch fünfstrahlig. Welche Bewandtnis es damit hat, kann nicht geklärt werden. Bezüglich der Standeserhöhung zum Ritter darf auf die „Kleinen Beiträge zur mittelalterlichen Quellenkunde“ von Krones verwiesen werden.

Verwandtschaften

Hans Stegers Schwiegereltern aus erster Ehe waren Margarete und Heinrich Haubner. Die Schwiegereltern aus der zweiten Ehe mit Agnes sind nicht eindeutig feststellbar. In den Quellen der Stadt Wien existieren Regesten zweier Urkunden, die Hinweise auf ein Verwandtschaftsverhältnis geben[59]. In der einen, aus 1434 stammenden, siegeln die Gebrüder Kraft, Edle von Marsbach[60], und ihr „Schwager“ Hannsen der Steger, Bürgermeister zu Wien und Kellermeister in Österreich gemeinsam. Die zweite Urkunde aus 1443 siegelte Stephan Wirsing, Ritter und des Rats der Stadt zu Wien sowie *der edel feste Ritter* Herr Hanns der Steger, Bürgermeister, sein „Schwager“. Eines der beiden Schwägerschaftsverhältnisse könnte über die Ehe mit Agnes entstanden sein.

Andre Dietram, Bürger zu Wien, siegelt als Aussteller eines Verkaufsvertrages im Jahre 1445[61], und mit ihm sein „Schwager“ Ritter Hanns Steger. Nun wissen wir aber, daß Andre Dietram der Gemahl der Tochter Agnes gewesen ist. Die Dietram scheinen als Wiener Bürger schon im 14. Jahrhundert auf. Friedrich der Dietram war auch Ratsmitglied. Bemerkenswert ist noch, daß der Sohn des Bürgermeisters Rudolf Angerfelder, Hans, mit einer Anna, Tochter des Ulrich des Dietram, verheiratet war (1425). Zwischen Hans Steger und der Familie Angerfelder bestand ein sehr enges Vertrauensverhältnis[62].

Die Beziehung zur Familie Aspan zu Haag auf Wimsbach in Oberösterreich ist durch die dritte Ehefrau Magdalena gegeben. Die Aspan sind ein weitverbreitetes Geschlecht, das sowohl in Oberösterreich als auch in Niederösterreich Fuß gefaßt hatte. Über die Schwester der Magdalena, Ursula, bestand in deren zweiter Ehe die Verbindung zu Friedrich Kraft von Marsbach dem Jüngeren, der am Förthof bei Stein a. d. Donau saß[63]. Später ging dieser Edelhof in den Besitz der Aspan über und wurde im 16. Jahrhundert ein Stützpunkt der Protestanten.

Mögliche Vorfahren des Bürgermeisters Hans Steger

Der Versuch, die Vorfahren des Hans Steger zu ergründen, hatte keinen Erfolg.

[59] Quellen II/2, 2493 (1434 Juni 23), 2957 (1443 Dezember 4).

[60] Wiener Bürger, aus Passau stammend; siehe Hans Hülber (Anm. 37).

[61] Quellen I/4, 3816 (1445 August 27).

[62] Quellen I/1, 421 (1381 Oktober 31); Gb. 1/6 b, fol. 102 (1425). Ein Steger war mit einer Barbara Angerfelder verheiratet (Geschäftebuch II, fol. 246 aus 1417). Es handelt sich um einen Abkömmling aus Tiefental, Bez. Kirchberg am Wagram/NÖ. Einen Zusammenhang mit Bürgermeister Hans Steger herzustellen ist zwar nicht geglückt, dennoch ist die Versippung Steger-Angerfelder um einmal mehr bemerkenswert.

[63] Siehe Hülber (Anm. 37).

In der näheren Umgebung von Wien gibt es zwei Steger-Stämme: der eine ist in Klosterneuburg und in dem dahinterliegenden Tullner Feld beheimatet, der andere im Marchfeld und dem anschließenden Weinviertel. So gibt es beispielsweise zwei Quellen (1403 und 1408)[64], die uns einen Hans Steger, Bürger zu Klosterneuburg, vorstellen.

Die anderen sind die Steger von Ladendorf, Ritter und Wiener Bürger, von denen einer, Chunrat von Ladendorf, bereits in einer Urkunde vom 10. August 1338 als Siegler in Winkelberg (Bez. Kirchberg am Wagram, Niederösterreich) aufscheint[65]. Franzenshuld führt in seiner Handschrift an, daß die Steger aus Ladendorf (Viertel unter dem Manhartsberg), südlich vom Markt Asparn, kommen[66]. Ihr „redendes" Wappen (zwei kämpfende Hähne auf einem Steg) spricht für die Annahme, daß die Ladendorfer auch als Wiener Bürger unter Weglassung des Beinamens der Sippe der Steger angehört haben könnten. Franzenshuld führt in seiner Handschrift mehrere Belegstellen über die Familie an. Allerdings finden sich keine Bezüge zu Bürgermeister Hans Steger.

Im Wiener Testamentenbuch[67] ist eine Eintragung aus 1418 enthalten, in der mit Bezug auf Tulln und Wien *Margareth, Weilent Hannsin der Stegerin Mueter zu Wienn*, genannt erscheint.

Ein Chunrat Steger, Richter zu Tiefental, Gemeinde Kirchberg am Wagram, verheiratet mit Kathrey Waldner, erscheint gleichfalls im Testamentenbuch[68]. Die Waldner waren ein aufstrebendes Geschlecht. Der Kanzler des Kaisers Maximilian war 1500 ein Waldner[69]. Ob der hiergenannte Chunrat mit dem weiter oben als Siegler genanntem Chunrat von Ladendorf ident ist, bleibt offen. Ein Sohn des Steger aus Tiefenbach war laut Testamentenbuch aus 1417 mit einer Barbara Angerfelder verheiratet; wir erwähnten dies schon[70].

Unter den vielen Urkunden des Wiener Stadt- und Landesarchivs, in denen der Name Hans Steger vorkommt, kann in den meisten Fällen kein Zusammenhang mit der Familie des Bürgermeisters gefunden werden.

Das Wappen der Klosterneuburger zeigte zwei Fische übereinander, der eine rechts geneigt, der andere nach links[71]. Ein zweites, vermutlich älteres Wappenbild im Siegel, zeigt einen Helm mit Federbusch[72].

Im Raum Garsten-Steyr gibt es einige erhaltene Urkunden über Steger, die Pfleger waren und zum Teil gleichfalls ein „redendes" Wappenbild — den Steg — trugen[73].

Im Raum von Gmunden ist neben anderen ein Chunrad Steger, Wappen mit gekreuzten Ähren (Fackeln?), am 11. November 1410 siegelnd tätig[74].

[64] Quellen I/10, 18208 (1404). Hier Steger identisch mit „Stekchen", Bürger aus Klosterneuburg; Quellen II/1, 1733, 1735 (beide 1408).

[65] Niederösterreichische Regesten, bearb. von Arnold Luschin, in: Blätter des Vereines für Landeskunde von Niederösterreich, NF, 2 (1868), 126, Nr. 19.

[66] In der Kirche von Großrußbach befindet sich ein Epitaph mit dem Wappen der Steger von Ladendorf aus 1541.

[67] Geschäftebuch II, fol. 274 (Anm. 14).

[68] Ebenda, fol. 246.

[69] Quellen I/1, 954 (1500 Juli 19).

[70] Geschäftebuch II, fol. 246.

[71] Quellen I/10, 18208 (1403).

[72] Quellen II/1, 547 (1360 Juni 6).

[73] Beispielsweise Garstener Urk. Nr. 214 (1352 Februar 23), Johann Steger (OÖLA).

[74] Garstener Urk. Nr. 390 (OÖLA).

Aus einer Urkunde vom 15. März 1401 wissen wir, daß dieser Chunrad Steger „zu Gugelperig“ ein Vetter des Jörg Steger in Garsten ist[75]. Aber ihre Siegelbilder sind, wie beschrieben, unterschiedlich[76]. Jörg führt wieder den Steg im Wappen.

Ein späterer Steger, Georg, Stadtrichter zu Steyr, führt in einer Urkunde vom 26. Dezember 1470 eine Doppelaxt im Wappen[77].

Steger anderer sozialer Schichten bleiben hier außer Betracht. Es gibt sie überall im deutschsprachigen Raum.

Hoheneck führt eine Genealogie der Herrn Steger zu St. Veit in Oberösterreich an. Ihr Wappen ist ein im weißen Feld auf blauer Wolke ruhender goldener Stern. Er nimmt an, daß Chunrad Steger aus Gmunden, gesessen auf dem Gugelberg bis 1391, der Stammvater der Steger von St. Veit sei. Konrad selbst hatte aber im Wappen noch die gekreuzten Ähren (Fackeln?)[78]. Doch auch hier fehlt die Brücke zu Bürgermeister Hanns Steger in Wien, obwohl Berührungspunkte über Stephan Kraft, der Konrad Steger am Sitz der Amtmänner des Salzkammergutes, Gugelberg, ablöste, vermutet werden könnten.

Schließlich ist in den die Monumenta Boica (Bd. XXI) das Siegel eines Perchtold Steger aus 1384 abgebildet: zwei gegeneinandergekehrt (kämpfend) stehende Hähne (wie bei den Steger von Ladendorf).

Der Ursprung des uns bekannten Wappens des Ritters Hans Steger mit fünf sechsstrahligen Sternen sowie der Krone auf dem Stechhelm ist unbekannt und ungleich höher zu bewerten als die anderen bekannten Wappen der Steger. Hans Steger hat ohne Zweifel schon 1422 Nobilität besessen. Welches Wappen er vorher, wann und wo getragen haben könnte, bleibt eine offene Frage. Der Ritterschlag von 1438 ist eine persönliche Auszeichnung, die auch seine Kinder nicht berührte.

Bei eingehendem Studium der erreichbaren Belege (Urkunden, Siegel, Literatur) kommt man zu dem Schluß, daß zwischen Bürgermeister Hans Steger und dem gleichzeitig in Wien lebenden Steger von Ladendorf kein unmittelbarer Zusammenhang angenommen werden kann. Auch der in der Literatur immer wieder auftauchende Fehler, daß alle Ladendorfer schon seit dem 12. Jahrhundert Steger seien, muß richtiggestellt werden. Aus Vergleichen alter Quellenwerke ist vielmhr zu schließen, daß die Steger in Ladendorf im 14. Jahrhundert, aus Oberösterreich kommend, eingeheiratet haben. Bei aller Mangelhaftigkeit der Hinweise in dem Werk „Der niederösterreichische ständische Adel“[79] ist zumindest *das* eindeutig herauszulesen.

Was Bürgermeister Hans Steger betrifft, ist zu vermuten, daß er gleichfalls aus Oberösterreich kommt. Die Familien Steger in Steyr, Garsten, Gmunden und St. Veit sind untereinander verwandt und als Pfleger und Verwalter Angehörige einer gehobenen Bevölkerungsschichte und schon im 14. Jahrhundert nachzuweisen.

Solange keine Verbindungsglieder in der Beweiskette auftauchen, müssen wir uns aber damit abfinden, daß die Ahnenreihe des doch bedeutenden Bürgermeisters Ritter Hans Steger im Dunkel des 14. Jahrhunderts verborgen bleibt.

[75] Garstener Urk. Nr. 391 (1411 Juni 13, OÖLA).
[76] Siehe Siegelkartei des OÖLA in Linz.
[77] Garstener Urk. Nr. 460 (OÖLA).
[78] Hoheneck (Anm. 30), III, 715 ff.
[79] Der niederösterreichische ständische Adel, 218 ff.

Besitz und Vermögen

Aus dem an sich unvollständigen Quellenmaterial läßt sich ablesen, daß Hans Steger vermögend war. Wie weit er mit eigenem Kapital in das Wirtschaftsleben eingestiegen ist, wissen wir nicht. Aber durch Heirat und eigene Tüchtigkeit hat er viel erworben. Seine Geschäftstüchtigkeit zeigt sich an einem uns erhaltenen, vermutlich bezeichnenden Beispiel. Am 14. Mai 1438 kaufte er *Gülten von 42 Eimer Wein in der Hard (Döbling) und 42 Pf. Vogtrecht, 32 Pf. Grunddienst auf andere Weingärten ebenda und ein Pfd auf Niedern Velebrunn unterm Prawnsperg* (GB Stockerau) *auf ein halbes Lehen gelegen um 150 Pf. Pfg.* Am 22. September 1440 verkaufte er alles um 500 Pf. Pfg. Der Gewinn ist bemerkenswert.

Das erfaßte liegende Gut, chronologisch geordnet, wird hier angeschlossen. Vorauszuschicken wäre, daß die in der Literatur behauptete Besitzung in Hirschstetten wahrscheinlich irrtümlich dem Bürgermeister Hans Steger zugerechnet wird. Alle bisher im Marchfeld festgestellten Steger sind mit einer Ausnahme Ladendorfer. Die Ausnahme ist der oben angeführte Besitz in Niedervelabrunn, der auch nur als Spekulationsobjekt anzusehen ist[80]. Die Pflegschaft des Schlosses Kahlenberg kann er nie besessen haben — wie irrtümlich angenommen wird —, weil er 1485 schon lange tot war[81].

Anhang

1. Besitznachweise

1416 November 13	Gerung des Vischer haus vor dem Werdertor	Quellen III/2, 2801
1421	Haus am Haarmarkt im Gereut	Gb. 1/6 b, fol. 306
1425	Haus vor dem Stubentor	Gb. 1/6 b, fol. 326
1425 Mai 21	Am Nußperg „Armangsgrub" oder die „Voczen" genannt, 5/4 Weingarten	Metropolitan-Capitel St. Stephan (Copie) Quellen I/4, 3747; 3748 und 3749 (?): Testamentsvollstrecker für Jorg Angervelder
1430	St. Margaretenhof Münzerstraße	Gb. 1/6, fol. 258/1; Gb. 1/6 a, fol. 113; Gb. 1/6 b, fol. 348, 349
1432	Bürgermeister	Quellen I/7, 14613, 14622
1432	Satz für Ehefrou Agnes auf Margaretenhof (6 Pfd. Pfg.)	Gb. 1/33, fol. 120, 125
1432	Verkauf des Hauses in der Kumpflucken	Gb. 1/6 a, fol. 117
1435 Mai 12	Weingärten in Perchtolczdorf am Haspan	Quellen II/2, 2532
1435 Dezember 19	Weingarten im Muckental (Königstetten)	Quellen I/3, 2359
1436	Betrifft Margaretenhof	Gb. 1/6 b, fol. 401v/3

[80] Topographie von Niederösterreich, Bd. 4.

[81] Ebenda, Bd. 5, 10 a, Pflegschaft des Schlosses Kohlenberg nach 1485 übernommen durch Hans Steger, Bürgermeister Hans Steger jedoch bereits 1459/60 gestorben.

1436	Überteuerung der Ehefrau Agnes an die mj. Kinder	Gb. 1/33, fol. 126
1438 Mai 14	Halbes Lehen in Niedervelabrunn unter dem Braunsperg	Quellen I/3, 2367
	Gülten, Vogtrechte, Grunddienste Döblinger Hard	Quellen I/3, 2367
1440 September 22	Verkauf der 1438 erworbenen Güter	Quellen I/3, 2371
1443	Schuldeintragung	Gb. 1/34, fol. 154/3
1455	Satz auf 1/2 Joch Weingarten in der Rein	Penzinger Sb. 39, 180/10, fol. 70
1455 Juli 9	9 Güter in dem „Slag" Magdalena Steger	Öst. Ms. Nr. 65, fol. 60
	2 Güter auf dem „Peterperg" (Magdalena Steger)	Öst. Ms. Nr. 65, fol. 60
	1 Hof, genannt der Neisselhof (Magdalena Steger)	Öst. Ms. Nr. 65, fol. 60 NBl. F 37, 4
	1 Gut „dacz dem Fischer in Gremersteterpfare" gelegen (Magdalena Steger)	Öst. Ms. Nr. 65, fol. 60 NBl. F 37, 4
	1/3 aus dem Sitz „auf dem Hals" mit Zugehör und die Mühle darunter (Magdalena Steger)	Öst. Ms. Nr. 65, fol. 60 NBl. F 37, 4
1457	Satzweise Übernahme des Hofs des Peter Hueber zu Hyeczing	Penzinger Sb. 39, 180/10, fol. 50
1457	Haus und Weingut in Perchtoldsdorf als Pfand abgegeben	NÖ Landrechtsurk. Nr. 27 (NÖLA)
1458 oder 1459	Satzweise Übernahme der Überteuerung des Hofes von Peter Hueber durch Magdalena Steger	Penzinger Sb. 39, 180/10, fol. 57
1461	Verkauf der Anteile der Kinder am Magdalenenhof an Ehefrou Magdalena	Gb. 1/8, fol. 40v/2
1472 Oktober 3	Weingarten Hohe Warte	Quellen III/5, 5030
1488 Mai 28	Grund und Güter in Herrnals und 1/2 Joch Weingarten (Magdalena und Hans [Sohn?])	

2. *Wichtige Nachweise über öffentliche Ämter*

1422—1425	Ratsmitglied	ÖNB, Codex 8019
1425 Mai 21	Ratsmitglied	Quellen I/4, 3747
1426	Ratsmitglied, Kämmerer	Karl Uhlirz, Der Wiener Bürger Wehr und Waffen (1426—1648), in: BuM, 27 (1891), 28 (1892), 30 (1894), 31 (1895)
1427	Stadtrichter	WStLA, Geschäftebuch 1420—1430, fol. 229
1428 Jänner 12	Stadtrichter	Archive mesta Bratislavy Urk. 1038 und 1039
1429	Grundbuchverweser	Gb. 1/6 a, fol. 10v
1430	Ratsmitglied	Gb. 1/6, fol. 348

1432 März 31	Ratsmitglied Kellermeister in Österreich	Quellen I/4, 4628
1432 Juni 12	Ratsherr Kellermeister in Österreich	Quellen I/4, 3769
1432 vor Juni 23	Bürgermeister	Quellen I/7, 14613 und 14617
1433 Februar 4	Ratsmitglied Kellermeister in Österreich	Quellen I/4, 4637
1434 Juni 23	Bürgermeister Kellermeister in Österreich	Quellen II/2, 2493
1435 Mai 12	Bürgermeister und Kellermeister in Österreich	Quellen II/2, 2523
1435 Mai 25	Bürgermeister und Kellermeister in Österreich	Tiroler LA, Urk. 3682 und 4565
1436 September 22	Bürgermeister und Kellermeister in Österreich	Albert Camesina, Regesten zur Geschichte des St. Stephansdomes in Wien, 1874, Nr. 327
1436	Ratsmitglied und Kellermeister in Österreich	Gb. 1/33, fol. 126
1437 April 27	Bürgermeister und Kellermeister in Österreich	Camesina, Nr. 329
1438 Jänner 1	Ritterschlag	Krones, MIÖG 7 (1886), 249
1438 Februar 22	Ritter, Bürgermeister	Quellen II/2, 2629
1439	Ritter	ÖNB, Codex 8019
1441 November 22	Ritter	Fischer, Brev. not. Vind. II, 109 (Urk. d. NÖLA)
1442	Ritter	Gb. Penzing 1457—1525, fol. 134/35
1443 Dezember 4	Ritter, Bürgermeister	Quellen II/2, 2957
1445 August 27	Ritter	Quellen I/4, 3816
1447	Ritter und Bürgermeister	NÖLA, Priv. Urk. Nr. 2619
1447 April 20	Ritter, Münzmeister	NBl. 1854, 63
1447 Juni 12	Bürgermeister, Ritter, Münzmeister	NÖLA, Landrechtsurkunde Nr. 18
1447 Dezember 13	Bürgermeister, Ritter, Münzmeister	NÖLA, Priv. Urk. Nr. 2646
1448 Jänner 22	Ritter	Quellen I/7, Nr. 15201
1448 August 8	Ritter, Münzmeister	Camesina, Nr. 383
1448 April 14	Ritter, Bürgermeister, Münzmeister	Quellen I/1, Nr. 817
1449 o. Tag	Ritter, Münzmeister	ÖNB, Codex 8019
1450	Ritter, Münzmeister	Ogesser, Beschreibung der Metropolitankirche zu St. Stephan in Wien, 1779, 60
1450 o. Tag	Ritter (Siegelbeschreibung)	Quellen I/7, 15253
1453—1456	Ratsmitglied	
1457	Ratsmitglied	NÖLA, Landrechtsurk. Nr. 27; Karl Schalk, Faustrecht, S. 318
1459/60	Genannter	Walter Weinzettl, „Die undatierte Genanntenliste der Wiener Ratstafel, in: Jb.VGStW, 11 (1954), 12

Der Wiener Bürgermeister Jakob Starch und die Storchen zu Klaus in Oberösterreich

Von Walter Aspernig, Wels

Vorbemerkung

Mit dem folgenden Beitrag versuchen wir, die Herkunft, die verwandtschaftlichen Beziehungen und den Aufstieg des Jakob Starch und seiner Kinder aus kleinbürgerlichen Verhältnissen über politische Funktionen in Ödenburg und Wien bis in den Ritterstand und in landesfürstliche Dienste zu skizzieren. Die politische Bedeutung Jakob Starchs als Ratsherr, Stadtrichter und Bürgermeister von Wien richtig einzuschätzen, fällt uns allerdings schwer. Hier müssen wohl Wiener Stadthistoriker, die eine breitere Sicht der wirren Ereignisse in der Zeit des Ladislaus Postumus und des Bruderzwistes zwischen Kaiser Friedrich III. und Albrecht VI. besitzen, eine gültigere Wertung vornehmen.

Zu danken habe ich Herrn Dr. Richard Perger (Wien), der durch zahlreiche Quellen- und Literaturhinweise die Ausweitung des ursprünglich auf die Beziehungen zu Oberösterreich beschränkten Themas ermöglichte.

Herkunft der Familie Starch (Storch)

Jakob Starch, der Stammvater des späteren Adelsgeschlechtes der Storchen zu Klaus, stammt aus Landshut in Niederbayern. Seine Eltern sind uns zwar namentlich nicht bekannt, doch soll sein Vater von Beruf ein Refeler (= Schuhflicker)[1] gewesen sein. Dies berichtet uns zumindest der aus Sulzbach in Württemberg stammende, in Wien lebende zeitgenössische Chronist Michael Beheim, der Jakob Starch sicherlich persönlich gekannt hat. Seine geringschätzigen Bemerkungen zur Person und Herkunft Starchs sind allerdings mit Vorsicht zu beurteilen, da Beheim politisch auf der Gegenseite stand. Er schreibt im Jahre 1462:

„Als ich ez hor, vernym und horch,
so hiess auch einer iacob starch,
von landshut aines refeler sun,
ain arger schalk, ain poswiht fun
allen schelken gekliben,
gelöchert und durch triben.“[2]

Auch aus anderer Quelle wissen wir, daß in der ersten Hälfte des 15. Jahrhunderts eine Familie namens Starch in Landshut ansässig war. Im Wintersemester 1449 immatrikulierte ein Johannes Storch „de Lantzhuta“ an der Wie-

[1] Karl Schalk, Aus der Zeit des österreichischen Faustrechts 1440—1463, in: Abhandlungen zur Geschichte und Quellenkunde der Stadt Wien, III, Wien 1919, 27. — Schalk übersetzt Refeler als Schuhflicker. Nach Johann Andreas Schmeller, Bayerisches Wörterbuch, München 1872—1877, II, Sp. 66, ist Refler ein Händler, der seine Waren (besonders Viktualien) in einem Lastengestell (Tragkorb) auf dem Rücken trägt.

[2] Michael Beheim's Buch von den Wienern 1462—1465, hg. von Th. G. v. Karajan, Wien 1867, 6.

ner Universität[3]. Es könnte sich hiebei ohne weiteres um einen Bruder Jakob Starchs handeln. Allerdings gehörten die Eltern dieses Studenten, wie die von ihm entrichtete Matrikeltaxe von vier Groschen zeigt, zur wohlhabenden Landshuter Gesellschaftsschicht. Sein Vater war sicherlich kein Schuhflicker. Die normale Taxe betrug nämlich zwei Groschen, nur sozial besser gestellte Studenten zahlten vier Groschen und mehr, während Scholaren aus armen Familien mit dem Hinweis „pauper" von dieser Abgabe überhaupt befreit waren[4]. Dieser Johannes Starch dürfte Priester geworden sein. Wahrscheinlich ist er mit jenem 1459 erwähnten Hanns Starch, Pfarrer zu Tansteten (Thanstetten, OG Schiedlberg, GB Steyr?) und Kaplan des St. Blasiusaltars in der Herzogskapelle zu St. Stephan in Wien[5] identisch, der am 17. September 1461 durch seinen Prokurator als Kanonikus des Wiener Domkapitels eingesetzt und am 4. Mai 1462 angelobt wurde[6].

Die Namen Starch, Starich, Storch sind im 15. Jahrhundert auch in anderen Städten des süddeutsch-österreichischen Raumes (München[7], Moosburg, Mühldorf, Wertheim, Gmunden, Leibnitz u. a.[8]), ja selbst in Wien[9] nachweisbar, ohne daß wir eine verwandtschaftliche Beziehung zu unserem Jakob Starch erkennen können.

Der Aufstieg Jakob Starchs in Ödenburg

Über die Kinder- und Jugendjahre Jakob Starchs wissen wir nichts. Erst im Jahre 1447 ist er urkundlich faßbar, und zwar als Ratsherr in der westungarischen Stadt Ödenburg[10]. Der Inhalt dieser Urkunde läßt uns den Aufstieg Jakob Starchs in die höchste Gesellschaftsschicht der Stadt Ödenburg erkennen. Die Einheirat in eine etablierte Bürgerfamilie, gepaart mit wirtschaftlichem Erfolg, ist im Spätmittelalter der sicherste Weg des sozialen Aufstiegs, weil die Durchsetzung des römischen Rechts und der damit verbundene Emanzipations- und Demokratisierungsprozeß stärkere vertikale Mobilität in der Gesellschaft ermöglichte. Diesen Weg beschritt auch Jakob Starch. Er heiratete Anna, eine Tochter des Ödenburger Handelsmannes und Ratsherrn Peter Traismaurer, der von 1419 bis 1445 in dieser westungarischen Stadt faßbar ist[11].

[3] Die Matrikel der Universität Wien (MUW), I, Graz - Köln 1956, 272, Z. 87.

[4] MUW I, XX ff.

[5] WStLA, Grundbuch 1/34, fol. 331r.

[6] Hermann Göhler, Das Wiener Kollegiat-, nachmals Domkapitel zum hl. Stephan in seiner persönlichen Zusammensetzung in den ersten zwei Jahrhunderten seines Bestandes (1365—1554). Diss. Wien 1932, 342 f.

[7] Frdl. Hinweis von Dr. Richard Perger.

[8] MUW I und II.

[9] 1460 kaufte ein Jörg Starch ein Haus in Wien in der vorderen Bäckerstraße (heute 1, Bäckerstraße 26) von den Testamentsvollstreckern der Margret, Witwe nach Stephan Glaser (WStLA, Grundbuch 1/7, fol. 292v). 1464 versetzte er dieses Haus seiner Gattin Sabine, Tochter des Färbers Mert von Weitra (WStLA, Grundbuch 1/34, fol. 224v). 1494 gelangte es im Erbwege an Johannes Starch, Bürger zu Fünfkirchen, der es noch im selben Jahr an den Fleischhauer Jörg Vorster weiterverkaufte (WStLA, Grundbuch 1/8, fol. 264v).

[10] Jenö Házi, Sopron szabad királyi város története, II. Band, 1. Teil, Sopron 1930, 65, Nr. 92 (1447 Februar 14).

[11] Házi (Anm. 10), I/2 und 3, II/1—3. Peter Traismaurer stammt wohl aus Traismauer (nördlich von St. Pölten). Seine Mutter Anna die Posingerin lebte 1427 in Wilhelmsburg südlich von St. Pölten (ebenda, 328, Nr. 380).

Diese brachte ihrem Gatten neben fahrender Habe auch einen recht beachtlichen Weingartenbesitz in Ödenburg und einen lehenbaren halben Zehent als Heiratsgut in die Ehe mit. Nach dem Tode Annas — ihr Vater Peter Traismaurer war schon vorher verstorben — kam es zwischen Jakob Starch und seiner Schwiegermutter Hedwig, die sich für ihre noch unmündige zweite Tochter Barbara annahm, zu einem Erbschaftsstreit über Annas Heiratsgut. Auf die Klage Starchs sprach ihm der Bürgermeister, Richter und Rat der Stadt Ödenburg am 14. Februar 1447 nach Durchführung eines Prozesses das Heiratsgut seiner verstorbenen Gattin zu, obwohl Hedwig Traismaurerin nachweisen konnte, daß ihr Schwiegersohn dieses Heiratsgut nie widerlegt hatte. Nur der halbe Zehent, den Starch zu Wilhelmsburg (Niederösterreich) vom edlen Herren „dem Topler" zu Lehen empfangen hatte, wurde der Jungfrau Barbara, seiner Schwägerin, zugesprochen. Er sollte ihn deshalb dem Lehensherrn aufsenden. Ferner bekam Jakob Starch noch das Recht eingeräumt, bis zum kommenden St. Michelstag (29. September) zinsfrei in dem einen der beiden Häuser seiner Schwiegermutter in Ödenburg zu wohnen, in dem er wohl bisher mit seiner verstorbenen ersten Frau gelebt hatte[12].

Wahrscheinlich noch im selben Jahr erwarb Jakob Starch ein eigenes Haus am Platz in Ödenburg, das er bis 1458/59 besaß[13]. Später treffen wir ihn auch noch im Besitz weiterer Güter, Grundstücke und Wiesen in Ödenburg an, wo er auch noch ein „zuhewsel vnd öd" besaß[14]. Wie sein Schwiegervater Peter Traismaurer dürfte sich auch Jakob Starch als Kaufmann vorwiegend mit Wein- und Viehhandel beschäftigt haben.

Übersiedlung nach Wien

Bald nach dem Tode seiner ersten Frau verließ Jakob Starch die Stadt Ödenburg, wo er bis zum Ratsherrn aufgestiegen war. Ob dazu die Erbschaftsstreitigkeiten mit der Verwandtschaft seiner Gattin, Zerwürfnisse mit Ödenburger Bürgern, wirtschaftliche oder politische Überlegungen den Anlaß boten, ist nicht feststellbar. Er gab jedenfalls seinen Haus-, Weingarten- und Grundbesitz in der westungarischen Stadt vorerst noch nicht auf, übersiedelte aber spätestens 1451 nach Wien, wo er am alten Kohlmarkt (heute Graben) ein erstes Haus erwarb[15]. Hier in Wien heiratete er zum zweitenmal, und zwar die uns namentlich nicht bekannte Tochter des Wiener Ratsbürgers Friedrich Gerunger. Der Zeitpunkt dieser Heirat kann nicht annähernd fixiert werden.

[12] Házi (Anm. 10), II/1, 65—68. — In den Steuerregistern der Stadt Ödenburg finden sich zwei Häuser der Familie Traismaurer. Beide liegen „intra muros civitatis" (Házi, Sopron, II/3 und 4).

[13] Vgl. die Steuerlisten 1447 (Házi, Sopron II/3, 383), 1454 (II/4, 17), 1457 (II/4, 52), 1458 (II/4, 56 und 74); 1459 (II/4, 126 und 147) scheint schon Thomas Drescher im „domus Starch" (als Besitzer?) auf, ab 1461 (II/4, 162) ist Wilhalm Mischuldinger im Besitz dieses Hauses. Einer Urkunde vom 20. Dezember 1452 (I/3, 393) zufolge lag das Haus des Jakob Starch neben dem halben Haus der Anna von Pottendorf, Witwe des Grafen Paul von Vorchtenstein, am Platz in der Stadt zu Ödenburg. In einer Abrechnung des Jahres 1453 vermerkte der damalige Ödenburger Bürgermeister Ägid Eilinsgrab, daß er dem Kuncz Zymerman am 18. Juni einen halben Taglohn von 10 d bezahlt hat, „das er ain turel gemacht hat in des Starch-haus in den tueren" (II/3, 399).

[14] Házi (Anm. 10), II/4, 53.

[15] Schalk (Anm. 1), 427.

Friedrich Gerunger erscheint als „sweher" (Schwiegervater) des Jakob Starch erst im Jahre 1457[16], als auch diese zweite Gattin Starchs schon verstorben war und er ein drittes Mal geheiratet hatte. Wir wissen auch nicht, ob etwa diese Frau der Grund für die Übersiedlung Jakob Starchs nach Wien war, oder ob er sie erst hier kennenlernte. Jedenfalls wird auch diese zweite Einheirat in eine angesehene Ratsbürgerfamilie dem raschen politischen und wirtschaftlichen Aufstieg Starchs in Wien förderlich gewesen sein.

Politischer Aufstieg und Gefangenschaft

Schon 1452 finden wir Jakob Starch als Träger politischer Funktionen in Wien. Er erscheint in diesem Jahr als „Genannter"[17], also in einem Kreis von etwa 200 besonders angesehenen Wiener Bürgern, die bereits zu dieser Zeit anstatt der einstigen Vollversammlung der Bürger den Rat der Stadt Wien wählten und mit ihm die Stadtgeschäfte führten[18]. Im selben Jahr fungierte Starch auch als Studentenrichter mit der Aufgabe, in gerade damals bis zu Kämpfen ausartenden Streitigkeiten zwischen Studenten und Bürgern zu vermitteln[19]. In den Jahren 1454[20] und 1455[21] finden wir ihn als Stadtrichter.

In dieser Zeit wurde Jakob Starch in die habsburgischen Thronwirren um die Vormundschaft über Ladislaus Postumus hineingezogen. Im Streit der ehrgeizigen Führer der österreichischen Stände, Ulrich von Cilli und Ulrich von Eytzing, um die Regentschaft und Vormundschaft über Ladislaus Postumus bildeten sich in Wien, das selbst zum Streitobjekt geworden war, zwei Parteien. Jakob Starch stand hiebei auf des Eytzingers Seite. Als dessen Macht Ende 1455 sank und er Wien fluchtartig verlassen mußte, gerieten seine Anhänger in die Hände Ulrichs von Cilli, der sich nun mit Gefängnis, Folter und Vermögensentzug an ihnen rächte.

So wurde auch Jakob Starch 1456 gefangengesetzt[22]. Wie ernst seine Lage war, geht aus einem Bericht des städtischen Notars Hanns Ziegler an seine Heimatstadt Ödenburg hervor, der die damalige politische Lage charakterisierte und bemerkte, daß „der Starch wirdet müglich sein leben müssen verliesen, als die gemain sag ist"[23]. Während dieser Gefangenschaft Jakob Starchs

[16] Quellen zur Geschichte der Stadt Wien, II/2, 401, Nr. 3741.

[17] Adam Franciscus Kollár, Analecta monumentorum omnis aevi Vindobonensia, II, Vindobonae 1762, Spalte 1380.

[18] Otto Brunner, Die Finanzen der Stadt Wien von den Anfängen bis ins 16. Jahrhundert, in: Studien aus dem Archiv der Stadt Wien, Bd. 1/2, Wien 1929, 175 f.; Richard Perger, Der Wiener Rat von 1519 bis 1526, in: Studien zur Geschichte Wiens im Mittelalter. Jahrbuch des Vereines für Geschichte der Stadt Wien, 35 (1979), 135 ff.; dsbe., Beiträge zur Wiener Verfassungs- und Sozialgeschichte im Spätmittelalter, in: Jahrbuch des Vereines für Geschichte der Stadt Wien, 32/33 (1976/77), 21 ff.; dsbe., Niklas Teschler und seine Sippe. Ein Beitrag zur Sozialgeschichte Wiens im 15. Jahrhundert, in: Jahrbuch des Vereines für Geschichte der Stadt Wien, 23/25 (1967/69), 140.

[19] Brunner (Anm. 18), 196; Perger, Teschler (Anm. 18), 146.

[20] ÖNB, cod. 8019, fol. 25; Quellen I/7, Nr. 15464; I/3, Nr. 2403; II/2, Nr. 3557.

[21] ÖNB, cod. 8019, fol. 25^v; Quellen I/7, Nr. 15469.

[22] Friedrich Walter, Wien. Die Geschichte einer deutschen Großstadt an der Grenze, 1, Wien 1940, 195; Felix Czeike, Wien und seine Bürgermeister. Sieben Jahrhunderte Wiener Stadtgeschichte, Wien - München 1974, 111; Schalk (Anm. 1), 428; Perger, Teschler (Anm. 18), 149.

[23] Házi (Anm. 10), I/4, 109, Nr. 135 (1456 Juli 17).

übernahm für ihn sein Vetter Hanns Nuspekch die Nutzung der Ödenburger Besitzungen, stieß aber hier auf Schwierigkeiten. Kaiser Friedrich III. befahl deshalb dem Bürgermeister, Richter und Rat der westungarischen Stadt, daß sie ihm die Güter, Weingärten und Wiesen in und um Ödenburg „innemen vnd in die wein vnd nücz daraus vechsnen“ lassen[24].

Jakob Starchs verzweifelte Situation verbesserte sich schlagartig mit der Ermordung Ulrichs von Cilli. Eytzingers Einfluß wurde in Wien wieder bestimmend. Starch erlangte nach mehrmonatiger Haft seine Freiheit zurück. Er widmete sich weiterhin nicht nur seinen Geschäften, sondern auch wieder der Politik und heiratete schließlich ein drittes Mal.

Streitigkeiten um Starchs Ödenburger Besitzungen

Schwierigkeiten hatte Jakob Starch wiederum mit den Ödenburgern. Der einstige Bürgermeister dieser Stadt, Ägidius Eilinsgrab, ließ einen größeren Weintransport, den Starch durch einen Diener von seinem Ödenburger Haus nach Walterstorff (? Ober-, Unter-Waltersdorf, Markt, GB Ebreichsdorf, Niederösterreich[25], oder Walbersdorf, GB Mattersburg, Burgenland[26]) durchführen lassen wollte, „in verpot“ legen. Darüber beschwerte sich Starch in einem Brief vom 10. August 1457 beim Bürgermeister, Richter und Rat der Stadt Ödenburg. Er erklärte, daß Eilinsgrab ihm gegenüber „kainerlay sprüch noch vordrung“ habe und bat die Stadt um sofortige Aufhebung der ungerechtfertigten Beschlagnahme, damit ihm kein größerer Schaden erwachse[27]. Am 18. Oktober desselben Jahres befahl Kaiser Friedrich III. selbst den Ödenburger Stadtverantwortlichen, den dortigen Weingartenbesitz des Wiener Bürgers Starch zu respektieren und ihn in seinen Rechten zu schützen[28]. Auch König Ladislaus hatte sich schon bei ähnlichen Besitzstörungen für Jakob Starch verwendet. All diesen Interventionen scheint kein dauerhafter Erfolg beschieden gewesen zu sein, denn auch im Jahre 1458 finden die Streitigkeiten um Starchs Ödenburger Besitzungen ihre Fortsetzung. Sein Streitpartner war nun Hans Stanz von Stanz. Vergeblich bemühte sich der Richter und Rat der Stadt Wien, durch ein Schreiben vom 31. August 1458 zu erreichen, daß ihr Bürgermeister Jakob Starch den aus seinen eigenen Weingärten stammenden Wein aus Ödenburg abtransportieren dürfe[29]. Wieder mußte Kaiser Friedrich III. eingreifen. Seine Räte befahlen die Streitparteien zur Anhörung. Da dieser Prozeß gerade zur Weinlesezeit lief, befahl der Kaiser dem Ödenburger Bürger Cristan Pekch, daß „die weingertten dazwischen gelesen vnd bey dir zu gemainen hannden gelegt sullen werden vncz zu austrag der sachen“[30]. Der Spruch der kaiserlichen Räte fiel zugunsten Jakob Starchs aus. Friedrich III. befahl am 20. November 1458 den Ödenburgern, dem Wiener Bürgermeister seinen Besitz an Häusern, Wein-

[24] Házi, Sopron, I/4, 134, Nr. 162 (1456 Oktober 14). Im Gegensatz zu dieser Weisung des Kaisers steht ein Befehl des Königs Ladislaus vom 25. September 1456, der den Grafen Ulrich von Cilli anwies, die Weingärten des Oswald Reicholf und des Jakob Starch zu eigenen Handen abernten zu lassen (Quellen II/2, Nr. 3682).

[25] Heinrich Weigl, Historisches Ortsnamenbuch von Niederösterreich, VII, 50.

[26] Házi (Anm. 10), I/4, 412 (Register): Walbersdorf (ungar. Borbolya).

[27] Ebenda, I/4, 214, Nr. 261.

[28] Ebenda, I/4, 232, Nr. 282.

[29] Ebenda, I/4, 311, Nr. 383.

[30] Ebenda, I/4, 317, Nr. 391.

gärten, Wein und anderen Gütern auszufolgen[31]. Dies wird nun auch geschehen sein, denn wir hören von keinen weiteren Streitigkeiten. Allerdings dürfte Jakob Starch aus diesen Vorkommnissen die Konsequenzen gezogen und seine von Wien aus doch nur schwer zu verwaltenden Ödenburger Besitzungen veräußert haben, denn er scheint nach 1459 in keiner der zahlreich erhaltenen Steuerlisten über den Haus-, Grund- und Weingartenbesitz der Stadt Ödenburg auf.

Jakob Starch als Wiener Bürgermeister

Nach der Ermordung des Grafen Ulrich von Cilli am 9. November 1456 in Belgrad setzten sich in Wien wieder der ehrgeizige Ulrich von Eytzing und seine Parteigänger durch. Im Herbst 1457 war ihre Stellung wieder so gefestigt, daß sie ihre Gegner im Kampf um die Macht ausschalten konnten. In Prag kam es zur Verhaftung des ehemaligen Wiener Bürgermeisters und jetzigen Hubmeisters Konrad Hölzler. In Wien wurde am 28. Oktober 1459 der damalige Bürgermeister Niklas Teschler, ein reicher Bankier und Handelsmann, der schon 1453 und 1456 an der Spitze der Bürgerschaft gestanden war, samt dem Stadtrichter und dem gesamten Stadtrat abgesetzt. Drei Tage später, am 31. Oktober 1457, trat Jakob Starch als treuer Anhänger Ulrichs von Eytzing das Bürgermeisteramt an. Ihm wurde ein neuer Rat aus Eytzingers Gefolgschaft zur Seite gestellt. Damit war Wien bereits wenige Wochen vor dem plötzlichen Tode des jungen Königs Ladislaus — er starb am 23. November 1457 in Prag — fest in Eytzingers Hand[32].

Wenn Jakob Starch auch unter Verletzung des Gesetzes sein hohes Amt übernommen hatte, so bemühte er sich doch sehr um eine geordnete und erfolgreiche Geschäftsführung. Er beschaffte 1458 der Stadt eine mit 3,3% äußerst günstig verzinste Anleihe von 1000 neuen ungarischen Gulden von Lienhart Suezz[33]. Ein weiteres Darlehen von 1600 ungarischen Gulden, das er im nächsten Jahr beim edlen Hanns Prugkner dem Älteren aufnahm und das zur Bezahlung anderer städtischer Schulden verwendet wurde, war zu 5% verzinst[34]. Am 17. Juli und 27. September 1459 schloß er im Namen der Stadt Vergleiche mit den Klöstern Mauerbach, St. Dorothea und Schotten über die Beschränkung der Klosterweinausschank in ihren Wiener Häusern[35]. Das wichtigste Ereignis für die Stadt Wien fiel in Starchs letztes Amtsjahr als Bürgermeister. Am 5. Juli 1460 bestätigte Kaiser Friedrich III. die vom Bürgermeister und Rat in Form eines Pergamentlibells vorgelegten alten Rechte und Freiheiten der Stadt Wien. Das an einer violetten Seidenschnur anhangende Goldsiegel zeigt die Bedeutung dieser Urkunde, die in einer mit gepreßtem Leder überzogen und reich verzierten Holzkassette aufbewahrt wird[36].

Noch bevor der Bruderzwist zwischen Kaiser Friedrich III. und Erzherzog Albrecht VI. in sein entscheidendes Stadium trat, wurde Jakob Starch Ende 1460 nach mehr als dreijähriger Amtszeit als Wiener Bürgermeister von Christian Prenner, einem treuen Anhänger des Kaisers, abgelöst.

[31] Ebenda, I/4, 324, Nr. 400.

[32] Perger, Teschler (Anm. 18), 151; Schalk (Anm. 1), 252 ff. und 428; Czeike (Anm. 22), 111.

[33] Schalk (Anm. 1), 428; Czeike (Anm. 22), 111.

[34] Schalk (Anm. 1), 428 f.

[35] Schalk (Anm. 1), 429 f.; Czeike (Anm. 22), 111 f.

[36] Schalk (Anm. 1), 430; Czeike (Anm. 22), 112.

Der Haus- und Grundbesitz in Wien

Innerhalb eines einzigen Jahrzehnts, vornehmlich aber in seiner Amtszeit als Bürgermeister erwarb Jakob Starch in Wien nicht weniger als drei Häuser, einen Stadel und einen Weingarten. Das erste Haus, das Jakob Starch am 23. Juli 1451 von den Testamentvollstreckern der Helene, Witwe des Linhart Neuhofer, um 632 tl d an sich brachte, lag am alten Kohlenmarkt beim Peurertor[37]. 1459 kaufte er zu diesem Haus den hinten anstoßenden Stall von der Gottsleichnamsbruderschaft zu St. Michael um 64 tl d[38]. Das Nachbarhaus am alten Kohlenmarkt schließlich erwarb Jakob Starch am 20. November 1461 von Konrad Binder und seiner Frau Margret[39]. Damit besaß er zwei aneinanderstoßende Häuser am Graben (heute Nr. 19 und 20), von denen er das erstere selbst bewohnte. 1457 versetzte er dieses um eine Geldschuld von 100 lb d schwarzer Münze dem edlen Pangraz Schornner[40], am 17. September 1460 verschrieb er es samt dem Anbau, der offensichtlich den früheren Stall ersetzt hatte, seiner vierten Gattin Anna zur Widerlegung ihres Heiratsgutes von 500 lb d und weiteren 500 lb d, die er ihr zu geben versprochen hatte[41].

Im selben Jahre, am 24. März 1460, hatte Jakob Starch ein weiteres, kleines Haus unter den Sattlern bzw. unter den Gürtlern gegenüber dem Brunnen (heute Tuchlauben 11) erworben, das er allerdings schon am 20. November 1461 an den Kramer Konrad Pinter weiterverkaufte[42].

Weitere Erwerbungen fallen in das Jahr 1459. Von den Vormunden des Peter Wetzinger kaufte Jakob Starch um 24 tl d einen Stadel in der Teinfaltstraße und von den Verwesern des Bußhauses von St. Jeronim, Ulrich Metzleinsdorfer und Michel Rutenstock, ein Unschlittglett samt der Hofstatt und einem Weingarten vor dem Kärntnertor am Gries (im Bereich des heutigen Karlsplatzes)[43]. Alle diese Realitäten, ausgenommen das Häuslein unter den Sattlern, blieben bis zum Tode Jakob Starchs in seinem Besitz und fielen dann im Erbweg an die Witwe und seine Kinder.

Jakob Starchs Verbindungen nach Oberösterreich

Wir haben bereits gehört, daß Jakob Starchs zweite Gattin, die Tochter des Wiener Bürgers Friedrich Gerunger, noch vor 1457 verstorben ist. Am 4. März dieses Jahres ist er jedenfalls schon mit seiner dritten Frau, der Welserin Ursula Kirchsteiger, vermählt. Mit dieser Verbindung trat Starch erstmals mit dem Lande ob der Enns in engere Beziehung, die für ihn persönlich, vor allem aber auch für seine Nachfahren von großer Bedeutung sein sollte.

Die Kirchsteiger gehörten dem niederen Adel des Landes ob der Enns an. Ursulas vermutlicher Großvater Walter der Chirchsteyger, der von 1413[44] bis 1432[45] urkundlich faßbar ist, kaufte am 29. April 1429 vom Ritter Caspar

[37] WStLA, Grundbuch 1/7, fol. 283v.
[38] WStLA, Grundbuch 1/7, fol. 292r (= Quellen II/3, Nr. 3891, 1459 Mai 23).
[39] WStLA, Grundbuch 1/7, fol. 193.
[40] WStLA, Grundbuch 1/34, fol. 223v (1457 Oktober 12).
[41] WStLA, Grundbuch 1/34, fol. 224v—225r (= Quellen II/3, Nr. 3958).
[42] WStLA, Grundbuch 1/7, fol. 293r und 87r.
[43] WStLA, Grundbuch 1/7, fol. 292v.
[44] OÖLA, Musealarchiv, Geschlechterurkunden, Geumann 5 (1413 April 30).
[45] OÖLA, Musealarchiv, Urkundenreihe Nr. 67 (1432 September 1).

Schifer ein Haus in der Stadt Wels hinter der Pfarrkirche[46]. Besser bekannt ist uns Ursulas Vater Erasmus Kirchsteiger. Er tritt uns erstmals in einer Gerichtsurkunde vom 3. Oktober 1433 entgegen[47]. In Streitigkeiten um das Erbe des verstorbenen Adeligen Hanns Geumann, der eine umstrittene Stiftung zu den Welser Minoriten gemacht hatte[48], waren auch die Brüder Reinprecht[49] und Erasmus Kirchsteiger verwickelt, da ihre Großmutter eine Schwester des Ortolph Geumann war. Als Bevollmächtigter der Brüder Kirchsteiger vor Gericht fungierte ein Verwandter, der edle Erasmus Stainer[50]. Verwandt waren die Kirchsteiger auch zu den Ritterfamilien Salmansleiter und Geyr[51]. 1435 trat Erasmus Chirichsteiger gemeinsam mit seinem (zukünftigen) Schwiegervater Georg Scherer als Spruchmann an der Seite des Welser Bürgers Mathes Holzinger auf[52], 1446 erscheint er neben anderen Rittern in derselben Funktion in einem Streit zwischen Mitgliedern der Familie Truent[53]. In den folgenden Jahren siegelt er immer wieder als Bürger zu Wels[54]. 1447[55] und 1449[56] ist er als Mitglied des Stadtrates bezeugt und 1446[57] und 1447[58] verwaltete er als Lichtmeister das Vermögen der Welser Stadtpfarrkirche.

Von den Besitzungen des Erasmus Kirchsteiger wissen wir wenig. In Wels wohnte er wohl in dem schon erwähnten Haus in der Pfarrgasse. 1442 kaufte er von den Minoriten einen Krautgarten, der nach seinem Tode wieder ans Kloster zurückfallen sollte[58a]. Ganz beachtlicher Rentenbesitz in der Umgebung von Wels fiel ihm durch seine Heirat mit der Welser Bürgerstochter Barbara (Tuech-) Scherer zu. Der Großvater Barbaras, Hermann von Hueb, saß auf einem vom Landesfürsten lehenbaren Bauernhof in der Pfarre Thalheim bei

[46] SA Wels, Urk.-Nr. 102 (1429 April 29). — Das Haus liegt in der Pfarrgasse, wo auch noch später mehrere Häuser den angeführten Burgrechtsdienst von vier Wiener Pfennigen ins landesfürstliche Stadtgericht leisteten.

[47] OÖLA, Musealarchiv, Geschlechterurkunden, Geumann 9 (1433 Oktober 3).

[48] Wilhelm Rieß, Zur Geschichte der Welser Minoriten, in: OÖ. Heimatblätter, Jg. 26 (1972), 40 ff.

[49] Alois Zauner, Vöcklabruck und der Attergau. Stadt und Grundherrschaft in Oberösterreich bis 1620, in: Forschungen zur Geschichte Oberösterreichs 12, Linz 1971, 306, bezieht sich auf dieselbe Urkunde, gibt aber den Vornamen des Bruder des Erasmus Kirchsteiger mit Siegmund an. Tatsächlich scheint in der Originalurkunde das Brüderpaar einmal als „Reinprecht und Erasm", ein zweites Mal als „Sigmund und Erasm" auf. Letztere Namensnennung halten wir für einen Irrtum des Schreibers, der hier wohl den ebenfalls in der Urkunde zweimal genannten Sigmund Kirchberger vor Augen hatte.

[50] Erasmus Kirchsteiger wird in einer Urkunde vom 3. Februar 1449 als Vetter des Erasm Stainer bezeichnet (OÖLA, HA Weinberg, Urk. I/3).

[51] OÖLA, HA Schlüsselberg, Hs.-Nr. 109, pag. 317 (Job Hartmann Ennenckl, Collectanea Genealogica, I. Teil). Das von Ennenckl wiedergegebene Wappen des Erasmus Kirchsteiger, zwei Schrägbalken im Schilde, stimmt mit jenem der Siegel überein (vgl. dazu Theuer, Siegel und Wappensteine zu Wels. Jahrbuch der heraldischen Gesellschaft Adler. N. F. 29, Wien 1919—1929, 33 und Tafel II).

[52] NÖLA, Urk. 1435 Juni 16.

[53] StA Lambach, Urk. 1446 Juni 24.

[54] HHStA Wien, Urk. 1436 Juli 2; Urkunden im SA Wels, StA Lambach, StA Kremsmünster.

[55] OÖLA, Statthaltereiarchiv, Geistliche Stiftbriefsammlung, Schbd. 191.

[56] SA Wels, Urk.-Nr. 135 (1449 Jänner 3).

[57] SA Wels, Schbd. 102 (Bruckamtsrechnung 1446), fol. 2r.

[58] Wie Anm. 54.

[58a] Wilhelm Ludwig Rieß, Das Minoritenkloster unser lieben Frau zu Wels, Diss. Graz 1967, 94 f.

Wels (Hermannshube, Oberhart 30, OG Steinhaus, GB Wels-Land)[59], ihr Vater Georg (Tuech)Scherer war ein angesehener und reicher Bürger von Wels. Ein Teil des väterlichen Güterbesitzes gelangte über Barbara an ihren Gatten Erasmus Kirchsteiger, das übrige Erbe fiel an ihren Bruder Lienhart Scherer und an ihre Schwester Anna, die Gattin des Welser Bürgers Georg Wolgemut[60].

Im Jahre 1450 wird erstmals Ursula, das offensichtlich einzige Kind des Erasmus und der Barbara Kirchsteiger genannt, als sie von Abt Thomas zu Lambach ein Gut oberhalb von Wels, das aus dem großväterlichen Erbe stammt, zu Lehen empfängt[61]. Sie war also damals schon großjährig. 1453 treffen wir sie erstmals verheiratet an der Seite des Steyrer Stadtrichters Pernhart Lueger[62]. Sie verkaufte am 25. Juli dieses Jahres ihr Haus in der Stadt Wels zwischen Hannsen des Hueber und des Marichholz Häuser, das heutige Stadtplatzhaus Nr. 48, an den Welser Bürger Leonhart Toppler[63].

Pernhart Lueger, wahrscheinlich der Sohn des Steyrer Ratsbürgers Peter Lueger und seiner Frau Margreth, Tochter des Ennser Bürgers Hanns Sparsgut[64], verstarb bald. Seine Witwe Ursula heiratet nun den Wiener Bürger Jakob Starch. Wann diese zweite Ehe Ursulas bzw. dritte Ehe Jakob Starchs geschlossen wurde, ist nicht genau festzustellen. Wahrscheinlich fand die Hochzeit Anfang 1457 statt. Am 4. März 1457 jedenfalls wird sie als Witwe Pernhart Luegers und Frau des Jakob Starch bezeichnet[65]. Sie verkaufte damals das Kirchsteiger-Haus in der Welser Pfarrgasse. Damit brach sie wohl ihre Beziehungen zu Wels endgültig ab und folgte ihrem Gatten nach Wien.

Durch diese Heirat gelangte Jakob Starch in den Besitz etlicher Bauernhöfe in der näheren und weiteren Umgebung von Wels. Es sind dies ein Lambacher Lehen in der Au oberhalb von Wels (Au, KG Lichtenegg, OG Wels)[66], die halbe Hermannshube in Oberhart[67], der Ödhof in der Pfarre Kirchberg bei Kremsmünster (ein Walseer Lehen von der Herrschaft Pernstein)[68], in derselben Pfarre ein Gut und eine Mühle zu Grub (OG und GB Kremsmünster) sowie ein Gut zu Oberlaab (Oberlaab 5, KG Puchberg, OG Wels), die letzten drei

[59] Walter Aspernig, Die Sippe Motschier-Marichholz (Schwabe). Mittelalterliche Welser Bürger und Bürgerfamilien I, in: 18. Jahrbuch des Musealvereines Wels 1972, 77 ff. und 82 (Genealogische Übersicht).

[60] StA Kremsmünster, Urk. 1457 März 9.

[61] StA Lambach, Kopialbuch (1450 April 23).

[62] SA Wels, Betbrief Nr. 24.

[63] Diese Besitzer der Welser Stadtplatzhäuser Nr. 47—49 sind in Gilbert Trathnigg, Die Welser Häuser des 16. bis 18. Jahrhunderts, 1. Teil: Wels Stadt. Archivalische Vorarbeiten zur Österreichischen Kunsttopographie, Gerichtsbezirk Wels, Wien 1967, Nr. 130—132, nachzutragen.

[64] Franz Wilflingseder, Die ehemalige Burg Lonstorf bei Linz und ihre Besitzer, Linz 1955, 123.

[65] SA Wels, Betbrief Nr. 32.

[66] Dieses Gut „ob des Heresinger (Hans Hersinger zu Wels, erwähnt 1409 bis 1458) Vischwaidlechen“ wurde am 16. Februar 1440 von Georg Tuechscherer erworben (StA Lambach, Urk.), gelangte am 23. April 1450 an Ursula Kirchsteiger (siehe Anm. 61), die es am 13. November 1459 ihrem Gatten Jakob Starch übergab (StA Lambach, Urk.) 1484 ist dieses Gut im Besitz seines Sohnes Wilpolt Starch (SA Wels, Urk. 1484 März 3).

[67] Vgl. Anm. 59.

[68] NÖLA, NÖ. Regierung 17/6, fol. 58, 205, 206. Der Hof gelangte durch Kauf von Paul Staiger an Laurenz Ternperger, beide Bürger zu Wels. Von letzterem fiel er im Erbweg an Ursula Kirchsteiger, die ihn an Jakob Starch übergab.

Lehen von Kremsmünster[69]. Dazu kam ein beträchtlicher Zehentbesitz in den Pfarren Kirchberg, Weiskirchen, Sippachzell und Kematen, ebenfalls Kremsmünsterer Lehen[70].

Im November 1459 begegnet uns Ursula Starch zum letztenmal[71]. Sie muß Ende 1459 oder Anfang 1460 gestorben sein. Jakob Starch, der damals im letzten Jahr seiner Funktion als Wiener Bürgermeister stand, heiratete noch 1460 ein viertes Mal. Wiederum holte er die Frau aus Oberösterreich, diesmal aus Enns. Auch Anna, die Tochter des Ennser Bürgers Wolfgang Gruntner, war Witwe. Sie hatte in erster Ehe den Ennser Bürger Peter Heresinger zum Gatten[72]. Ihr Vater Wolfgang Gruntner erscheint am 4. Juli 1434 als Ratsbürger und Taidinger in der Schranne zu Enns[73], 1441 bis 1444 und 1457 war er Stadtrichter[74], 1450 wir der wiederum als Ratsmitglied bezeichnet[75]. Gemeinsam mit seinen Brüdern Hans, Sigmund und Lienhart Gruntner kaufte er von Jörg Wienner Güter in den Pfarren Neukirchen (Waldneukirchen, GB Grünburg) und Ternberg, die sie von Friedrich III. zu Lehen empfingen[76]. Etwa zur gleichen Zeit (1447—1449) erwarb Wolfgang Gruntner vom Aschacher Bürger und Richter Achaz Leuttwein einen Hof in der Knappengassen zu Perchtoldsdorf (heute Wienergasse Nr. 17)[77].

Kurz vor seinem Tode stiftete Wolfgang Gruntner am 13. Dezember 1459 für sein und seiner Gattin Margreth Seelenheil einen Jahrtag und widmete dem Bürgerspital zu Enns zur Ausführung der Stiftungsbestimmungen die Vischhueb im Vischdorf, Pfarre Ebelsberg bei Linz, und einen Weingarten, genannt der Hochrain zu Wösendorf in der Wachau. Der jeweilige Spitalmeister sollte dafür in der St. Laurenz-Pfarrkirche zu Enns und im Ennser Minoritenkloster Messen und Fürbitten halten lassen. Einer der Siegler dieses Stiftsbriefes war der Wiener Bürgermeister Jakob Starch[78].

Am 17. September 1460 war Starch bereits der Gatte Annas, der Tochter des inzwischen verstorbenen Wolfgang Gruntner. An diesem Tage verpfändete er ihr zur Widerlage des Heiratsgutes sein Haus am Graben[79]. Auch Anna brachte einigen Grundbesitz in die Ehe mit, vor allem ihren Anteil an den schon oben angeführten landesfürstlichen Lehen in den Pfarren Waldneukirchen und

[69] StA Kremsmünster, Urbar 1468, fol. 63v. Auch diese Höfe stammen von Ursulas Großvater Georg Scherer. (Konrad Schiffmann, Die mittelalterlichen Stiftsurbare des Erzherzogtums Österreich ob der Enns, II. Teil, Wien und Leipzig 1913, 269, Nr. 76.) — Eine Hube zu „Pirchach bei dem Gattern in Pachaimer pfarre" (Pühret, KG Staffel, OG Pennewang, GB Lambach) hatte Ursula Kirchsteiger schon früher an Sigmund Kirchperger verkauft, der sie am 8. Jänner 1456 von König Ladislaus zu Lehen nahm. (Notizenblatt, Beilage zum Archiv für Kunde österreichischer Geschichtsquellen, 4. Jg., Wien 1854, 141, Nr. 108.)

[70] StA Kremsmünster, Urbar 1468, fol. 63v.

[71] StA Lambach, Urk. 1459 November 13; NÖLA, NÖ. Regierung 17/6 (1459 November 23).

[72] Quellen II/3, 51, Nr. 3958.

[73] OÖLA, Diplomatar XIX, Nr. 5810.

[74] Kriemhild Pangerl, Das Ennser Bürgerspital als Grundherrschaft von seinen Anfängen bis zur Mitte des 16. Jahrhunderts, in: Jahrbuch des OÖ. Musealvereines, 120, Linz 1975, I (Abhandlungen), 176, Anm. 302, und Mitteilung von Dr. Richard Perger.

[75] OÖLA, Diplomatar XXI, Nr. 6478; Pangerl (Anm. 74).

[76] NÖLA, NÖ. Regierung 17/4, fol. 152r.

[77] NÖLA, NÖ. Regierung 17/4, fol. 91r; Silvia Petrin, Perchtoldsdorf im Mittelalter, in: Forschungen zur Landeskunde von Niederösterreich, 18, Wien 1969, 36 und 379, Anm. 30.

[78] Quellen II/3, Nr. 3942; OÖLA, SA Enns, Anhang Urk. 43; Pangerl (Anm. 74), 176.

[79] Quellen II/3, Nr. 3958.

Ternberg sowie am Hof zu Perchtoldsdorf[80]. Die anderen Anteile standen ihren Geschwistern Barbara, später Gattin des Wiener Bürgers Martin Schrot, und Hans Gruntner (gestorben vor 1471) zu.

Anna blieb die letzte Gattin Jakob Starchs. Sie begleitete ihn durch seine letzten Lebensjahre, erlebte den Rücktritt vom Bürgermeisteramt, die Wirren des Bürgerkriegs, die zweite Gefangenschaft und den Tod ihres Gatten.

Die politischen Aktivitäten Jakob Starchs in seinen letzten Lebensjahren; sein Tod

In den sich anbahnenden Auseinandersetzungen zwischen den feindlichen Brüdern Friedrich III. und Albrecht VI. stand Starch zwar nicht mehr an der Spitze der Wiener Bürgerschaft, war aber als Ratsmitglied — als solches ist er für die Jahre 1461 bis 1464 belegt[81] — am politischen Geschehen beteiligt. Als Erzherzog Albrecht VI. im Juni 1461 seinem Bruder den Krieg erklärte und von Oberösterreich aus die Enns in Richtung Wien überschritt, wußte er, daß er dort mit der Unterstützung einflußreicher Wiener Ratsherren rechnen konnte[82]. Auch Jakob Starch gehörte zu den Anhängern Albrechts. Im August 1462 stürmten albertinisch gesinnte Wiener Bürger und Handwerker unter Führung des Arztes Dr. Hans Kirchhaimer das Wiener Rathaus und setzten einige kaisertreue Ratsherren gefangen[83]. Einer von ihnen, der ehemalige Wiener Bürgermeister Niklas Teschler, wurde Ende September ein zweites Mal verhaftet und auf „Anraten" Jakob Starchs sogar gefoltert[84].

Inzwischen hatten die Aufständischen den volkstümlichen Demagogen Wolfgang Holzer zum Bürgermeister gewählt. Kaiser Friedrich III. und seine Familie wurden in der Wiener Burg belagert. Erst nach Heranführung eines böhmischen Entsatzheeres und nach Verhandlungen gewann der Kaiser seine Freiheit wieder. Wien blieb jedoch fest in den Händen Albrechts. Daran konnte auch der Verrat Holzers nichts ändern, der heimlich die Partei gewechselt und den Sturz Albrechts betrieben hatte. Er und seine Mitverschwörer wurden gefangen genommen, von ihren ehemaligen Parteigängern, darunter auch Jakob Starch, zum Tode verurteilt und hingerichtet[85]. Jakob Starch und andere Getreue hingegen wurden von Herzog Albrecht VI. in den Ritterstand erhoben[86].

Starch wurde im Laufe dieses Jahres 1463 mehrmals zu politischen Verhandlungen als Vertreter der Stadt Wien oder als Sprecher der albertinischen Partei entsandt. Am 15. Juli 1463 war er bei einer Zusammenkunft Albrechts VI. mit Herzog Ludwig von Bayern in Schärding anwesend, am 22. September verhandelte er am Landtag zu Tulln mit den Vertretern der kaiserlichen Partei[87].

Der unerwartete Tod Erzherzog Albrechts VI. am 2. Dezember 1463 machte Kaiser Friedrich III. wieder zum Herrn der niederösterreichischen Länder. Sein besonnenes Vorgehen führte bald zur Entspannung der Lage. Wien

[80] HHStA Wien, Hs. blau 26, fol. 9r; Petrin (Anm. 77), 379, Anm. 30.
[81] ÖNB, cod. 8019, fol. 28v, 29r, 29v, 30r; WStLA, Grundbuch 1/34, fol. 454.
[82] Czeike (Anm. 22), 112.
[83] Ebenda, 112; Perger, Teschler (Anm. 18), 156.
[84] Schalk (Anm. 1), 432; Perger, Teschler (Anm. 18), 157.
[85] Czeike (Anm. 22), 114; Perger, Teschler (Anm. 18), 158.
[86] Gertrud Dirngrabner, Die Herrschaft Klaus (1512—1761), Diss. Graz 1958, 31 f.; Hans Sturmberger, 400 Jahre Schloß Klaus, in: Kulturzeitschrift Oberösterreich, 28 (1978), 3, 59.
[87] Schalk (Anm. 1), 431.

leistete dem Kaiser den Treueeid und wurde in Gnaden aufgenommen. Den ehemaligen Parteigängern Albrechts verzieh Friedrich III. So überstand auch Jakob Starch den politischen Umschwung vorerst ohne erkenntlichen Schaden und blieb Ratsmitglied. Mit einem Schreiben vom 16. Juli 1464 befahl der Kaiser allerdings den Wienern die Wiedergutmachung jenes Schadens, den etliche kaisertreue Bürger durch ihre Vertreibung aus Wien und Einziehung ihrer Güter erlitten hatten[88]. Im Zuge der Aufregung, die im Rathaus bei Behandlung dieser Angelegenheit herrschte, kam es zu einem folgenschweren Konflikt zwischen Jakob Starch und dem Stadtrichter Laurenz Schönberger. Sie machten sich gegenseitig Vorwürfe über ihr Verhalten im Bürgerkrieg. Starch wurde unter anderem beschuldigt, die Folterung seines Mitbürgers Niklas Teschler angestiftet und Ulrich Metzleinstorffer bei Herzog Albrecht VI. verklagt zu haben. Da es weder dem Bürgermeister und den Ratsherren noch dem kaiserlichen Rat Jörg von Volkenstorff, der mit diesem Streit konfrontiert wurde, gelang, die beiden Kampfhähne zu beschwichtigen und die Gefahr bestand, daß jeder seinen Anhang „in dem gemainen pofel“ mobilisieren und für beträchtliche Unruhe sorgen könnte, setzte sie Volkenstorff gefangen. Schönberger wurde als landesfürstlicher Beamter in der Wiener Burg, Starch als Wiener Bürger im Gefängnis des Rathauses festgehalten. Nun wurde Kaiser Friedrich III. selbst mit der Angelegenheit befaßt. Er ließ beide nach Wiener Neustadt überstellen, wo er sie verhörte. Was er dabei in Erfahrung brachte, reichte aus, beide getrennt in einen Turm zu sperren, „darin sy puesten ir sund umb das ubl, das sy in der statt Wienn angefengt heten“[89].

Allzulange dürfte Jakob Starch wohl nicht gebüßt haben, seine politische Laufbahn aber war zu Ende. 1467 erscheint er nochmals als Genannter im Schottenviertel mit dem Hause am Kohlmarkt als Wohnsitz[90]. In dem 1468 angelegten Urbar- und Lehensbuch des Klosters Kremsmünster findet sich seine letzte uns bekanntgewordene Nennung[91]. Er dürfte im Jahre 1470 verstorben sein. Anfang des Jahres 1471 empfangen jedenfalls seine Erben die Kremsmünsterer und landesfürstlichen Lehen[92].

Die Kinder des Jakob Starch und die Storchen von Klaus

Jakob Starch überlebten neben seiner Witwe Anna fünf Kinder namens Wilpolt, Jakob, Ulrich, Ludwig und Magdalena. Wir können nicht exakt feststellen, aus welcher der vier Ehen Starchs sie jeweils stammen. Zumindest Wilpolt, der älteste von ihnen, war 1471 schon großjährig und fungierte als Lehenträger für sich und seine Geschwister[93]. Er muß somit aus der zweiten oder sogar ersten Ehe stammen. 1480 waren auch Jakob und Magdalena großjährig, während für Ulrich und Ludwig noch Vormunde eingesetzt waren. Anna, die Witwe Jakob Starchs, wird damals als „rechte und Stiefmutter“ der fünf Kinder bezeichnet[94]. 1505 erhielt Ulrich Starch nach dem Tode seiner „Mutter“ den

[88] Perger, Teschler (Anm. 18), 159; Schalk (Anm. 1), 431.
[89] Schalk (Anm. 1), 433.
[90] WStLA, Maschinschriftliches Register der Genanntenliste von Felix Czeike.
[91] StA Kremsmünster, Urbar 1468, fol. 63v.
[92] StA Kremsmünster, Urbar 1467, fol. 146rv (1471 Februar 11); HHStA, Hs. blau 26, fol. 9r (1471 März 13).
[93] StA Kremsmünster, Urbar 1467, fol. 146r (1471 Februar 11).
[94] Quellen II/3, Nr. 4822. 1508 verkaufte Ulrich Starch diesen Hof an Laurenz Saurer (Petrin, Perchtoldsdorf, 379, Anm. 30).

Lehenhof zu Perchtoldsdorf aus ihrem Erbe[95]. Daraus leiten wir ab, daß Ulrich und Ludwig aus der vierten Ehe mit Anna Gruntner hervorgegangen sind. Magdalena, die einzige Tochter, beerbte vor 1480 ihren Welser Vetter Lienhart Scherer, den Bruder von Ursula Kirchsteigers Mutter[96]. Dies ist ein Indiz für die Vermutung, daß sie ein Kind aus der dritten Ehe Starchs mit Ursula Kirchsteiger sein könnte. Am schwersten fällt die Zuordnung Jakobs (II.). Er ist der zweitälteste der Brüder und handelte öfter gemeinsam mit Wilpolt[97]. Er stammt also eher aus der zweiten oder ersten Ehe und hat wahrscheinlich dieselbe Mutter wie Wilpolt.

Unter diesen fünf Geschwistern wurde das Erbe Jakob Starchs geteilt. Die beiden Häuser am Graben, der Stadel in der Teinfaltstraße, das Unschlittglett und der Weingarten vor dem Kärntnertor wurden 1494 den vier Brüdern zugesprochen. Ihre Schwester Magdalena wurde offensichtlich abgefunden[98]. Im Zuge weiterer Teilungen gelangte Jakob (II.) 1497 in den alleinigen Besitz des Stadels, den er noch im selben Jahr dem Wiener Ratsherrn und Stadtkämmerer Sigmund Pernfuß verkaufte[99]. Nach dem Tode Jakobs (gestorben vor 1503)[100] und dem Verzicht Wilpolts teilten sich 1507 vorerst Ludwig und Ulrich den Besitz der beiden Häuser am Graben, 1508 kaufte Ulrich den Anteil seines Bruders um 170 tl d. Am 3. September 1518 schließlich verkaufte Ulrich Starch beide Häuser dem kaiserlichen Rat und Salzamtmann zu Wien Hans Öder[101]. Ein weiteres Haus in Wien, genannt „zum eisernen Gattern" unter den Spenglern beim Peurertor (Tuchlauben 3), das Ulrich Starch 1507 von seinem Vetter Ulrich Schrot, dem Sohn Martin Schrots, ererbt hatte, hatte er bereits 1511 an den Goldschmied Hans Reich weiterveräußert[102].

Magdalena Starch heiratete in erster Ehe um 1480 den Wiener Bürger Hans Leschenprant. Dieser entstammt einer in der Gegend von Steyr begüterten Familie. Schon um 1416 hatten seine vermutlichen Eltern Wernhart und Kathrey Leschenprant die Forsthube unter dem Damberg bei der Enns (Jägerberg, OG St. Ulrich, GB Steyr) von Herzog Albrecht V. zu Lehen erhalten[103]. 1455 ist Hans Leschenprant gemeinsam mit seinen Brüdern Ulrich, Pernhart, Perchtold, Pangraz und Georg Besitzer der Forsthube[104]. Ein zweites landesfürstliches Lehen, die Greilhube (Burg, OG Kematen, GB Neuhofen an der Krems)[105], verkaufte er 1477 an den Steyrer Bürger Andreas Dorfer[106]. In seine Ehe mit Magdalena Starch trat Hans Leschenprant als Witwer mit einer Tochter namens Barbara[107]. Eine weitere Tochter Veronika ging aus dieser Verbindung hervor.

95 NÖLA, Urk.-Nr. 4381.

96 SA Wels, Betbrief Nr. 68 (1480 Februar 9); Urk. 1480 Februar 17.

97 StA Kremsmünster, Urk. 1484 Oktober 25 (1483 Juli 13) und 1486 Jänner 27. Die Brüder Wilpolt und Jakob (II.) Starch verkauften damals das Gut und die Mühle zu Grueb, Pfarre Kirchberg, die einst durch Ursula Kirchsteiger an ihren Vater gelangt waren, an das Kloster Kremsmünster.

98 WStLA, Grundbuch 1/8, fol. 269rv.

99 WStLA, Grundbuch 1/8, fol. 323v.

100 Frdl. Mitteilung von Dr. Richard Perger.

101 WStLA, Grundbuch 1/8, fol. 495r, 530r, 604v—605r; 1/9, fol. 11rv.

102 WStLA, Grundbuch 1/8, fol. 412v, 489v, 574v.

103 HHStA Wien, Hs. weiß 722, fol. 96v.

104 Notizenblatt 4, 162, Nr. 120; HHStA Wien, Hs. weiß 725/290; NÖLA, NÖ. Regierung 17/4, fol. 73r.

105 NÖLA, NÖ. Regierung 17/4, fol. 168v.

106 Joseph Chmel, Regesta chronologico-diplomatica Friderici IV., Wien 1838, pag. 686, Nr. 7157.

107 WStLA, Grundbuch 1/35, fol. 53r.

Sie heiratete 1497 den Wiener Friedrich Geldrich, während Barbara Wolfgang Tunkhl zum Manne genommen hatte[108]. Im Jahre 1480 verkauften Hans und Magdalena Leschenprant Besitzungen, die aus dem Erbe Ursula Starchs stammten, nämlich ein halbes Gut zu Gössling (Geßling, OG Kematen am Innbach, GB Grieskirchen) an das Lichtamt der Welser Stadtpfarrkirche[109] und ein Haus am Welser Stadtplatz (heute Nr. 45) an den Welser Bürger Peter Fürst[110]. Die erste Ehe Magdalenas war recht kurz. Bereits 1484 ist sie wiederverheiratet. Ihr zweiter Mann war der Wiener Bürger Leonhart Noiz[111], den sie ebenfalls überlebte.

Der jüngste ihrer Brüder, Ludwig Starch, war zum Priester bestimmt. Im Sommersemester 1477 immatrikulierte er an der Universität Wien[112]. 1480 vermachte ihm Johannes Planckenstain aus Nürnberg, Benefiziat des St. Andreas-Altares bei Maria am Gestade, einige Bücher für den Fall, daß er Priester werde[113]. Starch beendete seine Studien erfolgreich, erreichte den akademischen Grad eines „Magisters" und gelangte in den Besitz eines Meßbenefiziums zu St. Stephan in Wien. 1491 präsentierte ihn Friedrich III. dem dortigen Domkapitel, im folgenden Jahre wurde er als Domherr installiert, 1514 zum Kapitelkantor gewählt, und 1517 und 1518 stand er als Senior an der Spitze des Wiener Domkapitels. Er war auch Pfarrer von St. Veit auf der Wien (Ober-St. Veit) und zu Pettenbach in Oberösterreich. Der Pfarrkirche zu Pettenbach vermachte er testamentarisch eine beträchtliche Geldsumme zur Stiftung eines Gottsleichnamsamtes sowie zum Bau der St. Maria Magdalena-Kapelle auf dem Perg, ferner kostbares Kirchengerät (darunter eine Monstranz und ein Reliquienkreuz), Bücher, eine Tafel mit dem Wappen der Starchen u. a. m. Magister Ludwig Starch, Lizenziat päpstlicher Rechte, starb im Jahre 1518[114].

Während Jakob (II.) Starch nicht besonders hervortrat und als erster der Brüder bereits vor 1503 starb, machten Wilpolt und Ulrich Starch in landesfürstlichen Diensten eine beachtliche Karriere.

Wilpolt Starch finden wir ab 1499 als Verweser des Salzamtes zu Aussee, wo er ein Haus besaß. Hier starb 1505 seine Frau Anna. Ihr Grabstein befindet sich in der Pfarrkirche von Bad Aussee[115]. Als im Dezember 1511 Kaiser Maximilian I. in Aussee verweilte, bat ihn Wilpolt Starch, der sich seinem Amt aus Altersgründen nicht mehr gewachsen fühlte, um Gewährung einer Rente oder einer anderen Altersversorgung. Daraufhin bot der Kaiser seinem getreuen Beamten die Herrschaft Klaus als ein im männlichen Stamme erbliches Lehen an. Diese war allerdings dem Kloster Spital am Pyhrn verpfändet und mußte erst abgelöst werden. Dies kostete dem Kaiser wie auch Wilpolt Starch je 1000 Gulden[116]! Am 25. Juli 1512 wurde der Lehenbrief für Wilpolt Starch ausgefertigt[117]. Wilpolts Sohn Sebastian übernahm von seinem um 1520 verstor-

[108] WStLA, Grundbuch 1/35, fol. 112r.
[109] SA Wels, Hs 10 (Kirchamtsregistratur 1563), fol. 174r.
[110] SA Wels, Betbrief Nr. 68 und Urk.-Nr. 200; Aspernig (Anm. 59), 81.
[111] WStLA, Grundbuch 1/35, fol. 112r.
[112] MUW II (Graz - Wien - Köln 1967), 158, Z. 33: „Ludouicus Storich de Wienna 4 gr."
[113] Quellen II/3, Nr. 4803.
[114] Göhler, Domkapitel, 413 ff. Eine Meßstiftung der Familie Starch bei St. Stephan geht wahrscheinlich auf ihn, vielleicht auch schon auf seinen Vater zurück.
[115] Franz Hollwöger, Ausseer Land, Bad Aussee 1956, 71 f. und 74.
[116] Dirngrabner (Anm. 86), 28.
[117] Ebenda, 28 f.; Sturmberger (Anm. 86), 59.

Jakob Starch oo 1. Anna, Tochter des Peter Traismaurer, Bürger zu Ödenburg († vor 1447)
2. N., Tochter des Friedrich Gerunger, Bürger zu Wien († vor 1457)
3. Ursula, Tochter des edlen Erasmus Kirchsteiger, Bürger zu Wels († 1459/60)
4. Anna, Tochter des Wolfgang Gruntner, Bürger zu Enns († ?)

aus Landshut
Bürger zu Ödenburg
Bürger zu Wien
(erw. 1447—1468)
(† um 1470)

- Wilpolt[1] oo Anna
  - Sebastian
  - Genoveva oo Karl Geyer v. Osterburg
- Jakob (II.)[2]
- Ulrich (I.)[3] oo Margret
  - Hans, Landsanwalt ob der Enns
    - Christoph
    - Ulrich (II.), Erbauer des Schlosses Klaus
      - Ludwig, Verkäufer der Herrschaft Klaus
  - Thomas
- Ludwig[4]
- Magdalena oo 1. Hans Leschenprant, Bürger zu Wien; 2. Leonhart Noiz, Bürger zu Wien
  - Veronica Leschenprant oo Friedrich Geldrich

[1] Verweser des Salzamtes zu Aussee, Besitzer der Herrschaft Klaus (erw. 1471—1515, † vor 1522).
[2] Bürger zu Wien (erw. 1471—1499, † vor 1503).
[3] Verweser des Amtes Hinterberg bei Aussee, Salzamtmann zu Gmunden, Verweser des Salzamtes zu Aussee, Besitzer der Herrschaft Klaus (erw. 1471—1530, † um 1530).
[4] Domherr zu St. Stephan in Wien (erw. 1471—1518, † 1518).

benen Vater mit der Herrschaft Klaus auch einen gewaltigen Schuldenberg, den er nicht abtragen konnte. Er war deshalb gezwungen, Klaus im Jahre 1527 an den Gatten seiner Schwester Genoveva, Karl Geyer von Osterburg zu verkaufen[118]. Damit wollte sich allerdings der letzte lebende Sohn Jakob Starchs, Ulrich, nicht abfinden.

Ulrich Starch war 1494[119] und 1495[120] Verweser des Amtes Hinterberg bei Aussee, übersiedelte später als Salzamtmann nach Gmunden[121] und wurde 1514, wie vordem sein Bruder Wilpolt, Verweser des Salzamtes in Aussee[122]. Mit Neujahr des Jahres 1523 schied Ulrich Starch als Altersgründen aus diesem Amt[123] und kehrte nach Gmunden zurück, wo er mit seiner Gattin Margret und seinen Söhnen Hans und Thomas einen geruhsamen Lebensabend verbringen wollte. Das im Jahre 1526 abgefaßte Urbar seiner Besitzungen läßt den Reichtum erahnen, den er in landesfürstlichen Diensten erworben hatte[124]. Auch einige Höfe aus dem väterlichen Erbe finden sich darin, wie etwa der Ödhof in der Pfarre Kirchberg, den er 1521 von Erzherzog Ferdinand zu Lehen empfangen hatte[125], oder die halbe Hermannshube in der Pfarre Thalheim bei Wels, die er 1529 an das Welser Bruckamt verkaufte[126].

Im Prozeßwege erreichte Ulrich Starch im Jahre 1529 die Annulierung des Verkaufes der Herrschaft Klaus, die er nun selbst übernahm[127].

Schon Ulrich Starch neigte der protestantischen Religion zu, wie aus seinem 1530 in Gmunden abgefaßten Testament ersichtlich ist. Klaus wurde unter seinen Söhnen und Nachfahren ein Hort des Proetstantismus. Sein Enkel Ulrich (II.) Storch legt 1578 den Grundstein für den Bau des heutigen Schlosses Klaus unterhalb der alten Feste. Gewaltige Schulden und das Festhalten an der evangelischen Religion zwangen schließlich Ludwig Storch, den Sohn Ulrichs (II.) und somit den Urenkel des Wiener Bürgermeisters Jakob Starch, Schloß und Herrschaft Klaus am 21. Juli 1632 dem katholischen Adeligen Georg Sigmund von Salburg zu verkaufen und das Land ob der Enns zu verlassen. In Vach bei Fürth in Franken verliert sich schließlich die Spur dieser Familie[128], nachdem sie etwa 200 Jahre in Östererich gediehen war. Das Wappen der Storchen von Klaus, das auch heute noch am Schloß und an den Epitaphien dieser Familie zu finden ist, zeigt im Grunde das gleiche Bild, wie das Siegel des Wiener Stadtrichters und Bürgermeisters Jakob Starch: sechs gestürzte, gesprickelte, untereinandergereihte Zwecken (Keile) im Schilde und als Helmzier einen gekrönten Storch[129].

[118] Dirngrabner (Anm. 86), 33 f.; Sturmberger (Anm. 86), 59.

[119] Albert Muchar, Urkunden und Regesten zur Geschichte Innerösterreichs, in: AfÖG 2 (1849), 457.

[120] Hollwöger (Anm. 115), 94.

[121] Lt. Mitteilung von Dr. Richard Perger ist Ulrich Starch 1508 und 1511 als solcher bezeugt.

[122] Hollwöger (Anm. 115), 76 und 83.

[123] Ebenda, 84.

[124] OÖLA, StA Spital am Pyhrn, Schbd. 711.

[125] NÖLA, NÖ. Regierung 17/13, fol. 52r. Besitznachfolger wurde sein Sohn Hans Storch.

[126] SA Wels, Urk.-Nr. 356 (1529 März 7).

[127] Dirngrabner (Anm. 86), 34; Sturmberger (Anm. 86), 58.

[128] Sturmberger (Anm. 86), 63.

[129] Quellen II/2, Nr. 3557 und 3750, sowie Register, 425; J. Siebmacher, Großes und allgemeines Wappenbuch, 4. Bd., 5. Abt. Oberösterreichischer Adel, bearb. v. Alois Freiherr von Starkenfels, Nürnberg 1885—1904, 408.

Wolfgang Holzer, Bürgermeister zu Wien 1462/63

Von Hans Hülber, Wien

Do warf der Zuechtiger vor I(h)m nyder ain praett und sagte: *Herr, Ir muest anders an. Und all die weil der Zuechtiger* (Scharfrichter) *mit I(h)m umbgie(ng) Und in Nu aufgehackt hett, untz* (bis) *an das hertz, do hueb er* (der Bürgermeister *auf das haupt vnd schaut an sein gewaid* (Eingeweide) *und ruefft vnser frawen an gar Iniklich, vntz* (bis) *I(h)m die seel schied von seinem mund, und ward getailt in vier tail, vnd die vier tail wuerden gehangen an saewln* (Säulen) *für di toerr* (Tore) *zu den lanntstrassen* ... So berichten Zeitgenossen[1] über die Hinrichtung des Bürgermeisters Wolfgang Holzer am 15. April 1463.

Zusammengehackt wie ein Stück Vieh!

Man muß sich das einmal vorstellen: Ein bis dahin angesehener Bürger dieser Stadt wird von einem Konzilium von Wienern zu dieser Strafe verurteilt und öffentlich vor versammeltem, alkoholisiertem, johlendem und schreiendem Volk Am Hof zu Wien auf einem Schlachtbrett mit einer Hacke bei lebendigem Leib aufgehackt und unter unsäglichen Qualen im Namen des geltenden Rechtes getötet und in Teile zerlegt. Welch grandioses Schauspiel für das dichtgedrängte christliche Volk von Wien! Zwischen dem Hohen Markt und dem Platz Am Hof, durch die engen Gassen hindurch war ein lebhaftes Gedränge. Um die Mittagsstunde waren die Wiener — so berichtet ein Zeitgenosse — in aller Regel nicht mehr nüchtern. Wie aber könnte man auch einen solchen Tag nüchtern ertragen? Ähnlich einer jeden anderen Schaustellung ging natürlich ein Rahmenprogramm voraus: die Köpfung von sechs dem Erzherzog verdächtig erscheinenden „Kaiserern". Der Tod der sieben Menschen war eine abendfüllende Scheußlichkeit.

Holzer hat sich gegen den „schimpflichen" Tod zu wehren versucht, *er wolt sterben als ein frummer krist.* Geköpft zu werden war christlich, ehrenwert: welche Verwirrung der Geister!

In den Kammeramtsrechnungen des Jahres 1463[2] sind die Spesen der öffentlichen Hand fein säuberlich vermerkt:

Maister Paul züchtiger von den 7 personen zu richten, am Freitag nach Osterfeiertagen per 60 Pfenn. facit 1 Pfund 6 sh.

um einen nagl zu des holzers haubt auf die ringkmauer bei sand nikla 32 Pf.

maister Paul züchtiger umb 1 hakchen und zwai messer zum viertailen 3 Sh, 5 Pf.

von etlichen ze köpffen und ze straichen an den pranger maister Paul 1 Pfd. 12 Pf.

demselben züchtiger umb zwei paar hantschuh 32 Pf.

[1] Anonymi Rerum Austriacarum Historia 1454—1467, hg. v. Adrianus Rauch, Wien 1794, 108; Michael Behaim's Buch von den Wienern 1462—1465, hg. v. Theodor Georg v. Karajan, Wien 1843, 256; Theodor Georg v. Karajan, Kleinere Quellen zur Geschichte Österreichs, in: Sylvester-Spenden eines Kreises von Freunden vaterländischer Geschichtsforschung, Wien 1859, 14 ff.; Wolfgang von Steyr, Itinerarium, in: Scriptores rerum Austriacarum, 2 (1775), hg. v. Hieronymus Pez, 455.

[2] Kammeramtsrechnung 1463, fol. 147^v, 148 (WStLA, Sign. 1/21).

Es geht schließlich nichts über eine saubere Buchhaltung.

Holzers Kopf wurde auf einer eisernen Stange bei St. Nikola vor dem Stubentor (etwa in der Höhe der Wollzeile) öffentlich zur Schau gestellt — als abschreckendes Beispiel. Sein zerstückelter Körper war den Tieren zum Fraße vorgesetzt. Sinnigerweise erfolgte diese Prozedur eben vor jenem Tor, durch das er als Bürgermeister und Führer des Aufstandes der Wiener gegen Albrecht VI. Söldner einließ. Und vor jedem Stadttor war ein Stück seines gemarterten Leibes aufgehängt.

Nun: man könnte — wie dies in der Literatur durchwegs geschieht — mit einem kurzen Satz über dieses Ereignis, das den Lebensabschluß des Wolfgang Holzer bedeutet, hinweggehen. Ich stelle diese tragische Szene bewußt an die Spitze, weil sie mir symptomatisch erscheint für den Geist der Zeit, und weil es zeigt, wie mutig und risikobereit ein Mensch sein mußte, der im öffentlichen Leben bestehen wollte. Der Beispiele solcher Brutalität gibt es genug.

Holzer war kein sympathischer Mensch. Er kam aus einfachen Verhältnissen und benahm sich oft daneben. Er paßte nicht in die gute Gesellschaft der gebildeten Ratsbürger. Wir wissen wohl nichts über sein Herkommen, aber sein Beruf läßt auf die Basis schließen. Spekulationen über seine Vorfahren, die schon seit Jahrzehnten angestellt werden, können bei Durchsicht der Quellen noch um einige vermehrt werden. Der Umstand, daß er aus der unterprivilegierten Schichte der Bevölkerung kam, ist wahrscheinlich einer der Gründe seiner Beliebtheit in der Volksmasse — dem „Pofel", wie man zu sagen pflegte — und sicher auch ein Grund, daß die führenden Männer der Albrechtinischen Partei ihn, den beredsamen, populären, ehrgeizigen, zu Wohlstand gekommenen Wiener Bürger, vorschoben, um Widerstände in der sozial bedrückten, notleidenden Wiener Bevölkerung abzufangen.

Holzer, der Fleischhauer und Viehhändler, war sicher keine empfindsame Seele. Es ist überliefert, daß er mit seinen politischen Gegnern sehr unsanft umging. Er muß aber als Autodidakt doch sehr viel gelernt haben, um in dem Kampf um hohe Ämter und Würden, zu dem man ihn verleitete, und zu dem ihn dann sein Ehrgeiz trieb, bestehen zu können. Seine Funktionen im landesfürstlichen und städtischen Dienst erforderten doch sicher mehr, als er vom Elternhaus und seinem Lebenskreis mitbrachte. Seine Hausmacht waren die Fleischer und die diversen Handwerker des Stubenviertels. Am alten Fleischmarkt war er zu Hause. Er war einer der 1462 gezählten 42 Fleischhauer in Wien. Im *Stubarum* (Stubenviertel) war er Viertelhauptmann[3]. Als Viehhändler ist er erfolgreich gewesen. Er war einer derjenigen, die für den Ernstfall *ros vermugen,* das heißt, daß er beritten war.

Holzer war ein sehr derber Mensch. Es gibt bezeichnende Beispiele. In einem Gespräch mit Kaiserin Eleonore zeigte er sich sehr taktlos. Er verstünde, meinte er, daß sie schon so sehnsüchtig auf den Kaiser warte, da sie schon ein Jahr den Beischlaf entbehren müsse.

Als ein Prediger von St. Tibold vor Holzer und seinem Anhang für einen Ausgleich und für Frieden predigte und den Vorschlag machte, eine Deputation von Priestern und Nonnen zum Kaiser zu schicken, die diesen kniefällig um Verzeihung bitten sollte, da lehnte er spottend ab. Nach Beheim sagte er:

[3] Paul Harrer, Wien, seine Häuser, Menschen und Kultur, Wien 1951, IV/1, 163 (Manuskript im WStLA). Darnach besaß er die Häuser Fleischmarkt 13 und 15 (alt 705 und 706); letzteres war ident mit Hafnersteig 10.

... *aber die nunnen sol wir han, die mussen vor uns nakent gan* ... Ein für die damalige Zeit sicherlich frivoler Scherz.

In seinem letzten Disput mit Erzherzog Albrecht vor seiner Hinrichtung ist bezeichnend, daß er alle Anredefloskel wegließ, ohne Respekt sprach und anklagte, was, abgesehen von der Form, unklug war, weil er doch umso mehr mit einer rücksichtslosen Strafe rechnen mußte.

Der Einfluß auf seine rauhen Kumpanen war groß. Die verschiedenen, sehr demagogisch angelegten Reden verfehlten ihre Wirkung nie. Weil er selbst davon überzeugt war, konnte er den späteren Umschwung nicht verstehen und kehrte am 11. April 1463 nach seiner Flucht zurück, wurde gefangen und zum Opfer einer falschen Selbsteinschätzung.

Die Unruhe der Wiener in den Jahren 1462/63, wohl aus der allgemeinen sozialen Not der besitzlosen Stadtbewohner geboren, konnte er aber meistern. Damals glaubte man ihm noch. Und er machte dies auch sicher besser als die gelehrten Herren, wie Kirchheimer, Krempel u. a., die noch dazu zum größten Teil „Zugereiste" waren. Bei Holzer weiß man nicht genau, ob er Wiener war; aber er galt als solcher, weil er zumindest lange genug in der Stadt lebte. Heute würde man sagen: Holzer wurde für die Albrechtinische Partei „verheizt". Daß den Drahtziehern der Revolte die Zügel entglitten, Holzer sich in einem gefährlichen Spiel selbständig machte und schließlich in sein Unglück rannte, steht auf einem anderen Blatt; es war nicht einkalkuliert.

Quellen und Literatur

Die Literatur über den Aufstand der Wiener vom Jahre 1463 ist beachtenswert. Am ausführlichsten und kritisch behandelte Schalk[4] die vorhandenen Quellen und die Literatur. Er berücksichtigte in seiner 1919 erschienenen Abhandlung über diese schreckliche Zeit alle früher erschienenen Darstellungen; er war es auch, der die handelnden Personen biographisch erfaßte. Darauf gestützt, ist es mein Bemühen, die Person des Bürgermeisters Wolfgang Holzer stärker aus dem Zeitereignis, das er mitgeprägt hat, herauszuheben. Daß er unsympathisch erscheint, soll kein Hindernis sein, ihn so objektiv wie möglich vor dem Hintergrund seiner Zeit darzustellen.

Wir besitzen über den Wiener Aufstand des Jahres 1463 zwar keinen ausführlichen, geschlossenen Bericht irgendeines hervorragenden Historikers, dafür aber Urkunden und Aktenstücke, die während der Ereignisse oder bald danach entstanden, sowie verschiedene Nachrichten von Augenzeugen und Mitteilungen von Geschichtsschreibern. Aus all dem läßt sich wohl eine brauchbare Darstellung der Vorgänge rekonstruieren und damit zumindest der spätere Lebensabschnitt des Bürgermeisters Wolfgang Holzer aufhellen. — Ein Verzeichnis der Quellen und der Literatur werden an diese Studie angeschlossen (siehe Seite ff.).

Die bemerkenswertesten Versuche, das Quellenmaterial — natürlich durch Hypothesen ergänzt — zu einem geschlossenen Ganzen zu gestalten, haben 1882

[4] Karl Schalk, Aus der Zeit des Österreichischen Faustrechtes 1440 bis 1463, in: Abhandlungen zur Geschichte und Quellenkunde der Stadt Wien, 3 (1919).

Weiß[5], 1901 Hirsch[6], 1905 Vancsa[7] und schließlich 1919 Schalk[8] unternommen. Ergänzende Details haben in letzter Zeit Czeike, Perger und Csendes geliefert[9].

Welch nachhaltige Wirkung die Person des Wolfgang Holzer auf die Nachwelt gehabt hat, geht daraus hervor, daß bereits 1793, also zu einer Zeit, da die deutsche Romanliteratur im Entstehen war, ein Roman in zwei Bänden erschien, der sich eingehend mit dem Leben des Bürgermeisters beschäftigt. Dieser Roman entwickelt auch eine Hypothese über sein Herkommen, die weit abweicht von dem, was bisher urkundlich festgestellt werden konnte. Doch darüber an anderer Stelle mehr.

Bei Karajan ist zu lesen, daß ein Dr. von Radler Ende des 19. Jahrhunderts den Stoff dramatisierte. Im Jahre 1961 erschien ein Roman von Fritz Habeck über den Aufstand der Wiener: Die Stadt der grauen Gesichter[10]. Inhaltlich weicht aber dieser Roman weit von der historischen Wirklichkeit ab.

Vermutungen über das Herkommen

Wolfgang Holzers Abstammung liegt im Dunklen. Schalk[11] nimmt an, daß er aus Preßburg stammt, weil er 1456, als er als Parteigänger Eitzingers Wien verlassen mußte, um Lebensgefahr von sich abzuwenden, Preßburg als Aufenthaltsort wählte. In einer mit 1. Dezember 1474 datierten Urkunde[12] ist die Rede von einem *Andre Rosenpekh, burger zu Preßburg, den man den Holczer* nennt. Er hatte eine Schwester namens Elspet. Die Eltern der beiden waren Wolfgang Rosenpekh und Barbara, *weilend burger zu Wienn.* Michael Beheim[13] u. a. bezeichnen Holzer als Sohn eines Bäckers; Schalk überlegte daher, ob es sich vielleicht um einen Bäcker mit einem Rosenschild am Geschäftsportal gehandelt haben könnte. In diesem Zusammenhang ist es nicht uninteressant, daß einer Urkunde vom 11. Juli 1459 zufolge[14] ein Jörg Rechauer einen Rechtsstreit gütlich beilegen will, jedoch von *der Peckin man, der sein swager sol sein,* Verdächtigungen ausgesetzt ist. Bei der friedlichen Zusammenkunft in Preßburg ist Holzer anwesend und nimmt so verbindlich Stellung, daß man den Schluß ziehen könnte, er sei zu der Bäckerin in einem Naheverhältnis gestanden.

Die von Beheim weiters verwendete Beizeichnung *Schüsselspüler* ist sonst nirgends aufzufinden und es mag für einen glücklosen Volkstribun als Schimpfwort gedacht sein, ein Schüsselspüler zu sein.

[5] Karl Weiß, Geschichte der Stadt Wien, I, Wien 1882, 228.

[6] Josef Hirsch, Der Aufstand Wolfgang Holzers in Wien 1463, in: 26. Jahres-Bericht der deutschen Landes-Oberrealschule zu Prossnitz, Prossnitz 1901.

[7] Max Vancsa, Politische Geschichte der Stadt Wien (1283—1522), in: Geschichte der Stadt Wien, 1897 ff., II/2, 551.

[8] Schalk (Anm. 4).

[9] Felix Czeike, Ratsbürger und Honoratioren im 15. Jh., in: Jb.VGStW, 12 (1955), 97 ff.; dsbe., Das große Groner Wien-Lexikon, Wien 1974, 169; Peter Csendes, Wien in den Fehden der Jahre 1461—1463, in: Militärhistorische Schriftenreihe, Heft 28 (1974).

[10] Ulrich Holzer, Bürgermeister in Wien (Roman), Wien 1793; Christiane Benedicte Eugenie Naubert, Fritz Habeck, Die Stadt der grauen Gesichter, Wien 1961.

[11] Schalk (Anm. 4), 442.

[12] Quellen zur Geschichte der Stadt Wien (in der Folge kurz: Quellen), II/3, 4527.

[13] Beheim (Anm. 1), 3, Z. 26.

[14] Quellen, II/3, 3904.

Felix Czeike[15] neigt hingegen zu der Ansicht, Holzer stamme aus Stein an der Donau. Seine Gattin Margarete lebte dort mit ihren Eltern Lucas und Kathrey Newnburger. Außerdem wird Kristian Wissinger, der zweite Gatte der Kathrey und Stiefvater der Margarete 1446 von einem gewissen Leupold Holzer und dessen Gattin Kathrei aus Stein zum Vertreter in einer gerichtlichen Streitsache bestellt[16]. Eine Verwandtschaft zwischen Leupold Holzer und Kristian Wissinger ist im Bereich der Möglichkeit, da Wissinger der Stiefschwiegervater des Wolfgang Holzer war. Der Name Holzer ist zudem in Stein mehrfach anzutreffen. Leupolt, der Holzer, Bürger zu Stein, verheiratet mit Kathrey, Tochter des Hannsen Hawer zu Lewbs, verkauft für sich und als Gerhaben der Geschwister der Frau ein Haus in der Landstraße zu Krems. Siegler ist der Bruder bzw. Schwager Meister Urban der Holtzer, Pfarrer zu Stein. Ausstellungsdatum der Urkunde ist der 18. April 1437, Ort die Stadt Stein[17]. Nach den Wiener Quellen gibt es schon um 1360 den Namen Holzer in Wien und Wiener Neustadt[18]. In den Wiener Quellen[19] findet sich in der ersten Hälfte des 15. Jahrhunderts ein Hans Holzer, Richter zu Krems/Stein. So könnte alles auch anders sein, als man bisher angenommen hat.

Andererseits war Holzer in erster Ehe mit Barbara, der Tochter des Wiener Bürgers Erhart Griesser, verheiratet. Damit gewinnt die Spekulation, daß Wolfgang Rosenpekh (Ehefrau Barbara) mit Bürgermeister Holzer ident sein könnte, neue Nahrung[20]. Damit deutet sich aber auch eine Beziehung zur Stadt Enns an, die man derzeit leider noch nicht verfolgen kann. Schließlich besitzt bereits 1383 ein Laurenz Holzer, Agnes uxor[21] ein Haus, gelegen in der hinteren Bäckerstraße, in der später Wolfgang lebt.

Betrachtet man alle verfügbaren Unterlagen und Hinweise, so muß nach wie vor die Frage offen bleiben, woher Wolfgang stammt. Am wahrscheinlichsten scheint aber doch Krems/Stein zu sein. Es gibt noch weitere Namensträger, allerdings gelang es bisher nicht, genealogische Zusammenhänge einwandfrei herzustellen.

Der bereits zitierte Anonymus behauptet in seinem Roman, daß Wolfgang Holzer Sohn des Veit Holzer, eines Bauern aus Niklaswalde in der Nähe von Danzig, sei. Dort wäre er Untertan des Deutschordensstaates gewesen. Nach einer wahren Odyssee sei er als Soldat bzw. Söldner durch die Welt und schließlich nach Wien gekommen. Der Roman beruht auf Gerhard de Roo, Hans Jakob Fugger und der Danziger Chronik[22]. Wolfgang wird hier Ulrich (Udalrich) genannt, so wie bei de Roo. In dieser Darstellung ist dichterische Freiheit ebenso mitversponnen wie in Fritz Habecks Roman.

[15] Czeike, Ratsbürger (Anm. 9), 110, Anm. 132.

[16] Quellen, II/2, 3149 (1446 April 13).

[17] Herwig Ebner, Ein Urbar der Pfarre Krems, in: Mitteilungen d. Kremser Stadtarchivs, 5 (1965), 112; Archivberichte aus Niederösterreich, 1 (1915), 98, Nr. 500; 100, Nr. 516; Urkunde Lilienfeld Nr. 1071 v. 1437 April 18, Stein.

[18] Quellen, II/1, 578 (1361 Jänner 25, Wien); II/2, 2966, 3002, 3006; II/4, 5934, 6153.

[19] Quellen, II/2, 2966, 3006; II/4, 6153.

[20] Grundbuch (in der Folge kurz: Gb.; WStLA), 1/34, fol. 469.

[21] Quellen, II/2, 1572.

[22] Gotthilf Löschin, Die Bürgermeister, Rathsherren und Schöppen des Danziger Freistaates und die Patricierfamilien, denen sie angehörten, in: Sonderschriften des Vereins für Familienforschung in Ost- und Westpreussen e. V. Nr. 29, Danzig 1868; Johann Jakob Fugger, Spiegel der Ehren des Höchstlöblichen Erzhauses Österreich, Nürnberg 1668, 6. Buch.

Auf ein ungeklärtes, doch interessantes Detail über Holzer weist uns Senfelder hin[23]. Er schreibt über den Arzt Michael Puff aus Schrick, der eine angesehene medizinische Kapazität war, unter anderem folgendes: Der Türhüter Erzherzog Albrechts VI., Hans, gerät mit dem Puff in einen Wortwechsel wegen der Behandlung eines Karbunkels in der linken Achselhöhle Albrechts. Albrecht weist den Diener zur Ruhe. Obwohl Puff ein „Kaiserer" war, hatte er zu ihm mehr Vertrauen als zu Kirchhaim. Aber Albrecht stirbt am 1. Dezember 1463, und Puff verbietet die Leichenöffnung und die Balsamierung, *da es kein Wunder wäre, wenn dadurch ganz Wien vergiftet würde.* In diesem Zusammenhang erfahren wir, daß der beteiligte Apotheker und der erwähnte Doktor Puff aus Schrick mit Wolfgang Holzer verschwägert waren, ein Umstand, der das Mißtrauen und den Verdacht der Umgebung des kranken Herzogs verständlich macht. Wie die genealogischen Zusammenhänge zwischen Puff, dem Apotheker und Holzer beschaffen waren, läßt sich leider nicht feststellen; der Apotheker könnte Laurenz Taschendorfer, der Ratsherr und Stadtrichter, gewesen sein, von dem wir wissen, daß er 1468 ein Haus auf dem Graben gekauft hat (zu dieser Zeit war er in erster Ehe mit Anna, der Tochter des Michael Puff aus Schrick, verheiratet).

Zur zweiten Ehe des Wolfgang Holzer sei nochmals Czeike zitiert: Wissinger heiratete Kathrey, die Witwe nach Lucas Newnburger, etwa 1438. Ihrer ersten Ehe entstammten die Töchter Margaret und Hedwig. Man kann annehmen, daß Kathrey noch relativ jung war, als sie Witwe wurde, da sie noch einen Sohn Ludwig zur Welt brachte. Es mag daher auch Margret, die zweite Gattin des Wolfgang Holzer, wesentlich jünger als dieser gewesen sein. Von Holzer kann man annehmen, daß er um oder knapp vor 1400 geboren wurde. — Zu erwähnen wäre noch, daß Margaret Holzer nach der Hinrichtung ihres Gatten den Ratsherrn Jacob Kraukler geheiratet hat[24].

Einiges über Holzers Leben

Hinderbach[25] schildert Holzer als einen Mann mittelmäßiger Lebenshaltung, aber kühn und verwegen. Er trieb in Ungarn Handel mit Ochsen, Pferden und anderen Waren und wurde ziemlich reich. Beheim[26] beurteilt Holzer sehr ungünstig. Er sei ein *arger loter* und *ain übler, schnöder letzer, ein ketzer aller ketzer.* Holzer glaube nicht an die Auferstehung nach dem Tode. (Das erinnert an sein Vorbild Ulrich Eitzinger, von dem Aeneas Silvius in der Historica Friderici dasselbe behauptet.) In den schrecklichen letzten Sekunden seines Lebens hat Holzer allerdings, wie wir der eingangs zitierten Überlieferung entnehmen können, die Gottesmutter *iniklich* angefleht, wie ein Christ sterben zu dürfen.

[23] Leopold Senfelder, Michael Puff aus Schrick, 1400—1473, in: Wiener klinische Rundschau 1898, Nr. 21, 22, 24, 26, 28—31; Karajan (Anm. 1), 23 ff.; Joseph Aschbach, Geschichte der Wiener Universität, 1 (1865), 533; auch Schalk, Faustrecht (Anm. 4), sagt in der Anm. auf S. 247 dasselbe.

[24] Quellen, II/3, 4924 (1482 August 13).

[25] Johann Hinderbach, Hystoria eiusdem (Friderici) expeditionis et belli, hg. v. Adam Kollár, in: Analecta monumentorum omnis aevi Vindobonensia, II, Wien 1762, 610.

[26] Beheim (Anm. 1), 3, Z. 27 f.

Holzers erstes belegtes Auftreten fällt in die Jahre 1443 bis 1445. In diesem Zeitraum ist er einmal, wie Hinderbach[27] berichtet, vom Stadtrichter Nicolaus Teschler wegen seines frechen Benehmens zu einer Gefängnisstrafe verurteilt worden. Im Grundbuch scheint er allerdings schon 1442 als Besitzer eines Hauses am Salzgries[28] auf.

Im Jahre 1446 nahm Holzer an jener Deputation der Stadt Wien teil, welche am 30. November[29] nach Wiener Neustadt ritt, um mit Johann Hunyadi zu *taidingen.* Es ist anzunehmen, daß er die ungarische Sprache beherrschte, infolge seines berufsbedingten Umgangs mit Ungarn Land und Leute kannte und daher für eine derartige Unterredung prädestiniert war. Im Jahre 1452[30] wird Holzer als Besitzer eines Hauses am alten Fleischmarkt genannt; ein weiteres Haus, das er kaufte, lag *pei dem Piberturm*[31], ein drittes in der Wollzeile (dieses verkaufte er im November 1456 wieder, nachdem er die Stadt verlassen hatte).

Im Jahre 1453 hatte er zum ersten Male dem Rat angehört und war auch Mitglied jener viergliedrigen Bürgerdeputation, die König Ladislaus zur Krönung nach Prag begleiten sollte; am 18. Dezember 1453 war er mit denselben Delegierten auf dem folgeschweren Landtag von Korneuburg. Im Jahre 1452 wurde er zum Münzmeister ernannt[32] und gehörte im Bürgeraufgebote[33] — wie bereits erwähnt — zu jenen, *die Ros vermugen.* Er war *haubtman des viertels Stubarum.* Während seiner Abwesenheit von Wien wird er zwar nur einmal in einer Urkunde vom 11. Juli 1459[34], Preßburg, erwähnt, doch scheint er in der Handschrift Nr. 8019 der Österreichischen Nationalbibliothek 1458, 1459 und 1460 als Mitglied des Inneren Rates auf, in letzterem Jahr auch als Münzmeister.

Im Jahre 1462 scheint er urkundlich neuerdings auf und hatte auch bereits wieder ein Haus am Alten Roßmarkt, dem heutigen Stephansplatz[35]. Am 12. August wird er nach einem Handstreich Kirchhaimers das erste Mal Bürgermeister; er löste Christian Prenner ab.

Am 14. September 1462[36] bestätigte Kaiser Friedrich III. dem Wolfgang Holzer, Bürger zu Wien, das Münzmeisteramt, das er schon von Ladislaus 1452[37] auf Lebenszeit erhalten hatte. Und das für treue Dienste, die er geleistet hatte und die er *hinfür tun sol und wil.* Am darauffolgenden 15. September bestätigte Kaiser Friedrich dem Wolfgang Holzer Maut und Ungelt zu *Swechanndt und zu Vischamund,* ebenfalls in Anbetracht seiner treuen Dienste[38]. An den unmittelbar folgenden Ereignissen gemessen, erscheint dies als reine Ironie.

[27] Hinderbach (Anm. 25), 382.
[28] Gb. 1/34, fol. 400.
[29] Schalk (Anm. 4), 60.
[30] Quellen, II/2, 3466 (1452 April 21).
[31] Ebenda, II/2, 3582 (1454 August 30).
[32] Ebenda, I/7, 15374 (1452 Sept. 29); 15458 (1454 Oktober 29).
[33] Copey-Buch der gemainen Stat Wienn 1454—1464, hg. v. H. J. Zeibig, in: Fontes rerum Austriacarum, II/7 (1853), 10 f.
[34] Quellen, II/3, 3904 (1459 Juli 11).
[35] Gewährbuch D (1438—1473), fol. 394v (WStLA, Sign. Gb. 1/7).
[36] Ernst Birk, Urkunden-Auszüge zur Geschichte Kaiser Friedrich des III., in den Jahren 1452—1467, in: Archiv für Kunde österreichischer Geschichtsquellen, 10 (1853), 76, Nr. 584.
[37] E. M. Lichnowsky, Geschichte des Hauses Habsburg, Wien 1839, VI, Regest Nr. 1706; Quellen, I/7, 15374 (1452 September 29).
[38] Birk (Anm. 36), 76, Nr. 585 (1462 September 15).

Am 19. September wurde Holzer, wie wir bereits wissen, neuerdings zum Bürgermeister gewählt. Über seine politische Laufbahn soll im folgenden noch ausführlich berichtet werden. Sein tragisches Ende am 15. April 1463 habe ich in der Einleitung bereits vorweggenommen.

Urkundlich belegt ist seine Bürgermeistertätigkeit durch zwei Urkunden. Am 15. November 1462[39] entrichtet er im Namen der Stadt an den Söldnerführer Waczla Wulczko 1040 ungarische Gulden rückständigen Soldes, den Erzherzog Albrecht schuldig geblieben war. Wir können heute nicht beurteilen, wieweit hier ein wirklich zwingender Grund zur Bezahlung vorlag. Aber es wäre möglich, daß schon damit seine Konspiration begann. Am 25. November 1462[40] verpflichtete Holzer als Bürgermeister und im Einvernehmen mit dem Rat die edle Frau Agnes, Urban Hunczhaimers Witwe, zur Zahlung von 700 ungarischen Gulden in Gold. Die Zahlung wurde auch quittiert.

Die Vorgeschichte des Aufstandes der Wiener unter Wolfgang Holzer

Es ist nicht verwunderlich, daß die Darstellungen der Augenzeugen und sonstiger Informanten des Aufstandes unterschiedlich sind. Sie hatten einen jeweils anderen Standpunkt. Sie waren parteipolitisch gebundene Anhänger des Kaisers oder Albrechts VI. Dies auch dann, wenn sie in ihrer Aussage bemüht objektiv sind. Sich zu bekennen, war gefährlich, sich außerhalb dieser beiden großen Gruppierungen zu stellen, war noch gefährlicher. Aber es gab, nach der vielfältigen Schichtung der Bevölkerung zu schließen, mehr als zwei Auffassungen. Dies kommt in manchen Überlieferungen — zwischen den Zeilen zu lesen — zum Ausdruck.

Holzer, beispielsweise, ließ sich einzig von Opportunismus leiten und von dem, was er als nützlich für sich selbst zu erkennen glaubte. Er hatte kaum ideelle Beweggründe. In den überlieferten Berichten wird er übereinstimmend als Bösewicht geschildert.

Als Wolfgang Holzer am 12. August 1462 zum Bürgermeister der Stadt Wien gewählt wurde, begann die Tragik seines Lebens. Es ist wohl notwendig, hier die Vorgeschichte, die zu den dramatischen Ereignissen des Jahres 1463 führte, wenigstens kurz einzufügen.

Mit dem 1439 erfolgten Tode Albrechts II. begann für Österreich eine lange Reihe von Übeln, die während der Regierung seines nachgeborenen Sohnes Ladislaus fortdauerten und durch das unerwartete Hinscheiden des noch jungen Königs in Prag im Jahre 1457 keineswegs beseitigt waren, sondern durch den Streit um das Erbe noch vergrößert wurden. Friedrich, seit 2. Februar 1440 deutscher König, besaß beim Tode des Ladislaus Innerösterreich, Albrecht, sein Bruder, Vorderösterreich, und Siegmund, beider Vetter, Tirol. Zwar war es den Ständen gelungen, eine Einigung zwischen den Fürsten zustandezubringen. Friedrich hielt allerdings am Grundsatz des Majorates fest, wogegen Albrecht seinem kaiserlichen Bruder ganz Österreich entreißen wollte. So brach der Kampf zwischen den beiden ungleichen Brüdern aus.

[39] Quellen, II/3, 4038 (1462 November 15).
[40] Ebenda, 4039 (1462 November 25).

Friedrich wird als langsam, bedächtig, friedliebend, leutselig, aber eigensinnig geschildert. Huber[41] sagt von ihm, er hätte einen musterhaften Familienvater und braven Hauswirt abgegeben, aber zum Regenten eines großen Reiches paßte er nicht. Albrecht dagegen wäre rauh, aufbrausend, ruhmgierig, streitsüchtig, grausam, unerschrocken, verschwenderisch, aber auch liebenswürdig gegen seine Freunde gewesen. Alles dies machte die Brüder zu Rivalen, umso mehr, weil sich Albrecht für den rechten Herrn von Österreich hielt[42]. Dieser Bruderzwist wühlte alle unzufriedenen Elemente auf. Schroff standen die Parteien einander gegenüber. Beide Teile warben um Anhang im Inneren der Länder und an fremden Höfen und boten auf diese Weise ehrgeizigen Elementen Gelegenheit, in den Streit einzugreifen und daraus Vorteile zum Nachteil Habsburgs, Österreichs und der Bevölkerung zu ziehen.

Erzherzog[43] Albrecht war der Konzentrationspunkt für viele Unzufriedene und wurde so immer wieder in Opposition gegen seinen Bruder getrieben. Zu diesem Bruderzwist gesellten sich noch die Fehden der Edelleute und das wüste Treiben der zahlreichen Söldnerscharen, die eine wahre Landplage wurden, seitdem die Stände nicht mehr gewillt waren, Kriegsdienste zu leisten. Mord, Raub und Brand waren an der Tagesordnung. So ging aller Wohlstand allmählich verloren. Die Bauern wagten nicht mehr ihre Felder zu bebauen, die Kaufleute nicht mehr Handel zu treiben. Von einigen Deputationen, die von Wien nach Wiener Neustadt reisten, wissen wir, daß sie von 40 und mehr Söldnern begleitet werden mußten, um unbehelligt die kurze Wegstrecke zu überwinden. Das verteuerte die Transporte. Dadurch und infolge der Münzverschlechterung (Schinderlinge) stiegen die Preise der Bedarfsmittel auf unerschwingliche Höhen. Sowohl das besitzende als auch das besitzlose Volk litten. Das besitzlose hatte nicht das Notwendigste zum Leben. Die Fürsten selbst litten darunter, da ihre Einkünfte immer spärlicher flossen und sie gezwungen waren, die Städte und Schlösser, Mauten und Zölle zu verpfänden. Trotzdem ließen die Fürsten nicht von ihren Streitigkeiten ab. Ja, es kam eben so weit, daß die besonders mit der Söldnerwirtschaft Friedrichs unzufriedenen Gegner des Kaisers in Wien, an ihrer Spitze der einflußreiche und berühmte Arzt und Universitätslehrer Dr. Johannes Kirchheim, gestützt auf den unruhigen Herzog, den kaisertreuen Bürgermeister Christian Prenner sowie den gesamten Rat absetzten, die Vornehmsten im Rathaus in Haft behielten und Wolfgang Holzer zum Bürgermeister wählten[44].

Bei dieser an sich unblutigen Revolution, eigentlich einem Putsch, war Kirchheim vermutlich deshalb nicht selbst an die Spitze der Gemeinde getreten, weil er entweder als Zugewanderter nicht hinlänglich mit den Rechten und Gewohnheiten der Stadt vertraut war, oder aber lieber einen anderen vorschob, der die Folgen eines Abenteuers gegebenenfalls auffangen sollte. Holzer, der Auserwählte, der schon seit Jahrzehnten in der Stadt lebte und wiederholt dem Stadtrat angehört hatte, schien für ein solches Experiment geeignet. Das 15. Jahrhundert ist ja die Zeit einer ständischen Opposition gegen die Unvollkommenheit der Fürstengewalt. Man war bereit, das persönliche oder das ständische Interesse allem anderen voranzustellen[45].

[41] Alfons Huber, Geschichte Österreichs, Gotha 1888, 3, 16.

[42] Adolf Bachmann, Deutsche Reichsgeschichte im Zeitalter Friedrichs III. und Maximilians I., Leipzig 1884—1894, I, 19.

[43] Diesen Rang bekleideten die Habsburger seit 1453.

[44] Schalk (Anm. 4), 320.

[45] Bachmann (Anm. 42), II, 190.

Holzer, Bürgermeister geworden, gab vor, das ständische Interesse im Auge zu haben. Von Ehrgeiz getrieben, überschritt er die Grenzen und brachte sich in eine Situation, aus der er nicht mehr herausfand. In der letzten Phase war er nicht mehr Treibender, sondern Getriebener.

Erinnern wir uns nochmals seiner politischen Laufbahn: 1452 wird er unter Ladislaus Münzmeister[46]. Das vedankte er sicher seiner Parteinahme für den anrüchigen Ulrich Eitzinger, der als ehemaliger Hubmeister und Berater Albrechts II., aber auch durch seine Heirat mit Barbara Kraft, ein bedeutendes Vermögen und damit großen Einfluß besaß und in den Jahren 1453 bis 1455 an der Spitze des ständischen Regentschaftsrates stand. Holzer beeinflußte das Volk gegen Eitzingers Rivalen Ulrich v. Cilli. Dieser wurde gestürzt und Holzer verfaßte Spottlieder auf diesen und dessen Mätresse. Als Graf Cilli aber am Hofe wieder mächtig geworden war, verlor Holzer Freiheit und Vermögen, wurde grausam gefoltert[47] und konnte sein Leben nur durch Flucht retten. Er wich nach Preßburg aus. Nach der Ermordung Cillis am 10. November 1456 in Belgrad spielte Holzer, durch Eitzinger gestützt, wieder eine Rolle: er wurde neuerdings Münzmeister und Ratsherr in Wien[48]. Im Streit um das Erbe des Ladislaus trug er durch seine Beredsamkeit viel dazu bei, die Unzufriedenheit der Wiener gegen den Kaiser zu nähren. Eitzinger ist 1460 gestorben. Holzer dürfte inzwischen seine Position so gefestigt haben, daß er glaubte, einer Hilfe nicht zu bedürfen.

Der Kaiser weilte während dieser Vorgänge fern der Hauptstadt in der Steiermark und bereitete die unvermeidliche Auseinandersetzung mit Ungarn vor. Es ging um die Stefanskrone, die Matthias Corvinus beanspruchte. Nach der siegreichen Schlacht von Kömend am 7. April 1459 kam es zum Ödenburg-Wiener Neustädter Vertrag und am 29. März 1464 zur Krönung des Matthias.

Als der Kaiser auf die Nachricht von der Erhebung der Gegenpartei am 22. August 1462 mit einem Heer vor der Stadt erschien, ließ Holzer, der, wie wir wissen, Bürgermeister war, den Kaiser erst nach langen Verhandlungen, nach drei Tagen, und zwar am Mittwoch, dem 25. August, in die Stadt einziehen. Bei den Verhandlungen hatte der Kaiser zugesagt, daß er den Putsch Kirchheims und die Wahl Holzers anerkennen und die städtischen Freiheiten achten werde. Allein, diese Übereinkunft hielt nicht lange. Unter Verletzung des Stadtrechts, wonach die Bürgermeisterwahl den Patriziern vorbehalten war, hatte er am 7. September[49] in seiner Gegenwart durch die Genannten, den sogenannten großen Rat, und nicht durch die Bürgerschaft, den kaisertreuen Sebastian Ziegelhauser zum Bürgermeister und mit ihm einen neuen Stadtrat wählen lassen. Holzer war zu dieser Zeit Anhänger Albrechts und stark genug, die Bürgerschaft in ihrer Mehrheit zum Ungehorsam zu bewegen, so daß sich der Kaiser gezwungen sah, Stadtrat und Bürgermeister die Abdankung zu empfehlen und Holzer als den Vertreter der Stadt Wien anzuerkennen und zu bestätigen.

Holzer verstand es, die Bevölkerung für sich zu gewinnen, und er lenkte sie. So sagt Beheim: *wann sy hielten in für irn apgot und laisten alles sein gebot*[50]. Wien verharrte in der Opposition gegen den Kaiser. Als Friedrich, um seine

[46] Lichnowsky (Anm. 37), VI, Regest Nr. 1706; Quellen, I/7, 15374.
[47] Hinderbach (Anm. 25), 581.
[48] Copey-Buch (Anm. 33), 6. März 1459; Anonymus (Anm. 1), 81.
[49] Weiß (Anm. 5), II, 249.
[50] Beheim (Anm. 1), 39, Z. 11 f.

Söldner zu bezahlen, Geld von den Wienern verlangte, erhielt er es nicht. Holzer hoffte auf die Unterstützung durch Albrecht und die Stände. Am 6. Oktober wurde dem Kaiser die Absage überreicht. Von da ab wurde die Burg bis 4. Dezember belagert[51].

Viele Anhänger Friedrichs wurden verhaftet, andere ihres Vermögens beraubt, so etwa der reiche, entflohene Kaufmann Simon Pötel, dessen Haus und sein beträchtliches Vermögen Holzer für sich in Anspruch nahm, was ihm viele übel anrechneten. Manche ließen alles zurück und flüchteten, unter ihnen auch der frühere Bürgermeister Sebastian Ziegelhauser.

So sah sich Friedrich gezwungen, gegen seine Hauptstadt fremde Hilfe in Anspruch zu nehmen.

Das Eingreifen und den Entsatz durch böhmische Reiter konnte Holzer mit Hilfe eines mächtigen Söldnerheeres verhindern. Am 2. November kam Albrecht in die Stadt. Er war von Holzer dazu eingeladen worden.

Podiebrad bot sich den beiden Habsburgern als Vermittler an und es kam auch am 12. Dezember in Korneuburg zu einer Aussprache der beiden Fürsten in Gegenwart des böhmischen Königs. Aber es ergab sich keine wirkungsvolle, dauerhafte Verständigung. Albrecht sollte alle Eroberungen im Lande unter der Enns dem Kaiser zurückgeben, jedoch die Regierung des Landes noch acht Jahre behalten.

Nach der Zusammenkunft von Korneuburg zog Albrecht entsprechend der Vereinbarung in die Hofburg nach Wien, Friedrich nach Neustadt und Georg begab sich über Brünn nach Prag.

So war wohl eine vorübergehende Entspannung eingetreten, aber einen dauernden Frieden hatte der böhmische König nicht stiften können. Ob er das wohl wollte?[52]. Keiner der beiden habsburgischen Fürsten war bereit, nachzugeben, die Söldner wurden auch weiterhin nicht bezahlt, sie zogen nach wie vor im Lande herum und peinigten die Bevölkerung. Alle alten Übel dauerten weiter an. Die besitzlosen Inwohner der Stadt hungerten. Die sozialen und die sanitären Verhältnisse waren unerträglich.

Es ist sicher nicht uninteressant, hier einzufügen, in welcher Größenordnung die Stadt Wien des Jahres 1462 zu sehen ist. Wien hatte zur Zeit des Aufstandes etwa 25.000 Einwohner. Die soziale Schichtung wird folgendermaßen angenommen: Handwerker mit Familien 5000; selbständige Handwerkerfrauen, also vorwiegend Witwne 500; Handwerksknechte mit Familien 4000; Patrizier mit Familien 2000; Taglöhner und Dienstboten 4000; Juden, Musiker, Gaukler 500; Bettler und Dirnen 2000; Priester, Mönche, Nonnen 2000; Professoren, Studenten 2000; Hof und Adel mit Söldnern und Bediensteten 3000[53]. Daraus ergibt sich, daß etwa 12.500 Menschen, also die Hälfte der Bevölkerung Wiens, den Wechselfällen des Lebens schutzlos ausgeliefert waren. Beschäftigungslosigkeit, Hunger und Krankheit machen die Massen in jeder gestörten Wirtschaft mürbe. 1462/63 war durch viele Einflüsse enie solche gestörte Zeit. Die Besitzlosen hatten nichts zu verlieren.

[51] Anonymus (Anm. 1), 85—89.

[52] Palacky, Geschichte von Böhmen, 1860, IV, 265.

[53] Karl Schalk, Die Wiener Handwerker um die Zeit des Aufstandes von 1462 und die Bevölkerungszahl von Wien, in: Jb. LkNÖ, NF 13/14 (1914/1915), 300 ff.

Nur der Not gehorchend, überließ der Kaiser seinem Bruder Wien. Daß er die neue Ordnung der Dinge in Wien nicht anerkannte, ersieht man aus mehreren Urkunden. Der Wunsch des Kaisers nach der Hauptstadt schien sich bald zu erfüllen. Die materielle Bedrängnis der Wiener Bürgerschaft wurde durch das verschwenderische Regiment Albrechts und die Hab- und Herrschsucht des Bürgermeisters Holzer noch verstärkt. Damit stieg die Unzufriedenheit mit dem neuen Regime. Am Stephanitag des Jahres 1462 war aber, trotz der Abmahnung des Kaisers, Erzherzog Albrecht der Eid der Treue geschworen worden. Holzer war von hier an in einem argen Dilemma. Die besseren Tage, die er den Wienern versprochen hatte, wollten nicht kommen. An die Stelle eines relativ milden Kaisers trat ein schneidiger, jäher, strenger und verschwenderischer Landesherr, der den Wienern, solange sie nicht seine Untertanen waren, zu schmeicheln gewußt hatte, sie aber jetzt die Schattenseiten seines Charakters spüren ließ. Holzer war mit der ihm ergebenen Bürgerschaft vom Regen in die Traufe gekommen. Grundlose Anklagen, Erpressungen und Verdächtigungen waren an der Tagesordnung, alle zitterten um ihre Freiheit, um Hab und Gut. Holzer war darum seines Triumphes nicht froh und mußte nur zu bald erkennen, wie sehr er sich verlaufen hatte, als er Albrecht gegen den Kaiser mobilisierte. Der Erzherzog ließ Holzer sehr bald fühlen, daß er auch in Wien mehr zu sagen habe als der Bürgermeister.

Holzer war nunmehr im Besitz eines bedeutenden Vermögens, das er in den letzten Monaten durch Konfiskation und Raub noch vergrößert hatte. Im Dezember dürfte dann der Umschwung im Denken des Bürgermeisters eingetreten sein. Aus Sorge um seinen Besitz schenkte er den Einflüsterungen der kaiserlich gesinnten Bürger der Stadt Gehör und knüpfte mit dem Kaiser Unterhandlungen an. Holzer hatte bei der Verschwendungssucht des Erzherzogs Angst um seinen Besitz. Dazu kam noch der Unmut über das steigende Ansehen des Erzherzogs bei den unteren Klassen. Holzer übersah auch nicht, daß die wachsende Unzufriedenheit der besitzenden Klasse zu Konflikten mit dem Erzherzog führen mußte. Anderseits trafen die Maßregeln des Kaisers, der seine treugebliebenen Städte auf Kosten Wiens bevorzugte, die Stadt schon jetzt sehr hart. Wappen-, Münz-, Maut- und Stapelrecht gingen verloren.

Dazu kamen noch die Bannbulle Pius' II. und die Erklärung des Kaisers, der des Reiches Acht und Aberacht über die Stadt aussprach, was zwar im allgemeinen von den Wienern sehr gelassen aufgenommen wurde, aber für Holzer eine starke psychische Belastung gewesen sein muß. Die Unzufriedenheit mit Holzer stieg in der Bevölkerung. Er war ja in diesen Monaten die Seele der Umsturzpartei. All das veranlaßte Holzer, die Verhandlungen mit dem Kaiser voranzutreiben. Das ganze Frühjahr 1463 dauerten diese an. Der Kaiser kannte die Habsucht des Bürgermeisters. Man versprach ihm Eisenstadt, Vezeihung von seiten des Kaisers und dessen Anhängern. Dies galt insbesondere für Ulrich Grafenecker und Andreas Baumkirchner, die man mehr als den Kaiser fürchtete. Von diesen Aussichten geblendet und in einem doch einigermaßen gerechtfertigten Vertrauen zum Kaiser, trieb er die bereits im Rollen befindliche Kugel weiter. Er hoffte ja außerdem auf goldene Ernte aus den Gütern der Proskribierten.

Für die Rolle des Unterhändlers fand sich der kaiserliche Rat und Propst von Preßburg, Georg von Schönberg. Auch er übernahm seine risikoreiche Aufgabe wegen ehrgeiziger Wünsche. Der Propst war Albrecht nicht verdächtig.

Die Verhandlungen zwischen dem Probst und Holzer zogen sich lange hin. Die Details dieser Unterredung sind zwar zeitgeschichtlich interessant, ich übergehe sie aber, weil sie in bezug auf Holzer nicht weiterführen.

Holzer hat schließlich in vielen Punkten nachgegeben, weil ihm offensichtlich der Boden unter den Füßen heiß geworden war. Seine Stellung als Stadtoberhaupt zum Erzherzog gestaltete sich höchst bedenklich und es dürfte auf ihn auch ein Anschlag versucht worden sein. *Es hat auch vor ettlichen tagen ainer der namhafftigen burger zu Wienn dem Holczer, der sich noch burgermaister nennt, erslahen wöllen vor seinem haws*[54]. So berichtet Ulrich von Gurk, der Kanzler, im März 1463. Interessant ist die Formulierung *der sich noch Bürgermeister nennt.*

In diesen Tagen begann es für Holzer dramatisch zu werden. Anfangs April bot sich eine günstig scheinende Gelegenheit, die Beschlüsse zur Ausführung zu bringen.

Grafenecker hatte in der Nähe der Stadt einige hundert Reiter Diese beschloß man am Karfreitag, dem 9. April[55], in die Stadt zu bringen und, wenn nötig, sollten Grafenecker und Baumkirchner mit 2000 unberittenen Söldnern Hilfe leisten[56].

Der Aufstand

Nun konnte Holzer nicht mehr zurück. Aber es wäre für ihn wahrscheinlich alles gut gegangen, wenn er nicht — einen Augenblick zögernd — einen falschen Zug gemacht hätte. In der Karfreitagnacht, das war der 8. April, um 9 Uhr[57] berief er den Stadtrichter Lorenz Schönberger, die Ratsherrn Georg Krempel, Johannes Kirchheim, den Kürschner Haug, Valentin Liebhard und Jakob Starch, Anhänger Albrechts, sowie die Angesehendsten der Gemeinde, die Vorsteher der Handwerkszechen, alles in allem etwa 80 Personen, zu sich. Viele kamen in Begleitung von Dienern. Treffpunkt war vermutlich das Haus Pötels. Um sich den Anschein zu geben, er tue alles nur zum Nutzen der Gemeinde, hatte er diese außerordentliche Besprechung mit viel Freundlichkeit eingeleitet. Seine Absicht war sicher, die Anhänger Albrechts bei dieser Gelegenheit auszuschalten. Die Geladenen kamen nicht gleichzeitig. Als die letzten kamen, war es Mitternacht. Holzer hatte dafür gesorgt, daß das Gefolge der Geladenen in ein besonderes Gemach gebracht werde und daß niemand das Haus verlasse oder Unbefugte es betreten. Die Geladenen mußten lange im Ungewissen warten. Schließlich kam Holzer und bat um Entschuldigung wegen der langen Wartezeit. Begründung: Die Geladenen wären noch nicht vollzählig. Es fehlten noch einige, von denen er annahm, daß sie gewissermaßen Spione Albrechts wären.

Während noch Wolfgang Hollabrunner beantragte, solche Bürger zu bestrafen, da sie ein schlechtes Beispiel gäben und durch sie viel Unfriede entstehe, erschienen vier, und zwar Schönberger, Krempel, Kirchheim und Haug. Lieb-

[54] Adolf Bachmann, Fontes rerum Austriacarum, II/44, 498, Bericht Ulrichs v. Gurk, 1463 März 12; 502, Bericht des Stefan Scheuch, 1463 März 22.

[55] Wolfgang von Steyr (Anm. 1), 454.

[56] Verlauffung zu Wyenn, in der karwochen geschehen 1463, in: Karajan (Anm. 1).

[57] Ebenda: Verlauffung: *umb dy newnt hore.*

hard und Starch blieben fern. Holzer führte die vier ins Haus. Als sie die Versammlung sahen, erschraken sie. Holzer führte sie in ein anderes Gemacht und überhäufte sie mit Vorwürfen, weil sie ihm immer Opposition machten. Sie erklärten aber, sie seien nicht seine persönlichen Gegner, müßten es aber mißbilligen, daß er das Gemeindevermögen wie sein Privatgut verwende. Holzer scheint demzufolge nicht nur viel fremden Besitz zur allgemeinen Plünderung freigegeben, sondern auch für sich selbst ausgiebig gesorgt zu haben. Nichtsdestoweniger war er durch die Vorwürfe noch mehr gereizt, verließ den Raum, sperrte sie ein und begab sich wieder in die Versammlung[58]. Vor den Versammelten sagte er dann: Er habe sich stets bemüht, das Wohl der Stadt zu fördern und jede Gefahr abzuwenden. Er habe jetzt erkannt, was das Wohl der Stadt gefärden könne. Er wolle ihnen diese Gefahr und zugleich die Mittel zur Abwendung derselben nennen. Er habe aus sicherer Quelle erfahren, daß Albrecht Söldner in die Stadt aufnehme, um die Privilegien zu vernichten und über Gut und Blut der Bürger nach Belieben verfügen zu können. In Gruppen zu zehn oder zwanzig wolle er diese verhungerten Gestalten in die Bürgerhäuser legen. Wie diese sich gebärden würden, das könne man aus der verwüsteten Umgebung Wiens ersehen. Aber solches oder ähnliches sei von dem verschwenderischen Fürsten zu erwarten. So habe Albrecht ihr Vertrauen getäuscht und er dürfe sich nicht wundern, wenn man ihm nun kein Vertrauen mehr entgegenbrächte. Er wisse den Herzog in den Grenzen seiner Pflicht zu halten, wenn die Bürger mit seinem Vorschlag einverstanden seien. In der Nähe der Stadt lagerten 400 Deutsche, die ihm ihre Hilfe zugesagt hätten. Ein befreundeter Fürst (den Namen des Kaisers verschwieg er) habe diese angewiesen, den Wienern zwei Monate ohne Sold zu dienen. Sobald Albrecht die Söldner in der Stadt bemerken werde, werde er anderen Sinnes sein, widrigenfalls man ihn dazu zwingen könnte. Die Verzeihung des Kaisers werde man leicht erlangen. Auch der Adel und die Geistlichkeit würden ihnen günstig gestimmt sein. Wolle man ihm vertrauen, so könne man zu Mittag des kommenden Tages (9. April) den Frieden in der Stadt haben. Diese Rede dürfte ihre Wirkung nicht verfehlt haben, denn die Mehrzahl der Anwesenden ging auf den Vorschlag ein. Einige hatten wohl Bedenken und meinten, man möge die Gemeinde und auch den Herzog verständigen. Aber Holzer winkte ab und erklärte, er werde schon tun, was seines Amtes sei. Die Versammlung gab sich schließlich damit zufrieden. Man gelobte Stillschweigen und ging bei Morgengrauen auseinander. Diese Szene ist sehr bezeichnend für die Beredsamkeit Holzers, zeigte aber auch seine Gangart und sein gefährliches Spiel. Von diesem Augenblick an gab es für ihn kein Zurück und jeder weitere Zug im Spiel mußte stimmen, wollte er nicht in die größte Gefahr geraten.

In dieser Nacht rückten die Söldner und mit diesen der Propst von Preßburg, der Vermittler, allmählich an die Stadt heran und gelangten zum Stubentor[59]. Die Wachen wollten sie nicht hereinlassen und schickten nach dem Bürgermeister. Dieser eilte mit fünfzig Bürgern zum Tor, ließ es öffnen, begrüßte die Söldner, ließ sie versprechen, keinen Schaden anzurichten und befahl ihnen einzureiten. Unter böhmischen und polnischen Führern 100 Reiter und 400 Mann Fußvolk, alle gut bewaffnet.

[58] Die Berichte darüber sind unterschiedlich, sind aber im wesentlichen übereinstimmend.

[59] Außer Lichnowsky (Anm. 37), VII, 65, der den 10. April angibt, nennen alle anderen Samstag, den 9. April; Bachmann, Deutsche Reichsgeschichte (Anm. 42), 2, 383, gibt das Kärntnertor an. Richtig ist Stubentor.

Das Richtige für Holzer wäre nun gewesen, die Tore zu besetzen, in die Burg einzudringen und den überraschten Herzog gefangen zu nehmen. Aber er vertraute allzusehr auf seine Beredsamkeit und auf die Gunst des Volkes. Er war zu selbstsicher. Vorsichtsmaßregeln hielt er offensichtlich nicht für notwendig. Das wurde ihm in den nächsten Stunden zum Verhängnis. Wie schwankend die Gunst des Volkes sein kann, sollte er bald erfahren.

Anstatt also in die Burg einzudringen, führte Holzer die Söldner unter Zulauf vieler Menschen, sehr theatralisch und durchaus nicht nüchtern berechnend, mit bloßem Schwert vorausschreitend, vor sein Haus[60], wo bereits fünfhundert seiner Anhänger warteten. Von hier aus schickte der Bürgermeister an den Herzog eine schriftliche, vorbereitete Erklärung über den Einmarsch der Söldner[61]. Dann gings auf den Platz Am Hof. Nun marschierte Holzer mit der Stadtfahne voran. Die Volksmenge wurde von Gasse zu Gasse größer. Die meisten hatten keine Ahnung, was vor sich ging. Aber auch die Söldner wußten nicht recht, was sie sollten. Holzer war es nun vor allem darum zu tun, die auf Tausende angewachsene Menge zu beruhigen und für sich zu gewinnen. Gefinkelt, wie Holzer war, versuchte er mit einem psychologischen Trick, der des Lesens und Schreibens unkundigen Masse durch Geschriebenes zu imponieren. Sein treuer Gefolgsmann Ödenacker las ein vorbereitetes Manuskript vor, in dem von „Bürgerwohl", „Stadtbeschirmung" und ähnlichem gesprochen wird. Es gelang ihm tatsächlich, mit dem schwulstigen Pamphlet die Menge fürs erste zu beschwichtigen[62]. Albrecht hatte inzwischen Holzers Schreiben erhalten. Begreiflicherweise war er erschrocken. Er verstand den Inhalt des verklausulierten Schreibens sehr wohl: *... es wären einige Reiter gekommen, um ihn und die Stadt zu schützen.* Jacob Starch und Valentin Liebhard, die dem Herzog über die nächtliche Versammlung berichtet hatten, bestärkten ihn in dem Glauben an Holzers Verrat. Wenn es dem Bürgermeister gelänge, das gesamte Volk von Wien zu gewinnen, dann bestünde für den Herzog große Gefahr. Unmöglich könne sich der Herzog in der von allen Mitteln entblößten Burg, die seit den letzten Wirren nur notdürftig hergestellt war, einer Belagerung aussetzen.

Es ist allerdings die Frage, ob dies in der Absicht des Bürgermeisters lag. Wir haben ja bereits erkannt, daß er nur imponieren wollte.

Csendes[63] meint zu Recht, daß der Verlauf der Geschehnisse wenig militärische Absicht erkennen läßt. Mit dem langsamen, auffälligen Marsch quer durch die Stadt ohne Sicherung der Tore für einen eventuellen Rückzug kann kaum ein Überfall auf die Burg geplant gewesen sein. Überraschungseffekt lag jedenfalls nicht in der Abwicklung. Es wäre daher eher anzunehmen, daß Holzer primär eine Demonstration beabsichtigte und eine Verhandlung aus starker Position vorhatte. Es ist zu vermuten, daß Albrecht mit der Behauptung, Holzer habe nach seinem Leben getrachtet, nachträglich eine Rechtfertigung für sein brutales Handeln zu finden hoffte. Seine ersten Entscheidungen waren affektiv gefaßt, doch war seine Befürchtung verständlich.

Mit der Tatkraft und der Entschlossenheit Albrechts hatte Holzer nicht gerechnet. Über Anraten Reinprechts von Ebersdorf ließ man in der der Burg naheliegenden Michaelerkirche die Glocken läuten, um die Wiener zu Hilfe zu

[60] Wohl das Pötelhaus am Hohen Markt, Ecke Judengasse.
[61] Beheim (Anm. 1), 241, Z. 24; de Roo, 268.
[62] Beheim (Anm. 1), 242, Z. 22; de Roo, 268.
[63] Csendes (Anm. 9), 24.

rufen. Aber dieser Versuch, Kontakt zur Bevölkerung zu bekommen, scheiterte, weil die Bevölkerung zum Platz Am Hof eilte, wo Holzer um die Gunst der Stadt warb. Der entschlossene Fürst ließ sich jedoch nicht abhalten, sein Ziel zu verfolgen. Er wollte durch seine Haltung Holzer zum Gehorsam zwingen und war sicher entschlossen aggressiv vorzugehen. Er schickte vorerst seine Räte Georg von Stein, Stephan von Hohenberg, Veit von Ebersdorf und Georg von Pelndorf zum Bürgermeister.

Bei dem folgenden Gespräch erklärte Holzer auf die Frage, warum er die Söldner ohne Wissen und Willen des Herzogs eingelassen habe, er hätte dies zum Schutze der Stadt und nicht gegen den Herzog veranlaßt. Mit diesem Bericht gab sich aber der Herzog nicht zufrieden. Albrecht ritt persönlich zu Holzer und stellte ihn zur Rede. Nach heftigem Wortwechsel ritt Albrecht wieder in die Burg zurück.

Offensichtlich hatte die Haltung des Herzogs auf die umstehende Bevölkerung Eindruck gemacht. Es kam zu Unmutsäußerungen gegen den Bürgermeister. Da es Holzer in der Folge für geraten hielt aufzubrechen und zurückzuweichen, ist anzunehmen, daß er sich in dieser Situation gefährdet fühlte. Er zog mit den Truppen über den Judenplatz auf den Hohen Markt vor das Haus des Simon Pötel, das er ja okkupiert hatte. Die Soldaten bildeten vor dem Haus ein „raedel", sie schützten den Zugang. Hier erreichten ihn die Boten des Herzogs mit dem Befehl, sofort die Truppen aus der Stadt hinauszuführen und dann persönlich in der Burg zu erscheinen. Holzer versprach es und fügte hinzu, er werde nachmittags zum Herzog kommen und alles erklären. Albrecht gab sich aber auch damit nicht zufrieden.

Er und seine Räte hatten bei seinem Ritt durch die Stadt den Eindruck gewonnen, daß zumindest wesentliche Teile der Bevölkerung zu ihm hielten. Rasch entschlossen pflanzte er bei den Schotten sein Panier auf und schickte Reiter in der Stadt umher mit dem Ruf, der Herzog sei in Gefahr, das Volk möge ihm die Treue halten. Da strömten viele zu. Er stellte sich an die Spitze, trug selbst das Panier, hielt eine Rede und die Menge folgte ihm. Bei St. Michael und bei den Schotten und bald auch in anderen Teilen der Stadt schlossen sich die Wiener dem Herzog an und Holzer sah, daß er ohne wesentlichen Anhang blieb. Der Herzog zog von den Schotten über den Platz Am Hof und den Judenplatz zum Hohen Markt. Auch hier begann die Bevölkerung gegen die vor Holzers Haus postierten Söldner eine drohende Haltung einzunehmen. Als Albrecht den Hohen Markt erreichte, floh Holzer. In der Folge gab es tumultarische Szenen, denen vor allem die Söldner in den engen Gassen zum Opfer fielen. Sie versuchten geschlossen über den Lichtensteg und den Fleischmarkt das Stubentor zu erreichen. Dieses war aber, ebenso wie alle anderen Tore, inzwischen geschlossen worden. Es scheint auch das Stubenviertel die Front gewechselt zu haben. Die Gemeinde stand nun hinter Albrecht, und der Abgott der Wiener, Wolfgang Holzer, war vergessen. Sofort begannen die Plünderungen, wohl die entscheidende Triebfeder für das, was nun geschah. Holzer hatte das Stubentor noch rechtzeitig passiert. Nach zwei Quellen[64] hatte er abends noch einmal versucht, in die Stadt zurückzukehren. Aber man habe ihn weder beim Stubentor, noch beim Rotenturmtor eingelassen. Es hat fast den Anschein, daß seine wenigen Freunde wohlwollend seine Rückkehr verhinderten. Er wird

[64] Anonymus (Anm. 1), 105; de Roo, 270.

wohl nicht begriffen haben, daß sich das Volk von Wien, das ihm durch Monate willenlos gefolgt war, plötzlich völlig von ihm abgewandt habe. Aber auch auf dem Kahlenberg, wo er Schutz suchte, wurde er abgewiesen. So begab er sich nach Melk — so berichten die Quellen —, um von hier Weiteneck an der Donau zu erreichen, das ihm der Herzog ja geschenkt hatte. Diener und Pferde ließ er in Melk zurück. In Bauernkleidern kehrte er dann auf der Donau (wohl in der Nacht) nach Nußdorf zurück. Mit zwei Begleitern, seinem Diener Christ und dem Krämer Hollerbeck, versuchte er über die Weinberge zur Stadt zu gelangen, wurde aber von mißtrauischen Hauern festgehalten, schließlich erkannt und eingesperrt. Diese Stunden vom Verlassen der Stadt am Karfreitag, dem 8. April, am Abend, bis zur Verhaftung am Montag, dem 11. April, am frühen Morgen, zeigen Konfusion. Holzer hoffte wohl auf ein Wunder. Wenn, wie manche Quellen behaupten, 2000 Mann zur Unterstützung der in die Stadt eingedrungenen Söldner irgendwo um Wien bereitstanden, so wäre es naheliegend gewesen, diese zu mobilisieren. Daß sie nicht in Erscheinung traten, ist ein weiterer Beweis, daß man die Sache für verloren hielt.

Das Ende

Am Montag, um 13 Uhr, war Holzer bereits als Gefangener vor dem Schottentor und wurde von der Menge mit Verwünschungen empfangen. Unter unausgesetzten Schmährufen wurde er durch die Stadt und zum Herzog geführt. Wenn man den Quellen glauben kann, und es besteht kein Grund es nicht zu tun, dann hat sich Holzer hier sehr tapfer gehalten.

Auf die bitteren Vorwürfe des Herzogs erwiderte er unerschrocken und freimütig: nicht er sei an allem schuld, sondern der Fürst selbst, der der Urheber aller Übel und aller Anschläge gegen seinen Bruder Friedrich sei. Daß Albrecht dies als unverzeihliche Frechheit ansah und aus dieser Erregung heraus extreme Konsequenzen erwog, war zu erwarten.

Schalk[65] zitiert das folgende Zwiegespräch nach Beheim. Wenn auch die Fabulierfreudigkeit Beheims die Szene wahrscheinlich verzerrt, so ist es doch interessant genug und gibt eine Mutprobe des Holzer, der in dieser aussichtslosen Situation sich kein Blatt vor den Mund nimmt:

Herzog: *Pöswiht! Nun sag mir mer,*
wie kumt dir solche passhait her,
daz du so gross verreterei
und schalkait tust so mancherlei,
als sich in kurzen Stunden
hy zu Wien hat erfunden?

Holzer: *Herzog* (zu beachten die ungehörige Anrede, Anm.)
sag mir,
welcher ist under mir und Dir
der allergrössest pöswiht hy?
(Das wag ein Viehhändler dem „erlauchten“ Fürsten zu sagen! Anm.)

[65] Schalk (Anm. 4), 362, Anm. 2.

Dez solt Du mich peschaiden. Wy
Du pist von vater und muder
des kaisers rechter pruder,
so pin ich nur sein undertan.
Schau, wer die grösten schuld mög han!
Wan alz daz, daz ich han erdacht
und tun, darzu hast du mich praht,
mir den rucken gehebet!
Ich tarst nit han erlebet,
daz ich salch grass ding het volent,
het ich Dein hilf nit hie erkent!

Herzog: (zornig) *Du later schalk und leichter pub!*
Wie tarst mit solchen Tuersten
reden zu ainem fürsten?

Holzer: *Herzog, dez will ich nit varchten* (fürchten) *kain scheden.*

Daraufhin wurde er gefoltert.

Aber es wird berichtet, Holzer habe die Qualen der Folter standhaft ertragen und hätte nichts bekannt, was nicht bereits jedermann wußte und nicht geleugnet werden konnte. Er verriet keinen seiner Anhänger. Aber dessen ungeachtet ließ Albrecht die Ratsherrn Oswald Reicholf, Sebastian Ziegelhauser, Johann Ödenacker und Johann Burghauser festnehmen. Bis Donnerstag, den 14. April abends, blieben sie in der Burg, dann überstellte man sie ins Gefangenenhaus. Viele andere Verdächtige ließ der Herzog in die Folterkammern bringen, so auch den Schwiegervater Holzers, Christian Wissinger. Alle wurden sie erpreßt. Sie mußten sich um hohe Summen loskaufen oder sterben.

Freitag nach Ostern, es war dies der 15. April, wurde von dem unter Vorsitz Lorenz Schönbergers tagenden Stadtgericht ein Spruch gefällt, der als abschreckendes Beispiel gedacht war. Der Anführer der Söldner, Augustin Tristram, sollte enthauptet, die fünf Ratsherrn und Holzer gevierteilt werden.

Man brachte sie im Wagen vom Gefangenenhaus über den Lichtensteg auf den Hohen Markt. Hier wurde Augustin, wie im Spruch bestimmt, durch das Schwert hingerichtet. Holzer und die Ratsherrn wurden zum Karmeliterkloster auf den Platz Am Hof gebracht.

Nachdem die fünf Ratsherrn — zur Hinrichtung durch das Schwert begnadigt — ihr Leben ausgehaucht hatten, kam Holzer als letzter Delinquent an die Reihe. Er glaubte, daß auch er zum Tod durch das Schwert begnadigt sei. Als er die Vorkehrungen des Scharfrichters bemerkte und dieser ihm seine gräßliche Todesart verkündete, da schrie der durch Folter zermürbte Holzer mit herzzerreißender Stimme, einen derartigen Tod habe er nicht vedient. Nur der Kaiser könne ihn strafen. Aber unbarmherzig wurde der Mann, der noch vor Tagen angesehener Bürgermeister war, bei lebendigem Leib aufgehackt.

Das ist die Lebensgeschichte des Bürgermeisters Wolfgang Holzer. Es wäre jetzt noch interessant, seinen Richtern nachzuspüren. Insbesondere Lorenz Schönberger, Valentin Liebhard und Jakob Starch. Wie groß war die Angst dieser Mitbürger vor dem Zorn des Herzogs, daß sie sich einer solch harten Strafe im Kollegium nicht widersetzten? Daß sie über die Todesstrafe hinaus aus eigenem Antrieb eine perverse Scheußlichkeit erließen, die sie selbst jederzeit auch ereilen konnte, scheint unwahrscheinlich. Oder können wir die Mentalität dieser Menschen des ausgehenden Mittelalters nicht verstehen?

Nach der Hinrichtung von Wolfgang Holzer hielt Herzog Albrecht ein wahres Blutgericht unter den vermögenden Anhängern des Bürgermeisters, die zumeist keine Rädelsführer waren. Sie wurden im Hubhaus am Petersplatz 7 (alt 564) gefangen gehalten. Von dort brachte man sie ins Schergenhaus, wo man ihnen ankündigte, daß sie gevierteilt würden[66]. Um sie zu peinigen, erhielt der Henker in ihrer Gegenwart die Weisung, die Messer zu schleifen. Einen Monat lang hielt sie der Herzog in dieser Todespein. Am 16. Mai 1463 begnadigte er sie zu einer Geldstrafe von 24.000 Gulden, die sie gleich erlegen mußten. Sie waren verhalten, mit ihren Familien Wien sofort zu verlassen und in Vöcklabruck Aufenthalt zu nehmen. Viel später erst durften sie wieder frei einen Aufenthalt wählen[67].

Albrecht starb im Dezember 1463. Dadurch war der Einzug des Kaisers in die Stadt nicht mehr zu verhindern und die Quelle der Zwistigkeiten beseitigt.

Der Nachlaß

Nun bleibt bezüglich Holzer noch nachzutragen, was Schalk in seiner Abhandlung über den Nachlaß des Hingerichteten vermerkt.

Die von Wolfgang Holzer hinterlassenen Güter fielen, als die eines überwiesenen, bestraften Hochverräters, an den Landesfürsten. Als Friedrich das Regiment in Wien wieder übernahm, nahm er dieses Recht kurioserweise auch für sich in Anspruch und übertrug die Verwaltung seinem „Diener" Lorenz Stadler, einem Wiener Patrizier.

Am 23. November 1464[68] erhält Stadler, dem Holzer eine Summe Geldes schuldig geblieben war, von Kaiser Friedrich alle Häuser, Weingärten und anderen Güter, die weiland Wolfgang Holzers Besitz gewesen waren, auch alle Gelder, die man dem Holzer schuldig gewesen, mit der Bewilligung, alle Pfandschaften und Versetzungen abzulösen. Stadler gelobt, dem Kaiser die Hälfte zu geben. Man sieht, die Strafjustiz war im christlich-germanischen Mittelalter nebenbei gewiß auch ein recht gutes Geschäft. Daß Holzer als Verbündeter des Kaisers gehandelt hat, wurde nicht mehr beachtet. Albrecht war, da Friedrich doch von Anfang an am Majoratsgedanken festgehalten hatte, gar nicht befugt, irgendein Urteil zu fällen und vollstrecken zu lassen. Das Stadtgericht aber — wenn es frei entscheiden hätte können, was fraglich ist — hatte gegen den Verbündeten des Kaisers geurteilt.

Unverständlich bleibt auch, daß der Kaiser gegenüber der Witwe des Wolfgang Holzer, der Tochter des „Kaiserers" Christian Wissinger, keine Nachsicht walten ließ[69].

Außer seinem schon genannten Hausbesitz besaß Holzer auch Weingärten. Eine Übersicht über seinen Weingartenbesitz vom 18. April 1465[70] ergibt folgenden Bestand:

[66] Ebenda, 369.
[67] Weiß (Anm. 5), 259; Schalk (Anm. 4), 370.
[68] Birk (Anm. 36), 105, Nr. 789.
[69] Ebenda, 110, Nr. 826.
[70] Ebenda.

1. Weingarten zu Peczestorff (Pötzleinsdorf) im Gerewt.
2. Weingarten im Grundbuch des Jorig Scheckh vom Wald.
3. Weingarten am Weinperg.
4. Weingarten auf der Alsen (Hernals?).
5. Halber Weingarten in der Swüpel bei Eczkerstorff (Atzsgersdorf).

Am 18. April 1465 befiehlt Kaiser Friedrich den Besitzern oberwähnter Grundbücher oder deren Amtleuten, den Lorenz Stadler an die Gewähr zu schreiben. An die Urkunde schließt sich eine kurze Notiz: *Item hat Stadler einen Mahnbrief* bekommen an alle Hauptleute, Landmarschall etc., die Schuldner Wolfgang Holzers zur Zahlung zu verhalten[71]. In einem Akt des Stadtarchivs vom 2. Dezember 1465[72] ist die Rede von 300 *gut, neu Ungrisch gulden, gerecht in golt und wag, die Wolfgangn Holczer vormaln auf einem haws, gelegen am Alten Fleischmarkt, gegen Sand Larenzn uber, zenagst der stat Casstn* verschrieben gewesen waren, und nun von dem Kaiser als verfallenes Gut dem Lorenczen Stadler gegeben wurden.

Zum Vermögen Holzers gehörten auch zwei Geldforderungen[73], die er an Wolfgang von Waldsee gehabt hatte. Über die eine im Betrage von 450 Pfd. Pf. ist ein Geldbrief, über die zweite in der Höhe von 25 Pfd. Pf. ein *handgeschrift und aufgedruckchtes petschad* erhalten gewesen. Diese und andere Forderungen an Waldsee zediert am 1. August 1463[74] Steffan Eytzinger von Eytzing seinem Vetter Sigmund. Es ist nicht ersichtlich, wie Stephan Eytzinger in den Besitz dieser Forderungen gekommen war.

Quellen und Literatur

a) Quellen

Anonymi Rerum Austriacarum Historia 1434—1467, hg. v. Adrianus Rauch, Wien 1794.

Archivberichte aus Niederösterreich, Bd 1, Wien 1915.

Bachmann Adolf, Urkunden und Actenstücke zur österreichischen Geschichte im Zeitalter Kaiser Friedrichs III. und König Georgs von Böhmen 1440—1471, in: Fontes rerum Austriacarum, II/42 (1879).

—, Briefe und Acten zur öst.-deutschen Geschichte, in: Fontes rerum Austriacarum, II/44 (1885);

—, Urkundliche Nachträge zur österreichisch-deutschen Geschichte im Zeitalter Kaiser Friedrichs III., in: Fontes rerum Austriacarum, II/46 (1892).

Beheim Michael, Buch von den Wienern, hg. v. Theodor Georg von Karajan, Wien 1843.

Birk Ernst, Urkunden-Auszüge zur Geschichte Kaiser Friedrich des III., in den Jahren 1452 bis 1467, in: Archiv für Kunde österreichischer Geschichtsquellen, 10 (1853).

[71] Ebenda.

[72] Schalk (Anm. 4), 447, Gb. 1/34, fol. 201v.

[73] Demgemäß ist anzunehmen, daß auch Holzer wie auch andere Patrizier (Pötel, Teschler u. a.) Geldgeschäfte, bei welchen die markierten Zinsfüße nicht immer die niedrigsten gewesen sein werden, abwickelten.

[74] Schalk (Anm. 4), 447.

Chmel Joseph, Berichte über Forschungen in süddeutschen Bibliotheken, in: Sitzungsberichte der k. k. Akademie der Wissenschaften in Wien, 5 (1850).

—, Materialien zur österreichischen Geschichte aus Archiven und Bibliotheken, 2, Wien 1838.

—, Regesta chronologico-diplomatica Friderici IV. Romanorum regis (imperatoris III.), 2, Wien 1859.

—, Urkunden, Briefe und Actenstücke zur Geschichte der habsburgischen Fürsten König Ladislaus Posthum, Erzherzog Albrecht VI., und Herzog Siegmund von Österreich, in: Fontes rerum Austriacarum, II/2, (1850).

Copey-Buch der Gemainen Stat Wienn 1454—1464, hg. v. H. J. Zeibig, in: Fontes rerum Austriacarum, II/7, (1853).

Ebendorfer Thomas, Cronica Austriae, hg. v. Alphons Lhotsky, in: Monumenta Germaniae Historica, Scriptores rerum Germanicarum, NF 13, Berlin - Zürich 1967.

Herwig Ebner, Ein Urbar der Pfarre Krems, in: Mitteilungen des Kremser Stadtarchivs, 5 (1965).

Gobellinus Johannes, Pii Secundi, P. M. commentarii rerum memorabilium quae temporibus suis contigerunt, 10. Buch, Rom 1584.

Grundbuch 1/34.

Grünpeck Joseph, Historia Friderici III. et Maximiliani I., hg. v. Joseph Chmel, in: Der österreichische Geschichtsforscher, 1 (1838), 64 ff.

Hinderbach Johann, Hystoria eiusdum (Friderici) expeditionis et belli, hg. v. Adam Kollar, in: Analecta munumentorum omnis aevi Vindobonensia, 2, Wien 1762, Sp. 555 ff.

Kammeramtsrechnung der Stadt Wien, WStLA.

Karajan Theodor Georg von, Kleinere Quellen zur Geschichte Österreichs, in: Sylvester-Spenden eines Kreises von Freunden vaterländischer Geschichtsforschung, Wien 1859.

E. M. Lichnowsky, Geschichte des Hauses Habsburg, Wien 1836.

Maximilian I., Fragmente einer lateinischen Autobiographie, hg. v. Alwin Schultz, in: Jahrbuch der Kunsthistorischen Sammlungen, 6 (1888), S. 421 ff.

Müller Johann Joachim, Des Heiligen Römischen Reiches Teutscher Nation Reichstags-Theatrum, wie selbiges unter Keyser Friedrich V. allerhöchsten Regierung, von anno 1440 bis 1493 geschehen, 2 (1713).

Quellen zur Geschichte der Stadt Wien, hg. v. Alterthumsvereine zu Wien, I. und II. Abteilung, Wien 1898—1921.

Roo Gerard de, Austriacorum principum historiae, 7. Buch, in: Annales rerum belli domique ab Rudolf I. — Karl V., Innsbruck 1592.

Schlager Johann Evangelist, Wiener Skizzen aus dem Mittelalter, 5, Wien 1846.

Sermo de rixis inter Fridericum III. imperatorem et frater eius Albertum exortis, in: Codex Admontensis, n. 596, saec. XV., fol. 141.

Steyr, Wolfgang von, Itinerarium, hg. v. Hieronymus Pez, in: Scriptores rerum Austriacarum, 2, Leipzig 1725.

Uhlirz Karl, Der Wiener Bürger Wehr und Waffen (1426—1648). Auszüge aus den städtischen Kämmerei-Rechnungen, in: Berichte und Mitteilungen des Alterthumsvereines zu Wien, 27—31 (1891—1895).

Viti Arenpeckii Chronicon Austriacum, Beiträge zur Charakteristik Friedrich III. und Albrecht VI.

Zeibig Hartmann Josef, Mittheilungen aus dem Klosterneuburger Archive, Wien 1853, S. 11 ff., in: Sylvester-Spenden eines Kreises von Freunden vaterländischer Geschichtsforschung, Wien 1853.

b) Literatur

(Christiane Benedicte Eugenie Naubert), Ulrich Holzer, Bürgermeister in Wien (Roman), Wien 1793.

Joseph Aschbach, Geschichte der Wiener Universität, 2, Wien 1877.

Bachmann Adolf, Deutsche Reichsgeschichte im Zeitalter Friedrichs III. und Maximilians I., 2 Bde., Leipzig 1884—1894.

Brauneis Walther, Die Burg auf dem „Kahlenberg", in: Wiener Geschichtsblätter, 27 (1972), 409 ff.

—, Die Vorstadt zwischen den Mauern vor dem Schottentor, in: Wiener Geschichtsblätter, 29 (1974), 153 ff.

Brunner Otto, Albrecht VI., in: Neue Deutsche Biographie, 1, Berlin 1957, 170.

—, Die Finanzen der Stadt Wien von den Anfängen bis ins 16. Jhdt., in: Studien aus dem Archiv der Stadt Wien, 1/2 (1929).

—, Die Politik der Stadt Wien im späteren Mittelalter 1396—1526, in: Historische Studien. Festschrift für A. F. Pribram, Wien 1929, 5 ff.

Chmel Joseph, Geschichte Kaiser Friedrichs III. und seines Sohnes Maximilian I., 2 Bde., Hamburg 1840—1848.

Csendes Peter, Wien in den Fehden der Jahre 1461—1463, in: Militärhistorische Schriftenreihe, 28 (1974).

Czeike Felix, Ratsbürger und Honoratioren im 15. Jh., in: Jb.VGStW, 12 (1955), 97 ff.

—, Das große Groner Wien-Lexikon, Wien 1974.

—, Wien und seine Bürgermeister, Wien 1974.

Dreger Moriz, Baugeschichte der k. k. Hofburg in Wien, in: Österreichische Kunsttopographie, XIV (1914).

Folnesics Hans, Die herzogliche Burg zu Wien im Mittelalter, in: Kunstgeschichtliches Jahrbuch der k. k. Zentralkommission, 3 (1909), 29 ff.

Fugger Hans Jakob, Spiegel der Ehren des höchstlöblichen Erzhauses Österreich, Nürnberg 1668, 6. Buch.

Habeck Fritz, Die Stadt der grauen Gesichter (Roman), Wien 1961.

Harrer Paul, Wien. Seine Häuser, Menschen und Kultur, 9 Bde. (Manuskript im WStLA), Wien 1951.

Hirsch Josef, Der Aufstand Wolfgang Holzers in Wien, 1463, in: 26. Jahres-Bericht der Landes-Ober-Realschule zu Prossnitz, Prossnitz 1901.

Horawitz Adalbert, Wiener Bürger in Waffen, in: Zeitschrift für Allgemeine Geschichte, Kultur-, Literatur- und Kunstgeschichte, 2 (1885), 598 ff.

Huber Alfons, Geschichte Österreichs, Gotha 1888.

Hummelberger Walter — Peball Kurt, Die Befestigungen Wiens, in: Wiener Geschichtsbücher, 14 (1974).

Kafka Karl, Wehrkirchen im Bereiche der Stadt Wien, in: Jb.VGStW 21/22 (1965/66), 101 ff.

Kühnel Harry, Die Hofburg, in: Wiener Geschichtsbücher, 5 (1971).

Kurz Franz, Österreich unter Friedrich IV., 2 Bde, Wien 1812.

Leithner Doris, Die Familie Reicholf (1342—1542), ein Wiener Erbbürgergeschlecht, phil. Diss., Wien 1969.

Lhotsky Alphons, Friedrich III., in: Neue Deutsche Biographie, 5 (1961), 484 ff.

—, Quellenkunde zur mittelalterlichen Geschichte Österreichs, in: MIÖG, Erg.-Band 19 (1963).

Obermaier Walter, Die Wiener Hofburg im Spätmittelalter, phil. Diss., Wien 1967.

Schalk Karl, Aus der Zeit des österreichischen Faustrechts 1440—1463, in: Abhandlungen zur Geschichte und Quellenkunde der Stadt Wien, 3 (1919).

Senfelder Leopold, Michael Puff aus Schrick, 1400—1473, in: Wiener klinische Rundschau, 1898, Nr. 21, 22, 24, 25, 26, 28, 29, 30, 31, aus.

Uhlirz Karl und Mathilde, Handbuch der Geschichte Österreichs, Bd. 1, Graz - Wien - Köln [2]1973.

Vancsa Max, Politische Geschichte der Stadt Wien (1283—1522), in: Geschichte der Stadt Wien, hg. v. Alterthumsvereine zu Wien, II/2 (1905), 499 ff.

Weiß Karl, Geschichte der Stadt Wien, Wien 1882.

Die Siegel der Wiener Ratsbürgerfamilien im Spätmittelalter*

Mit besonderer Berücksichtigung der Bürgermeister Hans Scharffenperger, Hans Steger, Jacob Starch und Wolfgang Holzer.

Von Wolfgang Mayer, Wien

Die Bedeutung der Siegel und deren Gebrauch

Unter dem deutschen Wort „Siegel“, das dem lateinischen „sigillum“ (Bildchen) entlehnt ist, verstehen wir einerseits die vertieft geschnittene Form (Typar, Stempel), mit welcher der Siegelabdruck vorgenommen wird, andererseits das durch sie erzielte Produkt. In dem Siegel erkennen wir ein mittels eines harten Stempels angefertigtes Zeichen in Metall, Wachs oder einem anderen Material, welches nach Theodor Ilgen „mit einer auf eine bestimmte Person oder Gemeinschaft hinweisenden Darstellung in bildlicher oder zeichenartiger Form und in der Regel mit einer den Siegelführer kennzeichnenden Inschrift versehen ist“[1]. Das an einem Schriftstück angebrachte Siegel dient einerseits als rechtliches Beglaubigungsmittel, andererseits als Verschluß an einem vor unberechtigter Öffnung zu schützenden Gegenstand.

Nach den Kaisern, Päpsten und der hohen Geistlichkeit treten nun im 11. Jahrhundert bereits auch einige weltliche Fürsten, im folgenden Jahrhundert auch Grafen, in Erscheinung, die mit dem eigenen Namen Urkunden ausstellen und mit ihren Siegeln versehen. Gegen Ende des 13. Jahrhunderts hat der Gebrauch des Siegels allmählich auch Eingang in alle Kreise der städtischen Bevölkerung gefunden. Zu dieser Zeit führten die Mitglieder aller bedeutenden Bürgergeschlechter bereits eigene Siegel. Infolge der Kostspieligkeit der Herstellung eines Siegelstempels ließen sich aber nur jene Bürger solche anfertigen, die durch Besitz und Ansehen öfters in die Situation kamen, davon Gebrauch zu machen. Häufig begnügte man sich, nur das älteste Mitglied des Geschlechtes ein Siegel führen zu lassen. Das Recht der Siegelführung war jedoch ebensowenig auf bestimmte Bevölkerungsschichten beschränkt wie die Ausstellung von Urkunden begrenzt war[2].

* Die Grundlage für diesen Beitrag bilden die im Institut für Österreichische Geschichtsforschung eingereichten Staatsprüfungsarbeiten von Ilse Bodo (Siegel der Wiener Ratsbürger des 14. Jahrhunderts, Wien 1968) und vom Verfasser (Siegel der Wiener Ratsbürger 1396 bis 1439, Wien 1977). Für diese beiden Arbeiten wurden nur die im Wiener Stadt- und Landesarchiv verwahrten Hauptarchivs- und Bürgerspitalsurkunden herangezogen. Für die Edition der Siegel am Ende des Beitrages wurden auch die in den Quellen zur Geschichte der Stadt Wien (1. Abteilung) erfaßten, in Archiven aufbewahrten Urkunden herangezogen.

[1] Theodor Ilgen, Sphragistik, Grundriß der Geschichtswissenschaft, hg. von Aloys Meister, 1. Band, 2. Abt., Leipzig 1906, 325.

[2] Ivo Luntz, Die allgemeine Entwicklung der Wiener Privaturkunde bis zum Jahre 1360, Abhandlungen zur Geschichte und Quellenkunde der Stadt Wien, hg. vom Verein für die Geschichte der Stadt Wien, 1. T. (1917), 8 f.

In den beiden folgenden Jahrhunderten nahm die Urkundenproduktion und damit gleichzeitig auch der Gebrauch des Siegels als rechtliches Beglaubigungsmittel erheblich zu. Immer mehr Kreise der städtischen Bevölkerung traten als Siegler in Erscheinung.

Als Urkundenaussteller fungierte meist der Urheber der Rechtshandlung, welcher, sofern er kein eigenes Siegel führte, durch Siegel anderer Privatpersonen beglaubigen ließ. Daneben gab es noch bestimmte Arten der Mitbesiegelung, um die Glaubwürdigkeit der Urkunden zu erhöhen[3]; so wurde eine Mitbesiegelung der Bürgen zur Regel, da diese als Beweismittel ihrer Haftpflicht gegenüber dem Empfänger diente. Die Besiegelung durch den Grundherrn oder seiner Amtleute erfolgte bei Urkunden, die mit Grund und Boden zusammenhängende Rechtsgeschäfte betrafen, vorausgesetzt, daß es sich um ein Leihegut handelte. Damit erklärte der Obereigentümer des Grundes seine Zustimmung zur Rechtshandlung[4]. Tiefgreifende Neuerungen verfügte Herzog Rudolf IV. mit seinen Verordnungen vom 28. 6. und 2. 8. 1360; diese bestimmten, daß er allein der rechtmäßige Obereigentümer in der Stadt und den Vorstädten sei und damit alle derartigen Rechtsgeschäfte vor dem Bürgermeister und dem Rat zu erfolgen hätten. Damit traten der Bürgermeister und der Rat in die Rechte der bisherigen Grundherren ein; anstelle des Grundherrn trat der jeweilige Bürgermeister, der Rat und das Grundsiegel der Stadt mit dem Wappen des Herzogs[5]. Im späten 14. Jahrhundert findet man auch öfters das Privatsiegel des damals fast ausschließlich aus den ratsbürgerlichen Familien gewählten Bürgermeisters. Urkunden über im Rat gefällte Entscheidungen wurden mit dem kleinen Ratssiegel beglaubigt, wobei der Bürgermeister manchmal noch sein privates Rücksiegel dazusetzte. In den Urkunden des 14. und 15. Jahrhunderts wurden häufig noch weitere Siegelzeugen zur Beglaubigung herangezogen. Sie sind aber nur selten in nähere Beziehung zu den anderen Personen zu bringen.

Die Wiener Ratsbürger siegelten vor allem als Aussteller, Bürgen oder Siegelzeugen, seltener als Grundherren. Dabei bestand die Gewohnheit, Verwandte als Zeugen und Bürgen eines Rechtsgeschäftes die Urkunde siegeln zu lassen, so daß oft die Siegel mehrerer Familienangehöriger nebeneinander aufscheinen.

Sowohl im Text als auch bei der Anordnung der Siegel wurde eine bestimmte Reihenfolge eingehalten. Nach dem Aussteller bzw. den Ausstellern folgte der Grundherr oder sein Amtmann, dann die Bürgen und schließlich die übrigen Mitsiegler, deren Zahl stark schwankt.

Selten sind Urkunden nur vom Aussteller allein besiegelt. Dies war bei manchen geistlichen Stiftungen und verschiedenen Reversen üblich. Personen ohne eigenes Siegel — vor allem Angehörige der weniger bemittelten Kreise, Witwen und Juden — traten meist selbst als Aussteller von Urkunden auf, ließen diese dann von fremden siegelführenden Personen beglaubigen[6]. Dabei wandten sie sich häufig an angesehene Wiener Ratsbürger, die ab dem 14. Jahrhundert öfters als Siegler in fremder Sache auftraten, wofür es keine Beschrän-

[3] Luntz (Anm. 2), 14.
[4] Luntz (Anm. 2), 31 f.
[5] Luntz (Anm. 2), 49, 83 ff.
[6] Luntz (Anm. 2), 42.

kung gab. Selten finden sich Siegel bürgerlicher Frauen; nur Frauen aus den wohlhabendsten Ratsbürgerfamilien haben nach dem Tod des Gatten gelegentlich auch eigene Siegel geführt; so Anna, Witwe Markharts des Jan (1338)[7], Elisabeth, Witwe Heinrichs II. Schuchler (1344—1360)[8], Kunigunde, Witwe Herborts II. auf der Säul (1351—1354)[9], Elsbeth, Witwe Dietrichs II. Urbetsch (1351)[10] und Elisabeth, Witwe Dietrichs II. Flusthart (1360)[11]. Da der Siegelstempel im Siegel ein Erkennungszeichen darstellt mit dem Zweck, für die urkundliche Handlung des Stempelführers ein jederzeit kontrollierbares und leicht erkennbares Beweismittel zu sein oder den unversehrten Verschluß gewisser Gegenstände zu garantieren, wurde im allgemeinen ein häufiger Wechsel mit den Stempeln sowie der Gebrauch von gleichartigen Stempeln nebeneinander vermieden. Ein derartiger Wechsel war allerdings beim Verlust des alten oder beim Wechsel der öffentlichen Stellung des Stempelinhabers notwendig[12]. Auch einige Wiener Ratsbürger führen hintereinander zwei oder sogar drei verschiedene Siegel, die zumeist beim Antritt ihrer neuen Funktion bzw. bei ihrem Ausscheiden aus dieser Funktion gewechselt wurden und die oft sehr deutlich die Entwicklung der Heraldik und Sphragistik zeigen; häufig kommt es jedoch vor, daß die Ratsbürger vorher oder später ihr Siegel wechseln, nachdem sie ihr neues Amt schon einige Jahre ausgeübt haben. Ähnlich verhält es sich beim Rücksiegel, wobei Ratsbürger, wie beispielweise Niklas III. Schemnitzer, hintereinander drei verschiedene Rücksiegel (1377, 1394—1404, 1406) verwendeten[13]. Eine direkte Vererbung des Siegelstempels konnte nur in einem Fall bei Stephan Poll (1322) auf seinen Sohn Stephan II. (1343) nachgewiesen werden; Siegelbilder wurden zwar häufig übernommen, doch abgeändert wiedergegeben, indem z. B. Söhne das einfache Schildsiegel des Vaters als Kleinodsiegel oder Wappensiegel führten. Manchmal erfahren die Siegel eine inhaltliche Bereicherung und eine Veränderung im Sinne der inzwischen eingetretenen Normen, wie dies beispielsweise beim Siegel von Hans Scharffenperger (1419) und seinem Sohn Hans d. J. (1437) zu sehen ist. Fälle von Wappenverschiedenheit naher Verwandter desselben Geschlechtes treten vor allem im 14. Jahrhundert auf, da die Heraldik noch keine so festen Normen kannte wie später. Unveränderte Übertragung findet sich jedoch häufiger bei den Rücksiegeln, die meist Gemmen waren. Solche Siegelringe wurden öfters an den ältesten Sohn oder Schwiegersohn, aber auch an die Schwiegertochter oder Witwe weitergegeben.

Siegelstoff und Farbe

Die Siegel bestehen aus lichtem Wachs, das ursprünglich ungefärbt, jedoch durch Alter, Schmutz und sonstige Einflüsse eine Färbung von hellem Ocker bis zum dunklen Braun erfahren haben. Vor allem in der 1. Hälfte des 14. Jahr-

[7] Wiener Stadt- und Landesarchiv (WStLA), Hauptarchivs (H. A.)-Urkunde 193.

[8] H. A.-Urkunden 499 und 569 und Bürgerspitals (BS)-Urkunde 115.

[9] H. A.-Urkunden 373, 386, 387, 392, 395, 396 und 456 a.

[10] H. A.-Urkunden 386 und 387.

[11] H. A.-Urkunde 572.

[12] Ilgen (Anm. 1), 343 f.

[13] H. A.-Urkunden 911, 913, 916, 1281, 1320, 1346, 1375, 1538, 1592, 1642. Im folgenden wurde auf Fußnoten verzichtet, da die im nächsten Jahrbuch „Adler“ erscheinende Edition der Ratsbürgersiegel eine exakte Quellenangabe enthalten wird.

hunderts wurde auch rotes Wachs auf das ungefärbte dünn aufgetragen, das gegen Ende des Jahrhunderts immer mehr zurücktritt. Rötliches Wachs, nur gelegentlich verwendet, verschwindet im 15. Jahrhundert vollkommen. Seit der Mitte des 14. Jahrhunderts wird in zunehmendem Maße grünes und schwarzes Wachs, seltener auch braunes Wachs als dünne Schichte über den ungefärbten Körper aufgetragen. Häufig wird auch in verschiedenen Farben gesiegelt.

In der 2. Hälfte des 14. Jahrhunderts bestanden, zunächst nur fallweise, nach der Jahrhundertwende dann häufiger, die Schalen aus lichtem, ungefärbtem Wachs, in welchem eine dünne Schicht von dunkelgrünem oder schwarzem Wachs aufgezogen war, worin das Siegeltypar eingepreßt wurde; selten war auch das Siegelbild ungefärbt.

Die Größe der Siegel im 14. und 15. Jahrhundert unterliegt in späterer Zeit infolge des Strebens nach größerer Einheitlichkeit geringeren Unterschieden. Die Durchmesser — gemessen vom äußeren Schriftrand zum anderen — liegen durchschnittlich zwischen 28 und 32 mm. Das mit Abstand kleinste Ratsbürgersiegel ist das 1. Siegel Oswalt Pauchs (1371—1402) mit nur 19 mm.

Im Spätmittelalter verwenden die Wiener Ratsbürger fast durchwegs Hängesiegel, die mit Pergamentstreifen an die Urkunden angehängt wurden. Das Siegel wurde in der Mitte der Plica befestigt. War eine Urkunde mehrfach besiegelt, so wurden die einzelnen Siegel in gleichen Abständen angeordnet; es folgten nach dem Aussteller bzw. den Ausstellern entsprechend der in den Urkunden angeführten Reihenfolge die Zeugen, meist nach Rang und Ansehen der einzelnen Persönlichkeiten. Neben den Hängesiegeln wurden die Urkunden auch in Form der Petschaften, des vorne und rückseitig aufgedruckten Siegels, beglaubigt.

Umschriften

Die von Perl- oder Stableisten eingerahmten Umschriften weisen auf den Inhaber des Siegels hin; dem Namen ist meist der Buchstabe · S ·, die abgekürzte Form für das Wort sigillum oder signum, vorgesetzt. Gegen Ende des 14. Jahrhunderts wird das Wort sigillum meist ungekürzt in Minuskelbuchstaben wiedergegeben. Danach folgt der Vorname, der entweder in lateinischer Sprache im Genetiv oder in deutscher Sprache im Nominativ gehalten ist, und der Familienname, bei dem es sich ebenso verhält; dabei fällt auf, daß es öfters zu einer Kombination zwischen lateinischen Vornamen und einem deutschen Zunamen oder umgekehrt gekommen ist. Der erstmals zur Gänze in deutscher Sprache auftretende Name begegnet uns am Siegel des Ortolf mit der Gevatterin im Jahre 1360, dann erst wieder bei Konrad Rock (1385). Zwischen Vornamen und Familiennamen erfolgten Einschübe, die als Bestandteil des Namens zu betrachten sind, wie de, dicti, apud etc.... Auch die Ortsangabe „de Wienna" ist im frühen 14. Jahrhundert üblich, fehlt im folgenden Jahrhundert fast vollkommen. Weiters geben manchesmal die Umschriften Aufschluß über Verwandtschaftsverhältnisse, über das ausübende Amt und den Beruf[14].

[14] Siehe Seite 85.

Die Umschrift beginnt fast immer mit einem Kreuz, das ab der Jahrhundertwende auf zahlreichen Wappensiegeln von einem in die Umschrift ragenden ovalen Vierpaß verdrängt wird. Trotz der verschiedensten Kreuzformen ist doch eine Entwicklung vom einfachen Griechischen Kreuz zum Tatzen- und Malteserkreuz feststellbar. Manchmal ersetzen auch Kreuzblumen eines das Siegelbild umschließenden Drei- oder Vierpasses das Kreuz. Die Worttrennung wird durch Punkte, Kreuzchen, Rosetten, kleine Sterne oder Kreuzblumen vorgenommen. Infolge der schon im 15. Jahrhundert häufig verwendeten kürzeren deutschsprachigen Namen verwendete man in zunehmendem Maße gotisches Blüten- und Rankenwerk als Füllwerk.

Die gotische Maiuskel, gemengt mit der dickleibigen lateinischen Lapidarschrift, ist bis in die 2. Hälfte des 14. Jahrhunderts in den Siegelumschriften vorherrschend, verschwindet jedoch im frühen 15. Jahrhundert bei den Ratsbürgersiegeln vollkommen. Abgelöst wird die Maiuskel durch die gotische Minuskel, die zum erstenmal 1373 auftritt. Auch Doppelformen kommen recht zahlreich vor. Ligaturen und Abkürzungen in den Siegelumschriften sind nicht sehr zahlreich, meist leicht auflösbar, und nehmen im 15. Jahrhundert ab.

Siegelbilder

Gleichzeitig mit dem niederen Adel nahmen im 13. Jahrhundert die immer bedeutender werdenden Städte eigene Zeichen und Siegelbilder oder ein Wappen an. In der 2. Hälfte des 13. Jahrhunderts begannen nun auch die einzelnen Bürger der großen Städte ihre Urkunden mit eigenen Siegeln zu bekräftigen und ein Wappenbild im Petschaft zu führen. Unter den ersten wappenführenden Bürgern sind Angehörige ritterlicher, im Bürgertum aufgegangener Familien vertreten; zwischen dem niederen Adel und den ratsfähigen Geschlechtern bestand keine scharfe Unterscheidung.

Im 14. Jahrhundert wurde die Wappenführung allgemein üblich; so war auch der Besitz eines Wappens und Siegels für die Wahl in den Rat der Stadt Wien Bedingung.

Die Schildform galt von jeher als mögliche Umrahmung des kennzeichnenden Bildes. Ebenso konnte das Zeichen frei im Siegelfeld geführt werden. Anfänglich dominierte der längliche, schmale Dreiecksschild, der jedoch bereits im

[14] Georg am Kienmarkt nennt sich 1328 „filii Andree", Ulrich I. bei den Mindernbrüdern 1306 „filii Chuononis", Hermann II. von St. Pölten 1329 „nepus Rudolfinne" und Kunigunde auf der Säul 1351 „vidue Herbordi". Die Bezeichnung iunioris erscheint bei Ulrich III. bei den Mindernbrüdern 1360. Damit geben die Siegel auch Aufschluß über einfache genealogische Zusammenhänge. Manchmal enthält die Siegelumschrift auch die Funktion des Siegelinhabers. Dies ist der Fall bei Heinrich Straicher 1343, der den Titel eines „magistri curiae in Dornpach" führt, Heinrich Chrannest den eines „manu sartoris de Wienna" 1315 und Ulrich I. bei den Mindernbrüdern eines „magistri monete". Dies zeigt deutlich, daß um 1300 die Zunamen noch nicht fest ausgebildet waren und oft unterschiedliche Formen gebildet wurden. Der Beruf wird zusätzlich wie bei Jacob Grün (1399—1411) Maler und bei Hans von Friesach Münzer auch in die Umschrift aufgenommen bzw. statt des Familiennamens, wie bei dem Ratsbürger Hans Wiennerherberg (1397) Maurer gesetzt. Die Umschrift, welche dem äußeren Rand des Stempels folgte, war durch Perl- und Stableisten vom Siegelbild getrennt. Nur das Siegel von Berthold Schützenmeister vom Jahre 1333 bildet eine Ausnahme; auf diesem ist nämlich die Umschrift in zwei Kreisringen angeordnet.

14. Jahrhundert zunehmend breiter und ausgebogener wird, bis er schließlich im folgenden Jahrhundert zum unten abgerundeten Schild wird. Schildesteilungen jeglicher Art kommen schon recht früh vor, desgleichen mehrere ganz verschiedene Figuren in ein- und demselben Schild.

Die *Damaszierung* des Siegelfeldes ist uns anfangs des 14. Jahrhunderts bekannt, und zwar in Form einer zarten Rankenbildung, später als Streublumenmotiv, Zackenmuster, schräggerauteter und schräggegitterter Grund, als mit Zweiglein belegter Schraffur und punktiertes Gitter versehen. Mit dem Auftreten des ovalen Vierpasses gegen Ende des 14. Jahrhunderts geht der Damast des Siegelgrundes zurück. Bevorzugt wird im 15. Jahrhundert vor allem dichtes Rankenwerk, Rauten- und Schräggitter. Auch Schilddamaszierungen treten auf, doch gehen sie im 15. Jahrhundert praktisch ganz zurück. Der fast vollkommene Verzicht auf Schilddamaszierungen ist auf die zunehmende Verwendung von Kleinodien und Wappenbildern im Schild zurückzuführen, wodurch der zur Verfügung stehende Raum weitgehendst ausgefüllt war.

Namens- und Berufszeichen finden in den Siegeln ihren Niederschlag; einige Siegel von Wiener Ratsbürgern enthalten redende Wappen, die auf den Namen des Trägers hindeuten. Diese können gleichzeitig mit dem Beinamen aus einem bildlichen Hauszeichen hervorgegangen sein; die meisten von ihnen dürften aber erst nachträglich gebildet worden sein, zu einer Zeit, als die Beinamen schon erstarrt waren und häufig in ihrer ursprünglichen Bedeutung nicht mehr verstanden wurden. Als typische Beispiele dafür sind die Siegel folgender Ratsbürger zu nennen: Stephan Poll mit einem Hühnchen (pullus), die Polz mit einem Bolzen, die Chrannest mit einem Kranichnest, die Rössl mit einem Pferdekopf, die auf der Säul mit einer Säule, Pilgrim Drischler mit zwei gekreuzten Drischeln, Hans Fuchsel mit einem Teil eines umgestülpten Fuchsleibes, Paul Geyr mit einem Geier, Hans Glockengiesser mit einer Glocke, Jans I. Kettner mit einer dreigliedrigen Kette, Hans Mosprunner und Hans Prunner mit einem Ziehbrunnen, Konrad, Hans und Marx Rock mit drei Roggenähren, Hans Strasser mit einem Strauß, einen zweiten kleinen im Schnabel haltend, Paul I. Würfel mit einem Würfel und Hans Ziernast mit einem verzierten Ast im Schild.

Natürliche Figuren sind auf den Siegeln der Wiener Ratsbürger stark vertreten. Während nur selten der Mensch bzw. Teile desselben aufscheinen, ist die Darstellung von Tieren bei den Ratsbürgersiegeln besonders beliebt. Am häufigsten scheint der Löwe im Schild auf (Albrecht Rampersdorfer, 1351, Wolfgang Atzinger, 1423—1436, und Jeronimus Geukramer, 1411—1430); ferner finden wir noch einen bzw. zwei Löwenköpfe, Löwenpranken und einen Löwenrumpf. An weiteren Tieren sind im Siegel festgehalten: ein Hund, ein Geier, zwei Fische, ein Strauß, eine Heuschrecke, ein bzw. zwei Adler, eine Adlerklaue, ein Kranich, ein Pelikan mit Nest, Kopf und Hals eines Vogels, ein Igel, ein Wolfs- und Pferderumpf, ein umgestülpter Fuchsleib und ein Widderkopf. Auch Pflanzen finden in den Siegelbildern ihren Niederschlag. Am häufigsten kommt die Lilie im Schild gestürzt, schrägrechts balkenweise gereiht und gekreuzt zur Anwendung. Weiters kommen noch ein Lindenblatt, Seeblätter, Tulpenblüten, Roggenähren, gestielte Blätter und Blumen, eine sechsblättrige Rosette, ein exotischer Baum, an dessen Stamm sich eine Schlange emporwindet, ein Baum mit Ast und Blättern, ein verzierter Ast sowie eine Weinrebe zur Darstellung.

In diesem Zusammenhang ist interessant, daß Elisabeth, die zweite Frau von Dietrich Flusthart und Tochter von Dietrich Urbetsch, sowohl das Lilienmotiv der Flusthart, als auch das Seeblattmotiv der Urbetsch in ihrem Siegel trägt. Wir sehen daraus, daß auch vereinzelt genealogische Zusammenhänge aus den Siegeln hergestellt werden können.

Himmelskörper scheinen ebenfalls als Siegelbilder auf. So finden wir den Halbmond bei Paul Holzkäufl (1367—1397) und Michael Menschein (1396 bis 1406), je ein Viertelmond zu beiden Seiten der Hausmarke bei Andre an S. Peters-Friedhof (1396—1415) und die in der Form eines Menschenkopfes und Mondes dargestellte Sonne bei Jakob Grün (1399—1411). Von den Phantasiegestalten finden wir den Greif, das Einhorn und den Markuslöwen.

Künstliche Figuren wurden zum Teil schon unter den redenden Wappen besprochen; daneben kommen auch Figuren vor, die sich auf das tägliche Leben beziehen. Eine Kanne, die Drischel, Glocke, Kette, Bolzen, Säule und der Ziehbrunnen wurden bereits erwähnt. Ferner sehen wir noch drei Hufeisen, zwei gekreuzte Hämmer, Schlägel und Haken, zwei Schlüssel, einen Stellzirkel, einen Drehkreisel, Kugel, einen dreistufigen Mauergiebel mit Kreuz, zwei gekreuzte Kolben, ein Schabeisen, eine zweizackige Gabel, ein halbes Zackenrad, Beutel, Fehbinde, Krone, Rad, Raute und Schale im Siegel.

Handelszeichen, Ziffern, Monogramme und Buchstaben bildeten zumeist den Ursprung der sogenannten Hausmarken. Sie sind gewisse, den Handwerks- und Kaufmannszeichen ähnliche Figuren, welche meist aus Kreuzen, Haken, Winkeln oder Buchstaben zusammengesetzt sind. Zahlreiche Wiener Ratsbürgersiegel enthalten die Hausmarke anstelle eines Wappenbildes im heraldischen Schild. Sie ist entweder frei im Siegelfeld oder im Schild angeordnet. Die einfache Marke kann durch Abwandlung reicher werden, da die Söhne häufig das Zeichen des Vaters änderten, wofür das Siegel der Familie Beim Brunnen ein schönes Beispiel darstellt. Häufig kommt die Hausmarke auch im Rücksiegel zur Anwendung, auch dann, wenn das Hauptsiegel schon ein vollständiges Wappen enthält, wie es beispielsweise beim Siegel von Stephan Leitner (1361 bis 1403) der Fall ist.

Als Hausmarken dienen aber auch christliche Heilssymbole in Form des Kreuzes mit seinen vielen Abwandlungen als Schwert, Lilie, Stern, Reichsapfel und in der Form zahlreicher einfacher Sinnbilder der Dreieinigkeit.

Mit dem Anwachsen der Schriftkenntnis begegnen uns bei den Ratsbürgern immer häufiger Marken, die ganz oder teilweise aus Buchstaben bestehen, daneben reine Monogramme und Initialen. Zumeist ist der Anfangsbuchstabe des Vor- und Familiennamens, der im Siegel geführt wird. Eine Besonderheit zeigt das Siegelbild von Herbort III. auf der Säul (1359), das drei kleine, um eine Säule gruppierte H aufweist. Zahlen im Siegel waren nicht üblich und konnten nur ein einziges Mal beim Siegel von Rudolf Angerfelder (1395—1407) festgestellt werden, in welchem neben dem Wappenhelm die Zahl 1394 in gotischen Zahlenzeichen aufscheint.

Zur selben Zeit wie die Hausmarken werden auch schon *Kleinodsiegel* gebraucht. Als solche werden jene Siegel bezeichnet, die keinen Schild, sondern nur den Helm mit Kleinod und Helmdecke enthalten. Diese treten zunächst vereinzelt zu Beginn des 14. Jahrhunderts auf, sind jedoch bereits um die Jahrhundertmitte sehr beliebt. Gegen Ende des 14. Jahrhunderts nehmen diese Siegel immer stärker zugunsten der Wappensiegel ab, so daß wir aus der 1. Hälfte des 15. Jahrhunderts nur mehr drei Ratsbürger mit Kleinodsiegel kennen.

Die vollständigen *Wappensiegel,* die erstmals um die Mitte des 14. Jahrhunderts auftreten, erfreuten sich im folgenden Jahrhundert ganz besonders großer Beliebtheit. Sehr häufig wiederholen sich Schildfiguren im Kleinodflügel, wie bei Hagen I. von Spielberg (1329); um 1340 treten die ersten Wappensiegel nicht adeliger Bürger auf, und zwar bei Leopold Vierdung (1338) und Dietrich II. Kleber (1343).

Helm und Decke zeigen in ihrer Entwicklung recht unterschiedliche Formen. In der 1. Hälfte des 14. Jahrhunderts finden wir den niederen, oben flachen Kübel- oder Topfhelm mit mantelartig über dem Helm hängenden Decken. In der Folge beginnen sich die Helmdecken, wie bei den Siegeln von Peter Wisent (1341) und Heinrich Straicher (1343), allmählich malerisch und symmetrisch in Falten zu legen und hinten abzufliegen. Gegen die Jahrhundertwende setzt sich der Stechhelm (Georg Neuer, 1390) immer stärker durch, bis er im 15. Jahrhundert fast ausschließlich verwendet wird.

Die an oder auf dem Helm angebrachte plastische heraldische Figur wird Helmkleinode genannt und kam erst mit dem Topfhelm im 13. Jahrhundert auf. Die Kleinode zeigt meist das Wappenbild des Schildes plastisch dargestellt. Heroldsbilder werden auf den Flügeln häufig wiedergegeben, seltener Gemeine Figuren: ein rechts geneigter, einmal gespaltener und zweimal geteilter Schild, eine Spitzenreihe, eine Hausmarke, zwei gekreuzte Kolben; bei den Natürlichen Figuren, besonders Tiere, wie ein Wolf, ein Löwe und Löwenköpfe, zwei Fische und eine Adlerklaue. Ferner sei noch auf alle oben schon angeführten Figuren verwiesen. Tiere und die menschliche Figur werden neben den Heroldsbildern gerne als Helmkleinode verwendet.

Der Wappenschild zeigt meist eine Rechtsneigung, nur im Siegel von Ludwig Tirna steht der Wappenschild gerade auf der Spitze und ragt ebenso wie die Helmzier häufig in die Umschrift. Im späten 14. Jahrhundert und nach der Jahrhundertwende beginnt er sich in zunehmendem Maße unten abzurunden.

Die Siegelbilder mit *Pässen* und *Bogen* einzufassen ist schon sehr früh beliebt. Am häufigsten wird der Drei-, Vier- und Sechspaß verwendet. Die meist plastisch dargestellten Paßbögen zeigen oft eine Abstufung und zahlreiche ganz verschiedene Verzierungen; an den Ecken oder Winkelstellen sind sie oft mit Rosetten, Kreuzblumen oder Spitzen versehen. Sie treten in den unterschiedlichsten Bogenformen auf, wie Halbkreis, Hufeisen und Eselsrücken, aber auch als spitzer Winkel. Der Dreipaß kommt dort zur Anwendung, wo sich ein Schild allein auf dem Siegel befindet. Manchmal wird der Dreipaß aus Eselsrückenbögen gebildet, häufig ist er in den Winkeln mit gotischen Spitzen geziert. Zur Einrahmung der Siegelbilder wird im 15. Jahrhundert am häufigsten aber der Vierpaß verwendet. Mit dem Aufkommen der Wappensiegel in der 2. Hälfte des 14. Jahrhunderts ändert er aber seine Form, indem er doppelt so lang als breit wird, um dem oberhalb des Schildes angeordneten Helm und Kleinod den nötigen Raum zu bieten. Dieser sogenannte ovale Vierpaß ragt infolge seiner Größe immer in die Umschrift und stellt im 15. Jahrhundert die häufigste Paßform dar. Als eine Abart dieses ovalen Vierpasses ist der ovale Fünfpaß anzusehen, welcher das Kleinodsiegel des Ratsbürgers und Bürgermeisters Hans

Scharffenperger (1424—1430) einrahmt. Der Sechspaß kommt etwas seltener vor, obwohl gerade er die schönsten sternförmigen Siegelumrahmungen bildet. Wunderschöne Muster zeigen die Siegel von Andreas I. Chrannest (1340), Leopold Schuchler (1349) und Andreas Swäml (1388). Der Achtpaß tritt uns nur ein einziges Mal bei Friedrich Aschpach (1407—1412) entgegen.

Im allgemeinen ist festzustellen, daß nur Angehörige der wohlhabendsten Ratsbürgerfamilien solche Paßformen in ihren Siegeln führten, während die weniger bemittelten Bürger sich dieser Zierde nie bedient haben.

Rücksiegel

Die Verwendung von Rücksiegeln ist erst um die Mitte des 14. Jahrhunderts bei den bessergestellten Ratsbürgern üblich geworden. Bei diesen Siegeln handelt es sich um Hausmarken, Zeichen und Figuren mit oder ohne Schild, Buchstaben und Initialen; besonderer Beliebtheit erfreuen sich um die Jahrhundertwende die antiken Gemmen. Manche Ratsbürger verwenden auch mehrere, meist nur geringfügig voneinander zu unterscheidende Kontrasiegel, so Rudolf Angerfelder zwei gekreuzte Schlüssel (1396—1398) und Niklas III. Schemnitzer (1377, 1394—1404, 1406). Diese Siegel sind in den seltensten Fällen gleichzeitig mit dem Stempel des Hauptsiegels angefertigt worden, sondern scheinen meistens erst einige Jahre danach auf.

Die Verwendung antiker *Gemmen* dürfte durch eine Richtung der Mode in Schwung gekommen sein. Die Gemmen sind meist klein und künstlerisch wenig bedeutsam. Eine Ausnahme stellt das Siegel des Wiener Bürgers Heinrich Lang dar, der in den Jahren 1323 und 1328 ein rundes Siegel mit einem oval gefaßten Steinschnitt, den Kopf eines römischen Imperators darstellend, verwendet. Das Siegelfeld ist bis zur Rundung ergänzt und die Umschrift lautet: S · HAINRICI · LONGI · DE · WIENNA.

Die meisten Gemmen entstanden wohl durch den Abdruck eines Gemmenringes, dessen Spuren manchmal noch im Wachs festzustellen sind. Die erste Gemme als Rücksiegel verwendet 1338 Georg am Kienmarkt und Jakob Mäserl. Nur zweimal stoßen wir auch auf Intaglien, worunter wir vertiefte Gemmen verstehen.

Die Gemmen zeigen die verschiedensten Bilder. Es erscheinen männliche und weibliche Köpfe im Profil und von vorne, oft gekrönt, ein Jupiter Ammon, ganze Figuren oder Flügelwesen mit Waffen, an Tieren der Löwe, Panther, Greif, Delphin, das geflügelte Pferd Neptuns und auch der Adler, Hirsch und verschiedene Vögel kommen vor.

Daneben werden gerne *Gemeine Figuren* im Rücksiegel geführt. Sofern sie bereits im Hauptsiegel aufscheinen, sind sie meist in vereinfachter Form oder variiert im Rücksiegel; so ist beispielsweise eine Lilie ohne Schild, eine geflügelte Adlerkralle und auch die vordere Hälfte eines laufenden Pferdes dargestellt. Manchmal wird auch die Schildfigur des Hauptsiegels vollkommen im Kontrasiegel übernommen. Häufig finden sich jedoch im Rücksiegel Gemeine Figuren, die mit dem Hauptsiegel in keinem Zusammenhang stehen, wie beispielsweise ein Schlangenring im Kontrasiegel von Wolfgang Lengenauer (1434). Oft scheint die alte Hausmarke, allerdings meist vereinfacht oder variiert, im Rücksiegel auf, auch wenn das Hauptsiegel ein vollständiges Wappen enthält. Auch ererbte und übernommene Marken und der Wappenhelm können im Rücksiegel auftreten. Besonders bemerkenswert ist das Rücksiegel von Jörg Neuer (1394 bis 1406), das einen nach rechts gerichteten Stechhelm enthält, dessen Kleinod ein Männerkopf mit Spitzbart und hoher Mütze ist; eine Jahreszahl (1392?) ist in getrennten Zahlzeichen am Rand feststellbar. Ebenso das Rücksiegel von Ulrich mit der Petziechen (1392), das einen von einem nach rechts gerichteten Pfeil durchbohrten hohen Hut zeigt. Im Vergleich zum 14. Jahrhundert scheinen im folgenden Jahrhundert Monogramme, Initialen und Zahlen im Rücksiegel viel seltener auf; sie sind ähnlich gestaltet, wie die Buchstaben des Hauptsiegels.

Die Rücksiegel der Wiener Ratsbürger weisen selten eine *Umschrift* auf; manchmal ist sie kaum leserlich. Sie ist in lapidarer einfacher Maiuskel gehalten. Sehr interessant ist das Rücksiegel Heinrichs II. Würfel, das er zwischen 1361 und 1366 verwendet. Dieses zeigt einen sechsäugigen Würfel im Vierpaß und rund um ihn die uns sehr wohl bekannte Devise: · · A · · E · · I · · O · · V .

Damaszierungen kommen viel seltener als bei den Hauptsiegeln und nur vereinzelt vor. Das Kontrasiegel des Ratsbürgers Konrad Hemler (1398—1406) ist von einem Vierpaß umfaßt.

Meistens werden die Siegelringe und Petschaften in den ungefärbten Wachskörper des Hauptsiegels auf der Rückseite eingedrückt. Bei einigen Siegeln verwendet man aber eine dünne Schicht braunes, grünes, rotes oder schwarzes Wachs, meist übereinstimmend mit dem Hauptsiegel. Die Verwendung farbiger Rücksiegel war nur bei einzelnen Ratsbürgern beliebt, die sich aller nur möglichen Wachsfärbungen bedienten.

Die *Form* der Rücksiegel variiert sehr stark; neben den runden gibt es ovale, achteckige, selten quadratische Kontrasiegel; die Schildform tritt nur bei Paul II. Wagendrüssel (1404—1410) auf.

Die *Größe* schwankt ebenfalls sehr stark und ist wegen der oft recht flüchtig und ungenau gemachten Eindrücke nur ungefähr meßbar. Die runden Siegel liegen zwischen 9 und 20 mm im Durchmesser, womit das größte Kontrasiegel um 1 mm über dem Wert des kleinsten Hauptsiegels von Oswalt Pauch liegt. Im 14. Jahrhundert erreichen die Kontrasiegel sogar Werte bis zu 20 mm im Durchmesser. Die ovalen Rücksiegl liegen zwischen 7 : 9 und 17 : 22 und die achteckigen Kontrasiegel zwischen 10 : 12 und 16 : 18.

Edition der Bürgermeistersiegel

Steger, Hans

Siegel (1424—1448): rund, d = 30 mm

Im ovalen, in die Umschrift ragenden Vierpaß leicht schrägrechts gestellter Schild mit Kreuz mit vier Sternen, darüber Stechhelm mit Helmflügel, in welchem sich die Heroldsbilder wiederholen.

Minuskel zwischen Stableisten und Vierpaß: + s . iohannis + steger *

Siegel von Hans Steger

Abbildung nach Original an Urkunde des Schottenarchivs 500 (1436 Februar 7).

Belegstellen: H. A.-Urkunden 2231 und 2237/1424 grün in ungefärbter Schale, 2298/1427, 2311/1428, 2363/1430, 2424/1433, 2476/1434 aufgedrückt,

3260/1448 grün in ungefärbter Schale; BS-Urkunden 539/1434 und 577/1441; Schottenarchiv, Urkunde 500/1436; Haus-, Hof- und Staatsarchiv, Urkunden 1856/1452, 4636 und 4637/1433, 4665 und 4667/1436, 15253/1450, 15201, 15213 und 15236/1448, 15253/1450, N 61 (nach 14886)/1441 und N 62 (nach 14942)/1442; Niederösterreichisches Landesarchiv, Urkunde 4899/1443; Zentralarchiv des Deutschen Ritterordens, Urkunde 17624/1435.

Hueber Philibertus, Austria ex archivis Mellicensibus, Lipsiae 1722, Tab. 24, Fig. 3; Jahrbuch der kunsthistorischen Sammlungen des a. h. Kaiserhauses 17 b, Nr. 15228.

Petschaft (1448): aufgedrückt, rund, d = 18 mm

In einem Dreipaß halbrunder Dreieckschild mit drei liegenden Schilden (?) übereinander.

Belegstelle: BS-Urkunde 617/1448 grün.

Scharffenperger, Hans d. Ä.[15]

Siegel (1419—1430): rund, d = 31 mm

Fünfpaß umgibt Stechhelm mit Decke, Ohren und nach oben gezogenen geschweiften Hörnern.

Minuskel zwischen Fünfpaß und Perlleiste: · s · iohīs · sch arffenpger ·

Siegel von Hans Scharffenperger d. Ä.

Abbildung nach Original an H. A.-Urkunde 2225 (1424 Jänner 31).

[15] Andere in Urkunden vorkommende Schreibweisen: Scharffnberg, Scharffenberger, Scharpfenberger und Scherffenberg.

Belegstellen: H. A.-Urkunden 2225 grün in ungefärbter Schale und 2226/1424, 2373/1430; Schottenarchiv in Wien, Urkunde 482/1419; Zentralarchiv des Deutschen Ritterordens, Urkunde 17617/1424.

Jahrbuch der kunsthistorischen Sammlungen des a. h. Kaiserhauses 17 b, Nr. 15222.

Scharffenperger, Hans d. J.

Siegel (1437—1451): rund, d = 34 mm

Ovaler Vierpaß umgibt unten runden Schild mit Schildhaupt und Balken, darüber der oben beschriebene Helm, Siegelfeld gerautet.

Minuskel zwischen Vierpaß und Perlleiste . s . hanns * scharffēperg: ·

Siegel von Hans Scharffenperger d. J.

Abbildung nach Original an H. A.-Urkunde 2856 (1441 Dezember 12).

Belegstellen: H. A.-Urkunden 2618 grün ist in ungefärbter Schale und 2620 R/1437, 2697/1439 aufgedrückt, 2856/1441, 3438/1451; Haus-, Hof- und Staatsarchiv, Urkunden 14841/1440 und 15403/1453; Niederösterreichisches Landesarchiv, Urkunde 4903/1443; Schottenarchiv, Urkunde 660/1443; Archiv des Metropolitan Capitels zum hl. Stephan in Wien, Urkunde 3803/1443.

Rücksiegel (1437): oval, 16 : 20 mm

Gemme — nach links schauender Mädchenkopf.

Abbildung nach Original an H. A.-Urkunde 2856 (1441 Dezember 12).

Holzer, Wolfgang

Siegel (1452—1462): rund, d = 30 mm

Rechter Kantenpfahl im Schilde, darüber Helm mit zwei geschweiften Hörnern.

Minuskel zwischen Stableisten: s . wolfgang . holczer

Siegel von Wolfgang Holzer

Abbildung nach Original an H. A.-Urkunde 3688 (1456 November 15).

Belegstellen: H. A.-Urkunden 3687—3689/1456, grün aufgedrückt.

Geschichte der Stadt Wien, 2. Band, 2. Hälfte, Wien 1905, S. 552, Fig. 126 und Tafel XXXIV, Fig. 33.

Petschaft (1462)

Linker Kantenpfahl im Schilde von Rechteck eingefaßt.
Belegstelle: H. A.-Urkunde 4039/1462.

Starch, Jacob[16]

1. Siegel (1454—1455): rund, d = 25 mm

Im Vierpaß unten schrägrechts geneigter halbrunder Schild mit gestürzter Spitze, welche selbst wieder mit sechs gestürzten Spitzen belegt ist; auf der linken Ecke des Schildes der nach rechts schauende Stechhelm mit beiderseits abfliegenden ornamentalen Helmdecken; auf dem Helm stehend ein nach rechts gekehrter Storch, welcher auf dem Rücken schräg das Schildwappen, aus dem ein Helmbusch wächst, trägt.

Minuskel zwischen Stableiste und Vierpaß: . s . yacob . starich

1. Siegel von Jacob Starch

Abbildung nach Original an BS-Urkunde 646 (1454 Februar [illegible]).

[16] Andere in Urkunden vorkommende Schreibweisen: Starkch und Storch

Belegstellen: BS-Urkunde 646/1454; Haus-, Hof- und Staatsarchiv, Urkunden 15464/1454 und 15469/1455.

2. Siegel (1459—1460): rund, d = 28 mm

Gestürzte, gespickelte Spitze im Schilde, als Helmzier ein Storch, der die Spitze auf dem Flügel trägt.

Minuskel zwischen Stableisten: s . yacob . starich .

2. Siegel von Jacob Starch

Abbildung nach Original an H. A.-Urkunde 3958 (1460 September 17).

Belegstellen: H. A.-Urkunden 3917/1459 Petschaft aufgedrückt, grün 3942/1459 und 3958 R/1460 grün in ungefärbter Schale.

Geschichte der Stadt Wien, 2. Band, 2. Hälfte, Wien 1905, S. 540, Fig. 124.

Die Amtszeiten der Wiener Bürgermeister von 1282 bis 1500

Von Richard Perger, Wien

Das Amt des Wiener Bürgermeisters wird bekanntlich erstmals 1282 erwähnt[1]. Daß er und die Ratsherren jährlich zu wählen waren, wird zwar erst am 24. Februar 1396 schriftlich festgehalten[2], kann jedoch grundsätzlich auch für die Zeit vorher angenommen werden[3]; beim Stadtrichter, der seit dem 12. Februar 1296 als Ratsmitglied galt[4], ist die jährliche Neubestellung schon in den Privilegien vom April 1237 und 24. Juni 1278 vorgesehen[5]. An welchem Tag jedes Jahres die Bürgermeister- und Ratswahl stattzufinden hatte, geht aus den vor 1517 ausgestellten Stadtrechtsprivilegien nicht hervor; wir wissen nur aus einer Eintragung im Stadtbuch, daß im Jahre 1396 der Bürgermeister am Simon- und Judatag (28. Oktober) und die Ratsherren am Allerheiligenabend (31. Oktober) neu gewählt wurden[6]. Dagegen wird in einem Schreiben der Stadt Wien an Kaiser Friedrich III. vom 13. Februar 1461 festgehalten, daß die Bürgermeister- und Ratswahl nach „alter loblicher Gewohnhait" am Thomastag (21. Dezember) stattfinde[7]; auf diesen Termin läßt auch schon die Kenntnisnahme von Wahlergebnissen durch den Kaiser am 10. Jänner 1441 und 2. Jänner 1459 schließen[8], in einem kaiserlichen Schreiben vom 4. Dezember 1483 wird ausdrücklich auf die Wahl am Thomastag bezug genommen[9]. In den Stadtrechtsprivilegien vom 20. November 1517 und 12. März 1526[10] ist der Thomastag als Zeitpunkt der jährlichen Neuwahl von Bürgermeister und Rat bereits verfassungsmäßig verankert. Belege aus dem 15. Jahrhundert beweisen, daß von diesem Termin nur in Ausnahmefällen, so bei Ableben eines Bürgermeisters während seiner Amtszeit oder bei politischen Auseinandersetzungen, abgegangen wurde[11].

Bis 1517 war die Wiederwahl eines Bürgermeisters ohne Einschränkungen, auch mehrmals hintereinander, möglich[12]; erst das Privileg vom 20. November 1517 bestimmte, daß alle Jahre ein anderer Bürgermeister zu wählen sei und

[1] Quellen zur Geschichte der Stadt Wien (im folgenden kurz Quellen), I/2, 1521. Zum Amt des Wiener Bürgermeisters vgl. u. a.: Felix Czeike, Wien und seine Bürgermeister. Sieben Jahrhunderte Wiener Stadtgeschichte, Wien 1974; Richard Perger, Beiträge zur Wiener Verfassungs- und Sozialgeschichte im Spätmittelalter, in: Jb.VGStW 32/33 (1976/77), 11—41, bes. 21 f., 30 f. (21, letzte Zeile, Druckfehler „1281" statt „1282").

[2] Johann Adolph Tomaschek, Die Rechte und Freiheiten der Stadt Wien, 2, Wien 1879, Nr. CIII.

[3] Vgl. die mit Anm. 34—94 belegten Daten.

[4] Tomaschek (Anm. 2), 1, Wien 1877, Nr. XXIII.

[5] Tomaschek, 1, Nr. VI und VII, XVI und XVII (jeweils Art. 1).

[6] WStLA, Tesatmentenbuch (im folgenden kurz TB) 1, fol. 15.

[7] Copeybuch der gemainen Stadt Wienn 1454—1464, hg. v. Hartmann Zeibig (Fontes rerum Austriacarum II/7), Wien 1863, 288, Nr. 143.

[8] Quellen II/2, 2759—2761, und II/3, Anhang XLIV.

[9] Quellen II/3, 4998.

[10] Tomaschek, 2, Nr. CLXXVI, Art. 1, und Nr. CLXXX, Art. 8 der „neuen Freiheiten".

[11] Vgl. Anm. 131, 136—138, 142, 145, 165.

[12] Vgl. die mit Anm. 34—94 belegten Daten.

daß ein Bürger, der einmal dieses Amt bekleidet hatte, es erst nach Ablauf von drei Jahren wieder übernehmen dürfe[13].

Einzelheiten über den Wahlvorgang sind erst seit dem 15. Jahrhundert bekannt[14]. Hier sei bloß vermerkt, daß das jeweilige Ergebnis der Bürgermeister- und Ratswahl der Bestätigung durch den Landesfürsten in seiner Eigenschaft als „Herr" der Stadt Wien bedurfte; erst dann konnte die neue Stadtvertretung ihren Treueid ablegen[15]. Aus den erhaltenen Belegen geht hervor, daß die landesfürstliche Bestätigung in der Regel rasch erteilt wurde; nur gelegentlich kam es zu Verzögerungen, etwa dann, wenn der Fürst fern von Wien weilte und keine einschlägigen Vollmachten erteilt hatte[16]. In diesem Fall fungierten die bisherigen Amtsträger provisorisch bis zur Bestätigung ihrer gewählten Nachfolger. Für diese interimistischen Funktionen wurden im 15. Jahrhundert die Bezeichnungen „Verweser des Bürgermeisteramtes", „Verweser des Rates" und „Verweser des Stadtrichteramtes" üblich[17].

Als „Verweser des Bürgermeisteramts" bezeichnete sich seit dem 15. Jahrhundert auch jenes Ratsmitglied, das den Bürgermeister im Falle seiner Abwesenheit vertrat[18]; diese Funktion wurde nur bei Bedarf besetzt, ein ständiger Vertreter des Bürgermeisters war in der mittelalterlichen Stadtverfassung nicht vorgesehen. Zur Bestellung eines „Verwesers des Bürgermeisteramts" kam es auch dann, wenn ein Bürgermeister während seiner Amtszeit verstarb oder zurücktrat und ein Nachfolger nicht sogleich bestellt wurde[19]. Vermutlich waren solche Interimsämter auch schon im 14. Jahrhundert üblich, allerdings noch ohne besondere Bezeichnungen; bei einzelnen damaligen „Bürgermeistern", deren Amtszeit kurzfristig die Amtszeit eines anderen Bürgermeisters unterbrach[20], dürfte es sich um „Verweser des Bürgermeisteramts" nach der Terminologie des 15. und 16. Jahrhunderts handeln.

Diesen grundsätzlichen Feststellungen lassen wir nun eine Liste der aus der Zeit von 1282 bis 1500 namentlich bekannten Bürgermeister und vermutlichen und nachweisbaren Verweser des Bürgermeisteramts mit Angabe der feststellbaren frühesten und spätesten Termine ihrer Amtsführung folgen, wir nehmen dabei jeweils durchgehende Funktionsdauer unter der Voraussetzung an, daß sich in jedem Jahr des solcherart begrenzten Zeitraumes eine Amtsführung nachweisen läßt[21]. Ausgewertet wurden hiefür hauptsächlich die Quellen zur Geschichte der Stadt Wien[22], das Urkundenbuch des Landes ob der Enns[23] und

[13] Tomaschek, 2, Nr. CLXXVI, Art. 1.

[14] Vgl. Perger (Anm. 1), 30 f.

[15] Wie Anm. 7—10.

[16] Vgl. Quellen II/3, 4998 und Anh. XLIV.

[17] Zu diesen Verwesern des Bürgermeisteramts vgl. Anm. 149, 153, 157, 158, 160, 162, 168, 170, 172, 175, 178; zu Verwesern des Rates u. a. WStLA, Grundbuch 1/35, fol. 42v, 210, 213, 217; Quellen II/4, 5836, 5845, 5846, 5849, 5866, 5868, 5869, 5872; zu Verwesern des Stadtgerichts u. a. Quellen I/4, 3941.

[18] Vgl. Anm. 111, 124, 130, 137, 139, 140, 147, 151, 154—156, 164, 165, 171, 181.

[19] Vgl. Anm. 170, 172.

[20] Vgl. Anm. 50, 72, 91, 101, 106. Vgl. auch Leopold Sailer, Die Wiener Ratsbürger des 14. Jahrhunderts (Studien aus dem Archiv der Stadt Wien 3/4), Wien 1931, 19.

[21] Auf die Nennung von Belegen für die Amtsführung zwischen dem feststellbaren frühesten und spätesten Termin mußte aus Raumgründen verzichtet werden.

[22] Vgl. Anm. 1.

[23] Urkundenbuch des Landes ob der Enns (im folgenden kurz UBoE); bis 1956 sind elf Bände erschienen, die die Zeit bis 1399 erfassen.

einzelne Bände der Fontes rerum austriacarum[24], die Regesten oder Abschriften von Urkunden des Wiener Augustiner-Eremitenklosters[25], des Wiener Diözesanarchivs[26], der Johanniterkommende Wien[27] und des Wiener Bürgerspitals[28]; ferner die im Codex 8019 der Österreichischen Nationalbibliothek überlieferten Ratslisten für die Zeit von 1401 bis 1601, die allerdings nur nach Jahren gegliedert sind und die tatsächliche Funktionsdauer nicht angeben, aber als Nachweis bestätigter Wahlen gelten können[29]. Anhand dieser Quellen konnten die 1879 von Karl Weiß und 1931 von Leopold Sailer[30] veröffentlichten Bürgermeisterverzeichnisse überprüft und ergänzt werden. Dagegen mußte von einer systematischen Durchsicht der ungedruckten Wiener Grund- und Testamentenbücher sowie Oberkammeramtsrechnungen[31], der Urkunden des Haus-, Hof- und Staatsarchivs, des Niederösterreichischen Landesarchivs[32] und anderer in- und ausländischer Archive[33] wegen des Umfanges dieser Bestände vorerst Abstand genommen werden.

Die in den Belegen stark schwankende Schreibweise der Tauf- und Familiennamen wurde in der folgenden Liste vereinheitlicht — meist nach der häufigsten Variante — und gelegentlich auch der heutigen Phonetik und Rechtschreibung angepaßt.

24 Herangezogen wurden aus der Abteilung II die Bände 10 und 28 (Stift Klosterneuburg), 18 (Wiener Schottenstift), 11 (Stift Heiligenkreuz), 21 (Stift Altenburg), 81 (Stift Lilienfeld).

25 Im Institut für Österreichische Geschichtsforschung der Universität Wien (IfÖG), wo auch die Originale verwahrt werden.

26 Für die in den Quellen I/4 und I/10 nur zum Teil erfaßten Urkunden existiert im Wiener Diözesanarchiv eine maschinschriftliche Edition bis 1365 von Henriette Peters.

27 Im Niederösterreichischen Landesarchiv, bearb. v. Fritz Eheim.

28 Im Wiener Stadt- und Landesarchiv; bis 1358 Oktober 13 publiziert in Quellen II/5; zum unedierten Teil vgl. Heinz Zatschek, Zur Ausgabe der Urkunden des Wiener Bürgerspitals, in: Jb.VGStW 5/6 (1946/47), 124—148. Zitiert wird BSp.Urk. (Bürgerspitalsurkunde) und BSpCop. (Bürgerspitals-Copialbuch).

29 Zitiert unter ÖNB, cod. 8019. In diesem Codex fehlen aus der Zeit zwischen 1401 und 1500 die Ratslisten für 1406—1411, 1413, 1477, 1478, 1483, 1499, einzelne Listen sind unvollständig. Ob die nicht erfaßten Jahre solche sind, in denen Bürgermeister, Richter und Rat nur als „Verweser" amtierten, müßte gesondert untersucht werden.

30 Karl Weiß, Die obersten Rathspersonen der Stadt Wien vom Beginn des XIII. bis Ende des XVI. Jahrhunderts, bei Tomaschek (Anm. 2), 2, 239—304; Sailer (Anm. 20), 16 f. (nur für die Zeit von 1282—1396). Weiß und Sailer zitieren zum Teil auch aus Bürgermeisterlisten älterer Autoren, z. B. Wolfgang Lazius, Vienna Austriae, Basel 1546, 4. Buch, 151—154, und Leopold Fischer, Brevis notitia urbis Vindobonae, 2. Ausgabe, Teil 2, Wien 1768, 93—122, und Supplement 1, Wien 1771, 157—160. Manche der von Fischer verwerteten Belege sind nicht mehr vorhanden, daher nicht überprüfbar, und werden daher in der von uns erarbeiteten Liste nicht berücksichtigt.

31 Im Wiener Stadt- und Landesarchiv. Vom Bestand der Grundbücher wurden nur jene der Stadt Wien teilweise ediert: die Kaufbücher 1368—1388 (Quellen III/1), das Satzbuch 1373—1388 (Quellen III/3), das Gewerbuch 1373—1419 und das Verbotbuch 1373—1399 (Quellen III/2). Die nur für die Jahre 1396—1430 erhaltenen Testamentsbücher (TB) sind zur Gänze unveröffentlicht. Von den Oberkammeramtsrechnungen haben sich aus der Zeit bis 1500 nur die Jahrgänge 1424, 1426, 1435, 1436, 1438, 1440, 1441, 1444, 1445, 1449, 1451, 1452, 1455—1459, 1461—1479, 1481, 1485—1488, 1493—1500 erhalten.

32 Die des Haus-, Hof- und Staatsarchivs sind in Quellen I/2—4, 7, 8, 10 bis zum Jahre 1460, die des NÖ. Landesarchivs in Quellen I/1 und 5 in Teilen erfaßt.

33 In Betracht kommen etwa die Archive des Chorherrenstifts Klosterneuburg (in FRA 2/20 und 28 nur teilweise erfaßt) und der Städte Wiener Neustadt, Preßburg (Bratislava, CSSR) und Ödenburg (Sopron, Ungarn).

Liste der Wiener Bürgermeister und Verweser des Bürgermeisteramts 1282—1500

BM = Bürgermeister; VBMA = Verweser des Bürgermeisteramts

Konrad Poll, BM 1282 August 22[34]

Heinrich Hansgraf, BM 1285 Juni 28[35]

Konrad Poll, BM 1288 Mai 16 bis 1289 Mai 8[36]; BM 1291 Februar 3 bis 1293 September 29[37]; BM 1295 März 27[38]; BM 1297 Februar 1 bis 1298 September 18[39]; BM 1300 April 11 bis 1305 Februar 24[40]

Heinrich Krannest, BM 1305 Mai 25 bis 1307 Jänner 13[41]

Dietrich von Kahlenberg, BM 1307 Oktober 31[42]

Heinrich von der Neiße, BM 1308 Juli 7[43]

Niklas von Eslarn, BM 1309 März 30 bis April 2[44]

Heinrich von der Neiße, BM 1310 April 22[45]

Niklas von Eslarn, BM 1310 Juni 15 bis 1313 April 1[46]

Niklas Poll, BM 1313 Mai 6 bis 1315 November 19[47]

Niklas von Eslarn, BM 1316 Mai 19[48], August 24 bis 1317 Jänner 6[49] (der 1316 Juni 29 als BM belegte Hermann von St. Pölten[50] dürfte VBMA gewesen sein)

[34] Quellen I/2, 1521.

[35] Bayerisches Hauptstaatsarchiv, München, Regensburger Hochstiftsurkunden. Vgl. Hans Dachs, Urkunden zur Geschichte des Hofes der Regensburger Bischöfe in Wien, in: Verhandlungen des historischen Vereines von Oberpfalz und Regensburg, 80 (1930), 134 f., Urk. Nr. I; Richard Perger, Wiens Bürgermeister und Stadtrichter im Jahre 1285, in: Wiener Geschichtsblätter 21 (1966), 23 f.

[36] Quellen I/3, 2873; II/5, 7.

[37] Quellen I/2, 1528—1530; I/3, 2882.

[38] Quellen I/10, 17852.

[39] Quellen I/1, 262; unveröffentlichte Urkunde des Wiener Diözesanarchivs.

[40] Quellen I/3, 2897; BSpCop. I, fol. 16v—17, Nr. XXII. Später wird Konrad Poll nicht mehr erwähnt, 1307 Mai 14 wird er als verstorben bezeichnet; möglicherweise verstarb er während seiner Amtszeit, vor 1305 Mai 25 (s. Anm. 41).

[41] BSpCop. I, fol. 17—17v, Nr. XXXVII; Quellen I/4, 4100.

[42] Quellen I/1, 287.

[43] Unveröffentlichte Urkunde des Wiener Diözesanarchivs. Bei Sailer (Anm. 20), 16, Anm. 4, wird — ohne Beleg — 1308 April 23 angegeben.

[44] Quellen I/9, 17259.

[45] Urkunde des Wiener Diözesanarchivs; im Regest Quellen I/4, 3498, ist das Datum 1310 April 23 angegeben.

[46] Quellen I/1, 292, 293; II/1, 54.

[47] Quellen II/5, 32; II/1, 59.

[48] Quellen I/1, 758; I/4, 4104.

[49] Quellen II/5, 36.

[50] Quellen II/1, 61.

Hermann von S t. P ö l t e n, BM 1318 Jänner 31 bis November 15[51]

Ott W u l f l e i n s d o r f e r, BM 1319 Juni 15 bis 1323 September 17[52]

Stefan K r i g l e r, BM 1323 Dezember 6[53]

Niklas P o l l, BM 1324 Oktober 13 bis November 7[54]; BM 1326 Juli 3 bis 1327 April 30[55]

Stefan K r i g l e r, BM 1327 Juli 25 bis 1328 März 6[56]

Heinrich L a n g, BM 1329 September 7 bis 1330 Oktober 11[57]

Dietrich U r b e t s c h, BM 1332 Mai 12 bis 1333 Februar 23[58]

Hermann S n e t z e l, BM 1333 April 23 bis 1334 Oktober 27[59]

Dietrich U r b e t s c h, BM 1335 Dezember 21 bis 1337 Jänner 6[60]

Konrad von E s l a r n, BM 1337 April 13 bis 1338 September 1[61]

Berthold P o l l, BM 1338 Dezember 6 bis 1339 April 30[62] (1340 Jänner 2 ?)[63]

Konrad W i l d w e r k e r, BM 1340 Februar 24 bis 1343 August 10[64]

Hagen von S p i e l b e r g, BM 1343 September 9 bis 1344 September 4[65]

Reinprecht Z a u n r ü d, BM 1345 April 17 bis 1347 August 23[66]

Friedrich von T i r n a, BM 1348 Februar 27 bis 1349 September 22[67]

Dietrich F l u s t h a r t, BM 1350 Jänner 6 bis 1351 August 14[68]

[51] Quellen II/1, 69, 73.
[52] BSpCop. 2, fol. 84—84v; Quellen I/10, 17886.
[53] Zugleich Stadtrichter, daher vielleicht nur VBMA; unveröffentlichte Urkunde des Wiener Diözesanarchivs.
[54] FRA II/10, 211; Quellen I/1, 767.
[55] Quellen II/5, 50; I/3, 2969.
[56] Quellen I/1, 772; II/1, 107.
[57] Quellen I/9, 17284; I/1, 898.
[58] Quellen I/3, 2999; II/1, 152.
[59] Quellen I/1, 779; I/2, 1594.
[60] Quellen I/9, 17303; II/5, 74.
[61] Quellen II/5, 76; I/9, 17312.
[62] Quellen II/1, 202; I/9, 17313.
[63] Die von Fischer (Anm. 30), Teil 2, 99, zitierten Urkunden des Bürgerspitals vom 1340 Jänner 25 und Februar 2 sind verschollen, was schon Weiß (Anm. 30), 264, feststellte.
[64] Quellen II/1, 215, 266. Nach 1343 August 10 wird Konrad Wildwerker — auch Konrad im Dompropsthof genannt — nicht mehr erwähnt; s. Sailer (Anm. 20), 439, Kap. 82, Post 7. Vielleicht starb er während seiner Amtszeit.
[65] Quellen II/5, 113; II/1, 284.
[66] Quellen II/5, 120; Augustiner-Urkunde Nr. 39 im IfÖG (s. Anm. 25). Letzterer Beleg wird bei Sailer (Anm. 20), 16, unter „I, 18686" zitiert, was sich offenbar auf eine geplante — aber nicht realisierte — Fortsetzung der nur bis Nr. 18661 reichenden Reihe I der Quellen bezieht. — Zaunrüd kommt gelegentlich auch mit dem Vornamen Reinhart vor; nach 1347 August 23 wird er nicht mehr erwähnt, s. Sailer (Anm. 20), 461, Kap. 86, Post 1. Vielleicht ist er als amtierender Bürgermeister gestorben.
[67] Quellen I/9, 17349; II/1, 344.
[68] Augustiner-Urkunde Nr. 48 im IfÖG (Anm. 25); bei Sailer (Anm. 20), 16, unter „I, 18694" zitiert (vgl. Anm. 66); Quellen I/2, 2115.

Friedrich von Tirna, BM 1352 Februar 1 bis September 28[69]

Heinrich Würffel, BM 1353 Jänner 28 bis November 12[70]

Dietrich Flusthart, BM 1354 Februar 2 bis März 6[71]; August 2 bis November 17[71a] (ein 1354 Mai 17 als BM belegter Haunold[72] — vermutlich Haunold Schüchler — dürfte VBMA gewesen sein)

Leopold Poltz, BM 1355 Mai 14 bis November 7[73]

Heinrich Straicher, BM 1356 April 10 bis 1357 Jänner 19[74]

Haunold Schüchler, BM 1357 März 15 bis 1358 Jänner 24[75]

Leopold Poltz, BM 1358 April 5 bis 1359 Februar 25[76]

Heinrich Straicher, BM 1359 September 12 bis 1360 Jänner 11[77]

Leopold Poltz, BM 1360 Juni 2, 11 (vielleicht nur VBMA)[78]

Haunold Schüchler, BM 1360 Juli 11 bis 1361 Oktober 15[79]

Hans von Tirna, BM 1362 Jänner 26 bis 1364 Juni 20[80]

Friedrich Rüschel, BM 1364 Juli 9 bis November 29[81]

Lukas Popfinger, BM 1365 März 25 bis 1366 Juni 10[82]

Thomas Swembl, BM 1366 August 9 bis 1367 Dezember 6[83]

Niklas Würffel, BM 1368 Februar 4 bis 1370 Mai 16[84]

Thomas Swembl, BM 1370 August 10 bis 1371 Dezember 13[85]

Ulrich Rössel, BM 1372 April 14 bis 1374 Februar 9[86]

Hans am Kienmarkt, BM 1374 August 8 bis 1376 April 26[87]

[69] Quellen I/2, 1637; II/1, 415.
[70] Quellen II/1, 426, 444.
[71] Quellen I/3, 3122; II/5, 157.
[71a] Quellen II/1, 456 a; II/5, 162.
[72] Quellen I/3, 3131.
[73] FRA 2/21, 235; Quellen I/2, 1647.
[74] Quellen II/1, 478 a; I/1, 628.
[75] Quellen II/1, 494, 507.
[76] Quellen II/1, 509, 526.
[77] Urkunde der Johanniterkommende Wien (Anm. 27); Quellen II/1, 540. Heinrich Straicher wird nach 1360 Jänner 11 nicht mehr erwähnt, vgl. Sailer (Anm. 20), 412, Kap. 71, Post 3; er starb möglicherweise während seiner Amtszeit als Bürgermeister.
[78] BSpUrk. 199; Quellen II/1, 548.
[79] Quellen II/1, 552, 591. Er wird nach 1361 Oktober 15 nicht mehr erwähnt, vgl. Sailer (Anm. 20), 398, Kap. 67, Post 17; vielleicht starb er als amtierender Bürgermeister.
[80] Quellen I/2, 2152; Niederösterreichisches Landesarchiv, Urk. 4467.
[81] Quellen I/3, 3232; BSpUrk. 222.
[82] Quellen I/2, 1663; II/1, 669.
[83] Quellen II/1, 676; I/2, 1673.
[84] Quellen I/9, 17456; II/1, 774.
[85] Quellen II/1, 777, 800.
[86] Quellen I/3, 3300; III/1, 564.
[87] Quellen III/1, 606; I/1, 4003.

Paul Holzkäuffel, BM 1376 Mai 2 bis 1379 Februar 15[88]

Hans am Kienmarkt, BM 1379 Mai 17 bis August 9[89]; August 26 bis 1381 Juli 13[90] (Paul Holzkäuffel, 1379 August 14 als BM genannt[91], dürfte damals nur VBMA gewesen sein)

Paul Holzkäuffel, BM 1381 September 6 bis 1386 Oktober 13[92]

Michel Geukramer, BM 1386 November 8 bis 1395 Oktober 7[93]

Paul Holzkäuffel, BM 1396 Jänner 24 bis Juli 31[94]

Paul Würffel, BM 1396 Oktober 28 bis 1397 Oktober 15[95]

Jakob Dorn, BM 1398 Jänner 12 bis Oktober 2[96]

Hans Rock, BM 1398 Dezember 6 bis 1399 Juni 10[97]

Paul Holzkäuffel, (BM 1399 November 3 ?)[98]; BM 1400 März 26 bis August 14[99], September 7[100] (der 1400 August 25 als BM belegte Berthold Lang[101] war wohl nur VBMA)

Berthold Lang, BM 1400 November 23 bis 1401 August 4[102]

Paul Würffel, BM 1401 August 10 bis 1402 August 29[103]

Haunold Schüchler, BM 1402 Dezember 20 bis 1403 Februar 7[104]; 1403 Mai 29 bis Oktober 12[105] (der 1403 März 13 als BM belegte Paul Würffel[106] war wohl nur VBMA)

88 Quellen II/1, 879, 957.
89 Quellen II/1, 961; III/1, 1157.
90 Quellen III/1, 1163; II/1, 1009.
91 Quellen II/1, 968. Hans am Kienmarkt ist noch 1381 November 4 als lebend bezeugt (Quellen III/3, 3880), 1382 Februar 4 wird noch sein Kaplan Niklas erwähnt (Quellen III/3, 3896), 1382 Mai 9 wird Hans als verstorben bezeichnet (Quellen III/3, 3923). Wegen seiner Verschuldung, die nach seinem Tode zur gerichtlichen Einantwortung seines Hauses an den Gläubiger führte (Quellen III/3, 3923, III/1, 1822), könnte er als Bürgermeister vorzeitig zurückgetreten sein.
92 Quellen II/1, 1010, 1108.
93 Quellen II/1, 1109; I/2, 1731.
94 Quellen II/1, 1323; Wiener Stadt- und Landesarchiv, Access. Nr. 2555 (zitiert nach Sailer, Anm. 20, 17).
95 TB 1, fol. 15; Quellen II/1, 1373.
96 Quellen II/1, 1378, 1408.
97 BSpUrk. 403; Quellen II/3, Anh. XVII.
98 Nach einer von Weiß (Anm. 30), 268, zitierten Urkunde des Wiener Bürgerspitals. Im derzeitigen Bestand der Bürgerspitalsurkunden ist sie nicht feststellbar, auf die Urkunde Nr. 405 von 1399 Mai 10 folgt Nr. 406 von 1400 Februar 6.
99 Quellen II/1, 1463; I/4, 3648.
100 Quellen II/1, 1473.
101 Quellen I/2, 1742.
102 BSpUrk. 411; Quellen II/1, 1491. Siehe auch ÖNB, cod. 8019, fol. 1 und TB 1, fol. 119. Nach 1401 August 4 ist Berthold Lang nicht mehr nachweisbar; vgl. Sailer (Anm. 20), 332 f., Kap. 40, Post 4. Sein Ableben als amtierender Bürgermeister wäre möglich.
103 Quellen I/4, 4139; II/1, 1516. S. auch ÖNB, cod. 8019, fol. 1, 1v, und TB 1, fol. 119, 122v (für die Jahre 1401 und 1402).
104 Quellen II/1, 1522; I/4, 4140.
105 Quellen II/1, 1542, 1562. Siehe auch ÖNB, cod. 8019, fol. 2, und TB 1, fol. 152v (für 1403).
106 Quellen II/1, 1529.

Konrad Vorlauf, BM 1403 November 23 bis 1404 November 4[107]

Paul Würffel, BM 1404 Dezember 11 bis 1405 Oktober 21[108]

Rudolf Angerfelder, BM 1405 November 23 bis 1406 September 10[109]

Konrad Vorlauf, BM 1406 November 18 bis 1408 Juli 7[110] (er wird 1408 Juni 7 vom VBMA Konrad Rampersdorfer vertreten)[111]

Hans Veltsperger, BM 1408 Juli 11 bis 1409 September 5[112]

Paul Geyr, BM 1410 Jänner 10 bis Juni 12[113]

Albrecht Zetter, BM 1410 November 24 bis 1411 Mai 19[114]

Rudolf Angerfelder, BM 1411 Juni 8 bis 1419 August 25[115]

Hans Mustrer, BM 1420 Februar 6 bis 1421 Dezember 20[116]

Ulrich Gundloch, BM 1422 Februar 6 bis September 22[117]

Konrad Hölzler (d. Ä.), BM 1423 April 12 bis 1424 Dezember 18[118]

Hans Scharffenperger, BM 1425 Mai 24 bis 1426 September 24[119]

Paul Würffel, BM 1427 März 24 bis November 21[120]

Niklas Untermhimmel, BM 1428 Juli 19 bis 1429 November 29[121]

[107] Quellen II/1, 1564, 1603. Vgl. auch ÖNB, cod. 8019, fol. 2v, und TB 1, fol. 157v (für 1404).

[108] Quellen II/1, 1606; III/2, 2459. Vgl. auch ÖNB, cod. 8019, fol. 3, und TB 2, fol. 5 (für 1405).

[109] Quellen II/1, 1635, 1666.

[110] Quellen II/1, 1672; zur Absetzung und Verhaftung Vorlaufs 1408 Juli 7 und seiner Hinrichtung Juli 11 vgl. Max Vancsa, Politische Geschichte 1283—1522, in: Geschichte der Stadt Wien, hg. v. Alterthums-Verein zu Wien, II/2, Wien 1905, 521. Ebendort auch Hinweis auf den von den Handwerkern präsentierten, aber nicht zum Zuge gekommenen Bürgermeisterkandidaten Hermann Buchfeller. 1407 Jänner 2 ist irrtümlich vom BM „Hans" Vorlauf die Rede (Quellen I/4, 4299, 1/10/18308.)

[111] TB 2, fol. 72v.

[112] Quellen II/1, 1739, 1771.

[113] Quellen II/1, 1786, 1804.

[114] Niederösterr. Landesarchiv, Urk. 1789; Quellen II/1, 1879. Albrecht Zetter ist nach 1411 Mai 19 nicht mehr nachzuweisen, 1413 wird er als verstorben bezeichnet (TB 2, fol. 156). Vermutlich ist er während seiner Amtszeit als BM verstorben.

[115] Quellen I/1, 58; II/2, 2113. Angerfelder starb nachweislich noch 1419 (TB 3, fol. 15v). Auf seine Tätigkeit als BM beziehen sich auch ÖNB, cod. 8019, fol. 3v (für 1412), ferner ÖNB, cod. 8019, fol. 4—6v, und TB 2, fol. 162v, 176v, 197v, 225v, 255v, 283v (für die Jahre 1414—1419).

[116] Quellen II/2, 2124; BSpUrk. 483, Quellen I/4, 4514. Vgl. auch ÖNB, cod. 8019, fol. 7, 7v, und TB 3, fol. 38, 79v (für 1420 und 1421).

[117] Quellen II/2, 2188, 2201; Vgl. auch ÖNB, cod. 8019, fol. 8, und TB 3, fol. 96v (für 1422).

[118] Quellen II/2, 2212, 2240; vgl. auch ÖNB, cod. 8019, fol. 8v, 9, und TB 3, fol. 112, 130v (für 1423 und 1424).

[119] Quellen II/2, 2253, 2289; vgl. auch ÖNB, cod. 8019, fol. 9v, 10 (für 1425 und 1426); für 1425 auch TB 3, fol. 154v.

[120] Quellen II/2, 2296, 2305; vgl. auch ÖNB, cod. 8019, fol. 10v (für 1427).

[121] Quellen II/2, 2315, 2360; vgl. auch ÖNB, cod. 8019, fol. 11, 11v (für 1428 und 1429).

Konrad H ö l z l e r (d. Ä.), BM 1430 Jänner 28 bis 1433 August 27[122]

Hans S t e g e r, BM 1434 Februar 15 bis 1439 Dezember 9[123] (er wird 1438 September 13 durch den VBMA Niklas Untermhimmel vertreten)[124]

Konrad H ö l z l e r (d. Ä.), BM 1440 März 17 bis 1441 November 24[125]

Andre H i l t p r a n t, BM 1442 März 1 bis Dezember 18[126]

Hans S t e g e r, BM 1443 Februar 18 bis Dezember 4[127]

Hans H a r i n g s e e r, BM 1444 Februar 5 bis 1446 Oktober 25[128]

Hans S t e g e r, BM 1447 April 20 bis 1449 November 5[129] (wird 1449 Februar 2 und 3 vom VBMA Andre Hiltprant vertreten)[130]

Konrad H ö l z l e r (d. J.), BM 1450 Februar 9 bis 1451 November 13[131]

Oswald R e i c h o l f, BM 1452 Jänner 31 bis Dezember 7[132]

Niklas T e s c h l e r, BM 1453 Jänner 15 bis Dezember 19[133]

Oswald R e i c h o l f, BM 1454 Februar 9 bis November 7[134]

Konrad H ö l z l e r (d. J.), BM 1455 Februar 28 bis November 19[135]

122 Quellen I/2, 1793; II/2, 2451; vgl. auch ÖNB, cod. 8019, fol. 12—14 (für die Jahre 1430—1433). Von der ergänzenden Ratswahl, die man wegen des Ablebens mehrerer für 1432 gewählter Ratsherren nach Weihnachten 1431 vornahm (ÖNB, cod. 8019, fol. 13, 13v), war der Bürgermeister nicht betroffen.

123 Quellen II/2, 2466, 2713; vgl. auch ÖNB, cod. 8019, fol. 14v—17v. Am 1. Jänner 1438 wurden der Bürgermeister Hans Steger und die Ratsherren Konrad Hölzler d. J. und Stefan Wirsing von Herzog Albrecht V. von Österreich anläßlich dessen Wahl zum ungarischen König zu Rittern geschlagen (Staatsbibliothek München, Cod. Germ. Nr. 317, fol. 141; Franz v. Krones, Kleinere Beiträge zur mittelalterlichen Quellenkunde, in: MIÖG 7, Innsbruck 1886, 249). Danach wurde die Sitzordnung der für 1438 gewählten Ratsherren geändert (ÖNB, cod. 8019, fol. 16v, 17). Auch der Bürger Hans Würffel, Sohn des einstigen Bürgermeisters Paul Würffel, erhielt damals den Ritterschlag.

124 Quellen II/2, 2660.

125 Quellen II/2, 2720, I/7, 14840; Quellen II/2, 2842; vgl. auch ÖNB, cod. 8019, fol. 18, 18v.

126 Quellen II/2, 2860; I/7, 14942; vgl. auch ÖNB, cod. 8019, fol. 19 (1442).

127 Quellen II/2, 2896, 2897, 2957; vgl. auch ÖNB, cod. 8019, fol. 19v (1443).

128 Quellen II/2, 2965, 3194; vgl. auch ÖNB, cod. 8019, fol. 20—21 (für die Jahre 1444—1446).

129 Quellen I/1, 524; II/2, 3332; vgl. ÖNB, cod. 8019, fol. 21v—22v (für die Jahre 1447 bis 1449).

130 Archiv der Stadt Preßburg (Bratislava, CSSR), Urk. 2435, 2437.

131 Quellen II/2, 3356; I/7, 15308; vgl. auch ÖNB, cod. 8019, fol. 23, 23v (für 1450 und 1451). 1451 Juli 17 wird dieser Konrad Hölzler als „der Ältere“ bezeichnet (Quellen I/7, 15291), zwecks Unterscheidung von seinem gleichnamigen jüngeren Bruder; der Vater Konrad Hölzler, BM der Jahre 1423—1424, 1430—1433 und 1440—1441 (in unserer Liste als „der Ältere“ angeführt) war schon 1442 gestorben; s. Richard Perger, Wiener Bürger des 15. Jahrhunderts als Förderer der Leonhardskirche in Tamsweg, Jb.VGStW 26 (1970), 77—83.

132 Quellen II/2, 3458; I/7, 15383; vgl. auch ÖNB, cod. 8019, fol. 24 (1452).

133 Quellen II/2, 3497, 3552; vgl. auch ÖNB, cod. 8019, fol. 24v (für 1453).

134 Quellen II/2, 3560; I/7, 15460; vgl. auch ÖNB, cod. 8019, fol. 25 (1454).

135 Quellen II/2, 3611, 3650; vgl auch ÖNB, cod. 8019, fol. 25v (für 1455).

Niklas Teschler, BM 1456 April 16 bis 1457 Oktober 28[136] (wird 1457 Mai 21 vom VBMA Thomas Schwarz vertreten)[137]

Jakob Starch, BM 1457 Oktober 31 bis 1460 Dezember 3[138] (wird 1459 Februar 27 vom VBMA Thomas Schwarz[139] und 1459 Juli 28 bis August 5 vom VBMA Kristan Wissinger[140] vertreten)

Kristan Prenner, BM 1461 Februar 18 bis 1462 August 19[141]

Sebastian Ziegelhauser, BM 1462 September 7[142]

Wolfgang Holtzer, BM 1462 September 19 bis 1463 April 15[143]

Friedrich Ebmer, BM 1463 Mai 4 bis November 23[144]

Kristan Prenner, BM 1464 Februar 15 (?)[145]

Ulrich Metzleinsdorfer, BM 1464 Mai 18 bis 1466 Dezember 18[146] (wird 1464 August 23 vom VBMA Wilhelm Sambs vertreten)[147]

Andre Schönprucker, BM 1467 Februar 21 bis 1471 Oktober 11[148]; VBMA 1472 Februar 7[149]; BM 1472 Februar 19 bis 1473 Februar 15[150] (wird 1467 September 1 vom VBMA Mert Enthaimer vertreten)[151]

[136] Quellen I/10, 17961; zur Absetzung Teschlers durch die Partei seines Gegners Jakob Starch 1457 Oktober 28 vgl. Karl Schalk, Aus der Zeit des österreichischen Faustrechts 1440 bis 1463, in: Abhandlungen zur Geschichte und Quellenkunde der Stadt Wien, III, Wien 1919, 253 f. Teschlers Amtsjahre 1456 und 1457 in ÖNB, cod. 8019, fol. 26, 26v.

[137] Quellen II/2, 3713.

[138] Schalk (Anm. 136), 254; Quellen II/3, 3964. Siehe auch ÖNB, cod. 8019, fol. 27—28 (für 1458—1460). Zur Verschiebung des Ratswahltermines für 1459 siehe das Schreiben Friedrichs III. von 1459 Jänner 2; Quellen II/3, Anhang XLIV (vgl. Anm. 8 und 16).

[139] Quellen II/3, 3859.

[140] Quellen II/3, 3904, 3916—3919.

[141] Quellen II/3, 3971; zur Absetzung Prenners durch die kaiserfeindliche Partei 1462 August 19 vgl. Schalk (Anm. 136), 280—292. Die Amtsjahre Prenners 1461 und 1462 in ÖNB, cod. 8019, fol. 28v, 29.

[142] Schalk (Anm. 136), 308. Ziegelhauser, den der Kaiser wählen ließ, konnte sich nicht behaupten. In ÖNB, cod. 8019, nicht erwähnt.

[143] Zur Wahl des Wolfgang Holtzer zum BM 1462 September 19 und seiner Hinrichtung 1463 April 15 vgl. Schalk (Anm. 136), 308, 364—368. In ÖNB, cod. 8019, wird er nicht erwähnt.

[144] Quellen II/3, 4049, 4069; vgl. auch ÖNB, cod. 8019, fol. 29v (für 1463).

[145] Weiß (Anm. 30), 273, zitiert zu diesem Datum eine Urkunde des Wiener Stadtarchivs, die aber weder in den Hauptarchivsurkunden (Regesten in Quellen II/3) noch in den Bürgerspitalsurkunden feststellbar ist. Soferne Weiß kein Irrtum unterlaufen ist, wäre es denkbar, daß Prenner für 1464 als Rehabilitierung für seine gewaltsame Absetzung (1462 August 19, vgl. Anm. 141) zum BM gewählt wurde. Er müßte allerdings schon vor 1464 Mai 18 (vgl. Anm. 145) verstorben sein; genannt wird er später nicht mehr. In ÖNB, cod. 8019, wird er für 1464 nicht erwähnt.

[146] Quellen II/3, 4081, 4143; vgl. auch ÖNB, cod. 8019, fol. 30—31 (für die Jahre 1464 bis 1466).

[147] Quellen II/3, 4086.

[148] Quellen II/3, 4161, 4398; vgl. auch ÖNB, cod. 8019, fol. 32—33v (1467—1471).

[149] Quellen II/3, 4413.

[150] Quellen II/3, 4417, 4467; vgl. auch ÖNB, cod. 8019, fol. 34 (für 1472). Er starb 1473, offenbar als amtierender BM (Wiener Stadt- und Landesarchiv, Grundbuch 1/7, fol. 402).

[151] Quellen II/3, 4186.

Hans H e m l , BM 1473 März 20 bis 1478 Dezember 21[152]; BM (wohl VBMA) 1479 März 9[153] (wird 1474 September 19 vom VBMA Ulrich Metzleinsdorfer[154], 1476 Juli 9 vom VBMA Thomas Tenk[155], 1478 April 4 vom VBMA Niklas Teschler vertreten[156], 1479 Jänner 13 und Februar 11 wird ein nicht namentlich genannter VBMA erwähnt[157], 1479 März 16 ist der Stadtrichter Hans Mursteter VBMA)[158]

Laurenz H a i d e n , BM 1479 März 31 bis Dezember 16[159]; VBMA 1480 Jänner 3[160]; BM 1480 Februar 15 bis 1482 März 21[161]; VBMA 1482 April 17 bis Juni 14[162]; BM 1482 Juli 4 bis 1484 November 22[163] (1480 Jänner 3 ist Thomas Tenk gleichzeitig mit ihm VBMA[164], 1481 Februar 27 und 1484 Jänner 28 wird Haiden vom VBMA Niklas Teschler vertreten)[165]

Stefan E e n , BM 1485 März 2 bis 1486 Dezember 1[166]

Lienhard R a d a u n e r , BM 1487 Jänner 25 bis Dezember 18[167]; VBMA 1488 Februar 9[168]; BM 1488 März 10 bis Dezember 20[169]; VBMA 1489 Jänner 16 bis Oktober 10[170] (wird 1488 August 29 vom VBMA Hans Düring vertreten)[171]

Laurenz T a s c h e n d o r f e r , VBMA 1489 Dezember 14 bis 1490 April 2[172]

[152] Quellen II/3, 4472, 4713; vgl. auch ÖNB, cod. 8019, fol. 34v—36 (für 1473—1476; die Jahre 1477 und 1478 sind dort nicht erfaßt).

[153] BSpUrk. 748. Die Wahl für 1479 trat offenbar erst zwischen 1479 März 16 (Anm. 158) und März 31 (Anm. 159) in Kraft; vgl. auch Anm. 157. Die Liste für 1479 in ÖNB, cod. 8019, fol. 36v, weist bereits Laurenz Haiden als BM (vgl. Anm. 159), Hans Heml als Ratsherrn aus. Danach kann Hans Heml 1479 März 9 nicht BM (BSpUrk. 748), sondern nur VBMA gewesen sein.

[154] Quellen I/4, 3884.

[155] Quellen II/3, 4605, 4606.

[156] Quellen II/3, 4663.

[157] Quellen II/3, 4714, 4721.

[158] Quellen II/3, 4731.

[159] Quellen II/3, 4739, 4784; vgl. auch ÖNB, cod. 8019, fol. 36v.

[160] Quellen II/3, 4789.

[161] Quellen II/3, 4795, 4908; vgl. auch ÖNB, cod. 8019, fol. 37, 37v (für die Jahre 1480 und 1481).

[162] Quellen II/3, 4909, 4914, 4915. Die Wahl für 1482 trat offenbar erst zwischen 1482 Juni 14 und Juli 4 (Anm. 163) in Kraft.

[163] BSpUrk. 762; Quellen II/3, 5046; vgl. auch ÖNB, cod. 8019, fol. 38, 38v (für 1482 und 1484; die Liste für 1483 fehlt dort).

[164] Quellen II/3, 4789.

[165] BSpUrk. 757; Quellen II/3, 5001.

[166] Quellen II/3, 5057, 5155. Die Wahl Eens zum BM blieb von der Kapitulation Wiens vor König Matthias von Ungarn am 23. Mai und dessen Einzug in die Stadt am 1. Juni 1485 unberührt. Vgl. Universitätsarchiv Wien, Actorum facultatis artium liber III, fol. 315v—318v, zitiert bei Richard Perger, Niklas Teschler und seine Sippe, in: Jb.VGStW 23/25 (1967/69), 173. Die zweimalige Ratswahl für 1485 und die Wahl für 1486 in ÖNB, cod. 8019, fol. 39—40.

[167] Quellen II/3, 5164, 5246; vgl. auch ÖNB, cod. 8019, fol. 40v (1487).

[168] Quellen II/3, 5256. Zwischen diesem Datum und 1488 März 10 (Anm. 169) trat die Wahl für 1488 in Kraft.

[169] Quellen II/3, 5259, 5292; vgl. auch ÖNB, cod. 8019, fol. 41 (für 1488).

[170] Quellen II/3, 5294, 5333. Für 1489 wurde offenbar keine Wahl abgehalten bzw. bestätigt; es fehlt auch eine Liste für dieses Jahr in ÖNB, cod. 8019. Lienhard Radauner wird übrigens schon 1489 Dezember 10 als verstorben bezeichnet (Quellen II/3, 5334).

[171] Quellen II/3, 5281.

[172] Quellen II/3, 5335; BSpUrk. 773. Die Wahl für 1490 trat erst zwischen 1490 April 2 und Mai 27 (Anm. 173) in Kraft.

Stefan E e n, BM 1490 Mai 27 bis September 9[173]

Paul K e c k, BM 1490 Oktober 1 bis 1491 Dezember 23[174]; VBMA 1492 Februar 3 bis Juni 20[175]; BM 1492 Juni 23 bis 1493 Dezember 13[176]

Friedrich G e l d r i c h, BM 1494 März 17 bis 1495 September 23[177]; VBMA 1496 April 15 bis Juni 23[178]; BM 1496 Juli 9 bis Dezember 22[179]

Paul K e c k, BM 1497 Jänner 10 bis 1499 Dezember 14[180] (wird 1497 Mai 9 und 1498 Juni 28 vom VBMA Friedrich Geldrich vertreten)[181]

Wolfgang R i e d e r, BM 1500 Jänner 13 bis Mai 12[182]; 1500 September 3 bis 1501 Dezember 7[183] (der 1500 Mai 16 als BM genannte Paul Keck[184] war wohl nur VBMA)

Vergleichen wir diese Daten mit den eingangs zusammengestellten Angaben über die Termine der Bürgermeister- und Ratswahl, müssen wir feststellen, daß bis 1381 an unterschiedlichen Tagen — vorwiegend im April, Juli oder August — gewählt wurde[185]. Erst zwischen 1386 und 1411 scheint man sich bei der Wahl des Bürgermeisters im allgemeinen an den für 1396 belegten Termin — den Simon- und Judatag (28. Oktober)[186] — gehalten zu haben. Der später als herkömmlicher Wahltag genannte Thomastag (21. Dezember) ist erstmals für 1421 zu erschließen[187]; vielleicht wurde er um 1411/12, anläßlich der Auflassung des „äußeren Rates"[188], eingeführt.

[173] Quellen II/3, 5347, 5382; vgl. auch ÖNB, cod. 8019, fol. 41v. Vermutlich wurde Een erst nach dem Tod des Königs Matthias von Ungarn (1490 April 6) gewählt; jedenfalls fielen in seine Amtszeit die Rückeroberung Wiens durch Maximilian I. (1490 August 9 bzw. 19), die Vereidigung der Stadt auf diesen Fürsten (August 23) und die Übergabe der Wiener Burg durch die Ungarn (August 29); vgl. Vancsa (Anm. 110), 573 f.

[174] Quellen II/3, 5384, 5432; vgl. auch ÖNB, cod. 8019, fol. 42, 42v (für 1491). Die Wahl Kecks zwischen 1490 September 9 und Oktober 1 war offenbar durch Maximilian I. veranlaßt worden, der Keck für treue Dienste belohnen wollte (vgl. Quellen II/3, 5384).

[175] Quellen II/3, 5437, 5448. Die Wahl für 1492 trat erst zwischen 1492 Juni 20 und Juli 23 (Anm. 176) in Kraft.

[176] Quellen II/3, 5450, 5501; vgl. auch ÖNB, cod. 8019, fol. 43, 43v (für 1492 und 1493).

[177] Quellen II/4, 5506, 5546; vgl. auch ÖNB, cod. 8019, fol. 44, 44v (für 1494 und 1495).

[178] Quellen II/4, 5555, 5566. Die Wahl für 1496 trat erst zwischen 1496 Juni 23 und Juli 9 (Anm. 179) in Kraft.

[179] Quellen II/4, 5570, 5587; vgl auch ÖNB, cod. 8019, fol. 45 (für 1496).

[180] Quellen II/4, 5588, 5679; vgl. auch ÖNB, cod. 8019, fol. 45v, 46 (für 1497 und 1498, die Liste für 1499 fehlt dort).

[181] Quellen II/4, 5600 b, 5640.

[182] Quellen I/1, 92; II/4, 5694; vgl. auch ÖNB, cod. 8019, fol. 46v (für 1500).

[183] Quellen II/4, 5703, 5723.

[184] BSpUrk. 804.

[185] Siehe Anm. 2—11 und die mit Anm. 34—90 belegten Daten.

[186] Vgl. Anm. 6. Dazu auch Weiß (Anm. 30), 268, Anm. zum Jahr 1402.

[187] Vgl. Anm. 7—11 und 116.

[188] Perger (Anm. 1), 27.

Namensindex

der Bürgermeister und Verweser des Bürgermeisteramts 1282 — 1500

Inhalt

Eigentümer und Verleger: Verein für Geschichte der Stadt Wien. Herausgeber und für den Inhalt verantwortlich: ao. Univ.-Prof. Archivdirektor Dr. Felix Czeike. Alle: Wiener Stadt- und Landesarchiv, Rathaus, 1082 Wien, Tel. 42 8 00 Durchwahl 27 05. Gedruckt mit Unterstützung der Stadt Wien. — Mitglieder des Vereins für Geschichte der Stadt Wien erhalten die Publikationen nach Entrichtung des Mitgliedsbeitrags kostenlos.

Druck: Buch- und Offsetdruckerei Karl Werner, 1070 Wien, Lerchenfelder Straße 37.

Wie sozial kann unsere Welt sein?

Aichern • Androsch • Appelt • Badelt • Büchele • Cerny
Dinkhauser • Fritz • Hostasch • Karlhofer • Knoflacher • Leitl
Nowotny • Oberhauser • Öllinger • Palme • Preglau • Raidl
Ryder • Scharinger • Schindler • Schmidleithner • Tumpel
Tumpel-Gugerell • Zwettler

Wie sozial kann unsere Welt sein?

Hrsg. von

Anton Pelinka

ÖGB VERLAG

GARANTIERT GUT INFORMIERT
www.oegbverlag.at

Herausgeber: Univ.-Prof. Dr. Anton Pelinka

Organisatorische und inhaltliche Mitarbeit:
Roswitha Bachner, Günter Weninger, Johannes Richarz,
Karl-Heinz Nachtnebel

Projektmanagement: Dr. Peter Autengruber, Mag. Gerhard Bröthaler
Lektorat: Birgit Janischevski
Übersetzung Guy Ryder: Mag. Michael Neubauer

Medieninhaber: Verlag des ÖGB GmbH
1230 Wien, Altmannsdorfer Straße 154–156
Telefon 01/662 32 96-6309
E-Mail: buchverlag@oegbverlag.at

Verlags- und Herstellungsort: Wien
Printed in Austria
ISBN 3-7035-1061-7

Inhaltsverzeichnis

Bundespräsident Dr. Heinz Fischer

Vorwort des Bundespräsidenten Dr. Heinz Fischer

Es macht mir Freude, als Bundespräsident dem langjährigen Präsidenten des österreichischen Gewerkschaftsbundes *Fritz Verzetnitsch* zu seinem 60. Geburtstag auf das Herzlichste zu gratulieren.

Ich kenne Fritz Verzetnitsch seit vielen Jahren und schätze ihn in gleicher Weise als liebenswerten Menschen wie auch als verantwortungsbewussten Politiker und Gewerkschafter.

Fritz Verzetnitsch hat sich schon in jungen Jahren für gesellschaftliche Probleme interessiert und als Jugendfunktionär des ÖGB die Interessen seiner Alterskolleginnen und Alterskollegen vertreten. Mit seiner großen Sachkenntnis und seinem Engagement hat er sich da ein hohes Maß an Anerkennung erarbeitet.

Als der legendäre Gewerkschaftspräsident *Anton Benya* im Jahre 1986 in den Ruhestand getreten ist, wurde Fritz Verzetnitsch als sein Nachfolger vorgeschlagen. Alle Beteiligten und er selbst haben am allerbesten gewusst, dass er damit in relativ jungen Jahren eine schwierige und verantwortungsvolle Aufgabe übernommen hat. Schon lange zweifelt aber niemand mehr daran, dass die Wahl von Fritz Verzetnitsch zum ÖGB-Präsidenten eine gute Entscheidung war, weil damit an der Spitze des ÖGB jemand steht, der die Interessen der arbeitenden Menschen mit großem Nachdruck und mit großer Sachkenntnis vertritt, aber dabei nie übers Ziel schießt. Sein Augenmaß und seine Bereitschaft, Lösungen auf breiter Basis anzustreben, sind geradezu sprichwörtlich. Auch als Parlamentarier hat sich Fritz Verzetnitsch allgemeine Anerkennung erworben und ich selbst freue mich über die gute und vertrauensvolle Zusammenarbeit, die es zwischen dem Bundespräsidenten und dem Präsidenten des ÖGB gibt.

Fritz Verzetnitsch ist in einer schwierigen Zeit an die Spitze des ÖGB getreten. Die internationale Politik hat sich in den knapp zwei Jahrzehnten seiner Präsidentschaft völlig verändert – und mit ihr hat sich die internationale Ökonomie ebenfalls grundlegend verändert. Das war und ist für den ÖGB und für das von ihm mitentwickelte und mitgetragene Modell der Sozialpartnerschaft eine große Herausforderung:

Was in der „Nachkriegszeit" erfolgreich war, das muss nun nicht mehr die Garantie für den bestmöglichen Weg der Gewerkschaften sein. Der ÖGB muss – wie auch die anderen Gewerkschaften Europas – neue Antworten auf neue Herausforderungnen finden.

Doch der ÖGB hat es gerade unter Fritz Verzetnitsch sicher und souverän geschafft, sich selbst treu zu bleiben: Wie 1945 konzipiert, ist der ÖGB ein überparteilicher, gewerkschaftlicher Dachverband. Er ist nicht unpolitisch – er ist ja über bzw. durch seine Fraktionen mit den politischen Parteien in Verbindung. Aber es entspricht nach wie vor den Interessen aller österreichischen Arbeitnehmerinnen und Arbeitnehmer, dass – unabhängig von den Präferenzen der einzelnen Mitglieder für bestimmte Parteien – die österreichischen Gewerkschaften mit einer Stimme sprechen, eben mit der des ÖGB. Dass dies auch in den letzten zwei Jahrzehnten so geblieben ist, das ist auch und wesentlich das Verdienst Fritz Verzetnitschs.

Ein herzliches Glückauf für Fritz Verzetnitsch zu seinem Geburtstag und alles Gute für die Zukunft im Interesse seiner Familie und seiner Freunde, im Interesse der österreichischen und europäischen Gewerkschaftsbewegung, der Fritz Verzetnitsch zutiefst verbunden ist und im Interesse unseres Landes.

*Dr. Anton Pelinka, geb.1941,
Univ.-Prof. am Institut für Politikwissenschaft an der Universität Innsbruck, wissenschaftlicher Leiter des Instituts für Konfliktforschung in Wien.
Forschungsschwerpunkte:
Demokratietheorie,
Politisches System Österreichs,
Vergleichende Politikforschung.*

Sozial- und Wohlfahrtsstaat – am Ende?

Das historisch einmalige Erfolgsmodell des liberal-demokratischen Sozial- und Wohlfahrtsstaates scheint für viele Beobachter am Ende zu sein. Manche mögen dies begrüßen – und viele beklagen. Doch der Befund ist eindeutig: Der Sozialstaat ist im Rückzug.

Das Erfolgsmodell begann 1945 – mit Rückgriffen auf Erfahrungen vor (Schweden, Niederlande) und während (Großbritannien) des Zweiten Weltkrieges. Die „westliche", pluralistische Demokratie entwickelte ein Instrumentarium, das soziale Gleichheit mit politischer Freiheit zu verbinden verstand. Kapitalismus und Marktwirtschaft wurden nicht überwunden, sie wurden – demokratisch – gebändigt.

Die Voraussetzungen waren ein stabiles „Gleichgewicht der Klassenkräfte", dessen Dauerhaftigkeit sich *Otto Bauer,* eine Generation früher, nicht hatte vorstellen können: Arbeitgeber- und Arbeitnehmerverbände (Kapital und Arbeit) akzeptierten einander als Partner. Im gemeinsamen Interesse unterstützten sie Regierung und Parlament, ein Netzwerk sozialer Sicherheit aufzubauen, das zur Grundlage für einen historisch einmaligen Massenwohlstand wurde.

In Schweden sprach man von „wirtschaftlicher Demokratie", der die „soziale Demokratie" folgen sollte; in Österreich von Sozialpartnerschaft. In Großbritannien akzeptierten konservative Regierungen vor *Thatcher (Churchill, Macmillan, Heath)* den von den Labour-Regierungen und Gewerkschaften aufgebauten „welfare state" im Sinne eines „social conservatism". In Deutschland sprach man später vom „Modell Deutschland". Im nach-franquistischen Spanien schlossen Arbeitgeber und Arbeitnehmer Sozialpakte. Allen diesen Entwicklungen war gemeinsam, dass der nationale Wohlstandsgewinn – erzielt durch Produktivitätssteigerung und Wirtschaftswachstum – in einer als fair (und damit als gerecht) empfundenen Form verteilt, die Nachfrage systematisch gesteigert und die Wirtschaft weiter angekurbelt wurde.

Europa nach dem Krieg: „Gleichgewicht der Klassenkräfte"

Doch gerade zu einer Zeit des größten Erfolges des liberaldemokratischen Sozial- und Wohlfahrtsstaates begann die Krise: Rund um die Implosion des historischen Gegenmodells – der Sowjetunion und der anderen Systeme sowjetischen Typs – setzte die Rückentwicklung ein. „Thatcherismus" und „Reaganomics" wurden zunächst als national bedingte, national begrenzte Phänomene gedeutet. Aber in den 90er Jahren wurde deutlich, dass Privatisierung und Deregulierung – und damit in kausaler Verbindung der Abbau von sozialen Sicherungssystemen – globale Erscheinungen waren.

Diese Trends waren und sind auch grundsätzlich unabhängig von parlamentarischen Mehrheitsverhältnissen und Regierungswechseln: *Tony Blair* mag die politischen Weichenstellungen *Thatchers* sozial verträglicher machen, umkehren kann er sie offenbar nicht. Und die Privatisierung von Staatsbetrieben hat in Österreich unter einem sozialdemokratischen Kanzler, in Frankreich unter einem sozialistischen Premier eingesetzt.

Die Krise der Gewerkschaften am Beginn des 21. Jahrhunderts

Damit verbunden ist auch die Tendenz zur Abnahme gewerkschaftlicher Organisationskraft. Fast alle gewerkschaftlichen Dachverbände Europas leiden unter einem rückläufigen Organisationsgrad. Die Arbeitsbedingungen des frühen 21. Jahrhunderts lassen offenbar für eine wachsende Zahl von Beschäftigten Gewerkschaften als verzichtbar erscheinen.

Die Ursache dieser Entwicklung ist klar: Das „Gleichgewicht der Klassenkräfte" ist zu Ende. Das Kapital hat an relativer Stärke gegenüber der Arbeit zugelegt. Und die Ursache hinter dieser Ursache ist die wachsende Fähigkeit des Kapitals, nationale Grenzen zu überschreiten. Das Kapital hat sich globalisiert – und die Arbeit nicht. Die Folge ist, dass Arbeit oft ersetzbar erscheint und daher unter

Druck gesetzt werden kann. Die „Freisetzung“ von Arbeitskräften auch in profitablen Unternehmungen ist das deutliche Zeichen dieser Entwicklung. Die Arbeit – und das heißt die Gewerkschaften – haben ihre Fähigkeit teilweise eingebüßt, der Macht des Kapitals die Gegenmacht der Arbeit wirksam entgegenstellen zu können.

Das gilt freilich nur, wenn wir den Bezugsrahmen akzeptieren, unter dem der liberal-demokratische Sozial- und Wohlfahrtsstaat nach 1945 entstanden ist – den Bezugsrahmen souveräner Nationalstaaten. Denn das Kapital braucht ja weiterhin die Arbeit. Nur braucht es diese immer weniger in einem bestimmten Staat. Es gehen ja nicht Arbeitsplätze weltweit „verloren“ – diese werden nur verschoben, zum Nachteil der Arbeitnehmerinnen und Arbeitnehmer, die in den relativ wohlhabenden Staaten der liberal-demokratischen Wohlstandszone leben. Aus dem Blickwinkel indischer und mexikanischer, indonesischer und chinesischer Arbeitnehmerinnen und Arbeitnehmer sieht diese Verschiebung vollständig anders aus.

Souveränitätsverlust des Nationalstaats

Gegenüber dem Kapital hat der Nationalstaat faktische Souveränität eingebüßt. Und auf diese Entwicklung haben sowohl die Politik generell als auch die Gewerkschaften speziell noch keine wirksame Antwort gefunden. Es gibt freilich erste Antwortversuche – und das schon seit Jahrzehnten: die Internationalisierung der Gewerkschaften. Wenn es den Gewerkschaften gelingt, ebenso global zu agieren, wie dies die großen Unternehmen können, dann besteht die Chance, in absehbarer Zeit das Ungleichgewicht zwischen Arbeit und Kapital wieder zugunsten eines neuen Gleichgewichts korrigieren zu können.

Gewerkschaftspolitik neu

Der ÖGB hat sich an diesen Antwortversuchen führend beteiligt – insbesondere durch sein Engagement innerhalb des EGB und auch innerhalb der EU. Doch diesen ersten Schritten ist – noch – keine wirklich greifende Politik gefolgt. Und das liegt nicht an einem Mangel an strategischer Einsicht – sondern an dem hohen politischen Preis, den eine globalisierte Gewerkschaftspolitik in den Ländern mit hohen Sozialstandards mit sich bringen würde. Dass die europäischen Gewerkschaften, auch der ÖGB, davor – jedenfalls zunächst – zurückschrecken, das ist nachvollziehbar. Denn eine europäische Perspektive und eine entsprechende europäische Politik des EGB (und damit des ÖGB) würden ja bedeuten, die Interessen slowakischer und deutscher Arbeitnehmerinnen und Arbeitnehmer gleichermaßen zu berücksichtigen, trotz der offenkundigen Differenz der unmittelbaren Voraussetzungen.

Der ÖGB weiß also um die politische Strategie, die langfristig dem Ungleichgewicht zwischen Arbeit und Kapital entgegenarbeitet. Der

ÖGB ist schon lange europäisch und international orientiert, aktiv um eine Vernetzung und Abstimmung gewerkschaftlicher Positionen bemüht. Die Umsetzung, die Konkretisierung dieser Strategie ist freilich schwierig – weil die nationalen Differenzen dieser Strategie kurzfristig im Wege stehen.

Doch langfristig wird sich die Entscheidung nicht vermeiden lassen – der Sozial- und Wohlfahrtsstaat wird transnational, wird supranational sein, oder er wird nicht sein. Die Gegenmacht der Gewerkschaften wird transnational, wird supranational sein, oder sie wird nicht sein.

Gewerkschaftliche Gegenmacht als Korrektiv

Von solchen Überlegungen ausgehend wurden Personen eingeladen, Beiträge für ein Buch zu verfassen, dessen Anlass der 60. Geburtstag von *Fritz Verzetnitsch* ist. Verzetnitsch ist Präsident des ÖGB in der Nachfolge der legendären (und in einem Fall auch intern umstrittenen) ÖGB-Präsidenten *Johann Böhm, Franz Olah* und *Anton Benya*. Verzetnitschs Vorgänger stehen für den Aufbau und die Stärkung der gewerkschaftlichen Gegenmacht, der Sozialpartnerschaft, des Sozial- und Wohlfahrtsstaates. Verzetnitsch ist ÖGB-Präsident in einer Zeit des Paradigmenwechsels; eines Wandels, der nicht auf einzelne Akteurinnen und Akteure zurückgeführt werden kann – deshalb sind individuelle Schuldzuschreibungen auch nicht sinnvoll, sondern geänderte globale Rahmenbedingungen zu beachten.

Wiederwahl von Fritz Verzetnitsch zum ÖGB-Präsidenten mit 93,3 Prozent der Stimmen 2004

Das internationale, insbesondere das europäische Engagement *Fritz Verzetnitschs* zeigt, dass er sich dieses Wandels voll bewusst ist. Der Aufbau eines Korrektivs – eben der Bildung transnationaler gewerkschaftlicher Gegenmacht – ist die logische, ist die unvermeidliche Konsequenz dieses Wandels: unvermeidlich dann, wenn das Erfolgsmodell des liberaldemokratischen Sozial- und Wohlfahrtsstaates in eine neue Phase gesellschaftlicher Entwicklung hinübergerettet werden soll.

Die einzelnen Beiträge des Bandes reflektieren die verschiedensten Facetten gewerkschaftlicher Tätigkeit im Allgemeinen und der *Fritz Verzetnitschs* im Besonderen. Ausführungen aus der Sicht derer, die mit ihm im Gefüge der österreichischen Sozialpartnerschaft Erfahrungen gesammelt haben; Perspektiven, die den Sozialstaat – oft verschieden – interpretieren, verteidigen, gesichert sehen wollen; Diskussionen verschiedener grundlegender Konzepte der Gesellschaft, von der Wirtschaftsdemokratie bis zur Grundsicherung; Fragen nach den konkreten Folgen und Opfern sozialen Ungleichgewichts; Zusammenhänge zwischen Sozialpolitik und anderen Politikfeldern, wie Gesundheits- und Verkehrspolitik; und immer wieder, sich durch viele Beiträge ziehend, das Problem der Europäisierung und der Globalisierung.

Das Buch ist ein Buch des Nachdenkens: von unterschiedlichen Blickwinkeln denken, in Form von Beiträgen, verschiedene Personen über die Zukunft der Gesellschaft nach. Sie gehen dabei von der Gegenwart aus – von einer ambivalenten Situation, in der es (jedenfalls im Europa der EU) nach wie vor einen historisch einmaligen Massenwohlstand gibt; in der aber ebenso das Phänomen von Arbeitslosigkeit und Armut existiert. Kritisch, oft selbstkritisch werden Fragen aufgeworfen, warum denn manche Entwicklungen – etwa Elemente einer Entsolidarisierung und eines allgemeinen Politikverlustes – entgegen politischen Programmen und erklärten Absichten stärker zu werden scheinen.

Keine Rezepte

Die Autorinnen und Autoren haben keine Rezepte – und das aus zwei Gründen: Einmal, weil sie oft von unterschiedlichen Ausgangspositionen und Interessenlagen herkommen; und, zweitens, vor allem aber, weil sie um die Vergeblichkeit von politischen Rezepten wissen. Dass ein bestimmter Politik-Mix mit Gewissheit bestimmte Ergebnisse bringt, dem können die Autorinnen und Autoren wohl nur in ganz allgemeiner Form zustimmen. Über die Basis des liberaldemokratischen Konsenses – der politischen Demokratie mit ihrer Balance aus Freiheit und Gleichheit – hinaus kann aber niemand, die oder der die

Erfahrungen der letzten gesellschaftlichen Entwicklungen zu verstehen versucht, Rezepte mit garantierten Erfolgsaussichten anbieten. Gerade weil die Autorinnen und Autoren in ihren Bereichen besondere Qualifikationen aufweisen, sind sie gegenüber jedwedem politischen Perfektionsanspruch immun.

Keine Programmzeitschrift

Das Buch, das so entstanden ist, ist keine traditionelle Festschrift, die sich auf eine Person konzentriert. Das Buch konzentriert sich freilich auf die politischen Themen, die mit der politischen Person *Fritz Verzetnitsch* eng verbunden sind. Es ist ein breites – und gleichzeitig ein in sich geschlossenes Themenfeld; voll von Vielfalt, aber auch voll von Querverbindungen.

Das Buch will keine Programmschrift sein – Analysen, nicht Forderungen stehen im Mittelpunkt. Und es will Vielfalt auch im Sinne der intellektuellen Thematisierung von Gegensätzen demonstrieren. Deshalb wurden Autorinnen und Autoren unabhängig von ihrer politischen Nähe oder Ferne zum Präsidenten des ÖGB um Beiträge gebeten. Die Rahmenbedingungen von Gesellschaft, Wirtschaft und Politik, deren Konsequenzen in diesem Buch beschrieben und diskutiert werden – Globalisierung, Marktwirtschaft, Europäisierung, „gender mainstreaming", „Sachzwänge", Neue Armut, Individualisierung – sollten nicht von einem einzigen bestimmten ideologischen, parteipolitischen oder sonst wie eindeutigen Blickwinkel thematisiert werden. Gewünscht war ein kontroversieller Diskurs.

Kontroversieller Diskurs

Auch das steht für den Wandel der Aufgabe der Gewerkschaften im 21. Jahrhundert: Gewerkschaften dürfen, eben weil sie die soziale Stellung ihrer Klientel verteidigen und ausbauen müssen, sich nicht auf einige wenige Themenfelder reduzieren lassen. Sozialpolitik heute und morgen muss, selbstverständlich, auch Wirtschafts- und Rechtspolitik, muss auch Verkehrs- und Gesundheitspolitik sein. Sozialpolitik muss sich mit den Brüchen zwischen den Geschlechtern und Generationen ebenso auseinander setzen wie mit den Brüchen zwischen „Modernisierungsverlierern" und „Modernisierungsgewinnern", mit den Spannungen zwischen den reicheren und den ärmeren Regionen Europas, mit den unterschiedlichen, oft gegenläufigen Dynamiken der Entwicklung in der „Ersten" wie auch der „Dritten" Welt.

Die politische Perspektive der Gewerkschaften muss weit sein – oder sie wird nicht sein. Diese Öffnung der Gewerkschaften zu allen, auch zu den scheinbar fernen Politikfeldern drückt aus, wofür der Paradigmenwechsel steht, der sich – als Herausforderung des ÖGB und seines Präsidenten – in den letzten zwei Jahrzehnten voll bemerkbar gemacht hat: Gewerkschaften und Gewerkschaftspolitik müssen sich ständig wandeln, damit Gewerkschaften und Gewerkschaftspolitik ihre ureigensten Aufgaben erfüllen können – die Sicherung und den Ausbau des sozialen Status der arbeitenden Menschen.

Sozialstaat – transnational

Der liberaldemokratische Sozial- und Wohlfahrtsstaat ist, in seiner nationalen Dimension, vielleicht am Ende. Der liberaldemokratische Sozial- und Wohlfahrtsstaat ist in seiner transnationalen Dimension erst am Anfang. Der nationale Sozialstaat baute auf starken nationalen Gewerkschaften. Der transnationale Sozialstaat braucht starke transnationale Gewerkschaften.

Dr. Ewald Nowotny, geb. 1944, ist seit 1981 Ordinarius für Volkswirtschaftstheorie und -politik, WU Wien, ab 2003 Vizerektor für Finanzen. 1978–1999 Abgeordneter zum NR (SPÖ), Vorsitzender des Finanzausschusses, Mitglied des wirtschaftspolitischen Ausschusses der Sozialdemokratischen Partei Europas (SPE). Veröffentlichte zahlreiche Beiträge und Bücher, u.a. Der öffentliche Sektor, Grundzüge der Wirtschaftspolitik Österreichs.

Wirtschaftsdemokratie – eine Illusion von gestern?

Mehr Demokratie wagen …

Als *Willy Brandt* in seiner Regierungserklärung aufforderte *„mehr Demokratie wagen"*, als *Bruno Kreisky* von der *„Durchflutung aller Lebensbereiche mit Demokratie"* sprach, ging es darum, Formen der demokratischen Mitwirkung vom traditionellen Bereich der „politischen Demokratie" auch auf andere Lebensbereiche zu übertragen. Ein zentraler Lebensbereich war und ist der Bereich der Wirtschaft und damit die Frage der Mitbestimmungsmöglichkeiten der abhängig Beschäftigten.

Ausgehend von der Tatsache, dass die Teilnahme an der Arbeitswelt ein wesentliches und prägendes Element im Leben der meisten Menschen darstellt, soll Wirtschaftsdemokratie dazu beitragen, die Würde des Menschen und den Respekt vor dieser Würde auch am Arbeitsplatz zu sichern. In einer arbeitsteiligen Wettbewerbsökonomie gibt es notwendigerweise hierarchische Entscheidungsstrukturen und ungleiche Machtverhältnisse zwischen Unternehmerseite und unselbständig Beschäftigten. Wirtschaftsdemokratie hat aber die Aufgabe, dieses Machtgefälle in einer Form zu kanalisieren, die bedeutet, dass „Menschenrechte nicht bei Eintritt in den Betrieb abgegeben werden müssen".

Wirtschaftsdemokratie hat dabei zwei Dimensionen: Die überbetriebliche Mitbestimmung als wesentliches Element eines korporatistischen Systems, bei dem umfassende Organisationen der Unternehmer und Arbeitnehmer nicht nur in Form von Flächentarifverträgen zentrale Lohnverhandlungen führen, sondern auch in einer Vielzahl anderer Politikbereiche mitwirken. Betriebliche Mitbestimmung als Form der Wirtschaftsdemokratie auf der Mikroebene bedeutet dagegen die gesetzliche, unter Umständen auch vertragliche Absicherung von Informations- und Mitwirkungsrechten durch lokal gewählte Vertrauenspersonen oder von diesen beauftragten Experten.

Wirtschafts- und Sozialpartnerschaft – die klassische Form überbetrieblicher Mitbestimmung

Eine klassische Form der überbetrieblichen Mitbestimmung ist Österreichs System der Wirtschafts- und Sozialpartnerschaft. Das institutionelle Kernstück dieses Systems, die Paritätische Kommission, ist freilich durch die mit dem EU-Beitritt verbundene Liberalisierung weitgehend funktionslos geworden und auch die rechtlichen oder „gewohnheitsmäßigen" Entsenderechte der Sozialpartner in wirtschaftspolitische Gremien wurden speziell unter der derzeitigen Regierungskonstellation massiv abgebaut. Was bleibt, sind gesetzliche Begutachtungsrechte und durch das System der Pflichtmitgliedschaft in den Kammern für Arbeiter und Angestellte die Möglichkeit einer kombinierten Interessensvertretung durch Gewerkschaften und Arbeiterkammer als Element der Wirtschaftsdemokratie. Damit hat die Arbeitnehmerseite in Österreich eine wesentlich stärkere Vertretungsmacht als in den (zahlenmäßig weit überwiegenden) Staaten, die keine institutionelle Absicherung von Arbeitnehmer-Interessen kennen. Das politische Kräfteverhältnis hat sich aber eindeutig vom Bereich der überbetrieblichen Mitbestimmung als Element der Wirtschaftsdemokratie zum Bereich der politischen, Parteien-bestimmten Demokratie verschoben.

Betriebliche Mitbestimmung in Österreich: das Arbeitsverfassungsgesetz

Die betriebliche Mitbestimmung, wie sie in Österreich vor allem durch das Arbeitsverfassungsgesetz abgesichert ist, hat in den letzten Jahren keine Einschränkung erfahren, geht aber auch nicht so weit wie in der Bundesrepublik Deutschland. Probleme zeigen sich hier eher in der praktischen Umsetzung, wo große internationale Unternehmen, die sich in Österreich etablieren, zum Teil versuchen, die aggressiv gewerkschaftsfeindliche Politik ihres Stammhauses auch in Österreich zu vertreten. Das – inzwischen viel publizierte – Beispiel von Wal-Mart, der größten Einzelhandelsfirma der Welt, die über eine eigene Abteilung für Gewerkschafts-Bekämpfung verfügt, ist zwar in Österreich (noch?) ohne Relevanz, es gab und gibt aber eine Reihe von Konflikten – mit unterschiedlichem Ausgang. Dies gilt im Besonderen gegenüber Unternehmen, die die Strategie eines „neuen Paternalismus" vertreten, d.h. versuchen, „eigene" Vertretungsformen aufzubauen, die ohne Kontakt zur umfassenden Gewerkschaftsvertretung im Konfliktfall schwächer und leichter „steuerbar" sind.

EU und Wirtschaftsdemokratie – Was bleibt vom „europäischen Modell"?

Die gegenwärtigen und vor allem die künftigen Perspektiven der Wirtschaftsdemokratie in Österreich sind nur erfassbar vor dem Hintergrund vielfältiger europäischer und weltwirtschaftlicher Entwicklungen. Das Konzept der Wirtschaftsdemokratie im Sinn einer starken und einander ergänzenden Rolle von über- und innerbetrieblicher Mitbestimmung ist ein typisches Element des Wirtschaftssystems der westlichen Staaten Kontinentaleuropas. Es ist daher auch zentrales Element eines „europäischen Wirtschafts- und Gesellschaftsmodells", das auf den Werten und Erfahrungen der Konzeptionen des „Wohlfahrtsstaates" und der „Sozialen Marktwirtschaft" beruht, die die Entwicklung zu einem „rheinischen Kapitalismus" bestimmt haben.

Typische Elemente des europäischen Wirtschaftssystems: die einander ergänzende über- und innerbetriebliche Mitbestimmung

Dieses „europäische Gesellschaftsmodell" findet allerdings gerade in Bezug auf Fragen der Wirtschaftsdemokratie keine oder nur geringe Akzeptanz im angelsächsischen Bereich und bei den neuen zentraleuropäischen EU-Mitgliedern. Im angelsächsischen Bereich ist der herrschenden Konzeption des „Wettbewerbs-Kapitalismus" der Gedanke einer nicht durch Eigentum untermauerten Mitbestimmung völlig fremd. Zwar hat in Großbritannien die Labour-Party versucht, dem Konzept der ausschließlichen Orientierung am „shareholder-value" das Konzept des „stakeholder-value", das auch die Arbeitnehmer berücksichtigt, entgegenzusetzen, die praktische Relevanz dieses Konzeptes blieb aber gering. In den neuen EU-Staaten wieder besteht vielfach eine Tendenz des Ignorierens oder Ablehnens gewerkschaftlicher Organisationsformen, die nicht nur auf Erfahrungen früherer Missbräuche, sondern auch auf eine sehr einseitige Beeinflussung der öffentlichen Meinung zurückzuführen ist. Jedenfalls sind mangels verhandlungsfähiger Akteure die praktischen Möglichkeiten der Wirtschaftsdemokratie in dieser Region sehr eingeschränkt.

Die Veränderungen in der inneren Struktur der EU bedeuten tendenziell einen Weg von wesentlichen Elementen des „europäischen Modells" hin zu einem ökonomischen Weltbild mit dem Zentralwert der „Wettbewerbsfähigkeit", wie es im Lissabon-Prozess zum Ausdruck kommt. In der Praxis bedeutet dies die Orientierung am US-amerikanischen Wirtschafts- und damit auch Gesellschaftsmodell. Unter diesem Blickwinkel erscheint Wirtschaftsdemokratie dann nicht mehr als humanisierendes Element, sondern als „Wettbewerbs-Nachteil" gegenüber den Referenz-Staaten des „Wettbewerbs-Kapitalismus".

Auf dieser Argumentation aufbauend haben speziell in Deutschland Unternehmensvertreter eine Kampagne für einen Abbau der betrieblichen Mitbestimmung begonnen, nachdem zuvor mit dem Ende der „konzertierten Aktion" und der Aushöhlung des Flächentarifvertrages die überbetriebliche Mitbestimmung drastisch reduziert wurde. Auf Österreich hat diese Kampagne (noch?) nicht übergegriffen, wohl aber zeigen sich Wirkungen auf europäischer Ebene. Hatten deutsche Bundesregierungen auch unter konservativer Führung durch viele Jahre hindurch darauf bestanden, dass ein – an sich zweifellos sinnvolles – gemeinsames Europäisches Gesellschaftsrecht zu keinem Umgehen der deutschen Mitbestimmung führen dürfte, ist zu befürchten, dass dieser Effekt nun durch die geplante Fusionsrichtlinie und Wegzurichtlinie erreicht werden wird.

Wettbewerb statt Mitbestimmung

Auf der EU-Ebene selbst gibt es mit dem Wirtschafts- und Sozialausschuss (WSA), in dem Entsandte der Sozialpartner (neben Konsumentenvertretern, etc.) vertreten sind, ein Element der überbetrieblichen Wirtschaftsdemokratie, das aus dem Geist des „europäischen Modells" der „Ära Delors" entstanden ist. Die Bedeutung dieses Gremiums liegt darin, dass es als institutioneller Anknüpfungspunkt einer „europäischen Sozialpartnerschaft" gesehen werden könnte. Rechtlich hat es freilich nur beratende Funktion und politisch ist es aufgrund der dargestellten europäischen Strukturen nur von geringem Einfluss. In den Entscheidungsstrukturen der EU spielen korporatistische Elemente einer „europäischen Sozialpartnerschaft" demnach eine immer geringere Rolle.

Lobby-System statt Mitbestimmung

Die Alternative zu Formen einer gesamtwirtschaftlich orientierten Sozialpartnerschaft ist das Vorherrschen von an Einzelinteressen gebundenen Lobbys („special interest groups"), wie es für das US-System typisch ist. Auch in den faktischen EU-Entscheidungsstrukturen lässt sich ein rasches Vordringen des Lobby-Systems beobachten, was sich in Brüssel an der gewaltigen und rasch wachsenden Zahl der dort tätigen Lobbyisten zeigt. Auch der Europäische Gewerkschaftsbund (EGB) ist in seiner Funktion daher weniger „europäischer Sozialpartner" als eher Lobbyist für Arbeitnehmerinteressen. Bei starken und unbestrittenen Führungspersönlichkeiten kann der EGB durchaus europäischen Einfluss ausüben, wie sich unter der EGB-Präsidentschaft von *Fritz Verzetnitsch* zeigte. Strukturell leidet der EGB freilich unter der sehr unterschiedlichen Gewerkschaftsstruktur in den einzelnen EU-Staaten und damit verbunden an einer gegenüber den zahlreichen Lobbys der Unternehmerseite viel zu geringen finanziellen und personellen Ausstattung. Dadurch ist der EGB etwa deutlich weniger einflussreich als UNICE, die mächtige und einheitlich agierende Lobby der europäischen Industrie.

Wirtschaftsdemokratie und Globalisierung

Über die spezifischen EU-Aspekte hinaus gibt es für Fragen der Wirtschaftsdemokratie relevante generelle langfristige Tendenzen, die mit dem Prozess der wirtschaftlichen „Globalisierung" verbunden sind. „Globalisierung" ist hier zu verstehen als ein Prozess der zunehmenden Mobilität der Güterströme, des Kapitals und der Arbeitskräfte. Verursacht ist dieser Prozess zum Teil durch technische Entwicklungen speziell in Bezug auf sinkende Informations- und Transportkosten, zum anderen (größeren?) Teil durch politisch gesetzte Maßnahmen der Liberalisierung, d.h. dem Abbau von Mobilitätseinschränkungen auf den entsprechenden Märkten. Die traditionelle Nationalökonomie sieht Globalisierungs-Tendenzen, die zu größeren Märkten und damit zu größerer Arbeitsteilung und Produktivität führen, prinzipiell positiv. Allerdings wird in der Außenhandelstheorie – von der Wirtschaftspolitik freilich oft wenig berücksichtigt – darauf hingewiesen, dass es auch bei insgesamt wachstumsfördernden Effekten der Globalisierung im Konkreten nicht nur Gewinner, sondern auch Verlierer geben wird – der Wohlfahrtseffekt der Globalisierung damit auch von den Verteilungseffekten abhängig ist.

Wem nützt die Globalisierung?

Aus der Sicht der Arbeitnehmerinnen und Arbeitnehmer in den „reichen Industriestaaten" ist diese Ambivalenz sehr deutlich: In ihrer Rolle als Konsumentinnen und Konsumenten profitieren sie in der Regel von größeren Märkten und größerem Wettbewerb. Dies gilt jedenfalls, wenn als Kriterium nur die Preisentwicklung herangezogen wird, während die Berücksichtigung von Qualitäts- und Gesundheitsnormen (die aus der Sicht der WTO „nicht-tarifarische Handelshemmnisse" darstellen) unter weltweiten Liberalisierungs-Richtlinien deutlich schwieriger wird. In der Rolle als Produktionsfaktor bedeutet Globalisierung für die Arbeitnehmerinnen und Arbeitnehmer tendenziell eine deutliche Schwächung der Position des Faktors Arbeit gegenüber dem Faktor Kapital – wobei innerhalb der Anbieter geringer qualifizierte wieder besonders betroffen sind.

So bedeutet die Integration Chinas und Indiens in die Weltwirtschaft, dass sich das globale Arbeitskräfteangebot um Milliarden Menschen erhöht, das globale Kapitalangebot dagegen wesentlich schwächer steigt, so dass sich die Knappheitsverhältnisse drastisch zu Lasten des Faktors Arbeit verschieben, was sich weltweit in zum Teil dramatisch steigenden Gewinn- und sinkenden Lohnquoten ausdrückt. Die Existenz einer gewaltigen „industriellen Reservearmee" außerhalb der reichen Industriestaaten bedeutet ein weiteres Element des potentiellen Lohndrucks speziell für niedrig Qualifizierte, das umso realer wird, je liberaler und ungeregelter der Zugang zu den Arbeitsmärkten in den Industriestaaten gestaltet ist. Diese Problematik kann durch höheres Wachstum und damit höhere Aufnahme-Kapazität in den Industriestaaten entschärft werden – es bleibt aber ein Dilemma, das sich in Konflikten zwischen politischer und Wirtschafts-Demokratie ausdrücken kann: Vertreter der Unternehmerseite (speziell großer, international tätiger Unternehmen) und Vertreter gehobener Dienstleistungsberufe (aus ihrer Konsumenten-Sicht) werden für möglichst umfassende und rasche weltweite Liberalisierung nicht nur der Güter-, sondern auch der Arbeitsmärkte eintreten, Vertreter der Arbeitnehmer dagegen regulierte Arbeitsmärkte fordern. Die materielle Interessenlage der Unternehmerseite wird dann oft überhöht durch den moralischen (moralisierenden) Vorwurf, die Arbeitnehmerseite „verrate ihre internationalistische Tradition".

Angebot kontra Nachfrage: das Milliardenheer der Arbeitskräfte

Dies ist freilich eine – wenn auch nicht ungeschickte – Irreführung: Die „internationalistische Tradition" der „Arbeiterbewegung" hat stets darauf abgestellt, unselbständig Beschäftigten in ärmeren Staaten zu helfen, wirkungsvolle Vertretungsorganisationen aufzubauen, das Recht auf gewerkschaftliche Organisation, das Verbot der Kinderarbeit und andere Freiheitsrechte durchzusetzen – aber es ging nicht darum, durch international völlig ungeregelte Arbeitsmärkte eine Politik des Lohn- und Sozialdumpings zu ermöglichen. Die Politik der US-amerikanischen Gewerkschaften gegenüber dem Europa der Nachkriegszeit ist hierfür eine gute Illustration: Massive organisatorische Hilfe in Europa, bei gleichzeitig streng selektivem Zugang zum amerikanischen Arbeitsmarkt. Diese Politik hat sich letztlich für beide Teile als positiv erwiesen, da Europas Wachstumskräfte nicht durch einen „brain drain" geschwächt wurden und die USA durch Knappheit am Arbeitsmarkt auf kapitalintensivere Produktion setzten. Insgesamt bedeuten die dargestellten Globalisierungs-Effekte, dass Wirtschaftsdemokratie in Form überbetrieblicher Mitbestimmung direkt und indirekt mit Fragen der Öffnung bzw. des Schutzes von Arbeitsmärkten als einem zentralen Thema konfrontiert sein wird. Auch in Österreich sind Fragen der Zulassung zum Arbeitsmarkt einer der letzten Bereiche, wo Institutionen der Sozialpartnerschaft noch effektiven institutionellen Einfluss ausüben können.

Wie helfen? – Das Beispiel der US-Gewerkschaften im Nachkriegseuropa

Im innerbetrieblichen Bereich der Wirtschaftsdemokratie hat die zunehmende Internationalisierung und Arbeitsteiligkeit der Produktion ebenfalls weit reichende Folgen. So treffen internationale Konzerne ihre Standort- und Zuliefer-Planung unter dem Aspekt, nie von einem einzelnen Zulieferer in einem einzelnen Land abhängig zu sein. Damit verlieren Streiks als ultima ratio bei Arbeitskämpfen wesentlich an Durchsetzungsmacht, da streikbedingte Produktionsverluste in einem internationalen Konzern relativ leicht kompensiert werden können. Da Streiks organisatorisch meist nur in Großbetrieben möglich sind, bedeutet die dargestellte Entwicklung, dass sich das – legitime – Mittel des Streiks in Zeiten der Globalisierung immer stärker auf den Sektor der öffentlichen Dienstleistungen beschränkt. Die entsprechende Schwächung der Arbeitnehmerseite im privatwirtschaftlichen Bereich schlägt sich, wie zahlreiche Beispiele belegen, zunehmend in einer aggressiveren Durchsetzung von Unternehmerinteressen unter Erosion von Formen der Mitbestimmung nieder.

Politisch – psychologische Aspekte

Die geschilderten institutionell-realwirtschaftlichen Entwicklungen sind in vielfacher Art verbunden mit psychologisch-politischen Entwicklungen von erheblicher Bedeutung für Akzeptanz und Zukunft der Wirtschaftsdemokratie

Demokratie – und damit auch Wirtschaftsdemokratie – beruht auf einer Grundhaltung, bei allen ökonomischen und sozialen Unterschieden die prinzipielle Gleichwertigkeit der Akteure anzuerkennen. Psychologisch wird dieses Anerkennen umso eher erfolgen, je größer der Bereich des gemeinsamen Erlebens, des Gefühls der „Schicksalsgemeinschaft" ist. Die Entwicklung der Nachkriegszeit ist hier eine deutliche Illustration, wie aus einer (allerdings nur relativ) egalitären Ausgangsposition eine gewaltige Aufbauleistung erbracht wurde.

Regionale und globale Interessen

Unter den heutigen Bedingungen einer international immer stärker verflochtenen Wirtschaft ergibt sich hier eine radikal andere psychologisch-politische Grundsituation: Die immer größere Bedeutung von ausländischem Eigentum speziell in Schlüsselbereichen einer Volkswirtschaft bedeutet tendenziell eine Änderung der politischen Interessenslage der Unternehmerseite. Für einen multinationalen Konzern, der über eine Vielzahl von Standortalternativen verfügt, ist der Aspekt der sozialen und politischen Stabilität in einem Land von wesentlich geringerer Bedeutung als für Unternehmen, deren Schicksal eng mit dem Schicksal ihres Heimatlandes verknüpft ist. Die Interessenslage multinationaler Unternehmen geht demnach weniger in Richtung umfassender Konsensstrategien, sondern es kann für diese Unternehmen rational sein, auch Konfliktstrategien zu verfolgen, speziell wenn es gilt, „negative Beispielwirkungen" gegenüber Standorten mit niedrigeren Mitbestimmungs- und Sozialstandards zu verhindern. Daraus ergibt sich für ein Land mit hohen Standards eine latente Gegentendenz sowohl in Bezug auf Formen der innerbetrieblichen wie der überbetrieblichen Mitbestimmung.

Diese strukturelle Problematik wird durch eine soziologisch-psychologische Tendenz verschärft, deren Bedeutung bis jetzt noch vielfach unterschätzt wird. Die stärkere Internationalisierung im Unternehmensbereich, aber auch bei politischen und administrativen Entscheidungen führt zu neuen soziologisch-institutionellen Strukturierungen der Gesellschaft, die als neue Klassenstrukturen gesehen werden können (und sich vielfach mit „alten Klassenstrukturen“ überlagern): Auf der einen Seite die Gruppe der „Globalisierungsgewinner“, d.h. die Menschen, die international mobil sind, die sich mit fremden Sprachen und Kulturen zurechtfinden, die in internationale Netzwerke eingebunden sind und deren Informationen und Meinungsbildung auf internationalen Medien beruhen. Auf der anderen Seite die Gruppe der soziologischen „Globalisierungsverlierer“, die bei oft durchaus hoher fachlicher Qualifikation gegenüber fremden Sprachen und Kulturen unsicher bis unwissend sind und deren Informationen und Meinungsbildung im nationalen Kontext erfolgt. Dieses Phänomen der neuen Klassenteilung lässt sich sehr deutlich am Beispiel der Europäischen Union, als dem weitest entwickelten supranationalen Gebilde, und am Beispiel multinationaler Unternehmen beobachten.

Neue Klassenteilung durch Globalisierung

Im Exekutivbereich der Europäischen Union, d.h. speziell im Bereich der EU-Kommission, ergeben sich aus den Notwendigkeiten der gemeinsamen Arbeit in einer supranationalen Institution Anforderungen, die den sehr spezifischen Typus der „Eurokraten“ prägen. Es ist dies der Typus sprachgewandter, organisationserfahrener Bürokraten, vielfach als „Eurokraten der 2. Generation“ schon in den „Europa-Schulen“ der EU-Kommission oder in anderen „Elite-Schulen“ ausgebildet. Die Meinungsbildung dieser Gruppe erfolgt vor allem durch die tägliche Lektüre der „Financial Times“, die – ironischerweise – zum wichtigsten gesamteuropäischen Publikationsorgan geworden ist. Diese Eurokraten stehen zum einen in symbiotischer Beziehung zu Wirtschaftsvertretern, Lobby-Gruppen, großen Anwaltsfirmen etc., die demselben internationalen Milieu entstammen. Zum anderen sehen sich viele dieser Eurokraten in der Rolle „absolutistischer Aufklärer“, die ihre – meist wirtschaftspolitisch neo-liberal bestimmten – Vorstellungen gegenüber einer „uneinsichtigen Bevölkerung“ und „starren Gewerkschaften“ durchzusetzen haben. Dies äußert sich dann etwa in den eigenartigen Mahnungen der EU-Kommission gegenüber den – demokratisch gewählten – Regierungen der Mitgliedsstaaten, sie mögen „mehr Mut“ aufbringen, um ihre Bevölkerung etwa von den Vorteilen der primär neo-liberalen, angebotsorientierten „Lissabon-Agenda“ zu überzeugen. Wobei nicht zuletzt die intellektuell-politische Dynamik, die von den

„Eurokraten“ und nationale Politiker

„Diensten" der Kommission ausgeht, dazu führt, dass die nationalen Politiker im europäischen Rahmen zu Beschlüssen kommen, deren Tragweite sie nicht erkennen oder jedenfalls in der konkreten Auswirkung auf nationaler Ebene nicht (mehr) akzeptieren wollen – wo es dann meist zu spät ist. Je heterogener die EU durch Erweiterungsrunden wird, desto stärker wird das Gewicht bürokratischer Prozesse gegenüber den – immer schwierigeren – politischen Entscheidungsprozessen. Desto eher bietet sich auch an, „Europa" – wie es etwa *Margaret Thatcher* immer wollte – nur mehr als großen, möglichst ungeregelten Binnenmarkt zu sehen und institutionelle Spezifika eines europäischen „Wohlfahrtsstaat-Modells", wie etwa Formen der Wirtschaftsdemokratie, als Element der Inflexibilität zu sehen.

Das soziologische Modell der „neuen internationalen Klassengesellschaft" findet die Entsprechung auf der Unternehmensebene, wo es im Rahmen multinationaler Unternehmen ein klares Hierarchie- und Entscheidungsgefälle von der Zentrale zu den „Töchtern" gibt. Um diese Entscheidungsstrukturen abzusichern, ist es nötig, über eine „Elite" von Entscheidungsträgern zu verfügen, die sich dem Gesamtinteresse des Konzerns und nicht dem Interesse der jeweiligen nationalen „Konzern-Tochter" verpflichtet fühlen – auch wenn dies manchmal durch folkloristische nationale Bezüge in Hinsicht auf Marken, Sponsoring etc. überdeckt wird. Zum einen wird dies abgesichert durch Rekrutierung des Führungspersonals aus den oben beschriebenen internationalen Herkunfts- und Ausbildungs-„Eliten". Darüber hinaus befolgen die meisten multinationalen Unternehmen ein intensives Rotationssystem ihrer Führungskräfte, das in seiner Kurzfristigkeit oft betriebswirtschaftlich ineffizient ist, das aber die Funktion hat, das Entstehen nationaler oder lokaler Loyalitäten (etwa im Fall von Betriebsschließungen oder Verlagerungen) zu verhindern. Es ist das gleiche Prinzip, das schon die englische Kolonialverwaltung im 19. Jahrhundert anwandte, um zu verhindern, dass Führungspersonal beginnt, heimische Interessen zu vertreten („to go native"). Aus dem Prinzip klarer Führungsstrukturen und der Strategie rascher Rotation ergibt sich dann vielfach auch die Notwendigkeit einer einheitlichen Konzernsprache – meist Englisch –, die den Abstand zwischen „innerem" und „äußerem" Kreis innerhalb des Unternehmens noch verstärkt.

Strategien der Loyalitätssicherung

Es ist offensichtlich, dass diese – unter den Bedingungen der Globalisierung vielfach objektiv notwendigen – Entwicklungen für Fragen der Wirtschaftsdemokratie einen völlig anderen Rahmen darstellen als eine Welt, wo es zwischen Unternehmensleitung und Belegschaft nicht nur einen breiteren Bereich gemeinsamer ökonomischer Interessen, sondern auch eine Vielzahl sozialer Verknüpfungen in Bezug auf Ausbildung, Freizeit-Verhalten und Traditionen gibt bzw. gab. Eine Konstellation, wo die Kinder von Managern und Betriebsräten zumindest über einen bestimmten Zeitraum die gleichen Schulen und die gleichen Sportvereine besuchen, ist atmosphärisch wesentlich verschieden von einer Konstellation, wo sehr früh die Trennung zwischen lokalen und internationalen („Elite") Lebenswelten erfolgt. Internationale Konzern-Betriebsräte (so es solche gibt), wo die Betriebsräte sprachliche Schwierigkeiten haben, fremdsprachigen Ausführungen (oft in „Manager-Slang") zu folgen oder auf Simultan-Übersetzungen angewiesen sind, haben eine andere Mitbestimmungs-Qualität als Gremien, wo zumindest diese technischen Probleme nicht auftreten.

„Mobile" soziale Beziehungen

Perspektiven der Wirtschaftsdemokratie

In den vorhergehenden Abschnitten wurde eine Vielzahl von Entwicklungen gezeigt, die die Durchsetzung von Vorstellungen der Wirtschaftsdemokratie in einer modernen, globalisierten Wirtschaft erschweren. Gleichzeitig besteht aber unvermindert der gesellschaftspolitische Anspruch auf Anerkennung der Würde und des möglichst weitgehenden Selbstbestimmungsrechtes der Menschen auch im Bereich der Wirtschaft und im Speziellen im Bereich der Arbeitswelt. So wie das Prinzip der Demokratie insgesamt nicht nach ökonomischen Effizienzaspekten zur Disposition steht, weist auch das Prinzip der Wirtschaftsdemokratie einen gesellschaftspolitischen Eigenwert auf. So wie bei der Anwendung demokratischer Prinzipien generell, gilt auch für Prinzipien der Wirtschaftsdemokratie, dass es neben weiten Bereichen der Zielharmonie auch zu Konflikten zwischen gesellschaftspolitischen und wirtschaftlichen Zielen kommen kann. Diese Zielkonflikte bedürfen gesellschaftlicher Lösungen – sind aber jedenfalls nicht automatisch im Sinn eines alternativlosen ökonomischen Sachzwang-Denkens zu entscheiden. Unter einem solchen umfassenden gesellschaftspolitischen Ansatz ergeben sich eine Reihe von Perspektiven, wie auch in einer globalisierten Wirtschaft Formen der Menschenwürde und die Wirtschaftsdemokratie bewahrt und ausgebaut werden können. Einige dieser Perspektiven sollen im Folgenden aufgezeigt werden.

Der gesellschaftspolitische Eigenwert der Wirtschaftsdemokratie

Eine grundlegende Herausforderung besteht darin, die (alt-)wirtschaftsliberale Konzeption einer prinzipiellen Trennung von politischer und wirtschaftlicher Sphäre, die auch Kern des neo-liberalen Gedankengutes ist, zu überwinden. Wirtschaftsliberale akzeptieren in der Regel, dass das politische Zusammenleben auf der Basis eines allgemeinen, gleichen Wahlrechts gesteuert wird (diese Akzeptanz gilt dagegen z.B. nicht für *Hayek*, der für ungleiche Stimmrechte – in Form von Verfassungsregeln zum Schutz der Wohlhabenden „gegen die Ausbeutung durch die Armen", z.B. in Form progressiver Besteuerung – eintritt). Der Bereich der Wirtschaft wird dagegen weitgehend getrennt gesehen, hier trete an Stelle des Stimmzettels die Kaufentscheidung durch mündige Konsumenten (die freilich sehr unterschiedliche „Wahlmacht", d.h. verfügbare Einkommen, besitzen).

Marktversagen

Aufgeklärte Wirtschaftsliberale berücksichtigen Formen des „Marktversagens" und akzeptieren daher Notwendigkeiten des Konsumentenschutzes und der Wettbewerbspolitik, denen demnach auch in der Arbeit der heute neo-liberal geprägten EU-Kommission erheblicher Stellenwert zugewiesen wird. Weitgehend ausgeklammert bleibt dagegen auch für aufgeklärte Wirtschaftsliberale der Bereich der Arbeitswelt und damit auch der Wirtschaftsdemokratie. Zwar werden technische Aspekte des Arbeitsnehmer-Schutzes berücksichtigt, prinzipiell wird Arbeit, so wie Kapital, (nur) als Produktionsfaktor gesehen, der Arbeitsmarkt wird als ein Faktormarkt gesehen, der preisgesteuert möglichst flexibel zu funktionieren habe. Das konstitutive Ungleichgewicht und Machtgefälle zwischen Arbeit und Kapital wird damit ausgeblendet, radikale Wirtschaftsliberale sehen dem entsprechend Gewerkschaften auch nicht als eine gesellschaftlich notwendige „Gegenmacht", sondern als „marktverzerrende" Kartelle.

Ausgeblendet: die Frage nach der Macht

Ohne auf diese grundlegenden Fragen der Wirtschaftswissenschaften hier näher eingehen zu können, ist jedenfalls festzuhalten, dass es für die Akzeptanz und Festigung von Konzepten der Wirtschaftsdemokratie zentral ist, deren intellektuell-wissenschaftlichen „Unterbau" wieder zu verstärken. Das heißt vor allem, dem realitätsfernen, a-soziologischen Denken in „Macht-losen", vollkommenen Gleichgewichts-Märkten realitätsnahe, empirisch fundierte ökonomische Konzepte gegenüberzustellen, wie sie sich etwa im *Galbraith*'schen Ansatz der „Gegenmacht" oder in *K. W. Rothschilds* Verknüpfung von „Macht und Ökonomie" zeigen. Auch die Wirtschaftswissenschaft entwickelt sich nicht im „luftleeren Raum". Die Renaissance des von der Geschichte so diskreditierten wirtschaftsliberalen Denkens wurde durch eine Vielzahl gut organisierter und finanzierter „think-thanks" und Einflussgruppen eingeleitet. Es wäre für die Arbeiterbewegung extrem gefährlich, dieses Feld der intellektuellen Auseinandersetzung kampflos aufzugeben.

Neben der für die langfristige Entwicklung der Wirtschaftsdemokratie unerlässlichen stärkeren intellektuellen Fundierung ist für die kurz- und mittelfristige Strategie die Frage zu stellen, wie Positionen der Wirtschaftsdemokratie unter den heute gegebenen Verhältnissen zu sichern sind. Hier ist entsprechend den dargestellten Entwicklungen von einer stärkeren Bedeutung der politischen gegenüber den „traditionell" gewerkschaftlichen Einflussmöglichkeiten auszugehen. Das gilt speziell für die EU-Ebene, wo es zwar eine tendenziell wachsende Rolle des demokratisch gewählten Parlaments gibt, sozialpartnerschaftliche Entscheidungsformen dagegen mangels institutioneller Verankerung und einheitlicher Akteure kaum eine Rolle spielen. Wollen Gewerkschaften daher auf der europäischen Ebene Formen der Wirtschaftsdemokratie sichern und ausbauen, so müssen sie dies durch eine Einflussnahme auf nationale Regierungen und Parlamente und durch Einflussnahme auf die Entscheidungsinstanzen im Rahmen der EU erreichen.

Gewerkschaftlicher Einfluss in der EU

Es gilt demnach die Rolle der Gewerkschaften als national und international agierende „Lobbyisten" der Arbeitnehmer zu stärken – wobei man sich bewusst sein muss, dass diese Lobby-Tätigkeit in Konkurrenz zu vielen anderen, oft besser finanzierten Lobbys erfolgt. Diese Lobby-Tätigkeit kann durch Information, Kontaktnahme und finanzielle und politische Hilfe für befreundete politische Gruppierungen erfolgen. Die klassischen Formen des Arbeitskampfes bis hin zum Streik können legitimerweise – zumindest auf nationaler Ebene – weiterhin eine Rolle spielen, auf europäischer und noch mehr auf internationaler Ebene dagegen ist ihre Einsatzmöglichkeit extrem begrenzt bzw. nicht vorhanden. Hier kann die Vertretung von Arbeitnehmerinteressen nur politisch – und das heißt über politisch legitimierte und relevante Organe – erfolgen.

Agieren im internationalen Zusammenhang bedeutet aber nicht nur neue Herausforderungen für den Bereich der überbetrieblichen, sondern, wie gezeigt, auch für den Bereich der innerbetrieblichen Wirtschaftsdemokratie. Das Problem einer durch unterschiedliche „Internationalisierungs-Fähigkeiten" bestimmten neuen „Zwei-Klassen-Gesellschaft" ist durch massive Bildungsinvestitionen für die bisher bildungsfernen Bereiche der Gesellschaft zwar nicht voll zu lösen, wohl aber deutlich zu entschärfen. Das bedeutet konkret (verstärkten) möglichst frühzeitigen und umfassenden Unterricht in Englisch als der einzig relevanten gesamteuropäischen Sprache, verstärkte Möglichkeiten für qualifizierte Auslandserfahrung auch für Jugendliche aus sozial schwächeren Gruppen, spezielle Schulungen für Mitglieder von Betriebsräten und anderen Vertretungskörpern.
Für die konkrete Arbeit in internationalen Gremien auf politischer und betrieblicher Ebene werden freilich vielfach sehr spezielle Qua-

lifikationen und Erfahrungen nötig sein, um Möglichkeiten der Wirtschaftsdemokratie effektiv zu nützen. Hier kann sich für die Arbeitnehmervertretung zunehmend die Notwendigkeit ergeben, die Dienste hoch qualifizierter – und meist teurer – Expertinnen und Experten „einzukaufen“, um nicht gegenüber den Kapitalvertretern einen massiven Wettbewerbsnachteil zu erleiden. Dieses Phänomen das etwa in den USA sehr stark zu beobachten ist, bedeutet, dass es eine wichtige Funktion von Gewerkschaften und Betriebsgremien wird, gemeinsame Expertise zu organisieren und zu finanzieren und dementsprechend in die eigene Arbeit einzubauen.

Expertenwissen „einkaufen“

Während es schwierig ist, auf europäischer und internationaler Ebene gemeinsame konkrete Aktionslinien zwischen den sehr unterschiedlich strukturierten Gesamt-Gewerkschaftsverbänden zu entwickeln, ergeben sich wesentlich bessere Voraussetzungen in Bezug auf Branchen-Gewerkschaften oder zwischen den Arbeitnehmer-Vertretern innerhalb eines multinationalen Konzerns. Hier entwickeln sich verstärkt Formen der Zusammenarbeit, wobei bereits der gegenseitige Informationsaustausch von erheblicher Bedeutung ist. Im „Ernstfall“ wird eine solche Zusammenarbeit zwar nicht verhindern können, dass multinationale Konzerne einzelne Unternehmensstandorte gegeneinander ausspielen, in vielen Fällen können aber die „Vorwarn-Zeiten“ und die Möglichkeiten des gemeinsamen Lobbying größer werden.

Eine ganz andere Entwicklungsperspektive der Wirtschaftsdemokratie eröffnet sich über Formen des Miteigentums der Arbeitnehmer, d.h. über Einflussmöglichkeiten, die sich aus der Rolle als koordinierter Kapitaleigentümer ergeben. Hier sind vielfältige Formen mit sehr unterschiedlicher Wirkung zu unterscheiden.

Arbeitnehmer als Aktionäre

Soweit Gehaltsbestandteile unter Aspekten der „Vermögensbildung in Arbeiterhand" in Form vermögenswirksamer Leistungen wie Aktien, Beteiligungen etc. vergeben werden, kann dies unter längerfristigen Aspekten der Einkommensentwicklung und Vermögensbildung durchaus interessant sein. Unter Aspekten der Mitbestimmungsqualität ist relevant, ob und mit welchen Stimmrechten die Vermögensbeteiligungen ausgestattet sind, wie groß der Umfang der Beteiligung und wieweit ein gemeinsames Abstimmungsverhalten gesichert ist. In Österreich haben sich solche gemeinsame Arbeitnehmer-Beteiligungen, wie sie etwa im Rahmen der Privatisierung früher verstaatlichter Unternehmen entstanden sind, als durchaus interessanter Ansatz erwiesen. Man muss sich freilich bewusst sein, dass es sich in jedem Fall um Minderheitsbeteiligungen handeln wird, die allenfalls durch Syndizierung größere „Kerne" bilden können, und dieser Ansatz nur bei Großunternehmen realistisch ist.

Pensionsfonds - Kapitalismus

Komplexer erscheint der Ansatz, über gewerkschaftlich organisierte betriebsübergreifende Pensionsfonds aus der Aktionärsrolle heraus auch betriebliche Mitbestimmungsmöglichkeiten zu schaffen – eine Strategie, die zunehmend von US-amerikanischen Gewerkschaften verfolgt wird. Der überbetriebliche Ansatz hat den Vorteil, dass für den einzelnen Beschäftigten nicht Arbeitsplatz- und Pensionsrisiko kumuliert wird – es bleiben aber die grundlegenden Probleme eines kapitalgedeckten gegenüber einem umlagefinanzierten Pensionssystems.

Gerade in der sich entwickelnden Konstellation des „Pensionsfonds-Kapitalismus" kann es für ein von Gewerkschaften bestelltes Management zu sehr schwierigen Zielkonflikten zwischen vergleichbaren Ergebnissen mit ertragsmaximierenden „Konkurrenzfonds" und der Berücksichtigung von Arbeitnehmerinteressen kommen. Dies ist Ausdruck des generellen Dilemmas eines kapitalgedeckten Pensionssystems: Dass der Wettbewerbsmechanismus der Kapitalmärkte dazu zwingt, dass mit Arbeitnehmer-Geldern, wie sie in den Pensionsfonds eingesetzt sind, vielfach (z.B. durch ständig gesteigerte Rentabilitäts-Ziele) Strategien gefahren werden (müssen), die zu den Interessen der Arbeitnehmer als Beschäftigte konträr sein können. Zwar wird es generell wichtig sein, dass auch in einem kapitalgedeckten Pensionssystem den Gewerkschaften ein wichtiger Einfluss auf die für das Lebenseinkommen der Arbeitnehmer wichtige Pensionsfinanzierung zukommt, ein substantieller Beitrag im Sinn von Wirtschaftsdemokratie ist daraus realistischerweise aber nicht zu erwarten. Grundlegend sollte die Strategie der Gewerkschaften davon bestimmt sein, dass sowohl unter Aspekten der Sicherheit wie der wirtschaftlichen Machtstrukturen eine Umlagefinanzierung wesentlich eher den Interessen der Arbeitnehmer entspricht als ein kapitalgedecktes Pensionssystem.

Ökonomische Sachzwänge und gesellschaftspolitische Wertvorstellungen

Generell gilt: Wirtschaftsdemokratie ist – so wie politische Demokratie – keine Frage technischer Verfahren, sondern eine Frage gesellschaftspolitischer Wertvorstellungen und Zielsetzungen. Auch unter Beachtung all der in diesem Beitrag aufgezeigten Tendenzen sind die Perspektiven der Wirtschaftsdemokratie in ihren verschiedenen Formen nicht unter Aspekten „ökonomischer Sachzwänge", sondern unter Aspekten einer umfassenden Sicht der Würde des Menschen und der Stellung jedes und jeder Einzelnen in der Gesellschaft zu sehen. So lange und so weit Menschenwürde keine Illusion ist, soll und wird auch Wirtschaftsdemokratie keine Illusion sein.

*Guy Ryder, geb. 1956,
Master of Arts (MA), Sozial- und Politikwissenschaften, Universität Cambridge.
1981–1985 Assistent in der internationalen Abteilung des Trade Union Congress, GB; 1985–1988 Sekretär der Industrie-Handels-Sektion, Internationaler Bund der Privatangestellten, Genf; 1988–1998 Direktor des Genfer Büros des IBFG; 1998–1999 Leiter des Büros für Arbeitnehmeraktivitäten, Internationales Arbeitsamt, Genf; 1999–2001 Leiter des Büros des Generaldirektors der ILO; Generalsekretär des IBFG seit 2002.*

Die Zukunft der Gewerkschaften: International oder nicht?

Gewerkschaften in der Globalisierungsdebatte

Die Globalisierung hat tiefgreifende und wachsende Einflüsse auf den Kontext, in dem Gewerkschaften arbeiten. Sie ist immer öfter ein Faktor im Hintergrund – oder sogar im Vordergrund –, wenn ArbeitnehmerInnen darüber nachdenken, eine Gewerkschaft zu gründen oder sich ihr anzuschließen, oder wenn VertreterInnen der Gewerkschaften am Verhandlungstisch sitzen. Sie ist auch ein machtvolles Element der nationalen öffentlichen Politikdebatte.

Daher sollten die arbeitenden Menschen immer stärker auf internationale Gewerkschaftsaktionen setzen, um die Probleme, mit denen sie kämpfen, anzusprechen und um ihre Interessen zu verteidigen. Die Frage, mit der ich mich in diesem Artikel beschäftige, ist, ob der gewerkschaftliche Internationalismus, wie wir ihn heute praktizieren, seine Strukturen, seine Praktiken, seine Kapazitäten und seine Politik jenen, die eine effektive Vertretung in der globalen Wirtschaft brauchen und verlangen, eine glaubhafte Antwort geben kann.

Wir können von drei grundlegenden Behauptungen ausgehen:

1. Dass der Aufbau eines effektiven gewerkschaftlichen Internationalismus von zentraler Bedeutung für die Zukunft der Bewegung der ArbeitnehmerInnen ist. Die Globalisierung der Solidarität ist eine fortdauernde und zentrale Herausforderung für alle GewerkschafterInnen.

Verantwortung der Gewerkschaften für internationale Solidarität

2. Dass eine Änderung der Globalisierung ein Teil dieser Herausforderung sein muss. Die Interessen der ArbeitnehmerInnen werden sich ohne grundlegende Veränderungen in der Funktionsweise der Weltwirtschaft nicht durchsetzen. Die Gewerkschaften in der ganzen Welt haben, gemeinsam mit anderen, eine besondere Verantwortung für den Aufbau eines politischen Projekts, das Lösungen für eine grundlegende, progressive und soziale Transformation zum Wohle aller ArbeitnehmerInnen anbietet.

3. Dieser verstärkte gewerkschaftliche Internationalismus hängt vollkommen vom großen Engagement und der Einbindung der nationalen Gewerkschaften ab. Globalisierung bedeutet, dass nationale und internationale Gewerkschaftsangelegenheiten konvergieren. Aber für die meisten Gewerkschaften bleibt internationale Arbeit von den alltäglichen Anforderungen der nationalen und lokalen Arbeit getrennt. Diese Trennung müssen wir aufheben und zur nationalen gewerkschaftlichen Arbeit die internationale Komponente hinzufügen. Das heißt vor allem, dass die internationale Bewegung ein Instrument für die gewerkschaftliche Organisierung sein muss und alles, was sie tut, mit Blick auf diesen Imperativ hin unternimmt.

Schon die finanziellen Erfahrungen des IBFG zeigen, dass seine Mitglieder nicht in der Lage sind, so viele Ressourcen wie früher in die Arbeit des Bundes zu investieren. Das wachsende Bedürfnis, den gewerkschaftlichen Internationalismus zu stärken, scheint mit einem Rückgang unserer kollektiven Kapazität oder unseres Vermögens, etwas zu bewerkstelligen, zusammengefallen zu sein.

Natürlich muss unsere Bewegung ernsthaft die Notwendigkeit ansprechen, die Ressourcen dorthin zu verlagern, wo sie benötigt werden (und wo sie gut verwendet werden können). Aber es ist noch wichtiger, dass die IBFG-Mitglieder das ganze Gewicht ihrer nationalen Bewegungen entschieden dem gewerkschaftlichen Internationalismus widmen und ihre politische Kraft wie auch die Kraft ihrer Mitglieder voll hinter die Aufgabe stellen, ein effektives Gegengewicht der ArbeitnehmerInnen zu den uns in der globalen Wirtschaft gegenüber stehenden Kräften zu schaffen.

Gefordert: Interesse am Internationalismus auch auf nationaler Ebene

Wenn sowohl auf lokaler wie auch nationaler Ebene das Interesse der Mitglieder am gewerkschaftlichen Internationalismus gering ist und von ihnen nicht als wichtig für die Lösung ihrer Probleme angesehen wird, dann gibt es wenig Chancen, ihn zu jenem Instrument der weltweiten Solidarität zu machen, der er letztlich werden muss.

Die wichtigste Aufgabe für den IBFG ist eine Feststellung unserer eigenen Kapazitäten, um ein wirklich anderes Konzept der Globalisierung vorzulegen. Für unsere Bewegung wäre nicht die Behauptung fatal, dass unsere Ansichten falsch seien, sondern dass wir nicht wirklich die Kraft hätten, ein solches Gegenkonzept zu entwickeln.

In seiner Arbeit muss der IBFG klare und grundlegende Botschaften über die Herausforderungen der Globalisierung transportieren, wie man ihr Potential für alle nützen kann und wie man ihre Schattenseiten eliminieren kann. Das bedeutet, fundierte und glaubwürdige Vorschläge zu oft komplexen Themen zu formulieren. Aber die Globalisierung besser zu bewältigen wird nicht von einer endlosen Verfeinerung unserer politischen Positionen abhängen.

Am wichtigsten ist es, dass sich unsere Bewegung noch ganzheitlicher in der internationalen Gewerkschaftsarbeit engagieren muss – sowohl in die Richtung, dass sie sich unter den herrschenden Bedingungen der Globalisierung organisieren muss, wie auch in jene Richtung, diese Bedingungen zu ändern.

Ein politisches Projekt, um die Globalisierung zu bewältigen

Wenn es eine einfache Definition für die historische Mission der Gewerkschaftsbewegung gibt, dann wäre es der Kampf für Regulierungen und Kontrollen der Arbeitsweise von Märkten, damit diese sozial akzeptable Ergebnisse produzieren, einschließlich dem Schutz der Rechte, der Interessen und der Sicherheit der arbeitenden Menschen. Dieser Kampf war oft mit der Eroberung von grundlegenden demokratischen Freiheiten verbunden. Er ist aber unvollständig und Errungenschaften der Vergangenheit sind oft bedroht. Doch der entscheidende Punkt für die Zukunft der Gewerkschaftsbewegung ist, dass sie noch einmal vor genau die gleiche historische Herausforderung gestellt wird – dieses Mal nicht auf nationaler Ebene wie in der Vergangenheit, sondern auf weltweiter Ebene.

Soziale Dimension der Globalisierung fehlt

Die außergewöhnliche Leistung des Neoliberalismus in den vergangenen Jahren war die rasante Schaffung eines immer weiter reichenden Weltmarktes. Das ebenso spektakuläre Versagen der internationalen Gemeinschaft war es, dass sie keine ernsthafte Anstrengung unternommen hat, diesen wenigstens minimalen sozialen Regelungen zu unterwerfen. Jegliche, selbst minimale Vorschläge dazu werden gewöhnlich als inkompatibel mit der grundlegenden Natur der Globalisierung verhöhnt und liegen außerhalb des politischen Denk- und Handlungsraums. Regeln zur Sicherung kommerzieller, finanzieller und intellektueller Eigentumsinteressen haben ihren Platz gefunden, genauso wie Mechanismen für deren Durchsetzung, aber die soziale Dimension fehlt.

Globaler Markt des 21. Jhds in institutionellem Rahmen des 19. Jhds

Das Ergebnis ist, dass ArbeitnehmerInnen nun einem globalen Markt des 21. Jahrhunderts gegenüber stehen, der in einem institutionellen Rahmen arbeitet, welcher mehr an den Kapitalismus des 19. Jahrhunderts erinnert – oder an den der vordemokratischen Zeit. So betrachtet kommen die sozialen Kosten, welche die Globalisierung verursacht, nicht überraschend. Millionen von ArbeitnehmerInnen – und ihre Zahl steigt – sind mit extrem prekären Arbeitsverhältnissen konfrontiert – und für manche sind die Zukunftsperspektiven darauf beschränkt, für die nächste Mahlzeit der Familie zu arbeiten. Bislang geltende Bedingungen, erworbene Rechte und sozialer Schutz sind durch die Jobverlagerung in Frage gestellt. Das „Sweat Shop"-Modell erlebt als vielversprechendes und profitables Unternehmensmodell eine Neuauflage.

Natürlich haben Ungerechtigkeiten wie diese nicht mit der Globalisierung begonnen und werden durch ein Ende der Globalisierung nicht abgeschafft. Aber der Anlass für den Wechsel ist klar, die Notwendigkeit eines Wechsels ist dringend gegeben. Und wir können damit beginnen, indem wir uns genauer ansehen, was es eigentlich ist, das uns auf den derzeitigen Pfad der Globalisierung gebracht hat, und wie wir davon abkommen können.

Die fehlende Verbindung zwischen dem Nationalen und dem Internationalen ist ein entscheidender Faktor. Die Gewerkschaften beginnen gerade, sich der Herausforderung der Integration dieser zwei Ebenen der Handlungsproblematik zu stellen, dennoch bleiben die demokratische Debatte, politische Prozesse, die Wahl der politischen Mittel und die Verantwortlichkeit sehr stark auf der nationalen Ebene konzentriert. Sogar sehr interessierte und aktive Bürger haben Schwierigkeiten, Wege zu finden, wie sie die Globalisierung beeinflussen können. Die niedrige Beteiligung an den Europawahlen des vergangenen Jahres lässt vermuten, dass sogar dann, wenn eine demokratische Beteiligung auf überstaatlicher Ebene möglich ist und es um entscheidende Themen geht, diese Blockade bestehen bleibt.

Auch Regierungen nutzen bestehende internationale Institutionen kaum

Auf ähnliche Weise haben die nationalen Regierungen auf einzigartige Weise versagt, die internationalen Institutionen zu nützen die schon verfügbar sind. Das multinationale System birgt große Möglichkeiten für eine Änderung, aber bis jetzt war seine Rolle insgesamt darauf beschränkt, das derzeitige Modell der Globalisierung zu verfestigen und der Globalisierung zusätzliche Dynamik zu geben. Nationale Regierungen haben allzu oft ihre Verantwortung für die Politik wichtiger internationaler Institutionen – die Weltbank, den Internationalen Währungsfonds (IWF), die Welthandelsorganisation (WTO) – abgegeben oder in manchen Fällen und unter dem Deckmantel undurchsichtiger und unfairer Entscheidungsprozesse diese Institutionen dazu benutzt, um ihre engstirnigen nationalen Interessen durchzusetzen. Teilweise leiden die Regierungen unter den Auswirkungen ihrer eigenen Versuche, die Rolle des Staates zurückzudrängen, die Kräfte des Marktes zu entfesseln und diesen aus dem Weg zu gehen. Wenn national „weniger Staat" auf der Tagesordnung steht, ist es schwierig, international mehr Kontrolle und ein Regelwerk für alle einzuführen.

Lähmung der Politik

Die Regierungen sind auch in dem Dilemma gefangen, einerseits für fairere Bedingungen in der Globalisierung einzutreten, andererseits aber positive wirtschaftliche und soziale Ergebnisse aus den derzeitigen Verhältnissen herauszuholen. Für Regierungen, die verzweifelt versuchen, ausländische Investitionen anzulocken, ist die Ausübung effektiven Drucks für ein besseres Regelwerk für die multinationalen Konzerne ein Problem, wie es auch für jene in finanziellen Schwierigkeiten inopportun sein könnte, den IWF anzuprangern, oder für jene, die mit mächtigeren Handelspartnern bilaterale Geschäfte abschließen wollen, für fairere Wirtschaftsbeziehungen einzutreten. Die Angst, finanziellen Interessen, den Märkten oder politisch mächtigen VertreterInnen des Status quo der Liberalisierung zu missfallen, trägt zu einer Lähmung der Politik bei.

Gleichzeitig lägen die Gewerkschaften falsch, würden sie nicht anerkennen, dass die Globalisierung materielle Vorteile gebracht hat, manchmal sehr substantielle für viele Menschen, während zur selben Zeit viele andere darunter leiden. In Wahrheit ist die Auseinandersetzung und Verwirrung darüber, wer tatsächlich die GewinnerInnen und VerliererInnen der Globalisierung sind, eine weitere starke Bremse für den Wandel.

Während beispielsweise ein großer Teil der Entwicklungsländer leidenschaftlich argumentiert, dass das derzeitige Globalisierungsmodell stark gegen sie gerichtet ist, stießen wichtige Vorschläge der Gewerkschaften für Reformen auf die entschiedene Opposition der selben Länder. Beschuldigungen, engstirnige Interessen und offenen Protektionismus zu verteidigen, haben das Vermögen unserer Bewegung und unserer Verbündeten, auf breiter Basis ein Impuls für einen Wandel zu schaffen, unterminiert.

Zusammen mit den anderen Hindernissen für einen Fortschritt streicht das besonders die Notwendigkeit heraus, Globalisierungsfragen in den Mainstream der Politik – das heißt ins Zentrum der nationalen Debatte – zu stellen. Gewerkschaften sind verantwortlich dafür, dass das geschieht, sie müssen sich um klare und verständliche Argumente und Vorschläge sowie Bündnispartner in dieser Hinsicht bemühen. Ein Dreiecksbündnis von Gewerkschaften, ähnlich denkenden politischen Parteien und Organisationen der Zivilgesellschaft ist notwendig, um ein echtes politisches Projekt zur Globalisierung zu formulieren.

Ein politisches Projekt zur Globalisierung

So manche Anstrengung wurde im Hinblick auf dessen Realisierung schon unternommen, und es gibt Vorschläge, an der Vertiefung dieser Art von Prozessen in der nächsten Zeit zu arbeiten. Dazu wird gehören, die einzigartige Rolle der Gewerkschaften als Repräsentantinnen der arbeitenden Menschen zu behaupten, die Achtung der Unabhängigkeit der Gewerkschaften sicher zu stellen und die seit langem bestehenden positiven politischen Beziehungen zu nützen sowie neue zu entwickeln. Ein Teil dieser Arbeit kann direkt vom IBFG auf der internationalen Ebene erledigt werden, aber die Effektivität wird, mehr als in anderen Handlungsbereichen, von der aktiven Beteiligung der Mitglieder abhängen, die – ganz alleine – das Potential haben, diese Themen in die nationale Politikarena einzubringen.

Jobverlagerung

Eine entscheidende Frage für die weltweite Gewerkschaftsbewegung ist die Stellungnahme zur oft rauen Realität der weltweiten Verlagerung von Arbeit. Das Ausmaß des Problems ist Gegenstand von Debatten, und seine Auswirkung auf die Gewerkschaften ist unterschiedlich. Aber offensichtlich wird Jobverlagerung durch Deregulierung, durch die Anwendung neuer Technologien und durch immer ausgeklügeltere globale Produktionssysteme erleichtert.

Es ist von immenser Wichtigkeit für Zusammenhalt und Integrität unserer Bewegung, dass sich alle einig sind über die grundlegenden Prinzipien, auf denen der Welthandel basieren soll. Diese Prinzipien mögen weit davon entfernt sein, in die Praxis umgesetzt zu werden, aber das enthebt den IBFG nicht aus der Verantwortung, sie zu benennen und daran zu arbeiten, sie zu verwirklichen.

Entscheidend dafür ist die Notwendigkeit von Übereinstimmung in der Politik und in den Programmen der großen internationalen Institutionen. Das Bemühen, diese Übereinstimmung zu erreichen und soziale Belange ins Zentrum der internationalen Wirtschafts-, Finanz- und Handelspolitik zu stellen, sollte ein wichtiger Bestandteil eines internationalen politischen Projekts zur Bewältigung der Globalisierung sein. Die Weltkommission zur sozialen Dimension der Globalisierung, die vom ILO-Generaldirektor initiiert wurde und deren Bericht zu Beginn des vergangenen Jahres veröffentlicht wurde, empfiehlt Maßnahmen, um eine koordinierte Vorgangsweise zwischen den internationalen Institutionen zu erreichen, begleitet von anderen wichtigen Vorschlägen, um die weltweiten sozialen Defizite zu bekämpfen. Dies ist eine wichtige Anregung und eine Grundlage für die zukünftige Arbeit, auf die wir aufbauen müssen und liefert die Begründung dafür, dass ein globaler Markt auch eine aktive globale Arbeitsmarktpolitik braucht. Diese sollte die universelle Achtung der Menschenrechte einschließen, sich aber nicht nur darauf beschränken.

Neue Aktionsformen

Auch wenn die Ungerechtigkeit sowie die fehlende Nachhaltigkeit in der Weltwirtschaft in zunehmendem Maße wahrgenommen und ihnen entgegengetreten wird – und Gewerkschaften sind in einem glaubwürdigen politischen Projekt für den Wandel aktiv –, werden wir uns in Zukunft mit Hilfe neuer Formen von Aktionen und Kampagnen mit der globalen Wirtschaft beschäftigen müssen. Man kann nicht auf eine Änderung der politischen Wetterlage warten. Die internationale Gewerkschaftsbewegung muss effektivere Arbeits- und Organisationsmethoden unter den jetzt vorherrschenden rauen Bedingungen finden, während sie gleichzeitig daran arbeitet, eine „globale Erwärmung“ des politischen Klimas zu erreichen.

Mobilisierung und Kampagnen für sich alleine genommen werden die notwendigen qualitativen Änderungen nicht herbeiführen. Dazu wird ein weiterer Prozess notwendig sein, nämlich die Integration von internationalem gewerkschaftlichem Handeln in das nationale gewerkschaftliche Tagesgeschäft, wobei nationale Notwendigkeiten und Prioritäten direkt in die Arbeit der internationalen Bewegung einfließen und diese vorantreiben. Die internationale Gewerkschaftsbewegung muss auch auf möglichst effektive Art und Weise organisiert sein – und sie muss auch so arbeiten.

Die Lücke schließen

Im Grunde genommen schließt heute jede größere nationale Gewerkschaftsveranstaltung einen Bezug zur Globalisierung und zur Notwendigkeit, den gewerkschaftlichen Internationalismus zu stärken, ein. Obwohl man das Problem erkannt hat und es weitreichend analysiert, hat es sich als schwierig erwiesen, ein klares und durchführbares Programm für den Wandel zustande zu bringen. Wir wissen, dass die Globalisierung eine Überschneidung zwischen der nationalen und der internationalen Agenda mit sich bringt. Aber wir haben die notwendigen Änderungen in unseren eigenen Arbeitsmethoden und Strukturen, um diese Überschneidungen nationaler und internationaler Belange von einem Problem zu einer Chance zu machen, noch nicht befriedigend umgesetzt. Jedes Mitglied des IBFG weiß, welche Priorität den internationalen Aktivitäten in der eigenen Organisation wirklich beigemessen wird und kennt das wahre Interesse, das andere Teile der Organisation an der internationalen Arbeit haben. Jedes Mitglied kann gleich gut einschätzen, wie gut die Aussichten wirklich sind und wie weit es akzeptiert werden würde, dass mehr politischer Wille und materielle Ressourcen in die internationale Arbeit investiert werden.

Untrennbar: nationale und internationale Gewerkschafts-interessen

Es ist sinnvoll, die wahrscheinlichen Antworten auf diese Fragen mit dem Denken und dem Handeln der Unternehmen zu den jeweiligen Themen zu vergleichen. Wenn die Gewerkschaften jetzt nicht beginnen, die Lücke zwischen nationalem und internationalem gewerkschaftlichem Handeln zu schließen, dann wird das Machtgefälle zwischen der Wirtschaft und den ArbeitnehmerInnen sich noch mehr vergrößern – nicht nur wegen der Unausgewogenheit der Regierungspolitik oder der Ungleichheiten auf dem globalen Schauplatz, sondern einfach, weil wir unfähig sind, einen neuen gewerkschaftlichen Internationalismus zu kreieren.

Manche Hindernisse befinden sich auf der nationalen Ebene und manche auf der internationalen Ebene.

Nationale Dachorganisationen in Entwicklungs- und Schwellenländern stehen größeren Ressourcenproblemen gegenüber als andere. Richtigerweise erwarten sie sich von der internationalen Bewegung

Solidarität und Entwicklungszusammenarbeit. Aber sie haben auch beim Aufbau eines neuen, ausgewogenen Internationalismus eine entscheidende Rolle zu spielen. Mitglieder aus den großen Industrienationen bestreiten den größten Teil des IBFG-Budgets und viele haben Zugang zu weiteren öffentlichen Unterstützungen für Entwicklungszusammenarbeit, die manchmal bilateral geleistet wird. Aber offensichtlich haben sich nur wenige ernsthaft mit internationalen Themen befasst. Während sie mit innenpolitischen Prioritäten oder vielleicht mit dringenden regionalen Belangen beschäftigt sind, werden globale Themen oft der subsidiären Agenda der Spezialisten und Enthusiasten überlassen.

Probleme bei der Umsetzung

Die Strukturen und Praktiken der internationalen Bewegung mögen ein Teil dieses Problems sein. Die nationale Führungsebene der Gewerkschaften, die sich von der internationalen Bewegung eine klare Antwort und Führung auf die Frage erwartet, wie man sich effektiv engagiert, bekommt möglicherweise nicht alle Antworten, die sie braucht, und sie mag zu wenig darauf vertrauen, dass die internationale Gewerkschaftsbewegung sie liefert.

Wenn man versucht, das Engagement der nationalen Gewerkschaften für Kampagnen und Mobilisierungsbemühungen des IBFG zu nützen, macht man häufig die Erfahrung, dass die Initiativen, und seien sie auch noch so gut geführt, nur aus dem Blickwinkel und als Anhängsel zur nationalen Agenda betrachtet werden. Signifikante Verbesserungen werden nur aus einem Prozess hervorgehen, in dem die nationalen Dachorganisationen individuell und kollektiv bestimmen, wie ihre nationalen Prioritäten effektiv von einer aufgeschlossenen internationalen Bewegung vertreten werden können, und wenn sie in diese Bewegung Ressourcen und politische Kraft investieren.

Einige Ausgangspunkte

Ein Maximum an Ambitionen benötigt ein Maximum an Realismus. Das größte Hindernis in dem Bemühen, neue Wege für den IBFG zu finden, wäre, Ziele und Erwartungen zu haben, die keine wirkliche Chance auf Realisierung haben. Fallweise gab es Stimmen, dass sich der IBFG für internationale Kollektivvertragsverhandlungen einsetzen solle oder zumindest für formelle Verhandlungen mit bestimmten internationalen Organisationen. Während diese Stimmen die Frustration über die beschränkte Rolle und Sichtbarkeit des IBFG und seinen Fokus auf Lobbyarbeit widerspiegeln mögen, haben sie

Realistische Ziele setzen

einfach einige realistische Grundlagen nicht berücksichtigt. Auf globaler Ebene gibt es weder eine institutionelle Ordnung noch Partner für Kollektivvertragsverhandlungen, außer in bestimmten sektoralen Bereichen. Eine Ausdehnung des globalen Sozialdialogs ist möglich und wird auch vom IBFG gemeinsam mit der Internationalen Arbeitgeberorganisation verfolgt, auf noch breiterer Basis von den Global Union Federations (GUFs), auch durch den Abschluss von globalen Rahmenabkommen mit multinationalen Unternehmen.

Unterstützungsarbeit des IBFG

Dennoch kann der IBFG, indem er eng mit anderen in der internationalen Gewerkschaftsbewegung zusammenarbeitet, die Reichweite seiner Arbeit ausdehnen, um effektiver auf Themen der Organisation und der Kollektivvertragsverhandlungen, die den Kern der nationalen Gewerkschaftsarbeit bilden, eingehen zu können. Seine etablierte Rolle, die Handlungsweise von Regierungen und regierungsnahen Organisationen zu beeinflussen und Gewerkschaftsrechte zu verteidigen, muss durch eine ernsthafte neue Initiative, in diesen Schlüsselbereichen Unterstützung anzubieten, ergänzt werden. Von seiner gut etablierten Arbeit zur Schaffung eines positiven Umfelds für die Organisierung ausgehend, muss der IBFG sein Arbeitsfeld erweitern, um sein volles Potential zu nützen – gemeinsam mit seinen Partnern von Global Unions, um direkte Unterstützung für die internationale Dimension der Organisierung zu leisten. Einige Mitglieder des IBFG haben ihr Interesse bekundet, Erfahrungen im Hinblick auf Kollektivvertragsverhandlungen auszutauschen. Andere sind der Ansicht, dass der IBFG gemeinsam mit den GUFs, die primär Verantwortung im Umgang mit einzelnen Unternehmen in bestimmten Sektoren haben, die Führung beim Start von groß angelegten weltweiten Organisierungskampagnen übernehmen müsse.

Dann wäre es wichtig, der Arbeit des IBFG im Bereich der multinationalen Unternehmen einen neuen Anstoß zu geben, nicht nur bei der Anwendung der existierenden Instrumente der ILO und der OECD und auf dem „Wachstumsmarkt" Corporate Social Responsibility (Soziale Verantwortung der Unternehmen), sondern ganz direkt in den Bereichen Organisation und Verhandlungen. Es gibt viele Spielräume und ein Bedürfnis nach kreativen Taten.

Eine Option wäre, noch stärker und systematischer auf die Bereitschaft der nationalen Gewerkschaftsbewegungen in den Heimatländern der multinationalen Konzerne zu setzen, ihren KollegInnen in anderen Staaten, in denen das Unternehmen eine Niederlassung hat, Unterstützung zu geben. Das könnte das systematische Sammeln von Informationen über Unternehmen einschließen, bei welchen sich eine Organisation im Ursprungsland des Unternehmens bereit erklärt hat, Hilfe und Informationen anzubieten. Diese Vorgangsweise könnte dabei helfen, internationale Solidarität beim Organisieren von einer reaktiven Form – das Anbieten von Hilfe, wenn Probleme entstehen – hin zu einer aktiven Form – die Information von Gewerkschaften über die potentielle Verfügbarkeit von Unterstützung und in der Folge das Aufmerksammachen auf Möglichkeiten der Organisierung – zu bringen. Eine andere Möglichkeit wäre, ein Netzwerk zur „Unternehmensbeobachtung" oder Beobachtungseinrichtungen zu schaffen, die Unternehmen in ihren Ursprungsländern halten sollen oder in anderen Ländern die Einhaltung grundlegender Standards prüfen. Freie Exportzonen benötigen gleichfalls eine gezieltere und strukturiertere internationale Unterstützung für die Organisierung, gerade wenn wir unser Ziel erreichen wollen, Frauen in die Gewerkschaften zu integrieren.

Ein Netzwerk zur „Unternehmensbeobachtung"

Sind wir dazu bereit – als eine vereinte und demokratische Weltgewerkschaftsbewegung –, einige multinationale Unternehmen als Ziele für eine globale Organisierungsaktion auszuwählen? Es ist klar, dass jede internationale Initiative von den Gewerkschaftsorganisationen, die unmittelbar betroffen sind, unterstützt und geführt werden müsste. Genau so wie nationale Dachorganisationen bei ihren Organisierungsbemühungen wird der IBFG seine eigene Rolle sorgfältig definieren und eng mit anderen – besonders mit den jeweiligen GUFs – kooperieren müssen. Im IBFG herrscht nicht die Ansicht, dass man versuchen soll, Organisationsaufgaben zu übernehmen, die von anderen erledigt werden können oder erledigt werden sollen. Aber es gibt dort das echte Bedürfnis, alles im Rahmen der eigenen Kapazitäten zu tun, um den Bedürfnissen und Erwartungen der Mitglieder zu entsprechen und die Ressourcen dafür zu bündeln.

Globale Aktionen

Welche Prioritäten auch immer gesetzt werden, die Arbeit des IBFG zu den multinationalen Unternehmen in der Weltwirtschaft kann China nicht ignorieren, ohne an Glaubwürdigkeit zu verlieren. Der IBFG hat in den letzten Dekaden viel Mühe investiert, um über die Politik gegenüber China zu entscheiden. Aus gutem Grund hat man sich besonders auf die grundlegenden Rechte der ArbeitnehmerInnen und die Opfer der Repression konzentriert und darauf, wie – wenn überhaupt – die internationale Gewerkschaftsbewegung die Kontakte zum Allchinesischen Gewerkschaftsbund am besten gestalten sollte.

Verfolgte GewerkschaftsaktivistInnen

Die langjährige Arbeit des IBFG, die Verfolgung von unabhängigen GewerkschaftsaktivistInnen in China zu dokumentieren, anzuprangern und zu veröffentlichen, hat zu einem moderateren Umgang mit diesen beigetragen. Aber Realität ist, dass alle echten gewerkschaftlichen Äußerungen im größten Land der Welt systematisch unterdrückt werden und dass es – teilweise sogar deswegen – die weltweit führende Nation für ausländische Direktinvestitionen und ein entscheidender Akteur in der regionalen und der globalen Wirtschaft geworden ist. Der Beitritt Chinas zur WTO und sein andauerndes rasantes Wachstum bedeutet, dass die Verlagerungen von Arbeitsplätzen und Investitionen, die es zur verlängerten Werkbank der ganzen Welt des 21. Jahrhunderts gemacht haben, sich fortzusetzen scheinen. Sie werden sich sicherlich mit dem Ende des Quotensystems im Handel von Textilien und Kleidung mit Ende des vergangenen Jahres noch verstärken.

Die direkten Opfer von Chinas umfassender Verweigerung der Assoziationsfreiheit sind die chinesischen ArbeitnehmerInnen selbst sowie ihre Familien. Aber sie hat auch eine dramatische Auswirkung auf die gesamte Weltwirtschaft. Als Ergebnis dieser Politik werden große Teile von Industrie-Sektoren, in denen früher in vielen Ländern die Gewerkschaftsbewegung stark vertreten war, in eine rigid antigewerkschaftliche Umgebung verlagert – ein Prozess, der im Gegenzug zu Druck in Richtung Senken von Standards oder sogar zum Verschwinden von Gewerkschaften in jenen Bereichen, die zurückbleiben, führen kann. Hier ist ein Wettlauf nach unten im Gang und die internationale Gewerkschaftsbewegung muss sich damit in neuer Weise befassen.

Sozialdumping

Die Möglichkeiten und der Einfluss, der durch die massive und noch wachsende Präsenz von multinationalen Investoren in China geboten werden, müssen genützt werden. Innerhalb der sehr engen Grenzen, die von den chinesischen Behörden vorgegeben werden, gibt es ein Potential, um das Verhalten der Arbeitgeber zu beeinflussen und ein grundlegendes Verständnis für die Bedeutung und die Vorteile einer unabhängigen Vertretung der ArbeitnehmerInnen zu schaffen. China ist natürlich nicht das einzige Land, in dem Gewerkschaftsrechte massiv unterdrückt werden, aber alleine die Masse seiner potentiellen Arbeitskräfte und die Flut von Investitionen im Inneren bedeuten, dass es die meiste Aufmerksamkeit verdient.

Auf die grundlegende Arbeit, die bereits vom IBFG geleistet wurde, wird man aufbauen müssen, dazu gehört auch die Zusammenarbeit mit den GUFs und das engagierte Mitwirken der Mitglieder. In diesem einen Bereich kann es sich die internationale Gewerkschaftsbewegung einfach nicht leisten, inaktiv oder ineffektiv zu sein.

Zum Abschluss

Neuer gewerkschaftlicher Internationalismus

Abschließend ist zu sagen, dass die heutige internationale Gewerkschaftsbewegung die Möglichkeit hat, die Fundamente für einen neuen gewerkschaftlichen Internationalismus zu legen und dass genau das für die Zukunft unserer Bewegung notwendig ist – auf allen Ebenen.

Wir sollten weder die Hindernisse unterschätzen noch die Meinung jener ignorieren, die glauben, dass wir dieser Aufgabe nicht gewachsen seien und eine mögliche Lösung ganz wo anders zu finden sei. Aber es liegt an unseren eigenen Fähigkeiten und es hängt von unserer eigenen Entscheidung ab, ob wir unsere Bewegung umbauen, um die vor uns liegenden Herausforderungen zu meistern, oder nicht. Zu den entscheidenden Momenten haben die Anführer der letzten Generationen genau das getan. Es liegt an unserer heutigen Generation, genau so wie sie zu handeln.

Dr. Ferdinand Karlhofer, geb. 1956, ao. Univ.-Prof. am Institut für Politikwissenschaft der Universität Innsbruck. Forschungsschwerpunkte: Interessenverbände, Korporatismus in österreichischer und systemvergleichender Perspektive, Europäische Integration, Regionalpolitik. Zahlreiche Aufsätze und Mitherausgabe von Büchern, u.a. „Zukunft der Sozialpartnerschaft", „Anlassfall Österreich", „Politik in Tirol", „Sozialpartnerschaft - eine europäische Perspektive?" (erscheint 2005).

Entwicklung und Funktion des Europäischen Sozialen Dialogs

Dieser Beitrag beleuchtet Entwicklung, Rolle und Effektivität des 1985, unter der Präsidentschaft von *Jacques Delors* eingerichteten Sozialen Dialogs der europäischen Spitzenverbände von Arbeitgebern und Arbeitnehmern. Dass eine solche Einrichtung überhaupt ins Leben gerufen werden konnte, erscheint rückbetrachtet erstaunlich, zumal wenn man bedenkt, dass korporatistische Strukturen zu dieser Zeit auf nationaler Ebene markant an Bedeutung verloren. Es ist dennoch gelungen, den Sozialen Dialog schrittweise aufzuwerten. Wie es aussieht, wird er mehr und mehr zu einem Kristallisationspunkt für die Herausbildung eines europäischen Systems industrieller Beziehungen und auch für die Formalisierung der Beziehungen zwischen Verbänden und politischen Akteuren.

Strukturen der Interessenvermittlung auf EU-Ebene

Als um die Wende von den 1980er zu den 1990er Jahren der Europäische Binnenmarkt kontinuierlich Gestalt annahm, stieg parallel dazu die Zahl der in Brüssel agierenden Lobbyisten stark an, von 6.000 (1986) auf über 13.000 (1995). Die These, wonach die Interessenvertretung auf EU-Ebene wohl eher einem pluralistischen denn einem korporatistischen Entwicklungspfad folgen würde, schien sich damit zu bestätigen. Verglichen mit der nationalen Ebene hoben sich die europäischen Policy-Netzwerke lange Zeit durch einen geringeren Grad an Institutionalisierung und eine größere Akteursfluktuation ab.

Lobbyisten als Interessenvertreter

In der Tat ist Lobbyismus mit formalisierten Beziehungen zwischen Interessengruppen und politischen Entscheidungsträgern schwer vereinbar. Lobbyisten werden in der Mehrzahl der Fälle aktiv, um eine für sie potentiell nachteilige Entwicklung zu verhindern, und sehr viel seltener, um eine gewünschte Entwicklung voranzutreiben. Andererseits sind die EU-Organe, namentlich die Kommission, durchaus nicht nur Adressaten solcher Aktivitäten, sondern ihrerseits Nutznießer, da Lobbyisten ja eine wertvolle Informationsquelle sind.

Ähnlich verhält es sich mitunter bei nationalen Interessenvertretern, etwa wenn Gruppen mit partikularen Interessen Ad-hoc-Koalitionen mit EU-Organen eingehen, um eine nicht gewünschte Generallinie der eigenen Regierungsorgane zu unterlaufen. Umgekehrt sucht die Kommission, als zentrale EU-Institution sowohl in administrativer als auch in legislativer Hinsicht, verstärkt den direkten Kontakt zu (regionalen bzw. sektoralen) subnationalen Akteuren, um durch das Subsidiaritätsprinzip bedingte regulative Schwächen auszugleichen.

Gleichwohl würde es der Sache nicht gerecht, von einem unverrückbaren Prinzip beständig wechselnder Akteurskonstellationen auszugehen. Ein erhöhter Regelungsbedarf wie auch ein erhöhtes Regelungsinteresse sind in jüngerer Zeit bei der Kommission, beim Parlament und auch beim Rat auszumachen. Dieser Wandel in den Beziehungen zwischen EU-Organen und wirtschaftlichen Interessenverbänden war bereits vor der Erweiterung von 1995 erkennbar, und durch die Mitgliedschaft Finnlands, Schwedens und Österreichs hat sich die Zahl der an einer Regulierung interessierten Länder weiter erhöht.

Die Unübersichtlichkeit des europäischen Interessensystems reduziert sich überdies merklich bei einer komparativen Betrachtung der Interessenaggregation auf nationaler Ebene. Hier zeigt sich, dass die größeren Volkswirtschaften einen relativ niedrigen Grad an nationaler Koordination der Interessen durch den Akteur Staat aufweisen und folglich eine größere Neigung von Konzernen und Wirtschaftsverbänden zum direkten Euro-Lobbying erkennen lassen. Dagegen spielen in den kleineren Staaten, namentlich in solchen mit korporatistischen Verhandlungskulturen, Regierungsorgane eine herausragende Rolle bei der Bündelung und Vertretung EU-spezifischer nationaler Interessen.[1]

Strukturierter Dialog mit Interessensgruppen auf EU-Ebene

Obzwar der Einführung von Zugangsbeschränkungen zu den EU-Organen eher reserviert gegenüberstehend, lässt die Kommission verstärkte Bemühungen um einen strukturierten Dialog mit Interessengruppen erkennen. Seit 1993 wird seitens der Kommission zwischen Organisationen ohne Erwerbszweck und solchen, die auf Erwerb ausgerichtet sind, unterschieden; weiters wurden Leitprinzipien für den Umgang mit Interessengruppen definiert, darunter die bevorzugte Behandlung europäischer Verbände und die Anpassung der Praxis an andere Organe, wie zum Beispiel das Parlament.

Das Regelungsinteresse des Europäischen Parlaments äußerte sich 1994 in der Übernahme und Adaptierung des Verhaltenskodex der Kommission, um dem Missbrauch des politischen Mandats oder eines Dienstverhältnisses mit dem Parlament durch Auftragsarbeit für Dritte entgegenzuwirken; gleichzeitig wurde eine Registrierungspflicht für Interessenvertreter eingeführt. Das Interesse an formalisierten Beziehungen findet darüber hinaus in der Pflege regelmäßiger Kontakte zu Verbänden seinen Niederschlag.

Unbestreitbar lassen sich die Veränderungsdynamik des verbandlichen Systems der Interessenvermittlung ebenso wie die Reorganisationsbemühungen der „korporativen Akteure" in der europäischen Politik mit Begriffen wie Euro-Lobbying nicht mehr hinreichend erfassen. In einzelnen, zum Kernbereich der Binnenmarktintegration zählenden Politikfeldern, etwa im Bereich der technischen Harmonisierung des europäischen Arbeits-, Verbraucher- und Umweltschutzes, sind deutliche Ansätze eines Systemumbaus des europäischen Politiknetzwerkes zu registrieren – ein „inszenierter Korporatismus", der auf eine „Ko-Evolution politisch-administrativer und verbandlicher Strukturen" schließen lässt.[2] Durch die Entwicklung transnationaler Netzwerke und die Bereitstellung spezifischer Anreize zur Verbandsbildung schafft die Kommission von sich aus die Nachfragestrukturen für weitere Integrationsschritte.

---

[1] *Vgl. Ferdinand Karlhofer/Emmerich Tálos: Sozialpartnerschaft und EU. Integrationsdynamik und Handlungsrahmen der österreichischen Sozialpartnerschaft, Wien: 1996, S. 82–90.*

[2] *Volker Eichener/Helmut Voelzkow: Ko-Evolution politisch-administrativer und verbandlicher Strukturen: Am Beispiel der technischen Harmonisierung des europäischen Arbeits-, Verbraucher- und Umweltschutzes, in: Wolfgang Streeck (Hg.): Staat und Verbände, PVS-Sonderheft 25, Opladen: 1994, S. 256–290.*

Euro-Verbände und Sozialer Dialog

Die Geschichte der europäischen Verbände lässt sich bis zu den Römischen Verträgen 1957 zurückverfolgen. Dies gilt zumindest für den Dachverband der Europäischen Industrie- und Arbeitgeberverbände (UNICE), der Europäische Zentralverband der Öffentlichen Wirtschaft CEEP wurde 1961, der Europäische Gewerkschaftsbund (EGB) erst 1973 gegründet. Charakteristisch für die Euro-Verbände waren (und sind in etwas abgeschwächter Form immer noch) gravierende Asymmetrien (deutliches Übergewicht der Unternehmerverbände), Strukturschwächen (geringe Konzentration und Zentralisation) und Vertretungsdefizite (unzureichendes Mandat durch die nationalen Mitgliedsverbände).

Sozialpartner auf EU-Ebene

Gleichsam als Katalysator für eine deutliche Stärkung der Euro-Verbände erwies sich im Gefolge der Initiative von *Delors* der schrittweise an Gewicht gewinnende Soziale Dialog. Gemäß Art. 118b des Vertrags der Europäischen Union ist die Kommission verpflichtet, *"to consult various social partners when it wants to submit proposals in this field. This social dialogue occurs via the three main organisations representing the social partners at European level: the European Trade Union Confederation (ETUC), the Union of Industries of the European Community (UNICE), the European Centre for Public Enterprise (CEEP)."*[3]

In der ersten Zeit kam es im Rahmen des Sozialen Dialogs nur zu wenigen – überdies eher unverbindlichen – Stellungnahmen, etwa zu Fragen der Berufsausbildung. Eine qualitativ neue Phase setzte mit dem Vertrag von Maastricht ein, mit dem den – explizit so genannten – Sozialpartnern eine Reihe von Rechten zugesprochen wurde, namentlich das Recht, Vereinbarungen zu treffen, die in der Folge in den legislativen Prozess einfließen: *"Article 139 (1) states explicitly that 'should management and labour so desire, the dialogue between them at Community level may lead to contractual relations, including agreements'. Moreover, the obligatory two-stage consultation procedure of Article 138 (2) and (3) is linked to the possibility to negotiate on an issue introduced by the Commission. This means a form of 'horizontal subsidiarity' in favour of management and labour, namely within certain conditions regulation via bipartite negotiation is privileged to the normal legislative road of policy-making.*

[3] *European Commission, Glossary: Social Dialogue* (http://europa.eu.int/scadplus/leg/en/cig/g4000s.htm#s5).

The reached collective agreements may even be extended erga omnes via Council Directive. Though this requires the intervention of the Commission and the Council the outcome is a legislative act which has entirely been drafted by management and labour. In addition, in a Communication of 1998, the Commission has stated that even European collective agreements which have been drafted entirely at the autonomous initiative of the social partners, and thus not as a result of the consultation procedure by the Commission, may be implemented by Council Directive".[4] Erwähnenswert ist in diesem Zusammenhang, dass die Aufwertung des Sozialen Dialogs selbst auf eine gemeinsame Initiative der Sozialpartner zurückgeht.

Vorrang von UNICE und EGB gegenüber anderen Verbänden

Mit Art. 139 wurde die Autorität von UNICE und EGB gegenüber deren Mitgliedsverbänden markant gestärkt. UNICE hatte bis dahin unter dem Druck anderer Unternehmerverbände, namentlich des European Round Table und der American Chamber of Commerce, gestanden und nützte daher die Gelegenheit, exklusiv im Sozialen Dialog vertreten zu sein. Besonders groß war das Interesse des EGB, zumal er bis dahin sowohl unter der geringen Autorität gegenüber den Mitgliedsverbänden als auch am Fehlen eines hinreichend motivierten Verhandlungspartners gelitten hatte.

Fritz Verzetnitsch war lange Jahre auch Präsident des Europäischen Gewerkschaftsbundes. In seine Zeit fiel der politische Wandel in Europa nach 1989 und die Gründung neuer Gewerkschaften in den neuen EU-Ländern.

[4] *Stijn Smismans: The legitimacy of social partners' participation in European occupational health and safety policy, Paper prepared for the ECPR Joint Sessions of Workshops in Grenoble, 6–11 April 2001, S. 25.*

Anfängliche Befürchtungen, der Soziale Dialog könnte sich durch fruchtlose, in die Länge gezogene Verhandlungen als Verhinderungsmechanismus für EU-Direktiven erweisen, haben sich bisher nicht bestätigt. Die Kommission erstellt seit 1997 einen jährlichen Bericht über die Erfolge und Misserfolge der behandelten Themen, 2002 erarbeiteten die Sozialpartner ein mehrjähriges Arbeitsprogramm für die Jahre 2003 – 2005, mit Themen von gemeinsamem Interesse für ArbeitgeberInnen und ArbeitnehmerInnen, unter anderem zu Beschäftigung, Erweiterung und Mobilität. Zunehmend an Bedeutung gewinnt der sektorale soziale Dialog mit derzeit 29 Ausschüssen, die zusammen rund 50 % der europäischen Wirtschaft erfassen.

Interdependenzen und Wechselwirkungen

Obwohl der Soziale Dialog sich erheblich besser entwickelt hat als ursprünglich erwartet, kann mit Blick auf die industriellen Beziehungen kein Zweifel bestehen, dass der Schwerpunkt immer noch bei der nationalstaatlichen Ebene liegt. Allerdings ist die Frage nicht so sehr, wie weit ein Kompetenztransfer von der einen zur anderen Ebene stattfindet, als vielmehr, in welchem Ausmaß die nationale Ebene mittlerweile auf die koordinativen Leistungen des europäischen Verhandlungssystems angewiesen ist. In dieser Hinsicht ist zweifellos ein Wandel in dem Sinne zu registrieren, dass die europäische Ebene sich als eine Art Brückenbauer und Förderer der Konvergenz zwischen den unterschiedlichen nationalen Systemen etabliert hat.[5]

Euro-Verbände als Förderer von Konvergenz

Nach den Erfahrungen der letzten Jahre kann die These von den „schwachen Euro-Verbänden" nicht mehr umstandslos Gültigkeit beanspruchen. Gerade die als Sozialpartner anerkannten Verbände haben von der Teilnahme am Sozialen Dialog insofern profitiert, als sie sich organisatorisch konsolidieren und ihren Einfluss auf die Mitgliedsverbände erhöhen haben können. Beide Seiten haben ein erhebliches Interesse, diesen Status nicht zu gefährden, und selbst die Arbeitgeberseite opponiert nicht gegen eine Erweiterung des Aufgabengebiets dieser Institution.

Noch weitreichender sind die Auswirkungen auf die Gewerkschaften, nicht nur auf den EGB, sondern auch auf die nationalen Gewerkschaften. Deutlich geschwächt vom ökonomischen Strukturwandel

[5] *Vgl. Jon Erik Dølvik: The ETUC and Development of Social Dialogue and European Negotiations after Maastricht, arena-Working Paper no. 2/1997, Oslo.*

der 1980er und 1990er Jahre, gehen die Gewerkschaften daran, ihre internen Strukturen gründlich zu modernisieren. Die Reformen zielen auf eine Verkleinerung der Zahl der Industriegewerkschaften sowie auf Maßnahmen zur Eindämmung der häufiger gewordenen Abgrenzungskonflikte zwischen den einzelnen Gewerkschaften.[6] Zum ersten Mal in der Geschichte der europäischen Gewerkschaftsbewegung wird ein Anpassungsprozess strategisch von einer europäischen Dachorganisation (namentlich dem Europäischen Gewerkschaftsinstitut) begleitet. Damit eröffnet sich auch, zumindest in Ansätzen, die Chance, die extreme Diversität der Gewerkschaftssysteme zu überwinden und die Grundlagen für eine länderübergreifende Kooperation zu schaffen.

Europäische Initiativen

Trotz mancher Rückschläge seit Inkrafttreten der Wirtschafts- und Währungsunion lässt die Entwicklung in Westeuropa ein Zusammentreffen wiederbelebter oder neu gebildeter korporatistischer Arrangements auf nationaler Ebene und intensivierter Regulierungsbemühungen auf europäischer Ebene, unter Einbeziehung der Interessengruppen, erkennen. Und soweit die nationalen Systeme Teil eines gemeinsamen Systems werden, sind Integrationseffekte top-down ebenso wie bottom-up auszumachen. Letzteres dokumentiert sich nicht zuletzt in den Rats-Präsidentschaften der vergangenen Jahre: Irland (1996/II) setzte eine Initiative zur Verbesserung der Beziehungen mit den europäischen Sozialpartnern; Luxemburg (1997/II) war Gastgeber jenes Gipfels, mit dem die europäische Beschäftigungspolitik ihren Anfang nahm; Österreich (1998/II) organisierte eine Konferenz, mit welcher der potentielle Beitrag nationaler sozialpartnerschaftlicher Modelle für die europäische Ebene zum Thema gemacht wurde; unter der deutschen Präsidentschaft (1999/II) wurde der Makroökonomische Dialog von Ecofin, der EZB und den Sozialpartnern ins Leben gerufen. Zuletzt, mit Beginn des wieder von Luxemburg übernommenen Vorsitzes (2004/I) kündigte der Ratspräsident eine Politik an, die *„nicht nur Regierungen, sondern auch die Parlamente und die Sozialpartner“* einbeziehen wolle.

Zusammenfassend lässt sich feststellen, dass das sich langsam herausbildende Europäische System Industrieller Beziehungen von einer evolutionären Dynamik gekennzeichnet ist, die sicher nicht in eine Art „Euro-Korporatismus“ münden wird, zugleich aber erkennen lässt, dass die Systemlogik nicht selbstverständlich eine pluralistische ist. Eine Untersuchung über die Implementation von

[7] *Gerda Falkner/Simone Leiber: Europeanization of Social Partnership in Smaller European Democracies? In: European Journal of Industrial Relations, no. 3/2004, S. 245–266.*

EU-Richtlinien in vier kleineren Staaten (Österreich, Dänemark, Luxemburg und Schweden) kommt zum Schluss, dass es einen vom europäischen Sozialen Dialog ausgehenden moderaten Trend in Richtung Konvergenz der nationalen Systeme gibt.[7]

Herausforderung EU-Erweiterung

Trotz der Unwägbarkeiten, mit denen die weitere Entwicklung des Sozialen Dialogs (so wie insgesamt der Integrationsprozess) behaftet ist, ist er zu einem nützlichen Instrument für alle beteiligten Akteure geworden. Was könnte das besser widerspiegeln als die Einbeziehung der Sozialpartner in den Erweiterungsprozess; bereits ab 1993 unterstützten die Euro-Verbände im Rahmen des EU-Programms Phare den Aufbau entsprechender Strukturen in den mittelosteuropäischen Ländern – nicht durchgängig mit Erfolg: In verschiedenen Studien wurden jüngst die sozialen Dialogstrukturen in Polen, der Tschechischen Republik, Ungarn und den drei baltischen Staaten untersucht, mit dem Befund, dass die bestehenden Strukturen zumeist ineffektiv sind. Dessen ungeachtet verabschiedeten die europäischen (was heißt: westeuropäischen) Sozialpartner 2004 ein Aktionsprogramm zur Sozial- und Beschäftigungspolitik nach der Erweiterung. Das Programm zielt auf die Bewältigung der mit der Erweiterung einhergehenden Folgen wie Migration, grenzüberschreitende Arbeit und Armut. Die Bemühungen werden unterstützt durch die Kommission, die eine Reihe von Initiativen gesetzt hat: Eine 2004 abgehaltene Konferenz unter dem Titel „Promoting Social Dialogue in an Enlarged Europe" war der Bestandsaufnahme der Dialogstrukturen in den Beitrittsländern gewidmet. Im August 2004 veröffentlichte die Kommission eine Stellungnahme mit dem Titel „Partnership for change in an enlarged Europe – Enhancing the contribution of European social dialogue", in der die Notwendigkeit der Stärkung des Sozialen Dialogs betont wurde. Die Erweiterung bringt für Einzelunternehmen und die europäische Wirtschaft insgesamt neue Möglichkeiten mit sich, zugleich sind weitreichende Anpassungen in den Ökonomien der Beitrittsländer, auch im Hinblick auf die verbandliche Interessenvermittlung, notwendig.

Fraglos ist die Erweiterung eine beträchtliche Herausforderung für den europäischen Sozialen Dialog. In den neuen Mitgliedsstaaten

[6] *Vgl. Marcus Kahmann: Changes in national trade union structures. Organisational restructuring by mergers in Central and Eastern Europe, Germany, the U.K., and Australia, ETUI Discussion Paper, DWP 2003.02.02.*

überwiegen tripartistische Strukturen, die Verbändesysteme sind fragmentiert, die bipartistischen Beziehungen auf nationaler und sektoraler Ebene wenig entwickelt. Die Europäische Union ist mit dem Beitritt der zehn Länder in eine neue Phase ihrer Geschichte eingetreten; ob der bestehende Soziale Dialog mit dieser Entwicklung Schritt halten kann, ist noch nicht abzusehen.

Auswirkungen auf die EU-Politik

Im Zuge des fortschreitenden Integrationsprozesses ist zunehmend Kritik am demokratischen Defizit der EU-Institutionen laut geworden, umso mehr, als davon auch die Politikprozesse der Mitgliedsstaaten tangiert werden. Wenn wir davon ausgehen, dass der Soziale Dialog ein – wenn auch schwach ausgeprägtes – korporatistisches Verhandlungssystem darstellt, so erhebt sich die Frage, ob und inwieweit er der demokratischen Legitimität der EU-Politik förderlich ist. Dieser Aspekt soll abschließend kurz erörtert werden.

Grundsätzlich sind korporatistische Systeme nicht demokratisch im strikten Sinne, vor allem erfüllen sie nicht die für eine Mehrheitsdemokratie geltenden Kriterien. Mit *Scharpf*[8] können wir Korporatismus als ein Verhandlungssystem mit einer Konfiguration unterschiedlicher Akteure begreifen, in dem jeder Akteur eine Stimme hat, unabhängig von der Größe. Die Mehrheitsregel findet dabei keine Anwendung, da jeder Akteur im Fall, dass er überstimmt wird, sich vom Spiel zurückziehen und damit den Entscheidungsprozess blockieren kann. Für Verhandlungssysteme gilt daher die Einstimmigkeitsregel.

Verhandlungssysteme auf EU-Ebene

Demokratische Legitimität ist also nicht ausschließlich eine Frage von Repräsentativität und Mehrheitsregel. Sie muss sich ebenso auch auf eine kollektive Identität, die Möglichkeit des öffentlichen Diskurses und die politische Verantwortlichkeit von Entscheidungsträgern stützen – jene Elemente, die auf EU-Ebene schwach entwickelt sind. *„In the EU patterns of bargaining and accomodation will have to prevail; otherwise, the enormous heterogeneity of Europe will never be manageable,"*[9] wie *Lehmbruch* es formuliert hat. In dieser Hinsicht hat das politische System der EU strukturelle Affinitäten

---

8 *Fritz Scharpf: Negative and Positive Integration in the Political Economy of Welfare States, in: Gary Marks et al., Governance in the European Union, London: 1996, 15–39.*

9 *Gerhard Lehmbruch: Consociational Democray and Corporatism in Switzerland, in: Publius 23/1993 (Spring), S. 60.*

mit der Konkordanzdemokratie schweizerischen Musters. Mit dieser Einsicht wird verständlich, warum die EU-Institutionen – trotz (oder vielleicht auch wegen) der Proliferation von Lobbying-Aktivitäten – die Zusammenarbeit mit den organisierten Interessen von Arbeit und Wirtschaft suchen: *„Interest groups have always been central to the Commission's attempts to overcome democratic deficit [...] and to progress European Integration [...], and the Commission provides a range of incentives to groups to operate as representative structures"*.[10] Einrichtungen wie der Soziale Dialog erfüllen also auch eine Funktion zur Festigung der Legitimität: Die EU-Institutionen schaffen die Nachfragestrukturen und privilegieren die beteiligten Akteure, im Gegenzug profitieren sie von der Übertragung von Loyalität auf die europäische Ebene.

In korporatistische Verhandlungssysteme eingebundene Verbände sind in besonderer Weise angehalten, den Ausgleich zwischen optimaler Zielverwirklichung im institutionellen Gefüge einerseits und der Hinwendung zu ihrer sozialen Basis andererseits zu suchen. In der Terminologie *Streecks*[11]: Sie gehorchen zugleich einer Einflusslogik, welche auf die Systemintegration des Verbandes abzielt, und einer Mitgliedschaftslogik im Sinne einer Sicherstellung der Loyalität ihrer Klientel. Zwischen den beiden Logiken besteht grundsätzlich ein Spannungsverhältnis, da die Unterordnung unter in Form von Kompromissen zu erzielenden Vereinbarungen immer auch mit Abstrichen von den unmittelbaren Mitgliederinteressen verbunden ist, so wie umgekehrt eine reine Mitgliederorientierung Verhandlungen konterkarieren würde.

Im europäischen Interessensystem hat die Einflusslogik an Bedeutung gewonnen, eine der Legitimität der EU-Institutionen förderliche Entwicklung. Ein Blick in den im Jänner 2005 vom Europäischen Parlament angenommenen Entwurf für eine europäische Verfassung macht die in den Sozialen Dialog gesetzten Erwartungen sichtbar. Das Wort „Sozialpartner" wird im Verfassungsentwurf insgesamt 20 Mal genannt, der Soziale Dialog ist in Artikel 47 verankert: *„Die Sozialpartner und der autonome soziale Dialog: Die Europäische Union anerkennt und fördert die Rolle der Sozialpartner auf Ebene der Union unter Berücksichtigung der Unterschiedlichkeit der nationalen Systeme; sie fördert den sozialen Dialog und achtet dabei*

---

[10] *Justin Greenwood: Representing Interests in the European Union, London: 1997, S. 177.*

[11] *Wolfgang Streeck: Staat und Verbände. Neue Fragen. Neue Antworten? In: ders. (Hg.): Staat und Verbände, PVS-Sonderheft 25, Opladen: 1994, S. 13–15.*

die Autonomie der Sozialpartner.“ Ob der Soziale Dialog auch in der europäischen Realverfassung dauerhaft jenen Stellenwert einnehmen wird, den die (noch nicht in Kraft getretene) europäische Formalverfassung ihm zumisst, wird letztlich von der Interessenlage der beteiligten Akteure abhängen.

Mag. Dr. Gertrude Tumpel-Gugerell, Oesterreichische Nationalbank 1975–2003. Beraterin des Finanzministers 1981–1984. Koordination der OeNB-Vorbereitungen zum Beitritt zur Wirtschafts- und Währungsunion. Vizegouverneurin der OeNB 1998–2003. Seit Juni 2003 Mitglied des Direktoriums der Europäischen Zentralbank. Veröffentlichte Beiträge zu Wirtschaftspolitik, Finanzmarktregulierung, Finanzmarktstabilität.

Europa – mehr als eine Wirtschafts- und Währungsunion?

Vor kurzem fand das erste Treffen zwischen der Europäischen Kommission und Vertretern der Volksrepublik China zu Wirtschaftsfragen statt.[1] Die chinesischen Delegierten meinten: *„Wir sind zufrieden mit unseren Erfolgen beim Wachstum, von Euch wollen wir lernen, wie man Sozial- und Umweltstandards erfolgreich umsetzt.“* Ist Europa ein Vorbild? Ist Europa mehr als eine Wirtschafts- und Währungsunion? Um diese Frage zu beantworten, müssen wir einen Blick auf die Entstehungsgeschichte Europas werfen.

Die Europäische Union – von der Friedenssicherung zur Wirtschafts- und Währungsunion

Als 1950 der damalige französische Außenminister *Robert Schuman* die Integration der westeuropäischen Kohle- und Stahlindustrie vorschlug und ein Jahr später Belgien, Deutschland, Luxemburg, Frankreich, Italien und die Niederlande die Europäische Gemeinschaft für Kohle und Stahl (EGKS) gründeten, stand man in Europa noch ganz unter dem Eindruck der Zerwürfnisse und Zerstörungen des zweiten Weltkriegs. Man war der Ansicht, dass die Sicherung eines dauerhaften Friedens vor allem durch eine wirtschaftliche und politische Einigung Europas gewährleistet werden kann.

[1] Ich danke Dr. Konrad Pesendorfer für seine Unterstützung bei der Erstellung dieses Beitrags.

Schon die einleitenden Worte der Schuman-Erklärung, die heute als Geburtsurkunde der Europäischen Gemeinschaft bezeichnet wird, zeigen, dass die Motivation der Gründung der EGKS vielmehr eine friedenspolitische als eine wirtschaftliche war:

„Der Friede der Welt kann nicht gewahrt werden ohne schöpferische Anstrengungen, die der Größe der Bedrohung entsprechen. Der Beitrag, den ein organisiertes und lebendiges Europa für die Zivilisation leisten kann, ist unerläßlich für die Aufrechterhaltung friedlicher Beziehungen. Frankreich, das sich seit mehr als zwanzig Jahren zum Vorkämpfer eines Vereinten Europas macht, hat immer als wesentliches Ziel gehabt, dem Frieden zu dienen. Europa ist nicht zustande gekommen, wir haben den Krieg gehabt.“ [2]

Aufgrund der erfolgreichen Zusammenarbeit entschlossen sich die Gründerstaaten der EGKS 1957 zu weiteren Integrationsschritten und unterzeichneten den Vertrag von Rom, mit dem der Grundstein für die Europäische Atomgemeinschaft (EURATOM) und die Europäische Wirtschaftsgemeinschaft (EWG) gelegt wurde. Ziel der Mitgliedsstaaten war die Beseitigung von Handelshemmnissen und die Bildung eines gemeinsamen Marktes.

1967 wurden die Organe der drei Europäischen Gemeinschaften vereinigt. Seitdem gibt es eine gemeinsame Kommission und einen gemeinsamen Ministerrat sowie das Europäische Parlament.

Maastricht-Ziele

Im Vertrag von Maastricht[3] zu Beginn der 1990er Jahre setzte sich die Europäische Union u.a. folgende Ziele:

- die Förderung des wirtschaftlichen und sozialen Fortschritts und eines hohen Beschäftigungsniveaus sowie die Herbeiführung einer ausgewogenen und nachhaltigen Entwicklung,
- die Behauptung ihrer Identität auf internationaler Ebene, insbesondere durch eine gemeinsame Außen- und Sicherheitspolitik, sowie
- die Stärkung des Schutzes der Rechte und Interessen der Angehörigen ihrer Mitgliedsstaaten durch Einführung einer Unionsbürgerschaft.

---

[2] *Aus der am 9. Mai 1950 gehaltenen Rede des französischen Außenministers Robert Schuman.*

[3] *Auszüge aus Artikel 2 EG-Vertrag in der durch den Vertrag von Amsterdam 1997 geänderten Fassung.*

Alle diese drei Ziele stehen im Zusammenhang mit einem Sicherheitsaspekt, dem gegenüber sich die Europäische Staatengemeinschaft verpflichtet fühlt: Das erste Ziel ist jenes der sozialen Sicherheit und des ökonomischen Wohlstands (mit dem Anliegen, diesen Wohlstand nachhaltig abzusichern). Das zweite Ziel betrifft die äußere Sicherheit, geht aber über den reinen Sicherheitsaspekt hinaus und versucht, eine Europäische Identität auf internationaler Ebene zu etablieren. Das dritte Ziel umfasst die innere Sicherheit sowie die Identitätsstiftung nach innen im Rahmen der Schaffung einer Unionsbürgerschaft.

Motivation für die EU: gemeinsame Werte erwünscht

Der bekannte deutsche Philosoph *Jürgen Habermas*, der sich sehr intensiv mit der Europäischen Integration auseinander setzt, betont, dass wirtschaftliche Ziele und Erwartungen als Motiv nicht ausreichen, um in der Bevölkerung das Projekt einer Union, die diesen Namen verdient, zu mobilisieren. Wir beobachten ein Hinterherhinken der politischen hinter der ökonomischen Integration. Seiner Meinung nach bedarf es gemeinsamer Wertorientierungen, um tatsächlich eine Begeisterung für mehr europäische Integration zu schaffen.[4]

Die Situation in Europa stellt sich heute anders dar als nach dem zweiten Weltkrieg. Die unmittelbare Bedrohung eines kriegerischen Konflikts zwischen mitteleuropäischen Staaten ist heute realistischerweise nicht mehr gegeben. Die Einbindung Deutschlands in ein Europäisches Staatengeflecht – nach dem zweiten Weltkrieg noch ein wichtiges politisches Anliegen – ist heute, selbst nach der Wiedervereinigung Deutschlands zu einem Staat mit 82 Millionen Einwohnern, nicht mehr Zweck der Europäischen Union. Der Wohlstand und der Lebensstandard der Menschen hat deutlich zugenommen, wenn auch durchschnittliche Arbeitslosenquoten von knapp unter zehn Prozent in Europa nach wie vor auf ungelöste Probleme hinweisen und die gerechte Verteilung des Wohlstands ein Anliegen bleiben muss. Die Ziele, die den Kitt der Europäischen Union darstellen, müssen sich heute entsprechend von jenen in den Gründerjahren unterscheiden.

Motive der neuen Mitgliedsländer

Die erst jüngst erfolgte Erweiterung der Europäischen Union um zehn neue Mitgliedsstaaten ist ein gutes Beispiel dafür, dass sich die Motivation, Mitglied in der EU zu sein, deutlich weg von politischen hin zu ökonomischen Zielen gewandelt hat. Jene Staaten, die 1989

[4] *Vgl. Jürgen Habermas: Warum braucht Europa eine Verfassung? Vortrag, gehalten an der Universität Hamburg am 26.06.2001.*

diktatorische kommunistische Regime abgeschüttelt haben, befanden sich in den 1990er Jahren in der Aufbauphase staatlicher Strukturen, die sich auf demokratische Grundsätze stützen. Die Antwort der Transformationsgesellschaften auf die Herausforderungen des Systembruchs war die Rückkehr zum Nationalstaat. *„In diesen Ländern besteht kein rechter Enthusiasmus für die Übertragung von jüngst gewonnenen Souveränitätsrechten auf die Europäische Union"*, schreibt *Jürgen Habermas*.

Im Vorfeld der EU-Erweiterung stand somit auch die ökonomische Debatte und das Abwägen von wirtschaftlichen Vor- und Nachteilen eines EU-Beitritts für diese Länder sehr stark im Vordergrund. In den EU-15 bemühte man sich, die politische Bedeutung einer Wiedervereinigung Europas und die historische und kulturelle Zusammengehörigkeit der Völker zu betonen, es wurde aber auch sehr eingehend über die Kosten der Erweiterung diskutiert und wie diese Kosten in Zukunft zu tragen wären. Die Stabilisierung der Demokratien und die schrittweise Heranführung der Einkommensniveaus in den mittel- und osteuropäischen Staaten an das westeuropäische Niveau und der Anreiz, den man mit einer EU-Mitgliedschaft für ausländische Investoren bietet, waren vor der Erweiterung für die Gesellschaften der Transformationsökonomien Hauptmotive für einen schnellen EU-Beitritt.

In Bezug auf weitere Fortschritte in der Integration der Europäischen Union sind ökonomische Motive nicht ausreichend, um dafür eine breite Unterstützung in der Europäischen Bevölkerung zu erzielen. Langfristig kann der politische Zusammenhalt der Europäischen Union nur erreicht werden, wenn es gelingt, eine Europäische Identität zu schaffen, die sich gemeinsamen Werten verpflichtet fühlt.

Eine Verfassung für Europa

Warum eine Verfassung?

Die Idee, eine Verfassung für Europa zu schaffen, entstand auch, um das Ungleichgewicht von politischer und wirtschaftlicher Integration wieder aufzuheben. Dies erschien vor allem angesichts der damals noch bevorstehenden Erweiterung der Europäischen Union erforderlich. Auch die Europa-internen Debatten nach dem Terroranschlag vom 11. September 2001 über eine mögliche Beteiligung Europas an einem Krieg gegen den Irak haben gezeigt, dass eine Diskussion über die Europäischen Werte, die in einer Europäischen Verfassung niedergeschrieben werden sollten, geführt werden musste.

Im Jahr 2002 wurde unter der Leitung von *Valéry Giscard d'Estaing* ein Verfassungskonvent ins Leben gerufen, der unter breiter Beteiligung von Interessensvertretern aus ganz Europa sowie unter der Einbindung der Europäischen Bevölkerung einen Verfassungstext entwerfen sollte. Etwas mehr als ein Jahr später, am 18. Juli 2003, legte der Konvent dem italienischen Vorsitz des Rates der Europäischen Union einen Verfassungsentwurf für Europa vor, der dann am 29. Oktober 2004 von den Staats- und Regierungschefs der EU in Rom feierlich unterzeichnet wurde.

Ratifizierung in den Mitgliedsstaaten

Um jedoch tatsächlich Rechtsgültigkeit zu erlangen, ist die Ratifizierung der Verfassung in den einzelnen Mitgliedsstaaten erforderlich. In zehn von 25 Mitgliedsstaaten ist dazu eine Volksabstimmung notwendig, wobei nur in sechs dieser Länder der Ausgang der Volksabstimmung bindend für das Parlament ist. In Spanien, das als erstes Land ein Referendum zur Verfassung durchführte[5], sprach sich die Bevölkerung mit einer deutlichen Mehrheit von mehr als 76 % für die Annahme der Verfassung aus. Sloweniens Parlament war das erste, das die neue Europäische Verfassung formell ratifizierte.

Europäische Werte

Welche sind nun die Europäischen Werte, auf die man sich im Konvent einigen konnte und die Eingang in Artikel I-2 der Verfassung gefunden haben?

Die Verfassung für Europa nennt hier „*die Achtung der Menschenwürde, Freiheit, Demokratie, Gleichheit, Rechtsstaatlichkeit und die Wahrung der Menschenrechte einschließlich der Rechte der Personen, die Minderheiten angehören. Diese Werte sind allen Mitgliedsstaaten in einer Gesellschaft gemeinsam, die sich durch Pluralismus, Nichtdiskriminierung, Toleranz, Gerechtigkeit, Solidarität und die Gleichheit von Frauen und Männern auszeichnet.*“[6]

Die Ziele der Europäischen Union wurden im Verfassungstext im Vergleich zu früheren Vertragstexten ausgebaut und sind nunmehr in Artikel I-3 der Verfassung[7] festgehalten:

---

[5] *Das Referendum wurde am 20. Februar 2005 durchgeführt und hat in Spanien konsultativen Charakter.*

[6] *Vertrag über eine Verfassung für Europa, Artikel I-2, Die Werte der Union.*

[7] *C 310/12 DE Amtsblatt der Europäischen Union 16.12.2004.*

Ziele der EU

(1) Ziel der Union ist es, den Frieden, ihre Werte und das Wohlergehen ihrer Völker zu fördern.

(2) Die Union bietet ihren Bürgerinnen und Bürgern einen Raum der Freiheit, der Sicherheit und des Rechts ohne Binnengrenzen und einen Binnenmarkt mit freiem und unverfälschtem Wettbewerb.

(3) Die Union wirkt auf die nachhaltige Entwicklung Europas auf der Grundlage eines ausgewogenen Wirtschaftswachstums und von Preisstabilität, eine in hohem Maße wettbewerbsfähige soziale Marktwirtschaft, die auf Vollbeschäftigung und sozialen Fortschritt abzielt, sowie ein hohes Maß an Umweltschutz und Verbesserung der Umweltqualität hin. Sie fördert den wissenschaftlichen und technischen Fortschritt.
Sie bekämpft soziale Ausgrenzung und Diskriminierungen und fördert soziale Gerechtigkeit und sozialen Schutz, die Gleichstellung von Frauen und Männern, die Solidarität zwischen den Generationen und den Schutz der Rechte des Kindes.
Sie fördert den wirtschaftlichen, sozialen und territorialen Zusammenhalt und die Solidarität zwischen den Mitgliedsstaaten.
Sie wahrt den Reichtum ihrer kulturellen und sprachlichen Vielfalt und sorgt für den Schutz und die Entwicklung des kulturellen Erbes Europas.

(4) In ihren Beziehungen zur übrigen Welt schützt und fördert die Union ihre Werte und Interessen. Sie leistet einen Beitrag zu Frieden, Sicherheit, globaler nachhaltiger Entwicklung, Solidarität und gegenseitiger Achtung unter den Völkern, zu freiem und gerechtem Handel, zur Beseitigung der Armut und zum Schutz der Menschenrechte, insbesondere der Rechte des Kindes, sowie zur strikten Einhaltung und Weiterentwicklung des Völkerrechts, insbesondere zur Wahrung der Grundsätze der Charta der Vereinten Nationen.

(5) Die Union verfolgt ihre Ziele mit geeigneten Mitteln entsprechend den Zuständigkeiten, die ihr in der Verfassung übertragen sind.

Neben den Zielen der Europäischen Union, die weit über rein ökonomische Ziele hinausgehen, legt die Verfassung auch Europäische Symbole, wie die Unionsflagge, eine Hymne der Union,[8] einen Leitspruch („In Vielfalt geeint"), die gemeinsame Währung, den Euro, sowie einen Europatag (9. Mai) fest. Damit soll die Schaffung einer Europäischen Identität auch an sichtbaren Zeichen manifest werden.

[8] *Die Hymne der Union entstammt der "Ode an die Freude" aus der 9. Symphonie von Ludwig v. Beethoven.*

Die Geschichte der Europäischen Integration hat gezeigt, dass immer dann Fortschritte in Richtung Vertiefung der Gemeinschaft erzielt werden konnten, wenn konkrete Projekte verfolgt wurden, die von Nutzen für die Bevölkerung waren. Dies zeigt sich beispielsweise an den vier Freiheiten (freier Waren-, Dienstleistungs-, Personen- und Kapitalverkehr), die 1992 den Europäischen Binnenmarkt vollenden sollten. Ein Beispiel gelungener Europäischer Integration ist jedoch sicherlich die Schaffung der Wirtschafts- und Währungsunion (WWU) in Europa. An diesem Beispiel und der Entstehungsgeschichte der WWU soll dargestellt werden, dass Realitäten, die wir heute als gegeben hinnehmen, zunächst als Ideen einzelner Staatsmänner entstanden sind und Jahrzehnte gebraucht haben, um realisiert zu werden.

Europäische Integration am Beispiel der WWU

Projekt Wirtschafts- und Währungsunion

Das erste konkrete Projekt zur Schaffung einer Wirtschafts- und Währungsunion geht zurück auf den so genannten Werner-Bericht Ende der 60er Jahre.

Dieser Plan scheiterte jedoch bereits während der ersten Phase. Externe Gründe, wie der Zusammenbruch des Bretton-Woods-Systems und die daraus resultierenden Währungskrisen der Jahre 1971 und 1973 sowie die Ölkrise im Jahre 1973/74 trugen dazu bei. Als hauptsächliche Gründe für das Scheitern des Werner-Plans gelten jedoch die unüberbrückbaren Gegensätze zwischen jenen, die meinten, eine Währungsunion müsse am Beginn eines wirtschaftlichen Konvergenzprozesses stehen, und einer anderen Gruppe, die den wirtschaftlichen Konvergenzprozess als Voraussetzung für eine gemeinsame Währung sahen.

Eine von der Kommission eingesetzte Expertengruppe stellte im März 1975 fest, dass für den Misserfolg nicht ausschließlich die widrigen äußeren Umstände, wie Weltwährungs- und Ölkrise, verantwortlich gewesen seien, sondern vor allem der fehlende politische Willen der Regierungen der Mitgliedsstaaten, diesen Stufenplan einhalten zu wollen.[9]

Der Stillstand in der Währungsintegration auf Europäischer Ebene dauerte bis zum 13. März 1979 an. An diesem Tag trat das Europäi-

[9] *Vgl. Bericht der Expertengruppe „Wirtschafts- und Währungsunion 1980" (genannt „Marjolin-Bericht"), in: Bulletin. EG, Nr. 4/1975, S. 33–38.*

sche Währungssystem (EWS) in Kraft. Die Gründung ging auf eine gemeinsame Initiative des damaligen Bundeskanzlers der Bundesrepublik Deutschland *Helmut Schmidt* und des französischen Staatspräsidenten *Valéry Giscard d'Estaing* zurück. Das Herzstück des EWS bildete der schon bestehende Wechselkursmechanismus („Währungsschlange") mit festen, aber dennoch flexibel reagierenden Währungskursen für die Teilnehmerländer.

Die erste Phase

Im Vertrag von Maastricht (1992) sollte die erste Stufe der Währungsunion in einem dreistufigen Verfahren umgesetzt werden. Grundlage dafür war der Delors-Bericht,[10] der bereits am 27. Juni 1989 von den Staats- und Regierungschefs angenommen worden war und der den Beginn der ersten Phase der Währungsunion mit 1. Juli 1990 festsetzte. Als vorrangiges Ziel dieser ersten Stufe galt die Koordinierung der Wirtschafts- und Geldpolitik der EG-Mitgliedsstaaten, um die bis dahin innerhalb des EWS erreichte Konvergenz zu verbessern. Außerdem sollte in dieser Phase die Teilnahme aller EG-Mitgliedsstaaten am EWS-Wechselkursmechanismus sowie eine intensivere geldpolitische Zusammenarbeit der EG-Zentralbanken erreicht werden.

Die zweite Phase

Die zweite Phase der EWU ist entscheidend gekennzeichnet durch die Errichtung des Europäischen Währungsinstitutes (EWI) im Jahr 1994. Am 1. Juni 1998 ging aus dem EWI die Europäische Zentralbank hervor und die dritte Stufe der WWU begann mit der Einführung des Euro in elf Mitgliedsstaaten der Europäischen Union am 1.1.1999. Griechenland stieß 2001 als zwölftes Mitglied zur Wirtschafts- und Währungsunion dazu.

Dass mit der Europäischen Zentralbank eine wirklich europäische Institution geschaffen wurde, zeigt sich nicht nur an dem ihr vorgegebenen Ziel, nämlich die Preisstabilität im Euroraum als Gesamtheit zu garantieren, sondern vor allem auch an ihrer Entscheidungsstruktur. Entscheidungen werden in der EZB im EZB-Rat gefällt, der sich aus den Gouverneuren der Euro-Mitgliedsstaaten und den sechs Direktoriumsmitgliedern der EZB zusammensetzt. Innerhalb dieses Rates gibt es bei der Entscheidung über die Geldpolitik keine Stimmgewichtung nach Herkunftsland der jeweiligen Gouverneure, sondern jedes einzelne EZB-Rats-Mitglied nimmt an den Sitzungen in

[10] *Vgl. Ausschuss zur Prüfung der Wirtschafts- und Währungsunion: Bericht zur Wirtschafts- und Währungsunion in der EG (im folgenden mit „Delors-Bericht" bezeichnet), vorgelegt am 17. April 1989.*

seiner bzw. ihrer persönlichen Kapazität teil und hat dabei die Interessen des gesamten Euro-Raums, und nicht etwa die eines einzelnen Mitgliedsstaates, zu vertreten. Darin unterscheidet sich die Europäische Zentralbank von den sonstigen Entscheidungsstrukturen in der Europäischen Union, wo etwa der EU-Ministerrat, auf Vorschlag der Kommission, nach Stimmgewichtung der einzelnen Mitgliedsstaaten entscheidet.

Die Erfahrungen nach sechs Jahren Europäischer Geldpolitik zeigen, dass die im Delors-Plan vorgezeichneten und dann im Maastricht-Vertrag bestätigten Entscheidungsstrukturen der EZB sehr erfolgreich waren. Das Ziel, Preisstabilität im Euroraum zu gewährleisten und damit stabile Rahmenbedingungen für eine dynamische Wirtschaftsentwicklung zu schaffen, wurde in den ersten Jahren WWU erreicht.

Die Erfolge der WWU

Der Umstrukturierungsprozess der europäischen Wirtschaft

Das Programm zur Schaffung eines einheitlichen Markts in Europa, die Öffnung der nationalen Märkte, mehr Wettbewerb als Devise hat zu einem beispiellosen Umstrukturierungs- und Neuorganisationsprozess in der europäischen Wirtschaft geführt. Die Produktion wurde konzentriert, die Standorte über mehrere Länder verteilt, die Erweiterung brachte neue Investitionsstandorte mit niedrigen Löhnen in greifbare Nähe, größere Einheiten erlauben kostengünstigere Produktion, bessere Preise für die Konsumenten und höhere Gewinne. Parallel dazu ist die Produktion kapitalintensiver geworden, dennoch beschäftigt z.B. die deutsche Auto-Industrie heute mehr Menschen als vor zehn oder fünfzehn Jahren. Dazu kommt ein seit dem frühen 20. Jahrhundert nicht mehr da gewesener Globalisierungsprozess, der bei freiem Kapitalverkehr und Abbau von Handelsschranken neue Teilnehmer am Welthandel und eine Intensivierung des globalen Wettbewerbs gebracht hat.

Europa ist mit dem Binnenmarkt für mehr als 450 Mio. Menschen eine der größten und wohlhabendsten Wirtschaftszonen der Welt. Europa ist stärker geworden und mit einer gemeinsamen Währung für 300 Mio. Menschen auch stabiler. Der Euro hat geringe Preissteigerungen sowie Vertrauen in die künftige Geldwertstabilität für Länder gebracht, die Jahrzehnte hoher Inflation erlebt hatten – mit allen negativen Auswirkungen, gerade für Gruppen, die sich nicht wehren können, wie Pensionisten oder Leute, die auf Werterhaltung der Ersparnisse angewiesen sind.

Voraussetzung für den Euro war auch eine nachhaltige Konsolidierung der Staatsfinanzen, eine Begrenzung der Neuverschuldung und ein Abbau der Schulden. Gleichzeitig hat der Euro auch zu niedrigen Zinsen geführt und damit die Schuldner, den Staat, die Unternehmen und privaten Kreditnehmer entlastet.

Die Zukunft Europas – mehr als eine WWU

Europa hat viel erreicht und vieles vor sich:

a) Europa braucht sozialen Zusammenhalt

Die Erweiterung hat ein Europa geschaffen, das reiche und arme Regionen umfasst – Wohlstand und Gruppen, die in Armut leben. Es gilt, mehr Menschen Wohlstand und Zuversicht in ihre Zukunft und jene ihrer Kinder zu ermöglichen. Dies bedeutet Arbeit zu finden, Aufstiegsmöglichkeiten zu haben, Unternehmen zu gründen und Innovationen umzusetzen. Arbeitslosenquoten von 18 %, wie wir sie in Polen und der Slowakei beobachten, sind genauso ein Problem wie Millionen Menschen ohne Arbeit in Deutschland oder Frankreich oder anderen EU-Ländern.
Zur Zeit entfällt ein großer Teil der Steuerlast auf die Arbeit, dies senkt die Anreize, Beschäftigung zu schaffen. Auch die Finanzierung des Gesundheitssystems und der staatlichen Altersvorsorge basieren auf Arbeitseinkommen. Eine langfristig tragfähigere Finanzierungsbasis für Steueraufkommen und Sozialabgaben ist daher erforderlich. Geringere Steigerungen der Arbeitseinkommen als Folge intensiven Wettbewerbs bei steigenden Finanzierungserfordernissen für öffentliche Dienstleistungen, Gesundheits- und Altersvorsorge bei wachsendem Anteil der älteren Bevölkerung erfordern ein Umdenken und Mut zu neuen Konzepten.

b) Europa braucht mehr Bildung und Forschung

Der Zugang zu guten Bildungseinrichtungen ist entscheidend für Lebenschancen. Ausbildung ist die beste Investition und erhöht die Chancen auf persönliche und wirtschaftliche Entfaltung. Bildung ist die Voraussetzung für Forschung und Innovation. Die meisten Länder haben Nachholbedarf auf diesem Gebiet.
An den Universitäten ist eine große Reform im Gange – Europas Universitäten sollen vergleichbare Bildungswege anbieten, Kurz- und Langstudien sollen möglich werden und damit jungen Menschen helfen, gezielter zu studieren. Die Finanzierung wird in diesem Zusammenhang ebenfalls ein Thema sein.

c) Europa braucht Gesundheits- und Altersvorsorge und mehr Beschäftigung

Die Finanzierung der Gesundheitssysteme ist in vielen EU-Ländern ein permanentes Thema. Die Organisation der Gesundheitsleistungen, die Vorsorgemedizin und die Ausbildung der Menschen in diesem Sektor erfordert viel Vorausplanung, Zusammenarbeit und Lernen von den Erfahrungen der anderen. Auch die Gestaltung von öffentlichen und Eigenleistungen ist ein Thema, das mit Offenheit und nach dem Prinzip der sozialen Zumutbarkeit diskutiert werden muss.
Die demographische Entwicklung, der höhere Anteil älterer Menschen an der Bevölkerung und die längere Lebenserwartung sind Anlass zu einer Reform der Pensionssysteme. Die Verlängerung der Lebensarbeitszeit und die Erhöhung der Erwerbsquote insbesondere bei Frauen sollten in Europa zu mehr Wachstum beitragen. Dies setzt familiengerechtere Arbeitsorganisation und Wertschätzung des Beitrags der Frauen im Arbeitsleben voraus.

d) Europa braucht eine bessere Infrastruktur

Die Bemühungen um Konsolidierung der Staatsfinanzen haben zu Kürzungen der Ausgaben für Infrastruktur geführt, weil diese Kürzungen rasch umsetzbar sind. Europa braucht Investitionen in Verkehrs-, Bildungs- und Forschungseinrichtungen. Sie sind die Basis künftiger Innovationen, Vernetzung und Dynamik.

e) Europa soll internationale Solidarität zeigen

Europa ist heute die wichtigste Quelle von Entwicklungshilfe. Eine gezielte Verstärkung der Hilfe für die ärmsten Regionen z.B. Afrikas soll Armut reduzieren und Basis für eigenständigere Entwicklung schaffen. Europa hat Verantwortung in der Außen- und Sicherheits-, aber auch in der Entwicklungspolitik.
Europa ist längst mehr als eine Wirtschafts- und Währungsunion, haben die Besucher aus China gemeint. Machen wir uns das bewusst und arbeiten wir daran. Europa heißt Frieden, Sicherheit, Freiheit, Wirtschaftskraft und Solidarität.

Dr. Josef Cerny, geb. 1940.
Von 1985 bis 2001 Direktor der AK Wien und des Österreichischen Arbeiterkammertages .
Seit 1982 Lehrauftrag für Arbeitsrechtspolitik und seit 1986 Honorarprofessor an der Universität Salzburg.
Vorstandsmitglied der Österreichischen Gesellschaft für Arbeits- und Sozialrecht sowie der Gesellschaft für Gesetzgebungslehre, Schriftleiter der Zeitschrift „Das Recht der Arbeit".
Autor von Kommentaren zu arbeits- und sozialrechtlichen Gesetzen sowie zahlreicher Abhandlungen.

Arbeitsbeziehungen und soziales Gleichgewicht

Globalisierung und soziale Folgen

Der amerikanische Ökonom und Zukunftsdenker *Lester C. Thurow* hat in seinem 1996 erschienenen Buch „Die Zukunft des Kapitalismus“ die Globalisierung der Wirtschaft richtig vorhergesagt:
„Der technologische Fortschritt und die Veränderungen im Verkehrs- und Kommunikationswesen münden in eine Welt, in der alles überall auf der Welt hergestellt und auch überall verkauft werden kann“.

Zugleich hat Thurow die Folgen einer globalisierten kapitalistischen Wirtschaft eindeutig benannt:
„Überall zeigen sich zunehmende Disparitäten in Einkommen und Vermögen. Eine große Mehrheit muss sich mit sinkenden Reallöhnen abfinden. Es entsteht ein von der Produktivwirtschaft ungewolltes Lumpenproletariat“.

Diese Entwicklung bedeute nicht zuletzt eine Gefährdung der Demokratie:
„Man kann nicht auf der einen Seite ideologisch Gleichheit für alle vertreten (Demokratie) und auf der anderen Seite eine Wirtschaft haben, in der sich immer größere Disparitäten zwischen den Menschen auftun, und in der eine Mehrheit der Wahlberechtigten absolute Einkommensverluste hinnehmen muss“.

Als Zukunftsperspektive sieht Thurow vor allem Investitionen in Bildung und Wissen:
„Wenn der Kapitalismus auch auf lange Sicht weiter funktionieren soll, müssen Investitionen getätigt werden, die nicht unbedingt im Selbstinteresse des einzelnen, sondern im langfristigen gesamtgesellschaftlichen Interesse liegen.“

Globalisierung heißt nicht: Wohlstand für alle

Wie sieht der Ist-Zustand heute, fast ein Jahrzehnt später, aus? Antwort auf diese Frage gibt u. a. der im Frühjahr 2004 erschienene Bericht der von der Internationalen Arbeitsorganisation (ILO) im November 2001 eingesetzten „Weltkommission zur Sozialen Dimension der Globalisierung“. Er zeigt mit aller Deutlichkeit, dass Globalisierung der Wirtschaft keineswegs Wohlstand für alle bedeutet. Die größten Nutznießer der Globalisierung sind Menschen, die mit erfolgreichen multinationalen Unternehmen und international wettbewerbsfähigen nationalen Unternehmen verbunden sind (Manager, Aktionäre, Subunternehmer der Multis). Verlierer sind dagegen jene Menschen, die in Unternehmen tätig sind, die der Handelsliberalisierung und der Konkurrenz ausländischer Unternehmen nicht standhalten konnten. Arme, Analphabeten, unqualifizierte Arbeitnehmer und indigene Völker haben verloren:
„Die Regeln des Welthandels begünstigen heute oft die Reichen und Mächtigen und können sich gegen die Armen und Schwachen, seien dies nun Länder, Unternehmen oder Gemeinwesen, auswirken“.

Die Folgen sind: Die Kluft zwischen Armen und Reichen wird immer größer: Zwischen 1960 und 1962 betrug das Durchschnittseinkommen in den 20 reichsten Ländern etwa das 53fache der 20 ärmsten Länder der Welt. Zwischen 2000 und 2002 vergrößerte sich der Unterschied auf das 121fache, also auf mehr als das Doppelte!

Einkommensunterschiede nehmen zu

Vor allem in den Industrieländern nehmen die Einkommensunterschiede zu. So hat sich in den USA die Einkommensschere zwischen den bestbezahlten 10 % und den schlechtest bezahlten 10 % der Arbeitnehmer im Zeitraum 1985 bis 1995 um 36 % vergrößert. Auch in Österreich war die Entwicklung ähnlich, wenn auch bei weitem nicht so dramatisch: 1987 verdienten die 10 % Bestverdiener 3,5 Mal soviel wie die 10 % Schlechtestverdiener, 2003 war es bereits das 4,2fache.

Die Globalisierung der Wirtschaft beeinflusst massiv die internationale und die nationale Sozialpolitik: Wirtschaftsregeln und -institutionen dominieren die Sozialgesetzgebung und soziale Institutionen. Sozialpolitik wird vorrangig als Standortpolitik begriffen. Die Unterordnung der Sozialpolitik unter die Wirtschaft kommt z. B. in

Österreich u.a. in der Verschiebung der Arbeitsrechtskompetenz vom früheren Sozialministerium in das jetzige „Bundesministerium für Wirtschaft und Arbeit" zum Ausdruck.

Nicht zuletzt hat die globalisierte Wirtschaft auch Auswirkungen auf die Arbeitsbeziehungen: So hat beispielsweise die erhöhte Mobilität des Kapitals in Verbindung mit der hohen Arbeitslosigkeit die Verhandlungsposition von Arbeitnehmern (und deren Interessenvertretungen) gegenüber Arbeitgebern geschwächt. Gleichzeitig bedeuten der verschärfte internationale Wettbewerb und ausländische Direktinvestitionen Druck in Richtung auf eine Flexibilisierung des Arbeitsmarktes und eine Aushöhlung des Arbeitsschutzes.

Druck auf die Arbeitnehmer

Ist also soziales Gleichgewicht in einer globalisierten Wirtschaft überhaupt ein erreichbares Ziel, oder handelt es sich dabei nur um eine Schimäre unverbesserlicher Sozialromantiker? Der vorliegende Beitrag kann und will diese fundamentale Frage nicht beantworten; er beschränkt sich auf den kleinen Ausschnitt der Arbeitsbeziehungen, und hier wieder vornehmlich unter rechtlichen Aspekten, im Bewusstsein der gesellschaftlichen Funktion und der Grenzen der Rechtsordung.

Ungleichheit als Wesenselement der Marktwirtschaft

In einer marktwirtschaftlich organisierten Gesellschaft bestimmen Angebot und Nachfrage den Preis von Waren und Dienstleistungen. Entscheidende Antriebskraft ist das Gewinnstreben. Stärker ist, wer die bessere Marktposition hat. Ungleichheit ist ein Wesenselement der Marktwirtschaft. Diese Grundregeln der Marktwirtschaft gelten nicht nur im Wettbewerb der Produzenten untereinander, sondern auch im Verhältnis von Produzenten und Konsumenten, Verkäufern und Käufern, Vermietern und Mietern und insbesondere auch in den Beziehungen von Arbeit Suchenden und Arbeit Anbietenden.

Um eine schrankenlose Ausbeutung der im freien Spiel der Marktkräfte Schwächeren zu verhindern und den für das Funktionieren der Gesellschaft notwendigen sozialen Ausgleich herzustellen, bedarf es einerseits regulierender Eingriffe des Staates und andererseits organisierter Gegenmacht der wirtschaftlich und sozial Schwächeren.

Arbeitsrecht und Schutzprinzip

Im Arbeitsverhältnis führt die uneingeschränkte Anwendung des bürgerlich-rechtlichen Prinzips der Vertragsfreiheit zur Ausbeutung und Verelendung jener, die zur Sicherung ihres Unterhalts auf den Verkauf ihrer Arbeitskraft an die Eigentümer der Produktionsmittel angewiesen sind. Den Nachweis dafür liefert nicht nur die Geschichte, sondern in weiten Teilen der Welt auch die Gegenwart.

Gesamtgesellschaftlich unerwünschte Folgen der Vertragsfreiheit verhindern

Aus dem Bedürfnis, die untragbaren sozialen Folgen der Vertragsfreiheit im Arbeitsverhältnis zu verhindern, entwickelte sich das Arbeitsrecht als Sonderrecht der abhängig Beschäftigten. Waren es zunächst staatspolitische, vor allem wehrpolitische Überlegungen – Sicherung des Nachwuchses an wehrtüchtigen Soldaten –, die den Staat zu ersten Interventionen wie z. B. in Österreich zum Verbot der Kinderarbeit unter neun Jahren und zu Arbeitszeitbeschränkungen für ältere Kinder und Jugendliche durch ein Hofkanzleidekret von 1842 veranlassten, so war es später bezeichnenderweise das Gewerberecht, das erste arbeitsrechtliche Schutzvorschriften enthielt.

Entscheidend für die weitere sozialpolitische Entwicklung war dann die Aufhebung des Koalitionsverbotes durch das Koalitionsgesetz 1870 und die dadurch gegebene Möglichkeit, ohne Strafsanktion Gewerkschaften bilden zu können.

Die Entwicklung des Arbeitsrechts ist untrennbar mit der Geschichte der Gewerkschaftsbewegung verbunden. Auf der ganzen Welt waren und sind es Gewerkschaften, die für menschenwürdige Arbeitsbedingungen und deren Absicherung durch Normen des Arbeitsrechts kämpfen. Auch in Österreich – und hier ganz besonders – hat die Gewerkschaftsbewegung die Entwicklung des Arbeitsrechts maßgeblich beeinflusst und gestaltet: Von *Ferdinand Hanusch*, der zu Beginn der Ersten Republik die Grundlagen der Arbeitsrechtsordnung geschaffen hat, über *Karl Maisel, Anton Proksch, Grete Rehor, Rudolf Häuser, Gerhard Weißenberg, Alfred Dallinger, Josef Hesoun, Franz Hums und Lore Hostasch* – stets waren es Gewerkschafterinnen und Gewerkschafter, die als Sozialminister entscheidend für den Auf- und Ausbau des Arbeitsrechts gesorgt haben.

Tragendes Prinzip des Arbeitsrechts ist der Schutzzweck, Instrumente zu seiner Realisierung sind einerseits öffentlich-rechtliche Normen, andererseits zwingendes Gesetzesrecht, kollektive Rechtsgestaltung und organisierte Interessenvertretung auf betrieblicher und überbetrieblicher Ebene.

Die stärkste Form staatlicher Intervention ist die Schaffung öffentlich-rechtlicher Normen zum Schutz der Arbeitnehmerschaft vor Gefahren für ihr Leben oder ihre Gesundheit in Form von gesetzlichen Geboten und Verboten, deren Einhaltung durch staatliche Behörden überwacht und durch Strafsanktionen abgesichert ist. Der öffentlich-rechtliche Arbeitnehmerschutz (Gefahren-, Verwendungs- und Personenschutz) ist der privatautonomen Gestaltung zur Gänze entzogen, seine Normen wirken aber auch als arbeitsvertragliche Pflichten des Arbeitgebers auf die Arbeitsbeziehungen ein.

Zwingendes Gesetzesrecht zum Schutz der Arbeitnehmer

Die Vertragsfreiheit im Arbeitsverhältnis wird darüber hinaus durch zwingendes Gesetzesrecht weitgehend eingeschränkt: Die Arbeitsbedingungen werden durch Gesetz so geregelt, dass die Rechte der Arbeitnehmer durch abweichende Vereinbarungen weder aufgehoben noch beschränkt, sondern nur für die Arbeitnehmer günstiger gestaltet werden können (einseitig oder relativ zwingendes Gesetz – Unabdingbarkeit). Derartige Gesetzesnormen sind im Arbeitsvertragsrecht die Regel, nur ausnahmsweise sind auch ungünstigere Regelungen (meistens durch Kollektivverträge) zulässig, in Ausnahmefällen wird die Regelung der vertraglichen Disposition überhaupt entzogen (zweiseitig oder absolut zwingendes Gesetz).

Normwirkung, Unabdingbarkeit und Günstigkeitsprinzip sind auch die maßgeblichen Grundsätze der „kollektiven Rechtsgestaltung“, also der Regelung von Arbeitsbedingungen durch Verträge, die nicht zwischen einzelnen Arbeitgebern und Arbeitnehmern, sondern (zumindest auf Arbeitnehmerseite) durch Verbände abgeschlossen werden, vor allem Kollektivverträge oder Betriebsvereinbarungen.

Lohnpolitik für alle: der Kollektivvertrag

Wichtigstes Instrument der kollektiven Rechtsgestaltung ist der Kollektivvertrag. Da als Vertragspartner auf Arbeitnehmerseite in jedem Fall ein Verband (in der Regel der ÖGB bzw. die zuständige Gewerkschaft) auftritt, kann der wirtschaftlichen Übermacht der Unternehmer gegenüber dem einzelnen, persönlich und wirtschaftlich abhängigen Arbeitnehmer durch kollektive Regelung der Arbeitsbedingungen entgegengewirkt werden. Normwirkung und Unabdingbarkeit sichern allen Arbeitnehmern und Arbeitnehmerinnen, für die der Kollektivvertrag gilt, einen Mindeststandard ihrer Rechte im Rahmen des Arbeitsverhältnisses. Kernbereich der kollektivvertraglichen Sozialautonomie ist die Regelung von Löhnen und Gehältern. Der Kollektivvertrag ist also das klassische Instrument der Lohnpolitik.

Das österreichische Kollektivvertragssystem ist durch einige Besonderheiten gekennzeichnet: Auf Arbeitnehmerseite gelten die kollektivvertraglichen Normen nicht nur für die Mitglieder des vertragsschließenden Verbandes (also der zuständigen Gewerkschaft), sondern auch für alle anderen Arbeitnehmer, die bei einem kollektivvertragsangehörigen Arbeitgeber beschäftigt sind (so genannte Außenseiterwirkung – § 12 ArbVG). Auf Arbeitgeberseite werden Kollektivverträge in der weitaus überwiegenden Zahl von der gesetzlichen Interessenvertretung, also von der Wirtschaftskammer bzw. deren fachlich zuständigen Organen, abgeschlossen. Aufgrund der „Pflichtmitgliedschaft" gelten die von der Wirtschaftskammer abgeschlossenen Kollektivverträge grundsätzlich für alle ihr angehörenden Arbeitgeber. Daraus ergibt sich der umfassende Wirkungsbereich des österreichischen Kollektivvertragssystems: Nahezu alle Bereiche der Wirtschaft sind durch kollektivvertragliche Regelungen erfasst, das in der kollektiven Rechtsgestaltung verwirklichte arbeitsrechtliche Schutzprinzip wird so für den größten Teil der Arbeitnehmerschaft wirksam.

Vertretung kollektiver Arbeitnehmerinteressen

Auch die gesetzlichen Bestimmungen über die Betriebsverfassung sind ein maßgeblicher Faktor für das soziale Gleichgewicht in den Arbeitsbeziehungen. Sie bezwecken nicht nur den Schutz der einzelnen Arbeitnehmer, sondern auch – und vor allem – die kollektive Interessenvertretung durch gewählte Organe durch deren Mitwirkung in personellen, sozialen und wirtschaftlichen Angelegenheiten des Betriebes, Unternehmens oder Konzerns.

Ebenso wie bei der kollektiven Rechtsgestaltung weist das österreichische Arbeitsverfassungsrecht auch bei der Betriebsverfassung ein Spezifikum auf: Zwar sind die betriebsverfassungsrechtlichen Organe der Arbeitnehmerschaft bei der Ausübung ihres Mandats grundsätzlich unabhängig und weisungsfrei, und die Organisation der betrieblichen Interessenvertretung ist rechtlich getrennt von jener auf der überbetrieblichen Verbandsebene, zwischen den beiden Ebenen kollektiver Interessenvertretung bestehen aber nicht nur faktisch, sondern auch rechtlich starke Verbindungen. Das Arbeitsverfassungsgesetz geht sogar prinzipiell von der Zusammenarbeit zwischen den Organen der Arbeitnehmerschaft im Betrieb und den überbetrieblichen Interessenvertretungen der Arbeitnehmerinnen und Arbeitnehmer, also Gewerkschaften und Arbeiterkammern, aus (§ 39 Abs. 2 ArbVG) und sichert diese Zusammenarbeit auch institutionell durch eine Reihe von Bestimmungen ab.

Die enge Verbindung von betrieblicher und überbetrieblicher Interessenvertretung wirkt sich entscheidend auf die Gestaltung der Arbeitsbeziehungen aus: Wo sie gut funktioniert, ist die Position der Arbeitnehmer insgesamt stark, und umgekehrt: wo sie gestört oder mangelhaft ist, verschieben sich die Gewichte zugunsten der Arbeitgeber.

Gewerkschaften und Arbeiterkammern

Auf überbetrieblicher Ebene werden die Interessen der Arbeitnehmerinnen und Arbeitnehmer in Österreich von zwei Organisationen wahrgenommen: vom ÖGB bzw. den Gewerkschaften als freiwilliger Vereinigung und von den Arbeiterkammern als gesetzlicher Interessenvertretung. In der Sozialpartnerschaft bilden die beiden Organisationen gemeinsam ein starkes Gegengewicht zu den Arbeitgeberorganisationen.

Grundlagen der dualen Interessenvertretung

Grundlagen dieser dualen Interessenvertretung sind einerseits eine sinnvolle Aufgabenteilung und andererseits eine enge personelle Verbindung zwischen Gewerkschaften und Arbeiterkammern: die leitenden Funktionäre der Arbeiterkammern kommen fast durchwegs aus der Gewerkschaftsbewegung, und auch die übrigen Funktionen innerhalb der Selbstverwaltung der Arbeiterkammern werden überwiegend von Gewerkschafterinnen und Gewerkschaftern ausgeübt. So war z.B. der derzeitige Präsident der Bundesarbeitskammer *Herbert Tumpel* vorher Leitender Sekretär des ÖGB, und umgekehrt ist der Präsident des ÖGB *Fritz Verzetnitsch* seit vielen Jahren Vorstandsmitglied der Arbeiterkammer Wien.

Dennoch ist die Sinnhaftigkeit der Doppelgeleisigkeit bei der überbetrieblichen Interessenvertretung immer wieder hinterfragt worden. In den 90erJahren stand sogar die Existenz der Arbeiterkammern ernsthaft in Frage. Tatsächliche Fehler und Mängel, die zu politischen Skandalen hochgespielt wurden, führten dazu, dass die Arbeiterkammern für die damalige SPÖ/ÖVP-Koalitionsregierung zum politischen Ballast und für die FPÖ zum Objekt permanenter Attacken wurden. Erst eine tief greifende Reform, vor allem aber die unter der Führung von *Lore Hostasch* als Präsidentin der Bundesarbeitskammer mit überwältigendem Erfolg im Jahr 1996 durchgeführte Mitgliederbefragung haben bewirkt, dass sich die Arbeiterkammern wieder politisch stabilisieren und ihre Leistungen für die Arbeitnehmerschaft in der Öffentlichkeit auch entsprechend dokumentieren konnten. Hinsichtlich der Vertrauenswürdigkeit bei der Bevölkerung nehmen sie heute einen Spitzenrang ein.

Aufgaben der Arbeiterkammern

Gerade in den letzten Jahren, unter geänderten politischen Verhältnissen, hat sich die Zusammenarbeit von Gewerkschaften und Arbeiterkammern bei der Wahrnehmung der Arbeitnehmerinteressen bewährt. Die Arbeiterkammern haben nahezu buchstabengetreu jene Aufgaben erfüllt, die ihnen schon von ihren Gründungsvätern in der Aufgabenteilung mit den Gewerkschaften zugeschrieben worden sind:

„In Erfüllung ihrer Aufgaben werden die Kammern darauf angewiesen sein, mit den Gewerkschaften und Betriebsräten die innigste Verbindung herzustellen. Während die Betriebsräte auf die Gestaltung der Betriebsverhältnisse Einfluß nehmen und die Gewerkschaften die besonderen beruflichen Interessen ihrer Miglieder vertreten, werden die Arbeiterkammern darüber hinaus zusammenfassend alle wirtschaftlichen Forderungen der Arbeiter und Angestellten als produzierende und konsumierende Bürger im Staat zu verfechten haben ...

Die Kammern können die Gewerkschaften nicht ersetzen, das ist nicht ihre Aufgabe; was sie aber können, ist den Gewerkschaften das geistige Rüstzeug für den täglichen Kampf zu schaffen, wie es die Handels- und Gewerbekammern für die Unternehmerklasse besorgen“.

(Ferdinand Hanusch 1921).

„Think-tank“ Arbeiterkammer

„Die Arbeiterkammer ist dazu da, nicht nur für die Arbeitenden selbst eine Beratungsstelle zu bilden, sondern auch einen Stab wissender und wissenschaftlich strebender Vorkämpfer der Arbeiterklasse zu erziehen, welche neben den oft ausgezeichnet geschulten Vertretern der übrigen Kammern den Staat beraten und die eigenen Auftragggeber über alle die gesellschaftlichen und politischen Zusammenhänge aufklären, gegen welche ihre Forderungen einzugreifen bestimmt sind“

(Karl Renner 1945).

Die Arbeiterkammern haben diese Aufgaben (auch) in den letzten Jahren mit großem Engagement und mit allseits anerkannter Sachkunde erfüllt – mitunter sehr zum Ärger der Regierung, die vergeblich versucht hat, die für sie unangenehme – weil sachlich richtige – Kritik als politische Opposition darzustellen und offenbar als Revanche sogar mit einer Reduzierung der finanziellen Grundlage der Arbeiterkammern durch Einfrieren oder Herabsetzung der Kammerumlage gedroht hat.

Die Gewerkschaftsbewegung wieder hat in den letzten Jahren bewiesen, dass sie nach wie vor in der Lage ist, eine große Zahl von Menschen zum Kampf für die Wahrnehmung ihrer Interessen zu mobilisieren, dass sie also trotz der schwieriger gewordenen Rahmenbedingungen immer noch eine Kampforganisation darstellt.

Arbeitsverfassung

Das im Jahr 1974 in Kraft getretene Arbeitsverfassungsgesetz ist sozusagen das Grundgesetz der Arbeitsbeziehungen in Österreich. Sein Zustandekommen markiert einen der Höhepunkte des Wirkens der Sozialpartnerschaft in der Zweiten Republik. Trotz der damals gegebenen Möglichkeit, die absolute Mehrheit der SPÖ bei der Beschlussfassung im Parlament einzusetzen, wurde das Gesetz im vorparlamentarischen Raum nahezu vollständig zwischen den Sozialpartnern ausverhandelt und in Form eines Kompromisses paktiert. Dieses Verfahren war Gegenstand zahlreicher politologischer Studien und auch heftiger Kritik, vor allem unter demokratiepolitischen Gesichtspunkten.

Zweifellos gab und gibt es ernsthafte Argumente dafür, den Umfang des sozialpartnerschaftlichen Einflusses in Wirtschaft, Gesellschaft und Politik zu begrenzen. Im Fall des Arbeitsverfassungsgesetzes ist aber die Kritik an der Rolle der Sozialpartner verfehlt, geht es hier doch um den Kernbereich der kollektiven Arbeitsbeziehungen, und ein internationaler Vergleich zeigt, dass Österreich (und Deutschland) mit einer gesetzlichen Regelung dieser Materie sich eher in einer Ausnahmesituation befindet. In den meisten Ländern werden Fragen der kollektiven Rechtsgestaltung und der Betriebsverfassung von den Sozialpartnern selbst in Verträgen geregelt. Auch die – von Österreich im Jahr 1996 in das Arbeitsverfassungsgesetz übernommene – Europäische Betriebsverfassung geht ganz klar vom Vorrang der Sozialpartner bei der Regelung der Arbeitsbeziehungen aus.

Der Umstand, dass das Arbeitsverfassungsgesetz als sozialpartnerschaftliches Kompromissgesetz zustande gekommen ist, macht deutlich, dass es den Idealvorstellungen der Arbeitnehmerorganisationen weder vor mehr als 30 Jahren entsprochen hat und noch viel weniger heute entspricht. An Forderungen nach einer Verbesserung der gesetzlichen Grundlagen der kollektiven Rechtsgestaltung und der betrieblichen Mitbestimmung und an Versuchen, diese Forderungen auch politisch umzusetzen, hat es deshalb nicht gefehlt. Auf den ersten Blick sieht es auch tatsächlich so aus, als wäre es seit dem Inkrafttreten des ArbVG zu einer beachtlichen Weiterentwicklung gekommen: Bis zum Jahr 2004 ist das ArbVG fast 40 Mal novelliert worden, in einzelnen Jahren sogar mehrmals. Bei näherer Betrachtung zeigt sich freilich auch hier, dass Quantität nicht immer auch Qualität bedeutet. Von den zahlreichen Novellen zum ArbVG haben nur wenige inhaltlich wichtige Veränderungen des Stammgesetzes gebracht.

Die Novelle 1986 (manchen vielleicht noch in Erinnerung als „29-Punkte-Katalog" des damaligen Sozialministers *Alfred Dallinger*) brachte – ebenfalls als Ergebnis von Sozialpartnerverhandlungen – in einigen Teilbereichen des Arbeitsverfassungsrechts wichtige Änderungen:

- Mitbestimmung bei der Einführung neuer Technologien
- Ansatzpunkte für die Mitwirkung in Konzernen in Form von Arbeitsgemeinschaften
- Ausbau der Informations- und Beratungsrechte
- Erweiterung der personellen Mitwirkungsrechte
- Verlängerung der Funktionsperiode der Betriebsräte
- Verlängerung der Bildungsfreistellung

Durch mehrere Novellen im Jahr 1990 wurden die Organisation und Mitwirkung in Konzernen weiter ausgebaut und der Kündigungs- und Entlassungsschutz verbessert.

Die Novelle 1993 brachte eine Absicherung und Stärkung der Mitbestimmungsmöglichkeiten bei Umstrukturierungen, einen weiteren Ausbau der Mitbestimmung auf Konzernebene und eine Anpassung an EWR-Richtlinien.

Die Novelle 1996 hat zwar mit der Umsetzung der Richtlinie 94/45/EG und der Übernahme der Europäischen Betriebsverfassung das ArbVG quantitativ stark ausgeweitet, inhaltlich-qualitativ bedeutet diese Ergänzung aber nur einen relativ bescheidenen mitbestimmungspolitischen Fortschritt, weil die Rechte der Organe der Arbeitnehmerschaft auf europäischer Ebene hinter jenen nach dem innerstaatlichen österreichischen Betriebsverfassungsrecht erheblich zurückbleiben.

Betriebliche statt überbetriebliche Mitbestimmung?

Seither gab es zwar noch einige formale Änderungen des ArbVG, inhaltlich aber keine Weiterentwicklung mehr. Die derzeit amtierende Bundesregierung plant allerdings offenbar einen grundsätzlichen Umbau der Strukturen des kollektiven Arbeitsrechts durch *„Verlagerung von der überbetrieblichen auf die betriebliche Mitbestimmung, insb. Arbeitszeit, Betriebszeiten, Kollektivvertragsrecht"* (Punkt 11 des Regierungsabkommens ÖVP/FPÖ), was auch bedeuten würde: statt Regelung der Arbeitsbedingungen durch Branchenkollektivverträge künftig kollektive Regelungen, einschließlich Lohnpolitik, auf Betriebsebene.

Trotz der häufigen Änderungen des ArbVG hat also die rechtliche Regelung der kollektiven Arbeitsbeziehungen mit der sozio-ökonomischen und politischen Entwicklung, wie sie vor allem im letzten

Jahrzehnt vor sich gegangen ist, nicht Schritt gehalten. Im Zeitalter der Flexibilisierung, Privatisierung und Globalisierung, in dem Kapital mobil ist wie noch nie, ist das ArbVG mit seinem an weitgehend starren Organisationsstrukturen anknüpfenden Regelungen kein adäquates Regelungsmodell für eine wirksame Mitbestimmung der Arbeitnehmer.

Geänderte Rahmenbedingungen

Die wirtschaftlichen, sozialen und politischen Rahmenbedingungen haben sich in den letzten Jahrzehnten entscheidend verändert. Hier können nur einige Entwicklungslinien grob skizziert werden, der tief greifende Wandel ist aber durch zahlreiche nationale und internationale Studien eindeutig nachgewiesen.

- Die wirtschaftliche Entwicklung ist gekennzeichnet durch ein deutlich abgeschwächtes Wirtschaftswachstum, geringere Reallohnsteigerungen oder sogar Reallohnverluste und hohe Arbeitslosigkeit.

- Verschärfter Wettbewerb erhöht den Rationalisierungsdruck. Kostensenkung und Gewinnmaximierung stehen im Vordergrund des Wirtschaftens. Die Steigerung des Aktienkurses ist zur obersten Maxime des Denkens und Handelns von Unternehmenseigentümern und Managern geworden. Die Herrschaft des Finanzkapitals lässt soziale Verantwortung nicht zu. Die Aktienkurse regieren die Welt.

- Internationalisierung und Globalisierung führen zu negativen sozialen Folgen, wie sie in dem eingangs zitierten Bericht der ILO-Weltkommission beschrieben sind: Die Kluft zwischen Reichen und Armen wird immer größer.

- Die Umsetzung des Binnenmarktkonzepts der EU bedeutet Liberalisierung, Flexibilisierung und Privatisierung bis in Kernbereiche der sozialen Sicherheit und der öffentlichen Versorgung sowie wachsenden Druck auf die öffentlichen Haushalte. Unter Berufung auf die vertraglichen Verpflichtungen und auf die Maastricht-Kriterien wurden und werden „Sparpakete" geschnürt, Budgetrestriktionen vorgenommen, Sozialbudgets und Sozialleistungen gekürzt. Sozialpolitik ist zur Standortpolitik degeneriert.

In Österreich hat der Paradigmenwechsel in der Wirtschafts- und Sozialpolitik bereits in den 80er und 90er Jahren begonnen. Der EU-Beitritt und die damit verbundenen Verpflichtungen haben den

Trend zur Ökonomisierung der Sozialpolitik verstärkt, und die politische Wende hin zu einer neoliberal-konservativen Regierung hat – wie später noch näher ausgeführt wird – die gesellschaftlichen Verhältnisse grundlegend verändert.

Aber nicht nur auf gesamtwirtschaftlicher und politischer Ebene haben sich die Rahmenbedingungen deutlich verändert, auch die Struktur der Beschäftigung, die Formen der Erwerbsarbeit, die Arbeitsbedingungen und die Arbeitsorganisation in den Betrieben haben sich entscheidend gewandelt[1]:

- Die Industriebeschäftigung ist zurückgegangen, die Beschäftigung im Dienstleistungssektor hat zugenommen, immer mehr Klein- und Kleinstbetriebe werden gegründet (und gehen oft auch sehr schnell wieder unter).
- Beschäftigung ist mobiler, kürzerfristig, instabiler und heterogener geworden.

Nicht mehr die Regel: Normalarbeitsverhältnisse

- Das „Normalarbeitsverhältnis" mit Vollzeitbeschäftigung (und -entlohnung!) von längerer Dauer ist nicht mehr überall die Regel, sondern in manchen Wirtschaftsbereichen, wie z. B. im Handel, bereits die Ausnahme. Verschiedene Formen „atypischer" Beschäftigung haben sich ausgebreitet: Teilzeitarbeit, geringfügige Beschäftigung, befristete Arbeitsverhältnisse, Leiharbeit, Arbeit auf Abruf, Arbeit in Scheinselbständigkeit auf Werkvertragsbasis usw. So gibt es in Österreich bereits fast 600.000 Teilzeitbeschäftigte, mehr als 200.000 geringfügig Beschäftigte und fast 40.000 Leiharbeitende[2]. Der weitaus größte Teil der Teilzeitbeschäftigten und der geringfügig Beschäftigten sind Frauen. Insgesamt ist Erwerbsarbeit vielfältiger und unterschiedlicher geworden.
- Die „Flucht aus dem Arbeitsrecht" bedeutet nicht nur für die in solchen prekären Beschäftigungsformen Arbeitenden geringeren sozialen Schutz, sondern auch mehr Druck auf alle abhängig Beschäftigten.
- Die Arbeitsorganisation ist flexibler und heterogener geworden. Die technologische Entwicklung hat neue Formen der Information und Kommunikation ermöglicht, die damit verbundene stärkere Individualisierung und Differenzierung der Interessen erschwert eine solidarische, kollektive Interessenvertretung.

---

[1] *Emmerich Tálos: Mitbestimmung unter geänderten sozialen und politischen Rahmenbedingungen, in: Konrad Grillberger (Hg.): 30 Jahre ArbVG, Wien: 2005, S. 37–59.*

[2] *Karl Wörister: Atypische Beschäftigung in Österreich, in: Arbeit und Wirtschaft 2001, aktualisiert 2004.*

- Umstrukturierungen, Ausgliederungen, Standortverlegungen verstärken den Druck auf die Arbeitnehmer, führen meistens zu Arbeitsplatzverlusten und schwächen in vielen Fällen die organisatorische Basis der Arbeitnehmervertretung.

Insgesamt bewirkt die Veränderung der wirtschaftlichen, sozialen und politischen Rahmenbedingungen, dass die Handlungsspielräume der Interessenvertretungen der Arbeitnehmer und deren Einfluss auf die Gestaltung der Arbeitsbeziehungen deutlich kleiner geworden sind.

Rekrutierungsprobleme der Gewerkschaft

Die Gewerkschaften sind in die sozialpolitische Defensive geraten, zugleich haben sie mit Rekrutierungsproblemen zu kämpfen: „*Arbeitsmarkt und Mitgliederstruktur der Gewerkschaften decken sich immer weniger*“[3].

Auch die Position der Betriebsräte ist schwieriger geworden: Einerseits sind Umfang und Vielfalt ihrer Aufgaben größer geworden und dem entsprechend die Anforderungen an ihre Qualifikation gestiegen, andererseits erschwert die zunehmende Aufsplitterung und Differenzierung der Interessen eine einheitliche, solidarische Interessenvertretung.

Reformbedarf

Die Änderung der wirtschaftlichen Rahmenbedingungen hat auch zur Folge, dass das arbeitsrechtliche Schutzprizip nur noch teilweise und unzulänglich realisiert werden kann. Die Arbeitsrechtsordnung hat den wirtschaftlichen und sozialen Wandel der letzten Jahrzehnte kaum mit vollzogen, sie basiert größtenteils noch auf Vorstellungen, die der Realität der heutigen Arbeitswelt nicht mehr entsprechen.

Gesellschaftsreform kann sich nicht auf den Überbau der Rechtsordnung beschränken, sie muss aber auch dort ansetzen. Um den nach wie vor – und mehr denn je – aktuellen Schutzzweck tatsächlich erreichen zu können, bedarf es weit reichender Reformen im Arbeitsrecht.

Im Arbeitsvertragsrecht, das die Rechtsbeziehungen zwischen dem einzelnen Arbeitgeber und dem einzelnen Arbeitnehmer regelt, geht es vor allem um einen neuen, erweiterten Arbeitnehmerbegriff, der

---

[3] *Emmerich Tálos: Mitbestimmung unter geänderten sozialen und politischen Rahmenbedingungen, S. 46.*

„Flucht aus dem Arbeitsrecht" verhindern

nicht (nur) wie bisher auf die persönliche Abhängigkeit, sondern (auch) auf die wirtschaftliche Abhängigkeit abstellt. Dadurch soll die in den letzten Jahren verstärkt zu beobachtende „Flucht aus dem Arbeitsrecht" in dubiose Vertragskonstruktionen einer Scheinselbständigkeit gestoppt und der Schutz des Arbeitsrechts auch für „atypisch Beschäftigte" und arbeitnehmerähnliche Personen gesichert werden. Die Normen des Arbeitsvertragsrechts sollen grundsätzlich für alle ArbeitnehmerInnen in gleicher Weise gelten; Sonderregelungen für bestimmte Gruppen von Arbeitnehmerinnen und Arbeitnehmern soll es nur noch dann geben, wenn aufgrund der besonderen Art der Arbeitsleistung oder aus anderen sachlichen Gründen eine Notwendigkeit dafür besteht.

Der neue erweiterte Arbeitnehmerbegriff soll prinzipiell auch im kollektiven Arbeitsrecht gelten. Dadurch hätten die Kollektivvertragspartner die rechtliche Möglichkeit, kollektivvertragliche Rechtsnormen auch für zwar nicht persönlich, aber wirtschaftlich abhängig Beschäftigte zu schaffen, und die Organe der Arbeitnehmerschaft in den Betrieben bzw. Unternehmen könnten auch die Interessen dieser Beschäftigten wahrnehmen.

Darüber hinaus sollten die Autonomie der Kollektivvertragspartner und das gesamte System der kollektiven Rechtsgestaltung verfassungsrechtlich eindeutig abgesichert werden. Der mit einer Reform der Grundrechte befasste Ausschuss des Österreich-Konvents hat dazu diskussionswürdige Vorschläge erarbeitet. Insbesondere wurde auch ein gemeinsamer Vorschlag der Sozialpartner eingebracht, der unabhängig vom Gelingen einer Gesamtreform der Verfassung politisch weiter verfolgt und – mit einigen Modifikationen – möglichst rasch realisiert werden sollte.

Reformbedürftig sind auch die Bestimmungen des ArbVG über Inhalt und Umfang des Regelungsspielraums der Kollektivvertragspartner. Derzeit ist die Normsetzungsbefugnis im Kern auf „die gegenseitigen aus dem Arbeitsverhältnis entspringenden Rechte und Pflichten der Arbeitgeber und der Arbeitnehmer" (§ 2 Abs. 2 Z 2 ArbVG) beschränkt; Betriebsverfassung und Mitbestimmung sind nach der Judikatur des OGH grundsätzlich der Regelung durch Kollektivverträge entzogen. Diese restriktive Gesetzesauslegung mag zwar rechtsdogmatisch begründbar sein, rechts- und sozialpolitisch ist sie aber unbefriedigend. Nach dem Vorbild der Europäischen Betriebsverfassung, die vom Vorrang der Sozialpartner bei der Regelung der Betriebsverfassung einschließlich der Mitwirkungsrechte der Arbeitnehmer ausgeht, sollten die Kollektivvertragspartner die rechtliche Möglichkeit haben, auch solche Fragen sowie generell

Vorrang der Sozialpartner bei Betriebsverfassung und Mitbestimmung

Angelegenheiten der Arbeitsgestaltung, der Arbeitsorganisation und der Arbeitsbeziehungen in den Betrieben bzw. Unternehmen ihrer Branche entweder im Kollektivvertrag selbst oder mit „Öffnungsklausel" auch auf Unternehmensebene zu regeln.

Im Betriebsverfassungsrecht muss davon ausgegangen werden, dass das Regelungsmodell des ArbVG der Realität des heutigen Wirtschaftslebens kaum noch entspricht. Standortverlagerungen, Ausgliederungen und Umstrukturierungen führen dazu, dass eine längerfristig stabile Grundlage für die Organisation der Arbeitnehmerschaft eher die Ausnahme als die Regel ist. Auch die in den 80er und 90er Jahren vorgenommenen Gesetzesänderungen reichen nicht aus, um die Funktionsfähigkeit der Arbeitnehmervertretung im ständigen wirtschaftlichen Wandel sicherzustellen. Kollektivvertragliche Regelungen könnten die rechtliche Basis für flexiblere, den differenzierten Bedürfnissen und Interessen der Arbeitnehmer besser entsprechende Organisationsformen schaffen. Die Entscheidung darüber, wie die Vertretung ihrer Interessen im Betrieb am zweckmäßigsten zu organisieren ist, sollte innerhalb des gesetzlichen und kollektivvertraglichen Rahmens von der Arbeitnehmerschaft selbst und autonom getroffen werden.

Reformbedarf bei der Rechtsdurchsetzung im Arbeits- und Sozialrecht

Einer weiteren Reform bedarf auch die gesetzliche Regelung der Rechtsdurchsetzung im Arbeits- und Sozialrecht. Zwar ist seit der Einführung der Arbeits- und Sozialgerichtsbarkeit vor nunmehr 20 Jahren die Qualifikation der Richter und damit auch die Qualität der Entscheidungen merkbar besser geworden, und die Beratungs- und Rechtsschutztätigkeit der Gewerkschaften und Arbeiterkammern stellt für die Arbeitnehmer eine wertvolle Unterstützung dar, erhöhter wirtschaftlicher Druck im Arbeitsverhältnis und vor allem die nach wie vor viel zu lange Verfahrensdauer erschweren aber noch immer eine wirksame Rechtsdurchsetzung.

Reformbedarf bei der Regelung der Arbeitsbeziehungen besteht schließlich auch auf internationaler Ebene. Die Revision der Europäischen Betriebsverfassung steht schon seit geraumer Zeit auf der Agenda der EU-Kommission, ist aber immer noch ausständig. Auch andere Normen des EU-Rechts könnten dazu beitragen, die Rechte der Arbeitnehmerschaft und ihre Position in den Arbeitsbeziehungen wieder zu stärken. Allerdings sollte man sich darüber keinen Illusionen hingeben. Von der immer wieder beschworenen „sozialen Dimension" der EU ist bisher nicht viel zu bemerken. Trotz jahrzehntelanger programmatischer Bekenntnisse zum sozialen Fortschritt wird die EU auch mit einer neuen Verfassung in erster Linie eine dem Konzept des Binnenmarkts verpflichtete Wirtschaftsgemeinschaft

Abwesend: die soziale Dimension der EU

bleiben, und die Erweiterung durch Länder mit sehr unterschiedlichen, insgesamt aber jedenfalls niedrigeren Sozialstandards wird ein solidarisches sozialpolitisches Handeln auf europäischer Ebene zusätzlich erschweren. Dazu kommt, dass die sozialen Defizite, die durch die immer stärkere Globalisierung der Wirtschaft entstanden sind, auf europäischer Ebene allein nicht wirksam bekämpft werden können. Dazu bedürfte es weltweiter sozialer Mindeststandards, die aber derzeit – und wohl auch in absehbarer Zeit – nicht in Sicht sind.

Auswirkungen der politischen Wende in Österreich

Mit der politischen Wende im Jahr 2000 hat sich das politische und soziale Klima in Österreich grundlegend verändert: an die Stelle einer Konsensdemokratie ist eine Konfliktdemokratie getreten.

Unter dem Vorwand der Erreichung eines „Nulldefizits", das sich inzwischen längst als politischer Marketinggag herausgestellt hat, wurden tiefe Einschnitte in das soziale Netz vorgenommen, Arbeitnehmerrechte eingeschränkt und eine massive Umverteilungspolitik zu Lasten der Arbeitnehmer betrieben. Ausgliederungen und Privatisierungen hatten den Verlust von tausenden Arbeitsplätzen, eine Beschneidung der Rechte der in den betroffenen Unternehmen Beschäftigten und eine Schwächung der Position ihrer Interessenvertreter zur Folge. Arbeitslosigkeit in einem bisher nicht gekannten Ausmaß verstärkt den Druck auf Arbeit Suchende und Beschäftigte.

Konfliktdemokratie statt Konsensdemokratie:
Gegen Einschnitte ins Sozialsystem kam es zu breiten Protesten.

Konflikt statt Konsens

Besonders schwer wiegt die geänderte Rolle der Sozialpartner im politischen Prozess. Vor allem in der ersten Periode der schwarz-blauen Regierung zeigte sich ein totaler Bruch mit dem bisherigen Politikstil: Unter dem Motto „speed kills" zog die Regierung ihre Vorhaben mit parlamentarischer Mehrheit durch, ohne auch nur das Gespräch mit den Sozialpartnern, geschweige denn Konsens mit ihnen zu suchen, und das selbst bei Materien, die bisher zum unbestrittenen Kernbereich sozialpartnerschaftlichen Handelns gehörten, wie zum Beispiel das Arbeitsrecht. Betroffen waren von diesem geänderten Politikstil vor allem die Interessenvertretungen der Arbeitnehmer, die auf diese Weise – in vielen Fällen sogar unter Missachtung des gesetzlichen Begutachtungsrechts der Arbeiterkammern – von der Mitwirkung am politischen Willensbildungsprozess ausgeschaltet werden sollten. Für die Arbeitgeberverbände stellt sich die Situation anders dar: sie können ihre Interessen direkt in die Regierungspolitik einbringen und haben das in den letzten Jahren auch immer wieder mit Erfolg getan.

Ein Musterbeispiel für den Umgang der Regierung mit der Sozialpartnerschaft stellte das „Arbeitsrechts-Änderungsgesetz 2000" dar. Obwohl die Interessenvertretungen der Arbeitnehmerinnen und Arbeitnehmer nicht einmal zu Gesprächen über dieses Gesetzesvorhaben eingeladen worden waren, versuchte die Regierung dann sogar, das Gesetz als Umsetzung der langjährigen Forderung des ÖGB nach arbeitsrechtlicher Gleichstellung von Arbeitern und Angestellten zu „verkaufen". Bei näherer Betrachtung entpuppt sich dieser Versuch freilich als Etikettenschwindel: Von Gleichstellung im Sinn gewerkschaftlicher Forderungen kann keine Rede sein. Relativ geringfügigen Verbesserungen bei der Entgeltfortzahlung im Krankheitsfall für Arbeiter stehen erhebliche Verschlechterungen in anderen Bereichen des Arbeitsrechts, vor allem im Urlaubsrecht, für alle Arbeitnehmer gegenüber. Im Ergebnis bleibt, wie in den Erläuterungen zur Regierungsvorlage ausdrücklich festgestellt wird, ein „Entlastungseffekt der Lohnnebenkosten" für die Arbeitgeberseite in Milliardenhöhe (damals noch Schilling). Also: Nicht Gleichstellung, sondern massive Umverteilung zu Lasten der ArbeitnehmerInnen!

Statt Gleichstellung Umverteilung

Erst später, wohl unter dem Eindruck breiter Proteste gegen den Sozialabbau einerseits und der Aufhebung wesentlicher „Reformen" durch den Verfassungsgerichtshof (Ambulanzgebühren, Unfallrentenbesteuerung, Hauptverbands„reform" ...) andererseits, besann sich die Regierung offenbar der Sachkunde der Sozialpartner und bezog diese wieder stärker in das politische Geschehen mit ein. Man kann sich allerdings des Eindrucks nicht erwehren, dass das weniger aus

Vorarbeit der Sozialpartner bei „Abfertigung neu“

Überzeugung über den positiven Wert der Sozialpartnerschaft, sondern vornehmlich aus politisch-taktischen Überlegungen geschah. Wo die Sozialpartner wesentliche Vorarbeit geleistet hatten, wie z. B. beim neuen Abfertigungsrecht, konnte sich die Regierung die Feder des politischen Erfolgs an den eigenen Hut stecken, und bei schwierigen, unpopulären Maßnahmen, wie bei der „Pensionsharmonisierung“ versuchte sie, die Sozialpartner in die politische Verantwortung mit einzubinden.

Im Innenverhältnis, zwischen den Arbeitgeber- und den Arbeitnehmerverbänden, funktionierte die Sozialpartnerschaft trotz der geänderten politischen Verhältnisse in vielen Bereichen weiterhin gut. Nicht nur beim Konfliktmanagement, sondern auch auf anderen Gebieten, vor allem in ihrem ureigensten Bereich der Kollektivvertragspolitik, brachten die Sozialpartner durchaus Beachtliches zustande. Das ändert freilich nichts an der Tatsache, dass die „goldenen Zeiten“, in denen die Sozialpartner im vorparlamentarischen Raum die Wirtschafts- und Sozialordnung weitgehend autonom gestalten konnten, vorbei sind.

Ausblick

Fazit ist somit: Aufgrund der geänderten Rahmenbedingungen haben sich die Gewichte in den Arbeitsbeziehungen verschoben. In der Auseinandersetzung um faire und gerechte Arbeitsbedingungen ist die Position der Arbeitnehmer und ihrer Interessenvertretungen schwächer geworden. Dennoch besteht kein Anlass zur Resignation.

Wer miterlebt hat, wie hunderttausende Menschen im Gewittersturm ausgeharrt haben, um ihrem Protest gegen Sozialabbau Ausdruck zu verleihen, dem wird um die Zukunft nicht bange sein. Wenn auch die breite Protestbewegung inzwischen wieder abgeklungen zu sein scheint, hat sich doch eindrucksvoll gezeigt, dass die Bereitschaft zur aktiven Teilnahme an Aktionen zur Verteidigung sozialer Interessen in einem hohen Maß latent vorhanden ist.

Vor allem aber das Engagement junger Menschen gegen die Auswüchse eines zügellosen Turbokapitalismus, ihr solidarisches Eintreten für Gleichheit und Gerechtigkeit und ihre Bereitschaft, dieses Engagement in sozialen oder karitativen Organisationen einzubringen, geben Anlass zu Optimismus. Hier kann und muss die Gewerkschaftsbewegung Bündnispartner im Kampf um soziale Gerechtigkeit finden.

Dr. René Schindler, geb. 1954, ist Spezialist für Arbeitsrecht. Er ist seit 1977 für den ÖGB tätig, war ab 1991 Leiter der Rechtsabteilung der Gewerkschaft Metall-Textil und ist seit 2002 Mitglied deren Geschäftsleitung sowie des Kollektivvertrags-Verhandlungs-Teams hinsichtlich der Metall-Kollektivverträge.
Zahlreiche fachwissenschaftliche Publikationen und Vorträge (Arbeitsrecht), zuletzt zu Fragen der Europäischen Anti-Diskriminierungs-Richtlinien und zu Fragen des Streikrechts.

Kollektivverträge –

Stabilität und Dynamik im Kernbereich der Sozialpartnerschaft

Kollektivverträge – Was sonst?

Ein erstaunliches Phänomen

Die ideologische Hegemonie der Verfechter des „absolut freien Marktes", der neoliberalen Entgrenzung aller Märkte, einschließlich des Arbeitsmarktes hat wohl ihren Höhepunkt erreicht (wenn nicht überschritten): Die „Erfordernisse" des Marktes gelten europaweit, ja weltweit als geradezu naturgesetzlicher Maßstab, gegen den niemand aufzubegehren wagt. Wer sich dem Markt entgegen stellt, so lautet die allgegenwärtige Drohung, wird durch Kapitalflucht, Verlagerung von Arbeitsplätzen und der daraus resultierenden hohen Arbeitslosigkeit sofort und strenge bestraft.

Doch seltsam: Ein „uraltes", kollektives, marktbegrenzendes System widersetzt sich diesem Prozess und wird – in Österreich! – nicht einmal ernsthaft in Frage gestellt: Der Kollektivvertrag. Wie kommt es, dass dieses über 100 Jahre alte, krass markt"störende", so ganz und gar nicht individuelle, fast paternalistisch anmutende Regelungssystem ausgerechnet in Österreich, dem Land, in dem es eine der radikalsten Ausformungen erfahren hat, so unangreifbar erscheint?

Eine Vermutung drängt sich auf: Entgegen dem ersten Anschein muss das Kollektivvertragssystem nicht nur für Arbeitnehmer, sondern auch für Arbeitgeber wesentliche Vorteile bringen. Denn die alternativ mögliche These, dass es vollkommen ineffizient sei und daher zu keinen anderen Ergebnissen führt, als sie der Markt selbst auch hervorbrächte, ist offenkundig unrichtig.

Prüfen wir also, welche Vorteile das Kollektivvertragssystem österreichischer Prägung den ArbeitgeberInnen einerseits, den ArbeitnehmerInnen andererseits, bringt.

Vorteile für ArbeitgeberInnen

Das österreichische Kollektivvertragssystems ist – im internationalen Vergleich – besonders umfassend wirksam: im Regelfall gilt ein Kollektivvertrag für sämtliche Arbeitsverhältnisse eines bestimmten Wirtschaftszweiges. Infolge der allgemeinen Akzeptanz des Systems und gestützt durch effiziente Rechtsschutz-Einrichtungen der Gewerkschaften und Arbeiterkammern werden die Regelungen der Kollektivverträge auch faktisch in sehr hohem Maß beachtet. Ist dies ein Vorteil für ArbeitgeberInnen?

Die „Ordnungsfunktion"

Unter dem Stichwort der „Ordnungsfunktion" der Kollektivverträge weist die arbeitsrechtliche Theorie seit jeher darauf hin, dass dadurch ein Schutz vor „Schmutzkonkurrenz" gewährleistet ist: Jeder Produzent einer Branche kann sicher sein, dass konkurrierende Anbieter Arbeitskräfte nicht unter dem festgesetzten, kartellierten Preis einstellen können. Die Konkurrenz ist über die Qualität und den Preis des Produkts, den technologischen Fortschritt, eine effiziente Arbeitsorganisation, usw. möglich, nicht aber über Lohndumping. Es handelt sich dabei um einen Vorteil, der zwei Einschränkungen unterliegt: Er schützt primär die bereits etablierten Betriebe, die selbst kaum mit Lohndumping operieren könnten, vor den Newcomern, die anlässlich der Aufnahme von MitarbeiterInnen wesentlich leichter in der Lage wären, so zu operieren. Und der solcherart gebotene Schutz funktioniert nur innerhalb des Geltungsbereichs des jeweiligen Kollektivvertrages, also nur innerhalb Österreichs. Unternehmen, die keiner nationalen, aber starker internationaler Konkurrenz ausgesetzt sind, profitieren davon nicht.

Antizyklische Wirkung

Ein zweites, wohl ebenso wesentliches Ergebnis des Systems ist seine volkswirtschaftlich antizyklische Wirkung und der Beitrag zur Stabilisierung der Inlandsnachfrage: Durch jährliche Lohnrunden und normativ angeordnete oder doch faktisch wirksame Ist-Lohn-/Gehaltserhöhungen verhindert das System das kurzfristige Durchschlagen wirtschaftlicher Schwächeperioden und damit die sonst drohende Abwärts-Spirale. Durch jene Elemente, die den arbeitnehmerseitigen Arbeitsplatz-Wechsel behindern (Lohn-/Gehaltssteigerungen nach Anciennität; Dienstjubiläen; Abfertigung „alt"; ...), dämpft es andererseits aber auch prozyklische Effekte im Aufschwung.

Es gewährleistet, dass die Löhne und Gehälter zumindest im Ausmaß der Inflationsrate und – je nach Konjunktursituation – unter Berücksichtigung von Produktivitätsgewinnen erhöht werden. Das sichert die Stabilität der Inlandsnachfrage (schließt aber leider nicht aus, dass durch eine staatliche Belastungspolitik ohne jedes Augenmaß gerade diese entscheidende Stütze der Konjunktur arg in Mitleidenschaft gezogen wird, wie wir das seit dem Jahr 2000 beobachten müssen).

Die im Rahmen eines solchen Systems notwendige Balance zwischen jenen Wirtschaftssektoren, die globaler Konkurrenz ausgesetzt sind und/oder im Wesentlichen von Exportmärkten leben, und jenen, die vor allem vom innerösterreichischen Markt abhängig sind, ist stets erstaunlich gut gelungen: Seine wohl dramatischste Bewährungsprobe hat das System anlässlich der „Lohn-Preis-Abkommen" nach dem 2. Weltkrieg bestanden. Damals hat es entscheidend zur Eindämmung der Inflation sowie zur Re-Kapitalisierung der österreichischen Wirtschaft beigetragen und damit ein Fundament des „Wirtschaftswunders" gelegt.

Wirtschaftspolitische Effizienz

2004 zeigt das System eine unveränderte wirtschaftspolitische Effizienz: Eine im europäischen Vergleich immer noch sehr günstige Arbeitslosenrate (trotz aller Regierungsmaßnahmen!) und eine florierende Exportwirtschaft belegen dies eindrücklich (2004 wurden die Exporte erneut massiv gesteigert, diesmal um 13 %, und erstmals eine nahezu ausgeglichene Handelsbilanz erreicht!).

Gewiss können und sollen die wirtschaftlichen Erfolge Österreichs nicht monokausal auf das Kollektivvertragssystem zurückgeführt werden. Je höher aber die Bedeutung von sozialem Frieden, Krisenfestigkeit, aber auch Lohnstückkosten im globalen Wettbewerb eingeschätzt wird – man vergleiche die öffentliche Diskussion über Standortvorteile – und je wesentlicher sich eine stabile Inlandsnachfrage als Kriterium der Arbeitsplatzsicherheit erweist, umso höher ist der Anteil am wirtschaftlichen Erfolg, der dem Kollektivvertragssystem zuzuschreiben ist.

Sozialer Friede: Auch diesen sichert das Kollektivvertragssystem in einem Ausmaß, das europaweit einzigartig ist. Selbst in Deutschland und der Schweiz gibt es traditionell wesentlich höhere Streikraten als in felix Austria – sieht man vom Jahr 2003 ab, dessen große Streiks politisch verursacht waren (Pensions- und ÖBB-„Reform"). Auch das ist vor allem das Ergebnis eines wohl organisierten Kräfte-Gleichgewichtes: Ein umfassendes, auf Branchenebene etabliertes Lohn-/Gehaltskartell macht betriebliche Auseinandersetzungen über Lohnfragen weithin entbehrlich. Andere Themen werden aber in der Regel nicht in solcher Schärfe diskutiert, dass sie zu Arbeitskämpfen führen. Dazu kommt, dass ein System, das in so hohem Ausmaß von konsensualer Konfliktlösung geprägt ist, die militante Austragung betrieblicher Konflikte von vornherein unwahrscheinlich macht.

Sozialer Friede

Auf Branchenebene wiederum sorgt die beiderseitige Gewissheit über die Konfliktfähigkeit der jeweils anderen Seite dafür, dass diese kaum je einem realen Test unterzogen wird. Daher sind auch branchenweite Kampfmaßnahmen selten.

Dies alles führt im Effekt dazu, dass – nur auf den ersten Blick erstaunlicherweise! – ein straff organisiertes und effektives Kollektivvertragssystem im Vergleich zu deregulierten und dezentralisierten Arbeitsbeziehungen die Lohnstückkosten nicht erhöht, sondern vielmehr senkt: Das haben *Traxler/Kittel* schon 1999 in einer groß angelegten Studie festgestellt[1]. Eine jüngst veröffentlichte Untersuchung der Weltbank bestätigt und ergänzt diese Erkenntnis eindrucksvoll: Ein hoher gewerkschaftlicher Organisationsgrad führt danach zu besseren gesamtwirtschaftlichen Ergebnissen, niedrigeren Arbeitslosen- und Inflationsraten, höherer Produktivität und besserer Bewältigung extern verursachter wirtschaftlicher Erschütterungen[2]. Wenngleich im Kontext globaler Studien ein hoher gewerkschaftlicher Organisationsgrad nicht mit einem Kollektivvertragssystem gleichgesetzt werden kann, zeigen doch auch diese Ergebnisse, dass Disorganisation bzw. das „freie" Wirken der ungelenkten Marktkräfte keine volkswirtschaftlich günstigen Effekte hat. Mit welchen Mitteln immer die jeweiligen nationalen Gewerkschaften operieren: Sie greifen in den Arbeitsmarkt regulierend ein, und das erweist sich als günstig, gerade auch für die Unternehmungen!

Erkenntnisse der Weltbank

---

1 *Traxler/Kittel: Disorganisierung als ultima ratio? In: Plümper/Busch: Globalisierung und wirtschaftliche Integration, Baden-Baden: 1999.*

2 *Weltbankbericht „Gewerkschaften und Tarifverhandlungen: wirtschaftliche Auswirkungen in einem globalen Umfeld", 2003.*

Schutzfunktion für ArbeitnehmerInnen

Macht-Gleichgewicht

Weitaus bekannter und unmittelbar einleuchtend sind die Vorteile des Kollektivvertragssystems für ArbeitnehmerInnen: Zu ungleich ist ganz offenkundig die Macht verteilt, als dass „freie Verhandlungen" zwischen Arbeitnehmern und Arbeitgebern zu einem fairen Ergebnis führen könnten. Der gerade erwähnte Weltbankbericht fasst die Vorteile für ArbeitnehmerInnen – wieder ausgedrückt als Ergebnis der Gewerkschaftsmitgliedschaft – sehr plastisch so zusammen: *„Wer einer Gewerkschaft angehört, verdient mehr, arbeitet kürzer, wird besser ausgebildet und bleibt durchschnittlich länger an einem Arbeitsplatz als nicht gewerkschaftlich organisierte Beschäftigte"*[3].

Dazu kommen sämtliche im vorstehenden Kapitel gerade genannten Vorteile: Eine stabile Inlandsnachfrage und eine die Konjunkturzyklen dämpfende Wirkung liegt ebenso im Interesse der ArbeitnehmerInnen wie im Interesse der ArbeitgeberInnen. Dass ein langsam, aber doch stetig wachsendes Einkommen und halbwegs stabile Arbeitsverhältnisse für ArbeitnehmerInnen wichtig sind, liegt auf der Hand.

Sozialpolitischer Fortschritt

Zuletzt ist es durchaus bemerkenswert, dass sozialpolitischer Fortschritt in den letzten Jahren fast nur mehr durch Kollektivverträge entsteht! Vgl. dazu S. 104 dieses Beitrags.

Keine Alternative in Sicht

Dazu kommt, dass europaweit, ja weltweit, keine Alternativen in Sicht sind. Auch die Propheten des Zusammenbruchs des „Normal-Arbeitsverhältnisses" benennen allenfalls eine Bedrohung, ohne aber konkrete Lösungsvorschläge unterbreiten zu können. So einfach die Aufgabe zu benennen ist, so unmöglich scheint ihre Lösung: Wenn wegen des massiven Kräfte-Ungleichgewichts die zwei PartnerInnen des Arbeitsvertrages selbst keine fairen Lösungen aushandeln können, wer sonst soll es tun?

Dass der Staat dafür ungeeignet ist, müssen gerade neoliberale Marktradikalisten im Brustton der Überzeugung behaupten; sonst würden sie ja das fundamentalste Postulat ihrer eigenen Ideologie in Frage stellen.

---

[3] *Presseerklärung Nr. 2003/211/s der Weltbank.*

Ausnahmsweise stimmt dieses Ergebnis sogar: Staatliche Normsetzung ist einfach zu unflexibel und verfügt nicht über jene Informationsquellen, die den Kollektivvertragsparteien zur Verfügung stehen: Über alle statistischen Daten hinaus ist es der unmittelbare und kontinuierliche (!) Kontakt mit den in der Wirtschaft tätigen Geschäftsführern einerseits, Betriebsräten andererseits, der so weit kohärente Einschätzungen der Wirtschaftslage ermöglicht, dass Lohnabschlüsse, aber auch Rahmenrechtsregelungen zustande kommen, die einen optimalen Interessen-Ausgleich gewährleisten. Diese Sachnähe wird durch hohe fachliche Kompetenz auf beiden Seiten gestützt. Der Kollektivvertrag kann überdies weit schneller auf geänderte Verhältnisse reagieren als der schwerfälligere, vom Verwaltungsapparat abhängige Gesetzgebungs-Mechanismus. Zudem kann er mehr riskieren, weil Korrekturen schnell, einfach und ohne die Sorge um politischen Gesichtsverlust möglich sind. Es war also durchaus sinnvoll, dass die einschlägige Normsetzungsbefugnis (durch Gesetz) den „kollektiven Mächten des Arbeitslebens" übertragen und für deren Arbeit ein Procedere festgelegt wurde, das durch eine Vielfalt faktischer, aber auch gesetzlicher „checks and balances" ein wohl ausgewogenes Gleichgewicht der Verhandlungsparteien ebenso sichert, wie deren mittel- bis langfristige Zusammenarbeit für beide existenznotwendig macht.

Warum andererseits auch eine Verlagerung der Verhandlungen auf Betriebs- oder Unternehmensebene keine sinnvolle Alternative darstellt, wird auf S. 100 dieses Beitrags begründet.

Kollektivverträge unter Druck

Unbewältigte europäische Herausforderungen

Der EWR

Die größte Herausforderung seit Bestehen des österreichischen Kollektivvertragssystems war die Schaffung der Europäischen Wirtschafts- und Währungsunion. Da innerhalb dieser sowohl eine einheitliche, gemeinsame Währung (oder doch eine fixe Währungsrelation) besteht, als auch völlig freier Warenaustausch gewährleistet ist, wäre für die Ordnungsfunktion der Kollektivverträge auch ein den ganzen einheitlichen Wirtschaftsraum umfassender Geltungsbereich der Kollektivverträge notwendig. Eine Entwicklung in diese Richtung ist nicht einmal im Ansatz erkennbar.

Für dieses Defizit können allerdings nicht primär die europäischen Sozialpartner verantwortlich gemacht werden! Nicht einmal der Entwurf der EU-Verfassung sieht irgendeine Möglichkeit für sie vor, verbindliche, europaweit gültige Normen zu schaffen. Grundsätzlich wäre der derzeitige Weg einer Umsetzung durch Richtlinien auch adäquat, da die Verankerung eines „Europäischen Kollektivvertrages" ein aus der Sicht mancher Mitgliedsstaaten radikaler Eingriff in ihre nationale Souveränität wäre. Allerdings müsste wenigstens eine entsprechende umfassende sachliche Zuständigkeit verankert und ein Verfahren geschaffen werden, durch das europäische Sozialpartner-Übereinkommen ohne inhaltliche Prüfung, nach lediglich formeller Kontrolle über das ordnungsgemäße Zustandekommen und die Repräsentativität der Vertrag schließenden Organisationen, automatisch als Europäische Richtlinie Geltung (Anspruch auf Transformation ins nationale Recht) erlangen.

Umfassende Kompetenz nötig

Einzelne ermutigende Ansätze gibt es dennoch: Gerade zur Regelung prekärer Arbeitsverhältnisse haben die abgeschlossenen europäischen Sozialpartner-Vereinbarungen viel beigetragen. Ferner haben die im Europäischen Gewerkschaftsbund zusammengeschlossenen nationalen Gewerkschaften eine gemeinsame, recht ambitionierte Formel für die nationalen Lohnverhandlungen entwickelt. Der Informationsaustausch der Gewerkschaften auf europäischem Niveau schreitet zügig voran und gerade mit Blick auf die 2004 neu in die EU aufgenommenen Mitgliedsstaaten haben schon früh vielseitige Unterstützungs- und Kooperationsaktivitäten begonnen. Dabei hat der ÖGB stets eine wichtige Rolle gespielt, insbesondere was die östlichen Nachbarländer Österreichs betrifft. Die traditionell gutnachbarschaftlichen Beziehungen haben den Systemwechsel unbeschadet überstanden und eine hervorragende Zusammenarbeit besteht gerade auch mit den neu gegründeten Gewerkschaftsverbänden. So ist es z. B. trotz der sehr unterschiedlichen Gewerkschaftsstruktur gelungen, ein Abkommen über gegenseitige gewerkschaftliche Rechtshilfe mit sämtlichen (!) Gewerkschaftsverbänden Ungarns abzuschließen.

Informelle Kooperation

Im Hinblick auf alle anderen Vorteile des Kollektivvertragssystems, aber auch wegen der sprachlich segmentierten Struktur Europas ist der europäische Binnenmarkt keine existentielle Bedrohung: Unterschiede in der Kultur, den Arbeitsgewohnheiten, Bildungssystemen, usw. der einzelnen Mitgliedsstaaten bestehen ja fort, sodass eine wesentliche Verschiebung der jeweiligen wirtschaftlichen Stärken und Schwächen nicht zu erwarten ist. Insofern könnte aus der engen, nationalen Perspektive Österreichs ein Übertragen der unbestrittenen ökonomischen Vorteile des Kollektivvertragssystems auf andere Mitgliedsstaaten der EU durchaus als Nachteil im wirtschaftlichen Wettbewerb bewertet werden. Der Gesichtspunkt der Solidarität, aber auch die Berücksichtigung der negativen Auswirkungen

Bislang keine Verschiebungen der wirtschaftlichen Kräfteverhältnisse

von wirtschaftlichen Krisen in anderen europäischen Ländern auf die gesamteuropäische Binnennachfrage sprechen jedoch klar für die gegenteilige sozialpolitische Zielsetzung.

Ende der „Flächen"-Kollektivverträge – Verlagerung auf die betriebliche Ebene?

Das exakte Gegenteil einer Europäisierung der Kollektivverträge, nämlich deren Abschaffung und Ersatz durch Regelungsinstrumente auf betrieblicher Ebene, fordert eine aufgeregte Debatte in Deutschland. Die überbetriebliche Regelung, der „Flächen"-Tarifvertrag sei zu unflexibel, zu wenig an betrieblichen Bedürfnissen orientiert und daher schädlich, wird behauptet.
Nun mag es durchaus sinnvoll sein, darüber zu diskutieren, welche Regelungsdichte und -tiefe ein Kollektivvertrag aufweisen soll. Der Ausgangspunkt der deutschen Diskussion und deren charakteristische Wortschöpfung „Flächen-Tarifvertrag" entzieht solchen Überlegungen aber schon im Ansatz den Boden: Dass Kollektivverträge für eine ganze Branche, also „Fläche" gelten, ist ihr Wesensmerkmal. Einzelne, in Deutschland mehr als in Österreich verbreitete „Haus-Tarife" für jeweils nur ein Unternehmen sind die störende Ausnahme, ein – auch gewerkschaftlicher – Sündenfall, aber keine Alternative! Gibt der Kollektivvertrag den Anspruch einer einheitlichen Regelung für eine ganze Branche auf, verliert er mit der Ordnungs- und Kartellwirkung sein wesentliches Charakteristikum! Regelungen auf Unternehmensebene verfolgen andere, viel engere Ziele und sind typischer Bestandteil der angelsächsischen, insbesondere US-amerikanischen arbeitsrechtlichen Kultur – mit allen ihren Auswirkungen auf soziale Beziehungen und gesellschaftliche Strukturen, bis hin zur Kriminalitätsrate.

Diskussion zum falschen Thema

Dass eine Verlagerung der Verhandlungen auf die Betriebs- oder Unternehmensebene die zu Beginn dieses Beitrags beschriebenen Vorteile für keine der beiden Seiten erhalten würde, ist evident: ArbeitnehmerInnen verfügen auf Unternehmensebene weder über die nötige Sachkompetenz noch das Konfliktpotential, um ihre Interessen effizient zu vertreten; dass sie in Klein- und Mittelunternehmen in der Regel überhaupt keine Vertretung haben, kommt verschärfend hinzu. Gerade letzteres können auch Gewerkschaften nicht wettmachen, wie sich überall in der Welt zeigt. Aber auch keiner der eingangs benannten Vorteile für ArbeitgeberInnen könnte auf diese Art gewährleistet werden: weder die Ordnungsfunktion, noch die konjunkturell antizyklische Wirkung und schon gar nicht die Wahrung des sozialen Friedens.

Nachteile für alle

Auch alle Erfahrung spricht gegen diesen Weg: In Österreich wurde im Jahr 1993 in der Metallindustrie durch eine so genannte „Öffnungsklausel" die Entscheidung über die Erhöhung der überkollektivvertraglichen Löhne/Gehälter auf die Betriebsebene verlagert. Einziges Ergebnis der Regelung war die nachhaltige Zerrüttung der betrieblichen Sozialpartnerschaft in etlichen Unternehmen – sonst gar nichts. Die Kollektivvertragsparteien der Metallindustrie haben nie wieder eine „Öffnungsklausel" vereinbart!

Hohe Lohnunterschiede

Das Kollektivvertragssystem Österreichs hat erstaunlicherweise zu ziemlich hohen Lohnunterschieden zwischen den einzelnen Branchen geführt bzw. diese jedenfalls nicht vermindert. So ist im Bereich ungelernter ArbeiterInnen der kollektivvertragliche Mindestlohn in der schlechtest bezahlenden Branche (bäuerliche Betriebe) nur halb so hoch wie in der best zahlenden Branche (Großbrauereien). Auch bei FacharbeiterInnen liegt der Lohn der best zahlenden Branche (wieder Großbrauereien) über dem doppelten der schlechtest entlohnenden Branche (Bekleidungsindustrie). Das gleiche Bild bietet sich bei Angestellten, ja in der höchsten Verwendungsgruppe beträgt das Verhältnis dort gar 1 : 4! Bei den Ist-Löhnen/Gehältern sind die Unterschiede noch höher!

Lohnverhältnis 1 : 2, ja 1 : 4 bei gleicher Arbeit in verschiedenen Branchen

Derart hohe Lohndifferenzen dürften rein markttheoretisch gar nicht bestehen – übrigens ebenso wenig wie die hohen Unterschiede zwischen den Entgelten für Männer und Frauen; sie existieren aber. Ob eine der möglichen Ursachen, nämlich die geringe Mobilität der ArbeitnehmerInnen, aber auch der Betriebe beklagt oder bejubelt werden soll, ist Ansichtssache. Wer in einem Land leben möchte, dessen Seitentäler und unerschlossene Randlagen bewohnt bleiben und nicht veröden bzw. gänzlich zu Alten-Ghettos werden, wird gewisse Lohnunterschiede hinnehmen müssen. Dass das bestehende, radikale Ausmaß notwendig und vertretbar ist, wage ich zu bezweifeln.

Neue Dynamik in der Kollektivvertragspolitik

Ein Bollwerk gegen den Mainstream des Sozialabbaus

Seit den 80er Jahren des letzten Jahrhunderts ist die staatliche Sozialpolitik von Zugangsbeschränkungen, Niveausenkungen und Kürzungen bei so gut wie allen Leistungen geprägt. Hinzu tritt eine

„Flucht aus dem Arbeitsrecht" in Richtung freier Dienstverträge und Werkverträge, der der Gesetzgeber tatenlos zusieht; ja der er punktuell aktiv Vorschub leistet.

Umso erstaunlicher ist es, dass in einem solchen Umfeld gerade das Regelungsinstrument der Kollektivverträge eine völlig gegenteilige Dynamik entwickelt: Wie in den folgenden Kapiteln näher dargestellt wird, ist nicht nur der Prozentanteil der von Kollektivverträgen erfassten Arbeitsverhältnisse noch weiter gestiegen, obwohl er in Österreich seit je besonders hohe Werte hatte. Es ist auch eine neue Dynamik in der Kollektivvertragspolitik unübersehbar, sowohl was die Inhalte der Kollektivverträge als auch deren Steuerungsmechanismen betrifft.

Neue Dynamik

Manches spricht dafür, dass dies nicht zuletzt unter dem Druck des gegenläufigen gesellschaftlichen Mainstreams geschieht. Aber auch wenn das die Ursache wäre, ändert es nichts am Ergebnis, ja es erhöht nur noch dessen Wert und unterstreicht die Krisenfestigkeit des Systems: In den letzten Jahren erweisen sich die österreichischen Kollektivvertragspartner als innovativer und reformfreudiger, aber auch effizienter und handlungsfähiger denn je zuvor!

Steigende Anzahl von Kollektivverträgen und steigender Deckungsgrad

Die ohnedies stets hohe Erfassungsrate des österreichischen Kollektivvertragssystems ist weiter gestiegen. Für folgende Arbeitnehmer-Gruppen, für die bis dahin kein Kollektivvertrag in Geltung stand, wurden in den letzten fünf Jahren erstmals Kollektivverträge abgeschlossen:

- ArbeitnehmerInnen in außeruniversitären Forschungseinrichtungen (ca 2.500 Personen)
- ArbeiterInnen in Arbeitskräfteüberlassungs-Unternehmen (ca. 36.000 Personen)
- ArbeitnehmerInnen der neuen Telefongesellschaften (ca 5.000 Personen)
- ArbeitnehmerInnen der Caritas (ca 8.000 Personen)
- ArbeitnehmerInnen in Gesundheits- und Sozialberufen (ca 30.000 Personen)
- ArbeitnehmerInnen in privaten Bildungseinrichtungen (ca. 5.000 Personen)
- FotografInnen (ca 300 Personen)
- Weitere Kollektivverträge, z.B. für ArbeitnehmerInnen der Privatradios, werden gerade verhandelt.

Bemerkenswert ist, dass einerseits neu entstandene Branchen (neue Telekom-Anbieter, Privatradios, mit längerem Vorlauf auch Arbeitskräfte-Überlasser) relativ zeitnahe zu ihrem Entstehen ins Kollektivvertragssystem einbezogen wurden bzw. werden. Andererseits sind aber nun auch Bereiche durch Kollektivverträge geregelt worden, in denen dies schon seit langem ausstand und als unmöglich angesehen wurde, wie insbesondere die sozialen Dienste und die außeruniversitären Forschungseinrichtungen, die beide eine äußerst vielschichtige und komplexe Struktur aufweisen. Darüber hinaus wurden neue Branchen in bestehende Kollektivverträge integriert (z.B. der Stromhandel in die Kollektivverträge der Elektrizitätsversorger) bzw. unzureichende, systemfremde Strukturen partnerschaftlich bereinigt (Erdölindustrie, Modelltischler u.a.).

Rasche flexible Lösung

Neue Regelungsmechanismen: Marktwirtschaftliche Steuerung statt dirigistischer Normierung

Insbesondere auch den Tendenzen zur Zerschlagung von „Flächen"-Kollektivverträgen (vgl. S. 100) sind die österreichischen Kollektivvertragspartner durch eine kontrollierte Zulassung und intelligente (Markt-)Steuerung betrieblicher Regelungen ausgewichen bzw. zuvorgekommen:
Das klassische Beispiel für diese neue Tendenz ist wohl das Arbeitszeitmodell „Erweiterte Bandbreite". Kerninhalt dieses Modells ist es, Jahresarbeitszeit-Vereinbarungen auf betrieblicher Ebene zuzulassen, wobei einem allgemeinen Ausufern dieser für Arbeitgeber sehr attraktiven Modelle durch einen einfachen marktwirtschaftlichen Steuerungsmechanismus entgegen gewirkt wird: Werden Zeitguthaben, die im Rahmen des Modells angefallen sind, bis zum Ablauf des 1-jährigen Durchrechnungszeitraums nicht zur Gänze verbraucht, sind sie danach als Überstunden auszuzahlen, nun aber mit einem erhöhten Überstundenzuschlag von 87,5 % (statt bisher 50 %; Überstunden mit höheren Zuschlägen sind im System nicht erfasst). Die Einführung der „Erweiterten Bandbreite" ist aus Arbeitgeber-Sicht daher nur sinnvoll, wenn die Gewinne aus der Anwendung des Systems während eines Jahres das Risiko dieser wesentlichen Verteuerung überwiegen. Das verblüffende, aber an sich logische Resultat: In der Metallindustrie z.B. wird das Modell tatsächlich nur in 8,4 % aller Betriebe angewendet! Eine Welle betrieblicher Arbeitszeit-Konflikte, die in den Jahren 1996 und 1997 – vor Schaffung des Modells – ausgetragen wurden, ist seither abgeebbt. Die Zulassung flexibler Arbeitszeiten, jedoch gekoppelt mit einem doch nennenswerten Preis, stellt sicher, dass die Anwendung tatsächlich nur dort erfolgt, wo es betrieblich notwendig und sinnvoll ist: Eine op-

timale, konfliktarme Allokation der Ressource „Flexibilität" ist das Ergebnis.

Der Marktmechanismus hilft …

Nicht anders wurde nur 1 1/2 Jahre später in der Metallindustrie verfahren, als es um die Öffnung von Nachtarbeit auch für Frauen (damals nur durch Kollektivvertrag zulässig) ging. Einer generellen Erlaubnis der Öffnung durch Betriebsvereinbarung stand erneut gegenüber, dass interessierte Arbeitgeber einen scharfen Kündigungsschutz für Arbeitnehmerinnen, die nicht in der Nacht arbeiten wollten, ebenso in Kauf nehmen mussten wie eine breite Palette von Schutzregelungen und eine pauschale 10 %ige Lohnerhöhung.

Auch das Modell „Verteilungsoption", das in vielen Kollektivverträgen seit 1997 vereinbart wurde, funktioniert auf dieser Grundlage: Hier kann durch Betriebsvereinbarung anstelle eines einheitlichen Prozentsatzes, um den alle Ist-Löhne/Gehälter zu erhöhen sind, eine unterschiedliche, individuell oder nach Gruppen um ca. 0,5 % differenzierende Lohnanpassung vorgenommen werden; allerdings um den Preis, dass die Lohnsumme insgesamt um 0,2 % bis 0,3 % stärker wachsen muss, als das bei Anwendung eines linearen Erhöhungsprozentsatzes der Fall gewesen wäre. Innerbetriebliche Lohndifferenzierung ist also per Kollektivvertrag erlaubt – hat aber ihren Preis.

… den Marktradikalismus zu begrenzen

Um es bildlich zu formulieren: Es gibt keine dirigistische Zuteilung von Erfrischungsgetränken mehr, es gibt aber auch kein Freibier. Auf Betriebsebene können fast alle Arbeitgeber-Wünsche erfüllt werden, aber wie für jedes andere Produkt muss eben auch für Arbeitszeit-Flexibilität, Lohndifferenzierung, verlängerte Betriebslaufzeiten etc. bezahlt werden. Der „Preis" steuert die betriebliche Inanspruchnahme effizienter, als dies durch eine Vielzahl von Verhandlungsprozessen und immer differenziertere kollektivvertragliche Zulassungsnormen geschehen könnte. Es ist fast ein Treppenwitz der Sozialpolitik: Der Marktmechanismus wird im markt"störenden" Kollektivvertragssystem verwendet, um dem sonst uferlosen Wunsch nach „Marktfreiheit" optimierte Grenzen zu setzen!

Neue Inhalte

Noch bemerkenswerter scheint mir die wieder gewonnene inhaltliche Dynamik im Kollektivvertragssystem. Jahrzehntelang waren Kollektivverträge der Motor des sozialpolitischen Fortschritts gewesen, indem sie Neuerungen aufnahmen, verbreiteten und damit zu Wegbereitern anschließender gesetzlicher Regelungen wurden. Ende der 80er Jahre haben (auch) die Kollektivverträge für über ein Jahrzehnt ihre Innovationskraft im Wesentlichen verloren. Die letzte wirklich bahnbrechende Neuerung war der ITS-Kollektivvertrag (Kollektivvertrag über die Einführung von integrierten Texterfassungssystemen bei Tages- und Wochenzeitungen) vom Mai 1981. Seither wurden die Kollektivverträge wesentlich weiterentwickelt, gewartet und angepasst, entscheidende Weichenstellungen sind aber nicht vorgenommen worden.

Gleichstellung von ArbeiterInnen und Angestellten …

Dies hat sich um die Jahrtausendwende geändert: Nun erweist sich das Kollektivvertragssystem erneut als weitaus dynamischer und gestaltungsfähiger als die postmoderne staatliche Sozialpolitik! So ist etwa die rechtliche Gleichstellung von ArbeiterInnen und Angestellten auf gesetzlicher Ebene seit der Schaffung des Arbeiter-Abfertigungsgesetzes nicht mehr nennenswert vorangekommen: Eine halbherzige und mehr als verunglückte Etappe im Bereich der Entgeltfortzahlung bei Krankheit und eine geradezu boshafte Regelung im Bereich der wichtigen persönlichen Dienstverhinderungsgründe ist alles, was auf gesetzlicher Ebene geschehen ist. Dem steht gegenüber, dass in praktisch allen Industrie-Kollektivverträgen die unterschiedlichen Kündigungsfristen und –termine gleichgestellt wurden, desgleichen die Regelungen über die Dienstverhinderungsgründe. Aber nicht nur das: Der Anspruch auf Entgeltfortzahlung bei Krankheit wird durch Zuzahlungen zum Krankengeld materiell angeglichen und Kollektivverträge regeln auch scheinbar so nebensächliche, emotional aber ungeheuer wichtige Fragen wie die Gleichstellung hinsichtlich der Pflicht zur Vorlage ärztlicher Zeugnisse bei Erkrankungen von bis zu 3 Tagen Dauer, Behördenwege, usw. Jüngst ist auch der Durchbruch zu einheitlichen Entlohnungsschemata für ArbeiterInnen und Angestellte, vorerst in der Metall- und der Elektroindustrie, gelungen. Die längst überfällige Gleichstellung von ArbeiterInnen und Angestellten wird Wirklichkeit!

Und das ist keineswegs alles: Kollektivverträge haben weithin jene Schutzregelungen anlässlich der Zulassung von Frauen-Nachtarbeit geschaffen, die der Gesetzgeber gänzlich vernachlässigt. Sie ergänzen die Regelungen über Altersteilzeit und haben damit viel zur ungeheuren Popularität dieses Modells beigetragen. Und dass der einzige, nennenswerte sozialpolitische Fortschritt auf Gesetzesebene seit dem Jahr 2000, die Schaffung der „Abfertigung neu", faktisch durch Verhandlungen der Sozialpartner zustande gekommen ist, sollte in diesem Zusammenhang gleichfalls Erwähnung finden.

Auch im ureigensten Aufgabenbereich der Kollektivverträge – den Lohn/Gehaltssystemen – ist eine neue Dynamik zu verzeichnen: So wurde das Gehaltssystem im Sparkassen-Kollektivvertrag einer radikalen Reform unterzogen: Anstelle reiner Zeitvorrückungen gilt seit 1. 1. 2005 ein System von Kompetenzkriterien, deren Erfüllung für die Geschwindigkeit des Vorrückens im Gehaltsschema (ab Stufe 5) ausschlaggebend ist. Damit wird die erbrachte Leistung, erworbene Qualifikation usw. unmittelbar relevant für die Gehaltshöhe – aber die Beurteilung ist verbindlich und kontrollierbar, denn bei Erfüllung der im Kollektivvertrag genannten Kriterien besteht ein Rechtsanspruch auf vorzeitige Vorrückung in die nächste Gehaltsstufe. Wichtig dabei ist, dass im Hintergrund gleich zwei kollektiv wirksame Kontrollen bestehen: Ein Missbrauch des Systems für Gehaltseinsparungen fällt automatisch auf den/die ArbeitgeberIn zurück!

… von Jung und Alt

In ähnlicher Weise wurden in vielen anderen Kollektivverträgen reine Zeitvorrückungs-Systeme in ihrem Ausmaß reduziert und durch differenziertere Lösungen ersetzt. Häufig war das mit einer deutlichen Anhebung der Anfangsgehälter verbunden. Damit erweist sich das Kollektivvertragssystem imstande, den sprunghaft wachsenden Kosten der Lebensführung gerade jüngerer Arbeitnehmerinnen und Arbeitnehmer (Wohnkosten!) ebenso gerecht zu werden, wie eine konfliktarme Neuverteilung der Ressourcen zwischen den Generationen zu organisieren. Sorgfältig ausgearbeitete Übergangsregelungen garantieren in diesen Fällen, dass keine „Verlierer-Generation" entstehen kann, sondern wohl erworbene Erwartungen in absehbare Lohn-/Gehaltsentwicklungen geschützt bleiben.

… von Männern und Frauen

Eine der wichtigsten, wohl nur mittelfristig lösbaren Aufgaben ist es, die Entgeltdiskriminierung der Arbeitnehmerinnen endlich zu beseitigen; was das Ausmaß dieser Diskriminierung betrifft, nimmt Österreich eine traurige und peinliche europäische „Spitzen"position ein! Alle bisherigen, leider oft halbherzigen Aktivitäten des Gesetzgebers haben nichts gefruchtet. Könnten Kollektivverträge Abhilfe schaffen?

Nun, sie versuchen es jedenfalls: Im IT-Kollektivvertrag z. B. gibt es nicht mehr einzelne Verwendungsgruppen, sondern „Tätigkeitsfamilien", die z. T. aus mehreren Untergruppen bestehen. Diese Art der Einstufungskriterien entspricht nicht nur der Branche besser und versucht die heikle Gleichwertigkeitsfrage zwischen IT-Tätigkeiten und kaufmännischen bzw. administrativen Tätigkeiten auf jeder Qualifikationsstufe zu lösen. Sie sollte vor allem auch traditionell ungleichen Bewertungen „männlicher" und „weiblicher" Arbeit einen

Riegel vorschieben. Denn die Zusammenfassung in den „Familien" definiert unmittelbar die Gleichwertigkeit der so verknüpften Tätigkeiten. Unterschiedlich hohe Überzahlungen von Tätigkeiten derselben „Familie" sind zwar nicht ausnahmslos gesetzwidrig: Aber jeder Arbeitgeber, der derlei tut, muss eine sehr gute Begründung dafür geben können!

Die Aufgabe der gender-Gerechtigkeit nimmt das neue Beschäftigungsgruppen-System in der Metall- und der Elektroindustrie womöglich noch radikaler in Angriff: Neben einer Vielzahl kleiner Schritte, wie insbesondere klarer Beschäftigungsgruppen-Abgrenzungen am unteren (= weiblichen) Ende der Skala, wird in diesen Kollektivverträgen zwingend festgelegt, was eigentlich selbstverständlich sein sollte: Dass Tätigkeiten, die den Abschluss einer bestimmten Qualifikation (z. B. einer berufsbildenden höheren Schule) zur Voraussetzung haben, einheitlich zu bewerten sind, unabhängig davon, ob die Ausbildung an einer „weiblichen" Schule (Handelsakademie → Sekretariats/Assistenz-Tätigkeiten) oder einer „männlichen" Schule (Höhere Technische Lehranstalt → Sachbearbeiter) erfolgt ist. Wie schnell es sich herumspricht, dass der angehende Fach"mann" und die „Tippse" seines Chefs gleich einzustufen und zu bezahlen sind, bleibt natürlich abzuwarten. Der kulturelle Anstoß, den eine derartige Regelung bewirkt, ist womöglich wichtiger als ihre rechtliche Verbindlichkeit. Jedenfalls weht auch auf diesem „Feld" der frischeste (eigentlich leider überhaupt der einzige) Wind von den Kollektivverträgen her!

Resümee

Totgesagte leben länger. Die österreichische Sozialpartnerschaft trotzt dem weltweiten neoliberalen Großwetter ebenso wie lokalen politischen Stürmen. Gerade seit dem Jahr 2000 hat sie – entgegen allen Niedergangs-Prophezeiungen – eine ungeahnte Kraft und Vitalität gezeigt. Die hohe Stabilität des Kollektivvertragssystems, vor allem aber dessen erneute sozialpolitische Dynamik sind dafür ein beredter und besonders eindrucksvoller Beleg.

Mag. Herbert Tumpel, geb. 1948, Textilingenieur, Studium der Nationalökonomie an der Universität Wien, seit 1997 Präsident der Kammer für Arbeiter und Angestellte für Wien und der Bundesarbeitskammer.

Sozialpartnerschaft:

Verbandsstrukturen auf der Unternehmerseite aus Sicht der Arbeitnehmerinteressenvertretungen

Es ist eine Ironie der Geschichte: Die Handelskammern – und damit unsere heutigen Wirtschaftskammern – sind *„Kinder der politisch-sozialen Revolution des 19. Jahrhunderts"*, die Gewerkschaftsbewegung dagegen ist ein „Kind" der evolutionären Entwicklung, die durch diese Revolutionen ausgelöst wurde. Es handelt sich also um Gegensätze, die einander bedingen.

Am deutlichsten zeigt sich das an den Arbeiterkammern, die das Produkt einer geschichtlichen Schnittstelle sind, in der beide Entwicklungsstränge sich gegenseitig beeinflussen: Mit der von den Gewerkschaften geforderten Errichtung der Arbeiterkammern 1920 ist nicht allein die Gleichberechtigung der Arbeitnehmerseite konstituiert, sondern damit auch erst die Gleichgewichtigkeit der Interessenvertretung als demokratisches Prinzip.

Ab nun würden, so die Erläuterungen zur Regierungsvorlage des Arbeiterkammergesetzes von 1920, den *„Kammern der gewerblichen Unternehmer"* für die *„in Gewerbe und Industrie, in Handel und Verkehr beschäftigten Arbeiter und Angestellten"* Einrichtungen gegenüberstehen, die *„nicht nur völlig gleichwertig, sondern auch in ihrem Wirkungskreis derart ähnlich gestaltet sind, dass ein Zusammenwirken der beidseitigen Körperschaften bei der Lösung von wichtigen Aufgaben der wirtschaftlichen Verwaltung ohne Schwierigkeiten möglich ist"*.

Das Arbeiterkammergesetz und die demokratischen Strukturen der Handelskammern

Das „Zusammenwirken" der gesetzlichen Interessenvertretungen in „völliger Gleichwertigkeit" sollte, das war unbestritten, unbedingt unter demokratischen Vorzeichen geschehen – nicht nur nach außen, sondern auch nach innen. Und in diesem Punkt hatten die älteren Handelskammern einigen Nachholbedarf. Deshalb wurde 1920 auch für sie ein wichtiges Jahr. Denn was ab 1907 im alten Österreich bei den Reichsratswahlen zumindest für Männer galt, war den Unternehmern bei ihren Kammerwahlen bislang noch vorenthalten: das gleiche Wahlrecht unabhängig von der Höhe der Steuerleistung. Jetzt bekamen sie es, wie bei den Arbeiterkammern verbunden mit einem offiziellen gesamtösterreichischen Koordinationsorgan, dem Kammertag. Damit und mit der Einbeziehung neuer Gruppen war ein entscheidender Schritt zu einer umfassenden Vertretungsinstitution getan. Der neue Name „Kammer für Handel, Gewerbe und Industrie" signalisierte diesen neuen Status. Einige Regelungen gingen, nicht zuletzt beim Begutachtungsrecht, über das AKG 1920 hinaus, so dass man sich nach nicht gerade einfachen Verhandlungen entschloss, jetzt auf der Seite der Arbeiterkammern nachzubessern, und ab 1921 existierte dann tatsächlich die völlige gesetzliche Gleichstellung zwischen beiden Interessenvertretungen.

Eine „Kultur des Respekts"

Wenn das *„Zusammenwirken bei der Lösung von wichtigen Aufgaben der wirtschaftlichen Verwaltung"* und damit die Politik gestaltende Funktion der Sozialpartnerschaft von den Regierenden auch im folgenden Jahrzehnt der ersten österreichischen Demokratie nicht mehr ernsthaft gefragt war, so entwickelte sich doch eine „Kultur des Respekts" im Umgang miteinander, deren Nachwirkung vielleicht beim Aufbau des zweiten demokratischen Österreich ab 1945 bedeutender war, als es bisher gesehen wurde. Anzumerken ist in diesem Zusammenhang besonders, dass die sozialdemokratischen Gewerkschaften mit ihren massiven Mehrheiten in den AK-Vollversammlungen der Ersten Republik das Entstehen dieser besonderen Kultur förderten. Trotz aller weltanschaulichen und interessenpolitischen Frontstellungen und trotz der öffentlichen Polemik, die über die Medien ausgetragen wurde, herrschte in den paritätischen Ausschüssen Arbeitgeber – Arbeitnehmer ein sachliches und korrektes Verhandlungsklima.

Ehrliches Bekenntnis zur Unterschiedlichkeit der Interessen

Nach Diktatur und Faschismus

Der Nachhall der „Kultur des Respekts“ erleichterte es den Gründern der demokratischen Republik und ihrer Institutionen, nach den Erfahrungen in Diktatur und Faschismus einen gemeinsamen Weg zu finden.

Durch die Wiedererrichtung beziehungsweise Neugestaltung der Kammern, verbunden mit dem Begründen einer einheitlichen und überparteilichen Gewerkschaftsbewegung auf der einen Seite und der Neugründung der Industriellenvereinigung auf der anderen Seite, wurde das Bestehen unterschiedlicher Grundinteressen als gesellschaftlich-wirtschaftliches Faktum anerkannt.

Der Wiederaufbau des Kammersystems unter demokratischem Vorzeichen spielte dabei eine zentrale Rolle. Er war – nach Professor *Karl Korinek* – nur möglich, weil man sich zu der gemeinsamen Überzeugung durchringen konnte, dass es *„nicht ein Volksinteresse, sondern unterschiedliche Interessen in der Gesellschaft gibt, auch wenn das von bestimmten politischen Ideologien her nur schwer verständlich sein mag“.*

Voraussetzungen für den Kollektivvertrag als wirtschaftliches und soziales Steuerungsinstrument

Neben der Errichtung der Bundeswirtschaftskammer war der Einbau der Fachverbände und Fachgruppen in die Kammerorganisation der zweite innovative Schritt, der mit dem Handelskammergesetz von 1946 getan wurde. Viele Innungen und Gremien bleiben zwar mit eigener Rechtspersönlichkeit und eigenem Budgetrecht ausgestattet, teilweise bestehen aber auch nur Fachvertretungen ohne Rechtspersönlichkeit. Der 1994 eingeführte Name „Wirtschaftskammer“ deutet nicht nur an, dass mittlerweile in der Wirtschaft Unternehmensarten existieren, die sich nicht mehr einfach in die Kategorien „Handel“, „Gewerbe“ und „Industrie“ einordnen lassen, sondern er benennt vor allem auch die Realität einer umfassenden Interessenvertretung, wie sie 1946 begründet worden ist.

Wenn man bedenkt, dass die Kammerorganisation der Arbeitgeberseite rund 1000 Körperschaften öffentlichen Rechts einbezogen hat, gewinnt man eine annähernde Vorstellung davon, wie schwierig übergreifende Kollektivvertragsverhandlungen gewesen sein müssen, als den Gewerkschaften der Ersten Republik, von denen es allein im sozialdemokratischen Bereich 1928 auch über 40 gab, dabei eine schon fast nicht mehr überschaubare Zahl an Verhandlungspartnern gegenüberstand.

Die Entwicklung des Kollektivvertragswesens im Österreich der Zweiten Republik mit seiner hohen KV-Dichte ist ohne das Gegenüber von umfassenden Arbeitgeber- und Arbeitnehmervertretungen nicht denkbar. Nur unter diesem Vorzeichen kann von Arbeitnehmerseite erfolgreich der Anspruch erhoben werden, etwa die Regelung der Arbeitszeit bedarfsgerecht über Kollektivverträge handzuhaben, und solche Zusammenhänge dürften wohl auch einer der Gründe sein, warum von mancher Seite der Verzicht auf umfassende Interessenvertretungen gewünscht wird.

Umfassende Interessenvertretungen berücksichtigen gesamtwirtschaftliche Auswirkungen

Umfassende Interessenvertretungen müssen – im Gegensatz zu Sonderinteressengruppen – die gesamtwirtschaftlichen Folgen ihrer Politik berücksichtigen. Für einzelne Unternehmer oder Branchenverbände gibt es keine derartigen Anreize. Sonderinteressengruppen streben die Umverteilung von Einkommen und Vermögen zugunsten ihrer begrenzten Klientel an und unterliegen keinen Anreizen, die sozialen Kosten, also die negativen gesamtwirtschaftlichen Auswirkungen ihrer Handlungen, zu berücksichtigen. Mit anderen Worten: Sonderinteressengruppen fühlen sich nicht für die gesamtwirtschaftliche Entwicklung verantwortlich. Daher hat auch eine an gesamtwirtschaftlichen Kriterien orientierte Lohnpolitik, wie sie von den österreichischen Gewerkschaften betrieben wird, entsprechende Verbandsstrukturen auf der Unternehmerseite zur Voraussetzung.

Interner Interessenausgleich – Stärkung und Minderheitenschutz

Eine Aufgabe der großen Interessenverbände besteht mithin darin, die potentiell widerstreitenden Interessen einzelner Mitgliedergruppen intern aufeinander abzustimmen. Auf der Arbeitgeberseite gilt es, divergierende Interessen u.a. zwischen großen, mittleren und kleinen Firmen, zwischen Unternehmen unterschiedlicher Branchen, zwischen börsenotierten Kapitalgesellschaften und Familienunternehmen, zwischen Firmen aus dem exportorientierten und jenen aus dem überwiegend auf den Inlandsmarkt ausgerichteten Sektor zu berücksichtigen. Auf der Arbeitnehmerseite ist den Interessen von

ArbeiterInnen, Angestellten, BeamtInnen, Vertragsbediensteten und Lehrlingen, von Beschäftigten und Arbeitslosen, von ArbeitnehmerInnen unterschiedlicher Branchen, von Vollzeit- und Teilzeitbeschäftigten sowie geringfügig Beschäftigten, von ArbeitnehmerInnen aus dem privatwirtschaftlichen und dem öffentlichen Sektor Rechnung zu tragen. Der Sache nach ist interner Interessenausgleich stets auch Minderheitenschutz.

Vertretung unabhängig von Marktmacht und Finanzkraft

Auf Unternehmerseite besteht ein großes Gefälle zwischen den einzelnen Mitgliedern hinsichtlich ihrer finanziellen Ressourcen, ihrer Marktmacht und ihrer Einflussmöglichkeiten auf Politik und Medien. Die gesetzliche Zugehörigkeit in der Wirtschaftskammer wirkt der Tendenz entgegen, dass mächtige, finanzkräftige Mitglieder oder eine Minderheit der Mitglieder die Interessenvertretung durch Austrittsdrohung in ihrem Sinne manipulieren.

Repräsentativität und Vertretungsstärke als Voraussetzung für eine funktionierende Sozialpartnerschaft

Vor dem Hintergrund der Existenz umfassender Interessenorganisationen entwickelte sich die für Österreich lange Zeit typische „Wirtschafts- und Sozialpartnerschaft". Sie konnte ihre Funktionsfähigkeit nur entwickeln, weil sie die politische Kraft freiwilliger Interessenvertretungen einbezieht und gleichzeitig Arbeitgeber und Arbeitnehmer durch die gesetzlichen Interessenvertretungen in ihrer Gesamtheit repräsentiert sind. Deshalb ist die gesetzliche Zugehörigkeit zu den Kammern ein so entscheidender Faktor.

Die spezifische Art der Interessenvertretung durch die Kammern unterscheidet sich gerade dadurch von jener vereinsmäßig organisierter Interessenverbände, dass nicht nur eine bestimmte Gruppe von Berufsangehörigen, nämlich der jeweils zusammengefassten Mitglieder, sondern alle Berufsangehörigen nach objektivierten Kriterien der Interessenlage zusammengeschlossen werden. Dies gewährleistet das höchstmögliche Maß an Repräsentativität, nämlich Repräsentativität im Bezug auf alle Angehörigen der betreffenden Berufsgruppe, setzt aber gesetzliche Zugehörigkeit nach objektiven Kriterien der Stellung im Wirtschaftsleben voraus.

Für Organisationen mit freiwilliger Mitgliedschaft ist es weit schwieriger, ein hohes Maß an Repräsentativität zu erlangen, besteht doch das Risiko nachteiliger Auslese, das heißt die Tendenz zu Selektionsprozessen, an deren Ende mehrere Organisationen wirtschaftlich mächtiger Sonderinteressengruppen stehen und gleichzeitig die wirtschaftlich und sozial schwächsten, vertretungsintensivsten Gruppen gar nicht organisiert sind, weil für sie die Kosten der Interessenvertretung nicht tragbar sind.

Kontroversielle Diskussion nicht ausgeschlossen

Dabei muss klar dargestellt werden, dass in einer funktionierenden Sozialpartnerschaft Konflikte innerhalb der Interessengruppen und zwischen ihnen nicht ausgeschlossen sind und kontroversielle Diskussionen auch öffentlich geführt werden. Denn Sozialpartnerschaft bedeutet kein Verleugnen oder Verdrängen unterschiedlicher Interessenlagen, sondern sie stellt einen bestimmten, kooperativen Stil dar, wie damit umgegangen wird, eine Methode, wie zum Vorteil aller Beteiligten eine gemeinsame Problemlösung gefunden werden kann.

Demokratieentwicklung und der Anspruch auf Eingriffe in die Marktkonkurrenz

Die Beteiligung der Interessengruppen am politischen Entscheidungsprozess ist ein wesentliches Element jeder pluralistischen Demokratie. Demokratie bedeutet wesentlich Willensbildung des Staates nach dem Prinzip der Bevölkerungsmehrheit (einfach oder qualifiziert). Zur Gewährleistung der Freiheitsrechte und Gleichheitsansprüche der Staatsbürger und -bürgerinnen bedarf es gleichzeitig einer institutionellen Begrenzung der Staatsmacht. Neben der „klassischen" Gewaltenteilung in gesetzgebende, exekutive und richterliche Gewalt kommen in Österreich zwei Formen der Teilung der Staatsgewalt eine besondere Bedeutung zu: der föderalistischen Delegierung von Teilen der Staatsgewalt an regionale Teileinheiten (Länder und Gemeinden) und einer Beteiligung der in Verbänden organisierten wirtschaftlichen und sozialen Interessen an der Ausübung der Staatsgewalten.

Gemeinsame Ziele

Auf der inhaltlichen Seite ist die österreichische Sozialpartnerschaft immer durch ein Bekenntnis zu gemeinsamen Zielen wie hoher, gleichmäßiger Wohlstand, hohes Beschäftigungsniveau, Lebensqualität oder Solidarität in Wirtschaft und Gesellschaft gekennzeichnet gewesen. Diesem Bekenntnis zu gemeinsamen Zielsetzungen liegt ein gemeinsames Verständnis bezüglich makroökonomischer Zusammenhänge, eine Bereitschaft zu sachlicher Diskussion bei Verzicht auf einseitige „Maximalstrategien" zugrunde. Angestrebt wird eine aktive Gestaltung der Zukunft: Zukunftsthemen sollen offensiv besetzt werden, weshalb der Anspruch auf Eingriffe in die Marktkonkurrenz erhoben wird. Dabei hat die Sozialpartnerschaft und haben damit die sie tragenden Interessenvertretungen sich laufend – inhaltlich sowie institutionell – an neue Anforderungen und Rahmenbedingungen anzupassen.

Für einen modernen, wettbewerbsfähigen Wirtschaftsstandort sind nicht möglichst niedrige Lohnkosten anzustreben, sondern eine möglichst hohe gesamtwirtschaftliche Produktivität, um Realeinkommen und Lebensstandard zu steigern. Die Sozialpartner versuchen, sozialen Frieden dafür auch als komparativen Vorteil im internationalen Wettbewerb einzusetzen sowie durch ihre Zusammenarbeit die Erwartungen der Wirtschaftssubjekte und die Wirtschaftspolitik mittelfristig zu verstetigen. Damit leisten sie einen Beitrag zur Stabilisierung der Wirtschaftsentwicklung und zur Senkung bzw. Vermeidung von (Konflikt-)Kosten. Darüber hinaus können mittels einer kooperativen Vorgangsweise angebotsseitige Strukturen so beeinflusst werden, dass die beiden Ziele: einerseits „Modernisierung, Strukturwandel, Verbesserung des Wirtschaftsstandorts“ und andererseits „sozialer Zusammenhalt, Wohlstandsvermehrung für alle“ möglichst gleichgewichtig erreicht werden können.

Langfristige Lösungen

Ein solches System erlaubt eine professionellere Wirtschaftspolitik (keine Verabsolutierung eines Zieles, sach- und problemorientierte Diskussionen ...) sowie längerfristige, nachhaltige Lösungen, anstatt einer nur tagespolitisch motivierten, oft überhasteten ad-hoc-Politik. Diese Versachlichung und längerfristige Orientierung erleichtert auch die Bewältigung von Herausforderungen in einer durch zunehmende Unsicherheiten und Fluktuationen geprägten Welt, wie etwa durch „Globalisierung“ oder EU-Erweiterung, also einen Strukturanpassungsprozess, welcher soziale Verwerfungen minimiert. Das stellt eine Hilfestellung für die Absicherung der Demokratie dar, deren Wert nicht hoch genug eingeschätzt werden kann.

Der Staat als dritter Partner

Sozialpartnerschaft beinhaltet einerseits Materien, die im bilateralen Verhältnis zwischen den Verbänden der Arbeitnehmer und der Arbeitgeber geregelt werden. „Kernbereich“ in diesem Sinne ist der Bereich der Kollektivvertrags- bzw. Lohnverhandlungen. Hier funktioniert die Sozialpartnerschaft ungebrochen – die bewährte Praxis wurde bisher nicht spürbar mehr gestört als üblich.

Darüber hinaus sind aber die Arbeitnehmer und Arbeitgeber unmittelbar oder mittelbar betreffenden Materien Angelegenheit der Gesetzgebung oder der staatlichen Verwaltung, insbesondere solche des Arbeits- und Sozialrechts und des Bildungswesens. Eine Entscheidungsprozess, der hier die Betroffenen einbindet, erfordert eine Kooperation zwischen der Regierung und den Interessenvertretungen.

Die ab dem Jahr 2000 bestehende Regierungskoalition ist von der Jahrzehnte lang beachteten Praxis, in grundlegenden Fragen des Arbeits- und Sozialrechts den Konsens mit allen Sozialpartnern zu suchen, abgegangen und hat so wichtige Materien wie die Pensionsreformen gegen den Widerstand der Interessenvertretungen der Arbeitnehmer durchgesetzt. Dass sie in einigen Fragen doch wieder nur zu einer Lösung gelangte, indem sie die Sozialpartner um einen Vorschlag ersucht hat, zeigt deren unentbehrliche Funktion im österreichischen politischen System. In jüngster Zeit gibt es neue Anzeichen für eine Bereitschaft der Regierung, diese Funktion der Sozialpartnerschaft wieder stärker anzuerkennen. Eine Reaktivierung einer gemeinsamen regelmäßigen Gesprächsebene zwischen den Spitzen von Regierung und Interessenvertretungen, etwa der formal nie sistierten Paritätischen Kommission, würde der Regierung wieder ein enormes Potential an Know-how und „Sozialem Kapital“ erschließen.

Macht die Regierung nicht mit, kann die Sozialpartnerschaft in ihrer Funktion als staatlicher Konfliktregelungsmechanismus nur mehr eingeschränkt funktionieren. Ist er erwünscht, muss auf Regierungsseite wieder eine ausgewogenere Haltung gegenüber den Interessenvertretungen gegeben sein, wenn diese eingeladen werden, gemeinsame Problemlösungsvorschläge zu präsentieren. Bereiche, wo eine solche Vorgangsweise zu besseren Ergebnissen führen würde als die Überfalls- („speed kills“) und Konfrontationsmethode und wo die Politik in nächster Zeit, aber auch mittelfristig entscheidend gefordert sein wird, sind Aus- und Weiterbildung/Qualifizierung – vor allem angesichts des bereits innerhalb der nächsten zehn Jahre eintretenden Alterungsprozesses des Arbeitskräfteangebots („ageing“) –, die Migrationspolitik, das Gesundheitswesen oder der Straßengütertransport.

Die Rolle der Wirtschaftskammer unter sozialpartnerfeindlichen Rahmenbedingungen

In den letzten Jahren gewannen jene politischen Richtungen an Einfluss, die das angeblich zu schwerfällige System der österreichischen Sozialpartnerschaft durch ein Lobby-System nach US-amerikanischem Vorbild ersetzen möchten. Dies würde allerdings zu einem Verlust an mittel- und langfristiger politischer und wirtschaftlicher Kalkulierbarkeit und Stabilität führen sowie zu einer wirtschaftlichen und sozialen Polarisierung. Damit wären erhebliche einzel- und gesamtwirtschaftliche Kosten verbunden. Auch der Versuch eines Mittelweges nach dem Muster einer „Sozialpartnerschaft light" bietet keine attraktive Perspektive. Darunter könnte man ein System verstehen, welches die Kollektivvertragspolitik in ihren Grundzügen beibehalten will und grundsätzlich zur Kooperation bereit ist, allerdings nicht als umfassendes wirtschaftliches und gesellschaftliches Prinzip und ohne zugrundeliegendes gemeinsames Weltbild, sondern ad hoc, punktuell und themenbezogen. Das solchen Systemen typische tendenziell unseriöse schlagwortorientierte Agieren würde von der Politik und den Partnern auf Dauer wohl nicht ernst genommen werden, die kooperative Konfliktaustragungsstrategie würde sicher einer starken Erosion unterliegen. Ein solches System wäre also wohl nur ein Übergangsstadium zum Konfrontationsszenario.

Die Wirtschaftskammern und die WKÖ sind vor diesem Hintergrund aus zwei Gründen – einem tagespolitischem und einem längerfristigen Grund – in einer schwierigen Situation: Einerseits sind bei einer doch sehr engen Verbindung mit einer Regierung, die ein kontroversielles Demokratiekonzept verfolgt, Entscheidungen im Sinn des Konfliktregelungsmechanismus „Sozialpartnerschaft" mit seinem Anspruch auf Interessenausgleich oft alles andere als einfach – und das gilt auch für ein Lobbying für das Akzeptieren eines solchen Politikstils. Andererseits haben sich auf Unternehmerseite Gruppen deutlich artikuliert, die in einem Konfrontationskurs keine Nachteile sehen. Wenn die Wirtschaftskammer es schafft, unter diesen Rahmenbedingungen ihre Rolle als verantwortungsbewusster Sozialpartner weiter ernst zu nehmen, erbringt sie damit auch eine nicht zu unterschätzende Leistung für dieses Land.

Dr. Christoph Leitl , geb. 1949, Studium der Sozial- und Wirtschaftswissenschaften. Seit 1999 Präsident des Österreichischen Wirtschaftsbundes und Mitglied des Bundesparteivorstandes der ÖVP. Seit 2000 Präsident der Wirtschaftskammer Österreich, seit 2002 Präsident der Europäischen Wirtschaftskammern. Sonstige Funktionen: u. a. Präsident von OIER (Organisation für internationale Wirtschaftsbeziehungen), Obmann der Sozialversicherungsanstalt der gewerblichen Wirtschaft, Präsident des Österreichischen Instituts für Wirtschaftsforschung.

Demokratie braucht Verantwortung:

Das Prinzip „Sozialpartnerschaft" Von der Notwendigkeit, mit dem „Gegenüber" auszukommen

Am 12. Januar 2005 billigte das Europäische Parlament in einer denkwürdigen Abstimmung mit der überzeugenden Mehrheit von 500 Ja- zu 137 Neinstimmen (bei 40 Enthaltungen) den Vertrag über eine Verfassung für Europa und befürwortete damit seine Ratifizierung. In der Entschließung wurde die Verbesserung der Rechte der Bürgerinnen und Bürger durch Einbeziehung der Charta der Grundrechte der EU in Teil II der Verfassung, durch den Beitritt der EU zur Europäischen Menschenrechtskonvention sowie durch Einführung eines europäischen Bürgerbegehrens besonders hervorgehoben. Mit neuen Bestimmungen zur „Beteiligung der Sozialpartner, der repräsentativen Verbände und der Zivilgesellschaft an den Beratungen der Union" sollten demokratische Defizite beseitigt und die Legitimität des europäischen Entscheidungsprozesses gestärkt werden. Artikel 48 EU-Verfassung anerkennt die Rolle der Sozialpartner als ein Schlüsselelement des demokratischen Lebens:

„Die Sozialpartner und der autonome soziale Dialog.

Die Union anerkennt und fördert die Rolle der Sozialpartner auf Ebene der Union unter Berücksichtigung der Unterschiedlichkeit der nationalen Systeme. Sie fördert den sozialen Dialog und achtet dabei die Autonomie der Sozialpartner. Der Dreigliedrige Sozialgipfel für Wachstum und Beschäftigung trägt zum sozialen Dialog bei."

Europäische Perspektiven: Determinante für Modernisierung und Wandel

Welche Motive haben die Mitglieder des Europäischen Konvents, die Regierungschefs auf Ebene des Rates, die Europäische Kommission und die Abgeordneten im Parlament zu Straßburg dazu bewogen, ihre Hoffnungen auf die Zusammenarbeit der Sozialpartner zu setzen? Was spricht für eine Europäisierung von Interessenabstimmung und Konsenssuche?

Die Delors-Initiative

Die konstitutionelle Verankerung des sozialen Dialogs bringt eine Entwicklung zum Abschluss, die bis in die Gründungsphase der EWG zurückreicht. Bereits der Vertrag von Rom sah die Einrichtung eines Wirtschafts- und Sozialausschusses (WSA) zur Beratung der Kommission vor. Arbeitgeber- und Arbeitnehmervertreter sollten die europäischen Institutionen bei ihren Vorhaben unterstützen. Arbeits- und sozialrechtliche Fragen wurden – den Zielen einer Wirtschaftsgemeinschaft entsprechend – lange als Annexmaterien behandelt, obwohl einzelne Bestimmungen, wie der Grundsatz des gleichen Entgelts für Männer und Frauen, mit Unterstützung des EuGH erheblichen Zündstoff enthielten. Die Arbeitsschutzgesetzgebung war von der Intention getragen, Wettbewerbsverzerrungen durch unterschiedliche Standards in den Mitgliedsländern zu verhindern. Wichtige Impulse zur Einbindung der Sozialpartner kamen von den Versuchen, die soziale Dimension des Integrationsprozesses zu verstärken. Auf Initiative von *Jacques Delors* wurde 1986 der „soziale Dialog" in der Einheitlichen Europäischen Akte aufgenommen. Die Kommission wird angehalten, *„den Dialog zwischen den Sozialpartnern auf europäischer Ebene zu entwickeln, der, wenn es diese für wünschenswert halten, zu vertraglichen Beziehungen führen kann"*. 1991 gelingt ein erster großer Erfolg: Die Vorschläge der Sozialpartner zur Reform der Vertragsbestimmungen über die Beschlussfassung im Bereich der Sozialpolitik werden in das Protokoll über die Sozialpolitik übernommen, das dem Vertrag über die Europäische Union beigefügt und 1997 in den Vertrag von Amsterdam integriert wird. Der Gipfel von Lissabon 2000 bringt eine neue Sicht- und Arbeitsweise. Die Vision, Europa bis 2010 zum wettbewerbsfähigsten, wissensbasierten Wirtschaftsraum zu entwickeln, verlangt einen strategisch integrierten Ansatz, der sich über mehrere Politikfelder (Wirtschafts-, Sozial-, Umweltpolitik) erstreckt. Es setzt sich die Erkenntnis durch, dass nur mit der aktiven Einbindung der Sozialpartner nachhaltiges wirtschaftliches Wachstum, mehr und bessere Arbeitsplätze sowie ein stärkerer sozialer Zusammenhalt zu erreichen ist.

Im Vorfeld des Rats von Laeken wurde eine Resolution zur besonderen Rolle der Sozialpartner im Rahmen des europäischen Regierens verabschiedet. Sie beinhaltet, dass zwischen bipartitem sozialen Dialog und tripartiter Konzertierung unterschieden werden solle, dass es erforderlich sei, die Beteiligung im Rahmen des Lissabon-Prozesses besser zu strukturieren und dass die Partner willens seien, ein Arbeitsprogramm für einen autonomeren sozialen Dialog zu erarbeiten. Ferner forderten sie, den Aufbau starker, autonomer Gewerkschafts- und Arbeitgeberorganisationen in den Beitrittsländern technisch und finanziell zu unterstützen.

Sozialer Dialog als wesentlicher Bestandteil des europäischen Gesellschaftsmodells

Die Kommission griff die Anregungen auf und verabschiedete am 26.6.2002 einen Vorschlag zur Einrichtung eines Tripartiten Sozialgipfels für Wachstum und Beschäftigung. In der Begründung wird auf den sozialen Dialog als wesentlicher Bestandteil des europäischen Gesellschaftsmodells, das sich durch ein hohes Sozialschutzniveau, Investitionen in die Bildung und die Qualifikation und Reformen zur Verbesserung der Wirtschaft auszeichnet, verwiesen. *„Der soziale Dialog spielt aufgrund seiner besonderen Strukturen und seiner Unersetzlichkeit eine zentrale Rolle."* Seine Einzigartigkeit im internationalen Vergleich wurzelt in der Geschichte des Kontinents. Er ist *„in seinen vielfältigen Formen in den verschiedenen Mitgliedsstaaten sowohl ein Element der demokratischen Regierungsführung als auch der wirtschaftlichen und sozialen Modernisierung"*. Die Sozialpartner sind *„am besten in der Lage, die wichtigsten Herausforderungen der Lissabon-Strategie anzunehmen: die positive Bewältigung des Wandels, die es ermöglichen soll, die für die Unternehmen unverzichtbare Flexibilität mit der notwendigen Absicherung der Arbeitnehmer zu vereinbaren, insbesondere dann, wenn sich die Wirtschaft in einem weit reichenden Umstrukturierungsprozess befindet"*. Als treibende Kräfte der Veränderung müsse ihre aktive Mitwirkung in den europäischen Institutionen ausgebaut werden. Der „soziale Dialog" ist eine Determinante für erfolgreiche wirtschaftliche und soziale Reformen, ein Schlüssel zum besseren Regieren.

Interessenvertretung im erweiterten Europa

Die Europäischen Institutionen sind gut beraten, wenn sie in schwierigen Zeiten auf die Mitwirkung, Mitgestaltung und Mitverantwortung der Sozialpartner setzen. Ein Blick hinter die Kulissen der jüngst so erfolgreichen kleineren Mitgliedsländer kann dies illustrieren. Dem Großherzogtum Luxemburg ist es 1973 durch einen tripartiten Accord gelungen, die Krise in der Stahlindustrie und den Verlust eines Viertels der Arbeitsplätze zu bewältigen. Das Land setzte erfolgreich auf neue Dienstleistungen, wie Medien und Satellitenkommunikation, baute den Finanzplatz auf und wurde zur Logistikdrehscheibe. Das niederländische „Poldermodell" kombiniert die Ebene der Kollektivverträge mit staatlichen Maßnahmen. Dank des Abkommens von Wassenaar gelang es ab 1982, den Zusammenbruch der Sozialsysteme abzuwenden und den Arbeitsmarkt zu flexibilisieren, d.h. neue Arbeitsplätze zu schaffen. Der Aufstieg der Republik Irland vom Armenhaus, in dem die Jugend zur Auswanderung genötigt war, zum drittreichsten EU-Staat belegt die These, dass Sozialpartnerschaft zum zentralen Standortfaktor geworden ist. Irland richtete 1987 ein dreiseitiges Dialogsystem ein, um einen Ausweg aus der Wirtschaftskrise zu finden. Die Arbeitslosigkeit ging um 12 % zurück und auch die Steuerquote konnte von 60 % auf 42 % gesenkt werden. Als Finnland nach dem Zerfall der Sowjetunion sein größter Exportmarkt wegbrach und die Arbeitslosenrate auf über 20 % kletterte, war die Neuorientierung in Richtung EU nur möglich, weil das Klima des Konsenses radikale Maßnahmen erleichterte. Das Land öffnete sich dem internationalen Wettbewerb und führt heute wichtige Rankings bis hin zu OECD-PISA an. Schweden und Dänemark gelang es, einen Weg aus der Schuldenfalle zu finden und die sozialen Systeme zu reformieren. Dass eine positive Korrelation zwischen Wirtschaftswachstum, geringer Arbeitslosigkeit und sozialem Frieden besteht, zeigt die Statistik. Länder mit hoher Streikbereitschaft, wie Spanien, Griechenland, Italien und Frankreich haben die größten Beschäftigungsprobleme, stagnieren im Zehnjahresvergleich. Volkswirtschaften mit einer hohen Kultur des Interessenausgleichs bilanzieren deutlich besser. Angesichts dieser Beispiele nimmt es wenig wunder, dass die postkommunistischen Reformländer im Zuge der Beitrittsverhandlungen großes Interesse an den institutionellen Ausprägungen der Zusammenarbeit bekundeten. Die österreichischen Sozialpartner haben die Besuche und Anfragen gerne genutzt, um für ihr Modell nicht nur bei den Nachbarn zu werben, sondern auch um Alliierte für den Ausbau des Dialogs im „Neuen Europa" zu gewinnen. Auch die Generaldirektion Beschäftigung und Soziales hat die Bemühungen, den „sozialen Dialog" im erweiterten Europa bekannt zu machen, unterstützt und mit ihrem Einsatz große Verdienste erworben.

Zentraler Standortfaktor Sozialpartnerschaft

Bei der flächendeckenden Etablierung der Sozialpartnerschaft im „Neuen Europa" geht es aber um mehr als um die bloße Verbreitung bestimmter Techniken und Instrumente. In der fruchtbaren Kooperation zwischen den Interessenverbänden liegt eine zukunftsträchtige Antwort auf die großen Herausforderungen im Zeichen der Globalisierung und des technologischen Wandels. Steigende internationale

„Soziale Marktwirtschaft"

Vernetzung und Verflechtung erhöhen die Abhängigkeiten in wirtschaftlicher, politischer und damit auch sozialer Hinsicht. Den Verträgen von Rom lag einst das „Modell der sozialen Marktwirtschaft", wie es von *Ludwig Erhard* und seinen Mitstreitern ausformuliert worden ist, zugrunde. Die Betonung des Wettbewerbs und der vier Grundfreiheiten als Motoren der wirtschaftlichen Integration haben sich bewährt. Die EWG konnte ihr Versprechen „Wohlstand für alle" durch Schaffung eines gemeinsamen Marktes einhalten. In der Phase des Umbruchs zur Wissensgesellschaft, der Ablösung der überkommenen Strukturen des industriellen Zeitalters, ist ein neues wirtschafts- und sozialpolitisches Ordnungsdenken gefordert, das die anstehenden Transformationen nicht nur ohnmächtig beschreibt, sondern Rückhalt gibt und Sinn stiftet. Die europäische Zauberformel lautet: „Sozialpartnerschaft"!

Persönlichkeiten, die über Jahrzehnte hinweg in einem Biotop der Konsensstiftung, des Interessenausgleichs und der Mediation von Konflikten aufgewachsen sind, die von Jugend an das respektvolle Miteinander, die Kultur des Zuhörens und Verhandelns, das mühselige Ringen um faire Kompromisse praktiziert haben, sind die besten Botschafter der leitenden Prinzipien der Sozialpartnerschaft. Sie verkörpern, wie *Fritz Verzetnitsch* als Präsident des ÖGB und langjähriger Spitzenfunktionär des EGB, jene Glaubwürdigkeit, auf die es in einem Europa unterschiedlicher Geschwindigkeiten ankommt. Für mich als Präsident der Europäischen Wirtschaftskammern stellt diese Erfahrung das große Plus im Gespräch mit Politikern und Wirtschaftsvertretern aus der ganzen Welt dar. Europa kann nicht nur auf ein großartiges kulturelles Erbe, seine abendländische Traditionen und ökonomischen Erfolge verweisen, es hat seit dem Spätmittelalter gelernt, mit Reformationen, Revolutionen und Umbrüchen umzugehen, es verfügt über die Fähigkeit zur sozialen Innovation, wie sie im „Dialog der Sozialpartner" Gestalt gewinnt.

Zum Bedeutungswandel auf nationaler Ebene

Die 25 Mitgliedsländer im „Neuen Europa" weisen höchst unterschiedliche Formen der Kooperation und Koordination zwischen Staat, Arbeitgeber- und Arbeitnehmerverbänden auf. Was sich in Skandinavien bewährt hat, lässt sich nicht ohne weiteres auf Zypern oder Malta übertragen. Sprachbarrieren und regionale Sonderwege erschweren häufig eine Übernahme. Die Zugehörigkeit zu unterschiedlichen Rechtskreisen ist nicht zu unterschätzen. Industrielle Ballungsräume erleichtern hingegen übergreifende Lösungen. Die

Europäische Gemeinschaft für Kohle und Stahl verdankt ihre Entstehung der Idee, den Frieden durch gezielte Kontrolle der ehemaligen Rüstungsstandorte zu sichern. Wo die Sozialpartnerschaft, wie in Österreich, den Niederlanden, Luxemburg, aber auch in Skandinavien, Teil der nationalen Identität geworden ist, steht der Verlust an Gestaltungsmöglichkeiten unter einem besonderen Vorzeichen. Wer als kleiner Staat die Vorteile der Integration ernten will, sollte sehr bewusst auf provinzielle Lösungen verzichten, vielmehr die Kosten einer Abschottung für die Bürger, aber auch für Unternehmen, etwa im Energiesektor, im Feld der Finanzdienstleistungen, in der Logistik etc. bedenken. Alle Interessenvertretungen sind im Gleichschritt mit Regierungen, Parlamenten und Landtagen vom Übergang der Souveränität an die Union positiv wie negativ betroffen. Den Einbußen an Gestaltungsmöglichkeiten stehen bedeutende Funktionsgewinne auf europäischer Ebene gegenüber. Für die Wirtschaft ist die Mitwirkung innerhalb der europäischen Institutionen heute weitaus am wichtigsten. Unsere Märkte liegen zu 90 % im Umkreis von 700 km rund um unsere Landesgrenzen. Dank der Zugehörigkeit zur EU können wir mitbestimmen, wie sich die Spielregeln im gemeinsamen Markt mit 456 Millionen Konsumenten entwickeln werden. Für exportorientierte Volkswirtschaften ist das Gewicht Europas innerhalb der Welthandelsorganisationen von entscheidender Bedeutung. Wer, wie die Schweiz und Norwegen, der Illusion nachhängt, Herr im eigenen Haus bleiben zu können, der sieht sich heute schon gezwungen, alle Vorschriften nachvollziehen zu müssen, dem Druck der USA schutzlos preisgegeben zu sein und für den Zugang zum gemeinsamen Markt noch einen hohen Obolus leisten zu dürfen.

Regionale Standortfaktoren

Liberalisierung des Welthandels, Internationalisierung des Kapitalverkehrs, Intensivierung des Wettbewerbs und globale Vernetzung stellen nur die eine Seite der Medaille dar. Trotz der Einbettung in den europäischen Kontext sind viele Standortfaktoren weiterhin national bzw. regional bestimmt. In der „knowledge-economy" ist Wissen die entscheidende Ressource, der Schlüssel zu Wachstum, Wohlstand und sozialer Entwicklung. Dazu bedarf es gewaltiger Anstrengungen im Aufbau einer exzellenten Forschungslandschaft, grundlegender Reformen an Universitäten und wissenschaftlichen Akademien, erhebliche Investitionen in neue Kommunikationstechniken und -infrastrukturen. Österreich wird seinen Spitzenplatz unter den reichsten Ländern nur halten können, wenn es in den kommenden Jahren über gut ausgebildete Fachkräfte, bestens qualifizierte AkademikerInnen, hoch motivierte UnternehmerInnen, leistungsorientierte ManagerInnen und engagierte MitarbeiterInnen des öffentlichen Dienstes verfügt. Die demographische Entwicklung, aber auch die geringe Beschäftigungsquote von Frauen, das frühe Ausscheiden aus dem Erwerbsprozess, werfen gewaltige Fragen auf, rufen nach kreativen Lösungen. Die Probleme der Vereinbarkeit von Familie und Beruf, der Integration Älterer in den Arbeitsmarkt, aber auch der Schulabbrecher ohne Abschluss sind zu lösen, um alle Potentiale und Talente in der Bevölkerung zu mobilisieren. Die Ergebnisse von PISA 2003 müssen uns wachrütteln. Wenn 20 % der 15-Jährigen nach neun Jahren Schulbesuch über keine ausreichenden Lese- und Schreibkenntnisse verfügen, sogar 40 % der Burschen zur Risikogruppe gezählt werden, dann sollten alle Alarmglocken läuten. Wen soll die Wirtschaft wie ausbilden, wenn Kindergarten und Volksschule versäumt haben, die Mängel zu erkennen und früh gegenzusteuern? Wir brauchen eine Bildungssozialpolitik der Länder und Gemeinden, um allen Jugendlichen eine Chance zu sichern und ihnen gute Lebensperspektiven zu eröffnen. Lehrer und Schule sind mit der Aufgabe, soziale Schwierigkeiten aufzufangen, überfordert. Wille und Bereitschaft zum lebensbegleitenden Lernen müssen früh geweckt, die betrieblichen und überbetrieblichen Angebote in der Aus- und Weiterbildung vehement gefördert werden. Eine positive Einstellung zum Phänomen des politischen und ökonomischen Wandels ist nur zu erwarten, wenn der Umgang mit Veränderungen selbstverständlich wird, Neuerungen aller Art mit Offenheit, nicht mit Skepsis, Abwehr und Furcht begegnet wird. Wenn die EU zur Verwirklichung der Lissabon-Strategie nationale Kraftanstrengungen fordert und auf innerstaatliche Aktionsbündnisse setzt, dann hat sie den Stellenwert der Sozialpartner auf lokaler Ebene richtig erkannt. Wirtschaftsentwicklung, das lehrt die Geschichte, erfolgt immer vor dem Hintergrund regionaler Verhältnisse. Ob einst der Durchbruch zur Industrialisierung, heute die Bildung so genannter Cluster, morgen die Ausbildung von Drehscheiben in einer weltweiten Vernetzung, es sind Gunstlagen, örtliche Faktoren oder „soft skills", wie Forschungseinrichtungen, die eine Weichenstellung begünstigen. Wer sich mit der Gründung der ersten Handelskammern beschäftigt, stößt sehr rasch auf die Bedeutung kommunalen Engagements. Kaufleute und Fabrikanten, oft fern der Residenzstädte, schließen sich zusammen, um ihre Interessen durchzusetzen. Lyon, Mailand, Manchester, Barmen, Chemnitz, Brünn und Triest waren einst die Vorreiter. Die Stärke der Wirtschaftskammern liegt in der überschaubaren Größe, im unmittelbaren Kontakt zu den Mitgliedern, im Naheverhältnis zu den örtlichen Gegebenheiten. Wer den Bedürfnissen der Bürger und Bürgerinnen auf die Spur kommen will, sollte sich an lokale Institutionen halten, das „know-how" vor Ort nutzen, Länder, Bezirke und Gemeinden in den europäischen Entscheidungsprozess integrieren. Wer Strategien vom Reißbrett der „grandes écoles" vorgibt, darf sich nicht wundern, wenn seine Ideen

Kommunales Engagement

nicht ankommen, gar resolut abgelehnt werden. Das in der EU-Verfassung verankerte Subsidiaritätsprinzip ist mit Leben zu füllen. Die hehren Ziele von Lissabon müssen von „bottom-up"-Initiativen begleitet werden, um endlich realistische Umsetzungschancen zu eröffnen. Der jüngst veröffentlichte Zwischenbericht der von *Wim Kok* geleiteten Kommission, in der *Fritz Verzetnitsch* als Präsident des Europäischen Gewerkschaftsbundes eine herausragende Rolle gespielt hat, spart nicht an Kritik. Europa ist zurückgefallen, scheint an Schwung und Ambition zu verlieren. Die Empfehlungen an die Staats- und Regierungschefs lassen keine Zweifel offen: Ohne nationale Aktionsprogramme unter Beteiligung der Nationen, Regionen und Sozialpartner wird Europa scheitern.

Auf seiner Frühjahrstagung am 22. und 23. März 2005 in Brüssel hat der Europäische Rat die Forderungen nach einem Neustart der Lissabon-Agenda unter dem Titel „Eine Partnerschaft für Wachstum und Beschäftigung" übernommen. Die Grundlagen der Wettbewerbsfähigkeit Europas sind zu erneuern, alle geeigneten einzelstaatlichen und gemeinschaftlichen Mittel – einschließlich der Kohäsionspolitik – zu mobilisieren. Die Sozialpartner werden ersucht, im Rahmen ihrer jeweiligen Zuständigkeiten ein gemeinsames Arbeitsprogramm für Wachstum und Beschäftigung vorzulegen und auf nationaler Ebene an einem interaktiven Netz von Initiativen der Zivilgesellschaft zur Förderung der Umsetzung der Strategie mitzuwirken. Österreich sollte diese Wünsche und Vorstellungen rasch aufgreifen, einen hochrangigen Vertreter zum „Lissabon-Beauftragten" bestellen und eine Plattform zur Ausarbeitung eines eigenständigen Reformprogramms auf der Basis der „integrierten Leitlinien" der Kommission gründen. Wenn alle gemeinsam an einem Strang ziehen, dann können wir uns „Stockerlplätze" im Ranking sichern.

Starke Sozialpartner sichern Spitzenpositionen

Unterschiedliche Traditionen der Vertretung von Arbeitnehmerinteressen

Fritz Verzetnitsch als führender Vertreter des Europäischen Gewerkschaftsbundes stand lange einer Organisation als Präsident vor, unter deren Dach sich höchst unterschiedliche Traditionen der Vertretung von Arbeitnehmerinteressen vereinigen. Englische Trade Unions sehen in der Verrechtlichung der Arbeitsbeziehungen nach deutschem und österreichischem Vorbild eine Bedrohung ihrer Autonomie. In den romanischen Ländern dominieren politisch ausgerichtete Kampfverbände, die sich in den Betrieben untereinander Konflikte liefern.

Während sich in der Bundesrepublik und in Österreich eingedenk der leidvollen Erfahrungen der Zwischenkriegszeit das Konzept einer überparteilichen Einheitsgewerkschaft durchgesetzt hat, flackern in von Deindustrialisierung bedrohten Regionen wieder anarcho-syndikalistische Ideen auf. Angesichts der hohen Arbeitslosenzahlen in der EU, sinkenden Mitgliederzahlen und wenig Aussicht auf eine nachhaltige Erholung wird vielfach von einem Niedergang der Gewerkschaften geschrieben. Wer sich von einer Schwächung ihres Einflusses zügige Reformen auf den Arbeitsmärkten erhofft, hat die Philosophie der Sozialpartnerschaft nicht verstanden. Man muss aber nicht sein Heil in der Geschichte suchen, um diese Zusammenhänge zu verstehen. Je schwächer eine Organisation ist, desto panischer wird sie unter Druck reagieren. Wenn keine Zugewinne zu verteilen sind, bleibt nur das verkrampfte Festhalten. Nur starke, selbstbewusste, souverän geführte Gewerkschaften können sich mit Zukunftsfragen beschäftigen, ihre Strategien langfristig ausrichten. In Zeiten des Wandels bauen die einen Mauern, die anderen Windmühlen, sagt uns ein chinesisches Sprichwort. Demokratien brauchen im Feld der „industrial relations" einflussreiche Verbände, damit sich deren Ordnungsfunktion, z.B. auf den Arbeitsmärkten, in der überbetrieblichen Sozialpolitik, im Feld der Qualifikation und Weiterbildung, entfalten kann. Es geht um die Qualität des Vertrauens, welche die Kräfte eines kleinen Landes bündelt und Transaktionskosten spart. Lohnkämpfe können leicht in ein sinnloses Kräftemessen ausarten, das dem eigenen Standort schadet und Ressourcen – auch emotional – vergeudet. Dieses Klima darf nicht mit falschem Harmoniebedürfnis, Packelei oder Kuschelkurs verwechselt werden. 60 Jahre nach Gründung der II. Republik steht Erinnerung gut an, doch nostalgische Beschwörungen helfen wenig. Die Väter der Sozialpartnerschaft, *Julius Raab* und *Johann Böhm*, lieferten sich ebenso handfeste Konflikte wie *Rudolf Sallinger* und *Anton Benya*. Das österreichische Modell einer gelebten Partnerschaft beruht auf Lösungskompetenz, Augenmaß, Verlässlichkeit, Wissen um die Grenzen des Zumutbaren, zwischenmenschliches Gespür, letztendlich eine persönliche Vertrauensbasis, ohne in „Verhaberung" abzugleiten. Die emotionale Dimension bewährt sich gerade in schwierigen, spannungsgeladenen Konflikten, wenn die Kunst der Mediation gefordert ist, wie jüngst bei ÖBB und AUA. Dieses Vertrauen kann jedoch leicht verspielt werden, wenn es nicht von offenen Worten, klaren Haltungen, ehrlichen Argumenten und der berühmten „Handschlagsqualität" begleitet wird. *Fritz Verzetnitsch* hat es über Jahrzehnte hinweg mit seiner Art verstanden, dieses Kapital im Interesse Österreichs und seiner Bürgerinnen und Bürger zu mehren.

Lösungskompetenz und Augenmaß

Demokratie braucht Sozialpartnerschaft

Repräsentative Demokratien sind nicht nur durch die spezifische Legitimation ihrer Abgeordneten auf Basis eines allgemeinen, direkten geheimen und gleichen Wahlrechts, sondern auch durch eine Vielzahl von besonders ausgebauten politischen Rechten aller Staatsbürger gekennzeichnet. Diese in der Verfassung verankerten Positionen sollen verhindern, dass im Konfliktfall einzelnen Personen, Gruppen bzw. Minderheiten ihre fundamentalen Menschenrechte und Grundfreiheiten entzogen werden können. Heute schützt eine entwickelte Verfassungsgerichtsbarkeit vor Übergriffen durch Behörden und vor Willkürakten des einfachen Gesetzgebers. Zahlreiche verbriefte Rechte, wie Freiheit der Meinung, der Rede, der Presse, der Versammlung und nicht zuletzt der Vereinsbildung stärken die demokratische Grundordnung. Auf parlamentarischer Ebene bilden das Petitionsrecht und die damit verbundene Berechtigung, die konkreten Wünsche, Beschwerden und Anregungen durch einen qualifizierten Vertreter den Abgeordneten unmittelbar vorzutragen, die verfassungsrechtliche Basis des „Lobbyismus“ bzw. der institutionalisierten Interessenvertretung. Die Details sind in den Geschäftsordnungen der Parlamente oder in speziellen Verbändegesetzen geregelt. In Österreich haben sich seit Ende des 19. Jahrhunderts auf der Basis berufsständischer Traditionen eigenständige Formen der Sammlung und Bündelung der Meinungen und Überzeugungen im vorparlamentarischen Raum ausgebildet. Regierungen und legislative Körperschaften sind sehr häufig mit widerstreitenden Ansichten und Einschätzungen konfrontiert. Die sorgfältige Prüfung aller Argumente, die öffentliche, von kritischen Medien begleitete Debatte, wird angesichts der Komplexität vieler Themen immer schwieriger. Zeit- und Entscheidungsdruck erschweren die sorgfältige Behandlung in Ausschüssen, verhindern die Anhörung von Experten, die Einberufung von Enqueten. Je turbulenter die Verhältnisse, desto wichtiger wird die Klärung und Vorabstimmung. Das System der Ausarbeitung von Gesetzesentwürfen durch Kommissionen und deren Begutachtung durch betroffene Kreise hat sich bewährt. Für die federführenden Ministerien stellt sich bei heiklen Projekten in concreto die Frage, wie einzelne Stellungnahmen zu bewerten, divergierende Äußerungen zu behandeln, Kompromisse zu finden sind. Je heterogener der Aufbau der Gesellschaft, je individualistischer die Lebensweisen, je verhärteter die Fronten, desto problematischer wird die Suche nach einem Konsens. Politik ist gut beraten, in jedem Fall die Gemeinsamkeiten auszuloten und mit dem Diktat der formellen Mehrheit zurückhaltend umzugehen. Denn dies vermag allein auf Dauer die Loyalität der Minderheiten zu sichern. Politische Systeme

Diskursfelder im vorparlamentarischen Raum

auf der ganzen Welt haben es verstanden, Diskursfelder im vorparlamentarischen Raum einzurichten, um Themen vorzubereiten, Konflikte zu entschärfen, Konfrontationen vorzubeugen und das legislative Verfahren zu entlasten. In Österreichs II. Republik hat die zentrale Abstimmung der Interessen die Sozialpartnerschaft übernommen. Wenn Arbeitgeber bzw. Wirtschaft und Arbeitnehmer mit je einer Stimme sprechen, dann müssen sich die Abgeordneten nicht mit der Frage beschäftigen, ob eine bestimmte Regelung nur von Teilen der Unternehmen, etwa dem Handwerk und Gewerbe, getragen, von anderen aber, z.B. dem Handel und der Industrie, abgelehnt wird. Sie sind ferner den Schwierigkeiten enthoben, nachzuprüfen, ob bestimmte Branchengewerkschaften eine von den Wünschen öffentlich Bediensteter abweichende Position beziehen und welcher Spagat vom ÖGB oder der Bundesarbeitskammer abverlangt wird. Die Sozialpartner sind qua Wirtschaftskammer- bzw. Arbeiterkammergesetz sowie Statut in der Pflicht, den Interessenausgleich zu leisten, den internen Abstimmungsprozess zu koordinieren, Differenzen auszuräumen, einen gemeinsamen Standpunkt zu finden und zu verfechten. Eine schwieriges, für die demokratische Kultur unseres Landes jedoch zentrales Mandat, die Legitimationsgrundlage der Pflichtmitgliedschaft schlechthin. Eine zeitgemäße Beschreibung der Aufgaben der so genannten „Nicht territorialen Selbstverwaltung" enthält Art. 201 des Entwurfs einer Bundesverfassung, die der Präsident des Österreich-Konvents *Franz Fiedler* zum Abschluss der Beratungen im Januar 2005 vorgelegt hat:

Selbstständige „Wahrnehmung öffentlicher Aufgaben"

> Abs. 1:
> *„Durch Gesetz können Personengruppen in Selbstverwaltungskörpern zur selbstständigen Wahrnehmung jener öffentlichen Aufgaben zusammengefasst werden, die in ihrem ausschließlichen oder überwiegenden gemeinsamen Interesse gelegen und geeignet sind, durch sie besorgt zu werden."*
>
> Abs. 2:
> *„Zur Sicherung einer wirksamen und umfassenden Vertretung beruflicher, wirtschaftlicher und sozialer Interessen sind gesetzliche Interessenvertretungen der gewerblichen Wirtschaft, der Arbeitnehmer, der Land- und Forstwirtschaft sowie der unselbstständig Erwerbstätigen in der Land- und Forstwirtschaft als Selbstverwaltungskörper einzurichten."*

Diese geplante Verankerung der Sozialpartnerschaft in der Verfassung darf nicht als Versuch, die realen Machtverhältnisse aus der Nachkriegsära bzw. den Zeiten der Großen Koalition zu perpetuieren, gar eine bestimmte, längst überholte Form einer Nebenregierung zu prolongieren, missverstanden werden. Im Textvorschlag Fiedlers kommt ein zukunftsweisendes Prinzip zum Ausdruck, das ich mit Verantwortung für die demokratische Grundordnung im Sinne unserer tripartistischen Traditionen umschreiben möchte. Ich sehe darin einen Eckpfeiler des „Europäischen Wirtschafts- und Sozialmodells“, dessen Weiterentwicklung uns allen eine Herzensangelegenheit sein sollte.

Ausblick

Die Sozialpartner stehen national wie international vor großen Herausforderungen und neuen Aufgaben. Seit dem EU-Ratsgipfel von Barcelona werden sie als „Manager des Wandels“ bezeichnet, die bei der Modernisierung im Zeichen der „Lissabon-Ziele“ vorangehen sollen. Österreich hat im Zuge der Erweiterung die Jahrhundertchance, eine Spitzenposition zu erlangen, an Reformtempo zu gewinnen und so Wirtschaftswachstum und Vollbeschäftigung abzusichern. Dazu sind nicht nur Aus- und Weiterbildung als Kernkompetenzen der Sozialpartner zu verankern, Initiativen für Forschung, Innovation sowie dem Ausbau einer High-Tech-Infrastruktur zu setzen, sondern auch staatliche Aufgaben zu redimensionieren und mit höherer Effizienz zu erledigen. Unternehmergeist muss in öffentliche Einrichtungen einziehen. Die Vorschläge des Österreich-Konvents sind umzusetzen. Die Menschen erwarten von ihren Sozialpartnern konstruktive Lösungsansätze, keine phlegmatische Verwaltung drängender Probleme. Wer Aktionismus vortäuscht, Reformen bloß ankündigt oder Versprechen durchnummeriert (Hartz I – VI), gefährdet den sozialen Grundkonsens. Deshalb wird das „Österreichische Klima“, das geprägt ist durch Verständnis, Toleranz, Solidarität und Weltoffenheit, immer wichtiger. Wir sollten es zur Festigung des demokratischen Miteinanders gemeinsam weiterentwickeln!

Spitzenleistung durch gemeinsame Anstrengung

Wenn die kleine Alpenrepublik im Konzert der Großen mitspielen will, muss sie ihre Kräfte bündeln. Spitzenleistungen sind nur durch gemeinsame Anstrengungen aller möglich. Koalitionsfreiheit, wie sie Gewerkschaften und Arbeitgeberverbände praktizieren, und Eigentums-, Erwerbs- und Gewerbefreiheit sowie die Freiheit der Berufswahl und der Niederlassung sind untrennbar miteinander verschränkt. Ohne Schutz der Vertragsautonomie, ohne Verankerung der Interessenvertretung, ohne gesetzliche Absicherung der Kollektivverträge ist eine gedeihliche Entwicklung auf Basis der „sozialen Marktwirtschaft“ nicht möglich. Wer das „Europäische Wirtschafts-

und Sozialmodell“ in Zeiten des Umbruchs zur Wissensgesellschaft des 21. Jahrhunderts erhalten, den Herausforderungen durch Globalisierung, technologischen Wandel, Umweltbelastungen, Migration, aber auch durch Überalterung, Zerfall familiärer Bindungen und lokaler Gemeinschaften begegnen will, muss die Potentiale zur Erneuerung stärken, den allseits beklagten Reformstau auflösen, den fatalen Hang zur Beharrung überwinden, Mut machen und die Zögernden in den eigenen Reihen mit Leidenschaft und Überzeugungskraft mitreißen.

Karl Öllinger (53),
stv. Klubobmann und Abg. z. NR, ist Sozialsprecher der Grünen seit 1994. Vorher als Arbeiterkammerrat der AUGE (Alternative und Grüne GewerkschafterInnen), als Bezirksrat, Betriebsrat und als Mandatar der Österreichischen Hochschülerschaft politisch und gewerkschaftlich (in der GPA) tätig.

Braucht die Demokratie Sozialpartnerschaft?

Bei der Bildung der ersten schwarzblauen Regierung im Februar 2000 mussten die Parteivorsitzenden von ÖVP und FPÖ, *Wolfgang Schüssel* und *Jörg Haider*, auf Veranlassung von Bundespräsident *Thomas Klestil* eine Präambel zum Koalitionsabkommen formulieren, in der auch die Sozialpartnerschaft programmatisch erwähnt wird:

„Die Sozialpartnerschaft hat sich in Österreich als wichtiges Standortinstrument für Wirtschaft und Arbeit bewährt und dadurch zum sozialen Frieden in Österreich beigetragen. Die Bundesregierung bekennt sich zur umfassenden Kooperation mit den Sozialpartnern, empfiehlt aber gleichzeitig die notwendige Reformbereitschaft der Sozialpartnerschaft etwa bei der Reform der Sozialversicherungsträger, einschließlich der Wahl der Versichertenvertreter, und der Stärkung des Servicecharakters der sozialpartnerschaftlichen Einrichtungen.“ (Deklaration „Verantwortung für Österreich – Zukunft im Herzen Europas“, Wien, 3.2.2000)

In den dürren Sätzen wird eine neue Funktionalität von Sozialpartnerschaft beschrieben: Sozialpartnerschaft als Instrument von Standort- und Wirtschaftspolitik. Vorbei die Zeiten, in denen die

Sozialpartner selbst die Wirtschaftspolitik für ihre Interessen instrumentalisiert haben. Interessant auch der zweite Satz, in dem hinter dem Kooperationsangebot ein klarer Imperativ folgt: die Empfehlung zur notwendigen (!) Reformbereitschaft, etwa bei den Sozialversicherungsträgern und bei der Stärkung des Servicecharakters.

Das Interregnum der 90er Jahre

Ich will hier nicht die Ergebnisse der Studien von *Falkner, Karlhofer, Pelinka, Tálos, Unger* und anderen referieren, die den Bedeutungs- und Gestaltungsverlust der Sozialpartnerschaft, aber auch die zunehmend „schiefe Ebene" innerhalb der Sozialpartner schon für die 90er Jahre bilanziert haben.

Auftritt der Zivilgesellschaft

Mit dem Auftreten von zivilgesellschaftlichen Akteuren wie der Umwelt- und Frauenbewegung, dem Eintreten von neuen Parteien (Grüne, LIF) und dem Erstarken der FPÖ, die eine klar gegen den Kammer- und Verbändestaat gerichtete Programmatik hatte, schien es möglich, dass die verlorene Macht der Sozialpartner durch andere Akteure (Parlament, Zivilgesellschaft) und Politikformen (direktdemokratische Instrumente) kompensiert werden könnte.

Volksbegehren, seit den 60er Jahren ein politisches Instrument, gab es bis 1980 nur sechs, zwischen 1980 und 2000 waren es 20 und seit 2000 fanden immerhin schon 7 statt.

Auf parlamentarischer Ebene gab es einen Aufschwung für die Opposition, den Ausbau von Kontrolle (etwa durch die teilweise sehr erfolgreichen Untersuchungsausschüsse) und Mitbestimmungsrechten, vor allem bei der Mitwirkung des Nationalrates im Rahmen von Vorhaben der Europäischen Union (Artikel 23e der Bundesverfassung).

Krise der Sozialpartnerschaft

Die Träger der Sozialpartnerschaft waren in diesem Zeitraum weitgehend damit beschäftigt, sich selbst zu legitimieren. Nicht nur eine Reihe von Skandalen, sondern auch die zunehmenden Interessensdivergenzen und der rapide Verfall sozialpartnerschaftlicher Macht haben ab Mitte der 90er Jahre zu Urabstimmungen und einigen Reformen, vor allem im Wahlrecht, geführt.

In der politischen Praxis hatten die Sozialpartner selbst in Kernbereichen, wie etwa der Sozialpolitik, nur mehr beschränkten Einfluss. Die Sparpakete 1996 und 1997, vor allem aber die Pensionsreform 1997 machten das sehr deutlich. Die Expertise des Beirats für Wirtschafts- und Sozialfragen, einer vordem durchaus wichtigen Einrichtung der Sozialpartnerschaft, wurde durch das *Rürup*-Gutachten ersetzt. Bei der Ausgliederung der Arbeitsmarktverwaltung sicherte sich die Regierung ein Drittel der Macht im entscheidenden Gremium des Verwaltungsrates.

Vertreter der großkoalitionären Bundesregierung zeigten sich zunehmend unzufrieden mit der Problemlösungskompetenz der Sozialpartner.

Stellung der Sozialpartnerschaft

Auf programmatischer Ebene haben Vertreter von ÖVP und SPÖ den Konsens mit den Sozialpartnern, ihre Bedeutung und Stellung im institutionellen Gefüge der Republik allerdings nicht bestritten. *Walter Tancsits*, damals Generalsekretär des ÖAAB, beendete seinen 1995 erschienenen Beitrag über die „Zukunft der Sozialpartnerschaft“ etwa mit der Prognose: *„Stabilisatoren unserer Gesellschaft, wie es die Körperschaften der Kammern und die Institution der Sozialpartnerschaft sind, werden daher in den nächsten Jahren zunehmend an Bedeutung gewinnen“.*

Die Grünen, entstanden im Konflikt mit der Sozialpartnerschaft, ihrem ökonomistischen Wachstumsmodell und ihrem demokratiepolitischen Selbstverständnis, haben damals eine Neupositionierung versucht, die nicht die Auflösung sozialpartnerschaftlicher Institutionen einforderte, sondern sie neben gestärkten Parlamenten und dem Ausbau von individuellen Mitbestimmungsrechten als wichtigen Ort von Interessensartikulation sah, ihre Fähigkeiten, sozialen Konsens herzustellen, aber aus bestimmten Gründen bezweifelte: *„Die Sozialpartnerschaft kann nicht mehr für sich beanspruchen, einen gesellschaftlichen Konsens zu repräsentieren. Die Sozialpartnerschaft hat immer mehr soziale Gruppen verloren. Die Sozialpartnerschaft versucht nach wie vor, über ihre Mitglieder hinweg Interessenspolitik zu organisieren, sie herrscht nach wie vor in Bereichen, in denen sie keine oder kaum demokratische Legitimation dafür hat“ (Karl Öllinger,* Die Sozialpartnerschaft – ein Auslaufmodell? Alternative Nr. 4/1995). Eingefordert wurde nicht die Abschaffung, *„sondern ihre demokratische Erneuerung“.*

Einen fundamental anderen, aber umfassenden Ansatz formulierten die Freiheitlichen mit *Jörg Haider*, dessen „Dritte Republik“ nicht nur auf eine autoritäre Stärkung der Regierung, sondern über die Auflösung der Pflichtmitgliedschaften zu den großen Kammern und den direkten Angriff auf den Gewerkschaftsbund (Gründung einer eigenen Gewerkschaft, Übertragung der Kollektivvertragspolitik auf die AK) auf ein Abräumen der Institutionen der Republik und eine Schwächung der Arbeitnehmerorganisationen abzielte.

Der Runde Tisch als Ersatz der Sozialpartnerschaft?

Aus der Übergangsphase der 90er Jahre mit ihren unentschiedenen Prozessen im institutionellen Machtgefüge der Republik hat sich durch die schwarzblaue Regierungsperiode ein neues Modell entwickelt, das eigenartige Züge trägt.

Ein Reigen von Reformdialogen, Gipfelgesprächen, runden Tischen

Mit einer wahren Kaskade von „Reformdialogen", „Gipfelgesprächen" und „Runden Tischen" hat die Bundesregierung eine Inszenierung von Partizipation begonnen. Auch heute noch, fünf Jahre nach der „Wende", wechseln einander fast wöchentlich Gipfelgespräche, Runde Tische und Reformdialoge ab. Da die Besetzungen jeweils wechseln (z.B. beim Gesundheitsgipfel Parteien und Sozialpartner, beim Sicherheitsgipfel nur die Regierungsparteien, beim Arbeitsmarktgipfel ein Minister und die Sozialpartner unter sich), darf vermutet werden, dass das jeweilige taktische Moment den Ausschlag für die Inszenierung gibt. Jenseits von Taktik und Inszenierung ist jedenfalls auffällig, dass der „Runde Tisch" einer sozialen und politischen Konstellation entlehnt ist, in der die alten politischen Institutionen nicht mehr funktionieren (Zusammenbruch des DDR-Regimes). Nun befindet sich die Republik zwar sicher nicht in der Phase der Auflösung oder des Zusammenbruchs der alten politischen Ordnung, aber bemerkenswert ist es schon, dass neben und außerhalb dieser Politik der Inszenierung durch die Bundesregierung die großen Akteure keinen sicheren Boden unter den Füssen haben.

Verfassungskonvent

Das Parlament hat die Chance außer Haus gegeben, die Neubestimmung der gesellschaftlichen Institutionen selbst zu diskutieren und den Bürgerinnen und Bürgern Verfassungsänderungen vorzuschlagen: Ein Verfassungskonvent wurde gegründet, der von Beginn an unter das Kuratel der Kosteneinsparung gestellt wurde und nicht nur daran auch gescheitert ist. Auch sonst hat sich das Parlament wieder zum braven Vollzugsorgan der Regierungspolitik rückentwickelt und verzichtet auf seine in den 90er Jahren begonnenen Emanzipationsprozesse.

Doppelmühle statt Win-Win-Situation

Und die Sozialpartnerschaft? Sie ist – fast überall – eingebunden, ihre Vertreter nehmen an Runden Tischen, Gipfelgesprächen, Reformdialogen jene Plätze ein, die ihnen zugewiesen werden, durften auch im Verfassungskonvent als bestimmender Teil der alten Realverfassung mitwirken – mit der Aussicht, in einer neuen Verfassung sogar festgeschrieben zu werden, samt Streikrecht für die einen und Aussperrung für die anderen.

Sozialpartnerschaft unter Schwarzblau folgt nicht mehr dem fein austarierten System von Checks and Balances, das die Politik auch phasenweise erstarren ließ, sondern wird von der Regierung zur Doppelmühle umfunktioniert. Aus der früheren „win-win"-Konstellation für Arbeitgeber- und Arbeitnehmerorganisationen ist eine solche für die Regierung (und fast immer die Arbeitgeberseite) geworden.

Umfärben statt Konsens

Erstes Beispiel: die Reform der Sozialversicherung. Die Regierung, die zunächst eine verfassungswidrige Umfärbung des Hauptverbandes der Sozialversicherungsträger durchgedrückt hat, setzt auch im zweiten Anlauf eine formal paritätische Struktur durch, die einerseits ein Übergewicht der Arbeitgeberseite, andererseits eine klare ÖVP-Mehrheit garantiert. Selbst wenn diese Struktur nicht verfassungswidrig wäre, sie würde vermutlich an Akzeptanzproblemen leiden. Von der eigentlichen Selbstverwaltung wäre sie so weit entfernt wie der Nordpol vom Südpol. Sozialpartnerschaft unter Schwarzblau funktioniert nun so, dass sich die Sozialpartner zunächst darauf verständigen, dass in den beiden wichtigen Gremien einmal Arbeitgeber, einmal Arbeitnehmer den Vorsitz stellen dürfen – durch Stimmenthaltung des jeweils anderen. Als dieser Deal nicht funktioniert, weil der ÖAAB nicht mitspielt, wird die Taktik geändert und das Gremium gewechselt. Mit Erfolg! Die Sozialpartner setzen sich durch – wer setzt sich durch? Die Mehrheiten in beiden Gremien begünstigen Arbeitgeber bzw. ÖVP. Der Hauptverband der Sozialversicherungsträger als Steuerungsgremium für die Gesundheitspolitik ist weitgehend entmachtet durch Gesundheitsagentur und Gesundheitsplattformen und zur Mangelverwaltung reduziert: von diesem Konzept profitieren die Versicherten (überwiegend Arbeitnehmerinnen und Arbeitnehmer) nicht. Von der Selbstverwaltung ist die Struktur jetzt so weit entfernt wie der Nordpol vom Äquator.

Zweites Beispiel: die Flexibilisierungsdebatte. Nach einem ersten erfolglosen Arbeitsmarktgipfel Mitte Februar 2005 wird ein weiterer Gipfel zum Thema Flexibilisierung der Arbeitszeiten vereinbart. Arbeitsminister *Bartenstein* befürwortet eine weitere Flexibilisierung. Im Vorfeld des zweiten Gipfels preschen Wirtschaftskammer und Industriellenvereinigung mit der Forderung nach gesetzlicher Neuregelung der Arbeitszeitflexibilisierung vor. Die Arbeitnehmerseite spricht von Lohnraub. Beim Gipfel nimmt die Wirtschaftskammer die Forderung nach gesetzlicher Neuregelung zurück. Der Lohn ist eine sozialpartnerschaftliche Schlichtungsstelle, die im Fall einer betrieblichen oder kollektivvertraglichen Nichteinigung über Flexibilisierung tätig werden soll. Wirtschaftskammerpräsident *Leitl* freut sich über die Bewegung auf der Arbeitnehmerseite.

Die Regierung (in Gestalt der ÖVP) hat an Macht und Gestaltungsspielraum gegenüber Sozialpartnern und einem ohnehin nie besonders starken Parlament zugelegt. Ihre Problemlösungskompetenz in Fragen Beschäftigung und Arbeitslosigkeit hat zwar eindeutig abgenommen, dafür haben ihre Postenneubesetzungen und Einfärbungen ein Ausmaß erreicht, das die alte großkoalitionäre Sozialpartnerschaft erblassen lässt.

Arbeitnehmer in der Defensive

Innerhalb der Sozialpartnerschaft hat sich die Schieflage verstärkt, die Arbeitnehmerseite ist klar in der Defensive. Der bisher bezahlte Preis ist für die Arbeitgeberseite noch immer sehr niedrig: Streiksekunden wurden zu Streikminuten pro Jahr und Beschäftigte.

Arbeitgeber- und Arbeitnehmerseite haben aber auch weder organisatorisch noch interessenspolitisch dazugelernt.

Die Wirtschaftskammer stützt und legitimiert sich über Strukturen, die zwar die alten Mehrheiten absichern, den Mikro-Unternehmen und „neuen" Selbständigen aber wenig Perspektive bieten. Die Gewerkschaften haben bei ihrem Versuch der organisatorischen Neuausrichtung einen schweren Rückschlag erlitten.

Bitte kein Revival!

Die alten Probleme der Sozialpartner sind auch die neuen. Das manchmal ersehnte Revival der alten Ordnung, Sozialpartnerschaft und große Koalition, würde die Probleme nur potenzieren.

Legitimationskrise

Die Fixierung auf SPÖ bzw. ÖVP, der Androzentrismus der Institutionen und ihrer verbliebenen Machtbereiche (Sozialversicherungen, Arbeitsmarktverwaltung) und ihr Ethnozentrismus lassen die Sozialpartnerschaft ziemlich alt ausschauen. Kaum Frauen, keine Migrantinnen/Migranten und nur Parteigänger von ÖVP und SPÖ an den Spitzen, das untergräbt auf Dauer die Legitimation.

Und wenn die Arbeiterkammer für die Regierung unbequeme Zahlen und Fakten liefert, dann wird ihr gleich mit dem Zurückstutzen gedroht.

Die Sozialpartner brauchen eine gehörige Portion Demokratie, damit sie neues Bewusstsein und neue Stärke erhalten.

Braucht die Demokratie Sozialpartnerschaft? Der Übergang von der alten nationalstaatlichen Ordnung Österreichs, in der die Sozialpartnerschaft eine der wesentlichen Gestaltungsrollen inne hatte, zu einer neuen supranationalen Ordnung ist offen und noch lange nicht abgeschlossen. Eine europäische politische Ordnung jenseits einer wirtschaftlichen und sicherheitspolitischen steckt in den Anfängen. Der österreichische Sozialstaat, gestützt auf die Sozialpartnerschaft, war eine Erfolgsstory (mit wichtigen Einschränkungen, siehe oben). Das heutige österreichische und europäische Deregulierungsmodell ist es nicht. Das europäische Standortmodell fördert nationale Wagenburgen.

Der Erfolg rechtspopulistischer und rechtsextremer Bewegungen in Europa basiert auf den demokratischen und sozialen Defiziten der europäischen Politik, die die zunehmenden nationalen Defizite nicht kompensieren will und kann.

Österreichische und europäische Demokratie braucht Sozialpartnerschaft, die Demokratie braucht!

Eleonora Hostasch, Bankangestellte. Begann ihre berufliche Laufbahn bei der BAWAG (1975–94 Zentralbetriebsratsvorsitzende), 1989–94 Vorsitzende der GPA, 1991–95 Vizepräsidentin des ÖGB, 1994–97 Präsidentin der Bundesarbeitskammer und der Wiener AK, 1989–1994 Abgeordnete zum Nationalrat und Vorsitzende des Sozialauschusses. 1997–2000 Bundesministerin für Arbeit, Gesundheit und Soziales. Seit 2002 Vorsitzende der Bundeskontrolle der GPA, seit 2003 Vorsitzende der Zentralen Kontrollkommission des ÖGB.

Arbeiter, Angestellte, Arbeitgeber, Arbeitnehmer –

überholte Begriffe?

Der Arbeitsmarkt, die auf ihm auftretenden Akteure sowie deren rechtliche und wirtschaftliche Stellung unterliegen laufenden und mitunter starken Änderungen. Das betrifft sowohl die Abgrenzung zwischen selbständiger und unselbständiger Arbeit als auch die zwischen verschiedenen Gruppen innerhalb der unselbständig Beschäftigten. Die Änderungen in der Arbeitswelt, den Produktionsabläufen und den sozialen Beziehungen, die meist mit dem Begriff des Überganges zum Postfordismus gekennzeichnet werden, sind in verschiedenen Ländern in unterschiedlicher Intensität und Reichweite eingetreten. Die Begriffe, mit denen die Arbeitsmarktparteien und sozialen Akteure seit vielen Jahrzehnten bezeichnet werden, haben nicht immer ihren Erklärungswert behalten. Die Einführung von neuen Begriffen erfolgt nicht immer mit dem Ziel, die Realität zu beschreiben, sondern es wird damit ein mit Werten bzw. positiven oder negativen Zuschreibungen verbundenes Bild vermittelt, das bestimmte Aspekte von Veränderungen stärker gewichtet. So macht es für die gesellschaftliche Rezeption einen starken Unterschied aus, ob mit Änderungen Chancen oder Risiken verbunden werden.

Ich widme mich im Folgenden der Gegenüberstellung der Begriffe ArbeiterInnen und Angestellte und in der Folge jener zwischen ArbeitgeberInnen und ArbeitnehmerInnen.

Zum Begriff ArbeiterInnen – Angestellte – historische Begriffe?

Abgrenzung Arbeiter – Angestellte

Worin lag – historisch gesehen – die Abgrenzung der Angestellten gegenüber den Arbeitern? Die fortschreitende Arbeitsteilung in der sich weiterentwickelnden kapitalistischen Gesellschaft erfasste in den 70er Jahren des 19. Jahrhunderts schließlich die Unternehmerfunktionen. Diese gingen, soweit sie vom Unternehmer selbst und allein nicht mehr ausgeübt werden konnten, in steigendem Maß auf bezahlte Arbeitskräfte über, die im Gegensatz zu der bereits bestehenden Gruppe von unselbständigen Erwerbstätigen, den Arbeitern, im deutschen Sprachraum als Angestellte bezeichnet wurden. Im anglosächsischen Raum kamen die Bezeichnungen „non manuel workers“ und „white collar workers“ auf. Ihre zahlenmäßige Bedeutung stieg im Laufe weniger Jahrzehnte immer mehr an. Die/der einzelne Angestellte wurde allerdings im Zuge der Weiterentwicklung der Wirtschaft ihres/seines früheren Attributs als „rechte Hand des Chefs“ weitgehend entkleidet und im Lauf der Zeit vielfach zu einem kleinen Rädchen im komplizierten Getriebe der Wirtschaft degradiert.

Der Widerspruch zwischen der angeblich „unentbehrlichen“ Angestelltenschaft als Ganzes und der nach und nach eintretenden relativen Bedeutungslosigkeit der/des einzelnen Angestellten bis weit hinauf in die bestehende Hierarchie trug zu einer schwankenden Haltung breiter Kreise der Angestellten bei, die sich nicht entscheiden konnten, wem sie sich zugehörig fühlen sollten. Das hat in der Vergangenheit die gewerkschaftliche Erfassung der Angestellten erschwert. Die Gewinnung von Angestellten war durch die Gründung eigener Angestelltengewerkschaften möglich geworden. Praktisch war ein „besonderes Verständnis“ gegenüber den Angestellten notwendig, um sie für gewerkschaftliche Anliegen zu gewinnen.

Eine befriedigende Definition der Angestellten zu entwickeln erwies sich im Lauf der Geschichte als schwieriges Unterfangen. *Emil Lederer* definierte die Angestellten als „Nicht-Arbeiter“, und die Arbeiter definiert er über die manuelle Tätigkeit. 1912 schrieb er zu den Definitionsproblemen: *„Die erwähnte soziale und technische Mannigfaltigkeit ist es auch, welche die Bildung eines einheitlichen Angestelltenbegriffes erschwert. Ganz allgemein läßt sich nur sagen, daß zu den Privatangestellten alle diejenigen unselbständig berufstätigen Personen zu rechnen sind, welche nicht als Arbeiter, als nicht bloß manuell beschäftigt werden.“*

Fritz Croner „Soziologie der Angestellten"

Die Definition der Abgrenzung über die Funktion und die darauf fußende „Funktionstheorie" hat sich sehr lange gehalten. *Fritz Croner* hat sie in seinem 1962 herausgebrachten Buch „Soziologie der Angestellten" - wie er beansprucht „wissenschaftlich" – untermauert, *„um damit den Angestellten den ihnen zustehenden Platz in der Gesellschaft zuzuweisen sowie eine geeignete Grundlage für sachliche Auseinandersetzungen über dieses Thema zu liefern".* 1954 meinte *Croner: „Die Erklärung für die soziale Sonderstellung der Angestellten ist in dem Faktum zu finden, dass ihre Arbeitsaufgaben einmal Unternehmeraufgaben gewesen sind."*

Denn die frühe Definition der Angestelltentätigkeit als „rein geistige Tätigkeit" konnte schon in den ersten Jahrzehnten des vorigen Jahrhunderts nicht aufrecht gehalten werden und wurde von den Funktionärinnen und Funktionären der ehemaligen freien Gewerkschaft verworfen. Die betriebliche Praxis hatte bewiesen, dass sowohl in der Angestellten- als auch in der Arbeitertätigkeit Elemente geistiger und manueller Arbeit nebeneinander bestehen.

„Es waren", schreibt *Friedrich Hillegeist* in seinen Lebenserinnerungen, *„gerade die freigewerkschaftlichen Angestelltenfunktionäre, die sich von Beginn an gegen die Begriffsbestimmungen der Angestellten als <geistige Arbeiter> im Gegensatz zu den <manuellen Arbeitern> ausgesprochen und diese Bezeichnung als überheblich und unzutreffend abgelehnt haben, weil sie wußten, daß für eine ganze Reihe von Angestelltenberufen der Anteil der rein geistigen gegenüber der manuellen Tätigkeit sogar ein geringerer ist, als dies für eine ganze Reihe von Arbeiterberufen zutrifft."*

Andererseits konnte sich GPA-Vorsitzender Hillegeist *„... erlauben, jemandem auf die konkrete Frage: Was ist nun ein Angestellter? Mit der keineswegs ironisch gemeinten Erwiderung zu antworten: Ein Angestellter? Nun – das ist eben ein Angestellter!" Denn (Originalzitat): „So stark war die Erkenntnis über das, was den Angestelltenbegriff ausmacht, bereits in das allgemeine Bewußtsein eingedrungen, daß man auch ohne wissenschaftliche Erläuterung – von bedeutungslosen Grenzfällen abgesehen – wußte, wer ein Angestellter ist."*

Hillegeist hat das Manuskript für sein Buch bis Ende 1973 verfasst. Er konnte zu diesem Zeitpunkt noch immer auf die „Funktionstheorie" zurückgreifen. Denn die *„gegen die ... Theorie erhobenen Einwände gehen vor allem in die Richtung, dass sie die eindeutige Klärung von Grenzfällen nicht befriedigend zu lösen vermöge und dass sie durch die technische Entwicklung zur Automation überholt* *sei".* Beide Einwände schienen dem damaligen Ehrenvorsitzenden *„keineswegs überzeugend".* Er konnte den Diskurs mit der Feststellung abschließen: *„Wie weit sich im Zuge der weiteren Entwicklung zur Automation eine Revision dieser Theorie als notwendig erweisen könnte, soll man ruhig der Zukunft überlassen. Vorläufig ist es noch nicht so weit."*

Zunehmende Mischung planender und ausführender Tätigkeiten seit den 80er Jahren

Eines der charakteristischen Merkmale tayloristischer Arbeitsorganisation war eine strikte Trennung von ausführenden, planenden beziehungsweise leitenden Tätigkeiten gewesen. Mit dieser Entwicklung ging die Verlagerung aller nur möglichen Arbeiten aus der Werkhalle in das Büro einher. Seit den 80er Jahren des vorherigen Jahrhunderts kam es zu einer Rückverlagerung von dispositiven Elementen in die Produktion, die bislang von Angestellten in gesonderten Abteilungen durchgeführt wurden.

Arbeiter führen also zunehmend auch planende und dispositive Tätigkeiten aus, die bisher Angestellten vorbehalten waren. Insbesondere an den Nahtstellen von Produktions- und Administrationssphäre haben sich die Tätigkeiten und Arbeitsbedingungen in klassischen Arbeiter- und Angestelltenbereichen teilweise so weit angenähert, dass eine Zuordnung zu sozialrechtlich unterschiedlichen Beschäftigungsgruppen – soweit überhaupt gerechtfertigt – nicht mehr nachvollziehbar scheint.

Meine/Wagner (1993) geben hier einige Beispiele für die Metallindustrie:

1. Die Programmierung von CNC-Maschinen erfolgt teilweise in der Werkstatt durch Produktionsarbeiter oder alternativ in der Arbeitsvorbereitung durch Angestellte. Die konkreten Tätigkeitselemente des Programmierens sind identisch und lassen sich nicht mehr zuordnen.
2. In komplexen und flexibel verketteten Fertigungssystemen arbeiten CNC-Maschinenarbeiter, Elektriker, Elektroniker, Softwarespezialisten und Servicetechniker Hand in Hand. Bei einem flexiblen Arbeitseinsatz in der Gruppe und wechselseitiger Vertretung wird eine Unterscheidung in Arbeiter und Angestellte sowie die Eingruppierung in unterschiedliche Vergütungssysteme dysfunktional.
3. War es seit jeher nicht stichhaltig begründbar, warum ein Vorarbeiter im Arbeiterverhältnis und der Meister im Angestelltenverhältnis steht, werden durch eine Neuordnung der unteren Hierarchieebenen klassische Vorarbeiter- und Meisterfunktionen

zunehmend aufgelöst und im Rahmen von qualifizierter Gruppenarbeit teilweise der Gruppe selbst oder einem Gruppensprecher übertragen.

4. Im Prüffeld der Elektronikfertigung sind die Grenzen zwischen hochqualifizierten Facharbeitern und den Prüffeldingenieuren fließend.
5. Gleiches gilt für den Außendienst, wo einerseits Monteure im Arbeitsverhältnis und Servicetechniker im Angestelltenverhältnis tendenziell gleiche oder vergleichbare Tätigkeiten ausführen.
6. In den der Produktion vor- und nachgelagerten Bereichen lassen sich ähnliche Prozesse beobachten: Etwa an der Schnittstelle Vertrieb/Versand und an der Schnittstelle Einkauf/Wareneingang, Lager/Logistik.

Diese jederzeit erweiterbare Reihe von Beispielen zeigt, dass eine Unterscheidung in Arbeiter- und Angestellte in der betrieblichen Praxis vielfach nicht mehr schlüssig ist. Eher kann hier eine vom Arbeitgeber willkürlich und/oder nach dem Motto der Belohnung durchgeführte Differenzierung erfolgen.

Eine Abschaffung von arbeits-, sozial- und gehaltsmäßigen Unterschieden zwischen Arbeitern und Angestellten würde respektive wird trotzdem eine ambivalente Situation schaffen. Denn die Tatsache, dass Arbeiter und Angestellte nicht mehr durch nachprüfbare Kriterien zu unterscheiden sind, trifft auf ein fest verankertes und über 150 Jahre – also historisch - gewachsenes betriebliches Alltagsbewusstsein. Das „Beharrungsvermögen“ in der betrieblichen Realität und damit auch in der gewerkschaftlichen Arbeit ist beträchtlich, auch wenn die Abgrenzungskriterien entfallen (sind).

Die Eigenständigkeit des Angestelltenrechts reicht bis in das 19. Jahrhundert zurück. Bereits das Allgemeine Handelsgesetzbuch aus dem Jahr 1862 enthielt für die so genannten Handlungsgehilfen besondere Rechte. Diese Tradition wurde durch das Handlungsgehilfengesetz 1910 fortgesetzt und wurde schließlich im Angestelltengesetz von 1921, das bis heute im Wesentlichen unverändert ist, beibehalten.

Unterschiede in der sozialen Absicherung

Eine zentrale Rolle für die Unterscheidung spielte auch immer die Frage der sozialen Absicherung durch die Sozialversicherung und die Definitionen der Versicherten im Sozialversicherungsrecht. So erhielten die Angestellten in Österreich schon 1907 eine Absicherung im Alter, was den Arbeiter die ganze Zwischenkriegszeit hindurch nicht gewährt wurde. Dem lag auch ein machtpolitisches Kalkül zugrunde, denn den Angestellten bei Einführung des allgemeinen Männerwahlrechts eine bessere soziale Absicherung zu gewähren, war wohl auch dadurch motiviert, diese fernab von der sozialdemokratischen Arbeiterbewegung zu halten. Das Arbeitsrecht sichert bereits seit 1921 den Angestellten eine Abfertigung zu, für Arbeiterinnen und Arbeiter gibt es diese erst seit 1979.

Es stellt sich allerdings nicht nur die Frage der Unterscheidung bzw. Angleichung von Angestellten und ArbeiterInnen, sondern auch jene der Einbeziehung von bisher nicht als Angestellte oder ArbeitnehmerInnen qualifizierten Personen sowie die Sinnhaftigkeit abweichender Regelungen für bestimmte Berufsgruppen (Schauspieler, Journalisten).

In den vergangenen Jahrzehnten wurde immer die Frage aufgeworfen, ob es einen einheitlichen Arbeitnehmerbegriff geben soll. Die Arbeitswelt hat sich seit Beginn der Industrialisierung stark gewandelt. Die wirtschaftlichen Aktivitäten haben sich vom erzeugenden Sektor hin zu den Dienstleistungs- und Wissensbereichen verlagert. Damit ging eine stetig steigende Zahl von Angestellten einher.

Angleichungen des Sozial- und Arbeitsrechts der Arbeiter an jenes der Angestellten

Die lange Jahre bestehenden sozial- und arbeitsrechtlichen Unterschiede zwischen ArbeiterInnen und Angestellten unterliegen seit Längerem einer Angleichung. Obwohl schon 1955 mit dem Allgemeinen Sozialversicherungsgesetz auf den einheitlichen Begriff der Dienstnehmer abgestellt wurde, blieben in der Pensionsversicherung in der Frage des Berufsschutzes bei Invaliditäts- und Berufsunfähigkeitspensionen und bei der Höhe der Krankenversicherungsbeiträge Unterschiede bestehen.

In den vergangenen Jahren wurde das Entgeltfortzahlungsgesetz hinsichtlich der Weiterbezahlung des Entgelts im Krankheitsfall geändert, wenn auch nicht dem Angestelltengesetz völlig angeglichen, außerdem wurde das Urlaubsrecht angepasst und die Krankenversicherungsbeitragssätze angeglichen. Unter den gegebenen politischen Rahmenbedingungen erfolgte die Verbesserung für ArbeiterInnen kombiniert mit der Urlaubsaliquotierung und anderen Maßnahmen so, dass es für die ArbeitgeberInnen insgesamt zu Kostensenkungen kam. Die Angleichung der Krankenversicherungsbeiträge führte nur bei den DienstgeberInnen zu einer Beitragssatzsenkung, die ArbeiterInnen selbst zahlen aber nach wie vor einen höheren Krankenversicherungsbeitragssatz.

In Deutschland wird die Unterscheidung zwischen Arbeitern und Angestellten aufgegeben. Ab 2005 gibt es mit einer Reform der gesetzlichen Rentenversicherung keine sozialversicherungsrechtlichen Unterschiede zwischen ArbeiterInnen und Angestellten mehr.

Doch auch wenn ein Prozess des sozial- und arbeitsrechtlichen Abbaus der Unterschiede zwischen ArbeiterInnen und Angestellten und die Trennung infrage stellende Umbrüche der Arbeitswelt konstatierbar sind, so besteht nach wie vor ein unterschiedliches Selbstverständnis der sich zu den ArbeiterInnen und zu den Angestellten zugehörig Fühlenden.

Verschiedenes Gruppenbewusstsein

ArbeiterInnen und Angestellte erleben sich und die Gruppe, der sie sich zuzählen, durchaus unterschiedlich. Manch ein Angestellter (ex contractu) wird stets behaupten, ein Arbeiter zu sein, weil er sich mit dieser Gruppe besser identifizieren kann als mit der Gruppe der Angestellten. Die Assoziationen und Vorurteile der verschiedenen Gruppen gegenüber der jeweils anderen sind stark historisch durch unsere Gesellschaft, Vorurteile und tradierte Bilder geprägt.

Abgesehen von rechtlichen Angleichungen ist die sozioökonomische Situation von Arbeitern und Angestellten vielfach nach wie vor eine andere: Betrachtet man die Arbeitslosenraten, so kann man feststellen, dass die Arbeitslosigkeit bei ArbeiterInnen regelmäßig weitaus höher war und ist als die der Angestellten. Diese vermeintlich höhere Stabilität der Angestellten auf dem Arbeitsmarkt verleitet zu der Schlussfolgerung, dass die berufliche Ausrichtung der Angestellten weniger arbeitsmarktabhängig sei. Dies ist auch dadurch bedingt, dass das Kündigungsrecht bei ArbeiterInnen für ArbeitgeberInnen nach wie vor weniger stark reglementiert ist als das der Angestellten.

Die GPA hat in Kooperation mit der Gewerkschaft Metall Textil in den letzten Jahren gemeinsame Anstrengungen unternommen, in Leit-Kollektivverträgen ein einheitliches Entgelt- und Verwendungsgruppenschema für ArbeiterInnen und Angestellte zu entwickeln und mit den Arbeitgebern auszuverhandeln. Erst jüngst konnte dieses Ziel in der Elektro- und Metallindustrie erfolgreich erreicht werden.

Am Bundesforum 2002 hat die GPA sich zur „Gemeinsamen Weiterentwicklung von Arbeitern und Angestellten" bekannt und dazu folgende Perspektive beschlossen:

„Eine besondere Herausforderung für die Kollektivvertragspolitik stellt die Frage der gemeinsamen Weiterentwicklung von ArbeiterInnen

und Angestellten dar. Es ist unser Ziel, dass wir in den Branchen zur Steigerung unserer Durchsetzungsfähigkeit Verhandlungsgemeinschaften mit den korrespondierenden ArbeiterInnengewerkschaften bilden. Ein weiteres Ziel ist es, bei Vorliegen geeigneter Rahmenbedingungen, gemeinsame Kollektivverträge für ArbeiterInnen und Angestellte zu verhandeln. Dabei gilt der Grundsatz, dass für alle ArbeitnehmerInnengruppen eine insgesamt positive Weiterentwicklung erreicht werden kann."

„Aktion Fairness"

Unabhängig davon, ob man einen einheitlichen Arbeitnehmerbegriff befürwortet, wurden durch politische und kollektivvertragliche Änderungen viele Unterscheide abgebaut. Der ÖGB hat die „Aktion Fairness" initiiert, um die noch bestehenden Unterschiede in den arbeitsrechtlichen Grundansprüchen zu beseitigen. Die GPA ist nicht für Gleichmacherei, sondern für die Beseitigung sachlich nicht gerechtfertigter Unterschiede. Die Rechtsansprüche der ArbeiterInnen sollen, wo dies bisher noch nicht geschehen ist, auf das Niveau der Angestellten angehoben und das Arbeitsrecht insgesamt modernisiert werden.

Außerdem – und dies vor allem in Hinblick auf die zunehmenden atypischen Beschäftigungsverhältnisse – müsste der Arbeitnehmerbegriff dahingehend geändert werden, dass die organisatorische Eingebundenheit in den Mittelpunkt gerückt wird, anstatt ausschließlich auf persönliche Abhängigkeit und Weisungsgebundenheit als zentrale Elemente der ArbeitnehmerInnenbegriffs abzustellen.

Interessenvertretung – Gewerkschaftslandschaft – Betriebsratskörperschaften

Ein einheitlicher ArbeitnehmerInnenbegriff hätte aber nicht nur rechtspolitische, sondern auch interessenspolitische Konsequenzen. Es würden bestehende Systeme der Konstituierung von Betriebsratskörperschaften, die Kollektivvertragsverhandlungen und die Binnenstruktur der Gewerkschaften überhaupt berührt.

Letzteres wäre durch die Pläne der GPA, mit vier anderen Gewerkschaften eine neue Gewerkschaft zu gründen, auch betroffen gewesen. Damit hätten sich ArbeiterInnen und Angestellte der Privatwirtschaft in vielen Bereichen in derselben Gewerkschaft organisiert. Auch wenn dieses Projekt nicht verwirklicht wurde, zeigt das die

Bereitschaft für organisatorische Veränderungen in der Interessenvertretung.

Es wurden im Zuge dieses Vorhabens auch unterschiedliche Kulturen und Selbstverständnisse deutlich, die es weiterhin geben wird und die durch rechtliche Änderungen nicht verschwinden. Diese sollten sich auch in organisatorischen Angeboten widerspiegeln, damit es weiter eine Identifikation der Beschäftigten mit ihrer Interessenvertretung gibt.

Arbeitgeber, Arbeitnehmer

„Ich-AGs" und neue Selbstständige

Durch sozioökonomische Veränderungen wird von mancher Seite nicht nur die Unterscheidung in Arbeiter und Angestellte infrage gestellt, sondern auch jene in ArbeitnehmerInnen und ArbeitgeberInnen. Es hat sich an den Verhältnissen der Beschäftigten in den vergangenen 150 Jahren zwar vieles geändert, nicht aber die grundsätzliche Tatsache, dass es nach wie vor diejenigen gibt, die Aufträge erteilen und Arbeits- bzw. Produktionsmittel zur Verfügung stellen, und diejenigen, die gegen Entgelt diese Aufträge ausführen. Das trifft auf ArbeiterInnen, Angestellte, BeamtInnen, freie DienstnehmerInnen zu. An der Tatsache, dass sie im Auftrag und für die Rechnung eines/einer anderen tätig werden, hat sich nichts geändert.

Grundsätzlich kann man bei dieser Gelegenheit bei einem Hinterfragen der zentralen Begriffe des Arbeitsmarktes darauf hinwiesen, dass die Begriffe Arbeitgeber und Arbeitnehmer eigentlich „verkehrt" verwendet werden. Es ist ein „alter", aber richtiger Hinweis, dass die Begriffe „ArbeitgeberInnen" und „ArbeitnehmerInnen" die realen Verhältnisse eigentlich verkehrt darstellen. Es sind in Wirklichkeit die „ArbeitnehmerInnen", die ihre Arbeits(kraft) „geben".

Doch unabhängig davon gilt es mit Begriffen die Besonderheit des Arbeitsmarktes zu erfassen, auf dem Vertragspartner auftreten, die sich ökonomisch nicht in einer gleich starken Position befinden.

Man hat es also auf Arbeitsmärkten mit einer ungleichen Machtverteilung zu tun, weil ArbeitnehmerInnen auf Arbeitseinkommen in der Regel stärker angewiesen sind als ArbeitgeberInnen auf die spezifische Arbeitskraft, da sie über weniger Reserven verfügen. *Max Weber* hat auf diese Machtungleichgewichte treffend hingewiesen: Die Verfügung über sachlichen Besitz schafft *„spezifische Lebens-*

chancen", denn „sie monopolisiert (...) die Tauschgewinnchancen für all jene, welche, mit allen Gütern versorgt, auf den Tausch nicht schlechthin angewiesen sind, und steigert (...) ihre Macht im Preiskampf mit denen, welche besitzlos, nichts als ihre Arbeitsleistung in Naturform oder in Form von Produkten eigener Arbeit anbieten können und diese unbedingt losschlagen müssen, um überhaupt die Existenz zu fristen."

Dementsprechend heißt es in der Politischen Positionierung der GPA diesbezüglich:

Die Macht zwischen Arbeitgebern und Arbeitnehmern ist ungleich verteilt

„Die Notwendigkeit sowohl von Gewerkschaften als auch von arbeitsrechtlichen Schutznormen liegt darin begründet, dass sich ArbeitnehmerInnen und ArbeitgeberInnen nicht als gleich starke VerhandlungspartnerInnen gegenüberstehen. Der Arbeitsmarkt ist durch eine Asymmetrie von Macht zwischen den individuellen ArbeitskraftanbieterInnen und den ArbeitgeberInnen gekennzeichnet. Wer zur Einkommenserzielung auf Erwerbsarbeit angewiesen ist, kann seine/ihre Arbeitskraft nicht aus strategischen Gründen zurückhalten, weil etwa die Entlohnung zu gering ist. Insbesondere bei Vorherrschen von Arbeitslosigkeit, seit den 1980er Jahren leider eine Dauererscheinung in Österreich und anderen Industriestaaten, ist von einer strukturellen Unterlegenheit der AnbieterInnenposition von Arbeitskraft auszugehen.

Lohnabhängige können ihre Interessen nur dann wirksam vertreten, wenn sie untereinander nicht in einem Konkurrenzverhältnis stehen, sondern gemeinsam die Bedingungen, unter denen sie Erwerbsarbeit leisten, mit den ArbeitgeberInnen aushandeln. Gewerkschaften bieten die organisatorische Basis für ein geeintes Auftreten der ArbeitnehmerInnen zur Wahrung ihrer gemeinsamen Interessen.

Vertragsfreiheit ohne Mindestnormen führt zu Regelungen, die vor allem bei struktureller Arbeitslosigkeit (d. h. bei einem ‚Überangebot' von Arbeitskräften, auch solcher mit hoher Qualifikation) viele Risken und Nachteile für die ArbeitnehmerInnen in sich bergen. Die Vorstellung, wonach eine Deregulierung gesetzlicher und kollektivvertraglicher Schutznormen zu einer besseren Berücksichtigung der individuellen Interessen von ArbeitnehmerInnen im Rahmen von Einzelvereinbarungen führt, wird von der Realität widerlegt."

Risikoverteilung und Risikoverschiebung

Marktwirtschaft ist grundsätzlich mit Risiko und Unsicherheit verbunden. Gesellschaftliche Auseinandersetzungen werden oft hinsichtlich der Verteilung des Risikos ausgetragen. So hat das System sozialer Sicherung bewirkt, dass die Kosten des Verlustes des Arbeitsplatzes, eines Unfalls, von Krankheit etc. nicht ausschließlich individuell, sondern zumindest teilweise gesellschaftlich getragen werden. Sozialabbau führt demgegenüber immer wieder zu einer Privatisierung und Individualisierung von Risiko.

Da ArbeitnehmerInnen über ein Kontrakteinkommen verfügen, das im Vornhinein fixiert wird, tragen sie nicht das unmittelbare Risiko von Marktschwankungen auf das Einkommen. Sie tragen aber das nicht unwesentliche Risiko, dass eine schlechte Auftragslage zu einem Abbau des eigenen Arbeitsplatzes führt.

Weitergabe des Marktrisikos an atypisch Beschäftigte

Die Unternehmen versuchen nun aber auf vielfältige Art und Weise Marktrisiko an die Lohnabhängigen weiterzugeben. Die Atypisierung von Arbeit und Beschäftigung bedeutet meist eine Verlagerung von Risiko und führt zu einer Prekarisierung sozialer Lagen, die oft mit mangelnder oder fehlender sozialer Absicherung verknüpft ist. Die steigende Zahl freier Dienstnehmerinnen und Dienstnehmer, die keinen Schutz gegen Erwerbslosigkeit, kein Krankengeld, kürzere Kündigungsfristen und keine geregelten Mindesteinkommen haben, aber mit den Arbeitsmitteln des Dienstgebers arbeiten, ist ein gutes Beispiel hierfür. Aber es wird mit dem Mittel der Flexibilisierung der Arbeitszeiten (Durchrechnungszeiträume) auch im Rahmen der regulären Arbeitsverhältnisse der Arbeitseinsatz an die Auftragslage angepasst.

Die ideologische Verklärung des Selbstunternehmertums hat Tradition

Die Aussetzung der einzelnen Menschen an die Risken des Marktes kann mit ideologisch geprägten Begriffen beschönigt werden. In Deutschland wurde die Übernahme des Unternehmerrisikos durch Einzelpersonen mit dem Begriff der Ich-AG umschrieben. Diese Umschreibung wurde aber nicht einfach hingenommen. Der Ausdruck schaffte es, zum „Unwort" des Jahres 2002 gewählt zu werden. Die Ich-AG bedeutet für die Betroffenen zwar hohes Risiko, hat aber nicht zu einem Rückgang der Erwerbslosigkeit geführt. Ein Abbau der Arbeitslosigkeit durch die Gründung von Einzelunternehmen durch Arbeitslose ist also nicht eingetreten. Der Begriff soll aber suggerieren, dass jede/jeder eine Chance hat und für sein/ihr Schicksal selbst verantwortlich ist, schließlich warten ja überall nur Marktlücken und -nischen darauf, endlich gefüllt zu werden.

Der Kreis der Unternehmer ist sehr unterschiedlich zusammengesetzt!

Der Begriff der Selbständigen bezeichnet einen sehr heterogenen Personenkreis. Unter dem Begriff Selbständige wird ein sehr breites Spektrum subsumiert, das von mittelständischen Unternehmerinnen und Unternehmern mit mehreren hundert Beschäftigten bis zu Erwerbstätigen reicht, deren tatsächliche Stellung im Produktionsprozess reichlich wenig mit „unternehmerischem Handeln“ zu tun hat und die kaum ihren Lebensunterhalt verdienen können.

So gibt es jene Selbständige, die in einem weitgehend ungeschützten Raum gegeneinander konkurrieren. Die Einkommenshöhe der Entlohnung ist nicht festgelegt, sondern muss individuell vereinbart werden. Je höher der Druck für viele Menschen wird, sich selbständig zu machen, desto stärker wird aber auch der (Verdrängungs-) Wettbewerb.

Neue (und alte) Selbständige

In einer anderen sozialen Situation befinden sich jene Selbständigen, die in regulierten Märkten agieren. Ärzte, Steuerberater, Anwälte, Notare und andere freie Berufe sichern ihre Einkommen durch besondere Systeme wie geregelte Gebühren, Marktaufteilungen etc. Es liegt auf der Hand, dass diese Selbständigen einer Deregulierung ihrer Märkte wenig Positives abgewinnen werden können.

Auch in Österreich wird der Wechsel von der Lohnarbeit in die Selbständigkeit gefördert. Das AMS fördert durch die Zahlung von Übergangsgeld die „Existenzgründung“. Es ist grundsätzlich zu begrüßen, wenn Menschen, die sich selbständig machen wollen, Unterstützung gegeben wird und das Unterfangen nicht schon durch bürokratische Hürden erschwert wird.

Doch ob Menschen nun als selbständige oder unselbständige beschäftigt sind, letztendlich können nur wachsende Märkte den Beschäftigtenstand halten, und dafür sind auch steigende Einkommen notwendig.

Die GPA versucht in Interessengemeinschaften auch jenen eine organisatorische Plattform zu geben, die rechtlich keine Angestellten, aber als atypisch Beschäftigte vom Auftraggeber wirtschaftlich abhängig sind. Diese setzen sich für einen neuen ArbeitnehmerInnenbegriff ein, der auf die wirtschaftliche Abhängigkeit abstellt und den ich an den Schluss meines Beitrags stellen will.

Spaltung der ArbeitnehmerInnenschaft

Die Aufteilung der ArbeitnehmerInnenschaft in verschiedene Gruppen diente auch immer deren Spaltung. Zur Grenze zwischen ArbeiterInnen und Angestellten kommt die Aufteilung in Kernbelegschaften (ArbeiterInnen und Angestellte) und Randbelegschaft (Freie DienstnehmerInnen, LeiharbeiterInnen, TelearbeiterInnen, ...) wobei diese Gruppen aufgrund der unterschiedlichen arbeits- und sozialrechtlichen Behandlung gegeneinander ausgespielt werden. Der übergeordnete ArbeitnehmerInnen-Begriff sollte dahingehend ausgedehnt werden, dass als ArbeitnehmerIn gilt, wer im Auftrag und in Rechnung anderer Arbeit leistet und in einem wirtschaftlichen Abhängigkeitsverhältnis steht.

Eine arbeits- und sozialrechtliche Gleichstellung verhindert diese Spaltung und ist daher – wo nicht schon vorhanden – anzustreben. Ungeachtet dessen spricht vieles dafür, die Begriffe ArbeiterInnen, Angestellte und BeamtInnen aufrechtzuerhalten, um dem jeweiligen Selbstverständnis und der Identifikation dieser Gruppen Rechnung zu tragen.

Generaldirektor
Dkfm. Dr. Claus J. Raidl, geb. 1942.
Seit Gründung der BÖHLER-UDDEHOLM AG (1991) Vorsitzender des Vorstandes; Mitglied in verschiedenen Aufsichtsräten und Beiräten, wie z.B. Wiener Börse AG, Wienerberger AG, DONAU Allgemeine Versicherung AG, Präsident des Fachhochschulrates.

Solidarität –

Gedanken eines Unternehmers

D*er Begriff der Solidarität stellt in seiner weitesten Bedeutung als Vorstellung einer ‚politisch-sozialen Brüderlichkeit' einen Grundbegriff der durch die Industrialisierung und die Leitvorstellung bürgerlicher Gesellschaft geprägten Moderne dar*" (Brockhaus. Die Enzyklopädie). Historisch gesehen verstand man (und versteht man auch heute noch sehr oft) unter Solidarität die Bereitschaft, gegen Unterdrückung, Unrecht und Ausbeutung einzutreten, um dadurch gesellschaftlich wünschenswerte Verhältnisse zu verwirklichen. Mit dem Aufruf zur Solidarität konnte und kann immer noch eine Mobilisierung von Menschen erreicht werden, die herrschende, als unrecht empfundene Zustände verändern wollen. Solidarität ist damit heute noch ein Schlüsselbegriff in der politischen Auseinandersetzung. Während in Deutschland und Österreich der Begriff weitgehend auf die Arbeiterbewegung beschränkt blieb, führte in Frankreich (in der zweiten Hälfte des 19. Jahrhunderts) die Diskussion über Solidarität und über notwendige Sozialreformen zur sozialpolitischen Bewegung des Solidarismus. Die Vertreter dieses Solidarismus traten 1896/97 sogar mit einem eigenen politischen Manifest (La solidarité) an die Öffentlichkeit.

Eine große Bedeutung erlangte der Begriff des Solidarismus (und das Solidaritätsprinzip) dann in der katholischen Soziallehre, obwohl das Wort Solidarismus nie die Zugkraft anderer soziologischer Begriffe wie zum Beispiel Liberalismus, Sozialismus oder Kommunismus erlangen konnte. Solidarität hat sich eigentlich immer nur dann verwirklichen lassen, wenn eine solidarische Einheit gegen einen Dritten, einen gemeinsamen Feind, sei es nun auf gesamtgesellschaftlicher Ebene oder auf der betrieblichen Ebene, zu bilden war. Der appellative Charakter des Wortes Solidarität ist auch heute noch sehr stark verbreitet, wenn man an die häufigen Aufrufe denkt: Solidarität mit Kindern, Solidarität mit Ausländern, Solidarität mit Fremden, Solidarität mit Kranken, Solidarität mit Behinderten (um nur einige Beispiele zu nennen).

Unternehmer ergreifen die Initiative und nehmen das Risiko auf sich

Diese kurze Darstellung des Begriffes „Solidarität“ soll nun zum eigentlichen Thema führen: Was bedeutet Solidarität auf der betrieblichen (mikroökonomischen) Ebene, auf der Ebene eines Unternehmens? Ein Unternehmen ist (abstrakt gesprochen) eine dauerhafte organisatorische Einheit, in der wirtschaftliche Aufgaben (Produktion von Sachgütern, Bereitstellung von Dienstleistungen) zum Zwecke der Gewinnerzielung erfüllt werden. Ein Unternehmen ist daher (im Rahmen der jeweils gegebenen Rechtsordnung) eine „gewinnmaximierende Einheit“. Als Unternehmer wird ein Mensch bezeichnet, der den Willen und die Fähigkeit hat, auf sich verändernde Umstände nicht nur zu reagieren, sondern selbst die Initiative zu ergreifen, um „die Welt“ in seinem Sinne zu gestalten. In der klassischen Definition des Wortes ist jeder Unternehmer erfüllt von Leistungsdrang, Entschlusskraft, schöpferischer Aktivität und von der Bereitschaft, Risken auf sich zu nehmen. Der Lohn für den Erfolg dieser Arbeit ist der Gewinn, für den Misserfolg muss der Unternehmer den Verlust tragen. Diese traditionelle Beschreibung des Unternehmers geht von der Einheit des Eigentums am Unternehmen und der Verfügungsmacht über das Unternehmen aus, obwohl mit der immer stärkeren Bedeutung von Kapitalgesellschaften und von an der Börse notierten Aktiengesellschaften die Leitungsfunktion eines Unternehmens von der Eigentümerschaft verstärkt losgelöst wird. Die Leitungsfunktion einer Kapitalgesellschaft haben heute Leute inne, die nicht die Eigentümer sind, aber von den Eigentümern (im weitesten Sinne) mit der Führung des Unternehmens betraut werden. Das Ziel unternehmerischen Handelns ist klar: Letztlich geht es darum (natürlich im Rahmen aller gesetzlichen Bestimmungen), Gewinne zu erzielen. Der § 70 des österreichischen Aktienrechts beschreibt dies sehr deutlich: *„Der Vorstand hat unter eigener Verantwortung die Gesellschaft so zu leiten, wie das Wohl des Unternehmens unter Berücksichtigung der Interessen der Aktionäre und der Arbeitnehmer sowie des öffentlichen Interesses es erfordert“.* Jeder Unternehmensleiter muss bestrebt sein, nach dem „erwerbswirtschaftlichen Prinzip“ mit den gegebenen Mitteln den größtmöglichen Ertrag zu erwirtschaften oder ein gegebenes Ziel mit dem geringsten Mitteleinsatz zu erreichen. Die Erzielung von Gewinn ist das Hauptmotiv für das unternehmerische Handeln. Alle Versuche, Unternehmensleiter zu beauftragen oder zu verpflichten, neben dem Streben nach Gewinn andere oder zusätzliche Ziele zu verfolgen, sind (bisher) fehlgeschlagen. Warum? Wirtschaftlich tätig sein, Güter zu produzieren oder Dienstleistungen zu erbringen, heißt vor allem, bereit zu sein, Risiko zu übernehmen. Jeder, der etwas produziert oder eine Dienstleistung anbietet, tut dies in der Erwartung, dass seine Produkte gekauft und seine Dienstleistungen gebraucht werden. Der Lohn für diese Risikobereitschaft ist der Gewinn, der ja immer die Restgröße in der Unternehmensrechnung ist: Gewinn ist die Größe, die nach Bezahlung aller Rechnungen, aller Zinsen, aller Löhne und Gehälter und aller Vorleistungen und nach Verbuchung aller Aufwendungen übrig bleibt. In einer Wettbewerbswirtschaft kann aber auch ein Verlust entstehen (wenn eben nicht alle Kosten und Aufwendungen im Preis ihre Deckung finden), der dann das Unternehmen alleine trifft. Wie erwähnt, hat die Erfahrung gezeigt, dass alle Versuche, den Unternehmen andere Ziele zu geben, gescheitert sind. Solche anderen Ziele waren zum Beispiel die Erfüllung von quantitativen Produktionsmengen („Plan-Solls“) in der Planwirtschaft. Selbst wenn diese Ziele erreicht wurden, hat die Planwirtschaft keinen Mechanismus gehabt, einen effizienten Einsatz der vorhandenen Mittel zu gewährleisten, da eben nur verlangt war, den Plan zu erfüllen. Leider ist auch die österreichische verstaatlichte Industrie ein Beispiel, wie ein falsches Ziel zu Verschwendung von Ressourcen führen kann. Das (unausgesprochene) unternehmerische Ziel der verstaatlichten Unternehmungen Österreichs war die Beschäftigungsmaximierung und nicht die Gewinnmaximierung. Diese Zielorientierung hatte aber zur Folge, dass die durch die Beschäftigungsmaximierung entstandenen Verluste vom Eigentümer (dem Staat) vorerst akzeptiert wurden. Als die Verluste nach mehreren Jahren ein Ausmaß erreichten, das politisch nicht mehr vertretbar war und auch andere Ereignisse hinzutraten (Ölspekulationen), kam es auch in der verstaatlichten Industrie zu einem Kurswechsel und man musste einsehen, dass das Ziel der Beschäftigungsmaximierung nicht mehr länger haltbar war. Im Zuge der dann einsetzenden Reformen (ab 1986) galt dann auch für die verstaatlichte Industrie, auch als sie noch zu 100 % im Eigentum des Staates war, das Prinzip der Gewinnmaximierung.

Hauptmotiv für unternehmerisches Handeln: die Erzielung von Gewinn

Verstaatlichte Industrie in Österreich: Beschäftigungsmaximierung

Was heißt nun Solidarität in diesem Zusammenhang auf betrieblicher Ebene? Solidarität auf der betrieblichen Ebene kann nicht heißen, neben dem Ziel der Gewinnmaximierung (Gewinnerreichung) andere gleichrangige Ziele zu verfolgen. Das Aktienrecht spricht – wie vorhin dargestellt – in § 70 neben der Berücksichtigung der Interessen der Aktionäre auch von der Berücksichtigung der Interessen der Arbeitnehmer sowie des öffentlichen Interesses. Die Interessen der Aktionäre sind sicher dann gewahrt, wenn Gewinne erzielt werden. Differenzen zwischen Unternehmensleitung und Aktionären kann es bei der Dividendenpolitik in der Frage der Ausschüttung geben, aber ein Aktionär wird nie das Gewinnmaximierungsprinzip in Frage stellen. Die Interessen der Arbeitnehmer können mit dem Gewinnmaximierungsprinzip sehr leicht in Widerspruch treten. Wenn es um die Frage von Kündigungen, um die Frage der Lohnpolitik oder ganz allgemein um die Gewinnverwendung geht, können Interessensgegensätze (die aus meiner Sicht auch verständlich sind) auftreten. Es werden zwar auch die Arbeitnehmer ein großes Interesse an der Erhaltung und gewinnorientierten Führung eines Unternehmens haben, doch wird es mit einer Belegschaftsvertretung immer Diskussionen über die Notwendigkeit von Kündigungen, über die innerbetriebliche Lohn- und Gehaltspolitik oder über zu gewährende Prämien geben. Es hat sich auch gezeigt, dass Arbeitnehmer mehr an der Thesaurierung von Gewinnen und weniger an hohen Dividendenausschüttungen interessiert sind, weil sie mehr an die Innenfinanzierung (Rücklagenbildung) des Unternehmens denken und weniger – verständlicherweise – an Dividendenzahlungen. Das öffentliche Interesse ist ohne Zweifel dann gewahrt, wenn – grob gesprochen – alle Gesetze und Vorschriften eingehalten werden. Wenn in diesem Beitrag immer wieder von Gewinnmaximierung gesprochen wird, so ist darunter nicht so sehr die Maximierung von Quartalsergebnissen zu verstehen, sondern die längerfristige Orientierung einer Unternehmensleitung am Gewinnerzielungsprinzip. Gerade in Österreich, mit seiner gewinnfeindlichen Einstellung zu wirtschaftlichen Tätigkeiten, ist es noch immer notwendig, darauf hinzuweisen, dass es keine Schande ist, zuzugeben, dass man „Gewinne machen" will.

Gewinnmaximierung und/oder Arbeitnehmerinteresse

Im Verhältnis der einzelnen Zielvorgaben (Interessen) zueinander steht das Wohl des Unternehmens, also die Erzielung eines möglichst hohen Gewinnes, an erster Stelle. Die anderen Ziele, wie auch die Wahrung der Gläubigerinteressen (die im Gesetz nicht erwähnt werden), sind unter dem Ziel der Gewinnmaximierung bei der Entscheidungsfindung (gleichrangig) sicher heranzuziehen, können aber die Gewinnerzielung nicht in Frage stellen. Was heißt das nun in der betrieblichen Praxis? Handelt ein Unternehmer beispielsweise unsolidarisch, wenn er eine Investition tätigt, die zwar Arbeitsplätze vernichtet und damit zur Kündigung von Arbeitnehmern führt, aber neue Produkte ermöglicht oder vorhandene Produkte billiger herstellt? Müsste ein Unternehmer, der solidarisch handeln will, solche Investitionen unterlassen? Darf ich das an einem Beispiel zeigen. Als wirtschaftliche Umstände BÖHLER-UDDEHOLM AG vor einigen Jahren zwangen, ganze Werke oder Betriebsteile in Deutschland, in Schweden und in Österreich zu schließen, wurden wir von allen Seiten angegriffen. Es wurde uns nicht nur die Frage gestellt, ob diese Stilllegungen wirtschaftlich notwendig sind, sondern es wurde verlangt, dass im Sinne der Solidarität alle Standorte, alle Werke und Betriebsteile an allen Standorten erhalten bleiben müssen. Wir haben damals in langen Verhandlungen versucht zu erklären, dass die Stilllegung von Betrieben und Betriebsteilen oder von ganzen Werkseinheiten keine Frage der Solidarität ist, sondern eine Frage der nüchternen Beurteilung betriebswirtschaftlicher Tatbestände. Natürlich haben wir dann bei der Durchführung darauf geachtet, dass für die Betroffenen (in allen drei Ländern) durch Sozialpläne und durch individuelle Maßnahmen, die über das in den Gesetzen vorgesehene Maß hinausgingen, gesorgt wurde. Es war aber schwierig, den Betroffenen darzulegen, dass diese Entscheidungen langfristig für die Sicherung der gesamten Gruppe notwendig waren. Es gibt also Interessenskonflikte, die nur klar entschieden werden können, wenn es ein Ziel gibt, und dieses Ziel ist eben die Gewinnerreichung. Dies bedeutet nun nicht, dass andere Interessen nicht berücksichtigt werden (wie eben die Frage von Kündigungen), aber es kann eben nur ein Ziel geben. In der Wirtschaft kann man nicht allen Beteiligten alles geben (you cannot be all things to all people). In der Politik ist das anders. In der Politik kann man (besonders vor Wahlen) jeder Bevölkerungsgruppe (Wählergruppe) den Eindruck vermitteln, der beste Vertreter ihrer jeweiligen Interessen zu sein, ohne auf die dadurch entstehenden Interessenskonflikte eingehen zu müssen. In der Wirtschaft, in einem Unternehmen, braucht jeder Mitarbeiter genaue Ziele, die er erreichen soll. Ein Unternehmensleiter kann nicht allen alles versprechen, weil dann sehr rasch das Wohl des Unternehmens gefährdet wäre.

Betriebsstilllegung aufgrund wirtschaftlicher Notwendigkeit

Ziel der Wirtschaft: Gewinnerzielung

Solidarität darf auf betrieblicher Ebene nicht in der Form missverstanden werden, dass dadurch betriebsnotwendige Maßnahmen, die die Arbeitnehmer treffen könnten, verhindert werden. Auf betrieblicher Ebene (also im Unternehmen) kann Solidarität nur heißen, dass bei klaren Entscheidungsstrukturen, bei klaren Zielvorgaben und natürlich unter Beachtung aller Bestimmungen der Mitbestimmung (vor allem des Arbeitsverfassungsgesetzes) die Frage der Verteilung des erzielten Ergebnisses neu diskutiert wird. Auch dazu ein Beispiel: Wenn Arbeitnehmer für gleichen Lohn länger arbeiten, sogar Lohnkürzungen akzeptieren oder auch auf Sonderzahlungen verzichten, so verlangt eine so verstandene Solidarität auf der Ebene des Unternehmes, dass der durch solche Maßnahmen erzielte Gewinn nicht einseitig dem „Faktor" Kapital zufließen darf. Da – wie schon oft betont – alle unternehmerischen Entscheidungen unter Unsicherheit getroffen werden, muss – im Sinne einer solchen Solidarität – auch ein „Risk-Sharing" in der Form eingerichtet sein, dass bei positiven Effekten solcher (unter Unsicherheit getroffenen) Entscheidungen (wie eben beispielsweise Lohnkürzungen) auch beide Partner des „Risk-Sharing", nämlich Kapital und Arbeit, den Erfolg zugerechnet bekommen. Denn bei einem negativen Ergebnis von Unternehmensentscheidungen (wie zum Beispiel Konkurs) trifft den Arbeitnehmer voll das Arbeitsplatzrisiko, während beim Kapitalgeber der Verlust auf die Höhe seines eingesetzten Kapitals beschränkt ist. Wir alle wissen, dass es keinen gerechten Lohn, keinen gerechten Preis und keinen gerechten Zins und keinen gerechten Gewinn gibt. Was gerecht ist, ist bei der Lohnfindung eine Machtfrage zwischen Arbeitgeber und Arbeitnehmer. In Zeiten von Arbeitskräftemangel werden Lohnerhöhungen tendenziell höher sein als in Zeiten von hoher Arbeitslosigkeit. Die Höhe der Löhne ist aber letztlich das Ergebnis von Verhandlungen, da sich nur ein Anbieter von Arbeit (Gewerkschaft) und ein Nachfrager nach Arbeit (Arbeitgeber) gegenüber stehen. Preise und Zinsen werden durch den Marktprozess durch Angebot und Nachfrage bestimmt und (Gott sei Dank) nicht nach irgend welchen „Gerechtigkeitsprinzipien".

Lohnfindung ist eine Machtfrage zwischen Arbeitgeber und Arbeitnehmer

Der Appell an eine innerbetriebliche Solidarität ist der Versuch, die Verteilungsfrage nicht nur durch Kollektivvertragsverhandlungen zu lösen, sondern offen zu sein für zusätzliche betriebliche Regelungen, wenn es um die Frage geht, wie ein entstandener Gewinn zu verteilen ist. Eine in diesem Sinne gelebte innerbetriebliche Solidarität darf aber nicht mit einer partnerschaftlichen Unternehmensverfassung verwechselt werden, wie sie oft in katholischen Kreisen unter Berufung auf die katholische Soziallehre diskutiert wurde. Da in einem Wirtschaftsunternehmen hauptsächlich die Komponenten Kapital und Arbeit zusammenwirken müssen, damit ein nachhaltiger Erfolg zu erzielen ist, leiten manche daraus die Notwendigkeit einer partnerschaftlichen Unternehmensverfassung ab – eine Forderung, die der Gesetzgeber nicht umgesetzt hat. Die Ergebnisse der paritätischen Mitbestimmung in Deutschland und vor allem der Montanmitbestimmung und die Institution des Arbeitsdirektors lassen Zweifel aufkommen, ob eine noch stärkere „partnerschaftliche Unternehmensverfassung" dem Wohl des Unternehmens oder den

Interessen der Arbeitnehmer dienen würde. Einzelwirtschaftliche Solidarität kann – bei Anerkennung der Priorität des Wohls des Unternehmens – einen Beitrag dazu leisten, die Verteilungsfrage im Unternehmen zu entschärfen, wenn durch gewinnabhängige Prämiensysteme die einzelnen Mitarbeiter am Ergebnis beteiligt werden. Einzelwirtschaftliche Solidarität soll aber nicht zu Mitarbeiterbeteiligungsmodellen führen, da diese Modelle eine Riskenakkumulation (Arbeitsplatzrisiko und Kapitalrisiko) bedeuten. Bei Untergang des Unternehmens würden im Fall eines Mitarbeiterbeteiligungsmodells die Arbeitnehmer nicht nur das eingesetzte Kapital, sondern ihren Arbeitsplatz verlieren. Besser sind daher Ergebnisbeteiligungsmodelle, die den einzelnen Arbeitnehmern mehr Geld zur Verfügung stellen und bei denen jeder Arbeitnehmer dann selbst entscheiden kann, wie er die erhaltenen Prämien verwendet.

Innerbetriebliche Solidarität, z. B. Ergebnisbeteiligungsmodelle

Die Zeitschrift der Gewerkschaft der Privatangestellten heißt „Kompetenz". Die Zeitschrift des Österreichischen Gewerkschaftsbundes heißt „Solidarität". Beide Namen sind ein Symbol dafür, welche persönlichen Eigenschaften und Verhaltensweisen heute in der Wirtschaft wichtig sind.

Generaldirektor
Dkfm. Johann Zwettler,
geb. 1941 in Wien.
Hochschulstudium an der Wirtschaftsuniversität Wien (Revision- und Treuhandwesen).
1966 Eintritt in die BAWAG, 1995 Berufung in den Vorstand der BAWAG, 2003 Berufung zum Vorsitzenden des Vorstandes der BAWAG mit dem Titel Generaldirektor.

Kapitalmarkt und Gewerkschaftsintentionen unter einem Dach

Ein Widerspruch in sich?

Im Mittelpunkt des unternehmerischen Denkens und Handelns der BAWAG steht der Kunde. Ihm sollen anspruchsgerechte hochwertige Finanzdienstleistungen unter Verwendung der jeweils besten Technologien geboten werden, wobei großes Augenmerk auf die Chancengleichheit der Arbeitnehmer und deren wirtschaftliche, soziale und kulturelle Interessen zu legen ist. In diesem Sinne verstehen wir auch die Unterstützung des Österreichischen Gewerkschaftsbundes und seiner Gewerkschaften zur Durchführung ihrer Aufgaben." (Präambel zur Satzung der BAWAG, 2004)

Bereits an der Formulierung dieser Präambel in der Satzung ist die Sonderstellung der BAWAG in der österreichischen Bankenlandschaft gut erkennbar. Die BAWAG als Bank des Österreichischen Gewerkschaftsbundes (ÖGB) bekennt sich auch heute zur aktiven Unterstützung der gesellschaftspolitischen Intentionen ihres Eigentümers.

Dies ist für manchen Beobachter bemerkenswert, tragen die Begriffe „Bank" und „Gewerkschaft" doch einen historischen Widerspruch in sich. Wer in alten Zeitschriften und Zeitungen der Arbeiterbewegung blättert, vornehmlich in solchen vor dem Ersten Weltkrieg, wird nicht wenige Karikaturen finden, die den Bankier als wandelnden Geldsack und die Bank als Raubritterburg des Kapitalismus darstellen. Schon Bert Brecht pointierte dies und prägte den legendären Satz „*Was ist ein Überfall auf eine Bank gegen die Gründung einer Bank?*" Die Begriffe „Arbeiter" und „Bank" stellten zu dieser Zeit Gegensätze wie

Feuer und Wasser dar. Dennoch – oder gerade deswegen – gründeten die Arbeitervereinigungen bereits in der Donaumonarchie den ersten Kreditverband.

Unter dem Motto „Mit uns zieht die neue Zeit" entstand daraus 1922 – unter maßgeblicher Beteiligung von *Dr. Karl Renner* – ein eigenes Kreditinstitut, die „Arbeiterbank". Die neue Bank vertrat damals allerdings nur die Interessen der sozialdemokratischen Richtungsgewerkschaften und deren Mitglieder; im Gegensatz dazu ist heute der überparteiliche ÖGB zu 100 % Eigentümer der BAWAG.

Gewerkschaftsbanken in anderen Ländern

Die Gründung eines Kreditinstitutes durch eine Gewerkschaft bzw. einen Gewerkschaftsverband stellt dennoch kein österreichisches Unikum dar, wenngleich es weltweit nur wenig Vergleichbares gibt. So zeigt der Erfolg der US-amerikanischen „Amalgamated Bank of Chicago", dass auch im Rahmen der Gemeinwirtschaft entstandene Unternehmen in der Marktwirtschaft bestehen können: Im Jahr 1922 von der lokalen Textilgewerkschaft in Chicago gegründet, befindet sich die Amalgamated Bank heute im Eigentum von zwölf US-Industriegewerkschaften und bietet ihren Mitgliedern landesweit eine Palette an Bankdienstleistungen zu günstigen Konditionen an. Diese Einschränkung erlegt sich im Gegensatz dazu die BAWAG nicht auf – trotz ihrer besonderen Zielsetzungen steht sie sämtlichen Kundengruppen offen.

Auf diese besondere Konstellation wurden bereits auch die chinesischen Gewerkschaften aufmerksam. Bei einem Besuch der BAWAG im Herbst 2004 studierten diese das Geschäftsmodell, die Struktur und den Aufbau der Bank sowie die Intention im Hintergrund. Dahinter steht die Überlegung, eine Bank der Gewerkschaften in China aufzubauen.

Die Arbeiterbank 1922 …

Die Verbindung Gewerkschaft und Bank ist natürlich in einem historischen Kontext zu betrachten. Im Lauf der Zeit haben sich die Gewerkschaftsintentionen entscheidend gewandelt. Ursprünglich basierte die gewerkschaftliche Unternehmenstätigkeit auf der Initiative zur Selbsthilfe und verstand sich damit als Alternative bzw. Ergänzung zur marktwirtschaftlichen Bedarfsdeckung. Das gemeinwirtschaftliche System sollte die Bedürfnisse breiter Schichten der Bevölkerung befriedigen. In diesem Sinne hatte die Arbeiterbank als vorrangiges Unternehmensziel die Einrichtung einer Kreditorganisation für Arbeiter angestrebt. Als Vorbild dienten die Spar- und Vorschusskassen für die Gewerbetreibenden sowie die Raiffeisenkassen.

Die gemeinwirtschaftliche Zielsetzung war dadurch gegeben, dass man einerseits die Sparkraft der Arbeiter nutzen, andererseits ihrem Kreditbedürfnis Rechnung tragen wollte[1]. Die alt eingesessenen Bankiers waren im damaligen Umfeld vorrangig auf die Bedürfnisse der Vermögenden fokussiert. Einfachen Arbeitern und Kleinunternehmern war der Zugang zu den simpelsten Finanzdienstleistungen verwehrt.

Arbeitern und Kleinunternehmern Zugang zu Finanzdienstleistungen ermöglichen

Zusätzlich zu den gemeinwirtschaftlichen Aspekten hatte die Arbeiterbank auch die Funktion einer Verwaltungsbank, wobei vor allem die Verwaltung der Gewerkschaftsgelder im Mittelpunkt stand. Die Arbeiterbank sollte ursprünglich keine Konkurrenz für andere Institute darstellen, sondern war vielmehr als „Zentralinstitut der Arbeiter" konzipiert, das auch alle Geld- und Kredittransaktionen für die Gewerkschaften und Konsumgenossenschaften übernahm.

Unter diesen Prämissen fand am 28. Juni 1922 die gründende Versammlung der Arbeiterbank statt, der Beginn der Geschäftstätigkeit wurde mit 1. Juli 1922 festgelegt. Am 1. Jänner 1923 eröffnete die Bank ihre Schalter in der Praterstraße 8.

Das kurze Bestehen der Arbeiterbank in der Ersten Republik fiel in eine schwierige wirtschaftliche Phase, geprägt durch Arbeitslosigkeit, Währungsumstellung – der inzwischen historische Schilling wurde 1924 eingeführt –, Inflation, den Börsenkrach 1929 und die Weltwirtschaftskrise. In Österreich kam es in dieser Zeit auch zu gewaltigen Bankzusammenbrüchen. Das damalige Umfeld beschreibt der Publizist *Karl Ausch* in seinem Buch *„Als die Banken fielen"* mit den Worten: *„Denn jene Bankzusammenbrüche und Bankenskandale waren keineswegs nur die Angelegenheit der betroffenen Institute. Sie haben vielmehr zu den schwersten wirtschaftlichen und finanziellen Erschütterungen in der Ersten Republik geführt, die Existenz zahlreicher Betriebe gefährdet oder vernichtet und mit ihren Ausstrahlungen unzählige private Haushalte getroffen."*[2] Die Arbeiterbank blieb davon jedoch unbeeindruckt und entwickelte sich bis zu ihrer erzwungenen Schließung im Februar 1934 kontinuierlich weiter.

---

[1] *Im Hinblick auf die Geldvermögensbildung erfüllte die Österreichische Postsparkasse ebenfalls eine gemeinwirtschaftliche Funktion. 1883 als k.k. Postsparcassenamt gegründet, fungierten rund 4.000 Postämter in der österreichischen Reichshälfte der Monarchie als Sparstellen.*

[2] *K. Ausch: Als die Banken fielen. Zur Soziologie der politischen Korruption, Wien: 1968.*

... bis zur Zwangsliquidierung 1934

Von Polizeitruppen geschlossen

Das zehnte Geschäftsjahr der Arbeiterbank AG war zugleich das letzte vor dem Zweiten Weltkrieg, über das ein Geschäftsbericht vorliegt. Der Geschäftsbericht für 1933 konnte nicht mehr erstellt werden, da die Bank im Zuge der Ereignisse des Februar 1934 liquidiert wurde. Am 14. Februar umstellten Polizeitruppen die Arbeiterbank und schlossen das Geldinstitut. *Karl Renner* und hunderte andere Vertrauensmänner der Arbeiterschaft waren zu diesem Zeitpunkt bereits verhaftet worden. Nun wurden auch leitende Funktionäre der Arbeiterbank festgenommen. Die Schalter wurden geschlossen, die Zwangsliquidierung angeordnet. Doch noch einmal bewies die Arbeiterbank, dass „Gewerkschaft" und „Kapital" durchaus vereinbar waren – die Bank konnte alle Forderungen zu 100 % befriedigen. Kein Arbeitnehmer erlitt einen finanziellen Schaden.

Dem Februaraufstand folgte nicht nur die Ausrufung des Ständestaates, sondern auch das Verbot der Sozialdemokratischen Partei, der Gewerkschaften, aller sozialdemokratischen Arbeiterorganisationen und der von den Sozialdemokraten geleiteten Gemeinde- und Landesvertretungen. Die Zwangsliquidierung der Arbeiterbank kann aus heutiger Sicht nur unter der Prämisse verstanden werden, dass das Institut *„eine von Sozialdemokraten verwaltete, mit der Sozialdemokratischen Arbeiterpartei, den Freien Gewerkschaften und den Genossenschaften eng verbundene Einrichtung (war) (...)."*[3]

Der Neubeginn 1947

Dreizehn Jahre nachdem die Arbeiterbank der Ersten Republik ihre Schalter schließen musste, wurde die Bank in der Zweiten Republik wiedergegründet.[4] Gründungsmitglieder und Eigentümer waren der Österreichische Gewerkschaftsbund und die Allgemeine Österreichische Konsumgenossenschaft. Am 3. März 1947 konnte schließlich die Arbeiterbank ihre Tätigkeit aufnehmen.

Der Österreichische Gewerkschaftsbund war bereits 1945 entstanden. Die neue überparteiliche Organisation stellte im Gegensatz zu den Richtungsgewerkschaften der Ersten Republik ein Experiment

---

[3] *BAWAG: Der lange Weg, 25 Jahre / 50 Jahre BAWAG, Wien: 1973, S. 6.*

[4] *Die neue Arbeiterbank war allerdings nicht die Rechtsnachfolgerin des 1934 geschlossenen Instituts.*

dar. Diese Konstellation konnte sich jedoch schon bald bewähren und wenige Jahre später war der ÖGB ein wesentlicher und beständiger Faktor der Zweiten Republik. Als Vorteil des einheitlichen Gewerkschaftsbundes erwies sich die Position zwischen den Parteien, die eine gewisse Autonomie und Flexibilität gewährleistete. Damit ebnete man den Weg zum erfolgreichen Modell der Sozialpartnerschaft.

Um einer neuerlichen Hyperinflation wie in der Ersten Republik vorzubeugen, war im August 1947 von den Interessensvertretungen der Arbeitgeber und Arbeitnehmer das erste Lohn-Preis-Abkommen ausgehandelt worden. Der Weg dorthin repräsentierte in mehrfacher Hinsicht eine wirtschaftspolitische Novität. Die Inflation sollte vor allem durch einen Lohn-Preis-Stopp bekämpft werden. Insgesamt gab es in der Zweiten Republik fünf Lohn-Preis-Abkommen, wobei das vierte zum kommunistischen Putschversuch im Oktober 1950 führte. *„Wenn das Konzept der Lohn-Preis-Abkommen letztlich auch fehlschlug, so bedeutete es doch einen wichtigen Schritt zur Integration der Interessensvertretung der Arbeitnehmer in den Prozess der wirtschaftspolitischen Willensbildung und zur Ausbildung eines konsensualen Klimas und der Institution der Sozialpartnerschaft. (...) Einer von der Industriellenvereinigung initiierten Preissenkungsaktion entsprach auf Gewerkschaftsseite die Zurückstellung von Lohnforderungen. Die informelle Sozialpartnerschaft war geboren.“*[5]

Lohn- und Preisabkommen

Von der Arbeiterbank ...

Die Intentionen des Gewerkschaftsbundes orientierten sich bei der Neugründung der Arbeiterbank vor allem an den Interessen der Arbeitnehmer. Trotz der marktwirtschaftlichen Unternehmensform versuchte das neue Institut sich durch gemeinwirtschaftliche Zielsetzungen von den anderen Banken abzugrenzen. Im März 1947 definierte der damalige Direktor der Arbeiterbank *Karl Dietrich* den Auftrag, den sich die Bank in der noch jungen Zweiten Republik gab: *„Die Aktiengesellschaft (Arbeiterbank) stellt sich die Aufgabe, die wirtschaftlichen Interessen der werktätigen Bevölkerung in Stadt und Land zu fördern, ihre Interessen zu organisieren und die von diesen Volkskreisen geschaffenen oder für sie bestimmten Einrichtungen, Unternehmungen und Veranstaltungen aller Art, insbesondere ihre Gewerkschaften und Genossenschaften, durch Zusammen-*

Wirtschaftliche Interessen der Werktätigen fördern

[5] J. Jetschgo u.a: Österreichische Industriegeschichte. 1848 – 1955: Die verpasste Chance, Wien: 2004, S. 105.

fassung und Verwertung ihrer freien Mittel, durch Befriedigung ihres Kreditbedarfs und durch gemeinsame Führung ihrer Kassen- und Kreditgeschäfte zu fördern." (Satzung der Arbeiterbank AG, 1947)

In der Praxis blieb allerdings die Fixierung auf einige wenige Geschäftszweige nicht lange aufrecht. Im Gleichschritt mit der expandierenden österreichischen Wirtschaft wurden neue Geschäftsbereiche für das Institut erschlossen. Dazu zählten unter anderem die Finanzierung von Handel, Industrie und Landwirtschaft sowie das Auslandsgeschäft.

... zur Bank für Arbeit und Wirtschaft

Neuorientierung

1963 erfolgte die Umbenennung der Arbeiterbank AG in „Bank für Arbeit und Wirtschaft AG". Dieser Schritt bedeutete mehr als eine bloße Formalität. Der Firmenwortlaut war zugleich Programm: Den Anforderungen der österreichischen Wirtschaft Rechnung tragend, zeigte er die gewandelte Einstellung des Instituts zur bestehenden Wirtschafts- und Gesellschaftsordnung. Damit sollten auch nach außen hin die Öffnung der Bank zur Universalbank – man bot mittlerweile das gesamte Finanzdienstleistungsspektrum an – und die Neuorientierung der Geschäftspolitik dokumentiert werden.

In einem Artikel der Wochenzeitung „Die Furche" aus dieser Zeit heißt es: *„Die Geschäftspartner sind nicht mehr allein die Organisationen der Arbeiterbewegung, sondern alle Unternehmungen, (...). Das Prinzip der bedingten Solidarität wurde zugunsten einer allgemeinen Solidarität aufgegeben. Die Arbeiterbank ist eine Kommerzbank geworden ...".*[6]

Mit dieser Neuausrichtung legte man auch den Grundstein für die außergewöhnliche Expansion des Geschäftsvolumens in den folgenden Jahren. Die Kreditvergabe an Unternehmen bildete neben den gemeinwirtschaftlichen Finanzierungen, wie Wohnungs- und Siedlungsgenossenschaften, neue Schwerpunkte der Geschäftstätigkeit. Besonders engagiert war das Institut bei der Finanzierung von Klein- und Mittelbetrieben, die für die österreichische Wirtschaft von besonderer Bedeutung sind. Damit war das geschäftspolitische Fundament für ein kontinuierliches Wachstum gelegt worden.

[6] *Zitiert aus: BAWAG: Der lange Weg, 25 Jahre / 50 Jahre BAWAG, Wien: 1973, S. 167.*

Revolutionäre Produkte als Basis des Erfolgs

Auch angesichts des steigenden Geschäftsvolumens und des steten Wachstums verlor man zu keiner Zeit die gesellschaftspolitische Komponente aus den Augen. Vor allem mit Produkten, die auf den „kleinen Mann" zugeschnitten waren, wollte man ein klares Bekenntnis dazu ablegen. Ein Produkt war der innovative Barzustellungskredit (BZK). Unter Mithilfe der Betriebsräte im jeweiligen Betrieb des Kreditnehmers bot man den Kunden eine unbürokratische und rasche Kreditgewährung an. Der BZK wurde über den Betriebsrat beantragt oder der Antrag mit einem Vermerk des Betriebsrates versehen direkt bei einer BAWAG Geschäftsstelle abgegeben. Die Auszahlung erfolgte entweder auf ein Gehaltskonto oder die Kreditsumme wurde einfach bar durch die Post nach Hause zugestellt.

Pioniertat Barzustellungskredit (BZK)

Dank ihrer Eigentümerstruktur und mit Zustimmung der Gewerkschaften wurde der BAWAG über die Betriebsräte ein bevorzugter Zugang zu den Betrieben und damit potentiellen Kunden ermöglicht.

Die BZK-Aktion war zu ihrer Zeit eine gesellschaftspolitische Pioniertat, gelang es doch, die Vorurteile von Generationen hinsichtlich Kreditwürdigkeit und -fähigkeit von unselbstständig Erwerbstätigen zu überwinden und in Österreich ein grundlegend revidiertes Verhältnis der Kreditinstitute zu dieser Bevölkerungsgruppe zu schaffen.

Die BAWAG verwirklichte ihren gemeinwirtschaftlichen Auftrag aber nicht exklusiv für Arbeitnehmerinnen und Arbeitnehmer oder Gewerkschaftsmitglieder. Man bot generell günstige Konditionen für Bezieher kleinerer Einkommen an. Dies betraf nicht nur die Kreditgewährung, sondern auch die Geldkapitalbildung.

Das Kapitalsparbuch

So geht das noch heute beliebte „Kapitalsparen" ebenfalls auf eine Initiative der BAWAG und ihres damaligen Generaldirektors *Walter Flöttl* zurück. Die Idee wurde von allen anderen Kreditinstituten aufgegriffen und ab 1973 auch von sämtlichen Kreditinstituten angeboten. Mit dieser Sparvariante sollte den Sparern mit kleinen Einlagen annähernd Chancengleichheit gegenüber den Großanlegern geboten werden. Zusätzlich wurde eine alte Forderung der Gewerkschaft nach einer angemessenen Verzinsung der Einlagen von Sparern mit niedrigem und mittlerem Einkommen erfüllt.

Grundgedanke dieser Sparform war, dass ein Großteil der Sparer zwar eine höhere Verzinsung anstrebte, längeren Bindungsfristen der Einlagen aber eher reserviert gegenüberstand. Die neue Sparform entsprach dem Bedürfnis der Kundinnen und Kunden: Der Sparbrief hatte eine fünfjährige Laufzeit, dennoch waren die Sparer nicht an die Einhaltung dieser Laufzeit gebunden.

Weitere Innovationen der BAWAG

Ihrer Pionierfunktion blieb die BAWAG auch in den 90er Jahren treu, diesmal vor allem durch die Finanzierung, Unterstützung und Lancierung von innovativen Ideen. Die damals entstandenen Unternehmen haben bis heute eine herausragende Position im heimischen Wirtschaftsleben.

Neue Bereiche

So gelang es 1996 mit einem Konsortium aus Wirtschaftsunternehmen und Medien die zweite GSM-Lizenz in Österreich zu erwerben und gemeinsam das Mobilfunknetz „max.mobil“ aufzubauen. Nach der profitablen Veräußerung der Anteile an die Deutsche Telekom ist das Unternehmen heute als „T-Mobile“ der zweitgrößte Anbieter am heimischen Markt. Auch im Bereich der neuen Medien hat sich die BAWAG mit einer Beteiligung am ersten österreichweiten Privatfernsehsender „ATVplus“ sowie am größten deutschsprachigen Bezahlfernsehsender „Premiere“ engagiert.

1997 wurde die erste österreichische Direktbank „easybank“ gegründet, die bis heute Marktführer in diesem Segment ist und einer der Kernzielsetzungen der BAWAG, der Konditionenführerschaft, bewusst Rechnung trägt.

Filialnetzausbau als Grundstein zur Expansion

Bis zur Verabschiedung des österreichischen Kreditwesengesetzes (KWG) 1979 war der österreichische Bankenmarkt weitgehend vom Wettbewerb abgeschottet. Die bis dahin geltenden Regelungen basierten auf reichsdeutscher Gesetzgebung und wurden der volkswirtschaftlichen Bedeutung des Bankwesens immer weniger gerecht. So mussten die Kreditinstitute etwa für jede Zweigstelle um eine eigene Genehmigung ansuchen. Eine Konzession wurde nur unter Berücksichtigung der *„örtlichen und gesamtwirtschaftlichen Bedürfnisse“* erteilt, die nicht zuletzt durch den bestehenden Mitbewerb definiert wurden. Dadurch waren der Ausweitung des Filialnetzes enge Grenzen gesteckt. Die BAWAG etwa verfügte dreißig Jahre nach ihrer Wiedereröffnung nur über 26 Außenstellen in ganz Österreich.

Mit der Änderung des gesetzlichen Umfelds ging eine beträchtliche Verdichtung des Zweigstellennetzes der heimischen Kreditinstitute einher. Von 1975 bis 1980 stieg die Zahl der Hauptanstalten und Zweigstellen um rund 1.350 (+ 37 %), in der darauf folgenden Fünfjahresperiode nur mehr um 360 (+ 7 %). Allein die BAWAG eröffnete zwischen 1979 und 1982 mehr als hundert Filialen.[7] Das heißt, den österreichischen Kunden standen, zumindest in den Ballungszentren plötzlich zahlreiche Anbieter von Finanzdienstleistungen zur Auswahl. Die „Bank an jeder Ecke" hatte einen verstärkten Konkurrenzdruck und eine nachhaltige Veränderung des Marktes zur Folge: Der angebotsbestimmte Markt entwickelte sich zu einem nachfragebestimmten, die „lebenslange" Bankbeziehung der Kunden brach auf.

Konditionenwettbewerb …

Da die klassischen Bankprodukte Girokonto, Sparen und Kredit der einzelnen Anbieter nahezu die gleichen Qualitätsmerkmale aufwiesen, musste der Wettbewerb vorwiegend über den Preis ausgetragen werden. Entsprechend den Eigentümerinteressen positionierte sich die BAWAG bereits damals als Konditionenführerin. Allerdings verhinderten die gesetzlichen Rahmenbedingungen zunächst die Verschärfung des Konditionenwettbewerbs. Das österreichische Kreditwesengesetz (KWG) 1979 erlaubte den Banken, halbjährliche Vereinbarungen über die Einlagenzinssätze abzuschließen: Im „Eckzinsabkommen" wurde der Zinssatz für Spareinlagen mit dreimonatiger Kündigungsfrist festgelegt, das „Habenzinsabkommen" regelte die Konditionen für Einlagen mit frei vereinbarter Kündigungsfrist.

Ziel: Konditionenführerschaft

Das Habenzinsabkommen wurde bereits ein Jahr nach der Verabschiedung des KWG 1979 von den Banken aufgekündigt. Federführend bei der Aufhebung der Zinsbindung war unter anderem die BAWAG: „*Ein Niedrigzins kann nicht dirigistisch erreicht werden*", so der damalige Generaldirektor *Walter Flöttl* in einem Pressegespräch Ende 1980. Zwar wäre aus betriebswirtschaftlicher Sicht ein niedriges Einlagenzinsniveau für die Ertragslage der Banken wünschenswert, allerdings müssten die negativen Anreizwirkungen auf die Spartätigkeit bedacht werden. Die Geschäftspolitik der BAWAG richtete sich auch in diesem Fall ausdrücklich gegen die „Ausbeutung der kleinen Sparer"; im Vergleich zu den anderen Instituten bot sie für geringe Guthaben mehr und für große Guthaben weniger Zinsen an

[7] *Heute hat die BAWAG in Österreich ein Vertriebsnetz von 168 Zweigstellen und mehr als 1.000 Postämtern.*

Nicht zuletzt wegen des entschiedenen Widerstandes der BAWAG verblieb von den Einschränkungen der freien Zinsbildung nur mehr das Eckzinsabkommen, das allerdings unter Wettbewerbsaspekten lediglich von geringer Bedeutung war. Auch die so genannten „ordnungspolitischen Vereinbarungen", in denen sich die Kreditinstitute zwischen 1985 und 1989 auf Richtsätze für Aktiv- und Passivzinsen einigten, konnten die Konkurrenz der Banken um jeden einzelnen Kunden nicht mehr verhindern. Das obsolet gewordene Eckzinsabkommen wurde schließlich mit der Verabschiedung des Bankwesengesetzes 1994 abgeschafft.

… hat positive gesamtwirtschaftliche Effekte

Der starke Konditionenwettbewerb hat direkte volkswirtschaftliche Auswirkungen. Auf der einen Seite begünstigen vergleichsweise hohe Habenzinsen die Akkumulation von Bankeinlagen. So zeichnete sich bereits unmittelbar nach der Freigabe der Einlagenzinsen im Juli 1980 eine Trendwende bei der Geldkapitalbildung ab: Nach einem dramatischen Rückgang des Einlagenvolumens in der ersten Jahreshälfte konnte die entstandene Lücke zwischen Krediten und inländischen Ersparnissen bereits im zweiten Halbjahr 1980 wieder geschlossen werden. Durch die Gewährung höherer Zinsen trugen die Kreditinstitute damit indirekt zur Minderung des Leistungsbilanzdefizits bei. Die langfristigen Effekte einer attraktiven Einlagenverzinsung lassen sich an der Entwicklung der Geldvermögensstruktur der privaten Haushalte ablesen: Wenngleich die relative Bedeutung der Bankeinlagen im letzten Jahrzehnt zugunsten von Versicherungsprodukten und Anteilspapieren abgenommen hat, beträgt der Anteil der Spareinlagen am privaten Geldvermögen heute immer noch mehr als 50 %.

Auf der anderen Seite können die aus Kundensicht günstigeren Finanzierungskonditionen über die Zinselastizität der Investitions- und Konsumgüternachfrage ein stärkeres Wirtschaftswachstum bewirken. Die positiven Effekte sind nach einer Studie des Instituts für Höhere Studien beträchtlich.[8] Umgekehrt würde eine Anhebung der niedrigeren heimischen Zinsen für Unternehmenskredite auf das höhere Niveau in Deutschland im Zeitraum 1999 bis 2008 das jährliche Wirtschaftswachstum um durchschnittlich 0,3 % dämpfen, was auch negative Auswirkungen auf den Arbeitsmarkt hätte.

[8] *I. Fortin u. a.: Zinssätze österreichischer Banken und ihr Einfluss auf die wirtschaftliche Entwicklung Österreichs, Institut für Höhere Studien, Wien: 2003, S. 32f.*

Zudem kommt den Kreditinstituten in der heimischen, vorwiegend mittelständischen Unternehmensstruktur eine besondere Verantwortung bei der Erfüllung ihrer Intermediationsfunktion zu. Im Gegensatz zu großen Firmen, die ihren Finanzierungsbedarf auch über die Börse decken können, finanzieren Klein- und Mittelbetriebe (KMUs) ihre Investitionen vor allem über Bankkredite. Aus Sicht der Gewerkschaften ist daher die Beibehaltung von preiswerten Finanzierungsmöglichkeiten für KMUs von essentieller Bedeutung, da diese einen großen Teil der unselbstständig Erwerbstätigen in Österreich beschäftigen. Auch aus diesen Gründen hat sich die BAWAG – neben ihrer traditionell starken Position im Privatkundengeschäft – speziell ab Mitte der 90er Jahre neben den Großbetrieben vermehrt den Klein- und Mittelbetrieben geöffnet, die in der Gewerkschaftsbank einen verlässlichen und kompetenten Finanzier vorfinden.

Die wahrgenommene Rolle der BAWAG als Konditionenführerin bringt aber auch nachhaltig strukturelle Vorteile. Auf den ersten Blick verringern niedrige Aktivzinsen und hohe Passivzinsen im Vergleich zur Konkurrenz per se die Zinsspanne – und damit auch das Ertragspotential –, doch die Refinanzierung über die dadurch mehr generierten Spareinlagen auf einem hohen Niveau kommt für das Institut langfristig wesentlich günstiger als eine Aufnahme über den Geld- oder Kapitalmarkt. Damit gewinnt die Rolle der Primäreinlagen bei der kontinuierlichen Refinanzierung an Bedeutung.

Alles in allem hat sich der österreichische Bankenmarkt seine günstigen Konditionen bis heute bewahrt. Internationale Vergleiche anhand harmonisierter Daten der nationalen Zentralbanken zeigen, dass Österreich etwa gegenüber den Nachbarländern Italien und Deutschland zum Teil deutlich niedrigere Kreditzinsen aufweist, während die Höhe der Einlagensätze in etwa dem Euroraumdurchschnitt entspricht. Das bedeutet, die österreichischen Bankkunden können zu günstigen Konditionen Geldvermögen aufbauen, während sie Kredite zu vergleichsweise niedrigen Zinsen in Anspruch nehmen können. Für diese Entwicklung ist nicht zuletzt die Positionierung der BAWAG als nicht ausschließlich am Shareholder-Value orientierter Konditionenführer in hohem Maße mitverantwortlich.

Fazit und Ausblick

Der historisch gewachsene Gegensatz zwischen Banken und Gewerkschaften hat sich in der Zweiten Republik immer weiter aufgelöst. Die Geschäftspolitik der BAWAG hat die Synthese zwischen Banken und Gewerkschaften möglich gemacht. Mit ihrem Willen zur Konditionenführerschaft und Chancengleichheit für die Arbeitnehmer auf der einen und den Klein- und Mittelbetrieben auf der anderen Seite hat die BAWAG das heimische Wirtschaftsleben ab den späten 70er Jahren entscheidend mitgeprägt und war dabei immer höchst erfolgreich. Denn mit diesem Geschäftsmodell ist es gelungen, zur viertgrößten heimischen Bankengruppe aufzusteigen, im Bereich Privatkunden Marktführer zu werden und die umliegenden Bankenmärkte Zentraleuropas zu erschließen. Die BAWAG hat den Österreicherinnen und Österreichern durch ihre Konditionenpolitik und dem daraus erwachsenden Anpassungsdruck der Mitbewerber erhebliche Beträge an (Kredit-) Zinsen erspart und noch wesentlich mehr an (Spar-)Zinsen gutgeschrieben.

Vorteile für Österreicherinnen und Österreicher

Seit der Gründung unterstützte der ÖGB als Eigentümer seine Bank bei der Bildung einer soliden Eigenkapitalbasis und schuf damit die Grundlage für die Ausweitung des Geschäftsvolumens. Die BAWAG als Bank der Gewerkschaften hat auf der anderen Seite die Intentionen ihres Eigentümers auf dem Finanzsektor immer mitgetragen und ergänzt. Ähnlich wie die einzigartige Institution der österreichischen Sozialpartnerschaft hat sich auch hier die Zusammenarbeit von scheinbar antagonistischen Partnern – zum Vorteil aller Beteiligten – bewährt.

Trotz der sich stetig wandelnden Rahmenbedingungen in der Vergangenheit meisterte die Gewerkschaftsbank jede erdenkliche Herausforderung mit Bravour. Kapitalmarkt und Gewerkschaftsintentionen sind kein Widerspruch mehr; die Fortführung dieser Symbiose ist auch in Zukunft Garant für den Erfolg.

Literaturverzeichnis

K. Ausch: Als die Banken fielen. Zur Soziologie der politischen Korruption, Wien: 1968.

K. Ausch: Geld, Währung, Inflation, in: Wirtschaft und Politik, Festschrift für Fritz Klenner, Wien: 1976.

BAWAG: Der lange Weg, 25 Jahre / 50 Jahre BAWAG, Wien: 1973.

J. Jetschgo/F. Lacina/M. Pammer/R. Sandgruber: Österreichische Industriegeschichte. 1848 – 1955: Die verpasste Chance, Wien: 2004.

I. Fortin/C. Helmenstein/E. Skriner/S. Weinberger: Zinssätze österreichischer Banken und ihr Einfluss auf die wirtschaftliche Entwicklung Österreichs, Institut für Höhere Studien, Wien: 2003.

Andrea Springer: Die Entwicklung von der Arbeiterbank zur Bank für Arbeit und Wirtschaft, Dissertation, Linz: 2002.

Bischof Maximilian Aichern OSB, geb 1932, Diözesanbischof von Linz, Referatsbischof für Soziales in der Österreichischen Bischofskonferenz, 1954 Eintritt in das Benediktinerstift St. Lambrecht, 1959 zum Priester geweiht. 1964 zum Abt der Abtei St. Lambrecht erwählt, 1981 zum Bischof ernannt.

Solidarität und Ethik – Der Beitrag der Kirchen zu einer sozialen Welt

Wir leben in einer Zeit tief greifender Veränderungen. Die politische und wirtschaftliche Vereinigung Europas vollzieht sich in einer Welt, die immer enger zusammenrückt: wirtschaftlich, medial (Fernsehen, Rundfunk), kulturell, in Wissenschaft und Technik. Information im weltweiten Netz und Austausch im Internet scheinen die Grenzen von Raum und Zeit aufzulösen. Die Unterschiede in der Lebensweise in Nord und Süd, zwischen Arm und Reich werden damit sichtbar, doch nicht überbrückt.

Dem entgegen stehen Tendenzen zur Entsolidarisierung und Vereinzelung. Die Globalisierung bewirkt wachsenden Druck in Wirtschaft und Arbeitswelt, der sich in verstärktem Konkurrenzdruck auch auf die Einzelnen auswirkt. Flexibilisierung bedeutet Auflösung gewohnter Arbeits- und Lebensrhythmen, zunehmende Arbeitslosigkeit belastet die Solidarität bis hinein in die Familien, die Zahl der Singles nimmt zu, ebenso wie die Alterseinsamkeit als eine Folge dieser Veränderungen.

Der Wandel der Arbeitsgesellschaft, Flexibilisierung und Arbeitslosigkeit schwächen die traditionelle Solidarität in der Welt der Arbeit. Wo die Situationen der arbeitenden Menschen immer unterschiedlicher werden und damit die gemeinsamen Interessen weniger sichtbar sind, wird auch die Solidarisierungsarbeit der Gewerkschaften schwieriger. Unter dem Druck internationaler Konkurrenz wird die institutionalisierte Solidarität als Belastung betrachtet: Sozialversicherungen werden „reformiert" oder überhaupt in Frage gestellt, Risiken werden privatisiert, Solidarverbände aufgelöst.

Ethik heißt Fragen zu stellen

Die Kirchen sind herausgefordert, von ihrer Ethik her, aus ihrem Verständnis des Menschen und der Gesellschaft sich einer kritischen Bewertung dieser Entwicklungen zu stellen. Ethik heißt Fragen zu stellen. In ihrem 2003 veröffentlichten „Sozialwort" formulieren die Kirchen diese Aufgabe so:
„Die Kirchen stellen Grundfragen des Lebens. Was dient dem Menschen, dem Leben, der Schöpfung? Was ist das Ziel von Arbeit und Wirtschaft?" (Sozialwort Nr. 314)

Solidarität

In diesem Zusammenhang kommt der Frage der Solidarität zentrale Bedeutung zu. Solidarität meint die sittlich qualifizierte, wesentliche und aktive Bezogenheit des Einzelnen auf die Gemeinschaft und umgekehrt. Dies bringt auch der Begriff „Solidarismus" zum Ausdruck, mit dem die Grundkonzeption der Katholischen Soziallehre gekennzeichnet wird.

Das Solidaritätsprinzip geht von der Grunderfahrung der Menschen aus, aufeinander angewiesen zu sein. Diese gegenseitige Bezogenheit muss bei der Entwicklung menschengerechter Lösungen gesellschaftlicher Fragen bedacht werden. In diesem Sinn wurde und wird Solidarität auch in der Arbeiterbewegung und in den Gewerkschaften verstanden, insofern diese sich nicht nur für die Interessen ihrer Mitglieder, sondern für eine solidarische Gesellschaft insgesamt einsetzen.

Das Solidaritätsprinzip zielt auf eine die ganze Gesellschaft fördernde Praxis. In der Gesetzgebung des sozialen Rechtsstaates drückt sich dies in den Zielen des Ausgleichs sozialer Ungleichheiten, in der Sicherung der Teilhabe am Einkommen und sozialer Sicherheit aus. Eigenverantwortung und das Prinzip der Subsidiarität sind dabei nicht aufgehoben, sondern vorausgesetzt.

Inhaltlich geht es beim Begriff Solidarität um die Vermittlung von Freiheit und Gleichheit. Solidarität rechnet mit Ungleichheiten, die auszugleichen oder aufzuheben sind: Solidarität der Starken mit den Schwachen, der Reichen mit den Armen, der Verschonten mit den Betroffenen, so zum Beispiel Solidarität der Beschäftigten mit den Arbeitslosen. Solidarität schließt Verantwortung für die anderen ein und stellt die Einzelnen in den Schutz der Gemeinschaft.

Solidarität ist auf die ganze Gesellschaft gerichtet und zielt so notwendig auf weltweite Solidarität. Davon kann letztlich auch eine Solidargruppe nicht absehen, die vorrangig die Verteidigung der Interessen ihrer Mitglieder zum Ziel hat. So kann es notwendig sein, verschiedene „Solidaritäten“ miteinander zu verbinden.
Solidarität steht in Spannung zum Prinzip des Wettbewerbs. Der Markt beruht nicht nur auf Konkurrenz, er braucht auch Kooperation und Solidarität. Sie kommt dort ins Spiel, wo der Wettbewerb in der Wirtschaft auf das Gemeinwohl ausgerichtet ist; wofür es gesetzlicher Regelungen und Rahmenbedingungen bedarf.

Solidarität und Kirche

„Option für die Armen“

Solidarität ist eng mit dem allen Christinnen und Christen und allen Kirchen gemeinsamen zentralen Gebot der Nächstenliebe verbunden. Sie besteht darin, den andern in der Not zu helfen, das Recht der andern zu suchen und für sie einzutreten. Mit ihrer „Option für die Armen“ verpflichten sich christliche Kirchen, sich zum Anwalt derer zu machen, deren Stimme nicht gehört wird, und konkrete Hilfe zu leisten. Für die Katholische Sozialtradition *„gehört zur ältesten Lehre und Praxis der Kirche die Überzeugung, daß sie selbst, ihre Amtsträger und jedes ihrer Glieder durch ihre Berufung dazu angehalten sind, das Elend der Leidenden, ob nah oder fern, nicht nur aus dem Überfluß, sondern auch aus dem ‚Notwendigen' zu lindern.“* (Sollicitudo rei socialis, Nr. 31)

Die von Papst Johannes Paul II. 1987 veröffentlichte Enzyklika „Sollicitudo rei socialis“ ist – 20 Jahre nach dem Rundschreiben Pauls VI. über die Entwicklung der Völker – wesentlich dem Thema Solidarität gewidmet. Dabei ist eine weltweite Solidarität im Blick. Der Einsatz für Entwicklung, besonders in den Ländern des Südens, ist Pflicht:
„Die Zusammenarbeit für die Entwicklung des ganzen Menschen und jedes Menschen ist eine Pflicht aller gegenüber allen ...“ (Sollicitudo rei socialis Nr. 32)

Diese solidarische Verpflichtung geht alle an. Für Christinnen und Christen folgt daraus die Notwendigkeit der ökumenischen Zusammenarbeit mit den anderen Kirchen:
„Die Verpflichtung, sich für die Entwicklung der Völker einzusetzen, ist nicht nur von individueller und noch weniger von individualistischer Art ... Es ist eine Pflicht für alle und jeden, ... für Gesellschaften und Nationen, im besonderen für die Katholische Kirche und für die anderen Kirchen und kirchlichen Gemeinschaften, mit denen wir zur Zusammenarbeit auf diesem Gebiet voll bereit sind.“ (Sollicitudo rei socialis Nr. 32)

Maßstab einer solidarischen Entwicklung der Gesellschaft ist die Menschenwürde, die durch Rechte gesichert und geschützt werden muss: Echte Entwicklung, die des Menschen würdig ist, muss auch die persönlichen und gesellschaftlichen, wirtschaftlichen und politischen Menschenrechte, die Rechte der Nationen und der Völker einschließen, achten und fördern (Sollicitudo rei socialis Nr. 33).

„lebendiges Bewußtsein vom Wert der Rechte aller"

„Echte Entwicklung nach den wahren Erfordernissen des menschlichen Wesens, ob Mann oder Frau, Kind, Erwachsener oder Betagter, schließt in erster Linie ... ein lebendiges Bewußtsein ein vom Wert der Rechte aller und eines jeden sowie von der Notwendigkeit, das Recht eines jeden auf den vollen Gebrauch der Hilfen, die von Wissenschaft und Technik angeboten werden, zu achten." (Sollicitudo rei socialis Nr. 33)

Nicht zuletzt ist Entwicklung eine Forderung der Solidarität:
„Vor allem die Tatsache der gegenseitigen Abhängigkeit wird als entscheidendes System von Beziehungen in der heutigen Welt mit seinen wirtschaftlichen, kulturellen, politischen und religiösen Faktoren verstanden und als moralische Kategorie angenommen. ... Wenn die gegenseitige Abhängigkeit in diesem Sinne anerkannt wird, ist die ihr entsprechende Antwort als moralische und soziale Haltung, als ‚Tugend' die Solidarität. Diese ist ... die feste und beständige Entschlossenheit, sich für das ‚Gemeinwohl' einzusetzen, das heißt für das Wohl aller und eines jeden, weil wir für alle verantwortlich sind." (Sollicitudo rei socialis Nr. 38)

Solidarität konkret

Sozialwort des Ökumenischen Rates der Kirchen in Österreich

Als Beispiel konkreter sozialer Stellungnahmen sei hier das eingangs zitierte „Ökumenische Sozialwort" vorgestellt. Solidarität ist ein durchgehendes Thema dieses Textes. In insgesamt neun Kapiteln werden gesellschaftliche Entwicklungen analysiert, zentrale soziale Anliegen benannt und konkrete Aufgaben für die christlichen Kirchen und Forderungen an Gesellschaft und Öffentlichkeit formuliert.

In drei Kapiteln wird das Anliegen der Solidarität speziell thematisiert: in den Kapiteln (3) „Lebensverbindungen", (5) „Arbeit – Wirtschaft – Soziale Sicherheit" und (7) „Gerechtigkeit weltweit".

Im Kapitel „Lebensverbindungen, Beziehungsfähigkeit und sozialer Zusammenhalt" wird die Grundlage gesellschaftlichen Lebens in tragfähigen Lebensverbindungen gesehen. In einer Gesellschaft, in der Beziehungen brüchig geworden sind und der soziale Zusammenhalt großen Belastungen ausgesetzt ist, besteht die entscheidende Aufgabe darin, Beziehungsfähigkeit zu fördern und Zusammenhalt zu stiften. Denn:

Sozialen Zusammenhalt fördern und sichern

„Die Beständigkeit“ von Beziehungen und sozialem Engagement „hängt entscheidend von materieller und ideeller Unterstützung und der öffentlichen Anerkennung ab. Es bedarf der besonderen Aufmerksamkeit der Gesellschaft, ein Klima der Beziehungs- und Bindungsfähigkeit zu erhalten und damit sozialen Zusammenhalt zu fördern und zu sichern.“ (Sozialwort Nr. 76)

Entsprechend wird als Aufgabe für die Gesellschaft formuliert:
„Entscheidungen in Gesellschaft, Politik und Öffentlichkeit sind vor allem die Auswirkungen auf zwischenmenschliche Beziehungen und sozialen Zusammenhalt zugrunde zu legen, anstatt sie vorrangig nach Einzelinteressen auszurichten.“ (Sozialwort Nr. 90)

Im Kapitel „Arbeit – Wirtschaft – Soziale Sicherheit“ kommt das Anliegen der Solidarität darin zum Ausdruck, dass die Fragen von Arbeit, Wirtschaft und sozialer Sicherheit in ihrem untrennbaren Zusammenhang gesehen werden.

Menschenwürdiges Leben

„Diese Zusammenhänge zu sehen ist wichtig, wenn es um das Ziel allen Wirtschaftens und Arbeitens geht: gutes, menschenwürdiges Leben für alle Menschen dieser Erde.“ (Sozialwort Nr. 160)

Mit dem Ökumenischen Sozialwort nehmen die christlichen Kirchen Stellung zu Gesellschaft und Arbeit.

In diesem Sinn unterstützen die Kirchen die Anliegen der Kampagne „Gute Arbeit“:
„Gute Arbeit gewährt ein angemessenes Einkommen, respektiert menschliche Fähigkeiten und die Menschenwürde und bezieht sowohl das Produkt wie die Belange der Umwelt als Kriterien ein.“ (Sozialwort Nr. 170)

Eng damit verknüpft ist das Anliegen des „freien Sonntags“ als Ausdruck menschengerechter Zeitrhythmen und gesellschaftlichen Zeitwohlstands, worauf weiter unten eingegangen wird.

Als konkrete Konsequenzen eines Engagements für menschengerechte Arbeit fördern die Kirchen Arbeitslosen-Stiftungen und Projekte zur Integration arbeitsloser Menschen. Sie unterstützen Programme für Sabbatzeiten, zur Orientierung beim Wechsel von Tätigkeiten, bei notwendigen Kündigungen und beim Eintritt ins Pensionsalter.
„Die Kirchen erwarten von den politisch Verantwortlichen, ihre Arbeitsmarktpolitik auf den Erhalt und die Neuschaffung guter, menschengerechter, gesellschaftlich sinnvoller Arbeitsplätze auszurichten. Besonderes Augenmerk ist dabei auf Arbeitsplätze für junge Menschen zu richten.“ (Sozialwort Nr. 182)

Wirtschaft muss menschengerecht sein

Im Blick auf die „Wirtschaft“ plädieren die Kirchen für ein umfassendes Wirtschaftsverständnis:
„Wirtschaft muss nicht nur sachgerecht, sondern auch menschen- und gesellschaftsgerecht sein und die Belange zukünftiger Generationen und der Umwelt mit einbeziehen. Die Erfüllung dieser Anforderungen ist keineswegs selbstverständlich, wenn der Mensch primär als Produktionsfaktor gesehen und den Regeln einer globalen Wirtschaft unterworfen wird.“ (Sozialwort Nr.187)

Das Anliegen der Solidarität wird auf folgende Weise konkretisiert:
„Aufgabe der Politik ist es, durch Bereitstellung einer allen zugänglichen Infrastruktur, durch eine ausgleichende Steuer- und Sozialpolitik, durch rechtliche Regelung von Arbeit und Wirtschaft dafür zu sorgen, dass alle Menschen einen gerechten Anteil an den gemeinsam erwirtschafteten Gütern und Leistungen erhalten und menschenwürdig leben können.“ (Sozialwort Nr. 191)

Solche Solidarität erhält eine neue Dimension im Kontext des zusammenwachsenden Europas:
„Die Kirchen fordern die politisch Verantwortlichen auf, sich für gemeinschaftliche EU-Regelungen einzusetzen, um den für alle schäd-

lichen Standortwettbewerb in Bezug auf Steuern, soziale und ökologische Regelungen durch Kooperation einzudämmen". (Sozialwort Nr. 204)

Im Kontext der Veränderungen von Arbeit und Wirtschaft kommt dem Thema „Soziale Sicherheit" zentrale Bedeutung zu:
„Sozialstaat und Freiheit, Solidarität und Individualität schließen einander nicht aus, sondern bedingen und ergänzen einander. Der Sozialstaat ist Voraussetzung dafür, dass die Werte von Individualität und Freiheit nicht nur ein Privileg der Einkommensstarken und Vermögenden sind, sondern allen Menschen zugute kommen." (Sozialwort Nr. 212)

Dementsprechend bedarf es konkreter Maßnahmen der Armutsbekämpfung. Eine entscheidende Frage ist auch der Zugang zu sozialen Dienstleistungen, unabhängig von Einkommen und Herkunft. Öffentliche Güter *„sind die politische Konkretisierung sozialer Rechte, wie des Rechtes auf soziale Sicherheit, Gesundheit, Bildung, Wohnen und Arbeit. Öffentliche Güter und Dienstleistungen sind Ausdruck institutionalisierter Solidarität."* (Sozialwort Nr. 221)
Im Blick auf den „Sozialstandort Österreich" treten die Kirchen für einen aktiven Sozialstaat ein. Sie fordern ein umlagefinanziertes Pensionsversicherungssystem, das die Solidarität zwischen der Jugend und der älteren Generation stärkt. Sie fordern auch die Einführung einer Sozialverträglichkeitsprüfung, die die Auswirkungen auf das Verhältnis der Geschlechter einbezieht und ermöglicht, Gesetze und budgetäre Maßnahmen besser und transparenter zu beurteilen.

Kirchen fordern eine Sozialverträglichkeitsprüfung

Mit dem Kapitel „Gerechtigkeit weltweit" insistieren die Kirchen, dass Solidarität nicht an den Grenzen des eigenen Landes haltmachen darf. Ihre zentrale Forderung: *„Globalisierung braucht soziale Dimension"*. In diesem Sinn treten die Kirchen für Entschuldung und Armutsbekämpfung entsprechend den Millenniumszielen der Vereinten Nationen ein.

Für ihre soziale Praxis verpflichten sich die Kirchen zu weltweiter Solidarität mit zahlreichen Projekten und Programmen der Entwicklungszusammenarbeit. Sie fordern von der Politik, möglichst rasch die vereinbarten Mittel für Entwicklungszusammenarbeit in Höhe von 0,7 % des Brutto-Sozialprodukts einzusetzen. Entsprechend bedarf es auch einer Überprüfung der Auswirkungen der Abkommen der Welthandelsorganisation auf ihre Umwelt- und Sozialverträglichkeit und einer Regulierung der Finanzmärkte durch geeignete Maßnahmen.

„Die christlichen Kirchen setzen sich, gemeinsam mit vielen Menschenrechtsorganisationen, für eine Globalisierung von Rechten ein: die allgemeinen Menschenrechte, soziale, politische und ökonomische Rechte sowie spezifische Frauenrechte müssen weltweit anerkannt und durchgesetzt werden.“ (Sozialwort Nr. 273)

Allianz für den freien Sonntag

Neben dem „Sozialwort“ als einer Stellungnahme zu sozialen Fragen sei als ein Beispiel für eine konkrete Aktion, mit der die christlichen Kirchen für Solidarität eintreten, die „Allianz für den freien Sonntag“ vorgestellt.

– Sonntag als Frage gelebter Solidarität

Nach dem Dritten Gebot des Dekalogs kommt in der jüdisch-christlichen Tradition dem Sabbat beziehungsweise dem Sonntag besondere Bedeutung zu. Dabei geht es keineswegs nur um freie Zeit für den Gottesdienst, sondern ebensosehr um eine Zeit der Freiheit für den arbeitenden Menschen. Als Begründung wird in der Bibel sowohl auf die Ruhe Gottes nach Vollendung seines Schöpfungswerkes verwiesen, wie auch auf die Erfahrung des Volkes Israels mit der menschenunwürdigen Sklaverei in Ägypten. Für ein menschenwürdiges Leben in der Schöpfung bedarf es zweckfreier gemeinsamer Zeiten der Ruhe und des Aufatmens. Der Mensch lebt nicht, um zu arbeiten; er arbeitet, um zu leben. Das Dritte Gebot kann so als das erste Sozialgesetz verstanden werden.

Zeit für Beziehungen

Der gemeinsame freie Sonntag als Zeit der Familie, als Zeit für gemeinsame Aktivitäten im Freundeskreis, als Zeit der Erholung und Begegnung, gemeinsamer Feste und Feiern, ist Ausdruck einer solidarischen Lebenskultur. Wenn Beziehungen aus Mangel an Zeit füreinander nicht gepflegt werden, können sie auf Dauer nicht bestehen. Regelmäßige gemeinsame freie Zeit ist auch Voraussetzung für das Engagement in kulturellen, sportlichen und gemeinnützigen Vereinen.

– Solidarische Aktion für den freien Sonntag

Konkrete solidarische Aktionen zur Erhaltung des gemeinsamen arbeitsfreien Sonntags führten im Jahr 2001 zur Gründung der „Allianz für den freien Sonntag Österreich“. Ausgelöst wurden diese Initiativen durch Tendenzen der Ausweitung der Sonn- und Feiertagsarbeit in gesellschaftlich nicht notwendigen Bereichen, der Deregulierung der Arbeitszeit und der Ausdehnung der Wochenendarbeit in vielen Ländern Europas.

Gegen die Reduktion auf frei verfügbares Humankapital

In ihrem Grundsatzprogramm benennt die „Allianz" diese Tendenzen *„Menschen sollen mit ihrer Erwerbsarbeit rund um die Uhr verfügbar sein, jederzeit einsetzbar in Handel und Tourismus, in industriellen Produktionsprozessen und in den verschiedensten Dienstleistungen. Diese Entwicklung reduziert den Menschen auf Arbeits- und Kaufkraft."*

Die „Allianz" stellt dagegen das Engagement für den gemeinsamen freien Sonntag:
„Gerade der gemeinsame arbeitsfreie Sonntag ist ein Zeichen, dass der Mensch mehr ist als Arbeitskraft und Konsument."

Konkrete Forderungen der „Allianz" sind zum Beispiel:

- Die Sonntags- und Feiertagsruhe muss generell gesetzlich geschützt bleiben.
- Die bestehenden Ausnahmen nach dem Arbeitsruhegesetz sind laufend auf ihre Notwendigkeit zu überprüfen. Für Ausnahmeregelungen zur Sonn- und Feiertagsarbeit muss es kollektivvertragliche Rahmenbedingungen geben.
- Sonn- und Feiertagsarbeit muss Ausnahme bleiben und einen höheren Preis haben als Normalarbeitszeit. Für diejenigen, die solche Arbeit im Dienst der Mitmenschen leisten, muss es eine angemessene Entlohnung und Ersatzfreizeit geben.

Um dieses Programm zu realisieren, bemüht sich die „Allianz" um eine Solidarisierung all jener, für die der gemeinsame freie Sonntag ein wichtiges Anliegen ist: Kirchen und Gewerkschaften, bestimmte

Der Mensch ist mehr als Arbeitskraft und Konsument.

Bereiche der Wirtschaft und der Freizeitverbände. Deshalb sind auch Organisationen wie das Wirtschaftsforum der Führungskräfte oder der Österreichische Alpenverein Mitglieder der „Allianz".
„Die Mitglieder der Allianz verpflichten sich zu einem intensiven, bewusstseinsbildenden und politischen Engagement zum Schutz der freien Sonn- und Feiertage."

Konkrete Aktivitäten der „Allianz" sind die Unterstützung der Sonntags-Allianzen in den Bundesländern, die Sammlung von Unterstützungserklärungen und Kampagnen wie 2001/02 „schneller leben? Lebensqualität!". In einer Eingabe zum „Österreich-Konvent" tritt die „Allianz" für entsprechende Regelungen in der künftigen österreichischen Verfassung ein. Mit dem „Allianz-Treffen" 2004 in Kittsee/Burgenland begann die grenzüberschreitende Vernetzung von zivilgesellschaftlichen Gruppierungen, die sich in den Nachbarländern Österreichs für den gemeinsamen freien Sonntag einsetzen.

Ethik und Solidarität

Der solidarische Einsatz der Kirchen für wichtige gesellschaftliche Anliegen geschieht mit dem Ziel einer umfassenderen Gerechtigkeit. Wie das Zusammenleben von Menschen in den verschiedensten Bereichen einer Gesellschaft, in den verschiedenen Ländern und in einer Welt im Umbruch solidarisch und gerecht gestaltet werden kann, ist eine Frage, die sich der ethischen Reflexion immer neu stellt. Die Antworten der Kirchen aus ihrer Sicht vom Menschen und ihrem Gesellschaftsbild werden durch eine Praxis gelebter Solidarität glaubwürdig.

Literaturverzeichnis

Zum Projekt „Sozialwort“: Ökumenischer Rat der Kirchen in Österreich (Hg.): Sozialwort des Ökumenischen Rates der Kirchen in Österreich. Wien 2003; www.sozialwort.at

Zur „Allianz für den freien Sonntag“: www.freiersonntag.at

Beide: Katholische Sozialakademie Österreichs, 1010 Wien, Schottenring 35, www.ksoe.at

Dr. Christoph Badelt, geb. 1951, Studium der Volkswirtschaft in Wien; seit 1989 Univ.-Prof. für Wirtschafts- und Sozialpolitik an der Wirtschaftsuniversität Wien; Publikationen zur Sozialpolitik sowie zu Nonprofit-Organisationen; seit 2002 Rektor der Wirtschaftsuniversität Wien

Strategien zur Rettung des Sozialstaats

Der vom Herausgeber vorgeschlagene Titel dieses Beitrags spiegelt eine für die aktuelle sozialpolitische Diskussion typische pessimistische Stimmung wider. Sind die sozialstaatlichen Errungenschaften der letzten Jahrzehnte überhaupt haltbar? Dass der Sozialstaat sowohl ökonomisch als auch in der gesellschaftlichen Werteskala unter Druck gekommen ist, lässt sich nicht leugnen. Welche Wege zur Aufrechterhaltung der Sozialen Sicherheit in diesem Land gegangen werden könnten, ist Gegenstand dieses Kapitels.

Unterschiedliche Konzepte des Sozialstaats

Ernsthafte Reformdiskussionen zum Sozialstaat müssen zunächst klarstellen, was überhaupt unter einem Sozialstaat zu verstehen ist. Die Vorstellungen über den Sozialstaat waren nicht nur in der rund 160jährigen Geschichte dieses Konzepts wesentlichen Änderungen unterworfen, sondern sind auch heute noch sehr uneinheitlich.

Sozialstaatskonzepte lassen sich entweder über Instrumente der öffentlichen Sozialpolitik oder über gesellschaftspolitische Ziele kategorisieren. In einer auf Instrumente bezogenen Sichtweise werden Umfang und Art eines Sozialstaates in der Regel über das Ausmaß

Instrumente öffentlicher Sozialpolitik

- an staatlichen Regulierungen zum Schutz von Individuen (z.B. am Arbeitsmarkt oder im Gesundheitswesen)
- an Geldleistungen der öffentlichen Hand zur Absicherung elementarer sozialer Risken (z.B. Krankheit, Alter, Arbeitslosigkeit)
- der Bereitstellung sozialer Dienstleistungen (z.B. im Gesundheits- und Bildungswesen)
- von Maßnahmen zur Aufrechterhaltung der gesellschaftlichen Integration von durch Ausgrenzung bedrohter Gruppen (z.B. Integration von Randgruppen, armutsgefährdeten Personen etc.)

definiert.

Die politischen Positionen zum Sozialstaat differenzieren sich in einer solchen Welt einerseits über den Umfang der gewährten Leistungen, andererseits werden manche Leistungen von den Vertretern verschiedener politischer Lager als besonders wichtig oder aber als kaum relevant definiert.

Abgesehen von der Instrumentenbetrachtung hat sich in der sozialpolitischen Literatur seit *Esping-Andersen* das Konzept durchgesetzt, das Ausmaß sozialstaatlicher Sicherheit daran zu messen, inwieweit Menschen im Falle des Verlusts ihrer Arbeitsfähigkeit unabhängig vom Markt bzw. unabhängig vom Verkauf ihrer Arbeitskraft ausreichende ökonomische Sicherheit besitzen („Dekommodifizierung“). Ein hohes Maß an Dekommodifizierung liegt vor, wenn Menschen auch ohne Arbeitseinkommen sozial abgesichert sind, z.B. durch eine Pension oder durch Arbeitslosengeld. Neben der Dekommodifizierung wird ein Sozialstaat auch durch das Ausmaß bzw. das Fehlen von gesellschaftlichen Ungleichheiten, sei es beim Einkommen, im Vermögen, im sozialen Status, im Zugang zur politischen und gesellschaftlichen Partizipation etc., charakterisiert.

Unterschiedliche Positionen zum Sozialstaat

Dieser kurze Ausflug in die Lehrbuchwelt eignet sich als Referenzgröße in der sozialpolitischen Diskussion. Denn diese sollte auf bestimmte normative Positionen zum Sozialstaat Bezug nehmen. Ein überzeugter Liberaler wird etwa die gegenwärtigen Kürzungstendenzen in der Sozialpolitik als notwendig und wünschenswert ansehen, weil es ihm um eine Reduktion eines bereits ausufernden Sozialstaats geht. Soziale Ungleichheiten sieht er nicht als problematisch an, das Ausmaß der Dekommodifizierung wird als übertrieben eingeschätzt, z.B. weil es als leistungsfeindlich beurteilt wird. Umgekehrt werden Anhänger größerer und weitergehender Sozialstaatskonzeptionen mit Recht die Sorge äußern, dass die gegenwärtige Politik dabei ist, den Sozialstaat in Österreich eigentlich abzuschaffen. Ein guter Beleg dafür ist die wachsende Desintegration gesellschaftlicher Gruppen, die von Armut bedroht sind.

Eine objektive Wahrheit zwischen diesen Extrempositionen gibt es selbstverständlich nicht; dennoch sollte mehr über Normen diskutiert werden, aus denen hervorgeht, welche Verantwortung die öffentliche Hand für die ökonomische und soziale Absicherung der Gesellschaftsmitglieder übernehmen muss. Erst vor dem Hintergrund einer solchen Klarstellung kann eine Bewertung der Politik vorgenommen werden, und erst vor dem Hintergrund eines solchen Normensystems ist es überhaupt sinnvoll, von einer „Rettung“ des Sozialstaats zu sprechen.

Problem: fehlende Grundsatzdiskussion zum Sozialstaat

Wie noch zu zeigen sein wird, mangelt es der österreichischen Diskussion nach wie vor an einem ausreichenden Bezug zu solchen Grundsatzpositionen. Oft entsteht der Eindruck, dass eine solch konzeptuelle Unklarheit manchmal politisch sogar gewünscht ist – erlaubt sie es doch, je nach Augenblickssituation Grundsatzargumente für oder gegen ein konkretes sozialpolitisches Instrument einzusetzen. Mit anderen Worten: Der Mangel an konzeptueller Klarheit dient der Förderung der politischen Polemik, nicht aber einer konsistenten Politik, die sich der langfristigen Aufrechterhaltung von sozialen Schutzmechanismen verpflichtet fühlt.

Aktuelle Probleme des österreichischen Sozialstaats

Verlässt man die Grundsatzbetrachtung und wendet sich der aktuellen sozialpolitischen Diskussion in Österreich zu, dann ist es legitim, das österreichische System der sozialen Sicherheit als „Sozialstaat“ zu bezeichnen. Dieser spezifisch österreichische Sozialstaat ist in den letzten Jahren von mehreren Seiten unter Druck gekommen:

- Immer mehr Menschen sind von schwer wiegenden sozialen Problemen betroffen. Trotz Sozialpolitik gibt es mehr Arbeitslosigkeit, mehr Armut oder Armutsgefährdung, ein steigendes Ausmaß von Ungleichheit und zunehmende Desintegration in der Gesellschaft.
- Eine nicht unwesentliche Rolle bei der Verschärfung sozialer Probleme spielen demografische Effekte. Veränderungen dieser Art wirken vor allem im Gesundheitswesen und in der Altersvorsorge, wenngleich die wirklich schwer wiegenden Probleme der demografischen Veränderungen erst in den nächsten Jahren und Jahrzehnten auf uns zukommen.
- Trotz verschiedenster Kürzungen und Leistungsverschlechterungen in verschiedenen Bereichen der sozialen Sicherung wach-

sen die öffentlichen Ausgaben für soziale Zwecke signifikant. Kurzfristige Abflachungen in der Ausgabendynamik sind oft die unmittelbaren Effekte politischer Eingriffe, der Langfristtrend ist aber unbestreitbar. Das Wachstum der Sozialausgaben drückt sich nicht nur in der Struktur der öffentlichen Budgets aus, sondern zeigt sich auch im langfristigen Anstieg der Sozialquote, die in den letzten Jahren bereits mehr als 29 % betrug.

- Massiver Druck auf den Sozialstaat geht von einem gesellschaftlichen Klima aus, das die Kürzung von Sozialausgaben und die Reduktion des öffentlichen Engagements in der Gesellschaft insgesamt propagiert. Aus ökonomischer Perspektive wird die Erhaltung der Konkurrenzfähigkeit der heimischen Wirtschaft in den Vordergrund gestellt, was durch eine Reduktion der Steuerlast und der Lohnnebenkosten erreicht werden soll. Politisch gesehen sind gesellschaftliche Strömungen, die die staatliche Macht begrenzen wollen und mehr auf eine individualisierte Verantwortung auch im Bereich des Sozialwesens setzen, im Aufwind.

Höhere Ausgaben, mehr Probleme, weniger Staat

Die Gesamtdiagnose des österreichischen „Sozialstaats" ist daher keineswegs positiv: Prägnant könnte formuliert werden, dass sowohl die Ausgaben als auch die Probleme rasch wachsen, dass aber das politische Klima dazu neigt, das Ausgabenwachstum als unerwünscht darzustellen. Da auch die Anhänger einer extremen Sparpolitik das Anwachsen der sozialen Probleme, wie insbesondere der Arbeitslosigkeit, nicht ignorieren können, werden die Auffassungen immer populärer, dass es letztlich nur die Betroffenen selbst sein können, die an den wachsenden sozialen Problemen „schuld" sind. Ein solches Klima fördert eher die Polarisierung als die Suche nach rationalen Problemlösungen. In diesem Beitrag wird daher die These vertreten, dass eine nachhaltige Reform des Sozialstaats auf zwei Säulen aufbauen muss: Erstens geht es darum, die politische Grundsatzdiskussion zu erweitern und auch bisher tabuisierte Themen explizit in den politischen Diskurs einzubeziehen. Zweitens müssen einige inhaltliche Schwerpunkte künftiger Sozialpolitik festgelegt und außer Streit gestellt werden. Diese beiden Säulen werden in den folgenden Kapiteln beschrieben.

Notwendige Schwerpunktverlagerungen und Enttabuisierungen in der politischen Diskussion

Die sozialpolitische Diskussion der letzten Jahre ist fast ausschließlich unter dem Gesichtspunkt geführt worden, wo wie viel eingespart werden könnte und wer unter welcher Einsparungsmaßnahme wie stark leiden würde. Die Debatte ist durch die zahlreichen Versuche geprägt, den Staatshaushalt oder die Bilanzen der Sozialversicherungen zu „konsolidieren".

Kurzfristiger Einsparungsdruck führt aber nur in den seltensten Fällen zu langfristig wirksamen und auch entsprechend sozial ausbalancierten Strukturreformen. Ein Stück weit hat diese Tendenz des kurzfristigen Sparens auch etwas mit dem Planungshorizont im politischen Konjunkturzyklus zu tun. Es wäre allerdings zu billig, das Problem auf die Wahlorientierung der Sozialpolitik zu reduzieren. Vielmehr scheinen Grundsatzdebatten in der österreichischen Politik überhaupt nicht erwünscht zu sein. Meist wird solches den Wissenschaftlern und Journalisten überlassen, während politische Funktionäre dazu neigen, sich nicht klar festzulegen, insbesondere dann, wenn aus solchen Festlegungen auch unpopuläre Maßnahmen abgeleitet werden müssten.

Fehlende Grundsatzdebatten

Eine positive Definition außer Streit stehender Staatsaufgaben ist dringend geboten

Es wäre dringend geboten, in der sozialpolitischen Diskussion zu einer neuen positiven Definition von Staatsaufgaben zu kommen. Dabei geht es nicht um die Erfindung neuer Ausgaben, sondern vielmehr um eine Klarstellung, welche Anliegen in der staatlichen Sozialpolitik außer Streit zu stellen sind.

Mit einer solchen Klarstellung ist auch die Kehrseite einer Medaille verbunden: es wird klargelegt, wofür der Staat in der Zukunft nicht mehr verantwortlich sein kann oder will. In dieser Beziehung dürfte die Politik die Einsichtsbereitschaft der Staatsbürger unterschätzen. Es zeigt sich immer wieder, dass die Unsicherheit, worauf man sich zum Beispiel im Pensionswesen oder in der Gesundheitsversorgung überhaupt verlassen könne, die Menschen wesentlich ärger trifft als die klare Ankündigung, welche Leistungen es in Zukunft nicht mehr geben wird.

Wie könnte die Sozialpolitik zu einem klar deklarierten Grundverständnis über unverrückbare soziale Ziele kommen, die dann zumindest in einem inhaltlichen Sinn den Charakter von Grundrechten hätten? Der erste Schritt dazu wäre wohl ein bewusstes Ende der mancherorts praktizierten Vogelstraußpolitik, die soziale oder ökonomische Probleme einfach ignoriert. So steht es im Gesundheits- oder Bildungswesen, aber auch in der materiellen Alterversorgung fest, dass ein Aufrechterhalten politisch geforderter Versorgungsstandards langfristig nur mit einer Erhöhung der öffentlichen Ausgaben möglich sein wird. Will man eine solche Erhöhung vermeiden oder glaubt man, sie nicht finanzieren zu können, dann muss frühzeitig über ein Zurückschrauben des Leistungsniveaus gesprochen werden, um dem Einzelnen auch zeitgerecht entsprechende Ausweichstrategien zu ermöglichen.

Staatsausgaben erhöhen oder Leistungen kürzen?

Die Geschichte der letzten Pensionsreformen belegt die Gültigkeit der hier vertretenen These: Es kann kein Zweifel daran bestehen, dass bei den schwer wiegenden Finanzierungsproblemen der Altersvorsorge eine nachhaltige Reform nur durch eine Reduktion von Leistungen und/oder eine Erhöhung der staatlichen Ausgaben (beziehungsweise der Beiträge) erfolgen kann. Nach dem vielerorts die Beitragserhöhung beziehungsweise die Erhöhung der öffentlichen Ausgaben als unmöglich dargestellt wird, bleiben die Leistungskürzungen als einziger Ausweg. Dies leugnen zu wollen, ist nicht seriös; in einer solchen Situation wäre es besonders wichtig, minimale Leistungen außer Streit zu stellen, und erst für Leistungen jenseits dieser Minimumstandards eine politische Diskussion über die Verteilung von Lasten und Rechten zu führen.

Was in den letzten Jahren im Pensionssystem schmerzhaft erlebt wurde, steht im Bildungswesen und im Gesundheitsbereich noch bevor. Der Glaube, die stets neuen medizinischen Spitzenleistungen generell auf Krankenkassenkosten für jeden Staatsbürger zugänglich zu machen, gleichzeitig aber die Ausgaben konstant halten zu können, ist in den Bereich des Schlaraffenlands zu verweisen. Auch hier ist daher eine Diskussion über die Grenzen des Willens der öffentlichen Hand zu führen, pauschale Finanzierungszusagen zu machen. Solche Grenzen sind mit einem Bekenntnis zu bestimmten

Ausgaben erhöhen oder Zugang beschränken? Beispiel freier Hochschulzugang

Ausgaben zu kombinieren. Es ist keine funktionelle Arbeitsteilung, wenn die eine politische Gruppierung nur für das Sparen, die andere aber nur für die Formulierung von Expansionswünschen zuständig gemacht wird.

Auch im Bildungswesen zeigt sich ein ähnliches Grundproblem. Besonders aktuell ist dabei die Frage nach der Finanzierbarkeit des freien Hochschulzugangs. Einige Studienrichtungen in Österreich sind chronisch überlaufen, mehr Geld für einen Ausbau scheint es nicht zu geben. Die Vorstellung, jedem oder jeder Studierenden einen bestimmten Platz in einem Studium seiner oder ihrer Wahl zu garantieren, gleichzeitig aber die Qualitätsstandards zu erhalten oder auszubauen, die Ausgaben für das öffentliche Hochschulsystem aber real zu kürzen, kommt einer Quadratur des Kreises gleich.

Das Grundmuster einer irrationalen, die wahren Probleme unter den Teppich kehrenden Politik ist in all diesen Bereichen gleich. Es reicht nicht, wenn die öffentliche Hand soziale oder bildungsmäßige Grundrechte mit Worten außer Streit stellt, die ökonomischen Konsequenzen der Einlösung solcher Rechte aber ignoriert. Rational wäre es, zunächst über die Grenzen solcher Rechte zu sprechen, dann zu einem klaren Ergebnis über staatliche Garantien zu kommen, schließlich aber auch die Konsequenzen für die öffentlichen Ausgaben zu ziehen.

Garantien von Leistungsinhalten oder von Budgets?

Eine positive Definition von Staatsaufgaben kann auf zwei verschiedene Weisen gegeben werden: Der Staat kann (erstens) Garantien über bestimmte Leistungsinhalte übernehmen, die er jedenfalls aufrecht zu erhalten gedenkt. Zweitens ist es denkbar, bestimmte Budgetbeträge absolut oder kaufkraftbereinigt festzuschreiben, die die öffentliche Hand für einen bestimmten Zweck – zum Beispiel für das Pensionssystem oder für das Angebot an medizinischen Leistungen – zur Verfügung stellen wird.

Garantierte Leistungsinhalte erlauben eine sichere Kalkulation.

Aus der Sicht des einzelnen Staatsbürgers gibt es naheliegenderweise eine deutliche Präferenz für die Garantie von Leistungsinhalten. Am deutlichsten wird dies beim Konzept der sozialen Grundrechte. Mit der Garantie von Leistungsinhalten wird dem einzelnen Bürger ein höheres und vor allem kalkulierbares Maß an Sicherheit geboten.

Solche Formalgarantien existieren in einigen Bereichen der österreichischen Sozialpolitik. Gute Beispiele dafür sind die Garantie einer medizinischen Versorgung, das Versprechen von ambulanten Betreuungsleistungen im Fall der Pflegebedürftigkeit oder auch der freie Hochschulzugang für jeden Maturanten oder jede Maturantin für ein Studium seiner oder ihrer Wahl. Dem Grunde nach ist auch die Existenzsicherung in der Sozialhilfe dieser Kategorie von Leistungen zuzuordnen. Und doch zeigen sowohl die Sozialhilfediskussion als auch die Praxis des Zugangs zu medizinischen Spitzenleistungen, dass die wirkliche Verlässlichkeit solcher Garantien begrenzt ist.

Die ökonomische Begrenzung formal gewährter Sozialrechte wird überall dort schlagend, wo es zu einer unzureichenden Budgetierung kommt, die ein extensives Auslegen von Leistungsverpflichtungen in der Praxis verhindert. Zwei Beispiele sollen dies erläutern: Wenn auch das Universitätsrecht jedem österreichischen Maturanten den Zugang zu einem Medizinstudium erlaubt, dann schafft dieses juristische Recht noch lange nicht ausreichende Labor- und Sezierplätze. Wenn das ASVG (wie seit einigen Jahren geschehen) psychotherapeutische Leistungen als Pflichtleistungen der Krankenkassen definiert, diese aber unter extremen Sparzwang gesetzt werden, dann kommt es eben im Einzelfall zu einer derartigen restriktiven Definition von Bedürftigkeit durch die entsprechende Krankenkassa, dass das juristisch eingeräumte Recht seine Wirksamkeit weitgehend verliert.

Die öffentliche Hand sollte daher die Zusage von Leistungsinhalten auf jene Gebiete beschränken, wo sie sich die Finanzierung auch wirklich zutraut. Alles andere wird von den Betroffenen, die sich von den politischen Versprechen im Stich gelassen fühlen, als Zynismus empfunden.

Neben einer Garantie von Leistungsinhalten existiert in der Sozialpolitik auch die Garantie bestimmter Budgetvolumen. Ein solches Versprechen ist vor allem in jenen Politikfeldern nötig und sinnvoll, bei denen Leistungen nicht exakt definierbar sind, oder aber wo eine Erfüllung von Ansprüchen als ein „Fass ohne Boden“ gesehen wird. Ein Beispiel, das die Problematik dieser Art von Garantien besonders gut belegt, ist das politische Versprechen, hilfs- und betreuungsbedürftigen Menschen aus staatlichen Mitteln die notwendige Mindestversorgung an Pflege zukommen zu lassen. Faktisch kann die Sozialpolitik oft nichts anderes tun, als möglichst große Budgets für diesen Zweck zur Verfügung zu stellen und dann die Organisation der Dienste so anzulegen, dass auch wirklich jene Personen Leistungen finanziert erhalten, die sie am notwendigsten brauchen.

Reform der Entscheidungsstrukturen ist geboten

Schon dieses Beispiel zeigt, dass durch Garantien von Budgetvolumina nur dann soziale Ziele erreicht werden können, wenn mit solchen Finanzzusagen institutionelle Reformen verbunden sind. Die Entscheidung über die Leistungsgewährung kann dann nicht mehr von Zentralinstanzen getroffen werden, sondern muss relativ dezentral, d.h. in der Nähe der potentiellen Leistungsempfängerinnen und -empfänger angesiedelt sein. Dies ist deshalb nötig, weil eine Reihung nach Bedürftigkeiten von „BewerberInnen“ nur angesichts der Kenntnis des Einzelfalles möglich ist.

Eine solche Institutionenreform birgt viele Gefahren in sich. Die Probleme liegen in erster Linie bei der Kontrollierbarkeit dezentraler Entscheidungen, bei der Gleichbehandlung von Menschen, die an unterschiedlichen Orten wohnen oder von unterschiedlichen Entscheidungsträgern betroffen sind, und damit in einer neuen Form von Ungleichheitsproblematik.

Allerdings macht es keinen Sinn, die Problematik solcher Entscheidungen herunterspielen zu wollen oder ihre Notwendigkeit zu leugnen. Wenn heute Ärzte von den Krankenkassen unter Druck gesetzt werden, ihr Verschreibungsverhalten zu ändern – wobei dann der Vergleich des durchschnittlichen Verschreibungsverhalten anderer Ärzte als Benchmark genommen wird –, dann bedeutet dies ja nichts anderes, als dass schon heute Krankenkassen in ihrer Not, Mittel einzusparen, de facto dem Arzt die ökonomische Knappheitsentscheidung übertragen, wem welche Medikamente verschrieben werden. In Wahrheit geht es um Rationierung, was bisher immer geleugnet worden ist, aber schon stets dort stattgefunden hat, wo unmittelbare Knappheiten in irgendeiner Weise verteilt werden mussten (zum Beispiel in der Intensivmedizin).

Die Sozialpolitik wird sich daher immer mehr mit Rationierungsproblemen beschäftigen müssen. So lange die Notwendigkeit solcher Entscheidungen offiziell geleugnet wird, so lange vergrößert sich die Gefahr, dass Entscheidungen dieser Art schlecht oder willkürlich gefällt werden. Notwendig ist daher nicht nur die Diskussion über soziale Mindestleistungen, die außer Streit zu stellen sind; notwendig ist auch die Erarbeitung von Richtlinien, nach denen dezentral agierende Entscheidungsträger ihre Zuteilungsentscheidungen treffen. Es ist zwar verständlich, wenn sich die Politik dieser unpopulären Diskussion entziehen will. Die Notwendigkeit der Debatte wird dadurch aber nicht kleiner.

Streitthema Sozialmissbrauch

Noch ein weiteres – verwandtes – Thema leidet im Augenblick unter einer defacto Tabuisierung in der öffentlichen Sozialpolitik: Dezentrale Zuteilungsentscheidungen stoßen bald auf das das politisch so oft missbrauchte Thema des Sozialmissbrauchs. Bei dieser Frage erschöpft sich die politische Debatte oft in wechselseitigen Pauschalvorwürfen. Die einen erzeugen ein Klima, in dem an Hand von Einzelbeispielen des sozialen Missbrauchs der Boden für weitgehenden Sozialabbau bereitet werden soll. Die anderen glauben, durch Leugnen des Sozialmissbrauchs eine Verteidigungslinie für die Aufrechterhaltung von Sozialleistungen aufbauen zu können. Ein gemeinsames ehrliches Suchen nach Lösungen findet leider kaum statt.

Notwendig wäre es jedoch, allen Sachverstand und alle praktische Erfahrung zu bündeln, um gemeinsam in ein System zu investieren, mit dessen Hilfe tatsächliche Bedürftigkeit von vermeintlicher Bedürftigkeit unterschieden werden kann. Gleichgültig, ob die Frage der Arbeitsbereitschaft in der Arbeitslosenversicherung, die Feststellung gesundheitlicher Probleme bei Frühpensionierungen oder das Verbergen von Vermögen bei der Gewährung von Sozialhilfeleistungen angesprochen wird; es ist leichter, dieses Thema vor allem zur politischen Polemik zu gebrauchen als zur gemeinsamen Suche von Differenzierungsmerkmalen.

Die Lösung dieses Problems ist sicher nicht trivial. Allerdings entsteht für einen Beobachter der sozialpolitischen Diskussion nicht der Eindruck, dass gegenwärtig ausreichende Anstrengungen zur Lösungssuche unternommen werden.

Inhaltliche Umorientierungen der Sozialpolitik

Obgleich eine rationale Sozialpolitik auf einer Intensivierung der Grundsatzdiskussion im beschriebenen Sinn aufbauen muss, gibt es davon abgesehen einige inhaltliche Prinzipien, die für eine nachhaltige Sicherung sozialstaatlicher Anliegen unumgänglich sind.

Sozialpolitische Institutionen müssen sich geänderten Formen der Betroffenheit anpassen

Zunächst ist bei der Konstruktion künftiger Sozialpolitik auf die geänderten Betroffenheiten zu achten. Diente Sozialpolitik historisch vorwiegend dem Schutz von Arbeitnehmerrechten, so gibt es nunmehr auch ein wachsendes Maß an Betroffenheit von sozialen Problemen außerhalb der Erwerbsarbeit. Die Institutionenlandschaft hat auf diese Form der sozialen Benachteiligung noch nicht ausreichend reagiert.

Soziale Probleme außerhalb der Erwerbsarbeit steigen

Zwar verstehen sich die Gewerkschaften zunehmend als Anwälte aller Benachteiligten, insbesondere auch der Arbeitslosen. Die betroffenen Personengruppen nehmen das aber nicht immer so wahr, sind doch die gewerkschaftlichen Entscheidungsstrukturen stark durch die Verbindung zur Erwerbswelt geprägt. Dass dies auch notwendig ist, zeigt gerade die Entwicklung in den letzten Jahren, in denen bislang als selbstverständlich geltende Arbeitnehmerrechte keineswegs mehr politisch außer Streit stehen.

Andererseits zeigt die empirische Evidenz zur Armutsgefährdung, dass nur ein relativ kleiner Teil der Arbeitnehmerinnen und Arbeitnehmer (jene mit minimalem Einkommen, mit Teilzeitarbeit oder auch viele Formen der so genannten „neuen Selbstständigen") zu den meistgefährdeten Gruppen zählen. Andere, insbesondere kinderreiche Familien, Langzeitarbeitslose, Behinderte, Asylanten usw. sind oft deshalb im Sozialstaat besonders schlecht versorgt, weil sie in ihrem bisherigen Leben niemals in der regulären Erwerbsarbeit tätig waren. Sie werden daher in der Praxis auch von den ArbeitnehmervertreterInnen kaum zu ihrer Klientel gezählt, auch wenn in den Gewerkschaften eine höhere Sensibilität für soziale Ungleichheiten besteht als in der übrigen politischen Landschaft.

Jedenfalls stellt sich die Frage, ob die nicht staatlichen Organisationen (NGOs) (wie z.B. die Armutskonferenz oder ähnliche Einrichtungen) ausreichend politisches Gewicht besitzen, um für die Interessen jener sozial Benachteiligten zu kämpfen, die nicht in der Nähe der Gewerkschaftsbewegung stehen.

Die Zugänge zur Sozialen Sicherheit sind neu zu ordnen

Ein zweiter Schwerpunkt künftiger Sozialpolitik hat sich auf die grundsätzlichen Zugangsregelungen zum System der sozialen Sicherheit zu beziehen. Die derzeit bestehende Bindung des Zugangs zur sozialen Sicherung an die Erwerbsarbeit oder an die Ehe wurde schon oft kritisiert, ohne dass einschlägige Konsequenzen gezogen worden wären. Diese Zugangsregelung verursacht Lücken im Sozialstaat, die vor allem Menschen betreffen, welche niemals in die reguläre Erwerbstätigkeit hineingekommen sind.

Entkoppelung sozialer Grundrechte von der Erwerbsarbeit

Gerade in der Sozialdemokratie sind Positionen zur Entkoppelung der sozialen Grundrechte von der Erwerbsarbeit und von familienrechtlichen Beziehungen sehr widersprüchlich abgehandelt worden. Während die Ableitung sozialer Rechte aus jenen eines Ehepartners (insbesondere durch Mitversicherung und durch die Witwenversorgung) meist kritisch gesehen wird, gehört die Entkopplung sozialer Rechte von der Erwerbsarbeit nach wie vor zu den Streitthemen. Einerseits entspricht es den Prinzipien eines modernen Sozialstaats, diese Entkopplung voran zu treiben. Andererseits könnte eine aktive Propagierung dieser Politik in Zeiten wachsender Arbeitslosigkeit auch dazu führen, dass sich die staatliche Sozial- und Arbeitsmarktpolitik noch mehr als bisher vom Anliegen der Vollbeschäftigung verabschiedet.

Die Ausdehnung der Sozialversicherungspflicht auf „neue Selbstständige" hat zwar zu einer Verminderung der einschlägigen Probleme geführt, kann sie aber auch nicht wirklich lösen, weil die Probleme der legalen Niedrigeinkommen damit nicht in den Griff zu bekommen sind. In Wahrheit geht es um die Frage, wie stark die Versicherungselemente in einem System der sozialen Sicherung, insbesondere in der Arbeitslosen- und Pensionsvorsorge sein können. Wenn Menschen durch längere Zeit hindurch von extrem niedrigen Erwerbseinkommen leben müssen, führt ein daran gekoppelter Versicherungsanspruch nur zu einer Potenzierung sozialer Probleme.

Investitionen in Ausbildung sind nach wie vor der Schlüssel zur Bekämpfung sozialer Benachteiligung

Ein dritter Schwerpunkt nachhaltiger Sozialpolitik muss – obgleich weithin bekannt – erwähnt werden. Soziale Sicherung muss auf einer offensiven Bildungspolitik aufbauen; dazu kommt eine Politik, die auch Menschen mit familiären Verpflichtungen den Zugang zu Erwerbsarbeit erleichtert beziehungsweise ermöglicht. Es wäre fatal, durch Sozial- oder Familienpolitik Menschen in eine Abhängigkeit von Sozialleistungen welcher Art auch immer zu führen. Vielmehr gilt es, das Ausbildungsniveau für alle gesellschaftlichen Gruppen, insbesondere für benachteiligte soziale Schichten, signifikant zu erhöhen. Langfristig ist darüber hinaus die Möglichkeit, dass auch Frauen mit Kindern durchgängige Erwerbskarrieren haben können, eine der wichtigsten Grundlagen für die Verhinderung von sozialer Ausgrenzung und Armut.

Sozialpolitik muss zunehmend internationalisiert werden

International einheitliche Sozialstandards gefragt

Schließlich muss als Ceterum Censeo noch auf die internationale Dimension der Sozial- und Wirtschaftspolitik verwiesen werden. Selbstverständlich kann es einem kleinen Land wie Österreich nicht gelingen, isoliert soziale Standards hoch zu halten, die Meriten günstiger Preise für Konsumenten zu bewahren und gleichzeitig Vollbeschäftigung zu halten. Schon im Hinblick auf die weltweiten Ungleichheiten muss es zu einer Gefährdung dieses wünschbaren Gleichgewichts des Wohlstandes kommen.

Noch mehr wird der Sozialstaat gefährdet, wenn auch die Europäische Union einen Weg der Wettbewerbsintensivierung um den Preis der Reduktion von sozialen Standards beschreitet. Die so oft als wirtschaftspolitischer Fortschritt gefeierten Steuersenkungen, die zum Beispiel in den österreichischen Nachbarländern stattgefunden haben, sind nur eine Seite einer Medaille, auf deren anderer Seite die de facto Reduktion von sozialen Standards steht. Nachhaltige Sozialpolitik findet immer weniger in Wien als in Brüssel statt.

So lange es nicht gelingt, wenigstens die Europäische Union in Richtung auf einheitlichere Sozialstandards zu drängen, wird das Bemühen eines einzelnen Landes, Grundelemente eines Sozialstaats aufrecht zu erhalten, vergeblich sein. In dieser Beziehung geht es primär um politisches Lobbying. Als Ansatzpunkt dafür steht wohl die Einsicht, dass die Idee Europas durch wachsende Arbeitslosigkeit und sinkende Sozialstandards gefährdet sein könnte. Deshalb wird es unabhängig von den formalen Kompetenzen notwendig sein, die Langfriststrategien der Sozialpolitik innerhalb der Europäischen Union stärker aufeinander abzustimmen – auch wenn dazu keine juristische Verpflichtung besteht.

Dr. Max Preglau, Univ.-Prof. am Institut für Soziologie an der Fakultät für Politikwissenschaft und Soziologie der Universität Innsbruck. Forschungen und Veröffentlichungen zu Theorie und Methodologie der Soziologie, Strukturproblemen und Entwicklungsperspektiven der Gegenwartsgesellschaft, Sozialpolitik

Sozialstaat am Ende?

Erneuerung und Umbau des Sozialstaats in einer Periode des wirtschaftlichen und gesellschaftlichen Umbruchs

Ausgangslage: Sozio-ökonomischer Strukturwandel als krisenhafte Herausforderung des Sozialsystems

Das österreichische Sozialsystem ruht auf drei Säulen:

1. Arbeitslosen-, Krankheits-, Unfall- und Pensionsversicherung knüpfen hinsichtlich Finanzierung und Bezugsberechtigung an „*Normalarbeit*" – dauerhafter ganztägiger Vollerwerb – an. Globalisierung, Rationalisierung und Flexibilisierung des Kapitalismus bringen jedoch immer mehr Arbeitslose und atypisch Beschäftigte hervor, die diese Voraussetzungen nicht erfüllen.

   Normalarbeit nimmt ab und atypische Beschäftigung zu

   So ist etwa in Deutschland die jährlich geleistete Arbeitszeit seit 1960 um ca. 25 % zurückgegangen (BMGS 2004), und auch in Österreich ist das Arbeitsvolumen rückläufig (WIFO, zitiert nach derStandard-online 03.03.04). Damit nehmen Arbeitslosigkeit (2003 im Durchschnitt 7%, vgl. Statistik Austria 2005; unter Hinzurechnung von an Schulungen Teilnehmenden und Übergangsgeld-BezieherInnen sogar 8,8 %, vgl. AK 2005) sowie unfreiwillige Unterbeschäftigung zu und gleichzeitig die Beitragszahlungen ab.

Zugleich breiten sich neue „atypische Beschäftigungsverhältnisse" (*Tálos* 2003) ohne existenzsicherndes Einkommen und zureichende sozialrechtliche Absicherung aus: immerhin 6,5 % aller Erwerbstätigen sind geringfügig beschäftigt, auch die Zahl der freien Dienstverträge und neuen Selbständigen nimmt ständig zu (*Schönbauer/Laburda* 2003, ÖGB 2005).

2. „Innerfamiliärer Transfer" (Unterhaltszahlungen, Mitversicherung im Gesundheitsbereich, Witwen- und Waisenpension) und „staatlicher Familientransfer" (Familien- und Kinderbeihilfe, Kindergeld etc.) knüpfen an die *bürgerliche Ehe und Familie* an, es wächst jedoch die Zahl „informeller" Partnerschaften und Familien ohne ehe- und familienrechtliche Legitimation.

Unkonventionelle Partnerschaftsformen nehmen weiter zu

„Bürgerliche Versorgungsehe und Normalfamilie" haben ihre Monopolstellung verloren: seit 1971 gehen die Heiratszahlen zurück, nehmen die Scheidungsziffern zu (2003: über 43 %), und unkonventionelle Partnerschafts- und Familienformen gewinnen an Bedeutung – 2030 wird die herkömmliche Ehe mit Kindern nur mehr ca. 1/3 des Familiensektors ausmachen, ein gutes Drittel machen Ehepaare ohne Kinder, und ein weiteres knappes Drittel unverheiratete Paare mit und ohne Kinder sowie Alleinerziehende aus (Statistik Austria 2005). Zugleich hat die *Mutterschaft* im Leben der Frau an Bedeutung verloren: von 1971 bis 2003 ist die Fertilitätsrate in Österreich von 2,20 auf 1,38 gefallen (vgl. Statistik Austria 2005).

Hinter dieser Entwicklung steht die Emanzipationsbewegung der Frauen: Im Bildungsbereich haben die Frauen in den letzten 30 Jahren das Ausbildungsniveau der Männer eingeholt, ja sogar überholt: Der Anteil der Frauen ist auf über 57 % bei den jährlichen MaturantInnen, über 48 % bei den jährlichen HochschulabsolventInnen und auf über 40 % bei den AkademikerInnen gestiegen. Auch im Bereich der Erwerbsarbeit hat die Beteiligung der Frauen seit 1971 deutlich zugenommen – die Frauenerwerbsquote nähert sich kontinuierlich der der Männer. Allerdings bleibt diese Beteiligung angesichts ihrer ungebrochenen Hauptzuständigkeit für Haushalt und Kinder nach wie vor nur marginal: Die Teilzeitquote beträgt bei den Frauen immerhin 40 % (Statistik Austria 2005), und überproportional viele Frauen sind atypisch beschäftigt (*Schönbauer/Laburda* 2003, ÖGB 2005).

3. Soziale Sicherheit soll schließlich durch das Institut subsidiärer *staatlicher (Sozial-)Hilfe* gewährleistet werden. Diese ist jedoch der infolge der Brüchigkeit der beiden anderen Säulen angestie-

Staatliche Hilfe wird dem gewachsenen Bedarf nicht gerecht

genen Inanspruchnahme – die Zahl der durch „offene Sozialhilfe" Unterstützten hat sich von 1994 – 2002 von ca. 43.000 auf über 90.000 Personen mehr als verdoppelt (Statistik Austria 1995, 2005) – nicht gewachsen. Obendrein ist sie angesichts der bescheidenen Richtsätze, die deutlich unter dem Ausgleichszulagen-Richtsatz liegen, nicht existenzsichernd (vgl. BMSG 2005 S. 95).

In vielen Bundesländern sind zudem AusländerInnen nicht oder nur eingeschränkt zum Bezug von Sozialhilfe berechtigt – angesichts der Tatsache, dass Österreich in den vergangenen Jahren zu einem Einwanderungsland mit einem Ausländeranteil von 9 % geworden ist (Statistik Austria 2005) eine nicht unbedeutende Lücke (*Pfeil* 2001).

Das österreichische Sozialsystem steht angesichts dieser neuen Lage vor einer krisenhaften Überforderung.

Sozialpolitik am Scheideweg: Abbau oder Umbau der Sozialen Sicherungssysteme

Angesichts dieser krisenhaften Überforderung sind prinzipiell zwei Szenarien denkbar: der Weg in eine „Zwei-Drittel-Gesellschaft" durch Privatisierung der Chancen und Risiken und Sozialabbau (Szenario 1), und der Weg in eine „Welt-BürgerInnen-Gesellschaft" einen sozialpolitischen Umbau, der neue soziale Rechte und Angebote für alle als Basis einer neuen Freiheit schafft (Szenario 2).

Szenario 1:
„Neo-liberaler" Sozialabbau und national-konservative Ausgrenzung von Frauen und MigrantInnen

In Österreich hatte bereits die SPÖ/ ÖVP-Koalition aus primär pragmatischen Gründen – in Anpassung an scheinbare Systemzwänge – damit begonnen, den *Weg des Sozialabbaus* einzuschlagen. Symptomatisch dafür waren die beiden Sparpakete 1994 und 1995 mit Verschlechterungen u. a. im Bereich der Kranken-, Arbeitslosen- und Pensionsversicherung sowie des Karenzgeldes (*Tálos* 1996). Von der seit Februar 2000 amtierenden neuen ÖVP/ FPÖ-Koalition wurde dieser Abbau – nunmehr durch ein „neoliberales" Vertrauen in den Markt auch ideologisch motiviert – verstärkt fortgesetzt.

Das *„neoliberale" Programm des Sozialabbaus* steht unter dem Motto „weniger Sozialstaat, mehr Unternehmertum" (BM für Finanzen Grasser, derStandard-online 5. 2. 2002). Einen symbolischen Auftakt dafür bildete die bereits im Regierungsübereinkommen (ÖVP/FPÖ 2000) verankerte, in ihrer impliziten Leugnung eines Interessenkonflikts zwischen Kapital und Arbeit an die Zeit des autoritären Ständestaats der 1930er Jahre erinnernde *Herauslösung der Agenden für Arbeit aus dem Sozialministerium und deren Zuordnung zum Wirtschaftsministerium.*

Zerschlagung sozialpartnerschaftlicher Selbstverwaltung

Um politisch leichter auf das Sozialsystem durchgreifen zu können, hat sich Schwarz-Blau von Anfang an darum bemüht, die *Strukturen der sozialpartnerschaftlichen Selbstverwaltung des Sozialsystems zu zerschlagen und den Einfluss des Staates bzw. der Regierungsparteien auf dessen Führung sicherzustellen.* Der erste Versuch dazu wurde in der ersten Regierungsperiode im Sommer 2001 gemacht (58. Novelle zum Allg. Sozialversicherungsgesetze – ASVG und seiner Parallelgesetze – PK, derStandard-online 6.7.01) scheiterte jedoch im Herbst 2003 am Verfassungsgerichtshof (VfGH 10.10.03), ein zweiter Anlauf in der zweiten Regierungsperiode auf Grundlage eines Gesetzesentwurfs, mit dem die Regierung hofft, ihr Ziel auf einem Weg zu erreichen, der dem Prinzip der Selbstverwaltung formal Genüge tut, wurde am 10. Dezember 2004 im Nationalrat beschlossen (3. Sozialversicherungs-Änderungsgesetz 2004 – PK 10.12.04). Eine neuerliche Klage beim VfGH seitens der Arbeitnehmer-Vertretungen und der SPÖ ist zu erwarten.

Anhebung von Massensteuern und Gebühren

Materiell wirksam wurde die Sozialsparpolitik in der ersten Amtperiode der schwarz-blauen Wendekoalition zunächst v.a. mit den *Maßnahmen zur Budgetkonsolidierung.* Hervorgehoben seien hier vor allem die massenwirksamen Steuer- und Gebührenerhöhungen, die (mittlerweile wieder abgeschafften) Ambulanzgebühren und Unfallrentenbesteuerung, die Studiengebühren, sowie einige Verschlechterungen im Bereich der Pensionsversicherung (z.B. Abschaffung der vorzeitigen Alterspension). Es zeigt sich dabei, dass die Sanierung trotz gegenteiliger Ankündigungen vor allem einnahmenseitig und zu Lasten der ArbeitnehmerInnen erfolgt und sozial Schwache, wie Arbeitslose, Kranke, Unfallopfer und BezieherInnen von Niedrig-Pensionen, in besonderer Weise trifft (Sozialrechts-Änderungsgesetz 2000, Pensionsreformgesetz 2000 vom 5.7.2000 – PK 5.7.00, Budgetbegleitgesetz 2001 vom 23.11.2000 – PK 23.11.00, vgl. auch derStandard-online 4.9.2000). Mit Einschränkungen als sozialpolitische Leistungen der ersten „Wendekoalition" kann hingegen die so genannte „Behindertenmilliarde" (PK 20.2.2002) bezeichnet werden.

Teilprivatisierung des Pensionssystems

Eine Systemänderung von großer Tragweite war die Einleitung der *Umstellung der Altersvorsorge von einem öffentlichen zu einem für viele nicht leistbaren und obendrein riskanten Zwei- oder Drei-Säu-*

lensystem mit Privatversicherungskomponenten (betriebliches Mitarbeitervorsorgegesetz vom 12.6.2002 – PK 12.6.02, Gesetz über die Zukunftsvorsorge vom 19.9.2002 – PK 19.9.02).

Verbunden wurde diese neoliberale Stoßrichtung, die mit ihren Schwerpunkten der Privatisierung und der Steigerung der „Treffsicherheit" des Sozialsystems hauptsächlich gegen dessen öffentlichrechtlich organisierte und gleichheitsorientierte „sozialdemokratische" Elemente gerichtet ist, mit[1]

Konservative Frauen- und Familienpolitik

- familien- bzw. geschlechterpolitischen Maßnahmen, die *den „konservativen", am traditionellen Familien- und Geschlechtsrollenmodell orientierten Charakter des Systems* verstärken, indem sie Frauen verstärkt auf die Funktion als Mutter festlegen und von Familientransferleistungen abhängig machen.

  Modellprojekt ist hier zweifellos das *„Kindergeld"* (Kinderbetreuungsgeldgesetz vom 4.7.2002 – PK 4.7.02). Zwar erhalten damit neue Gruppen (Studierende, Selbständige) einen staatlichen Sozialtransfer, dieser bietet jedoch keinen vollwertigen Ersatz für ein Erwerbseinkommen und verzögert und erschwert den beruflichen (Wieder-)Einstieg (derStandard-online 6.3.01, 7.3.01)[2].

Restriktive Integrations- und Asylpolitik

- Weiters erfolgt eine spezifisch *national-protektionistische und fremdenfeindliche Neuorientierung der Sozialpolitik.* Dabei setzt die „Wendekoalition", angetrieben von der FPÖ, vor allem im Bereich der Fremden- und Asylpolitik an.

  Zu den (allerdings bereits von der SPÖ-ÖVP-Koalition geerbten) Solidaritäts- und Grundrechts-Defiziten des *Fremdenrechts* zählen insbesondere die Säumigkeit (hoher Rückstau) und Restriktivität (Quotierung; Ausschluss von Jugendlichen über 14) bei der Familienzusammenführung und die Schubhaft für unter 14-Jährige.

  Signifikant für die restriktive Fremdenpolitik der ÖVP-FPÖ-Koalition ist aber v.a. das neue Fremdenrechtspaket mit dem so genannten *„Integrationsvertrag"*, das – im Gegensatz zum von

[1] *Ich beziehe mich hier auf die gebräuchliche Unterscheidung zwischen „liberalen", „konservativen" und „sozialdemokratischen" Sozialstaatstypen von Esping-Andersen (1990).*

[2] *Eine Studie des WIFO hat diese Befürchtungen bestätigt: Der Anteil der Frauen, die nach zwei Jahren wiederum erwerbstätig werden, ist von 54 % auf 35 % zurückgegangen, und Väter nehmen noch seltener als früher die Elternkarenz wahr. Fazit des WIFO: bisher ist „weder das Ziel einer Steigerung der Beschäftigung von Frauen mit kleineren Kindern … noch eine fairere Aufteilung der Betreuungsarbeit zwischen den Eltern in den ersten Lebensjahren des Kindes" erreicht worden (APA OTS 20.3.03).*

der Regierung selbst zum Vergleich herangezogenen „holländischen Modell" – keine positiven Anreize (erleichterter Zugang zum Arbeitsmarkt und zu öffentlichen Wohnungen, kommunales Wahlrecht, frühere Einbürgerung) bietet. Es bringt kaum Verbesserungen für die Betroffenen, sondern stellt neue Pflichten (Sprach- und Landeskundekurse) und Hürden (Gesundheitszeugnis) auf und arbeitet mit negativen Anreizen (progressiv steigende Selbstbehalte, Geldstrafen bis hin zur Ausweisung; Sperre) (Fremdengesetznovelle 2002 vom 9.7.2002 – PK 9.7.02)[3].

Kursänderung im Arbeitsrecht

In ihrer zweiten Amtsperiode hat die Wendekoalition diesen Kurs ungebrochen beibehalten:

a) *Arbeitspolitisch* fällt einmal die weitere *Liberalisierung der Öffnungszeiten* (Öffnungszeitengesetz 2003 vom 8.7.2003 – PK, derStandard-online 8.7.03) sowie die Verschlechterung der *Altersteilzeit* (im Rahmen des Budgetbegleitgesetzes beschlossen am 11.6.2003 – PK 11.6.03) auf.

Im Bereich der Arbeitslosenversicherung ist es – mit Zustimmung der SPÖ – bereits zu einer Verschärfung der Zumutbarkeitsbestimmungen (Lockerung des Berufsschutzes, Ersetzung der Bundesländergrenze durch eine „zumutbare Wegzeit") gekommen (Arbeitsmarktreformgesetz 2004 vom 16.6.2004 – PK 16.6.04), im Regierungsprogramm (ÖVP/FPÖ 2003) ist aber auch noch die Umwandlung der Notstandhilfe von einer Versicherungsleistung in eine mit einer Bedarfsprüfung verbundene und rückzahlungspflichtige Sozialhilfeleistung vorgesehen.

Am 22. Dezember 2004 ist von den MinisterInnen für Wirtschaft, Soziales und Gesundheit ein Ministerialentwurf für einen *Dienstleistungsscheck* präsentiert worden und in die Begutachtung gegangen (derStandard-online 22.12.04). Damit sollen haushaltsnahe Tätigkeiten bis zur doppelten Geringfügigkeitsgrenze aus der Schattenwirtschaft in die offizielle Wirtschaft überführt und in die Unfallversicherung (bis zur Geringfügigkeitsgrenze) und – ab der Geringfügigkeitsgrenze – auch in die Kranken- und Pensionsversicherung einbezogen werden.

Weitere, noch nicht realisierte Vorhaben aus dem Regierungsprogramm sind in diesem Bereich unter anderem die *Arbeitslosig-*

---

[3] *Ein Vorstoß des Wiener Landtages, mit Beschluss vom 13. Dezember 2002 das kommunale Wahlrecht für Drittstaatsangehörige einzuführen, wurde im Juni 2004 vom Verfassungsgerichtshof gekippt (VfGH 30.6.04).*

keitsversicherung für Selbständige sowie ein *Mindestlohn* in der Höhe von Euro 1.000 (ÖVP/ FPÖ 2003)[4].

Pensionskürzung wird vor allem Frauen unter 30 betreffen.

b) In der *Pensionsversicherung* hat die Regierung bereits im Sommer 2003 mit dem Übergang zu Lebensdurchrechnung, mit der Absenkung des jährlichen Pensionssteigerungsbetrags und mit der Einführung von Abschlägen bei Pensionsantritt unter 65 trotz heftiger Proteste von Bevölkerung und Opposition massive *Kürzungen* (im Stadium des Vollausbaus um die 30 %) beschlossen die insbesondere jüngere Menschen unter 30 mit (typisch weiblichen) flachen und diskontinuierlichen Berufskarriereverlauf treffen. Nach dem Zuckerbrot der staatlichen Einstiegsprämien soll auch die Peitsche der absehbaren Verluste für den Umstieg in die Privatvorsorge sorgen. Nach heftigen Protesten wurden die Verluste befristet mit 10 % gedeckelt (beschlossen im Rahmen des Budgetbegleitgesetzes 2003 am 11. 6. 2003 – PK 11. 6. 03).

Am 12. Juli 2004 wurde dann nach fast einem Jahr Verhandlungen mit den Sozialpartnern das Regierungsmodell für ein *harmonisiertes Pensionssystem* präsentiert. Nach kontroversen Diskussionen mit der Opposition und nach einer Einigung mit der Beamtenschaft über deren Harmonisierungspfad[5] war der Weg frei für die Beschlussfassung mit Regierungsmehrheit im Parlament am 18. November 2004 (Pensionsharmonisierungsgesetz vom 18. 11. 2004 – PK 18. 11. 04).

Die Eckpunkte (derStandard-online 12. 7. 04, 7. 9. 04):

- Das neue System gilt ab dem Stichtag 1. 1. 2005 für alle unter 50-Jährigen.
- Der Beitragssatz beträgt für Arbeiter und Angestellte 22,8 %, für Selbständige 17,5 % und für Bauern 15 %.
- Die Pensionsanspruchsberechtigung entsteht bereits nach 7 statt bisher 15 Jahren Erwerbsarbeit.

---

[4] *Im Regierungsprogramm vorgesehen, aber noch nicht umgesetzt ist auch die Ablöse der Sozialhilfe, die bisher auf Länderebene geregelt und auf relativ niedrigem Niveau angesiedelt ist, durch eine bundeseinheitliche höhere, am Ausgleichszulagenrichtsatz (derzeit Euro 653,–) orientierte Existenzsicherung. Eine diesbezügliche grundsätzliche Einigung zwischen Bund und Ländern wurde Mitte März 2004 erzielt, ein entsprechender Expertenentwurf wurde dem laufenden Verfassungskonvent zugeleitet (derStandard-online 16. 3. 04, 18. 3. 04).*

[5] *Demnach soll es für alle unter 50-jährigen Beamten künftig eine Pensionskassa geben. Das Besoldungssystem soll mit höheren Anfangsgehältern und einer flacheren Anstiegskurve neu gestaltet werden. Die ursprünglich von der GÖD geforderte sofortige Absenkung der Pensionsbeiträge von 12,55 auf 10,25 Prozent wird nicht kommen, es bleibt bei dem von der Regierung vorgesehenen langsamen Abschmelzen (derStandard-online 17. 11. 04).*

- Ersatzzeiten: vier (bisher zwei) Jahre pensionsbegründende Ersatzzeit für Kindererziehung; Erziehungs-, Familienhospiz-, Zivil- und Wehrdienst-Ersatzzeiten werden mit dem Medianeinkommen von Frauen bewertet (1.350 Euro); Zeiten der Arbeitslosigkeit werden hingegen nur mit 70 % der Bemessungsgrundlage des Arbeitslosengeldes bzw. 92 % der Bemessungsgrundlage der Notstandshilfe bewertet.
- Die Verlustdeckelung wurde für 2004 auf 5 % reduziert und steigt erst bis 2024 um jährlich +1/4 % auf das 2003 festgelegte Niveau von 10 % an.
- Beitragsjahre werden nach dem Lohnindex aufgewertet, die jährliche Pensionsanpassung erfolgt nach dem Verbraucherpreisindex. Zur Sicherstellung der Finanzierbarkeit soll das System durch einen Nachhaltigkeitsfaktor an die demographische Entwicklung gekoppelt werden.
- SchwerarbeiterInnen können nach mindestens 15-jähriger Schwerarbeit pro Schwerarbeitsjahr um 3 Monate früher in Pension gehen; ungeklärt ist aber noch die Definition von Schwerarbeit.
- Die „Hackler-Regelung“ (= die Pensionsberechtigung nach 45 Versicherungsjahren) soll bis 2014 fortgeschrieben werden.

Damit wurde das Modell der (Kürzungs-)Reform aus dem Jahr 2003 auf alle Pensionen übertragen.

Beitragserhöhungen und neue Selbstbehalte im Gesundheitswesen

c) Im *Gesundheitswesen* fallen neben der – mit einer teilweisen Erhöhung verbundenen – Harmonisierung der KV-Beiträge (Vereinheitlichung der Beiträge auf 7,3 % – + 0,4 % bei Angestellten, – 0,3 % bei Arbeitern) und der Erhöhung der KV-Beiträge für Pensionisten (+ 1 %) v. a. die Ermächtigung der SV-Träger, Selbstbehalte u. a. bei Arztbesuchen einzuheben[6], sowie die neuen Beiträge für Freizeitunfälle (0,1 %) ins Gewicht (derStandard-online 1. 5. 03, beschlossen im Rahmen des Budgetbegleitgesetzes 2003 am 11. 6. 2003 – PK 11. 6. 03).

Ende Oktober 2004 einigten sich Bund und Länder im Rahmen von Finanzausgleichsverhandlungen auf ein *Paket zur Gesundheitsfinanzierung.* Das Paket, das u. a. eine Anhebung der Tabaksteuer, Selbstbehalte und eine befristete Beitragserhöhung vorsieht

[6] *Studien zufolge eine gesundheitspolitisch konterproduktive Maßnahme, die ganz generell zum Rückgang von Arztbesuchen führt und übrigens Frauen absolut (30 % mehr Arztbesuche) und relativ (Frauen verdienen um ein Drittel weniger als Männer) in besonderer Weise trifft (derStandard-online 18. 5. 03, 21. 5. 03).*

(derStandard-online 27. 10. 04, 11. 11. 2004), wurde am 9. Dezember 2004 mit Regierungsmehrheit beschlossen („Gesundheits-Strukturpaket" vom 9. 12. 2005 – PK 9. 12. 04) und trat Anfang 2005 in Kraft.

Dem stehen auf der Aktivseite immerhin eine – zusammen mit dem Finanzierungspaket beschlossene – *Organisationsreform des Gesundheitswesens*, die Einführung eines *Gesundheitspasses für Jugendliche ab 14*, der in weiteren Etappen auch auf Erwerbstätige und SeniorInnen ausgedehnt werden soll (Ende Februar 2004 im Ministerrat beschlossen, derStandard-online 24. 2. 04), gegenüber.

Unterwegs in Richtung „Flat Tax"

e) Im Bereich der *Steuern und Gebühren* stehen Erhöhungen der Mineralölsteuer einer in zwei Stufen geplanten Steuerentlastung gegenüber. Die erste Stufe im Jahr 2004 beinhaltet die Anhebung der Steuerfreibetragsgrenze auf Euro 14.500/Jahr, die Steuerentlastung soll 544 Mio. betragen, die Belastungen immerhin 375 Mio. – unterm Strich bleiben lediglich 169 Mio. Nettoentlastung (Bundesfinanzgesetze 2003 und 2004 vom 18. 6. 2003 – PK 18. 6. 04, derStandard-online 19. 6. 03, 13. 8. 03).

Die zweite Etappe der Steuerreform mit einem Volumen von 2,2 Mrd. Euro sieht ab 2005 zum einen (Unternehmensbesteuerung) eine Absenkung der nominellen Körperschaftssteuer von 34 % auf 25 % und zum anderen (Einkommensbesteuerung) eine Reduktion der Steuerstufen mit dem Ziel einer Vereinfachung und einer allgemeinen Entlastung und weiters eine Erhöhung der Alleinverdiener-Absetzbeträge als familienpolitische Komponente vor (Steuerreformgesetz 2005 vom 6. 5. 2004 – PK 6. 5. 04, derStandard-online 9. 1. 04, 11. 1. 04).

f) Auch die *Privatisierung der öffentlichen Wirtschaft* wird fortgesetzt:

Weitere Privatisierung der öffentlichen Wirtschaft

Den symbolträchtigen Auftakt bildete im September 2003 die Privatisierung der *VOEST*. Es folgte dann die *Privatisierung und Umstrukturierung der ÖBB* (4. Dezember 2003), die weitere Privatisierung der *Telecom* (Anfang Mai 2004), die Privatisierung von 30 % aller *Bahnpostbus-Linien* (Juni 2004) und die Veräußerung der *VA Tech* an Siemens (Herbst – Winter 2004/05). Anfang Jänner 2005 wurde bekannt, dass auch die *Post*-Privatisierung im Bereich der ÖIAG bereits vorbereitet wird. Noch in der laufenden Legislaturperiode soll diese zu 49 % – vorzugsweise in der Form von „Volksaktien" – veräußert werden (derStandard-online 10. 1. 05).

Sozialpolitisch bedeutsam daran ist auch die Tatsache, dass die Privatisierungspolitik mit einem *Abbau von Rechten und Mitwirkungsmöglichkeiten der Belegschaft* einhergeht (derStandard-online 2.9.03).

Zurück zu Kind und Küche?

g) Auch am *konservativen „(Wieder-)Hausfrauisierungs"-Programm* hat sich nichts geändert: Durch die Anhebung der Alleinverdienerabsetzbeträge wird die „Versorgungsehe" verstärkt gefördert, und die „Stilllegungsprämie" Kindergeld wurde noch um 50 % (218,– Euro) für jeden Mehrling erhöht (Änderung des Kinderbetreuungsgeldgesetzes vom 10.7.2003 – PK, derStandard-online 10.7.03)[7].

Immerhin hat der Nationalrat aber am 26. Mai 2004 zwecks besserer Vereinbarkeit von Elternschaft und Beruf ein *Recht auf Teilzeit für ArbeitnehmerInnen* (Recht auf Elternteilzeit vom 26.5.2003 – PK 26.5.04) beschlossen. Die Maßnahme gilt allerdings nur in Betrieben ab 21 Beschäftigten und nur für AN mit mindestens dreijähriger Betriebszugehörigkeit – und damit nur für 23 % der AN (derStandard-online 7.10.03, 10.10.03).

Unter dem Schock der für Österreich negativen neuen Pisa-Studie zur Qualität der Ausbildung in Europa hat Bildungsministerin *Gehrer* dann auch *grünes Licht für die von der ÖVP bisher vehement abgelehnte Ganztagsschule* gegeben. Damit solle der neuen Realität der Frauenerwerbsarbeit Rechnung getragen werden (ORF ON 25.1.05, 26.1.05).

Am 26. Mai 2004 wurde übrigens auch das – als Umsetzung der EU-Antidiskriminierungs-Richtlinie gedachte – neue *Gleichbehandlungsgesetz* beschlossen, das vor Diskriminierungen in der Arbeitswelt auf Grund von Geschlecht, Rasse, ethnischer Herkunft, Religion, Weltanschauung, Alter oder sexueller Orientierung schützen soll (Gleichbehandlungsgesetz vom 26.5.2004 – PK 26.5.04).

h) Auch das *nationalistische Programm der Ausgrenzung von Fremden* („Integration vor Neuzuzug") bleibt aufrecht: Die Familienzusammenführung bleibt beschränkt[8], die Zuwanderungsquote

---

[7] *Allerdings wird seitens der Regierung zumindest eine Anhebung der Zuverdienstgrenze und damit die Absenkung einer Barriere gegen die Beschäftigung bzw. den Wiedereintritt in den Arbeitsmarkt angedacht (derStandard-online 12.8.03).*

[8] *Die entsprechende Bestimmung des Fremdengesetzes wurde im Oktober 2003 vom Verfassungsgerichtshof als rechtswidrig erkannt (VfGH 8.10.2003).*

für 2005 wurde weiter gesenkt, die Möglichkeit der vorzeitigen Einbürgerung soll eingeschränkt werden.

Verfassungsrechtlich problematische Asylgesetze

Der Zustrom von AsylwerberInnen wurde zuerst durch eine *Asylrichtlinie* vom Oktober 2002, die eine äußerst restriktive Handhabung des Konzepts des „sicheren Herkunftslandes"[9] vorsah, und dann durch ein am 23. Oktober 2003 mit Regierungsmehrheit beschlossenes verschärftes *Asylgesetz* (erschwerte Antragstellung, Neuerungsverbot, Beschränkung der Berufungsmöglichkeiten im Asylverfahren, vgl. Asylgesetz-Novelle 2003 vom 23.10.2003 - PK, derStandard-online 23.10.03) begrenzt. Als am 15. Oktober 2004 wesentliche *Teile des neuen Asylgesetzes vom VfGH aufgehoben worden waren (VfGH 03.10.03), wurde Anfang Jänner 2005 ein Gesetzesentwurf mit verschärften Schubhaftbestimmungen, einem vereinfachten Verfahren beim unabhängigen Bundesasylsenat (UBAS) und der Streichung der dritten Instanz* zur Begutachtung ausgesandt. Immerhin soll das Neuerungsverbot abgemildert werden (derStandard-online 12.01.05)[10].

Nach einem über den gesamten Winter 2003/04 andauernden akuten Versorgungsnotstand wurde am 24. März 2004 mit der *„Bund-Länder-Vereinbarung zur Betreuung von Flüchtlingen"* immerhin eine wichtige Voraussetzung der Grundversorgung von Flüchtlingen einstimmig im Nationalrat beschlossen und damit eine entsprechende EU-Richtlinie umgesetzt (Änderung des Bundesbetreuungsgesetzes und Grundversorgungsvereinbarung vom 24.03.2004 - PK 24.03.04). Die Vereinbarung trat im Mai 2004 in Kraft, bei ihrer Umsetzung sind freilich bis heute sechs Bundesländer – allen voran Kärnten und Tirol - hartnäckig säumig.

Unterm Strich zeigt sich eine klare Fortsetzung der *Tendenz zum weiteren „neoliberalen" Rückbau des Sozialstaates*, zur „konservativen" *Festigung der ständischen Geschlechterordnung* und zur *„nationalistischen" Ausgrenzung* – mit der Konsequenz, dass Ungleichheit und Armut in Österreich ungebrochen zunehmen (BMSGK 2005).

---

[9] *Praktisch wurden nur Flüchtlinge aus dem Irak und Afghanistan anerkannt.*

[10] *Liese Prokop, die Nachfolgerin des im Dezember 2004 zurückgetretenen Innenministers Ernst Strasser, hat sich allerdings im Jänner 2005 für eine personelle Aufstockung des UBAS und gegen die Abschaffung der dritten Instanz im Asylverfahren ausgesprochen (derStandard-online 2. 1. 05).*

Szenario 2: „Welt-BürgerInnen-Gesellschaft“: neue soziale Rechte und Angebote für alle als Basis einer neuen Freiheit

Die Alternative zur Sozialsparpolitik wäre der konsequente *Umbau des Sozialstaats*. Um dem markanten Wandel in Wirtschaft und Gesellschaft – Globalisierung, Rückgang des Volumens, Deregulierung und Flexibilisierung der Erwerbsarbeit, Freisetzung aus Geschlechts-Ständeordnung, Versorgungsehe und Normalfamilie – voll Rechnung zu tragen, müssten *neue Elemente ins Sozialsystem integriert* werden:

Grundsicherung durch Wertschöpfungsabgabe

1. Einführung eines von Erwerbsarbeit prinzipiell unabhängigen Systems der monetären und institutionellen *Grundsicherung*, das alle Wohnsitzbürgerinnen und -bürger einschließt und nicht mehr nur auf Basis der Lohnsumme, sondern auf Basis der gesamten Wertschöpfung finanziert wird. Damit können die immer mehr die Arbeit verdrängenden Produktionsfaktoren Technik und Wissen zur Beitragsleistung herangezogen werden.

   Die – in Österreich bereits lange diskutierte (*Büchele/Wohlgenannt* 1985) – Grundsicherung würde es Bürgerinnen und Bürgern gestatten, in flexibler Weise bezahlte Erwerbsarbeit zu verrichten und diese mit ehrenamtlichen Tätigkeiten und/oder Haus- und Versorgungsarbeit zu verbinden; dadurch könnten sich die Menschen, insbesondere die Frauen, aber auch aus der persönlichen Abhängigkeit von einem (männlichen) „breadwinner“ oder vom „Vater Staat“ befreien und ihre Lebensform selbst bestimmen.

   Ein solches System wäre mit anderen Worten ein Schritt in Richtung einer *„BürgerInnengesellschaft“* (*Beck* 1999), die allen Menschen unabhängig von ihrem Geschlecht und ihrer Herkunft die Rechte und materiellen Möglichkeiten zuerkennt, die es ihnen gestatten, die Form ihres Tätigwerdens und ihres Lebens selbst zu bestimmen.

Geschlechtergerechte Verteilung von Erwerbsarbeit, Hausarbeit und Gemeinwesenarbeit

2. Soll auch dem aktuellen Umbruch des Geschlechterverhältnisses und der privaten Lebensformen Rechnung getragen werden, müssten dem neuen sozialpolitischen Instrument der Grundsicherung auch *neue familien-, arbeitsmarkt- und gleichstellungspolitische Maßnahmen* zur Seite gestellt werden, die darauf abzielen, Männer und Frauen in gleicher Weise an Erwerbsarbeit, ehrenamtlicher Tätigkeit und Haushalts- und Versorgungsarbeit zu beteiligen und ihnen durch eine entsprechende rechtliche Gleichbehandlung die freie Wahl der Lebensform – Partnerschaft oder Single-Existenz, hetero- oder homosexuelle Partnerschaft,

eheliche oder nichteheliche Lebensgemeinschaft – zu überlassen (*Dackweiler* 2003), wie z.B.

- Recht auf Berufstätigkeit beider Partner;
- flächendeckende Kinderbetreuungsangebote;
- ehe-, eigentums- und mietrechtliche Gleichstellung aller Lebensformen;
- arbeits- und sozialrechtliche Gleichstellung unabhängig von Geschlecht und Lebensform, z.B. bei Karenz- und Pflegeurlaub oder Sterbebegleitung.

Europäische, weltweite Sozialpolitik betreiben

(3) Eine dritte Säule auf institutioneller Ebene wäre die soziale Bändigung des globalen Kapitalismus durch *transnationale Sozialstandards*: Unter Bedingungen der „Globalisierung“ kann der Nationalstaat seine Fähigkeit zur Steuerung ökonomischer und sozialer Prozesse und damit eine wesentliche Grundlage seiner Legitimität nur wieder gewinnen, wenn er sich auf den Pfad einer „... *transnationalen Politik des Einholens und Einhegens globaler Netzwerke“ begibt* (*Habermas* 1998, 124).

In diesem Zusammenhang ist auf bereits heute stattfindende Umverteilungsprozesse in der Europäischen Union etwa in den Bereichen Agrar- und Regionalpolitik und insbesondere auf die ersten Schritte in Richtung einer *europäischen Sozialpolitik* hinzuweisen (*Behning/Feigl-Heihs* 2001). Im Vergleich zur ökonomischen und wirtschaftspolitischen Integration bleibt die sozialpolitische freilich nach wie vor weit zurück[11].

Im Hinblick auf die Überwindung von „Sexismus“ und „Ethnozentrismus“ ist hier aber auch auf die *europäischen Richtlinien und Programme zum „gender-mainstreaming“, zur Wahrung der sozialen Rechte von Drittstaatsangehörigen, zur Gewährleistung von Mindeststandards im Asylverfahren und zum Schutz vor Diskriminierung* zu verweisen.

In dem Maße, wie sich eine solche transnationale Politik der Sicherung von Sozial- und BürgerInnenrechten durchsetzt und den für die Entfaltung einer BürgerInnengesellschaft grundlegenden rechtlichen und materiellen Voraussetzungen in Europa und darüber hinaus weltweit zum Durchbruch verhilft, könnte die Vision einer *Welt-BürgerInnengesellschaft* (*Beck* 1999) wirkliche Gestalt annehmen.

---

[11] *Nach einer Analyse von ATTAC finden sich darin „... mit der absoluten Dominanz der Preisstabilität, dem verschärften Abbau der öffentlichen Dienstleistungen, der Grundlage für hemmungslosen Steuerwettlauf und der Fetischisierung des freien Marktes ... alle neoliberalen Dogmen“ (derStandard-online 1.2.04).*

Literaturverzeichnis

APA OTS (1.2.2000 – Ende des Beobachtungszeitraums). Österreichs Presseportal. http://www.ots.at/

Beck, Ulrich: Schöne neue Arbeitswelt. Vision: Weltbürgergesellschaft, Frankfurt – New York: 1999.

Behning, Ute/Feigl-Heihs, Monika: Europäisierung von Wohlfahrtspolitik – ihre Genese und ableitbare Entwicklungstrends, in: SWS-Rundschau, 2001, Heft 4, S. 459–478.

BM für Soziale Sicherheit, Generationen und Konsumentenschutz – BMSGK: Bericht über die soziale Lage 2003 – 2004, Wien: 2005.

Büchele, Herwig/Wohlgenannt, Lieselotte: Grundeinkommen ohne Arbeit, Wien: 1985.

Bundeskammer für Arbeiter- und Angestellt – AK: Arbeitsmarkt 2004: Es war schlimmer als in der Statistik. http://www.arbeiterkammer.at/www-192-IP-19822-AD-19749.html, 03.02.2005.

Bundesministerium für Gesundheit und Soziale Sicherheit (BMGS): Statistisches Taschenbuch 2004. http://www.bmgs.bund.de/deu/gra/datenbanken/stats/stb04_5650.cfm, 20.07.2004.

Dackweiler, Regina-Maria: Wohlfahrtsstaatliche Geschlechterpolitik am Beispiel Österreichs. Arena eines widersprüchlich modernisierten Geschlechter-Diskurses, Opladen: 2003.

derStandard-online (1.2.2000 – Ende des Beobachtungszeitraums), Newsroom, http://www.derStandard.at.

Esping-Andersen, Gösta: The Three Worlds of Welfare Capitalism, Cambridge: 1990.

Habermas, Jürgen: Die postnationale Konstellation und die Zukunft der Demokratie, in: ders.: Die postnationale Konstellation. Politische Essays. Frankfurt: 1998, S. 91–169.

ORF ON (17.09.02 – Ende der Beobachtungsperiode), News. www.orf.at

Österreichische Volkspartei/Freiheitliche Partei Österreichs (ÖVP/FPÖ): Regierungsprogramm der österreichischen Bundesregierung für die XXII. Gesetzgebungsperiode. http://derstandard.at/28. 2. 2003.

Österreichischer Gewerkschaftsbund – ÖGB: Arbeitswelt/Atypisch Beschäftigte/Zahlen und Fakten. http://www.oegb.at/servlet/ContentServer?pagename=OEGBZ/Page/OEGBZ_Index&n=OEGBZ_0. 14.2.2005.

Parlamentskorrespondenz – PK (1.2.2000 – Ende des Beobachtungszeitraums): Presseaussendungen. http://www.parlament.gv.at/portal/page?_pageid=908,132238&_dad=portal&_schema=PORTAL, 4.2.2005.

Pfeil, Walter: Vergleich der Sozialhilfesysteme der österreichischen Bundesländer. Rechtswissenschaftliche Studie im Auftrag des BMSG. Wien: 2001.

Preglau, Max: Polarisierte Gesellschaft? Sozialstruktur, soziale Schichtung, Sektorendynamik, in: *Pelinka, Anton/Plasser, Fritz/Meixner, Wolfgang* (Hg.): Die Zukunft der österreichischen Demokratie. Schriftenreihe des Zentrums für angewandte Politikforschung, Band 22, Wien: 2000, S. 31–62.

Schönbauer, Ulrich/Laburda, Angelika S.: Atypisch beschäftigt – typisch für die Zukunft der Arbeit? Wien: 2003.

Statistik Austria: Statistisches Jahrbuch Österreichs, Wien 2005.

Tálos, Emmerich: Sozialstaatsbilanz, in: Diskurs Sozial, 1996, Heft [illegible], S. 5–20.

Tálos, Emmerich: Atypische Beschäftigung – Anstoß für Grundsicherung? in: *Meleghy, Tamás/Niedenzu, Heinz-Jürgen* (Hg.): Institutionen. Entstehung – Funktionsweise – Wandel – Kritik. Veröffentlichungen der Universität Innsbruck, Band 243. Innsbruck: 2003, S. 121–137

Verfassungsgerichtshof, Österreichischer – VfGH (03.10.2003 – Ende der Beobachtungsperiode): Presseaussendungen, ausgewählte Entscheidungen und Prüfungsbeschlüsse. http://www.vfgh.gv.at/presse.html

*Dr. Erna Appelt, geb. 1951,
Univ.-Prof. am Institut für
Politikwissenschaft der Universität
Innsbruck.
Geschichte- und Germanistikstudium
in Wien und Salzburg; Doktorats-
studium an der Universität Wien,
1979–1986 AHS-Lehrerin,
1986–1988 Soziologiestudium am
Institut für Höhere Studien,
seit 1989 an der Universität Inns-
bruck. Forschungsbereich:
politikwissenschaftliche Gender-
und Frauenforschung.*

Die weibliche Seite der Armut

Reichtum in Österreich

Österreich zählt zu jenen Ländern der Welt, die sich seit geraumer Zeit über einen gesicherten Wohlstand freuen können. Beim Bruttoinlandsprodukt je Einwohner zu Kaufkraftstandards[1] lag Österreich im Jahr 2003 mit € 26.900 nach Luxemburg (€ 45.300), Irland (€ 29.600) und Dänemark (€ 27.400) unter den EU-Ländern an vierter Stelle (EUROSTAT, OECD). Nach dem jüngsten Human Development Report der Vereinten Nationen lag Österreich 2001 im weltweiten BIP-Vergleich nach Kaufkraftstandards an 10. Stelle.[2]

Wird Österreich wird immer reicher? Der Kapitalstock der österreichischen Gesellschaft wird für das Jahr 2000 auf etwa 743,1 Milliarden geschätzt.[3] Das ist fast das Vierfache des Bruttoinlandsprodukts. Im Armuts- und Reichtumsbericht[4] wird darauf verwiesen, dass die 100 reichsten ÖsterreicherInnen zusammen Vermögen im Wert von 54,7 Mrd. Euro besitzen.

---

[1] *Kaufkraftstandards (KKS): Bereinigung von Wechselkursschwankungen durch Berücksichtigung der tatsächlichen landesspezifischen Konsumkaufkraft.*

[2] *hdr.undp.org/reports/global/2003/pdf/hdr03_HDI.pdf.*

[3] *Statistische Nachrichten 2/2002, S. 125.*

[4] *Österreichische Gesellschaft für Politikberatung und Politikentwicklung: Armuts- und Reichtumsbericht für Österreich, Wien, Juli 2004, siehe: www.auge.or.at/_TCgi_Images/b-public/20041214163028_Armut-Reichtum(kurz)_1.pdf.*

Das Gesamtvermögen der obersten 10 % macht 2002 ca. € 318 Mrd. aus und ist höher als das Gesamtvermögen der unteren 90 % (€ 299 Mrd.). Die durchschnittlichen Pro-Kopf-Vermögen des obersten Prozent (€ 5,383.000) sind fast hundert Mal höher als die der unteren 90 % der Bevölkerung (€ 56.000). Das durchschnittliche Pro-Kopf-Vermögen der Gesamtbevölkerung (ohne Kinder und Jugendliche) beträgt € 159.000.[5]

Zunehmende Ungleichheit in Österreich

In Österreich sind Wohlstand und Reichtum ungleich verteilt. Das einkommensschwächste Viertel der österreichischen Bevölkerung verfügte im Jahr 2003 über weniger als € 11.750 jährlich gewichtetes Pro-Kopf-Einkommen (Netto-Äquivalenzeinkommen). Das entspricht einem Monatseinkommen von etwa € 980 (12-mal). Die Beitragsstatistik der Sozialversicherungsträger lässt in der ersten Hälfte der 70er Jahre auf eine relativ stabile Verteilung der Lohneinkommen schließen; der Ginikoeffizient[6] blieb mit 0,293 im Jahr 1970 und 0,292 im Jahr 1976 stabil. Ab der zweiten Hälfte der 70er Jahre kam es aber zu einer Entnivellierung der Lohneinkommen. Der Ginikoeffizient, dessen Anstieg zunehmende Ungleichheit anzeigt, stieg zwischen 1976 und 1981 von 0,292 auf 0,314, also um 1,5 % pro Jahr. Zwischen 1981 und 1987 betrug die jährliche Zunahme nur 0,1 %, von 1987 bis 1990 dann 0,7 % p. a., in der ersten Hälfte der 90er Jahre 0,3 % und in der zweiten Hälfte wieder 0,7 % jährlich. Während in diesem rund dreißigjährigen Zeitraum der Einkommensanteil des untersten Fünftel der ArbeitnehmerInnen mit den niedrigsten Einkommen weitgehend gleich blieb (7,3 % im Jahr 2002) und der mittleren Quintile abnahm, erhöhte sich der Einkommensanteil des obersten Fünftels um 3 Prozentpunkte auf 39,5 % im Jahr 2002.

Armut in Österreich

Inmitten unserer reichen Gesellschaft leben immer mehr Menschen, die armutsgefährdet, von akuter Armut oder sogar von Wohnungs-

[5] *Bundesministerium für soziale Sicherheit, Generationen und Konsumentenschutz: Bericht über die soziale Lage 2003 – 2004, Wien 2004, 28, http://broschuerenservice.bmsg.gv.at.*

[6] *Ein statistisches Maß innerhalb der Verteilungstheorie zur personellen Einkommensverteilung.*

losigkeit betroffen sind, Menschen, die sich aufgrund von Armut ausgegrenzt fühlen und ausgegrenzt werden. Als armutsgefährdet gelten EU-weit Personen, deren gewichtetes Einkommen[8] weniger als 60 % des Medianeinkommens des entsprechenden Landes beträgt. In Österreich lag dieser Wert 2003 bei einem gewichteten Jahreseinkommen von € 9.425. Das entspricht einem Monatseinkommen von € 785 (12-mal). Im Jahr 2003 verfügten 1.044.000 Personen in Österreich – das sind 13,2 % der Gesamtbevölkerung – lediglich über ein Einkommen, das unter der Armutsgefährdungsschwelle von 60 % des Medianeinkommens lag.[9] Ein Maß für die Intensität der Armutsgefährdung ist die Armutsgefährdungslücke, das ist die Differenz zwischen dem statischen Schwellenwert und dem Durchschnittseinkommen der Armutsgefährdeten. In Österreich beträgt diese Lücke im Durchschnitt 20 %. Anders ausgedrückt: Armutsgefährdete Haushalte haben ein mittleres Monatseinkommen von € 628.[10]

Entscheidend für die Definition von Armut ist jedoch nicht nur das verfügbare Einkommen. Armut heißt nicht nur ein zu geringes Einkommen zu haben, sondern bedeutet einen Mangel an Möglichkeiten, um an den zentralen gesellschaftlichen Bereichen wie etwa Wohnen, Gesundheit, Arbeitsmarkt, Sozialkontakte, Bildung zumindest in einem Mindestmaß teilhaben zu können. Armut ist ein Mangel an Verwirklichungschancen eines Menschen, ein Verlust an substantiellen Freiheiten. Armut hat oft genug auch negative gesundheitliche Folgen. Die so genannte Managerkrankheit (Bluthochdruck, hohes Infarktrisiko) tritt bei Armen dreimal häufiger als bei Managern auf.[11] Die enorme Stressbelastung unter prekären Lebensbedingungen macht krank.

Armut macht krank!

Entsprechend der europäischen Sozialberichterstattung werden fünf zentrale Lebensbereiche zur Beschreibung von Depravierung ermittelt: 9 % der Gesamtbevölkerung sind von einer Benachteiligung im primären Lebensbereich betroffen und können sich grundlegende

[7] *Beschluss des Europäischen Rates von LAEKEN 2001.*

[8] *Um die Vergleichbarkeit von Haushalten unterschiedlicher Größe zu ermöglichen, erhält die erste Person ein Gewicht von 1, jede weitere Person im Alter von mehr als 14 Jahren ein Gewicht von 0,5 und unter 14-jährige Kinder ein Gewicht von 0,3.*

[9] *Einkommen, Armut und Lebensbedingungen. Ergebnisse aus EU-SILC 2003 in Österreich. Statistik Austria, Wien: 2005, S. 26.*

[10] *Bundesministerium für soziale Sicherheit, Generationen und Konsumentenschutz: Bericht über die soziale Lage 2003 – 2004, Wien: 2004, S. 221, http://broschuerenservice.bmsg.gv.at.*

[11] *www.armutskonferenz.at.*

Dinge wie notwendige neue Kleidung oder fällige Kreditraten nicht leisten. Bei den Armutsgefährdeten ist es beinahe ein Viertel. Nicht-Armutsgefährdete sind noch mit 7 % betroffen. 7 % der Bevölkerung und 16 % der Armutsgefährdeten können sich Anschaffungen von zwar nicht lebensnotwendigen, aber heute als Standard angesehenen Konsumgütern (wie Auto, Computer oder Geschirrspüler) nicht leisten (sekundäre Benachteiligung). Armutsgefährdete haben mit 13 % einen doppelt so hohen Anteil an jener Gruppe, die gesundheitlich stark beeinträchtigt ist. Der vierte Bereich nichtmonetärer Deprivation – Probleme und Mängel in der Wohnung – betrifft 3 % der Gesamtbevölkerung, aber immerhin 8 % der Armutsgefährdeten. Die fünfte Dimension ist eine Benachteiligung in der Wohnumgebung. Lediglich 7 % der Armutsgefährdeten sind in keiner der hier dargestellten fünf Dimensionen als depraviert zu bezeichnen, sie sind damit mit einer reinen Einkommensarmut konfrontiert. Hingegen sind ca. 20 % der nicht-armutsgefährdeten Bevölkerung in zumindest einer Dimension von mangelnder Teilhabe betroffen. Bei 6 % der Bevölkerung zeichnet sich aufgrund niedrigen Einkommens und mangelnder Teilhabe in anderen Lebensbereichen eine verfestigte Armutslage ab.[12]

Armut beeinträchtigt die Teilhabe am gesellschaftlichen Leben

Die hier angeführten Zahlen verdeutlichen, dass Armut in Österreich kein Randphänomen ist. Eine neue Art sozialer Unsicherheit („Prekarisierung“) bedroht Beschäftigte, Arbeitslose und „neue Selbständige“, die sich nur durch Selbstausbeutung über Wasser halten können. Im Gegensatz zu früher lässt sich Armut heute nicht mehr ausschließlich schichtspezifisch definieren. Sie ist immer häufiger Resultat von verschiedensten sozialen Schieflagen (z. B. Arbeitslosigkeit, Scheidung, Krankheit, etc.), in die Menschen geraten können, und betrifft unterschiedlichste Personengruppen, besonders aber AlleinerzieherInnen, MigrantInnen sowie Mehrkindfamilien mit nur einem Einkommen. Armut ist in vielen Fällen ein zeitlich begrenztes Phänomen, das heißt, immer häufiger fallen Menschen vorübergehend unter die Armutsgrenze.

Armutsrisiko: weibliches Geschlecht

571.000 Frauen, bzw. 14,0 % der in Österreich lebenden Frauen sind armutsgefährdet (Männer: 12,3 %). Die Gründe für die stärkere Betroffenheit der Frauen sind vielfältig. Sie können jedoch alle auf nach

[12] *Einkommen, Armut und Lebensbedingungen. Ergebnisse aus EU-SILC 2003 in Österreich. Statistik Austria, Wien: 2005, S. 22.*

wie vor bestehende geschlechterhierarchische Grundstrukturen unserer Gesellschaft zurückgeführt werden, die sich in einer ungleichen Verteilung von Macht, Einkommenschancen, einem mehrfach segmentierten Erwerbsarbeitsmarkt, aber v. a. auch in einer ungleichen Verteilung der privat geleisteten Betreuungsaufgaben widerspiegelt. Das Ausmaß und das Niveau der Integration in den Arbeitsmarkt bzw. die Einkommenschancen werden in erster Linie von den Faktoren Geschlecht, Qualifikation und Herkunft bestimmt. Weibliches Geschlecht, nichtösterreichische Herkunft, mangelnde Qualifikation minimieren die Einkommenschancen und erhöhen das Risiko, in Armut leben zu müssen.

Betreuungspflichten erhöhen das Armutsrisiko

Das in unserer Gesellschaft nach wie vor bestehende Machtungleichgewicht zwischen Männern und Frauen macht v. a. Frauen mit Betreuungspflichten besonders verletzlich. Nach wie vor sind in erster Linie Frauen für die Versorgung und Betreuung von Kindern, aber oft auch für die Pflege alter und kranker Menschen zuständig. Diese Zuständigkeit für unentgeltlich geleistete Betreuungsarbeiten und die daraus resultierenden geringeren Erwerbs- und Einkommenschancen von Frauen führen dazu, dass das Armutsrisiko von Müttern und hier wiederum vor allem von Alleinerzieherinnen deutlich über dem Durchschnitt des Risikos der Gesamtbevölkerung liegt. Häufigere Berufsunterbrechungen, Teilzeitarbeit und geringfügige Beschäftigung, Benachteiligung beim beruflichen Aufstieg und geringere Bewertung von Frauenarbeit haben zur Folge, dass das mittlere Jahreseinkommen von Frauen um 40 % unter jenem von Männern liegt.

Armut und Reichtum sind auch unter Frauen sehr ungleich verteilt

Das Risiko, in die Armut abzurutschen, ist jedoch auch unter Frauen sehr ungleich verteilt. Bei einer auf den Haushalt bezogenen Betrachtungsweise sind v. a. Alleinerziehende (31 %), allein lebende ältere Frauen (26 %), allein lebende Frauen im Erwerbsalter (23 %) überproportional im untersten Einkommenssegment zu finden. Trotz annähernd gleich hoher Beschäftigungsquote wie bei Personen österreichischer Herkunft liegt die Armutsgefährdung bei MigrantInnen deutlich über jener der ÖsterreicherInnen, nämlich bei 27 %. Der Erhalt der österreichischen Staatsbürgerschaft ändert diese Situation aber kaum. Auch ÖsterreicherInnen ausländischer Herkunft sind doppelt so häufig einem Armutsrisiko ausgesetzt wie die Gesamtbevölkerung. Bei Scheidung bzw. Trennung müssen häufig Männer ihrer Familie die Wohnung überlassen und sich eine neue Wohnung suchen; die Frauen stehen dann aber vor dem Problem, dass sie als Alleinerziehende zu einer der am stärksten von Armut gefährdeten Gruppen gehören und häufig Gefahr laufen, die Wohnung zu verlieren. Bei den weiblichen Singles – eine sehr heterogene Gruppe mit überdurchschnittlichen, aber auch unterdurchschnittlichen Einkommen – wurde die höchste Armutsgefährdungslücke festgestellt. Das durchschnittliche Einkommen der armutsgefährdeten allein lebenden Frauen (ohne Pensionistinnen) liegt bei monatlich € 518 (34 % unter dem Schwellenwert).

418.000 Armutsgefährdete leben in Haushalten mit einer Frau als Hauptverdienerin. Diese haben ein beinahe doppelt so hohes Armutsrisiko (20 %) als Haushalte mit einem Mann als Hauptverdiener (11 %). Bei der Unterscheidung nach Haupteinkommensquelle wird ersichtlich, dass Frauen nicht nur bei den Pensionen schlechter abgesichert sind als Männer; auch bei einer Gliederung nach hauptsächlichem Erwerbseinkommen oder nach Sozialleistungen ist das Armutsrisiko von Frauen immer höher als jenes der Männer.

Erwerbstätigkeit von Frauen reduziert das Armutsrisiko um die Hälfte gegenüber jenen Haushalten, in denen Frauen nicht erwerbstätig sind. So fallen 31 % der Familien ohne erwerbstätige Frauen mit drei oder mehr Kindern unter die Armutsgefährdungsschwelle. Ist in solchen Haushalten die Frau erwerbstätig, beträgt das Risiko nur mehr 9 %. Ein Viertel aller Armutsgefährdeten leben jedoch in Haushalten mit maximaler Erwerbsintensität.[13] Besonders ausgeprägt ist die Armutsgefährdung bei Haushalten mit langzeitarbeitslosen Mitgliedern (ab 12 Monate Arbeitslosigkeit). 36 % dieser Haushalte leben von einem Einkommen unter der Armutsgefährdungsschwelle.

Armutsrisiko: Kinderbetreuung

Mit der Anzahl der Kinder steigt das Armutsrisiko. Haushalte mit Kindern im Vorschulalter leben mit einem überdurchschnittlichen Armutsrisiko (17 %). Mangelnde externe Kinderbetreuung führt zu einer verminderten Einbindung in die Erwerbsarbeit und bedeutet für die betroffenen Frauen eine erhöhte Armutsgefährdung. Erst wenn das jüngste Kind im Haushalt sieben Jahre alt ist, kann ein deutlicher Rückgang des Armutsrisikos verzeichnet werden. Dies hängt nicht zuletzt mit der besonders hohen Teilzeitquote von Frauen mit Kindern bis sechs Jahren (57 %) zusammen. Die Teilzeitquote

[13] *Der Indikator Erwerbsintensität misst die Dauer, aber nicht das Ausmaß der Erwerbstätigkeit aller Haushaltsmitglieder während eines Jahres. Ob es sich um Vollzeit- oder Teilzeitbeschäftigung handelt, bleibt außer acht. Die tatsächlich gearbeiteten Monate eines Haushalts werden durch die maximal möglichen Monate (= 12 mal der Anzahl von Personen im erwerbsfähigen Alter) eines Haushalts dividiert.*

reduziert sich auf 44 % bei Frauen mit Kindern ab sieben Jahre. In diesem Zusammenhang muss betont werden, dass Kindererziehung nicht nur für die Zeit der Berufsunterbrechung zu einem Einkommensverlust führt, sondern dass ein Großteil der Frauen, dieKinderbetreuung übernehmen, mit dauerhaften Verdiensteinbußen aufgrund schlechterer Karrierechancen und der Übernahme von Teilzeitarbeit rechnen müssen.

Alleinerzieherinnen leben in prekären Verhältnissen

Erwerbsarbeit ist die beste Armutsvermeidung.[14] Dennoch haben etwa 10 % der Beschäftigten trotz Erwerbsarbeit kein die Existenz sicherndes Einkommen. Diese Wenigverdienenden sind zu 72 % Frauen. Alleinerziehende sind trotz hoher Erwerbsbeteiligung besonders von Einkommensarmut betroffen. Die Armutsgefährdungsquote erwerbstätiger Alleinerzieherinnen liegt bei 31 %. Um dem abzuhelfen, bedarf es flexibler Kinderbetreuung, familienadäquater Arbeitszeiten und qualifizierter Arbeitsmöglichkeiten für Frauen mit Betreuungspflichten.

Armutsrisiko: Teilzeitarbeit und geringfügige Beschäftigung

Laut Mikrozensus-Arbeitskräfteerhebung arbeiten 40 % der erwerbstätigen Frauen als Teilzeitkräfte. Teilzeitarbeit ist für Frauen mit Betreuungspflichten oft die einzige Möglichkeit, ein Erwerbseinkommen zu erzielen. Mittlerweile arbeiten bereits fast 60 % der Frauen mit Kindern bis 15 Jahren in Teilzeit. Die meisten davon tun dies nicht freiwillig. Viele müssen Teilzeitarbeit annehmen, sei es, weil die Arbeitgeber nur eine solche Arbeit anbieten, oder weil die Frauen mangels geeigneter Kinderbetreuungseinrichtungen gar keiner Vollzeitbeschäftigung nachgehen können.

Mit einer Teilzeitbeschäftigung nehmen Frauen jedoch zum Teil erhebliche Einkommenseinbußen in Kauf. Darüber hinaus sind viele Teilzeitbeschäftigungen keineswegs kinderfreundlich organisiert. Teilzeitbeschäftigung bedeutet, dass Aufstiegsmöglichkeiten fast immer verbaut sind, bzw. ist Teilzeitbeschäftigung sogar mit einer Dequalifizierung verbunden. Ein Drittel aller unselbständig erwerbstätigen Frauen in Teilzeitjobs verrichtet Hilfstätigkeiten. Bei vollzeitbeschäftigten Frauen trifft dies nur auf 18 % zu. Umgekehrt sind nur 12 % der Teilzeitbeschäftigten in höheren und führenden Tätig-

[14] *Ulrike Mühlberger: Wege aus der Frauenarmut durch Arbeitsmarktpartizipation, in Karin Heitzmann / Angelika Schmidt (Hg.): Wege aus der Frauenarmut, Wien: 2004, S. 75 – 89.*

keiten beschäftigt, das ist halb soviel wie bei vollzeitbeschäftigten Frauen (24 %). Teilzeit ist nicht nur aufgrund der reduzierten Arbeitszeit meist nicht mit einem existenzsichernden Einkommen verbunden, sondern auch deshalb, weil diese Jobs vor allem im Niedriglohnbereich angesiedelt sind.

Auch diskontinuierliche Beschäftigung erhöht das Armutsrisiko (17 %). Von der Zunahme diskontinuierlicher Beschäftigungsverhältnisse sind wiederum Frauen in erhöhtem Ausmaß betroffen. Etwa 6 % aller Beschäftigungsverhältnisse (ca. 210.000) waren 2002 geringfügige Beschäftigungen. Drei Viertel der geringfügig Beschäftigten sind Frauen.

Armutsrisiko: fehlende Bildungsabschlüsse

Neben dem Ausmaß der Einbindung in die Erwerbsarbeit spielt die Qualifikation eine entscheidende Rolle. Fehlende Bildungsabschlüsse führen zu Armutsgefährdung. Von den armutsgefährdeten Frauen ab 20 Jahren haben 41 % maximal einen Pflichtschulabschluss. Im Vergleich zur Gesamtbevölkerung im Erwerbsalter haben lediglich HilfsarbeiterInnen eine über dem Durchschnitt liegende Armutsgefährdung. So haben Frauen ohne weiterführenden Bildungsabschluss ein Armutsrisiko von 18 %. Diese Frauen weisen auch eine besonders niedrige Erwerbsbeteiligung (43 %) auf. Bei Beschäftigten mit qualifizierter Tätigkeit liegt das Armutsrisiko deutlich unter jenem der Bevölkerung im Erwerbsalter (Bevölkerung zwischen 20 und 64 Jahren). Das heißt: Jede Form von weiterführender Bildung reduziert die Einkommensarmut.

Armutsrisiko: Alter

19 % (!) der Frauen im Alter von 65 und mehr Jahren verfügen lediglich über ein Einkommen, das unter der Armutsgefährdungsschwelle liegt. Dies trifft „nur" auf 13 % der Männer dieser Altersgruppe zu. Während fast alle Männer im Alter einen eigenen Pensionsanspruch haben, beziehen nur etwa vier von zehn Frauen im Alter (ab 60 Jahre) eine Eigenpension. Fast 400.000 Frauen beziehen lediglich eine Witwenpension oder sind völlig auf den Unterhalt des Partners angewiesen. 16 % der Frauen ab 60 Jahren haben weder eine eigene noch eine Witwenpension.

Die mittlere Eigenpension von Frauen lag bei den Neuzuerkennungen 2002 bei € 683 monatlich und erreicht damit nicht einmal die

Hälfte der mittleren Männerpension (€ 1.427). Trotz Anrechnung von Zeiten der Kindererziehung liegen die Pensionen der Frauen mit Kindern im Durchschnitt um etwa 30 % unter jenen von Frauen ohne Kinder (Neuzugänge 2001). Bei Frauen, die über einen Zeitraum von mindestens acht Jahren Kinder bis zum Alter von vier Jahren betreut haben, lagen die Pensionen sogar durchschnittlich nur bei 50 % der Pension von Frauen ohne Kinder. Ursachen für diese Unterschiede sind längere Unterbrechungen der Erwerbstätigkeit, niedrige Einkommen aus Teilzeitbeschäftigung, schlechtere Karrierechancen aufgrund von Betreuungspflichten. Betrachtet man alle Eigenpensionen zusammen (inklusive Invaliditätspensionen), ist der Unterschied ähnlich; hier entsprach die mittlere neue Pension für Frauen mit € 616 lediglich 44 % jener der Männer (€ 1.397). Das niedrigere Niveau der Frauenpensionen erklärt sich aus der geringeren Zahl von Versicherungsjahren und den im Durchschnitt geringeren Erwerbseinkommen. So verwundert es nicht, dass mehr als 70 % der AusgleichszulagenbezieherInnen Frauen sind.

Tabelle 1: Höhe der Alterspensionen Neuzugänge 2001, gesamte Pensionsversicherung

% erhielten weniger als	Männer	Frauen
10 %	787 €	288 €
50 %	1.397 €	616 €
90 %	2.252 €	1.540 €

Quelle: Hauptverband der österreichischen Sozialversicherungsträger

Tabelle 2: Höhe der Invaliditätspensionen, Neuzugänge 2001, gesamte Pensionsversicherung

% erhielten weniger als	Männer	Frauen
10 %	550 €	303 €
50 %	1.083 €	574 €
90 %	1.815 €	1.085 €

Quelle: Hauptverband der österreichischen Sozialversicherungsträger

Tabelle 3: Die mittlere Höhe der Versicherungsleistungen bei Arbeitslosigkeit 2001

	Männer	Frauen
Arbeitslosengeld	727 €	591 €
Notstandshilfe	586 €	460 €

Quelle: AMS, Synthesis Forschungsgesellschaft

Für die eigenständige Absicherung im Alter sind primär die Erwerbsbeteiligung, die Zahl an Versicherungsmonaten sowie die Höhe des Einkommens ausschlaggebend. In den letzten Jahrzehnten ist die Beschäftigung von Frauen stark angestiegen, dennoch liegt die weibliche Erwerbsquote mit 63 % noch deutlich unter jener von Männern mit 76 %. Damit liegt Österreich zwar etwas über dem EU-Schnitt mit einer Erwerbsquote von 60 % bei den Frauen und 78 % bei den Männern. Eine wesentlich höhere Erwerbsbeteiligung von Frauen gibt es allerdings in den skandinavischen Ländern mit rund 75 %.

Zögerliche Angleichung der weiblichen Erwerbsquote an die Erwerbsquote der Männer

Da die Pensionen nicht entsprechend der Lohn- und Gehaltsentwicklung aufgewertet werden, kommt es zu einer massiven Abwertung weiter zurückliegender Einkommen. Das bedeutet v. a. für Frauen mit Berufsunterbrechung eine substantielle Verschlechterung. Ebenso negativ wirkt sich die geringe und sehr langsame Anhebung der Kindererziehungszeiten aus.

Das österreichische Pensionssystem sieht keine Mindestpension für Personen über einer bestimmten Altersgrenze vor. Eine in das System integrierte bedarfsorientierte Mindestsicherung garantiert jedoch ein Mindesteinkommen („Ausgleichszulage"). Der Ausgleichszulagenrichtsatz orientiert sich am Familienstand: Im Jahr 2003 beträgt das Minimum für Alleinstehende € 662,99 und für Ehepaare € 1,030.23 und liegt damit unter dem von der Europäischen Union als Laeken-Indikator festgesetzten Wert der Armutsgefährdung.

Frauenarmut ist kein Zufall!

Die Kluft zwischen Arm und Reich ist in den letzten Jahrzehnten weltweit, aber auch in den reichen Industrienationen dramatisch angewachsen. Sozialabbau einerseits und die beschleunigte Prekarisierung der Lebens- und Beschäftigungsverhältnisse führen zu sozialer Ausgrenzung und sind Ausgangspunkt europaweiter Debatten über den „Umbau" des Wohlfahrtsstaates. Oft genug ist in diesen Debatten jedoch mit „Umbau" „Abbau" gemeint. In diesem Zusammenhang wurde das Schlagwort der „Treffsicherheit" zu einem Schlüsselbegriff. Gemeint ist eine Politik, die allgemeine Sozialleistungen zurückfährt und sich darauf beschränken soll, „jenen zu helfen, die es wirklich brauchen". Diejenigen Staaten, die Sozialpolitik als Politik „für die Armen" betreiben und die sich in erster Linie am Konzept der so genannten Treffsicherheit orientieren – wie England oder die

USA –, haben jedoch höhere Armutsquoten als Staaten mit egalitärem Bildungssystem und der Absicherung sozialer Risken für eine breitere Bevölkerung. Flächendeckende Sozialausgaben wirken hingegen präventiv. Das Beispiel der Nordischen Länder zeigt, dass diese egalitär ausgerichteten Länder zu den wohlhabendsten Staaten der Erde zählen.

Neoliberaler Zeitgeist

Auch wenn der neoliberale Zeitgeist uns das Gegenteil weismachen will, so zeigen zahlreiche Untersuchungen: Reichtum ist kein persönliches Verdienst; Armut ist kein persönliches Versagen. Reichtum und Armut werden zu einem erheblichen Teil vererbt, v. a. aber auch durch ein Wirtschafts- und Gesellschaftssystem verursacht, dem es immanent ist, Ungleichheiten zu erzeugen. Wird diesen Tendenzen nicht wirkungsvoll entgegengesteuert, dann bedeutet dies, dass die wachsende Kluft zwischen Reichtum und Armut politisch gewollt ist oder zumindest toleriert wird. Die mit der neoliberalen Offensive verbundenen Schlagworte wie „Lohnspreizung", „Eigenverantwortung" oder „private Vorsorge" stehen für einen Paradigmenwechsel des europäischen Wohlfahrtsstaatsmodells. Sie stehen dafür, dass soziale Grundbedürfnisse mehr und mehr in Abhängigkeit von Finanzmärkten befriedigt werden sollen. Das wird jedoch – ganz abgesehen von den erheblichen Unsicherheiten und Verlusten, die mit diesen Modellen verbunden sind, – nie für die gesamte Bevölkerung möglich sein. Wohnraum, Gesundheits- und Sozialleistungen und eine angemessene Versorgung im Alter dürfen nicht zu einem Privileg für die Begünstigten werden, sondern müssen für die gesamte Bevölkerung zugänglich und finanzierbar sein.

Geschlechtergerechtigkeit vs. Frauenarmut

Während Österreich beim BIP pro Kopf weltweit an 10. Stelle liegt, erreicht es bei dem Indikator, der die Ungleichheit zwischen den Geschlechtern misst, lediglich Platz 17. Österreich hat in Sachen Geschlechtergerechtigkeit einen Nachholbedarf. Vermögen, Macht- und Entscheidungspositionen sind in Österreich nach wie vor sehr ungleich verteilt. So hat sich zwar der Anteil der weiblichen Nationalratsabgeordneten erhöht, er entspricht jedoch bei weitem nicht dem Anteil der Frauen in der Bevölkerung. Ein ähnlicher Befund gilt für die Vertretung der Frauen in den österreichischen Landtagen, wobei hier Kärnten mit 16,7 % das Schlusslicht bildet. Aber auch der oberösterreichische Landtag mit einem Frauenanteil von 37,5 % ist von einer dem Anteil der Frauen an der Gesamtbevölkerung entsprechenden Repräsentation deutlich entfernt. Besonders gravierend ist die Tatsache, dass es auf Gemeindeebene für Frauen fast unmöglich ist, politische Führungspositionen zu erlangen. Der Anteil der Frauen an den BürgermeisterInnen liegt in Österreich unter 2 %!

Zu wenig Frauen in Leitungspositionen

Auch in der öffentlichen Verwaltung gibt es nach wie vor eine ausgeprägte Geschlechterhierarchie: Trotz Bundes- und Landesgleichbehandlungsgesetze sind Frauen in der staatlichen Verwaltung in höheren Positionen deutlich unterrepräsentiert. Während der Anteil von Frauen in Leitungspositionen in der Bundesverwaltung erfolgreich erhöht werden konnte, sind Frauen auf Landesebene in Führungspositionen – wie etwa LandesamtsdirektorInnen, deren StellvertreterInnen oder Bezirkshauptleute, aber auch Führungskräfte im Kultur- und Bildungsbereich – seltene Ausnahmen. Um dies zu verändern müsste zunächst erkannt werden, wo das Problem liegt: Auch heute noch prägt eine patriarchalische Verwaltungs- und Managementkultur die Mentalitäten von Entscheidungsträgern.

Besonders gravierend ist die Disproportionalität in den höheren Etagen der Wirtschaft: Geschäftsführung und Aufsichtsräte österreichischer Unternehmen sind fest in Männerhand. Das zeigt eine aktuelle Untersuchung der Arbeiterkammer von 379 Kapitalgesellschaften mit Aufsichtsrat.[15] Von 829 GeschäftsführerInnen / Vorständen waren nur 24 Frauen (2,9 %). Frauen in der Geschäftsführung sind in Österreichs Kapitalgesellschaften die seltene Ausnahme. Ähnlich sind auch die Mandate im Aufsichtsrat verteilt: Von 2.859 Aufsichtsratsmandaten sind nur 216 mit Frauen (7,6 %) besetzt. Noch schlechter schneiden Frauen ab, wenn nur die Kapitalvertreter berücksichtigt werden: hier beträgt der Frauenanteil nur 5,1 %. Bei den ArbeitnehmervertreterInnen liegt der Anteil allerdings auch nur bei 12,2 %.

Soziale Rechte vs. Frauenarmut

Frauenarmut muss von mehreren Seiten bekämpft werden: Erstens muss es einerseits ein flächendeckendes qualitativ hochstehendes Betreuungsangebot für Kinder geben, zweitens müssen Betriebe familienfreundlicher werden, damit Eltern ihre Betreuungsverpflichtungen mit Erwerbsarbeit vereinbaren können, und schließlich muss die innerfamiliäre Arbeit und Betreuung geschlechtergerecht verteilt werden. Jede Politik, die längere Berufsunterbrechungen von Frauen

[15] *wien.arbeiterkammer.at/www-397-IP-20353.html?art=pw_vergessen.*

begünstigt, erhöht das Armutsrisiko von Frauen. Dies trifft auch auf eine Politik zu, die Teilzeitarbeit von Frauen begünstigt. Vollzeitbeschäftigung ist die beste „Versicherung" gegen Armut. Für die Phase der intensiven Kinderbetreuung wäre daher eine vorübergehende Arbeitszeitreduktion für beide Elternteile bei vollem Lohnausgleich die beste Lösung. Besonders Personen, die Betreuungsarbeiten leisten, brauchen soziale Rechte.

Dass in einer reichen Gesellschaft wie Österreich über 14 % der Frauen von Armut bedroht sind, ist ein Skandal. Dass Frauen in aufgrund von Betreuungstätigkeiten besonders von Armut betroffen sind, entlarvt die Wertestruktur dieser Gesellschaft. Als der britische Ökonom *T. H. Marshall* nach dem Zweiten Weltkrieg argumentierte, dass nur soziale Grundrechte ein wirksames Gegenmittel gegen jene Ungleichheiten darstellen, die das kapitalistische System permanent erzeugt, hat er nicht in erster Linie an die Benachteiligungen von Frauen gedacht. Die permanent erzeugte Ungleichheit ist aber immer auch eine soziale Ungleichheit zwischen den Geschlechtern. Und es sind nach wie vor bestehende patriarchale Strukturen und Mentalitäten, die dies kräftig unterstützen. Wenn das Ziel der Beseitigung von Frauenarmut ernst genommen wird, dann müssen Personen mit Betreuungsaufgaben besonders berücksichtigt werden. Denn das Argument Marshalls hat bis heute nichts an Gültigkeit verloren.

Der Ungleichheit zwischen den Geschlechtern muss aktiv gegengesteuert werden!

Irmgard Schmidleithner, ehemalige Lohnverrechnerin in der Metall- bzw. Bauindustrie, Betriebsrätin. ÖGB- Frauensekretärin in Oberösterreich, Leiterin des Referates für Bildung – Freizeit – Kultur, ÖGB-Frauenvorsitzende und ÖGB-Vizepräsidentin. Seit 1999 Pensionistin.

Solidarität zwischen den Geschlechtern

Chancengleichheit statt Almosen – der Weg zur Gleichstellung ist noch weit und braucht ein großes Maß an Solidarität

In Österreich sind 450.000 Privathaushalte überschuldet, ein weiterer Anstieg wird erwartet. Ursachen dafür sind Krankheit und Arbeitslosigkeit. Besonders betroffen sind Alleinerziehende – diese Meldung machte vor wenigen Wochen Schlagzeilen.

Was hat diese Tatsache mit dem Thema Solidarität zu tun? Sehr viel – gerade wenn es um das Haushaltseinkommen bzw. die Löhne der Frauen geht. Erst 1979 verschwand die diskriminierende Aufteilung in Frauenlöhne und Männerlöhne – doch nach wie vor finden sich hauptsächlich Frauen in den niedrigen Lohngruppen. Der Einkommensunterschied beträgt immer noch an die 30 %. Solidarität ist also dringend notwendig. Solidarität mit einkommensschwachen Gruppen, vor allem aber Solidarität zwischen den Geschlechtern. Denn der Weg zur Gleichstellung ist dornig und braucht ein großes Maß an Solidarität. Und wo sollte Solidarität zu Hause sein, wenn nicht im ÖGB?

Wie es in der Realität aussieht, hat *Anton Pelinka* im Rahmen einer Informationskonferenz der ÖGB-Frauen auf den Punkt gebracht: „Der ÖGB sieht sich mit dem bösen Wort *„Arbeitnehmer-Patriarchat" konfrontiert. Der ÖGB erscheint als Symbol männlicher Überheblichkeit, ausgestattet mit einem auffallenden, provokanten Mangel an Sensibilität für weibliche Interessen."*

Professor Pelinka zeigte aber auch Veränderungsmöglichkeiten auf:

1. *Frauen können und sollen ihre Fraueninteressen als solche begreifen. Es ist nicht unsolidarisch zu meinen, dass sich Frauen als Frauen gegen Männer auch und gerade im ÖGB durchsetzen müssen.*

Frauen sollen ihre Interessen auch im ÖGB einfordern!

2. *Frauen können und sollen ihre spezifischen Interessen im ÖGB auch einfordern. Zum Beispiel durch eine „Quotenregelung", zum Beispiel durch eine ständige Steigerung des Frauenanteils auf den verschiedensten Entscheidungsebenen der Gewerkschaftsbewegung.*
3. *Frauen können und sollen die Frauenpolitik im ÖGB auch konfliktfähig machen – eventuell gemeinsam mit bündnisfähigen männlichen Interessen. Mittel dazu sind ständige Aufklärung, Mobilisierung, Aktivierung der Frauen.*
4. *Frauen können und sollen die Frauenpolitik im ÖGB so gestalten, dass weibliche Unzufriedenheit nicht beschwichtigt, sondern bestärkt wird. Aus allgemeinem Unbehagen kann und soll kräftige Unzufriedenheit gemacht werden.*

Dazu gab er aber Folgendes zu bedenken:

„Dabei dürfen die organisierten Frauen keine Illusionen haben. Denn die Stärke des ÖGB war und ist eine ergebnisorientierte Politik; den Mitgliedern werden Erfolge nach Hause gebracht. Die Stärke des ÖGB war und ist nicht die breite Beteiligung von unten an dieser Erfolgspolitik. Der ÖGB und seine Mitglieder, gerade auch die Frauen, sind beteiligungsentwöhnt. In Zeiten, in denen Erfolge für die Gewerkschaften immer schwerer sind; in denen auch Erfolge für die einen – zum Beispiel für die Männer – nicht schon Erfolge für die anderen – zum Beispiel für die Frauen – sein müssen, muss dies schmerzlich bewusst werden."

Seine Worte fanden oft Platz in meinen Referaten, sie halfen mir aber auch, Situationen – in denen ich die meiner Meinung zu geringe Solidarität der „ÖGB-Männer" so gar nicht verstehen wollte oder konnte – besser zu meistern.

Wobei ich an dieser Stelle anmerken möchte, dass es bei meiner „Frauenarbeit" nicht nur die Männer des ÖGB waren, denen diese Arbeit oft zu unbequem oder nicht passend war. Der ÖGB war und ist meine politische Heimat bzw. Familie, daher waren es gerade die Kollegen, mit denen ich die Auseinandersetzung führte bzw. von denen ich Solidarität einforderte und erwartete.

Gerechte Löhne für Frauen

Ein Schwerpunkt der ÖGB-Frauen im Jahr 2005 ist die Verringerung der Einkommensunterschiede zwischen Frauen und Männern. Hier ist auch mitzubedenken, dass die Diskriminierung der Frauen auch in den Kollektivverträgen ihren Niederschlag fand, denn dort waren für sehr lange Zeit für die gleiche Leistung Frauen- bzw. Männerlöhne festgeschrieben.

Bereits im Jahr 1951 forderten daher Funktionärinnen bei einer Frauenkonferenz: „*Hinsichtlich der Entlohnung der Frauen soll die Bezeichnung Männerarbeit und Frauenarbeit beseitigt und an deren Stelle die Arbeit nach ihrer Art entlohnt werden. Nicht das Geschlecht, sondern die Leistung soll für die Höhe des Lohnes entscheidend sein.*“

Leistung entscheidet, nicht das Geschlecht

In der Praxis ging die Realisierung dieser Forderung nur sehr schleppend vor sich. Erst 28 Jahre später, am 1. Juni 1979, trat das Gleichbehandlungsgesetz in Kraft und in allen Kollektivverträgen musste die Bezeichnung „Frauenlöhne/Männerlöhne“ verschwinden.

Eine Gleichstellung beim Einkommen wurde damit aber noch immer nicht erreicht. So verdienten laut Lohnsteuerstatistik 2002 fast 33 % der Frauen, aber „nur“ 21 % der Männer weniger als 10.000 Euro brutto im Jahr, Einkommen über der Höchstbemessungsgrenze allerdings gingen zu 82 % an Männer. Zahlen, die für sich sprechen.

Bessere Kinderbetreuung – bessere Kollektivverträge

Gebetsmühlenartig wiederholen Sozialpolitikerinnen und Gewerkschafterinnen die Forderungen nach Rahmenbedingungen wie zum Beispiel die Schaffung von genügend Kinderkrippen, Kindergärten mit Öffnungszeiten, die sich an der Lebenswelt von Familien bzw. Alleinerziehenden orientieren, und Ganztagsschulen.

Dringend notwendig sind aber auch entsprechende Maßnahmen bei den Kollektivvertragsverhandlungen. Dazu gehören unter anderem eine Streichung der Niedriglohngruppen, Sockelbeträge für die unteren Lohngruppen bzw. stärkere prozentuelle Anhebung dieser Bereiche.

Gleichzeitig ist es bei der innerbetrieblichen Durchsicht der Lohnlisten durch die Betriebsräte nötig, nicht nur zu schauen, ob Frauen und Männer bei gleichwertiger Arbeit in der gleichen Lohngruppe eingereiht sind, sondern auch, wie hoch die vom Unternehmen gewährte Überzahlung ist. Hier gibt es oft noch eklatante Unterschiede zwischen den Geschlechtern. Männer werden sehr oft noch als Familienerhalter angesehen, während Frauen für etliche Chefs und manche Betriebsräte nur Dazuverdienende sind. Das bedeutet, dass zwar Frauen und Männer in der gleichen Lohngruppe eingestuft sind, die freiwillige Überzahlung aber stark differenziert.

Frauen an der Armutsgrenze

Die Lohndifferenz zwischen Männern und Frauen ist nicht nur eine Diskriminierung der Frauen, sie bedeutet sehr oft auch ein Auskommen mit einem Einkommen, das gerade für das Nötigste reicht oder oft nicht einmal das abdecken kann.

Aktion der ÖGB-Frauen anlässlich des internationalen Frauentages: Eine 261-Jährige und eine 21-Jährige übergeben ein Forderungspaket

So antworteten beispielsweise Kolleginnen bei einer Tagung für Arbeiterinnen auf die Frage „Was würdest du mit 72 Euro monatlich mehr machen?“

- Da hätt’ ich im letzten Winter nicht frieren müssen.
- Ich würde mir eine andere Wohnung nehmen, weil meine wahnsinnig feucht ist.

Insbesondere Alleinerzieherinnen haben darüber geklagt, dass das Wohnen schwer leistbar ist.

Laut Sozialbericht 2003–2004 sind 28 % der Alleinerzieherinnen trotz Erwerbstätigkeit armutsgefährdet. Weiters leben 418.000 Armutsgefährdete in Haushalten mit einer Frau als Hauptverdienerin. Damit haben diese ein beinahe doppelt so hohes Armutsrisiko (20 %) als Haushalte mit einem Mann als Hauptverdiener (11 %).

Es ist daher höchst an der Zeit, Frauen nicht als Dazuverdienerinnen zu sehen und ihnen eine entsprechend bezahlte Erwerbstätigkeit und die damit verbundene Kinderbetreuung zu ermöglichen. Da die Anzahl der Alleinerzieherinnen steigt, bedarf es neben der flexiblen Kinderbetreuung auch familienadäquater Arbeitszeiten. Hier könnten Betriebe und ihre in der Mehrzahl männlichen Vertreter beweisen, wie flexibel sie sind.

Armut grenzt aus

Armut ist durch eingeschränkte Lebenschancen und unzureichende Beteiligung am gesellschaftlichen Wohlstand gekennzeichnet.

Armut bedeutet nicht nur ökonomische Unterversorgung, sondern betrifft auch Bereiche wie Arbeit, Bildung, Wohnen und Gesundheit sowie die Möglichkeit, am öffentlichen Leben (z. B. in Politik und Kultur) teilzunehmen. Armutsgefährdete Menschen können für Bereiche wie Wohnen, Einrichtung, Mobilität, Bildung oder Erholung nur ein Viertel, oft sogar nur ein Fünftel jenes Betrages aufwenden, der im Durchschnitt für diese Bereiche aufgewendet wird.

Alleinerzieherinnen haben einen enormen Druck, den Alltag zu schaffen. Oft müssen zum Hauptberuf noch Nebenjobs angenommen werden, damit Frauen sich und ihre Kinder über die Runden bringen. Von der finanziellen Diskriminierung sind nicht nur die Frauen betroffen, sondern auch die von ihnen – ökonomisch – abhängigen Personen. Dies sind vor allem die Kinder. So gaben bei einer an Wiener Pflichtschulen durchgeführten Befragung von Lehrpersonen 78 % an, dass die Armut unter den Schulkindern zunimmt.

Armut unter Schulkindern nimmt zu

Als Merkmale der Armut nannten die Befragten:

- ärmliche, teilweise desolate Kleidung, das Fehlen von warmer Winterkleidung, schlechtes Schuhwerk;
- ärmliche, beengte Wohnverhältnisse, keine Möglichkeit, in Ruhe Hausübungen zu machen;
- die familiäre Umwelt ist anregungsarm, wenig Spielsachen, keine Ausflüge, kein Besuch von Veranstaltungen.

Als Konsequenz für den Unterricht gaben die Lehrenden an:

- mangelhafte Beschaffung von Unterrichtsmaterialien, wie z.B. Collegemappen, Hefteinbänden, Buntstifte, Wachsmalkreiden, Lineal, Geodreieck, usw.
- Nichtteilnahme von Schulkindern an Schulveranstaltungen, wenn diese zu kostenaufwändig sind.

Das Verhalten der „armen Schülerinnen und Schüler“ ist oft traurig, beschämt zurückgezogen, zuweilen aggressiv bzw. eifersüchtig.

Es ist höchst an der Zeit, dass sich nicht die „Armen“ schämen, sondern jene, die nichts oder zu wenig gegen Armut oder soziale Ausgrenzung der Betroffenen unternehmen. Österreich ist eines der zehn reichsten Länder der Welt. Die Zweiklassengesellschaft ist auf eine wieder stärker werdende Verteilungsungerechtigkeit zurückzuführen.

Solidarische Lohnpolitik

Wie wichtig eine solidarische Lohnpolitik ist, zeigt sich auch im Fall der Arbeitslosigkeit bzw. der Absicherung des Alters. So betrug die durchschnittliche Leistungshöhe bei Arbeitslosigkeit pro Tag im Jahr 2004 bei den Frauen 20,57 Euro, bei den Männern 25,65 Euro. Die Notstandshilfe bei den Frauen 16,02 Euro, bei den Männern 20,42 Euro, die mittlere ASVG-Alterspension betrug im Jahr 2002 bei den Pensionsneuzugängen bei den Frauen 740,50 Euro, bei den Männern 1.837,70 Euro.

Bei der Notstandshilfe ist zusätzlich zu bedenken, dass Frauen sehr oft keinen oder einen sehr geringen Anspruch auf diese Leistung haben, weil hier das Partnereinkommen angerechnet wird.

Lebensgemeinschaft mit Ehe gleichstellen

Vorteile verweigert, bei Nachteilen gleichgestellt

Bei Frauen, die in Lebensgemeinschaften leben, setzt der Gesetzgeber beim Bezug der Notstandshilfe die gleichen Maßstäbe wie bei verheirateten Frauen. Wenn es aber um den Bezug der Witwenpension geht, sind Frauen in Lebensgemeinschaften von dieser ausgenommen. Das heißt, bei Notstandshilfe wird die Lebensgemeinschaft der Ehe gleichgestellt und die Frauen haben die daraus resultierenden Nachteile.

Beim Bezug von Pensionen allerdings dürfen Frauen in Lebensgemeinschaft die Vorteile nicht in Anspruch nehmen. – Auch wenn diese Frauen oft eine sehr lange Lebensgemeinschaft nachweisen könnten und der Partner oft jahrelang von ihnen gepflegt wurde. Hier können nur gesetzliche Änderungen, wie z. B. Gleichstellung von Lebensgemeinschaften mit der Ehe, die Diskriminierung abbauen.

Pflegearbeit partnerschaftlich teilen

Gleichzeitig ist es aber auch nötig, Pflegearbeit im familiären Bereich partnerschaftlich zu teilen. Nach wie vor sind es die Frauen, die diese Tätigkeit, meist unbezahlt, erbringen. Statistiken beweisen, dass ihr Anteil sehr hoch ist. So erhalten beispielsweise *weibliche Familienmitglieder*, die über 60 Jahre alt sind, von folgenden Personen Unterstützung bei akuter Erkrankung:

- 40 % von Töchtern oder Schwiegertöchtern
- 28 % vom Ehegatten oder Lebensgefährten
- 7 % von Söhnen oder Schwiegersöhnen

Männer ab 60 erhalten bei akuter Erkrankung von folgenden Personen Unterstützung:

- 64 % von der Ehegattin oder Lebensgefährtin
- 20 % von Töchtern oder Schwiegertöchtern
- 4 % von Söhnen oder Schwiegersöhnen

Diese verstärkte Pflegearbeit der Frauen, sei es aufgrund erkrankter Familienangehöriger oder aufgrund der Kinderbetreuung, sind ein Grund, dass Frauen immer weniger vollzeitbeschäftigt sind. So arbeiten beispielsweise 44 % der erwerbstätigen Frauen ohne Kinder weniger als 35 Wochenstunden. Bei den erwerbstätigen Müttern mit einem Kind unter 15 Jahren sind dies 57 %, bei Müttern mit zwei Kindern unter 15 Jahren bereits 65 %.

Vollzeitarbeitsplätze fehlen

Ein weiterer Grund für Teilzeitbeschäftigung oder geringfügige Beschäftigung liegt in der Tatsache, dass Frauen einfach nur diese Arbeitszeitformen angeboten werden. Das heißt, sie arbeiten Teilzeit, obwohl sie Vollzeitbeschäftigung möchten, oder auch geringfügig beschäftigt, obwohl sie Teilzeitbeschäftigung wollen. So ist die Zahl der geringfügig beschäftigten Frauen von Dezember 1994 auf Dezember 2004 von 92.708 auf 160.143 (Männer von 35.403 auf 67.393) gestiegen. Während es sich bei den Männern sehr oft um Zuverdienst beim Studium, bei Arbeitslosigkeit oder zur Pension handelt, ist es bei den Frauen die einzige Erwerbsmöglichkeit. Oft haben sie auch mehrere dieser Dienstverhältnisse, um überhaupt leben zu können.

Zu der Tatsache, dass die Frauen trotz Erwerbsarbeit zuwenig zum Leben haben, kommt noch, dass es bei atypischen Arbeitsverhältnissen keine ausreichende sozialrechtliche Absicherung gibt. So sind geringfügig Beschäftigte noch immer nicht arbeitslosenversichert. Außerdem gibt es immer längere Durchrechnungszeiträume bei der Pensionsberechnung. Dies führt dazu bzw. wird dazu führen, dass die Armut im Alter bei den Frauen weiter steigen wird. Immerhin sind 37 % der geringfügig Beschäftigten jetzt schon armutsgefährdet.

Volkswirtschaftlich gesehen ist dieses extreme Sparen sogar Dummheit. Denn gerade die einkommensschwachen Haushalte würden jeden mehr verdienten Euro wieder ausgeben und somit die Wirtschaft ankurbeln und nicht in alle möglichen „Sparformen“ anlegen, wie dies jene tun, die Flexibilität der Arbeitnehmerinnen und Arbeitnehmer verlangen.

Nachtarbeit gefährdet die Gesundheit

Neben all den neuen Arbeitszeitformen war die Öffnung der Nachtarbeit ein massiver Eingriff in die tägliche Zeitgestaltung vieler Frauen bzw. schafft für Frauen mit Kindern oft große Probleme. Gerade in der Nacht gibt es kaum Kinderbetreuungsmöglichkeiten. Dazu kommt noch, dass diese Arbeitszeitform auch besonders gesundheitsschädlich ist.

Lebenserwartung sinkt

Eine Untersuchung von Professor *Rutenfranz* vom Institut für Arbeitsphysiologie an der Universität Dortmund hat ergeben, dass die mittlere Schlafzeit an Tagen nach Nachtschichten bei Frauen ohne Kinder 6 1/2 Stunden, bei Frauen mit Kindern 5 1/2 Stunden und bei Frauen mit Kleinstkindern 4 3/4 Stunden beträgt. Außerdem gefährdet regelmäßig geleistete Nachtarbeit die Gesundheit und verkürzt die Lebenserwartung der Betroffenen. Es kommt zu vegetativen Störungen, Schlafstörungen und Symptomen durch Erkrankungen des Magen-Darm-Traktes.

Der Anteil der starken Raucherinnen und Raucher und Übergewichtigen ist unter in Nachtschicht Arbeitenden besonders hoch.

Eine thailändische Studie zeigte, dass Nachtarbeiterinnen einen signifikant höheren Anteil an irregulären Menstruationszyklen hatten. Der Einfluss von Nachtarbeit auf Schwangerschaft wurde 1982 untersucht. Dabei wurde festgestellt, dass Nachtarbeiterinnen eine signifikant niedrigere Schwangerschaftsrate und zusätzlich eine signifikant höhere Abortusrate als Tagarbeiterinnen haben.

Aus diesen und anderen Gründen waren laut eine Studie in Oberösterreich die überwiegende Mehrheit, und zwar 83,2 % der Frauen und 76,6 % der Männer, gegen die Arbeit in der Nacht. Daher hofften die Gewerkschafterinnen auch auf eine besondere Solidarität der männlichen Kollegen, als es darum ging, eine Regelung der Nachtarbeit zu finden.

Nachtarbeitsverbot

Kurz zur Geschichte der Nachtarbeit: 1919 wurde in Österreich auf Druck der Arbeiterbewegung ein Gesetz über das Nachtarbeitsverbot für Frauen beschlossen. Und obwohl der österreichische Verfassungsgerichtshof – nachdem drei Frauen einer Bäckerei geklagt hatten – in seinem Erkenntnis am 12. 3. 1992 dieses Gesetz nicht aufhob, war bekannt, dass bei Beitrittsverhandlungen zur EU vereinbart wurde, diese Schutzbestimmung nur bis zum Jahr 2001 beizubehalten. Bis 1997 sollte eine geschlechtsneutrale Regelung vorliegen.

Die ÖGB-Frauen befassten sich daher schwerpunktmäßig mit diesem Thema und arbeiteten Punkte für ein Nachtarbeitsgesetz aus. Da eine Verbesserung der Rahmenbedingungen für Menschen, die in der Nacht arbeiten, auch den Männern entsprechende Vorteile, wie z.B. bessere Gesundheit, gebracht hätte, hofften die Frauen auf eine entsprechende Unterstützung bei der Realisierung des Gesetzes.

Sehr bald zeigte sich aber, dass sich die Frauen geirrt hatten. Während am Anfang noch eine größere Anzahl von Gewerkschaftern bei den Verhandlungen mit Beamten des Sozialministeriums und Vertretern der Wirtschaftskammer bzw. Industriellenvereinigung anwesend waren, wurden die männlichen Vertreter auf Gewerkschaftsseite von Sitzung zu Sitzung weniger. Damit wurde auch die Wertigkeit, die die Gewerkschafter diesem Gesetz beimaßen sichtbar. Dementsprechend zahnlos ist es auch.

Weitere Rahmenbedingungen wurden den Kollektivvertragspartnern überlassen. Dies hat zur Folge, dass es z. B. der „starken“ (gut organisierten) Metallergewerkschaft gelungen ist, hier wichtige Maßnahmen festzulegen, um die negativen Auswirkungen der Nachtarbeit zu minimieren. „Schwächeren“ Gewerkschaften (geringer Organisationsgrad) gelang dies allerdings nicht.

Männliche Solidarität erwünscht

Mit der mangelnden Solidarität der Männer wurde eine historische Chance verpasst, für alle ArbeitnehmerInnen Nachtarbeit so zu gestalten, dass es Ausnahmeregelungen für Personen mit Kinderbetreuung gibt, verstärkt Maßnahmen gesetzt werden, die die gesundheitlichen Schäden minimieren, Weiterbildungsangebote in Anspruch genommen werden können, Fahrtmöglichkeiten zum bzw. vom Arbeitsplatz usw. geschaffen werden. Auch heute, viele Jahre nach diesem Ergebnis, stelle ich mir oft die Frage, wie eine bessere Lösung möglich gewesen wäre.

Kindergeld ist nicht Karenzgeld

Eine ähnliche Frage taucht auf, wenn ich an die Veränderung Kindergeld statt Karenzgeld denke. All jene, die erbost aufgeschrien haben, als ich diese Änderung als „ein soziales Verbrechen" bezeichnet habe, haben mich nicht verstanden oder nicht verstehen wollen. Denn das Karenzgeld war eine Versicherungsleistung, als Ersatz für eine Arbeitsunterbrechung aufgrund von Kinderbetreuung. Das Kindergeld ist eine familienpolitische Leistung. Jetzt werden wieder manche fragen: „Was ist da so schlimm?".

Kurz erklärt: Die Forderung der ÖGB-Frauen lautete damals, das Karenzgeld einkommensabhängig zu erhöhen, dass es tatsächlich ein Ersatz für das Erwerbseinkommen wird. Und zwar mit einem Mindestbetrag in der Höhe der Ausgleichszulage und einer Deckelung nach oben. Dies hätte auch den Männern finanziell ermöglicht, ihre Berufstätigkeit zu unterbrechen. Denn bei den herrschenden Einkommensunterschieden stellt sich in vielen Familien – auch wenn sie die Kinderbetreuung partnerschaftlich teilen möchten – gar nicht die Frage: „Wer bleibt zu Hause?" Eine Realisierung der Forderung der Gewerkschafterinnen wäre leistbar gewesen. Sie hätte verhindert, dass Frauen und Männer vor der Frage stehen: Partnerschaft oder Familienarmut. Für andere Gruppen, wie z. B. Studentinnen, hätten dann sehr wohl familienpolitische Maßnahmen gesetzt werden können.

Insbesonders traditionelle Rollenbilder waren hier ausschlaggebend, dass es auch hier zu wenig Unterstützung der „Gewerkschaftsmänner" gab.

Frauen arbeiten wesentlich mehr als Männer

Bevor ich abschließend auf die betriebsinternen Gleichbehandlungsrichtlinien des ÖGB eingehe, noch kurz zur Gleichstellung der Männer in der Familie.

„Gleichstellung" des Mannes in der Familie

Oskar Meggeneder, Sozialwissenschafter, schreibt in „Betriebliche Arbeitszeit – Wunsch und Wirklichkeit": *„Grundbedingung für eine Gleichstellung der Frauen in Beruf und öffentlichem Leben ist so-*

zusagen eine ‚Gleichstellung' des Mannes in der Familie. Der Mann soll die gleiche Verantwortung in bezug auf Hausarbeit und Kinderbetreuung tragen wie die Frau." Weiters führt er aus: „*Da die Familie ein relativ autonomer Bereich ist, sind hier Veränderungen von Werthaltungen besonders mühsam und langwierig.*"

Die Richtigkeit seiner Aussagen beweisen vorliegende Daten der Mikrozensus-Sondererhebung vom September 2002. Diese zeigen auf, dass erwerbstätige Frauen in Österreich eine wöchentliche Gesamtarbeitszeit von 64 Stunden haben. Davon entfallen 34,5 Stunden auf Erwerbsarbeit, 18,3 Stunden auf Hausarbeit und 11,2 Stunden auf die Betreuung von Kindern.

Mernyi junior bei der Frauendemonstration

Die wöchentliche Gesamtarbeitszeit erwerbstätiger Männer beträgt 48,4 Stunden. Sie ist somit um 15,6 Stunden geringer als die der erwerbstätigen Frauen. Davon entfallen 41 Stunden auf Erwerbsarbeit, 4,1 Stunden auf Hausarbeit und 3,3 Stunden auf die Betreuung der Kinder.

Wobei die Väter hier den angenehmeren Teil übernehmen. So spielen 82 % der Väter regelmäßig mit den Kindern, jedoch nur 36 % lernen mit ihnen und 35 % bringen sie regelmäßig in den Kindergarten oder in die Schule.

Chancengleichheit statt Almosen

Frauenanteil im ÖGB soll jenem unter den Mitgliedern entsprechen

Zurück zum ÖGB. Um auch im ÖGB und den Gewerkschaften den Anteil der Frauen zu erhöhen, wurden im Mai 1995 betriebsinterne Gleichbehandlungsrichtlinien beschlossen, die folgende Zielsetzungen beinhalten: Innerhalb von zehn Jahren soll in den Organisationsbereichen Zentrale, Landesexekutiven und Fachgewerkschaften der Frauenanteil in den politischen und führenden Funktionen des Verwaltungsbereiches in den Abteilungen und Referaten dem jeweiligen Mitgliederanteil der Frauen angepasst werden.

Die Maßnahmen zur Erlangung von Chancengleichheit sind im Bereich Weiterbildung, in der Personalpolitik und in der Schaffung familienfreundlicher Arbeitsbedingungen angelegt. Gleichzeitig wurde eine regelmäßige Berichtspflicht vereinbart, um eine Überprüfung der Ziele zu ermöglichen.

Wichtig war den Gewerkschafterinnen, Chancengleichheit statt Almosen zu erhalten.

Heute, zehn Jahre später, ist diese Forderung leider noch immer aktuell. Es sind zwar wichtige Weichenstellungen erfolgt, von Chancengleichheit sind Österreichs Arbeitnehmerinnen und ist auch leider der Gewerkschaftsbund noch ein gutes Stück entfernt.

Literaturverzeichnis

Gisela Losseff-Tillmanns: Frau und Gewerkschaft.

Frauenarbeit in den Gewerkschaften, 1948–1985, Jahresberichte.

AMS: Warum Gleichstellung? Zahlen, Fakten.

AMS: Service, Sozialversicherungsleistung, Übersicht durchschnittlicher Leistungen.

Bericht über die soziale Lage 2003–2004.

AK Wien/Wörister: Mittlere Einkommen 1996–2003.

Statistik Austria: Geschlechtsspezifische Disparitäten, Wien: 2002.

Oskar Meggeneder: Betriebliche Arbeitszeit - Wunsch und Wirklichkeit.

Elisabeth Rolzhauser: Atypische Beschäftigungsverhältnisse, Referatsunterlage.

*Dr. Herwig Büchele SJ,
em. Univ.-Professor für Christliche Gesellschaftslehre an der Theologischen Fakultät der Universität Innsbruck.
Geb. 1935 in Feldkirch, Studium der Wirtschaftswissenschaften, Philosophie und Theologie.*

Soziale Grundsicherung

unter dem Vorzeichen des Wandels der erwerbsarbeitszentrierten Gesellschaft in eine Tätigkeitsgesellschaft

Soziale Grundsicherung im Wandel der Arbeitsgesellschaft

Das soziale Netz Österreichs ist eng mit Erwerbsarbeit verknüpft. Es ist wesentliches Verdienst der Gewerkschaften, dass dieses Netz in den Jahrzehnten nach dem 2. Weltkrieg immer besser ausgebaut wurde, so dass die meisten Menschen in Österreich gegen die Standardrisiken Arbeitslosigkeit, Unfall, Krankheit und Alter gut abgesichert wurden.

Diese uns vertraute Erwerbsarbeitsgesellschaft, gekennzeichnet durch Vollbeschäftigung, mit klaren Rechtsansprüchen und Kollektivvertragslöhnen, ist einem raschen Wandel unterworfen. Die Zunahme neuer Formen von Arbeit, von befristeter Beschäftigung, Teilzeitarbeit, geringfügigen Beschäftigungen, Leiharbeit, Werkverträgen und neuer, wenig gesicherter Selbständigkeit geht Hand in Hand mit wiederholter Arbeitslosigkeit, mit Berufswechsel und Neustart. Die Folgen sind Einkommens-Unsicherheit und Lücken in der sozialen Sicherheit. Ständig steigende Arbeitslosenzahlen und die Zunahme atypischer Beschäftigungsverhältnisse zeugen von der Flexibilisierung der Arbeit und davon ausgehend der Gesellschaft.

Wenn der Anteil des Faktors Arbeit an der gesellschaftlichen Wertschöpfung rückläufig ist, kann die Finanzierung des Sozialstaats im bisherigen Ausmaß über erwerbsbezogene Abgaben weder sinnvoll noch gerecht sein. Die durch diese Finanzierungsform erst geschaffene „Unfinanzierbarkeit" entspricht nicht den realen Gegebenheiten einer reichen Gesellschaft und einer hoch produktiven Wirtschaft.

Bürgerrechte statt erwerbsbezogener Rechte

Wenn Erwerbsarbeit notwendiger- und sinnvollerweise flexibel gestaltet werden soll, braucht es auch eine Reform der Absicherung der Standardrisiken. Allgemeine Bürgerrechte statt erwerbsbezogener Rechte müssten die Lebensgrundlage sichern – auch in Perioden freiwilligen Verzichts auf Erwerbsarbeit – ohne Begründung und Rechtfertigungszwang.

Geht die erwerbsarbeitszentrierte Gesellschaft zu Ende, oder sollte sie zu Ende gehen?

Die Industriegesellschaft ist dabei, von der wissenszentrierten Gesellschaft abgelöst zu werden; sie ruht vor allem auf den modernen Informations- und Kommunikationstechnologien. Die wissenszentrierte Gesellschaft wird im 21. Jahrhundert die Zivilisation verändern. Die Erwerbsarbeitsgesellschaft, wie wir sie vor allem in der OECD-Welt etwa seit 150 Jahren kennen, geht zu Ende – vor allem, wenn wir darunter eine Gesellschaft verstehen, in der das klassische Vollbeschäftigungsziel wieder verwirklicht ist, also die vollzeitige und ununterbrochene Erwerbsarbeit, verbunden mit steigenden Einkommen, für den größten Teil der erwachsenen Bevölkerung. Die Kommunikations- und Informationstechnologien in ihrer weltweiten Vernetzung höhlen die erwerbsarbeitszentrierte Gesellschaft systematisch aus. In ihr wurden alle anderen Lebenssphären auf die Erfordernisse der Erwerbsarbeit bezogen: Ausbildung, Altersstufen, Status, Freizeit, Ruhestand. Und es war die erwerbsarbeitszentrierte Gesellschaft, der wir weithin den sozialen Zusammenhalt der letzten 50 Jahre verdanken.

„Atypische" Beschäftigungsverhältnisse werden zur Norm

Langfristig steigende Arbeitslosenzahlen in Europa seit den 1970er Jahren zeigen einen Trend, der auch in Perioden höheren Wachstums nicht gestoppt werden konnte. Zwar ist im selben Zeitraum auch die Zahl der Beschäftigten gestiegen, nicht jedoch die Zahl der geleisteten und bezahlten Arbeitsstunden. Dahinter steht der Rückgang vollzeitiger Arbeitsverhältnisse und die Zunahme von Teilzeit- und geringfügigen Beschäftigungen. Ein Drittel der Frauen in Österreich sind teilzeitbeschäftigt, in anderen europäischen Ländern ist dieser Anteil (auch bei den Männern) noch wesentlich höher. Teilzeitbeschäftigung gilt mehr und mehr als Mittel, Arbeitsplätze zu schaffen. Der Nachteil: in typischen Frauenbeschäftigungs- und Niedriglohnbranchen reicht ein Teilzeit-Einkommen kaum aus, die normalen Lebensbedürfnisse zu sichern. Bei Arbeitslosigkeit ist der Weg in die Armut programmiert.

Von der Erwerbsarbeitsgesellschaft zur Tätigkeitsgesellschaft

Die erwerbsarbeitszentrierte Gesellschaft muss und soll zu Ende gehen – vor allem aus ökologischen Gründen.

Ökologische Grenzen des Wachstums

Das herrschende Wirtschaftssystem ist nach wie vor vom quantitativen Wachstum und dem Wachstum der Ansprüche bestimmt. Zu sehen sind also die ökologischen Grenzen des Wachstums – vor allem als Expansionsproblem im Weltmaßstab. Die Entwicklungsländer ahmen die Wirtschafts- und Lebensweise der hoch technisierten Geldgesellschaften immer mehr nach, ja werden in einem gewissen Sinne durch die Mechanismen des Weltmarktes dazu gezwungen. Die westlichen Industriestaaten – ca. 26 % der Erdbevölkerung – verbrauchen vier Fünftel der Reichtümer der Erde. Welche Fragen stellen sich für die Belastbarkeit unseres Planeten, wenn die Produktions- und Konsummaschinerie der reichen Industriestaaten in der Perspektive der Weltbevölkerung gesehen wird – im Hinblick auf sechs Milliarden heute, sieben Milliarden morgen und acht Milliarden übermorgen?

Das Modell der OECD-Staaten ist allein schon aus ökologischen Gründen nicht universalisierbar.

Das Ende der erwerbsarbeitszentrierten Gesellschaft, besser: der Teilausstieg aus ihr, ist keine apokalyptische, sondern ein frohe Botschaft – unter der Voraussetzung, dass es uns gelingt, die erwerbsarbeitszentrierte Gesellschaft in eine Tätigkeitsgesellschaft zu verwandeln.

Im Ende der erwerbsarbeitszentrierten Gesellschaft liegt die große Chance, unsere Lebensqualität zu steigern. Darauf hat schon *J. M. Keynes* in den 30er Jahren hingewiesen.

Viele Menschen in der Erwerbsarbeitsgesellschaft befinden sich heute in einem grundlegenden Dilemma: Zum einen ist für sie das Interesse an der Erwerbsarbeit bestimmend – wegen der materiellen Daseinssicherung und Daseinsverbesserung; die Erwerbsarbeit öffnet aber auch ein Netz menschlicher Beziehungen; für viele erscheint sie als Medium für „Lebenssinn". Zum anderen sehnen sich aber auch viele danach, von den Fesseln, der Last, dem Stress, ja vom Zwang dieser Erwerbsarbeit befreit zu werden.

Die überwiegende Mehrheit kann in größerem oder kleinerem Umfang die zunehmenden Konsummöglichkeiten nutzen, aber vielgestaltige Ängste – der Verlust von Erwerbschancen und damit verbunden vor allem das Schwinden von Ansehen und Zukunftsperspektive – hemmen die Freude an den Früchten des Wirtschaftswachstums.

Erwerbsarbeit als Lebenssinn?

In der jetzigen erwerbsarbeitszentrierten Gesellschaft ist die Erwerbsarbeit zum Götzen geworden: Sie ist Selbstzweck, nicht Mittel zum Zweck. Alles wird ihr geopfert; wir instrumentalisieren die Natur, uns selber. Die meisten politischen Kalküle vollziehen sich im Fragehorizont: Werden Arbeitsplätze geschaffen? Gehen Jobs verloren? Was kann getan werden? Wir sollen möglichst viel konsumieren, um Arbeitsplätze zu erhalten und neue zu schaffen: Konsum nicht um Bedürfnisse zu befriedigen und Wünsche zu erfüllen, sondern als Mittel zum Zweck der Arbeitsplatzbeschaffung?

Ist es nicht höchste Zeit, dass wir uns über einen Teil-Exodus aus dem herrschenden System Gedanken machen? Mit diesem krampfhaften Bemühen, dieses System am Leben zu erhalten, entmächtigen wir uns immer mehr selbst, wir ruinieren die Natur, wir ruinieren den sozialen Frieden: Dieses System macht aus uns Konkurrenten unter Konkurrenten. Es wird uns eingeredet, wir könnten kein höheres Ziel anstreben, als uns in die Erwerbsarbeit einspannen zu lassen. Nur durch Wirtschaftswachstum, sinkende Löhne und abnehmende Sozialausgaben – so wird uns gesagt – sei Vollbeschäftigung wieder herzustellen. Wir zementieren dadurch die Macht der Kapital- und Geldorientierung, wir liefern uns den Selbstzwängen und den Fremdzwängen dieses Systems aus. Gilt es nicht, endlich wieder Freiraum zurückzugewinnen, einen Atemraum, mehr Gestaltungsmacht?

Das ist mein Anliegen: Unser Blick sollte frei werden für eine Tätigkeitsgesellschaft, in der die Erwerbsarbeitszeit nur mehr einen Teil unseres Tätigseins ausmacht. Dieser neue Blick setzt eine Art Bewusstseinsrevolution voraus – im Sinne der Frage: Wollen wir die erwerbsarbeitszentrierte Gesellschaft in eine Gesellschaft umbauen, deren Sinn nicht mehr vorrangig von der Erwerbsarbeit bestimmt ist, sondern von der Freude am Leben, vom Tätigsein im weitesten Sinn des Wortes? Eine Gesellschaft, in der wir einen geringeren Teil der Zeit und Kraft für Erwerbsarbeit einsetzen und einen größeren Teil selbst gestalteter Tätigkeit widmen, dem Engagement in den sozialen Netzen und in den politischen Gemeinwesen, in der künstlerischen Gestaltung des Lebens, im geistig-geistlichen Leben?

Welcher Weg ist einzuschlagen?

In diesem Horizont sehe ich grundsätzlich drei Möglichkeiten, mit dem sehr leidvollen und für unsere demokratischen Gesellschaften sehr gefährlichen Phänomen der Arbeitslosigkeit und der neuen Armut umzugehen:

Lösungsvorschläge für die Zukunft

- Der systemimmanente Ansatz
  Die Verantwortlichen des politischen Systems und der großen Verbände versuchen, durch angebots- und/oder nachfrageorientierte Maßnahmen dem Problem beizukommen. Ich halte dies für eine Symptomkurpolitik. Sie wird da und dort Leid mindern (und das ist schon viel), aber an der grundsätzlichen Situation werden diese Maßnahmen nichts ändern. Im Gegenteil: Viele Zeichen deuten darauf hin, dass die Lage sich verschärfen wird.

- Systemtranszendierende Ansätze
  Solche Ansätze sind etwa: die Reaktivierung von Subsistenzwirtschaften; die Auflösung des großen Marktes in überschaubare, regionale Märkte, also die Schaffung regionaler Kreisläufe; Zinsverbot und dergleichen mehr.
  Es handelt sich um Lösungsvorschläge, Modelle und Experimente, mit denen viel gelernt und Erfahrung gesammelt werden kann. Dabei wird oft auch das Leben derer, die sich in diesen Kreisen engagieren und beteiligen, erleichtert und bereichert. Aber als Alternative, als ein „allgemeines Wirtschaftsmodell“, eignen sich diese Vorschläge nicht.

- Differenz zum System im System
  Soll die Atomisierung der Menschen – ihre Entwurzelung und Freisetzung – mit all den Gefahren auch für das demokratisch-politische Leben nicht um sich greifen, dann bedarf es vor allem des Umbaus unseres sozialen Sicherungssystems hin auf eine Grundsicherung, die nicht allein an die Erwerbsarbeit, die Flexibilität und die Launen des Arbeitsmarktes und an das Kalkül der Bürokratie gebunden ist, sondern eine Grundsicherung, die den Menschen eine primäre (= materielle) Existenzangst nimmt, eine Existenzangst, die mittlerweile auch Menschen bis hinein in die Mittelklasse erfasst hat.
  Voraussetzung für diesen Ansatz ist die grundsätzlich positive Beantwortung einer Grundfrage: Wollen wir die erwerbsarbeits-

> zentrierte Gesellschaft in eine Tätigkeitsgesellschaft umbauen? Es gilt Klarheit über die Frage zu gewinnen: Wie wollen wir in Zukunft leben, tätig sein, auch arbeiten im Sinne der Erwerbsarbeit? Erwerbsarbeit und Konsum als Selbstzweck oder als Mittel zum Zweck für ein gutes Leben?

Unter der Voraussetzung der Klärung dieser Vorfrage müsste dieser Umbau von mindestens vier Pfeilern bestimmt sein:

1. Pfeiler: Ein unbedingtes Grundeinkommen für jede und jeden

Unter diesem Grundeinkommen verstehe ich einen über den Staat zugewiesenen Geldbetrag. Auf ihn hat grundsätzlich jeder Mensch in einer Gesellschaft Anspruch, ohne eine Erwerbsarbeitsleistung erbracht zu haben und ohne dass dazu eine Bereitschaft verlangt würde.

Grundeinkommen als stabiles Element in der Gesellschaft

Dieses Grundeinkommen bildet in einem weithin flexiblen Modell einer Tätigkeitsgesellschaft ein stabiles Element. Es schafft Verlässlichkeit und Tragfähigkeit; es vermindert die sozialen Ausstoßungen und Existenzängste. Es ist ein unerlässliches Instrument für den Aufbau und Ausbau des so wichtigen Bereichs der primären Sozialsysteme: der sozialen Netzwerke. Seine Fruchtbarkeit erweist sich darüber hinaus gerade als Flexibilisierungsinstrument – in der Möglichkeit einer vielfachen Kombination zwischen der Eigentätigkeit, der Tätigkeit in den sozialen Netzen und im Sektor der Erwerbsarbeit.

Neben vielen anderen Sozialwissenschaftlern – wie *Jürgen Habermas* und *Ulrich Beck* – bekennt sich auch der liberale Soziologe *Lord Ralph Dahrendorf* ausdrücklich zum „Prinzip des garantierten Grundeinkommens" (Die ZEIT, Nr. 5/27.01.2005, S. 39).

2. Pfeiler: Flexibilisierung

Deregulierung und Flexibilisierung bestimmen zunehmend den Arbeitsmarkt und unsere gesellschaftlichen Systeme. Auf der Basis des Grundeinkommens ist eine weitgehende Flexibilisierung des Arbeitsmarktes möglich: der Tagesarbeitszeit, der Wochenarbeitszeit, der Jahres- und Lebensarbeitszeit. Neue Formen von Job-Sharing oder Teilzeitarbeit wie etwa die Wahl größerer, zusammenhängender Arbeitszeitblöcke mit anschließender längerer Freizeit könnten so vereinbart werden.

Das Ziel wäre eine Verkürzung der Wochenarbeitszeit bei gleichzeitiger Verlängerung der Lebensarbeitszeit. Ich denke dabei nicht an eine verordnete flächendeckende Verkürzung der Arbeitszeit – sie könnte kontraproduktive Entwicklungen auslösen. Die Arbeitszeitverkürzung muss branchenweise, regional, dezentral erfolgen; Produktivitätsfortschritte sollen in Zukunft nicht in Geld, sondern in Lebenszeit weitergegeben werden.

Ziel soll die Souveränität im Erwerbsarbeitssektor sein: dass der/die Einzelne in einem bestimmten Rahmen selbst wählen kann, wie viel er/sie arbeiten will, wie viel sie/er verdienen will, wie hoch die Pension sein soll.

3. Pfeiler: Der Ausbau der primären Sozialsysteme – neben dem Arbeitsmarkt und auch mit fließenden Übergängen.

In den primären Sozialsystemen (Haushalt/Eigentätigkeit, Nachbarschaft, soziale Netzwerke) bringen wir die meisten Lebensstunden zu. Von ihrem Gedeihen hängt entscheidend die Qualität sowohl des einzelnen Lebens wie der Gesellschaft insgesamt ab. Es wird immer wieder zu wenig bedacht, dass wir zuvor von der Zuwendung anderer Menschen, der Freundschaft und Gefährtenschaft der Mitmenschen leben, und dass wir abhängig sind von der Natur, von reiner Luft, von gutem Wasser und gesunden Pflanzen.

Grundlage der Lebensqualität: Beziehungen zu anderen Menschen, intakte Natur

Wesentliche Voraussetzungen, Notwendigkeiten und Annehmlichkeiten unseres Lebens erzeugen wir jenseits von Fabrik und Büro: in Eigenarbeit (in den vielfältigen Tätigkeiten der Sorge um Kinder und Haushalt, die bis zu selbst gezogenem Gemüse und selbst verfertigten Möbeln reichen können), in Nachbarschaftsdiensten (im Umgang mit den Kindern nebenan, durch Hilfe für Alte und Kranke) und in sozialen Netzwerken.

Dehnen wir diese Lebensbereiche aus, so können wir mit viel weniger Schäden und Kosten leben, als dies möglich wäre, wenn wir die Lohnarbeit, also Erwerbsarbeit, weiter forcieren.

Die Entwicklung der Eigentätigkeit der Menschen als Entfaltung freien Unternehmertums im weitesten Sinn muss gefördert werden: in Einzelinitiativen wie Gruppen- und Netzwerken, die überschaubar und begrenzt sind und so von den beteiligten Menschen gemeinsam gestaltet werden können. Ich denke an selbst verwaltete Unternehmen, Genossenschaften neuen Typs, Zusammenschlüsse von Bergbauern, Biobauern, Kunsthandwerkern, Einkaufs- und Verkaufsgruppen, Werkstätten für angepasste Technologien, medizinische Nahversorgung, psycho-soziale Hilfsgruppen, Zentren für Friedensarbeit und politische Bildung, Jugend- und Kommunikationszentren und kulturelle Initiativen.

Der heutige Sozialstaat ist kostspielig, er fördert die Vereinzelung und Isolierung der Menschen, weil er die Menschen an die technokratisch-bürokratischen Instanzen bindet. Der Versorgungsstaat fördert die Tendenz zur passiven Hinnahme sozialer Dienste. Im Bereich sozialer Netze können sich dagegen staatliche Eingriffspolitik im Sinne subsidiärer Hilfe und Selbsttätigkeit auf der Basis der Gegenseitigkeit ergänzen. Es geht also um eine kreative Verbindung zwischen solidarischer Selbsttätigkeit in den sozialen Netzen mit staatlichen Diensten im Sinne einer subsidiären Hilfe für die sozialen Netzwerke.

4. Pfeiler: Wandlung des Steuersystems

Von besonderer Bedeutung ist die Einführung einer ökologischen Steuer, die den Einsatz von Energie und anderer kostbarer Ressourcen belastet, die die lebendige Arbeit entlastet. Außerdem wäre über die „Wertschöpfungsabgabe" nachzudenken; zu erwägen wäre auch, wie die Reichtumsvermehrung der Rentiers mit ihren Zinseszins-Einkommen steuerlich gerechter erfasst werden könnte und wie weit neue oder neu-strukturierte Konsumsteuern zu berücksichtigen sind. Generell wäre zu prüfen, wie das Steuersystem vereinfacht werden könnte.

Ist ein solches „Modell" verantwortungsethisch vertretbar?

Verantwortungsethisch muss nach möglichen Folgewirkungen der Einführung eines solchen Modells gefragt werden. Insbesondere die Einführung eines Grundeinkommens (vor allem ab einer bestimmten Höhe) würde ohne Frage einen großen Eingriff in unser Gesellschaftssystem bedeuten. Deshalb müssen auch absehbare Probleme, die aus diesem Umbau erwachsen können, mit großer Sorgfalt geprüft werden.

Noch immer gefragt: „Mut, sich des eigenen Verstandes zu bedienen."

Wobei mich nicht die Angst vor einem Missbrauch des sozialen Netzes beunruhigt (diesem Missbrauch steht heute schon ein breites Anwendungsfeld offen – „von unten" und „von oben"), sondern vielmehr die Frage, ob sich genügend Menschen finden werden, die den Mut haben, das „Gehäuse der Hörigkeit" der erwerbsarbeitszentrierten Gesellschaft zu verlassen, um das Wagnis eines neuen Weges einzugehen. Viele Menschen aller Schichten sind vom Einsatz von mehr Eigeninitiative überfordert; so delegieren sie ihre Verantwortung an hierarchische und bürokratische Instanzen und begeben sich in deren Abhängigkeit.

Der Aufbau und Ausbau der sozialen Netzwerke erfordert ein Mehr an solidarischer Selbsttätigkeit. Diese Netzwerke sollen überschaubar und begrenzt sein und so von den beteiligten Menschen gemeinsam gestaltet werden können. Und das heißt auch, dass sich die Menschen in diesen Räumen unmittelbarer begegnen – so wie sie eben sind, also auch mit ihren Schwächen und Grenzen, mit ihren seelischen Zwängen, mit ihrem Macht- und Geltungs-, Besitz- und Aneignungsdrang, mit ihren weltanschaulichen und sachlichen Differenzen. Die untergründigen Affekte (Wut, Zorn, Eifersucht, Neid, Geiz) kommen in dieser unmittelbaren Kommunikation verstärkt ans Tageslicht. Missverständnisse nehmen zu, die Konflikte verschärfen sich.

Wir wissen alle aus unserer tagtäglichen Lebenserfahrung um diese Grenzen und Schwächen und scheuen deshalb nicht selten davor zurück, uns in dieses Feld einer unmittelbareren Kommunikation mit anderen Menschen einzulassen – aus Angst, in unserem Freiheitsspielraum allzu sehr eingeengt zu werden, aus Angst, verletzt, verwundet zu werden.

Aus diesem Grunde meint *Ulrich Beck,* man müsste die Bezieher eines Grundeinkommens zu ihrem Pionier-Geist beglückwünschen, weil sie den Mut haben, neue und riskantere Existenz- und Arbeitsformen zu erproben (siehe zum Ganzen: Freiheit oder Kapitalismus. *Ulrich Beck* im Gespräch mit Johannes Willms, Frankfurt am Main: 2000).

Lebensglück statt Konkurrenz

Positiv zu werten ist – jedenfalls aus meiner Sicht –, dass immer mehr Menschen die Zwänge des herrschenden Systems Wissenschaft/Technik/Ökonomie durchschauen: Die Tendenz zur Monetarisierung von immer mehr Lebensfeldern, die zunehmende Verwandlung der Welt in einen Vergnügungspark und Konsumtempel, die Zurichtung der Menschen zu einer Jagd nach Reichtum und Profit mit ihrer Verdrängungskonkurrenz und ihren ökologischen und sozialen Schäden, die verwirrende Überflutung mit Versprechungen von Glücksgütern durch die Werbung, die Ökonomisierung der Bildung, der Zug zum Fachmenschentum und der Verberuflichung der Alltagskompetenz.

Positiv gewendet: Immer mehr Menschen sehnen sich nach einem öko-sozialen Umbau unseres Wirtschafts- und Gesellschaftssystems, nach einer neuen Wechselbeziehung von Erwerbsarbeit und freier Selbsttätigkeit, immer mehr Menschen sehnen sich nach einem neuen Freiheitsraum, der ihnen die Verfügung über ihren Lebensraum, ihr Tätigkeitsfeld in Haus, Nachbarschaft und sozialen Netzen wieder vergrößert und sie zur Mitwirkung an den Strukturentscheidungen in den gesellschaftlichen Großräumen befähigt. Die Frage ist aber: Wie gewinnt die Sehnsucht so vieler Menschen Gestalt?

Prüfung dieses Modells durch eine Expertengruppe

Eine erste Antwort auf die Frage, ob ein solches Modell sachlich und wirklichkeitsnah umsetzbar ist, ist die Einsetzung einer Expertengruppe. Sie hat auf der Basis der österreichischen Daten dieses Modell auf seine Realisierbarkeit hin zu prüfen und durchzurechnen. Fragen, die meines Erachtens von einer solchen Expertengruppe zu beantworten sind, wären etwa folgende:

Fragen an die Experten

Welches Grundeinkommen?

- Bezieherkreis, Anspruchsberechtigung, personenbezogen, haushaltsbezogen? Höhe, Staffelung, Auszahlungsmodus. Bedarf deckend? Physisches Existenzminimum? Gesellschaftliches Minimum? Grundeinkommen in der Höhe der mittleren Erwerbseinkommen?
- Was soll sich ändern bei den bestehenden sozialstaatlichen Einrichtungen?

Finanzierung und Implementierung?

- Gesamtkosten unter Berücksichtigung wegfallender Leistungen; Einsparungen im Bereich der Sozialausgaben und der Sozialstaatsbürokratie
- Notwendige Änderungen des Steuersystems (ein Grundeinkommen, das den flexibleren Einsatz der Arbeit ermöglichen soll, kann nicht [allein?] über erwerbsbezogene Abgaben und Steuern finanziert werden). Welche Möglichkeit der Anbindung bei Steuern? Öko-Steuern; Wertschöpfungsabgabe; höhere Kapitalertragssteuern? Höhere Verbrauchssteuern? Sonstige?
- Höheres Steueraufkommen aufgrund der nachfragestärkenden Wirkung des Grundeinkommens im untersten Einkommensbereich?
- Ausgaben für die staatlich-subsidiäre Unterstützung des Aufbaus und Ausbaus der sozialen Netzwerke.
- Einsparungen von Sozialstaatsausgaben aufgrund des Ausbaus der sozialen Netze?

Abschätzung der Auswirkungen

- Einfluss auf die Erwerbsbereitschaft?
- Auswirkungen auf den Ausbau der „primären Sozialsysteme".
- Flexibilisierungsmöglichkeiten/Flexibilisierungsgewinne

- Weitere ökonomische Implikationen: Budget; Gebietskörperschaften; Lohnkosten; Beschäftigung; Sozialversicherungssysteme; Wirtschaftswachstum
- Gesellschaftliche Akzeptanz?

Wer soll an einer solchen Arbeitsgruppe teilnehmen?

Nicht Politiker und Medienleute, sondern erstens Praktiker (Personen, die die soziale Situation in Österreich aufgrund ihrer Arbeitspraxis sehr gut kennen), zweitens Personen, die fähig sind, Konzepte, Modelle zu entwerfen und auszuarbeiten, und drittens Fachleute, die durch Rechenoperationen Modelle und Szenarien prüfen, bewerten, verfeinern, und zwar aufgrund der vorhandenen Daten und der Veränderung der Daten, die sich aufgrund der Variablen der verschiedenen Modelle und Szenarien ergeben.

Entscheidend: der Blick auf das gesamte System

Von besonderer Wichtigkeit ist, dass die Gruppe mindestens die vier angegebenen Pfeiler des Umbaus berücksichtigt und sich nicht auf einseitige Sichtweisen fixiert, wie die Einführung eines Grundeinkommens allein, die Öko-Steuer, den Aufbau der sozialen Netzwerke oder die Flexibilisierung des Arbeitsmarktes.

Man sollte grundsätzlich auch nur Personen einladen, die ein genuines Interesse an dieser Fragestellung haben, ja, die der Ansicht sind, dass die gegenwärtigen Antworten auf Arbeitslosigkeit und die neue Armut – so nützlich und unentbehrlich sie sind – den sozialen Frieden in Zukunft nicht bewahren oder schaffen können.

Zukunft aktiv gestalten

In einer Zeit raschen Wandels genügt es nicht, sich der alten, bewährten Rezepte zu erinnern. Neue Situationen erfordern neue, kreative Lösungsmöglichkeiten. Gesellschaftliche Trends sind das Ergebnis menschlicher Tätigkeit, weder laufen sie mit deterministischer Notwendigkeit ab, noch sind sie unumkehrbar. Um Zukunft zu gestalten, braucht es Visionen und den Mut zur Veränderung.

Dr. Hannes Androsch, geb. 1938, war von 1967 bis 1981 Abgeordneter zum NR für die SPÖ, 1970 wurde er BM für Finanzen, 1976 Vizekanzler in der Regierung Kreisky, von 1974 bis 1981 war er stellvertretender Parteivorsitzender der SPÖ. Nach seinem Ausscheiden aus der Politik 1981 bis 1988 Generaldirektor der Creditanstalt. Er ist heute als Industrieller tätig. Dr. Hannes Androsch verfasst laufend Artikel und Kommentare zu Wirtschaft und Politik und ist Autor und Mitherausgeber mehrerer Bücher.

Wirtschaftlicher Erfolg als Grundlage für den Sozialstaat

Der Wohlfahrtsstaat ist eine der bedeutendsten Errungenschaften des 20. Jahrhunderts. Seine Absicherung und seine weltweite Verbreitung zählen zu den wichtigsten sozialpolitischen Aufgabenstellungen der Menschheit im 21. Jahrhundert.

Massenwohlstand durch Industrialisierung

Die Industrialisierung schuf in der westlichen Welt und zunehmend auch in den Schwellenländern die Grundlagen für den Massenkonsum und den Massenwohlstand. In den entwickelten Industriestaaten lebt, wie *Eric Hobsbawm* eindrucksvoll aufgezeigt hat, ein Durchschnittsbürger besser als ein Monarch vor 200 Jahren.

Die soziale Errungenschaft des Wohlfahrtsstaates musste allerdings hart erkämpft werden. Das schwere Los der Ausgebeuteten, der oft am physischen Existenzminimum und unter menschenunwürdigen Umständen dahinvegetierenden Arbeiter und deren Familien, wurde erst mit dem 1848 erschienenen „Kommunistischen Manifest" zur sozialen Frage. In dieser von *Friedrich Engels* und *Karl Marx* meisterlich verfassten Schrift wurde die Emanzipation des Proletariates, der Unterdrückten und der Rechtlosen gefordert. Erst Jahrzehnte später hat sich die römisch katholische Kirche, wie etwa in der 1891 erschienenen Enzyklika „Rerum Novarum", mit diesen gravierenden sozialen Problemen befasst.

In einem 1847 von einem französischen Arbeiter namens *Leroi* verfassten Gedicht heißt es: „*Was wir begehren von der Zukunft Fernen / dass Brot und Arbeit uns gerüstet stehen / dass unsere Kinder in der Schule lernen / unsere Alten nicht mehr betteln gehen.*“ Diese einstmalige soziale Utopie wurde Realität. Die Industrialisierung und der mit ihr einher gehende Fortschritt hat eine ungemeine Steigerung des Wohlstandes und der Wohlfahrt ermöglicht.

Anton Benya hat immer wieder darauf hingewiesen, dass die Finanzierung des Sozialstaates von einer hohen Beschäftigung und wirtschaftlichem Wachstum abhängt. Eine anhaltend hohe Arbeitslosigkeit in Folge mangelnder Dynamik und eine wirtschaftliche Stagnation gefährden die Finanzierung des Wohlfahrtstaates, ganz abgesehen von den sozialen und psychischen Auswirkungen bei den Betroffenen, die in der bedrückenden und weltbekannt gewordenen Studie von *Marie Jahoda* und *Paul Lazarsfeld* über die nach der Schließung einer Textilfabrik 1933 arbeitslos gewordenen Menschen von Marienthal, einem kleinen Ort in Niederösterreich, erstmals sozialwissenschaftlich erfasst worden sind.

Derzeit lässt eine anhaltende Wachstumsschwäche und eine auf neue Rekordwerte ansteigende Arbeitslosigkeit in zahlreichen europäischen Staaten, darunter auch Österreich, bei den Menschen Zukunftspessimismus und die Angst vor sozialem Abstieg und vor Armut aufkommen. Diese schlagen sich auch in hohen Sparquoten und einer zu geringen Nachfrage nieder, die wiederum wachstumshemmend wirkt.

Voraussetzungen für Wohlstand und Demokratie

Die besten Voraussetzungen für Wohlstand und Demokratie liegen zweifelsohne in einer offenen und modernen Marktwirtschaft begründet, die zugleich dem sozialen Ausgleich und der ökologischen Nachhaltigkeit verpflichtet ist. Seit dem Untergang der einstigen Supermacht Sowjetunion, die an ihren inneren Widersprüchen, dem Mangel an echter Demokratie, den Unzulänglichkeiten des planwirtschaftlichen Systems und der fehlenden Bereitschaft zur Modernisierung gescheitert ist, ist die Marktwirtschaft ohne Alternative, soferne sie in ihrem Selbstverständnis eine effizient-soziale ist.

Der Marktwirtschaft wohnt die Tendenz zum zerstörerischen Raubtierkapitalismus inne, wenn sie nicht gezügelt wird. Bereits *Adam Smith*, der die klassische Nationalökonomie begründete und der als erster das marktwirtschaftliche Prinzip als Grundlage für den Wohlstand der Nationen erkannte, wies darauf hin, dass das private Profitinteresse auch der Korrektur durch „moralische Gefühle“ bedürfe, also sozialverträglich zu gestalten ist.

Mit der sozialen Marktwirtschaft und dem Ausbau des Wohlfahrtsstaates wurde ein Korrektiv gefunden, um den Kapitalismus sozialverträglich zu gestalten. Nunmehr müssen für den Prozess der wirtschaftlichen Globalisierung sozial- und ökologisch verträgliche Rahmenbedingungen mit fairen Wettbewerbsregeln durchgesetzt werden. Vor allem ist der Welthandel gerechter abzuwickeln und den so genannten Schwellen- und Entwicklungsländern die Perspektive einer nachhaltigen wirtschaftlichen Entwicklung zu bieten.

Globalisierung mit fairen Wettbewerbsregeln

Neue Chancen durch Globalisierung

Die Globalisierung eröffnet neue Perspektiven zur Mehrung des Wohlstandes aller Nationen und ihrer Menschen, wenn auch nicht alle und nicht alle sofort den gleichen Nutzen davon haben werden, wie die Unterschiede der einzelnen Regionen und Länder der Welt zeigen. Die Bekämpfung der wirtschaftlichen Globalisierung würde allerdings bedeuten, die Armen noch ärmer zu machen. Was passiert, wenn sich ein Land dem Globalisierungsprozess entzieht, zeigt das Beispiel Nordkorea. Dieses am wenigsten globalisierte Land der Welt zählt gleichzeitig zu den ärmsten. Ein ähnlicher Befund gilt für Afrika, das zudem an Kriegen und der Seuche Aids zu verbluten droht.

Gefahr Abschottung

Die Abschottung von der Globalisierung und ein neuer Protektionismus würden auch für Europa einen enormen Gefahrenherd bedeuten. Dies lehrt auch die verhängnisvolle Erfahrung der 20er und 30er Jahre des letzten Jahrhunderts, die in einer weltweiten wirtschaftlichen Depression und deren furchtbare soziale und politische Folgen mündete. Europa darf daher keine neuen Wagenburgen bauen, wie etwa im Bereich der Agrarpolitik.

In seiner Untersuchung über „Wohlstand und Armut" zeigte der amerikanische Wirtschaftshistoriker *David Landes* auf, wie sehr das Wohlstandsgefüge immer wieder Bedrohungen ausgesetzt ist. Dagegen zeigen sich jene Länder am besten gerüstet, die Kreativität ermuntern, Innovationen und Modernisierung begünstigen statt abwehren und die Chancen der Globalisierung nutzen. Lässt man diese verstreichen, kann die Globalisierung, wenn auch im umgekehrten Verständnis ihrer Gegner, tatsächlich rasch zur Falle werden.

Der immer schneller werdende Prozess der Globalisierung wurde durch neue Technologien im Bereich des Verkehrs, vor allem der Luftfahrt, sowie im Informations- und Kommunikationssektor ausgelöst. Maßgeblich dafür war die Erfindung des Computers in den 40er Jahren und des World Wide Web in den 90er Jahren des 20. Jahrhunderts sowie der Durchbruch der mobilen Telefonie. Die Welt verdichtet sich zunehmend zum „global village".

Weltweite Umwälzungen

Die wirtschaftliche Globalisierung ist nur ein, wenn auch ein besonders gravierender Aspekt der zu beobachtenden weltweiten Umwälzungen. Weiters zeichnet sich auch ein sozialer Wandel ab, der nicht nur in den hoch entwickelten Industriestaaten mit der Entwicklung hin zu einer alternden Gesellschaft samt den daraus resultierenden neuen Problemstellungen oder der Ausbildung neuer Formen des sozialen Zusammenlebens, wie etwa den Patchworkfamilien, verbunden ist.

Weitreichende Änderungen zeichnen sich auch durch neue technologische Möglichkeiten ab, die sich in den Bereichen Information und Kommunikation oder in den unter dem Begriff „life sciences" zusammengefassten Industriezweigen in den Bereichen der Chemie sowie der Bio- und Gentechnologie und weiters auch durch die Nanotechnik, aber auch neue Werkstoffe eröffnen.

Wissen als Rohstoff

Wissen wird immer mehr zum wichtigsten Rohstoff. Dies bedeutet, plakativ ausgedrückt, rauchende Köpfe statt rauchender Schlote, Inspiration statt Transpiration, Verstand statt Muskeln, die Ablöse von Horsepower und Manpower durch Brainpower. Eine traditionelle Forderung der Arbeiterbewegung – 8 Stunden arbeiten wir, 8 Stunden schlafen wir, 8 Stunden lernen wir –, hat eine neue Aktualität bekommen.

Im 19. Jahrhundert wurde die Agrargesellschaft durch die Industriegesellschaft abgelöst, die nunmehr zur Wissens-, Informations- und Dienstleistungsgesellschaft mutiert. Die damit verbundenen Umbrüche lassen sich am Beispiel der Beschäftigten in der Landwirtschaft und in der Industrie verdeutlichen.

Als zu Beginn des 20. Jahrhunderts in den USA eine verstärkte Landflucht einsetzte und die zunehmende Verstädterung zu sozialen Problemen führte, wurde von Vertretern des „progressive movement", eine Reformbewegung für Modernisierung und soziale Gerechtigkeit, der auch *Theodore Roosevelt* angehörte, das politische Versprechen abgegeben, sich dafür einsetzen zu wollen, dass in den USA nie weniger als 60 % der Bevölkerung in der Landwirtschaft arbeiten werden.

Heute sind in den USA nur mehr 1,8 % der Bevölkerung und in den EU-15 ebenso wie in Österreich nur mehr 3,7 % in der Landwirtschaft beschäftigt, obwohl die landwirtschaftliche Produktivität seither um ein Vielfaches gestiegen ist. Die landwirtschaftlichen Ressourcen hätten zudem auch das Potential, die gesamte Weltbevölkerung, die mittlerweile 6,4 Milliarden Menschen beträgt und bis 2050 auf 9,3 Milliarden Menschen anwachsen wird, ausreichend zu ernähren. In der Industrie ist die abnehmende Zahl der Beschäftigten ebenfalls ein untrüglicher Indikator für den strukturellen Wandel. So waren in Österreich 1970 im Jahresdurchschnitt noch 722.000 Menschen in der Industrie beschäftigt, 2004 aber nur mehr 585.000.

Modernisierung

Umstrukturierungen und Internationalisierung waren schon immer Begleiterscheinungen von wirtschaftlichem Wachstum. Die wachstumsschwächsten Länder in Europa sind jene, die zu spät und ungenügend auf den wirtschaftlichen Strukturwandel und die geänderten Anforderungen reagiert haben.

Verzahnung der Märkte über Grenzen hinweg

Ein hervorstechendes Merkmal der Globalisierung ist die immer enger werdende Verzahnung der Gütermärkte, der Finanzmärkte und Arbeitsmärkte über alle politischen Grenzen hinweg. In Anpassung an diese Entwicklung erfolgt die Wertschöpfung der Unternehmen zunehmend dort, wo die besten Bedingungen herrschen. Dazu zählen aber nicht nur günstige Kosten, sondern auch bestens qualifizierte Mitarbeiter, ein hohes Bildungsniveau, stabile soziale Verhältnisse, rechtliche Sicherheit sowie Lebens- und Umweltqualität. Weiters produzieren Unternehmen im globalen Markt vermehrt auch in jenen aufstrebenden Schwellenländern, wo sich neue Marktchancen eröffnen, wo aber auch produziert werden muss, um bei der Bevölkerung Kaufkraft und damit neue Nachfrage zu schaffen. Aus unternehmerischer Sicht bedeutet dies „local content", aber auch Ausnutzung aller kombinatorischen Wettbewerbsmöglichkeiten zwischen den einzelnen Standorten.

Aus der Sicht der einzelnen Volkswirtschaften muss die Wirtschafts- und Standortpolitik wiederum darauf abzielen, die besten Voraussetzungen für zukunftsweisende Unternehmen zu schaffen und sich auf die Erfordernisse einer immer komplexer werdenden Wirtschaft einzustellen.

Forcierung der „vier I"

Neben der Bereitstellung einer modernen Infrastruktur und einer effizienten und dienstleistungsorientierten öffentlichen Verwaltung zählt dazu insbesondere die Verfügbarkeit von Wissen und Knowhow sowie eine hohe innovatorische Leistungsstärke, also die Forcierung auf „vier I" : Infrastruktur, Innovation, Investition und Initiative.

In Europa weisen jene Länder die höchste Wirtschaftsleistung auf, die sich dem Wandel gestellt und rechtzeitig auf Reformen und Modernisierung gesetzt haben. Als eines der Vorzeigebeispiele gilt Schweden. Dort wurde 1994 mit einem umfassenden und oft auch einschneidenden Reformprogramm begonnen, bei dem auch die sozialen Leistungen einer Evaluierung unterzogen worden sind. Schweden erzielt inzwischen im europäischen Vergleich hohe wirtschaftliche Wachstumsraten, die dem Staat auch die Finanzierung seiner erneut als vorbildlich angesehenen sozialstaatlichen Aufgaben samt eines zukunftstauglichen Pensionssystems ermöglichen, die die Erbringung von Eigenleistungen und Eigenvorsorge als ein Element des solidarischen Ausgleiches in einer Wohlstandsgesellschaft selbstverständlich haben werden lassen. Auf diese Notwendigkeit haben *Helmut Schmidt* und *Willy Brandt* bereits in dem mittlerweile vor fast drei Jahrzehnten erschienenen Buch „Deutschland 1976. Zwei Sozialdemokraten im Gespräch" verwiesen, wo sie unter Bezugnahme auf die Grenzen der Finanzierbarkeit des Wohlfahrtsstaates als Gegenstrategie vom Einzelnen „3 E" - Eigeninitiative, Eigenverantwortung und Eigenvorsorge – eingefordert haben.

Spezialisierung der Regionen

Eine der Wachstumsstärken von Schweden wird auch in der Förderung der Spezialisierung seiner Regionen gesehen, hat doch der Wandel der modernen Produktion in den letzten Jahrzehnten dazu geführt, dass die Spezialisierung einzelner Gebiete auf besondere Anforderungen und die Bereitstellung der entsprechenden Infrastruktur immer bedeutender wird.

Clusters als neue Wachstumszentren

Dieser „neue Regionalismus" findet seine Entsprechung in dem relativ jungen Phänomen der Clusterbildung. Unter diesem Begriff werden geografisch nahe beieinander liegende, branchenmäßig miteinander verbundene Unternehmen und Institutionen verstanden. Durch gemeinsame Technik, gemeinsame Verkaufswege, gemeinsame Forschungs- und Entwicklungsprojekte oder dadurch, dass sie auf den gleichen Pool an Arbeitnehmern zurückgreifen, sind die Unternehmen in einer Mischung aus Konkurrenz und Kooperation miteinander verknüpft. Sie werden dadurch produktiver und bereiten das Feld für weitere Firmengründungen auf. Vorzeigebeispiele für eine solche Entwicklung gibt es inzwischen viele.

Vorzeigebeispiele

Das Baskenland beispielsweise, eine Region, die vormals mit den Problemen einer schrumpfenden Schwerindustrie zu kämpfen hatte, präsentiert sich mittlerweile als eine der reichsten Gegenden Spaniens. Aus den Industrie-Ruinen bildeten sich neue Unternehmen in Branchen wie der Automobilzulieferindustrie, dem Werkzeugmaschinenbau und der Telekom-Industrie, die sich zu Clustern zusammengeschlossen haben.

Ein Beispiel für erfolgreiche Clusterbildung ist die Automobil-Zulieferindustrie in der Steiermark.

Eine ähnliche Entwicklung vollzog sich auch am Öresund in Schweden und in Dänemark, wo inzwischen im „Medicon Valley" die Pharmaindustrie prosperiert. Noch vor gut zehn Jahren stand die Arbeiterstadt Malmö nach dem Ende der Werftbetriebe vor dem Kollaps. Auch die Emilia Romagna, ein traditioneller Textilstandort in Italien, schaffte mit Keramikbetrieben und Zulieferbetrieben für die Autoindustrie den Sprung in die Moderne. In Österreich ist die Automobil-Zulieferindustrie in der Steiermark ein weiteres Beispiel für eine erfolgreiche Clusterbildung. Für die Bildung eines Clusters für die Flugzeugzulieferindustrie wären in dieser Region ebenfalls die wesentlichen Voraussetzungen gegeben, wobei auch das Kompetenzzentrum der Montanuniversität Leoben für neue Werkstoffe als wichtiger Impulsgeber für gemeinsame Forschungs- und Entwicklungsprojekte fungieren könnte.

Die meisten Cluster entstehen aus einer Kombination aus Infrastruktur, politischen Rahmenbedingungen, wissenschaftlichen Einrichtungen und passenden Arbeitskräften. Am Öresund beispielsweise gaben die lokalen Universitäten wichtige Impulse oder im Baskenland wurden geschickt jene Branchen gefördert, die ein Zukunftspotential versprachen.

Cluster können aber nicht vom Staat installiert werden, sie müssen sich vielmehr durch bestimmte Konstellationen von selbst entwickeln. Die öffentliche Hand kann allerdings die Rolle eines Katalysators übernehmen. Die Frage nach der Vorrangigkeit von Markt oder Staat ist dabei nicht relevant. Gefragt ist vielmehr ein pragmatisches und zielorientiertes Zusammenwirken von Unternehmen und öffentlichen Einrichtungen.

Wichtige Aufgabe des Staates dabei ist, unternehmerische Wachstumskerne zu erkennen und zu fördern sowie eine zielorientierte Kooperation von Unternehmen, Arbeitnehmervertretungen, politischen und öffentlichen Stellen, berufsbildenden Schulen, Fachhochschulen und Universitäten unbürokratisch zu unterstützen.

Die einzelnen Regionen, die sich im historischen Verlauf oft über mehrere Landesgrenzen hinweg herausgebildet haben, galten schon immer als die Kraftquellen Europas. Sie bieten auch ein großes Potential für eine neuerliche wirtschaftliche Erstarkung Europas und einer Beschleunigung der Verdichtung der europäischen Integration. Sie werden aber nur Teil einer gemeinsamen europäischen Wirtschaftspolitik sein und diese nicht ersetzen können. Eine gemeinsame europäische Wirtschaftspolitik, die nicht nur ein Stabilitätspakt mit sinnvollen Kriterien, sondern auch ein Wachstumspakt sein muss, steht noch aus.

Wirtschaftsraum Europa

Mit dem so genannten Lissabon-Prozess wurde das Ziel angepeilt, Europa bis zum Jahr 2010 zum wachstumsstärksten wissensbasierten Wirtschaftsraum der Welt auszubauen. Diese ambitionierte Zielvorgabe wird, wie das Ergebnis zur Halbzeit verdeutlicht, weit verfehlt werden.

Europa weist im Vergleich zu den USA, aber auch zu den aufstrebenden Ländern in Fernost einen erheblichen Wachstumsrückstand auf. Im Durchschnitt der EU-15 wird für Forschung und Entwicklung als wichtiger Indikator für Innovationskraft und wirtschaftliches Leistungspotential 2 % des BIP ausgegeben, in den USA hingegen fast 3 %. Innerhalb Europas weisen Schweden mit über 4 % und Finnland mit fast 4 % die höchsten F&E-Quoten auf. Österreich liegt mit einer F&E-Quote von 2,19 % knapp über dem Durchschnitt der EU-15.

Europa hat zwar gegenüber den USA das bessere Schulsystem im allgemein bildenden Bereich, fällt aber im universitären und forschungsrelevanten Sektor drastisch ab. Obwohl in den USA lediglich 5 % der Weltbevölkerung leben, werden dort 50 % der weltweiten Forschungsausgaben getätigt. Die USA wendet für Forschung um 100 Milliarden US-Dollar mehr auf als die EU. Zwei Drittel der in den letzten 25 Jahren verliehenen Nobelpreise gingen an Forscher amerikanischer Universitäten. Von den weltweit 100 besten Universitäten haben 50 ihren Standort in den USA. Diese ziehen wiederum Wissenschafter und Studenten aus aller Welt an. Rund 400.000 in der EU ausgebildete Wissenschafter arbeiten in den USA, wo sie 40 % der US-Forschergemeinde stellen.

Wenn Europa diesen „brain drain" in einen „brain gain" umkehren will, dann müssen dafür vor allem die notwendigen Voraussetzungen wie erstklassige Forschungsbedingungen und Leistungsanreize angeboten sowie ausreichende Budgetmittel bereit gestellt werden.

Europa hat ein besseres Schulsystem als die USA, aber im Universitäts- und Forschungsbereich hinkt es nach.

Vor allem aber wird der in weiten Teilen Europas noch immer vorherrschenden Forschungsfeindlichkeit und der auch in Österreich besonders ausgeprägten Ablehnung neuer Technologien, von der Nuklearenergie bis hin zur Bio-, Gentechnologie und der Stammzellenforschung, entgegen gewirkt werden müssen. Ein Alarmsignal ist, dass Europas Unternehmen im Vergleich zu den USA heute viel weniger Mittel für Forschung und Entwicklung bereit stellen als noch vor 25 Jahren. Anfang der 80er Jahre gaben Europas Unternehmen „nur" etwa 30 % weniger aus als ihre US-Konkurrenten. 20 Jahre später waren ihre F&E-Ausgaben auf die Hälfte des US-Niveaus geschrumpft.

Ausgaben für Forschung und Entwicklung sinken

Dem gegenüber kann es nur als groteske Verwerfung gewertet werden, wenn im Haushalt der EU etwa 43 %, die Hälfte der Ausgaben, für die Landwirtschaft, aber nur rund 7 % der Ausgaben für Bildung aufgebracht werden, oder, wie der Basler Ökonomieprofessor *Silvio Borner* nachgewiesen hat, der Schweiz die Haltung dreier Kühe gleich viel wert ist wie die Ausbildung eines Primarschülers.

Wer Wohlstand will, muss produktiv sein. Wer mehr Wohlstand will, muss produktiver werden, hat *Paul Krugman* einmal sarkastisch angemerkt. Verteilt werden kann nur, was vorerst erwirtschaftet worden ist. Eine gute Wirtschaftspolitik ist daher die Voraussetzung für eine erfolgreiche Sozialpolitik. Europa wird daher nicht umhin können, seine Anstrengungen zugunsten eines umfassenden Modernisierungs- und Reformschubes einschließlich einer rigorosen Entbürokratisierung zu bündeln, wobei die anstehenden Probleme, die einer prosperierenden wirtschaftlichen Entwicklung entgegen stehen, auf pragmatischem Weg und ohne wirtschaftspolitische Dogmen zu lösen sein werden.

Megathema „Privatisierung"

Anschauliches Beispiel dafür ist die Privatisierung. Dieses *„Megathema der letzten 20 Jahre" (Ulrich von Weizsäcker)* relativiert jede doktrinäre wirtschaftspolitische Frontstellung zwischen öffentlichem und privatem Eigentum, haben doch zahlreiche Privatisierungen im Bereich der öffentlichen Grundversorgung sehr oft nicht den gewünschten Effekt von Verbesserung und Verbilligung der Leistungen gezeitigt. Daraus allerdings den Schluss zu ziehen, der Staat sei automatisch der bessere Unternehmer, wäre ebenfalls ein Trugschluss.

Unternehmen mit privaten Eigentumsstrukturen sind in der Regel kosteneffizienter, leistungsstärker, ertragsstärker, aber auch flexibler als öffentliche.

Öffentliche Unternehmen hingegen haben vor allem in jenen Bereichen ihre Legitimation, wo Leistungen im Interesse der Volkswirtschaft und des Gemeinwohls anzubieten sind, die mangels genügender Rentabilität von privater Hand nicht ausreichend bzw. nicht flächendeckend bereit gestellt werden können. Klassische Beispiele dafür sind Bildung, Grundlagenforschung, Gesundheit, Infrastruktur, das öffentliche Verkehrswesen oder kommunale Dienstleistungen. Allerdings müssen öffentliche Unternehmen fraglos regelmäßig auf ihre Notwendigkeit überprüft und im Kostenvergleich privaten gegenüber gestellt werden.

Die Notwendigkeit einer ständigen Überprüfung ist auch bei den sozialstaatlichen Leistungen gegeben, sollte das soziale Netz nicht an seiner Überforderung zerreißen bzw. angesichts der mit einer alternden Gesellschaft verbundenen Anforderungen kollabieren. Das wohlfahrtsstaatliche System wurde zur sozialen Absicherung jener ins Leben gerufen, die unverschuldet in Not geraten sind, darf aber sozialen Trittbrettfahrern nicht in missbräuchlicher Verwendung als Faulbett dienen.

Für eine moderne, der Solidarität, dem Gemeinwohl und der sozialen Gerechtigkeit verpflichteten dynamischen Zivil- und Wohlstandsgesellschaft muss die subsidiäre Formel gelten: So viel Markt, Eigeninitiative, Eigenverantwortung und Eigenvorsorge wie möglich, so viel Staat wie unumgänglich und so viel soziale Sicherheit wie notwendig.

Nach diesen Prämissen wird sich auch die Wirtschafts- und Sozialpolitik der EU und ihrer einzelnen Mitgliedsländer ausrichten müssen, wenn dem wirtschaftlichen Wandel und den gesellschaftlichen Veränderungen Rechnung getragen werden soll und wenn sich die europäische Gemeinschaft im Weltmaßstab als wegweisendes Model für eine Wohlstands- und solidarische Wohlfahrtsgesellschaft etablieren möchte.

Mag. Dr. Ludwig Scharinger, geb. 1942, Studium der Betriebs- und Sozialwirtschaft, 1972 Eintritt in die Raiffeisenlandesbank OÖ. 1978 in die Geschäftsleitung berufen und 1985 als Generaldirektor zum 1. Geschäftsleiter bestellt. 2000 zum Obmann der Sektion Banken und Versicherung der Wirtschaftskammer Oberösterreich gewählt. Universitätslektor an der Linzer Kepler-Universität, Stifter des Ludwig-Scharinger-Preises.

Globalisierung und soziale Entwicklung

Die Globalisierung wird oft verteufelt, ohne sich mit ihren Ursachen und Wirkungen grundlegend und intensiv auseinander zu setzen. Globalisierung ist die Öffnung von Grenzen, und die Öffnung von Grenzen ist in Europa eine Folge der Demokratisierung. Nur totalitäre Regime ziehen Grenzen und engen Menschen in ihren Möglichkeiten und Entwicklungen ein. Menschen in der modernen Gesellschaft lassen sich aber nicht gerne einsperren, daher sollten wir uns mit den offenen Grenzen, mit Globalisierung in positiver Weise auseinander setzen: Die offenen Grenzen bieten unserer Gesellschaft neue Chancen und Herausforderungen.

Lebensräume müssen offen bleiben

Die Märkte werden immer größer. Wir haben neue Heimmärkte bekommen und stoßen auf diesen neuen Märkten auf unterschiedliche Wohlstandsniveaus, unterschiedliche soziale Absicherungssysteme, Vorsorgesysteme und Steuersysteme. Es wird daher notwendig, über die Grenzen hinweg so zu harmonisieren, dass die Lebensräume offen bleiben und nicht so verbürokratisiert werden, dass agierende Menschen neue Grenzen erleben müssen, nämlich Grenzen der Verbürokratisierung.

Wohlstand sichern und erweitern

Wertschöpfung in der Region sichern, Mehrwert schaffen, bestehenden Wohlstand absichern und zusätzlichen Wohlstand ermöglichen ist im Grunde das wesentlichste Sinnen und Trachten jedes Unternehmens. Es ist schlechthin *die* unternehmerische Leistung. Ein Maximum in den Betrieben zu erreichen verlangt den verantwortungsbewussten Unternehmer als Eigentümer, das verantwortungsbewusste Management und die verantwortungsbewussten Mitarbeiterinnen und Mitarbeiter, die vor allem in mittleren und größeren Betrieben als Sprachrohr den Betriebsrat zur Verfügung haben.

Für mich beginnt Sozialpartnerschaft nicht oben, sondern unten in den Betrieben.

Eine konsensuale Abstimmung zwischen Arbeitgeber und Arbeitnehmer beginnt daher in den Betrieben. Konkret dort, wo Mehrwert über unternehmerische Leistung geschaffen wird. Für mich beginnt Sozialpartnerschaft nicht oben, sondern unten in den Betrieben. Die Mitarbeiterinnen und Mitarbeiter sind das wichtigste Kapital eines Unternehmens und es ist die Aufgabe des Arbeitgebers, zum Konsens innerhalb des Betriebes beizutragen.

Europa braucht Subsidiarität

Ein neues Europa mit starken Regionen braucht subsidiären Aufbau. Was kleine Einheiten vor Ort regeln, auf was sie sich im Konsens einigen, soll nicht von außen in den Betrieb hineingetragen werden. Dementsprechend wird die Europäische Union, wenn sie sich nicht weiter verbürokratisieren will, subsidiäre Tendenzen fördern müssen. Nur so kann die EU wieder flexibler agieren im Wettbewerb mit Amerika und Asien. Eine subsidiäre Entwicklung ist immer sozialer als eine zentralistische Entwicklung mit einem Übermaß an Bürokratie, die den Menschen einengt.

Wenn Entscheidungen in den Unternehmen getroffen werden, kann der Arbeitgeber auf Wünsche, Anforderungen und Notwendigkeiten eingehen. Werden Unternehmen und ihre Mitarbeiter dagegen in ein starres Korsett gepresst, wird auf die erforderliche und wichtige Flexibilität verzichtet. Ein Kleinstunternehmen ist anderen Anforderungen unterworfen als ein Mittelbetrieb der selben Branche. Daher hat auch die Sozialpolitik und die Sozialpartnerschaft ihre Wurzeln in den Betrieben. Arbeitgeber und Arbeitnehmer tragen hier gleichermaßen eine hohe Verantwortung, das jeweilige Gegenüber nicht zu überfordern und Entwicklungen gemeinsam mit Augenmaß zu gestalten.

Sicherheit schafft Motivation

Besonderes Augenmerk muss darauf gelegt werden, dass Entscheidungen einfach und klar sind. Nur klare Situationen sind für die Menschen nachvollziehbar. Und was nachvollziehbar ist, schafft Vertrauen. Dieses Vertrauen gibt wiederum Sicherheit, und Sicherheit schafft Motivation. Wenn sich die Mitarbeiter in einem Unternehmen sicher fühlen, sind sie auch besonders motiviert.

Global Player verlieren Heimmärkte

Der Bezug zu den Menschen ist entscheidend. Global Player, die nur mehr auf Weltmarktanteile schauen, haben sich von ihren angestammten Kunden entfernt und in der Folge auch die früheren Heimmärkte verloren. Globalisierung in dieser Form ist abzulehnen, denn sie gefährdet regionale Märkte und damit Arbeitsplätze. *Globalisierung um jeden Preis, ohne Rücksicht auf lokale und regionale Interessen, ist ein teurer Preis!*

Platz zwischen den Felsblöcken nutzen

Global Player brauchen mittelständische Zulieferer auch aus dem ländlichen Raum.

Die Global Player sind zu starren Felsblöcken geworden. Einerseits hinterlassen sie Lücken am Heimmarkt, die zu schließen sind. Andererseits brauchen sie mittelständische Zulieferer nicht nur aus den Ballungsräumen, sondern auch aus dem ländlichen Bereich. Kleine Betriebe sind oft flexibler, zumal sie eher in der Lage sind, Flexibilität am Arbeitsplatz zwischen Arbeitgeber und Arbeitnehmer zu vereinbaren.

Als kleines Land mit einer starken mittelbetrieblich strukturierten Wirtschaft hat Österreich viele Chancen. Unsere Unternehmen und ihre Mitarbeiterinnen und Mitarbeiter unterstreichen mit weltweiten Exporterfolgen ihre Wettbewerbsfähigkeit und ihre Dynamik. Sie nutzen den Platz, der zwischen Felsblöcken entstanden ist, hervorragend aus.

Durch Kooperation verstärken diese Unternehmen ihre Position im Wettbewerb. So ermöglicht die Globalisierung auch eine hohe Form des Zusammenwirkens: Was auf regionaler Ebene und in Clustern erfolgreich von unseren heimischen Unternehmen und ihren Mitarbeitern praktiziert wird, mündet in große Gemeinschaftsprojekte.

Ein Projekt, etwa wie der Bau des Airbus 380, des größten und modernsten Flugzeugs der Welt, trägt mit dazu bei, die wirtschaftliche Position Europas in der Welt weiter zu stärken und verschafft darüber hinaus weltweit Zulieferfirmen Aufträge. Aufgrund ihrer besonderen Stärken können österreichische Unternehmen die Möglichkeiten nutzen. So fungiert beispielsweise die oberösterreichische FACC beim Airbus als Zulieferer für höchstwertige Komponenten.

Waren und Arbeit zu den Menschen bringen

Die Menschen sind in Europa nicht so mobil wie in Amerika. Sie bleiben dort, wo sie kulturell eingebettet und beheimatet sind. Dieses Heimatgefühl, das für die Einbettung in die Gesellschaft wichtig ist, darf man nicht zerstören.

Man darf den Menschen nicht das Heimatgefühl entreißen.

Am Beispiel der Arbeitslosenrate in unserem Nachbarland Tschechien wird die geringe Mobilität der Menschen ersichtlich. In der Region Prag werden Arbeitskräfte gesucht, die Arbeitslosigkeit ist mit 4,2 % relativ gering. Im unmittelbaren Umfeld klettert sie jedoch schon auf 7,5 % hinauf und in Aussig an der Elbe liegt sie bei bedenklichen 17,2 %.

Heimatgefühl durch Sprache: Marmelade in Österreich, Konfitüre in Deutschland

Wir müssen die Waren und Dienstleistungen zu den Menschen bringen, damit die Menschen nicht wandern müssen. Es wird daher notwendig sein, die Infrastruktur auszubauen, und zwar auf allen Ebenen: Straße, Schiene und Binnenschifffahrt. Die größten Killer unserer Lebensqualität sind die Staus. Das jetzige Straßennetz alleine wird nicht reichen, um den Verkehr in Zukunft flüssig zu halten. Österreich ist nun auch wieder Herzland Europas, eine so interessante geographische Situation braucht eine moderne Infrastruktur.

Eine funktionierende Infrastruktur ist eine wesentliche Voraussetzung für wirtschaftlichen Erfolg und ein gutes Beispiel, vor welchen Herausforderungen Europa noch steht. Europa hat die Chance, mit der Realisierung des Nord-Süd-Korridors von Stettin über Berlin, Prag, Linz und Graz bis an den Adriahafen Koper eine einzigartige ökologische Transitroute zu verwirklichen. Durch die Anbindung an leistungsstarke Donauhäfen kann hier eine moderne Verbindung von Schiene, Straße und Schifffahrt geschaffen werden.

Dieses Projekt wird der europäischen Wirtschaft langfristig zusätzliche Impulse bringen und zur Absicherung bestehender sowie zur Schaffung neuer Arbeitsplätze beitragen.

Um die Wettbewerbsfähigkeit, Arbeitsplätze und damit auch die soziale Entwicklung bestmöglich gestalten zu können, müssen wir uns auch den neuen Anforderungen anpassen. Hochlohnland können wir nur sein, wenn auch höchste Leistungen erbracht werden. Eine Herausforderung unserer Zeit ist in diesem Zusammenhang die Flexibilisierung der Arbeitszeit.

Wettbewerbsvorteil Flexibilität und Schnelligkeit

Ein möglichst großer Durchrechnungszeitraum ist hier zweifellos ein wichtiger Punkt. Im internationalen Wettbewerb müssen wir in der Lage sein, nach Bedarf zu arbeiten, statt nach fix vorgegebenen Arbeitszeiten. Unsere Möglichkeiten liegen in der Flexibilität und Schnelligkeit.

Global denken, regional handeln

Die Globalisierung stellt unsere Unternehmen vor neue Herausforderungen. Der verstärkte Wettbewerbsdruck beschleunigt Innovationen und wirkt sich daher positiv auf die Qualität der Produkte aus. Wir müssen dort etwas bewegen, wo erstarrte Strukturen aufgebrochen werden können und neue, kreative Entwicklungen möglich sind.

Wertschöpfung in der Region halten

Die Fokussierung auf die Heimmärkte ist wichtig. Neue Regionen bringen neue Märkte, und diese neuen Märkte werden Heimmärkte. Unser gemeinsames Ziel muss es sein, die Wertschöpfung in der Region zu halten.

Klein- und Mittelunternehmen, die sich ihren heimischen Kunden verpflichtet fühlen, die wirtschaftliche Nischen und neue Heimmärkte zu nützen wissen, sind wie Humus, auf dem die wirtschaftliche Leistungskraft und damit die regionale Lebensqualität gedeihen.

Europa steht vor Herausforderungen

Die Europäische Union hat sich in den vergangenen Jahrzehnten ausgehend von der ursprünglichen Idee der Friedens- und Wirtschaftsgemeinschaft weiter entwickelt. Österreich konnte in der Vergangenheit durch besonderes Engagement wichtige EU-Programme nutzen und so vor allem in der Technologiepolitik Akzente setzen. Daraus ist ein enormes Potential für unsere Wirtschaft und damit auch Arbeitsplatzsicherung entstanden.

Mit dem Zusammenschluss zu einem Staatenbund gemeinsamer Werthaltungen erwachsen auch zentrale Aufgaben, die auf europäischer Ebene gelöst werden müssen. Dazu bedarf es der Mitwirkung und der gemeinsamen Anstrengung der Mitgliedsländer.

Funktionsfähigkeit des ländlichen Raumes erhalten

Entscheidend für die soziale Entwicklung ist die Erhaltung der Funktionsfähigkeit des ländlichen Raumes. Die kleinen und mittleren Unternehmen wie auch die bäuerlichen Betriebe bilden die notwendige Basis für Wohlstand, Sicherheit und Lebensqualität.

Wir müssen uns also sowohl unserer regionalen als auch unserer globalen Verantwortung bewusst sein. Dies bedingt eine nachhaltige Entwicklung. Denn nur was ökologisch ist, kann langfristig auch ökonomisch sinnvoll sein. Dem steht das oft bei Amerikanern beobachtbare „Abcashen" gegenüber. Ständige Gewinnmaximierung auf Kosten ökologischer oder sozialer Grundsätze entspricht nicht der mitteleuropäischen Mentalität. Unser Ziel ist die kontinuierliche Entwicklung unter Berücksichtigung wichtiger sozialer und ökologischer Grundsätze.

Trotz Globalisierung das Traditionsbewusstsein stärken

Unsere wichtigste Aufgabe: Bei allen Veränderungen den Menschen nicht aus dem Auge zu verlieren.

Europa wird immer gleichförmiger. Das ist das äußere Erscheinungsbild. Umso wichtiger ist es aber, dass gewachsene Traditionen und Werte erhalten bleiben, damit wir uns trotz offener Grenzen zuhause fühlen. Die Pflege heimischer Traditionen und Brauchtum gewinnt in einer zusammenwachsenden Welt und in einem Europa der starken Regionen an Bedeutung. Durch regionale Eigenheiten punktet ein Land wirtschaftlich: So schätzen etwa weltweit Kunden typisch österreichische Produkte und Dienstleistungen. Die Marke Österreich steht für Qualität. Das damit verbundene Bewusstsein muss im reichhaltigen Angebot Europas Bestand haben.

Der Mensch im Mittelpunkt

Wir stellen uns den Herausforderungen und nutzen die Möglichkeiten der offenen Grenzen. Oberste Priorität hat die Kundenorientierung. Nur auf diese Weise ist wirtschaftlicher Erfolg auf Dauer gesichert. Wir müssen Beziehungen aufbauen und halten: Zu den Kunden, zu Institutionen, zu den Verantwortlichen in der Region und zu unseren Nachbarn außerhalb der Landesgrenzen.

Mitarbeiter sind keine zweibeinigen Kostenfaktoren

Managementfehler

Es gibt nichts Demotivierenderes für die Mitarbeiter, als die Bekanntgabe über die Medien, wie viele Mitarbeiterinnen und Mitarbeiter in der nächsten Periode freigesetzt werden sollen. Diese Vorgangsweise verunsichert und belastet in der Folge das Unternehmen Gute Mitarbeiter, die am Arbeitsmarkt sofort wieder unterkommen, ergreifen in der Regel die Flucht, fehlen aber, um das Unternehmen dynamisch entwickeln zu können, und schwache Mitarbeiterinnen und Mitarbeiter igeln sich ein, konzentrieren sich auf erworbene Rechte.

Zweifelsohne sind gut ausgebildete und motivierte sowie kompetente Mitarbeiterinnen und Mitarbeiter das A und O in einem Unternehmen. Ein Kapital, das leider in der Bilanz nicht den entsprechenden Stellenwert und daher Niederschlag findet, sehr wohl aber gemessen werden müsste, ja gemessen werden muss. Neben fachlicher Kompetenz braucht man auch soziale Kompetenz. Beides zählt, wirkt motivierend im Unternehmen, aber auch gegenüber Kunden.

Mitarbeiter am Geschehen des Unternehmens und damit auch am Ergebnis des Unternehmens teilhaben zu lassen, wird immer wichtiger. Zum Teilhabenlassen gehört: Vorgänge einfach darzustellen. Was einfach ist, ist verständlich und nachvollziehbar, löst das Aha-Erlebnis aus und verschafft Vertrauen, Sicherheit und in der Folge Motivation.

Globalisierung stärkt soziale Netzwerke

Weltweite Solidarität

Globalisierung übt positive Effekte auf das weltweite Zusammengehörigkeitsgefühl aus. Die sozialen Verbindungen werden weltweit stärker, was sich anhand von regionalen Krisen und ihrer globalen Anteilnahme beobachten lässt. Die tragische Tsunami-Katastrophe in Südostasien hat die weltweite Solidarität unter Beweis gestellt und gezeigt, dass sich die Menschen weltweit miteinander verbunden fühlen und in schwierigen Situationen zueinander stehen.

Auch eine Globalisierungsfolge: weltweite Solidarität, z. B. bei der Tsunamikatastrophe im Dezember 2004

Im Zuge des Zusammenwachsens des neuen Europas haben zwischenstaatliche Grenzen an Bedeutung verloren. Insbesondere die Wirtschaft als wesentliche treibende Kraft konnte alle Barrieren überwinden. Österreich hat insbesondere auch dank einer gelebten starken Sozialpartnerschaft eine erfolgreiche Entwicklung genommen.

In der Person *Fritz Verzetnitsch* hat *Anton Benya* einen würdigen, besonnenen Nachfolger gefunden. Ich bin froh, dass Fritz Verzetnitsch als oberster Gewerkschafter mit seinem Gegenüber, *Christoph Leitl* als oberster Unternehmervertreter, bei allen wichtigen Themen um Einvernehmen bemüht ist. Beide signalisieren Konsensbereitschaft und nicht den Konflikt. Konsenslösungen passen zur Mentalität der Österreicher. Mit Konsensbereitschaft, Problemlösungskompetenz sind wir in der Vergangenheit sehr erfolgreich gewesen. Nicht umsonst hat ein Schweizer Magazin aufgrund dieser Merkmale die Frage aufgeworfen: „Sind die Österreicher doch die besseren Deutschen?“

Dipl.-Ing. Dr. Hermann Knoflacher, geb. 1940. Studierte Bauingenieurwesen, Vermessungswesen und Mathematik. Leitung des von ihm gegründeten Instituts für Verkehrswesen bis 1982. Seit 1975 Professor und Vorstand des Instituts für Verkehrsplanung und Verkehrstechnik an der TU Wien. Tätigkeit bei zahlreichen internationalen Organisationen sowie rege publizistische Tätigkeit – 300 Artikel und mehrere Fachbücher. Seit 1993 ordentliches Mitglied der Europäischen Akademie der Wissenschaften und Künste.

Verkehr und Umwelt, Verkehr und Wirtschaft – ein Widerspruch?

Wenn heute von Verkehr die Rede ist, dann meint man meist technische Verkehrssysteme, oft sogar nur den Autoverkehr. Wissenschaftlich betrachtet ist Verkehr aber viel mehr. Jeder Transport oder die Bewegung von Nachrichten, Energie, Personen und Stoffen ist Verkehr. Auch Fernsehen ist ein Teil des Verkehrssystems. Sämtliche Naturvorgänge sind von Verkehrsbewegungen durchzogen, sei es die Kraft der Gravitation, des Windes, der Sonne, des Wassers, der gesamten Materie und aller Lebewesen.

Da die Natur auch das größte Wirtschaftssystem ist, das wir kennen, war es offensichtlich möglich, in der bisherigen Evolution Verkehr und Umwelt sowie Umwelt und Wirtschaft widerspruchsfrei so zu bewältigen, dass Weiterentwicklungen bis zum Menschen und darüber hinaus ermöglicht wurden. Der Mensch selbst beherrscht eine Verkehrsart, nämlich die des Fußgehers, seit ungefähr acht bis zehn Millionen Jahren. Es ist dies auch die einzige Verkehrsart, die er verstanden hat und die er beherrscht. Vor rund 200 Jahren erfand er das Fahrrad, ein ökologisch unproblematisches, soziales Verkehrsmittel, das aber seinen Aktionsradius erheblich ausdehnen konnte und sich dafür eignet, Städte bis zu Einwohnerzahlen von zehn Millionen verkehrlich, wirtschaftlich, umweltverträglich zu bedienen, wie es die chinesischen Großstädte bis vor wenigen Jahrzehnten gemeinsam mit der Eisenbahn gezeigt haben.

Veränderungen durch die Eisenbahn

Überwindung regionaler Grenzen

Die Eisenbahn brachte eine grundlegende Veränderung in das Verkehrssystem, weil erstmals externe Energie weit unter ihrem physikalischen Wert fast unbegrenzt zur Verfügung stand und über die Dampfmaschine, später über die elektrische Energie Mobilität mit hohen Geschwindigkeiten möglich machte, bei denen auch große Massen transportiert werden konnten. Die Beziehung zwischen den Städten und dem Umland änderte sich damit schlagartig. Die Städte waren nicht nur auf das Umland angewiesen, sie konnten ihre Ressourcen aus weiter entfernten und billigeren Gebieten beziehen. Nur entwickeln sich Verkehrssysteme niemals isoliert, sondern immer eingebunden in gesamte technologische Prozesse, die die weitere Entwicklung entscheidend prägen. Die Maschine wurde auch für Arbeitsprozesse immer stärker eingesetzt, was eine entsprechende Konzentration vieler in der Fläche verteilter Arbeitsplätze notwendig machte. Eine neue Art von Industrie entstand mit völlig anderen Arbeitsprozessen als früher und eine physische Mobilisierung nicht nur der Bevölkerung, sondern auch der Güter ungeahnten Ausmaßes. Die Eisenbahn und Dampfmaschine schufen das Arbeiterproletariat, das Leiden der Menschen und den sozialen Druck, die soziale Bewegung. Damals war das ganze System noch überschaubar, meist national in den Auswirkungen räumlich noch sehr begrenzt und damit national politisch beherrschbar. Technische Verkehrssysteme und später die Entwicklung der Chemie setzten allerdings Prozesse in Bewegung, für die die Gesellschaft damals noch schlechter vorbereitet war als heute. Mit dem Wirksamwerden der Eisenbahn in Form von Netzen entstand nicht nur das Arbeiterproletariat, sondern auf der anderen Seite eine ebenso massive Kapitalakkumulation in den Konzernen. Die Umweltverhältnisse für einen großen Teil der Bevölkerung verschlechterten sich, ein kleiner Teil hatte große Profite.

Das Auto und die Illusionen vom Mobilitätswachstum und Zeiteinsparung

Bis die mit den technischen Veränderungen entstandenen sozialen Effekte aufgearbeitet und verstanden wurden, hatte sich aber das technische Verkehrssystem schon weiter entwickelt. Das Auto betrat in der ersten Hälfte des Jahrhunderts die Weltbühne und begann, obwohl es in Europa entstanden war, den Siegeszug über die USA. Die Konflikte mit der Umwelt wurden lange Zeit von der Gesellschaft in Kauf genommen, bis es an manchen Stellen zu unerträglichen Zuständen kam. Die Faszination des Autos war aber so groß, dass man ihm – mit Ausnahme der ersten Jahre, als man es noch als extravagantes Sportgerät betrachtete – alle Hindernisse aus dem Weg räumte, um „freie Fahrt für freie Bürger" sicherzustellen. Dass man dem Rest der Bürger damit die Freiheit der Mobilität nahm, wurde nicht erkannt. Das Sozialsystem der Menschen wurde damit bereits erheblich beschädigt. Man war sozial zu den Autos und asozial zu Kindern, Alten und Nichtmotorisierten.

Mobilität wurde als Autofahren definiert und schien zu wachsen. Ebenso nicht erkannt wurde der Umstand, dass es kein Mobilitätswachstum gibt, weil die Zahl der Wege durch den Autobesitz nicht zugenommen hatte. Die Erledigungen, die man früher zu Fuß, mit dem öffentlichen Verkehr oder dem Fahrrad machte, werden nun mit dem Auto gemacht. Es gibt daher nur eine Umschichtung der Mobilität, was manche bis heute nicht begreifen wollen oder können. Dass das Verkehrswesen zu keiner soliden Wissenschaft werden konnte und im Wesentlichen „dem Anschein nach" agiert, lag auch an der rapiden Entwicklung technischer Verkehrsmittel und der Schwierigkeit, mit den auftauchenden Sicherheits- und dynamischen Problemen fertig zu werden. Man glaubte, obwohl kein Mensch in der Lage ist, 50 km/h oder schneller zu laufen, mit technischen Verkehrsmitteln das Wunder vollbracht zu haben, Zeit durch höhere Geschwindigkeiten sparen zu können. Diese Illusion wird zwar im *Lill*'schen Reisegesetz von 1889 bereits implizit zerstört, heute glauben aber immer noch viele, durch Geschwindigkeitssteigerungen Zeit einsparen zu können – und so werden fast alle Verkehrsprojekte mit einer Größe begründet, die es nicht gibt. Man rechnet daher an der Realität vorbei.

Umwelt ist optimierte Wirtschaft

Nun ist aber Umwelt im weitesten Sinn nichts anderes als eine optimierte Wirtschaft. Gerät daher die künstliche Wirtschaft, die wir seit einigen Jahrhunderten betreiben, mit der Umwelt in Konflikt, dann hat sich die Wirtschaft und nicht die Umwelt geirrt. Die Verkehrswirtschaft ist leider auch keine bessere Disziplin als das technische Verkehrswesen und unterliegt im technischen Bereich den gleichen Irrtümern. Sie rechnet z.B. Staukosten in einem System, in dem es keine Zeitverluste und auch keine Zeiteinsparungen gibt, als Zeitverluste. Wenn man mit einer Größe rechnet, die nicht existiert, erhält man falsche Ergebnisse. Hohe Geschwindigkeiten haben physikalische Effekte. Der Energieverbrauch steigt nicht nur quadratisch, sondern mit einer noch höheren Potenz und wird vor allem zum

Schieben von Luft im wahrsten Sinn des Wortes vergeudet. Als Folge davon entsteht bei Verbrennungsmotoren eine Fülle mehr oder weniger giftiger Schadstoffe und durch das Schwingen der Massen und Abrollen der Räder auf der Fahrbahn zusätzlicher Lärm. Damit wird die Umgebung abgewertet. Was man um viel Geld der Steuerzahler erschlossen hat, führt durch die Umweltbelastungen an anderen Stellen zu massiven Wertverlusten von Wohnungen, Grundstücken und in der Folge auch zu Verlusten von Arbeitsplätzen etwa im Tourismus.

Welcher Verkehr – welche Wirtschaft?

Dass Verkehr und Wirtschaft einander bedingen, ist eine Binsenweisheit. Keine Binsenweisheit ist hingegen der Umstand, dass jede Wirtschaft immer ein zu ihr passendes Verkehrssystem hat. Die Entwicklung der Wirtschaft in ihrer Vielschichtigkeit und Vielfalt, wie sie in Mitteleuropa früher existierte, war das Ergebnis des langsamen Verkehrssystems. Mit langsamen Verkehrssystemen könnten lokale Wirtschaftskreisläufe mit Erfolg auf Dauer betrieben und durch ständige technische Verbesserungen das Konfliktpotential mit der Umwelt reduziert werden. Die hohen Geschwindigkeiten technischer Verkehrssysteme und die Entkoppelung der physikalischen Realität von den ökonomischen Verrechnungsmechanismen sowie eine Ideologie, die dem Staat, also dem Steuerzahler, die Vorhaltung und den Betrieb schneller Verkehrssysteme zuordnete, ja sogar verlangte, während der Nutzen in immer weniger privaten Taschen verschwand, veränderte die Wirtschaftsstrukturen auf der ganzen Welt in dramatischer Weise.

Herkömmliches Verkehrswesen hat diese Beziehungen nicht verstanden und damit in bester Absicht oft fundamentale Fehler begangen. Abgesehen von den Irrtümern einer nicht existierenden Zunahme von Mobilität und der Unsinnigkeit der Zeiteinsparung durch Geschwindigkeitserhöhung hat man Struktureffekte, die technische Verkehrssysteme auf Wirtschaftsstandorte und Wirtschaftsstrukturen auslösen, zum Teil bis heute nicht begriffen.

Steigen der Einzeleffizienz, Sinken der Gesamteffizienz

Die Einzeleffizienz von Wirtschaftseinheiten konnte aufgrund der von der Allgemeinheit übernommenen Kosten für schnelle und teure Verkehrssysteme immer mehr gesteigert werden, die Gesamteffizienz des Systems reduzierte sich hingegen zusehends. In allen Staaten ist nachweisbar, dass die Effizienz des heutigen Systems deutlich niedriger ist als jene vor etwa 40 Jahren. Pro Geldeinheit muss heute viel mehr an Kilometern aufgewendet werden als seinerzeit. Lange Zeit konnte dieser negative Effekt des Verkehrssystems durch Ausweitung der Wirtschaftsaktivitäten und Wirtschaftsprodukte in anderen Regionen der Welt sowie durch zunehmende Nutzung der Ressourcen aus diesen überdeckt werden.

Umwelt- und Sozialsystem kann man nicht trennen

Trotz Aufarbeitung der Kriegsschäden war es möglich, nicht nur zunehmenden Wohlstand in Österreich, sondern sozialen Ausgleich und soziale Gerechtigkeit in einem sehr hohen Ausmaß, wie nie vorher in der Geschichte, zu erzielen. Der Höhepunkt menschlichen Wohlstandes wurde Mitte der 70er Jahre einige Jahre nach der ersten Energiekrise erreicht. Zwar nimmt die Anhäufung materieller Güter seit diesem Zeitpunkt weiterhin zu, nicht jedoch der individuelle Wohlstand der Bevölkerung. Das Bruttonationalprodukt hingegen wächst weiter, und mit ihm die Motorisierung und das Verkehrssystem. Es ist auffällig, dass seit etwa drei Jahrzehnten auch die Umweltprobleme und damit der Konflikt des Verkehrssektors mit der Umwelt immer deutlicher werden.

Verkehrs- und Umweltprobleme wachsen

Galt es früher die Arbeit zu den Menschen zu bringen, werden sie durch das Verkehrssystem aus ihren Wohnorten herausgelöst, weil man ihnen unter Mobilität die physische einredet – zum Vorteil der Konzerne. Heute ist es selbstverständlich geworden, dass die Menschen zur Arbeit – wo sie auch gerade sein mag – gebracht werden. Der günstigste Standort ist nicht mehr der, der die besten Lebensverhältnisse und Bedingungen für die Menschen liefert, der günstigste Standort ist der, auf dem das Geldkapital am schnellsten wachsen kann. Schnelle Verkehrssysteme haben vor allem dem Standort des Kapitals die größten Vorteile verschafft. Es ist daher heute das Kapital, das immer schnellere und immer leistungsfähigere Verkehrssysteme verlangt, meist ohne Rücksicht auf die Umwelt, weil ja der Nutzen dieses aus den Verkehrssystemen gewonnenen Kapitalwachstums mit den betroffenen Regionen nicht mehr geteilt werden muss. Zur Irreführung der Bevölkerung wird in einem anderen Teil des Verkehrssystems, nämlich im Informationssystem, gerade das Gegenteil behauptet. Dort wird mit Vorliebe die Behauptung aufgestellt, dass weitere leistungsfähige Verkehrssysteme zu der „Standortsicherung“ des Landes, einer Stadt oder einer Region beitragen sollen, obwohl sie meist das Gegenteil bewirken. Schon in den 50er und 60er Jahren haben die Greißler von damals bessere Verkehrsverbindungen zu den Zentren verlangt, um ihren Standort zu verbessern, wie sie glaubten. Sie wurden alle vernichtet, weil mit der besseren Verkehrsverbindung immer nur der jeweils zentrale Standort gewinnen kann. Tallagen sind für Investoren uninteressant, wenn es ihnen gelingt, die Ressourcen des Tales mit schnellen, billigen, von der Allgemeinheit erhaltenen Verkehrssystemen in nach allen Richtungen zugängliche Flachlandbereiche zu bekommen, wo sie die größte Freiheit in der Wahl der Standorte dazu nutzen können, Bedingungen zu diktieren. Schnelle Verkehrssysteme dienen daher in erster Linie dem Vorteil internationaler Konzerne, zum Nachteil ihrer lokalen und nationalen Konkurrenten, aber auch, was fast immer übersehen wird, zum Schaden der Umwelt, des Sozialsystems, das sie unterminieren, und damit zum Schaden der Menschen.

Diktatur der Großkonzerne

Die größen Nutznießer öffentlicher Investitionen

Was Wirtschaft ist, bestimmt ja heute nicht mehr der nationale kleine oder mittlere Betrieb, was Wirtschaft ist, wird von den internationalen oder nationalen Großeinheiten der Wirtschaft definiert, die zu den größten Nutznießern öffentlicher Investitionen im Verkehrssystem – gleichgültig ob auf der Schiene oder der Straße – zählen.

Waren früher noch größere Gebietskörperschaften wie Städte die Gewinner des Verkehrssystems, werden sie seit ungefähr 30 Jahren zu immer hilfloseren Opfern in den Verkehrsnetzen, die sie selbst vorantreiben, in denen sie sich schon gefangen haben. Ringautobahnen oder periphere Autobahnen sind ideale Standortvoraussetzungen für leistungsfähige Geschäfts-, Handels- und Kaufstrukturen, die sich damit von den menschlichen Strukturen der Städte und Siedlungen immer mehr lösen und damit auch aus ihrer sozialen und gesellschaftlichen Verantwortung.

Die Zerstörung der Wirtschaftskraft, der Innenstädte – außer dort, wo man Fußgeherzonen zum Schutz der lokalen Geschäfte errichten konnte – geht damit unvermindert fort. Bei gleichen Umsätzen beschäftigen diese zentralen peripheren Einheiten nur mehr 20 % der Beschäftigten innerstädtischer kleinräumiger Wirtschafts- und Geschäftsstrukturen. Die heute zunehmende strukturelle Arbeitslosigkeit hat ihre tiefe Wurzel vor allem auch in den geringen Kosten und hohen Geschwindigkeiten der Verkehrssysteme, die von der öffentlichen Hand, also dem Steuerzahler, vorgehalten werden, die dem Steuerzahler nicht nur die Umweltbelastungen aufbürden, sondern auch noch die Arbeitsmöglichkeiten mit Sicherheit in absehbarer

Zeit rauben werden, wenn die Preisspirale im Bereich des Energiesektors sich zu drehen beginnt. Arbeitspendler sind die ersten Opfer dieser Entwicklung und nur jene, die in langsamen Verkehrssystemen Arbeitsplätze in der Nähe halten können, werden von dieser mit Sicherheit kommenden Entwicklung verschont bleiben. Wenn man daher die Zuschüsse für Pendler erhöht, ist dies eine direkte Förderung der Konzerngewinne. Wer einen Standort wählt, der Pendeln erfordert, hat auch für diese Kosten aufzukommen – das wäre die Mindestforderung eines noch funktionierenden Sozialsystems, das auch ökologisch konfliktfrei ist.

Globalisierung hat immer auch lokale Ursachen

Das Verursacherprinzip wurde bei schnellen Verkehrssystemen sehr schnell durchbrochen und über Bord geworfen. Schnelle Verkehrssysteme haben eine räumliche Ausdehnung, die weit über die Verwaltungsgrenzen der Gemeinden, der Länder, ja der Nationalstaaten hinausgeht und damit den Bruch dieses fundamentalen Prinzips des Zusammenhaltes einer Gesellschaft und einer Wirtschaft geradezu anbietet. Mit einem gezielten Informationssystem, das über die Medien – ein Teil des Verkehrssystems – eingesetzt wird, um von den wahren Ursachen und den realen Verlusten der Menschen abzulenken, konnte das Kapital heute weltweit seine Macht mit Hilfe der technischen Verkehrssysteme in kürzester Zeit so weit ausdehnen, dass alle Kontrollmechanismen, die auf nationaler Ebene jahrzehntelang funktionieren konnten, ausgehebelt worden sind, weil kein adäquates, soziales Korrektiv entwickelt wurde. Man bezeichnet diesen Prozess mehr oder weniger verständnislos als Globalisierung. Tatsächlich beginnt jedoch die Globalisierung mit dem Parkplatz vor dem Haus, weil dieser Parkplatz von einem Konzernprodukt besetzt wird, das mit dem Parkplatz in den immer mehr von Konzernen kontrollierten Arbeitsbereichen, Einkaufsbereichen und Freizeitbereichen (in Zukunft auch mit den Bildungsbereichen, die von den Konzernen zunehmend kontrolliert werden) ideal korrespondiert. Die Menschen betrachten dies leider immer noch als selbstverständlich, ja geradezu als Vorteil und merken nicht, wie sie aus dem Sozialsystem herausgelöst wurden. Tatsächlich ist es jedoch eine Verletzung fundamentaler Gesetze natürlicher Systeme, genauso wie gesellschaftlicher Mechanismen, die hier in Österreich in den vergangenen 50 Jahren für Ausgewogenheit und eine Verteilung des materiellen Wohlstandes auf breite Bevölkerungsschichten gesorgt haben. Es war in wenigen Jahren möglich, diese Mechanismen – sehr häufig sogar unterstützt durch die Vertretungen der Betroffenen, aber in Unkenntnis der realen Wirkungen – zu zerstören.

mobil, flexibel, vereinzelt

Den Maßstab wiederfinden

Es gibt nur einen einzigen Maßstab, der im Verkehrssystem entscheidend ist: der menschliche. Menschen sind klein und langsam. Es gibt nur eine Geschwindigkeit im Verkehrssystem, die richtig ist: jene des Fußgehers. Wer dieses Prinzip missachtet, missachtet Menschen und ihre Lebensbedingungen. Auch wenn 200 Jahre lang systematisch das falsche gemacht wurde, wird es nicht dadurch besser, dass man es noch so beschleunigt weitertreibt. Hohe Geschwindigkeiten technischer Verkehrssysteme müssen klug und kontrolliert eingesetzt werden und nicht so naiv, ja geradezu dumm und unkontrolliert wie in den vergangenen 50 Jahren, wenn ein positiver Nutzen für die Menschen erzielt werden soll. Nach dem Rausch der Beschleunigung kommt heute immer mehr der Katzenjammer der Ernüchterung zutage. Nur einige, die von diesem Rauschzustand profitieren, wollen, dass er ewig weitergeht. Die Lösung liegt in der richtigen Dosis zwischen langsam und schnell und nicht in der bedenkenlosen Beschleunigung wie in den vergangenen 200 Jahren. Es ist höchste Zeit, wieder das richtige Maß zu finden, nicht nur zwischen arm und reich, sondern auch zwischen schnell und langsam. Die Zukunft ist viel klüger und viel langsamer, wenn es überhaupt eine geben soll.

Literaturverzeichnis

Knoflacher, H.: Zur Harmonie von Stadt und Verkehr. Freiheit vom Zwang zum Autofahren. 2., verbesserte und erweiterte Auflage, Wien – Köln – Weimar: 1996.

Knoflacher, H.: Landschaft ohne Autobahnen. Für eine zukunftsorientierte Verkehrsplanung, Wien – Köln – Weimar: 1997.

Knoflacher, H.: Stehzeuge. Der Stau ist kein Verkehrsproblem, Wien 2001.

Knoflacher, H.: Verkehr – das A und O aller Globalisierung der Weltwirtschaft, GAIA 2001, 10. Jg., H. 2, S. 89–96.

Lill, E.: Die Grundgesetze des Personenverkehrs. Zeitschrift der Eisenbahnen und Dampfschiffahrt der österreichisch-ungarischen Monarchie, 1889, II. Jg., H. 35, S. 697–706 und H. 36, S. 713–725.

*Dr. Angela Fritz, M.A.
Studiengangsleiterin ‚Medienmangement', Fachhochschule St. Pölten, Beraterin für Medienunternehmen bei ICG Graz. Studium der Sozialwissenschaften in München und den USA. Forschung und Lehrtätigkeit an den Universitäten Wien, Salzburg und Hannover; leitende Management-Funktion bei „Die Presse Verlags-GmbH", Wien. Diverse wissenschaftliche Publikationen, Bücher, Aufsätze und Vorträge.*

Digital Divide – Wissenskluft neu aufgelegt?

Digital Divide ist nicht etwa das Synonym für eine neue technische Errungenschaft, sondern vielmehr ein durch Fachsprache abstrahiertes Phänomen, das man in früheren Jahrhunderten „Industrial Revolution" genannt hätte: Dem Menschen gelingt es, durch technische Neuerungen den gesellschaftlichen Fortschritt zu beschleunigen – und die „soziale" Gesellschaft vermag nicht im Gleichschritt mitzuziehen, bereits vorhandene Klüfte werden größer.

Begriffsdefinition

Der Begriff „digital divide" entstand Mitte der 90er Jahre, als das Internet begann, eine dominante Rolle im Verbund der Medien einzunehmen und Informationsbeschaffung und Informationszugang revolutionierte. Wie bei jeder Weiterentwicklung gab und gibt es jene, die schneller Zugang haben und schneller die neuen (technischen) Möglichkeiten nutzen können – und nachdem die Veränderungen mit einer unglaublichen Geschwindigkeit geschahen, entstand bald eine Kluft zwischen den einen, die das Privileg der Nutzung und des Zugangs hatten, und den anderen, deren Platz in Gesellschaft, Arbeitswelt durch den Nachteil der Nicht-Nutzung, des Nicht-Zugangs gefährdet scheint.

Man unterscheidet[1]

- **Global Divide**
  Globale Unterschiede im Zugang und in der Nutzung des Internets zwischen industrialisierten und „Entwicklungs"-Ländern

Schwellenländer holen schneller auf

Auf diese „Kluft" soll im Folgenden nicht näher eingegangen werden. Es sei jedoch angemerkt, dass gerade in jenen Ländern, die einen Aufholbedarf zur westlichen industrialisierten Welt haben, die Fortschritte am beeindruckendsten sind – die Kluft dann aber auch innerhalb des Landes viel größer ist. Als Beispiele unter anderen seien Indien genannt, dessen Fachkompetenz im Bereich neuer Technologien Deutschland mit „Green Cards" einkauft, und Ungarn, das in der Welt der Programmierer einen hervorragenden Ruf besitzt.

- **Social Divide**
  Kluft zwischen jenen, die reich an Informationen sind („information rich"), und jenen, die arm in dieser Beziehung sind („information poor")

Hier wird Information als wichtige Voraussetzung für die Teilnahme am sozialen Geschehen einer Gesellschaft gesehen. Auf das Recht an Information wird im Folgenden näher eingegangen.

- **Democratic Divide**
  Die Nutzung bzw. Nicht-Nutzung digitaler Medien führt zu Unterschieden in der Befähigung an der Teilnahme des öffentlichen Lebens in einer Demokratie.

Demokratie beruht auf Informationsaustausch

Demokratie hat als Basis den regen Austausch von Informationen – zwischen jenen, die wählen, und jenen, die gewählt werden, jenen, die „vertreten", und jenen, die „vertreten werden". Auch darauf soll später näher eingegangen werden.

Diesen drei Definitionspunkten nach *Norris* ist eine vierte Dimension hinzuzufügen:

- **Professional Divide**
  Zugang und Nutzung neuer Informationstechnologien beeinflussen auf lange Zeit in unvorstellbarer Weise Aus- und Weiterbildung und beeinträchtigen so berufliche Chancen, bedingen Auslöser für Arbeitslosigkeit ebenso wie Karrierefortschritte.

---

[1] *Nach Pippa Norris: Digital Divide, Cambridge: 2001*

Gründe für die Kluft

Die Auslöser für die Barrieren im Zugang und der Nutzung neuester Informationstechnologien sind vielfältig, aber nicht neu und spezifisch. Vielmehr spiegeln sich die altbekannten Muster gesellschaftlicher Unterschiede wider.

Je besser die Bildung, desto leichter werden neue Dinge gelernt

- Höher Gebildete lassen sich schneller auf neue Entwicklungen ein.
- Jene, die über eine höhere Bildung verfügen, lernen leichter neue Dinge hinzu (computer literacy).
- Höhere soziale Schichten übernehmen bei neuen Entwicklungen, von denen sie sich Nutzen versprechen, eine Art „Leadership".
- Finanziell besser Gestellte können sich neue Technologien bereits leisten, wenn sie noch „teuer" sind.
- Jene, die in Städten leben, sind schneller an neue Technologien angebunden als jene, die auf dem Land leben.
- Junge sind eher geneigt, neue Dinge auszuprobieren; Ältere tun sich schwer, neue Dinge zu lernen.

Der Zugang zu neuen Informationssystemen – bedingt durch Verfügbarkeit, finanzielle Mittel – ist somit ein eher kollektiver Grund für Unterschiede, die Nutzung – bedingt durch entsprechende Kompetenz – ein eher individueller.

Wie die nachfolgenden Grafiken zeigen, steigt der Zugang zum Internet in Österreich ständig – insbesondere bei Jungen und höher Gebildeten. Dennoch ist bemerkenswert, wie viele Ältere sich bereits auf die neuen Technologien eingelassen haben. Siemens z. B. setzt von der Vermarktungsstrategie her inzwischen u. a. auf die Senioren, die Zeit und Geld – und wahrscheinlich die Bildung – haben, sich mit den neuen Technologien auseinander zu setzen. Des Weiteren ist der Trend zu beobachten, dass Frauen bei der Nutzung des Internets aufholen: Die meisten „Neo-Nutzer" sind Frauen. Laut Austrian Internet Monitor machen sie inzwischen 45 % der Internetnutzer aus.

Dennoch: Wenn sich dieser Trend fortsetzt, dass die neuen Technologien die alten gesellschaftlichen Unterschiede vergrößern, wird dies gravierende Folgen für das Sozialsystem haben. Jüngere werden gegenüber Älteren im beruflichen Leben einen (Bildungs-)Vorteil haben. Dies führt zu besseren beruflichen Chancen, während Ältere, die immer länger im Berufsleben stehen müssen, sich weiter bilden müssen, um den Anschluss nicht zu verpassen. Das ist ein Faktum. Neue Erkenntnisse der Marktforschung lassen darüber hinaus vermuten, dass es generelle Veränderungen in der soziodemographischen Struktur geben wird: Die Konsumenten werden immer individueller. So unterscheidet die Mediaanalyse bereits 800 verschiedene Variablen zur Erhebung von Mediennutzung und Lebensstilen.

Zugang nach Bildung

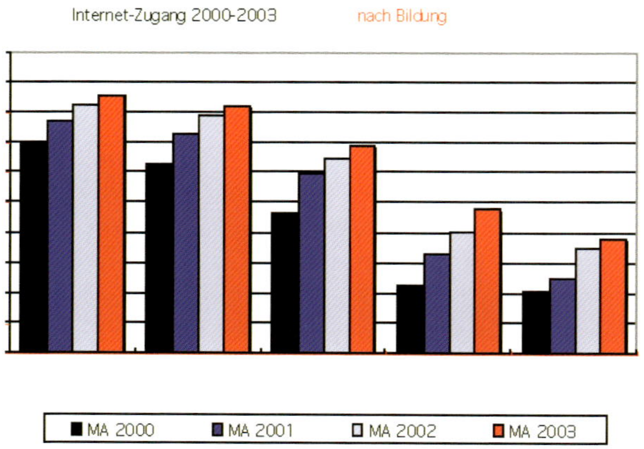

Zugang nach Alter

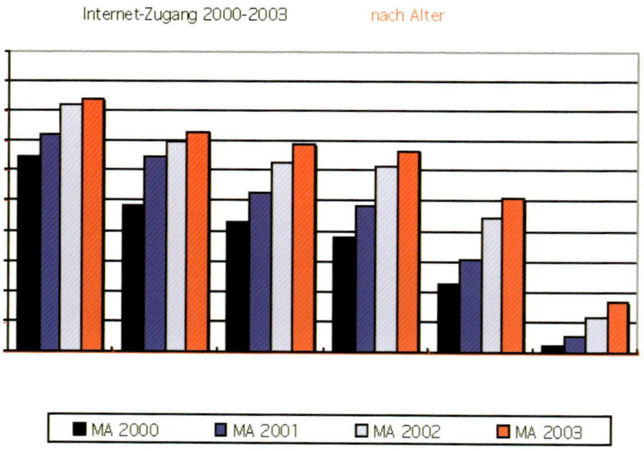

Zugang nach Schicht

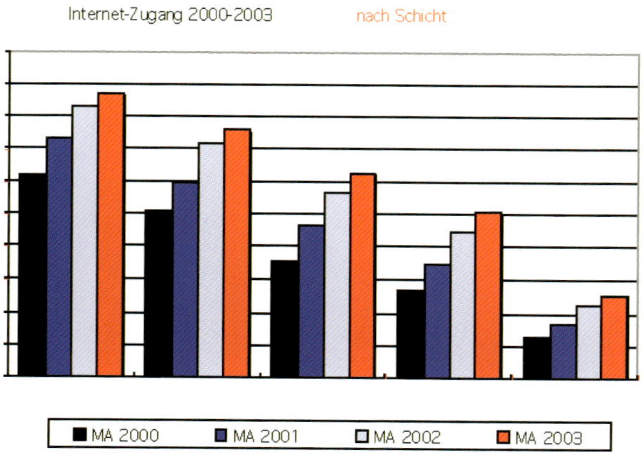

Tabellen/Graphiken: Internet-Zugang und Nutzung in Österreich

Wissenskluft – neu aufgelegt

Digital Divide ist in gewisser Weise eine Neuauflage der bereits vor rund 35 Jahren von amerikanischen Wissenschaftern beschriebenen „Increasing Knowledge Gap".[2] Bei wachsendem Informationsfluss durch Massenmedien tendieren jene Bevölkerungssegmente mit höherem sozio-ökonomischen Status und/oder einer höheren formalen Bildung dazu, diese Informationen rascher aufzunehmen als Bevölkerungssegmente mit eher niedrigerem sozio-ökonomischen Status und formal niedrigerer Bildung. Das führt zu einer wachsenden „Wissenkluft".

Neue Technologien beschleunigen die Spaltung

Daran scheint sich nichts geändert zu haben. Im Gegenteil: Neue Technologien führen zu einer Beschleunigung der Drehung dieser Spirale. War es in den 80er Jahren ein möglicher Analphabetismus, der Bildungspolitikern und Print-Verlagen Sorge bereitete, so ist heute die Digitalisierung Grund für die wachsende Kluft.

Das Fernsehen wurde damals als „passives" Medium dafür verantwortlich gemacht, dass die Unterhaltung in den Medieninhalten immer mehr dominierte. *Neil Postman* spitzt dies in dem weitbekannten Buchtitel „Wir amüsieren uns zu Tode" zu. Das „passive" Fernsehen stand dem „aktiven" Lesen gegenüber. Zum Lesen brauchte man Bildung. Das Lesen befähigte zur Informationsaufnahme und in Folge dessen zum Handeln als „mündiger" Bürger in einer Demokratie. Es war somit die Kluft, die „neue" Medien (TV) im Gegensatz zu den „alten" (Print) erzeugten.

Für die heute neuen Medien muss man Lesen können. Die neuen Medien fördern die Aktivität. So kommt es zu einer neuen Kluft, die zwar prinzipiell die selben Unterschiede hinsichtlich der Bildung deutlich werden lässt, aber nur vergleichbare hinsichtlich anderer Parameter.

Wissen gewinnt in unserer Gesellschaft immer mehr an Bedeutung. Neben Grund und Boden, Arbeitsleistung, Rohstoffen und Kapital wird es inzwischen – mit dem Wandel von der Industriegesellschaft zur Informationsgesellschaft – als Produktionsfaktor angesehen. Wie *Peter Gus* in der „Die Welt" formulierte: *„In Zukunft wird es immer weniger Kohleminen geben und immer weniger Gold, nach dem wir graben können. Alles, was wir tun können, ist das Gold in unseren Köpfen zu nutzen"*.[3]

[2] vgl. Tichenor, Phillip J./Donohue, George A./Olien, Clarice N. : Mass Media and the Differential Growth in Knowlegde, in: Public Opinion Quarterly 1970

[3] Peter Gus: Fabriken zwischen den Ohren, in: Die Welt vom 8. 3. 2004

Kommunikative Kompetenz – Bildung als relevanter Faktor für (Un-)Gleichheit

Als Antwort auf das Fernsehen haben in den 80er Jahren Leseforscher die aktive Handlung Lesen dem passiven Fernsehen gegenübergestellt und selbst mit entsprechenden Persönlichkeitsmerkmalen in Verbindung gebracht, die für eine Demokratie unabdingbar erscheinen. Offenheit gegenüber neuen Erfahrungen und aktives Verhalten sind nur zwei davon. *Bodo Franzmann* als Vertreter der Stiftung Lesen in Deutschland forderte: *„Wer den mündigen Staatsbürger will, darf an Buch und Lesen nicht desinteressiert sein".*

Gesellschaftliche Auswirkungen der Massenmedien

Dass Mitglieder einer Gesellschaft gleichermaßen die Chance haben sollten, am Kommunikationsprozess teilzunehmen, wird gefordert, seit sich die Wissenschaft mit den gesellschaftlichen Auswirkungen der Massenmedien auseinander setzt. Die Fähigkeit zu lesen und zu schreiben galt dabei als „conditio sine qua non" für die Teilnahme am gesellschaftlichen Kommunikationsprozess.

Kommunikative Chancengleichheit

Der Begriff der kommunikativen Chancengleichheit wird in den 70er Jahren geprägt. Dabei spielen zunächst Zugangsbedingungen eine Rolle. Wenig später wird der Schwerpunkt auf personengebundene Merkmale verlagert. Die gleiche Verteilung von aktiver und passiver kommunikativer Kompetenz spielt dabei ebenso eine Rolle wie die Motivation, an gesellschaftlich relevanter Kommunikation teilzunehmen.[4]

Studien belegen, dass es die Eigeninitiative, das Engagement und die Fähigkeit des Einzelnen sind, die die Chancen(un)gleichheit verursachen.[5]

Jugend ist das erste wichtige Kriterium. Wie in „alten" Gesellschaften, die sich verändern müssen, sind es auch bei uns die Jungen, die schneller die erforderlichen Kompetenzen für die neuen Kommunikationstechnologien erwerben. Wir befinden uns in einer Gesellschaft, in der sich die Eltern und Großeltern von den Kindern den Zugang zur „Moderne" erklären lassen. Das mag noch einen gewissen Charme in höheren sozialen Schichten haben. Wie ist es aber

---

[4] *vgl. Reiner Geissler: Bedürfnisvermittlung und Kommunikation. Voraussetzungen und Hindernisse für die kommunikative Chancengleichheit, in Rundfunk und Fernsehen 1976; und Angela Fritz: Lesen in der Mediengesellschaft. Standortbeschreibung einer Kulturtechnik, Wien: 1989.*

[5] *Heinz Bonfadelli: Die Sozialisationsperspektive in der Massenkommunikationsforschung, Berlin: 1980.*

bei niedrigeren sozialen Schichten, wo Geld und Vorbildung nicht ausreichen, um den Zugang zu den neuen Technologien zu ebnen?

Wie wirken sich neue Kommunikationstechnologien auf die Chancen im Berufsleben aus? Ist der Arbeitgeber dafür verantwortlich, dass langgediente Mitarbeiter auf neue Technologien eingeschult werden? Wird es in Zukunft in der Verantwortung der Mitarbeiter sein, sich weiterzubilden, um den Job zu behalten oder einen neuen zu bekommen? Wer motiviert die Energien, die ältere Arbeitnehmer dafür aufbringen müssen?

Auswirkungen auf die Verbreitung von Information

Man kann davon ausgehen, dass die Kompetenz des Einzelnen, aus der Flut an Informationen die für ihn nützlichen auszuwählen, begrenzt ist. Deshalb ist eine der grundlegenden Rollen der Journalisten die des „gate keepers". Würde man alle Nachrichten, die an einem Tag von einer nationalen Nachrichtenagentur – z.B. der APA – verbreitet werden, an den Endverbraucher weitergeben, so wären Zeitungen täglich so dick wie Telefonbücher. Die Auswahl der Nachrichten gehört somit zu den Kernaufgaben einer Redaktion und bestimmt die Aufgabe, die den Journalismus mit zur „vierten Macht" im Staate macht: das Agenda Setting. Wenn in Zukunft verstärkt der Nutzer darauf verzichtet, „nur" eine vorgefertigte Auswahl an Informationen zu konsumieren, sondern vielmehr selbst aktiv und individuell das für ihn Relevante sucht, wird dies gravierende Auswirkungen auf die Rolle der Journalisten und damit verbunden der beruflichen Profession haben. Um weiterhin die gewichtige Rolle eines Mittlers zwischen Sender und Empfänger einer Information wahrzunehmen – und damit weiterhin demokratiepolitisches Gewicht zu besitzen –, müssen sich Journalisten umstellen von der Rolle des reinen „Übermittlers" einer Botschaft. Technische Neuerungen bieten nicht nur die Chance der sehr raschen oft „real time" interaktiven Kommunikation, die geänderten Nutzungsbedürfnisse erfordern dieses Umdenken, diese neue Orientierung.

Rolle der Journalisten wandelt sich

Auch für Konsumenten hat sich der Umgang mit Produktinformationen hin zur Aktivität verändert. Informationen werden bewusst und gezielt mit Hilfe von „Suchmaschinen" im Netz gesucht und gefunden. Produktvergleiche werden in einem Umfang und einer Qualität möglich, dass Firmen ihre Informationspolitik umstellen müssen, um mit aktiven Konsumenten zu kommunizieren. Für die gesamte Werbe- und PR-Branche muss dies zu einer Neuorientierung führen.

Nicht nur die Medien müssen sich auf *interaktive* Kommunikation einstellen, sondern auch all jene, die davon abhängen, dass ihre Informationen den Endverbraucher erreichen: Wirtschaft und Politik.

Welche Information ist verlässlich?

In diesem Zusammenhang muss auch die Frage nach der Qualität der Informationen neu diskutiert werden. In Zeiten, in denen jeder alles ins Netz stellen kann, sollte sicher gestellt werden, dass der Endnutzer die Qualität der Information nachvollziehen kann. Neben dem medienpolitischen Aspekt, der sich hier verbirgt, ist auch der bildungspolitische zu beachten: Wenn höher Gebildete leichter „gute" und „schlechte" Informationen unterscheiden können, ist auch das ein Indikator für die Kluft.

Information als „meritorisches Gut"[6]

Die demokratiepolitische Komponente vom Zugang zu Information ist Verantwortlichen aus Wirtschaft, Politik und Wissenschaft durchaus bewusst. In der Wirtschaftswissenschaft wurde der Begriff des „meritorischen Gutes" geprägt, der sich auf Medien und Informationsbeschaffung übertragen lässt.

Gesellschaftlich erwünschte Güter

In der Ökonomie werden Güter nach verschiedenen Kriterien unterschieden. Eines davon, das eine besondere Relevanz für Medien hat, ist die Unterscheidung von meritorischen und demeritorischen Gütern. Meritorik heißt, dass diese Güter gesellschaftlich erwünscht sind. Die Angebote der Medien an Information, die staatsbürgerlich, sozial und gesellschaftlich relevant sind, sind ganz klar meritorische Güter.

Angebot und Nachfrage sind jene Marktmechanismen, die das Bereitstellen von Gütern in der freien Marktwirtschaft regeln. Dabei wird davon ausgegangen, dass der Verbraucher sehr genau weiß, was er will, und er nur solche Güter kauft, die seinen Bedürfnissen entsprechen. In diesem Fall regeln Preis und Nachfrage das Angebot.

Bei einem meritorischen Gut ist die Übereinstimmung von Verbraucherbedürfnissen und Angebot nicht immer gegeben und wird zum Teil als nicht relevant angesehen. Es wird vielmehr davon ausgegangen, dass es gesellschaftlich erwünschte Güter gibt, deren Nutzen der Verbraucher nicht unbedingt erkennt, deren optimale Bereitstellung gesichert sein sollte und deren optimaler Konsum größer sein könnte. Die Schlussfolgerung ist eine politische Regulierung der Bereitstellung.

[6] *vgl. Marie Luise Kiefer: Medienökonomie, München: 2001.*

Das Individuum, der Bürger, gilt in westlichen Demokratien sowohl in der Ökonomie als auch als Staatsbürger und Wähler als durchaus kompetent, seine Bedürfnisse und Interessen zu vertreten. Dennoch können Medienprodukte – respektive Informationen – als meritorische Güter gelten, da der Staat die Verantwortung hat, sie entsprechend bereitzustellen. Und nachdem Bildung ebenfalls ein meritorisches Gut ist, stellt sich die Frage, inwieweit hier eine Verpflichtung besteht, die entsprechenden Fähigkeiten zur Nutzung in der Bevölkerung sicherzustellen. Es handelt sich hier um meritorische Nutzungsoptionen. Medien erbringen die Leistung auch im Hinblick auf sozial normierte, demokratiepolitisch notwendige Ziele, und nicht nur im Sinne ökonomischer Marktfähigkeit.

Überträgt man diese Ausführungen von der Wirtschaft in den Sozialbereich, so sollte dies nicht (nur) Rechtfertigung dafür sein, dass Medienunternehmen auch dann existieren sollten, wenn sie nicht genügend Umsatzrendite abwerfen. Vielmehr sollte beim Angebot – neuer Medientechnologien – auch die wirtschaftliche Situation des Endverbrauchers miteinbezogen werden. Förderungen also nicht nur für Zeitungen, sondern auch für die Bereitstellung von Informationen über neue Technologien?

Aktive versus passive Mediennutzung – eine Trendwende?

Aktive Benutzer

Das Internet hat eine ganz neue Dimension in unsere Medienlandschaft gebracht. Mit fortschreitender Technisierung und damit verbundener Entwicklung hin zu Massenmedien hatte sich die Rolle der Nutzer von Zeitungen, Radio und Fernsehen als jene der „Rezipienten", der (passiven) Empfänger von Informationen, Botschaften, aber auch Unterhaltung, verfestigt. Zwar hat die Publizistikwissenschaft bereits Anfang der 70er Jahre erkannt, dass Medien je nach individuellen Bedürfnissen eingesetzt und genutzt werden.[7] Das Publikum rezipiere nicht „passiv", sondern zeige gegenüber den Medien ein durchaus zielorientiertes Handeln. Um den Einsatz von Medien zur individuellen Bedürfnisbefriedigung ginge es hier. Für eine wirklich aktive Rolle des Rezipienten fehlte es jedoch an Response-Möglichkeiten.

Diese bietet nun das Internet. Informationen und Unterhaltung werden nicht mehr von Medien in Form von Programmen „zusammenge-

[7] *vgl. Jay G. Blumler / Elihu Katz: The Uses of Mass Communications. Current Perspectives on Gratifications Research, London: 1974.*

stellt", sondern können sehr aktiv je nach Bedürfnis vom Nutzer „zusammengesucht" werden. Darüber hinaus ermöglicht diese neue Technologie die direkte Kommunikation mit dem „Informanten", ein Response-Element, das „alte Medien" nur bedingt und auf Umwegen anbieten können. So hat z.B. die Zahl der Reaktionen von Lesern bei Zeitungen sich über die Onlineausgaben um ein Vielfaches potenziert, Chatforen bieten darüber hinaus den Lesern/Hörern/Sehern die Möglichkeit, auch untereinander Eindrücke und Informationen auszutauschen.

Neue Diskussionsforen

Die „alten" Medien müssen darauf verstärkt reagieren. Für Printmedien reicht es nicht, ihre Texte ins „Netz" zu stellen. Sie müssen vielmehr auf die besondere Schnelligkeit in der Aktualität dieses neuen Mediums reagieren und darüber hinaus neue Wege zum – technisch möglichen – Dialog mit ihren Lesern finden.

Das Fernsehen steht – bei jungen Menschen – in direkter Konkurrenz zum „all round"-Medium Internet, das inzwischen verstärkt zu Hause genutzt wird. Bisher eher ein Informationsmedium, liefert das Internet durch die Möglichkeit von „down loads" auch Antwort auf Bedürfnisse nach Unterhaltung.

Langfristig werden digital Inhalte produziert werden, die über verschiedene mediale Kanäle vertrieben werden: Digital über das Netz auf Endgeräte vom PC bis zum Handy, auf Papier gedruckt bzw. im Radio und Fernsehen gesendet. Die Konvergenz, das Verschmelzen verschiedener Medien bei Produktion und Nutzung, wird zukünftig wegweisend sein: Eine gemeinsame Datenbank, Produktion für verschiedene Distributionswege.

Eine Datenbank, verschiedene Distributionswege

Wesentliches Element wird dabei die interaktive Kommunikation und die Individualität der Nutzung sein. Digitales Fernsehen, das gezielt individuelle Inhalte senden kann, ist eine Antwort auf das Internet – die wiederum neue Gründe für den „Digital Divide" in der Gesellschaft bringen wird.

Wie Studien zeigen, wird sich auch – wie oben bereits erwähnt – der Umgang mit Verbraucherinformationen ändern: Der Konsument wird gezielt nach Informationen suchen und ist nicht mehr angewiesen auf „Werbebotschaften".

Diese Trendwende, die sich aus der Bereitschaft zu und aus dem offensichtlichen Bedürfnis nach einem aktiven Umgang mit Medieninhalten – Information ebenso wie Unterhaltung – ableitet, hat weitreichende Konsequenzen:

- soziale (Gemeinschaft)
- wirtschaftliche (Medienunternehmen)
- politische (Demokratie)
- berufliche (Bildung).

Die Gefahren

Spaltung der Gesellschaft

- Passive Bevölkerungsgruppen verfallen weiter in Trägkeit, weil es zu viel Energie bedarf, zu viel Kraft, sich aktiv mit immer neuen Technologien auseinander zu setzen.
- Nur eine bestimmte Gruppe vermag an dem für die Demokratie essentiellen regen Austausch von Informationen teilzunehmen.
- Die Kluft zwischen jenen, die (aus-)bildungsmäßig auf dem Arbeitsmarkt gefragt sind und jenen, die aufgrund der nicht ausreichenden Fähigkeit, mit neuen Informationstechnologien umzugehen, kaum Chancen am Arbeitsmarkt haben, wird sich verfestigen.

Die Chancen

Bildung für alle

- Eine Förderung des Zugangs zu neuen Informationstechnologien bereits für Kinder und vor allem für sozial niedrigere Schichten könnte dem „digital divide" entgegentreten.
- Entsprechende Weiterbildungsmaßnahmen älterer Arbeitnehmer (oder auch Arbeitsloser) könnten deren Chancen auf dem Arbeitsmarkt erhöhen.

Fazit

- „Alte Fähigkeiten" wie Lesen und Schreiben sind wieder verstärkt gefragt – aber darüber hinaus in Kombination mit der Bereitschaft, sich mit neuen Technologien auseinander zu setzen.
- „Alte" Medien müssen sich verstärkt auf die neuen technischen Gegebenheiten einstellen und *interaktiver* mit ihren Rezipienten kommunizieren.
- Nachdem das Sammeln von Information, die Auswahl, Aufbereitung und die Informationsverbreitung zu den Kernkompetenzen „alter" Medien gehört, liegt hier eine Chance, den qualitativen Vorsprung zu sichern.

Dr. Sabine Angela Oberhauser, MAS
Geb. 1963, 1997 Fachärztin für Kinder und Jugendheilkunde, Ärztin für Allgemeinmedizin; MAS in Gesundheitsmanagement. Vorsitzende der ARGE ÄrztInnen im ÖGB, Vorsitzende der sozialdemokratischen ÄrztInnen, Vizepräsidentin des BSA, weitere Funktionen, u. a. Vorsitzende des Österreichischen Frauenringes, Vorstandsmitglied der Europäischen Frauenlobby

Sozial Global – Kranksein unterscheidet

Langlebigkeit und allgemeine Gesundheit verbessern sich zwar in den EU-Mitgliedstaaten, in vielen von diesen wird die Kluft zwischen einzelnen gesellschaftlichen Gruppen jedoch immer größer: die Privilegierteren sind in den meisten Fällen gesünder. Dies zeigt, dass hier noch viel zu tun bleibt."
Zitat von der offiziellen Homepage der EU-Kommission zum Thema Gesundheit.

Was die EU-Kommission so trocken feststellt, ist weder eine Sensation noch gilt es nur für die EU. Gesundheit – oder noch drastischer: Kranksein – unterscheidet aber nicht nur in der EU oder in Europa insgesamt, sondern weltweit. Es kommt darauf an, in welche Region dieser Welt jemand „hineingeboren" wird und schon entscheidet die Rate der Säuglingssterblichkeit über Sein oder Nichtsein. Und das Gleiche gilt paradoxerweise auch für das letzte Drittel der errechneten Lebenserwartung. Auch in den Jahren dazwischen ist es, abgesehen von der minimalen Möglichkeit der Eigenbeeinflussung, nicht anders.

Die ökonomisch reichste und mächtigste Gesellschaft dieser Welt, die USA, geben mit rund 14 % des Bruttoinlandsproduktes vergleichsweise das meiste Geld für das Gesundheitswesen aus. Trotzdem verarmen immer mehr Menschen im Falle von Krankheit. Und was wir uns in Europa überhaupt nicht vorstellen können, gehört für die Menschen in den USA zur Normalität. Ein Beispiel: Sie besuchen die USA, werden überfallen, suchen mit einer blutenden Wunde am Kopf nach einem Spital, finden es endlich und stehen vor einer fest verschlossenen Tür. Zu öffnen nur mit einer Kreditkarte. Nicht erfunden, tägliche Realität.

Ärztliche Hilfe nur bei Kreditwürdigkeit

Man muss aber nicht über den „großen Teich" blicken, um Unterscheidungen zu finden, es genügt der Kanal und alles innerhalb der EU. Sie sind 60 und hatten das „Unglück", in Großbritannien das Licht der Welt erblickt zu haben. Seit ihrer Jugend leiden Sie an Diabetes und jetzt versagen trotz ausgezeichneter Behandlung als Spätfolge die Nieren. Ein Computerprogramm berechnet Ihre Restlebenserwartung und befindet, dass Sie „zu alt und zu krank" sind. Keine Chance auf eine Spenderniere.

Die Unterscheidungsbeispiele könnten endlos fortgesetzt werden. Zur Abrundung noch eines. Ein aus Indien stammendes Trafikantenehepaar in der Wiener Innenstadt. Ein langjähriger Kunde kommt plötzlich immer ohne Brille. Zögerlich und sehr höflich wird er vom Trafikanten gefragt, wie er das mit den Augen gemacht habe. An „Grauem Star" operiert und die Sehschwäche wurde dabei gleich ausgeglichen. Beim nächsten Besuch ersucht der Trafikant um ein Gespräch, erzählt, dass seine Frau ebenfalls den Grauen Star habe, sich aber die Operation nicht leisten könne. Der Kunde informiert, dass in Österreich die Krankenkasse die Operation zahle. Wenige Monate später war auch die Trafikantin nach der Operation wieder im Besitz der vollen Sehkraft.

„Gesundheitspolitiker sind hirntot", meinte einmal ein Journalist. Nein, Gesundheitspolitiker, egal in welcher Region dieser Welt, sind nicht hirntot, sie ignorieren nur die herrschende Ökonomie und Ideologie. Die Ursachen der teilweise dramatischen Unterschiede sind weder zufällig noch gottgegeben. Sie sind wirtschaftlicher Natur und daher geht es auch bei der Gesundheit bzw. beim Kranksein um Ökonomie. Wem es ausschließlich um Profit und Rendite geht, dem wird – abgesehen von der eigenen Gesundheit und seinem Reichtum – weder soziale Sicherheit noch die Gesundheit der Menschen etwas wert sein. Die Erhaltung von Gesundheit bzw. die Behandlung von Krankheiten sind lästige Kosten, die gesenkt werden müssen.

Sei es nun der Gesundheitsschutz am Arbeitsplatz oder die Krankenbehandlung, seien es Seuchenbekämpfung oder die Bekämpfung von AIDS beispielsweise in Afrika, ja selbst die Versorgung mit dem richtigen Grippeimpfstoff in den reichen Industrieländern erfolgt nach rein ökonomischen Gesichtspunkten und nicht nach Erfordernissen bzw. mit Blick auf das Wohlergehen der Menschen. Nur wird davon gerne abgelenkt. So genannte Ersatzdiskussionen sind dabei in der heutigen Informationsgesellschaft das geeignetste Mittel.

Geht es um Selbstverantwortung oder um Gewinnstreben?

Mehr Selbstverantwortung und die Entscheidungsfreiheit werden propagiert. Die Versicherungspflicht sei besser als die Pflichtversicherung, wird behauptet. Argumentiert wird mit der Entscheidungsfreiheit jedes Einzelnen. Verschwiegen wird, dass es um alles, nur nicht um die Freiheit des Einzelnen geht. Schließlich wollen private Versicherungsunternehmen ihr Geschäft machen und deren Aktionäre eine saftige Dividende.

Und mit der Selbstverantwortung verhält es sich nicht anders. So wollte die österreichische Regierung Ende 2004 eine verminderte Rezeptgebühr für Generika einführen, um die Medikamentenkosten zu senken. Wehe dem Arzt, der für einen nicht mit hohem Einkommen Gesegneten kein Generikon findet!

Was in der ganzen Diskussion um das Gesundheitswesen auffällt, ist die Tatsache, dass sich immer alles um die Finanzierung dreht. Es scheint kaum von Interesse zu sein, wie die Gesundheit der Menschen erhalten, Krankheiten rechtzeitig erkannt und entsprechend therapiert werden können. Es steht nicht der Mensch, sondern das Budget im Mittelpunkt. Und das gilt national wie international.

Anfang des dritten Jahrtausends beherrschte für einige Monate das Thema Aids in Afrika internationale Konferenzen und Medien. Im Mittelpunkt aber stand nicht die Tatsache, dass das HI-Virus in einigen Ländern dieses Kontinentes bis zur Hälfte der Bevölkerung auszurotten droht, sondern ob es diesen Ländern erlaubt wird, einige der wenigen einigermaßen wirkungsvollen Medikamente gegen Aids kostengünstig nachzuproduzieren. Hochsaison für Diplomatie und Aktienspekulanten. – Das Schicksal der Menschen war lediglich Randthema.

Wenn in der Öffentlichkeit über die Themen Gesundheit bzw. Kranksein gesprochen wird, dann oft nur entweder unter dem Aspekt der Finanzierung oder der Leistungen der Spitzenmedizin, die immer wieder unter Einsatz aller technischen und pharmakologischen Hilfsmittel mit ärztlicher Höchstleistung wahre Wunder vollbringt. Der banale Alltag, der Einfluss von Arbeitsbedingungen, wie Nachtarbeit, Stress, Armut oder die Rolle einer intakten Umwelt werden in den Medien nicht gemäß ihrer wahren Bedeutung behandelt.

Umweltzerstörung und soziale Verelendung werden übersehen.

Teils mit Bewunderung, teils mit Erstaunen und nur selten mit einem mulmigen Gefühl im Bauch blicken wir derzeit auf das Wirtschaftswunder China. Regierungschefs und Staatspräsidenten pilgern derzeit gemeinsam mit Hundertschaften von Firmenchefs in das Land, um am wirtschaftlichen Aufstieg profitabel mitnaschen zu können. Umweltzerstörung, soziale Verelendung und in Folge die enorme Gesundheitsgefährdung werden gerne übersehen. Auf den Wirtschaftsseiten westlicher Medien wird nur manchmal auf die Folgen dieser Entwicklung auch für Europa hingewiesen. Aus rein ökonomischer Sicht natürlich.

In Zeiten des Internets und des Informationsüberangebotes fällt es nicht schwer, den Blick von den Folgeproblemen der herrschenden Ideologie abzuwenden. Die derzeit in der einzig verbliebenen Supermacht vorherrschende neokonservative Ideologie hat auch bei uns in Europa längst Eingang gefunden. Hinter den Schlagworten wie der „überregulierte Staat" oder der „entmündigte Bürger" verbirgt sich nichts anderes als der ungezügelte Markt, in dem sich der Stärkste durchsetzen kann: alle Macht den Aktionären. Und koste es die Gesundheit von Hunderten Millionen Menschen.

Viel zu lange haben wir es uns angeblich im Wohlstandsnest Europa bzw. Österreich bestens eingerichtet, die Entscheidungen wurden uns abgenommen und machen dürfen wir nur das, was auch ausdrücklich erlaubt ist. So wird es uns tagtäglich eingeredet. Die Regulierungswut müsse endlich weg, damit Europa das Vorbild USA spätestens 2010 wirtschaftlich überholen kann. So haben es Anfang dieses Jahrtausends die Staats- und Regierungschefs der EU bei ihrem Gipfel in Lissabon auf den Punkt gebracht beschlossen. Von den Lissabon-Zielen wird seither gesprochen. Zugegeben, als Ziele wurde auch Anstrebenswertes beschlossen. Etwa die Erhöhung der Frauenerwerbsquote oder die flächendeckenden Kinderbetreuungseinrichtungen. Umgesetzt wurde bisher aber nur die Deregulierung – auch auf Kosten unserer Gesundheit.

Alles zu weit hergeholt? Keinesfalls. Firmengründungen, Betriebsansiedlungen und dergleichen würden von der Genehmigungswut angeblich immer wieder erstickt. Arbeitsplätze gingen dadurch verloren und der Wirtschaftsstandort sei gefährdet. Hochgelobtes Australien, meinte da ein deutscher Wirtschaftsführer im Fernsehen. Dort dauert eine Betriebsgründung maximal zwei Tage. Alles eingereicht übers Internet und der digitalisierte Beamte genehmigt prompt. Und schon kann es losgehen mit der gesundheitsgefährdenden Produktion oder der Eröffnung des Restaurants, in dem weder arbeitsrechtliche noch hygienische Standards eingehalten werden.

Und wenn dann jemand krank wird, haben wir ja die ärztliche Kunst und die Kosten verursachende defizitäre Krankenkasse.

Vorschriften reformieren, nicht abschaffen!

Zugegeben, viele Regulierungen und Vorschriften mögen übertrieben, nicht mehr auf dem aktuellen sinnvollen Stand sein. Tatsache ist und bleibt aber, dass es sich dabei grundsätzlich um Sinnvolles handelt. Was allerdings sinnvoll ist, darüber scheiden sich manchmal sogar unter Gewerkschafterinnen und Gewerkschaftern die Geister. So legte bei einer Frauenkonferenz in Brüssel eine maltesische Gewerkschaftsjuristin Widerspruch ein, als eine Resolution gegen die so genannte opt-out-Regelung – dem freiwilligen Verzicht von ArbeitnehmerInnen auf die Begrenzung der Höchstarbeitszeit – in der geplanten EU-Arbeitszeitrichtlinie zur Diskussion stand. Ihre Begründung: die maltesischen Gewerkschaften stehen auf dem Standpunkt, dass niemand das Recht hat, in die persönliche Lebensgestaltung einzugreifen.

Letztendlich geht es um die Grundfesten der Solidargesellschaft. Ob in Österreich, in Europa oder weltweit. Wem diese Solidargesellschaft im Wege ist, der gefährdet auch die Gesundheit der Menschen.

In Deutschland musste ein ehemaliger Gesundheitsminister und nachfolgend Gesundheitssprecher der Opposition seinen Posten räumen, weil er nicht vom Solidarprinzip im Sozial- und Gesundheitswesen abrücken wollte. Dem Bayern *Horst Seehofer* wurde am Höhepunkt der oppositionellen Auseinandersetzung unverhohlen vorgeworfen, er hätte durch seine schwere Erkrankung den „Blick für das Notwendige“ verloren. Seehofer zog sich für wenige Tage ins Kloster zurück und schmiss dann alle seine Funktionen hin. Er ist seither sicher kein Heiliger, aber ganz sicher ein Gesundheitspolitiker, der erkannt hat, was gut für die Menschen ist.

Krank sein unterscheidet – manchmal sichtbar und oft sogar sehr schmerzhaft. In Österreich haben wir gegenüber anderen Ländern durchaus noch immer einen Vorteil. Trotz vieler Fehlentscheidungen in den vergangenen Jahren können wir auf einer noch immer ausgezeichneten Grundlage aufbauen.

Was wir brauchen

Ein Gesamtkonzept

Die Behandlung Kranker nach dem neuesten Stand der Medizin, ein umfassendes Präventionsangebot sowie die Betreuung älterer Mitbürgerinnen und Mitbürger sind zu wichtig, um sie einem regionalen

Notwendig: ein patientenorientierter Gesundheitsplan

Flickwerk und dem Prestigedenken von Regionalpolitikern zu überlassen. Daher ist ein österreichweiter, patientenorientierter Gesundheitsplan notwendig. Dieser Plan ist in einer umfassenden Diskussion mit den Betroffenen unter Einbindung schon bestehender Patienteninitiativen, den Patientenanwälten und regionalen Entscheidungsträgern zu erarbeiten.

Bedarfsgerecht

Notwendig ist ein Versorgungssystem nach einem Stufenplan.
Von der Erstdiagnose vor Ort bis zur Behandlung in Zentren für Hochleistungsmedizin sowie Nachsorgeeinrichtungen in Wohnnähe und Rehabilitationszentren muss alles auch nach der Erreichbarkeit organisiert sein. Notwendig ist ein österreichweites Patientenleitsystem.

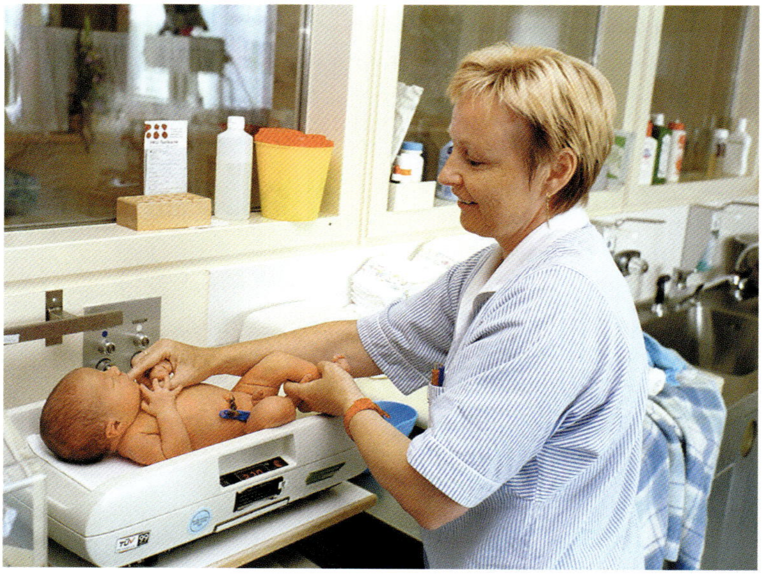

Ein modernes Gesundheitssystem soll Menschen von der Geburt bis zum Lebensende begleiten.

Angebot/Nachfrage

Ein modernes Gesundheitssystem beginnt mit der Betreuung Schwangerer und endet mit der Sterbebegleitung. Vorrang hat dabei die Verhinderung von Krankheiten sowie die Sicherung eines menschenwürdigen Lebensabends. So hat der Mutter-Kind-Pass mit seinem Anreizsystem mehr erreicht als die Ausnahme von Schwangeren von der Ambulanzgebühr. Überhaupt sind Anreizsysteme dubiosen Lenkungsmaßnahmen oder Selbstbehalten vorzuziehen. Investitionen in ein umfassendes System von qualifizierter Gesundheits- und Lebensberatung, ein umfassender ArbeitnehmerInnenschutz sowie Angebote im so genannten Wellness-Bereich mit qualifiziertem Personal sind eine sinnvolle Ergänzung zum Gesundheitsangebot im herkömmlichen Sinne.

Evaluierung

Die Gesundheit in Österreich hat nur dann Zukunft, wenn langfristig erstellte Pläne einer ständigen Überprüfung standhalten. Damit sind ausreichende Kapazitäten sowohl im medizinischen als auch pflegerischen Bereich gewährleistet.

Gesundheit als Beschäftigungschance

Ein bestens organisiertes und durchdachtes Gesundheitswesen bietet die Chance auf qualifizierte Arbeitsplätze, die finanzierbar sind und ein leistungsgerechtes Einkommen bieten. Es macht wenig Sinn, wenn ein promovierter Arzt Taxi fährt oder sich zweifelhafte Organisationen mit illegal Beschäftigten um die Altenpflege „kümmern". Arbeiten im Gesundheitswesen muss wieder attraktiv werden. Dazu gehören beste Aus- und Weiterbildung, angemessene Bezahlung, Arbeitszeiten, die einerseits die beste Betreuung der Patientinnen und Patienten sichern und gleichzeitig Frauen mit Kindern nicht aus dem Beruf drängen.

Arbeiten im Gesundheitswesen muss attraktiv werden.

Ergänzt werden muss ein Gesamtkonzept für das Gesundheitswesen durch konkrete Vorstellungen für eine qualifizierte Ausbildung der im Gesundheitssystem Tätigen.

Konzept für die neue Ausbildung der Ärztinnen/Ärzte

Die Ausbildung der TurnusärztInnen in Österreich ist alles andere als zufrieden stellend. Kritik allein trägt aber nicht zur Verbesserung bei. Es fehlt an einem klaren Ausbildungskonzept und Strategien zum Erreichen des Ausbildungszieles.

Ausgangssituation

Im Regelfall dauert das Medizinstudium 12 bis 18 Semester.
Dabei gibt es drei unterschiedliche universitäre Ausbildungen.

- Privatuniversität Salzburg
- Medizin-Universitäten in Wien, Graz und Innsbruck
- und das Studium erfolgt noch nach der alten und neuen Studienordnung.

Nach Bundesländern unterschiedlich gibt es bis zu drei Jahre Wartezeit auf Turnus in einem Spital. Es folgen drei bis neun Jahre Ausbildung im Krankenhaus. Im Anschluss entweder Spitalskarriere oder Niedergelassener mit Kassenvertrag – den es derzeit nicht gibt.

Zielvorstellung für die Ausbildung neu

Studium: gute theoretische Basis mit Kenntnissen aus dem Spitalsalltag. Grundausbildung in den Bereichen

- Kommunikation
- Konfliktbewältigung
- Teamarbeit
- Fehlermanagement

Im Zentrum muss der Patient stehen.

Erfordernisse

- Definition der Ausbildungsziele
- Ausbildungsmanagement
- Evaluierung
- Begleitendes Controlling

Umsetzung

Die Krankenanstaltenträger und Medizinuniversitäten müssen sich österreichweit koordinieren, um einheitliche Standards zu erreichen. Kleinere Träger sind zur Kooperation (Ausbildungsverbund) verpflichtet. Standesvertretung, Personalvertretung und Gewerkschaft sind auf allen Ebenen einzubinden.

Ohne Geld geht's nicht

Ressourcen effizient nutzen

Gesundheit kostet Geld, Krankheit noch viel mehr. Und daher dürfen „Wirtschaftlichkeit" und „Kostenbewusstsein" im Gesundheitswesen keine Fremdwörter sein. Eine wirtschaftliche Mittelverwendung muss aber auch ethisch betrachtet werden. Durch effiziente Ressourcennutzung kann bei gleichen Aufwendungen mehr Nutzen für die Solidargemeinschaft erzielt werden. Das ökonomische Ziel der Kostensenkung darf aber auf keinen Fall als absolut gesehen werden.

Sozialpolitische Aspekte wie Solidarität und gesellschaftlicher Ausgleich müssen immer berücksichtigt werden, damit, um der Effizienzsteigerung willen, nicht die soziale Seite des Gesundheitswesens verloren geht. Es würde sich nämlich herausstellen, dass Liberalisierung oder Deregulierung zugunsten privater Vorsorge, Selbstbeteiligung oder Kassenwettbewerb für die Versicherten mehr Schaden als Nutzen bringt.

Und auch hier gibt es etwas zu bedenken: Was nützt dem Hüftschmerzpatienten von heute die Effizienzdebatte von morgen, wenn er aufgrund von Wartezeiten keinen Operationstermin bekommt? Da kommt dann die nur hinter vorgehaltener Hand diskutierte Zwei-Klassenmedizin ins Spiel.

Entweder der Patient hat eine Zusatzversicherung, oder er hat Geld gespart und bezahlt „bar" (ist gleich Zwei-Klassen-Medizin), oder er kann sich auf ein Netzwerk persönlicher Beziehungen stützen („Vitamin B") und wird so vorgezogen (ist gleich Drei-Klassen-Medizin).

Wer glaubt, dass es ohne „frisches Geld" geht, der irrt. Doch woher nehmen? Die derzeitige österreichische Regierung hat die Antwort schon parat: Wir nehmen es von den Kranken.

Gesundheitsbereich anders finanzieren

Die Antwort darauf muss eine andere sein: Was könnte einnahmenseitig bewegt werden? Eine Möglichkeit wäre die Zweckbindung von Steuern. Viel diskutiert ist auch die Einführung wertschöpfungsorientierter Beitragselemente. Auch das Anheben oder gar das Aufheben der Höchstbemessungsgrundlage wäre eine Möglichkeit, solidarisch und bei einer Mehrbelastung der Besserverdiener mehr Geld ins System zu bringen.

Die Forderungen für ein solidarisches Gesundheitssystem müssen daher sein:

- Eine klare Absage an all jene, die durch die Reduktion öffentlicher Aufgaben im Gesundheitsbereich die Finanzierbarkeit sichern wollen
- Das Gesundheitswesen darf nicht in ein an der freien Marktwirtschaft orientiertes Leistungsmodell umgewandelt werden.
- Die Sicherung des gleichen Zugangs zu Gesundheitsleistungen unabhängig vom Einkommen, Alter, Bildung und sozialer Stellung
- Die Beibehaltung der solidarischen Finanzierung, ein klares Nein zur Versicherungspflicht
- Keine Ausweitung der Selbstbehalte
- Die derzeit bereits bestehende Zwei- bzw. Drei-Klassen-Medizin bekämpfen

Über den Tellerrand Österreichs hinausgeblickt wird es langfristig zu einem radikalen Umdenken kommen müssen. Anders als in Österreich und den weiteren Industriestaaten geht es in vielen der anderen Länder dabei nicht nur darum, den Zugang zu medizini-

Globale Ziele: Existenz sichern, Gesundheitsversorgung aufbauen

schen Leistungen für alle und die Finanzierung dieser Leistungen solidarisch zu sichern. In vielen Regionen unseres Planeten geht es zuerst einmal darum, die Menschen zu ernähren, ihnen überhaupt eine Existenz zu sichern. In zweiter Linie muss dann eine flächendeckende Gesundheitsversorgung erst aufgebaut werden. Und in einer globalisierten Welt wird das nur möglich sein, wenn sich die ökonomischen Verhältnisse grundlegend ändern.

Ob es uns nun passt oder nicht, Kranksein wird so lange unterscheiden, so lange Ungerechtigkeit, Unterdrückung, Ausbeutung und Entrechtung herrschen. Kranksein wird so lange unterscheiden, so lange im Namen der Freiheit hohe Profite durch einige wenige gemacht werden. Eine faire Weltökonomie und weltweite soziale Gerechtigkeit sind die Grundvoraussetzungen für globalisierte Gesundheit. Krankheiten wird es zwar immer geben, aber Kranksein braucht nicht unterscheiden.

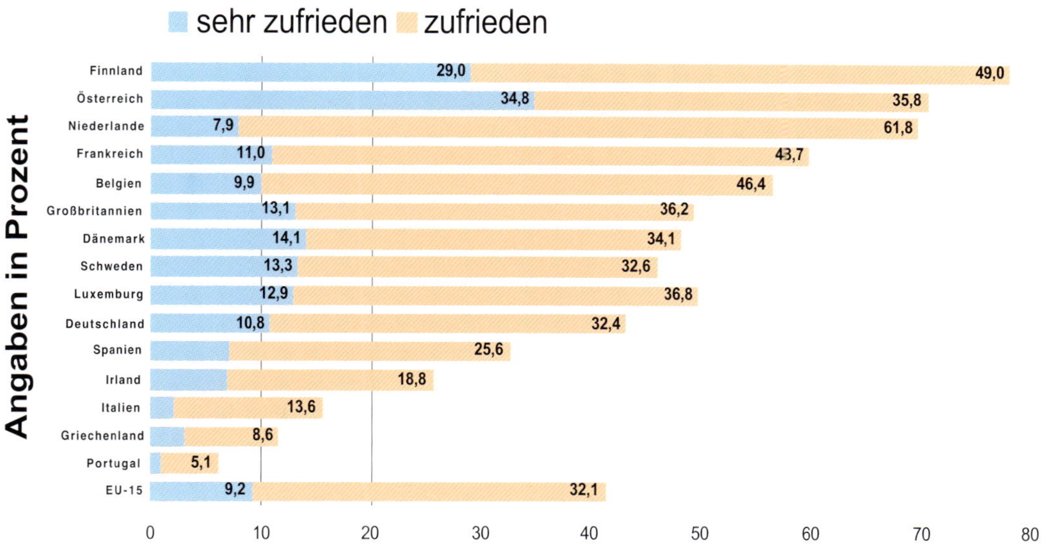

Quelle: Eurostat (European Commission) 1999

	Performance Gesamt
Frankreich	1 (1)
Italien	2 (2)
Spanien	7 (3)
Österreich	**9 (4)**
Portugal	12 (5)
Griechenland	14 (6)
Luxemburg	16 (7)
Niederlande	17 (8)
Großbritannien	18 (9)
Irland	19 (10)
Belgien	21 (11)
Schweden	23 (12)
Deutschland	25 (13)
Finnland	31 (14)
Dänemark	34 (15)
Schweiz	20
USA	37

WHO-Ranking Gesundheitssysteme (in Klammer Rang innerhalb EU)

Quelle: World Health Report 2000, Tabelle nach Health System Watch IV/2000

Fritz Dinkhauser, geb. 1940 in Innsbruck. Seit 1979 in der AK Tirol, zunächst Kammerrat, ab 1985 Vizepräsident und seit 1991 AK-Präsident, seit 1993 BAK-Vizepräsident und BAK–Fraktionsvorsitzender ÖAAB-FCG, 1984 – 1993 Obmann Tiroler Gebietskrankenkasse, seit 2005 Mitglied des Vorstandes im Hauptverband der Sozialversicherungsträger.

Sozialpolitik muss laut sein

Die Not kommt lautlos

Ernstzunehmende Wissenschafter prophezeien uns neben dem ökologischen auch den sozialen Kollaps. Jede Gesellschaft braucht ein Mindestmaß an Solidarität und Zusammengehörigkeit. Gemeinschaft aber setzt voraus, dass die Menschen miteinander verbunden sind und sich füreinander verantwortlich fühlen. Aber Gemeinschaftsbande sind oft nur ein Klotz am Bein des Konsumenten, der unbeschwert konsumieren und flexibel in seinem Arbeitsleben sein soll. Parallel dazu wächst die Sehnsucht nach Solidarität und Gemeinschaft, aber ebenso das Unvermögen, Gemeinschaft zu verwirklichen. Es droht uns eine Gesellschaft aus lauter Vereinzelten, eine Ansammlung von innerlich und äußerlich von einander isolierten Individuen, deren Kontakte von Kosten-Nutzen-Rechnungen bestimmt sind.

Die Folge erleben wir in unserem eigenen Umfeld: Ein Verlust an Tradition und Identität. Es gibt keine Vergangenheit, mit der wir uns identifizieren wollen. Alles wird beliebig austauschbar.

In der traditionellen Gesellschaft, wie sie noch in vielen Dörfern vorhanden ist, erhält man Hilfe von Verwandten, Nachbarn, Dorfbewohnern, von leibhaftigen Menschen. Dieser Beistand verpflichtet zu Gegenleistungen. Das unmittelbare Mitgefühl ist sicher der größte soziale Antrieb. In vielen Bereichen ist der Staat an die Stelle der Nachbarn getreten. Aber wer will schon dem Sozialamt eine Gegenleistung erbringen? Auch das Delegieren der Menschlichkeit an Behörden und Ämter führt zu einer Gesellschaft von Egoisten.

Drohende gesellschaftliche Spaltung

Ein weiteres Paradoxon in unserer Gesellschaft ist die Tatsache, dass sich trotz laufender Wohlstandsvermehrung die Gesellschaft spaltet. Auf der einen Seite die Privilegierten mit Internetanschluss, neuestem Handy, Designerkleidung, Markendenken und exklusivem Geschmack – auf der anderen Seite diejenigen ohne Internetanschluss, die Minderprivilegierten, die jeden Tag um ihren Arbeitsplatz kämpfen, mit 1.000-Euro-Jobs das Auslangen finden müssen. Die soziale Zerklüftung unserer Gesellschaft in ärmliches Proletariat und eine vermögende Bürgerschicht schien längst überholt zu sein. Schaut man aber genauer hin, wird klar, es gibt diese neue Spaltung, es gibt eine neue „alte" Klassengesellschaft, die wir zwar verdrängt haben, deren Realität wir aber nicht beseitigt haben.

Es gibt eine neue „alte" Klassengesellschaft

Das Wirtschaftswunder schien diese Klassen aufgehoben zu haben. Leben wir nicht längst nebeneinander in der Harmonie des Massenkonsums, bezeichnen wir uns nicht viel lieber als moderne dynamische Wissensgesellschaft? Die neue Spaltung trennt in altbekannter Weise diejenigen, die in ungesicherten, schlecht bezahlten Arbeitsverhältnissen leben, die viel fernsehen und selten Bücher lesen. Auf der anderen Seite diejenigen, die von der ökonomischen Entwicklung profitieren, in jedem Fall gut verdienen und an der Bildungs- und Informationsflut aktiv teilnehmen.

Klassengesellschaft wächst

Allein in Österreich wechseln rund eine Million Menschen pro Jahr ihren Arbeitsplatz. Berufliche Veränderung steht auf der Tagesordnung. Aus- und Weiterbildung ist den Arbeitnehmerinnen und Arbeitnehmern wichtig. Aber nur jeder Zehnte kann es sich leisten und die Zeit dafür aufbringen, sich privat und auf eigene Kosten weiterzubilden. Das größte Hindernis dabei sind die explosionsartig gestiegenen Kosten für Weiterbildungs-Kurse. Die Gefahr, dass die Arbeitnehmer auf der Strecke bleiben, war noch nie so groß. Da heißt es laut werden, um mit aller Kraft gegen die gesellschaftspolitischen

Nur jeder Zehnte ist in der Lage, sich auf eigene Kosten weiterzubilden

Gefahren einer neuen Schicht von Wenig- oder nur Geringgebildeten anzukämpfen, die von Hochqualifizierten dominiert und manipuliert werden. Auch diese unbequemen Wahrheiten müssen deutlich ausgesprochen werden.

Nicht-Leisten-Können ist belastend

Konsum und Lifestyle haben die sozialen Unterschiede noch vergrößert. Es ist peinlich für eine Familie, wenn man den Kindern nicht die neuesten Markenjeans oder das teuerste Snowboard kaufen kann. Eine Mutter hat mir geschrieben, sie fühle sich als Versagerin weil sie ihrem 12-Jährigen nicht das neueste Handy kaufen könne Sind das wirklich unsere neuen Werte?

Bei meinen regelmäßigen Sprechstunden und im direkten Kontakt mit den Menschen lerne ich die Not von Müttern, Familienvätern, Arbeitern und Angestellten, Pensionisten, Mindestrentnern, Arbeitslosen und Hoffnungslosen, unheilbar Kranken und total Verzweifelten kennen. Ich sehe neben den menschlichen Tragödien echte wirtschaftliche Not. Und was umso schlimmer ist: Diese Menschen finden oft in einer Gesellschaft, die im Spaß und Vergnügen ihre Erfüllung sieht, nicht einmal mehr die so wichtigen Ansprechpartner. Die Scham, nicht dazu zu gehören, nicht einer der Gewinner zu sein, ist so groß, dass Schulden und finanzielle Not verschwiegen werden müssen, um nicht auch noch gesellschaftlich geächtet zu werden.

Neben menschlichen Tragödien echte wirtschaftliche Not

Schattenseiten werden ausgeklammert

Alter, Krankheit, Tod, Armut, soziales Elend, Familientragödien, Depressionen, Ängste, schwere Arbeit – all diese Schattenseiten unseres Lebens werden in der öffentlichen Darstellung und damit auch in der breiten Wahrnehmung bewusst ausgeklammert. Scheidungen, Krankheiten und Konflikte werden auf der Ebene der High Society locker abgehandelt. Affären und Trennungen bei Schauspieler- und Sportgrößen, Kampf gegen Krebs – bei den Promis haben diese Dinge News-Wert.

Aber wie soll sich die Mutter mit drei Kindern nach der Scheidung ihre Existenz sichern, wenn nichts da war? Und wie soll der Alleinverdiener seinen Krebs besiegen und daneben auch noch seine Familie erhalten und seinen Job behalten?

Neue Klassen entstanden

Klassenunterschiede sind größer geworden

Betroffen macht vor allem, dass Politik und Öffentlichkeit all diesen gesellschaftspolitischen Widersprüchen kaum Beachtung schenken. Wahrscheinlich wäre es unangenehm, zuzugeben, dass selbst nach 30-jähriger sozialistischer Alleinregierung beziehungsweise Großer Koalition die Klassenunterschiede in unserer Gesellschaft nicht kleiner, sondern größer geworden sind: Vom Schulbesuch bis zu Gesundheitsvorsorge, vom Einkommen bis zur politischen Macht.

Eigentlich müsste soziale Ungleichheit ein großes Thema in unserer Zeit sein. Die neuen Klassen haben längst schon unsere Arbeitsplätze erreicht. Fixe Vollzeitstellen sind zunehmend seltener geworden. Das Ausmaß an Teilzeit und freien Beschäftigungsverhältnissen, die sechs Monate oder maximal zwei Jahre dauern, hat zugenommen, ebenso weitere Formen atypischer Arbeitsverhältnisse, wie freie Dienstverträge, neue Selbstständige, aber auch Leiharbeit. Alles in allem werden diese Formen unsicherer Arbeitsverhältnisse auch zu einem gesellschaftlichen Umbruch führen. Allein die Folgekosten für die Allgemeinheit im Bereich der Sozialversicherung und der Pensionsversicherung sind noch nicht abzuschätzen. Hier fehlt oftmals der politische Weitblick der Verantwortlichen.

700-Euro-Jobs im Handel reichen kaum für das Nötigste. Beschäftigungsverhältnisse, auf drei Monate abgeschlossen, tragen kaum dazu bei, sich an einem Ort auch wirklich niederzulassen, sich sozial einzubinden, geschweige denn, eine Familie zu gründen. Derartige Arbeitsverhältnisse begünstigen eher noch Kinderlosigkeit und den ständigen Wechsel, das Leben auf Achse, oft gar aus dem Koffer. Ist das die neue, viel gepriesene Freiheit und Flexibilität? Arbeiten bis zum Umfallen, nur ja keine Kinder, wer weiß, was morgen ist, Unsicherheit und Angst, jeder muss auf sich selbst schauen.

Österreich: 1 Million Menschen mit weniger als 700 Euro monatlich

Die jährlich erscheinenden Armutsberichte für Österreich weisen immer wieder aus, dass knapp eine Million Menschen mit weniger als 700 Euro monatlich auskommen müssen. Wenn die Waschmaschine kaputt ist oder das Kind in den Skikurs mitfahren möchte, kann das bei den Betroffenen eine ernste wirtschaftliche Krise auslösen. Festzuhalten bleibt, dass nahezu jede Verschlechterung in den letzten Jahren stets zu Lasten der Arbeitnehmer gegangen ist.

Als Arbeitnehmervertreter heißt es dann, immer dort die Stimme zu erheben und laut zu werden, wo Ungerechtigkeiten fortgeschrieben wurden und Gruppen einseitig belastet wurden. Interessenvertreter zu sein heißt, sich immer für die Menschen einzusetzen und nicht für oder gegen eine Partei, weil es immer um die Sache geht und nicht um Parteipolitik. So auch bei der Pensionsreform.

Pensionsreform und Golden Handshake

Frühpensionierungen und verlängerte Lebensarbeitszeit

Da werden öffentliche Unternehmen privatisiert mit der Auflage, dass tausende Menschen ihren Job verlieren. Um diese Unternehmen fit für die Börse zu machen, werden großzügige Frühpensionierungsmodelle angeboten. Gesunde, arbeitsfähige Mitarbeiter werden mit 55 in die Rente geschickt, bloß um die Bilanzen zu schönen. Auf der anderen Seite werden Arbeitnehmer bis zum 65. Lebensjahr arbeiten müssen, ohne auch nur ein Wort über die Art der Beschäftigung zu verlieren.

Demokratie mit sozialem Antlitz

Was vielen Menschen im Land Angst macht, ist aber auch die Radikalisierung im gegenseitigen Umgang. Sozialpartnerschaft und gelebte Demokratie mit sozialem Antlitz scheinen aussterbende Wertvorstellungen zu sein, die im globalen Konzert nichts mehr verloren haben. Auf der anderen Seite zeigt sich, wie wichtig gerade für die unselbstständig Erwerbstätigen eine gemeinsame starke Vertretung ist. Das sind genau jene Menschen, die es sich nicht selbst richten können, die nicht die Mittel haben, sich jeden Anwalt zu leisten, jene, die nicht an der Spitze stehen, die nicht auf der Sonnenseite des Lebens stehen, sondern das sind jene Menschen, die in der Mehrheit sind, die jeden Tag um ihren Arbeitsplatz zittern, die jeden Tag hart arbeiten müssen, um sich und ihre Familien über die Runden zu bringen. Sie haben kein Verständnis für die weltweiten Fusionierungen, für Shareholder-Value oder für Spekulationen. Sie sind die unmittelbar Betroffenen, die die negativen Auswirkungen am eigenen Leib verspüren.

Österreich braucht eine Kursänderung

In Österreich ist eine Kursänderung der Politik dringend notwendig. Die Ausrede auf Sachzwänge kann nicht länger hingenommen werden. Die Politik muss auf die Bürger hören, sie ernst nehmen, nicht sie zuerst aussackeln und dann schuldig werden lassen. Die Menschen geraten immer mehr unter Druck. Immer mehr, immer profitabler, immer schneller, immer brutaler werden die Anforderungen im Arbeitsleben. Bei vielen herrscht Endzeitstimmung, Angst vor dem Arbeitsplatzverlust, es nicht mehr zu schaffen, das Gefühl, dass einem alles über den Kopf wächst. Dabei ist gerade die Motivation der Arbeitnehmer so wichtig für eine positive Entwicklung des Landes.

Es kann jedoch nicht jeder Mensch sein Leben allein bewältigen und seine Handlungsfähigkeit aus sich selbst heraus gewinnen. Diese Ideologie vom Einzelnen, der sich alles selbst richtet, steht im krassen Gegensatz zur Realität. Sie widerspricht der täglichen Erfahrung in der Arbeitswelt und beim Zusammenleben. Sie führt dazu, dass der Sinn für gegenseitige Verpflichtung schwindet. So verkommt der Wohlfahrtsstaat zur leeren Hülle.

Parteien, Gewerkschaften, Kirchen zerbröseln

Staatstragende Säulen zerbröseln, wie Parteien, Gewerkschaften oder Kirchen. Die Bindekraft für ihre Anhänger schwindet ebenso wie ihre Autorität. Der Familien- und der Arbeitsbegriff sind einem gewaltigen Wandel unterzogen. Scheidung und Wiederverheiratung wird zum Regelfall, aus Lebensgemeinschaften sind temporäre Verhältnisse geworden. Der Arbeitsbegriff ist geprägt von laufender Veränderung, von Neuorientierung und permanenter Weiterbildung und wechselnden Beschäftigungsverhältnissen.

Gleichzeitig gewinnen die alten Kategorien eine neue Verführungskraft. Gerade die neuen beschleunigten flexiblen Arbeitsformen rufen eine Nostalgie nach der „guten alten Zeit“ hervor. Immer mehr junge Menschen sind davon überzeugt, dass Arbeit Identität stiftet. Nur so gewinnen sie kritische Maßstäbe gegenüber einer Arbeitswirklichkeit, die sie als Einzelpersonen gar nicht mehr zur Kenntnis nehmen. Bei der Kategorie Familie ist es ähnlich. Da praktizieren die Menschen, teils von der Arbeitswelt erzwungen, teils frei gewählt, längst die kompliziertesten mobilen Formen des Zusammenlebens. Trotzdem gehen die hoch individualisierten jungen Menschen wie eh und je fast mit hundertprozentiger Sicherheit davon aus, dass sie einen festen Arbeitsplatz und eine stabile Familie haben werden.

Realitäten und Wünsche klaffen auseinander

Können aus dieser Individualisierung neue kollektive Handlungsformen entstehen? Wir erkennen zwar die Probleme der Gesellschaft, wir haben teilweise die neuen Strukturen verstanden, aber wir haben noch keine Spielregeln und Ordnungsmuster, mit denen es uns gelingt, mit diesen neuen Formen umzugehen. Wer ersetzt in der flexiblen und mobilen Gesellschaft die dauerhafte Einbindung und Versorgung, die früher Staat, Kirche, Familie, Gewerkschaft gewährleistet haben?

Auflösung gesellschaftlicher Rahmenordnung

Was sind Autoritäten noch wert? Sehen wir nicht bereits alle in unserer Umgebung die Auflösung der gesellschaftlichen Rahmenordnung: Selbstmorde, Drogen, Betäuben in Tanztempeln, exzessiver Urlaubskonsum, das alles sind Zeichen dafür, dass unsere Arbeits- und Lebenswelt für viele junge Menschen immer schwerer zu bewältigen ist. Wir verschließen auch die Augen vor der dramatischen Zunahme an Scheidungen, Trennungen und Depressionen. Aber genau diese so genannten privaten Probleme müssen öffentliche Anliegen der Politik werden. Sie müssen angesprochen werden – nicht verdrängt. Erst wenn uns diese Probleme bewusst sind, können wir auch etwas dagegen unternehmen.

Nein zur Ellbogengesellschaft

Wir sitzen auf einem Berg unbewältigter gesellschaftspolitischer Probleme. Welche Rolle spielt der Einzelne in einem solchen Konzert des Kapitals, der Ellbogengesellschaft und der absoluten Individualisierung? Was ist von den Begriffen Solidarität, Gemeinschaft und kollektiven Bedürfnissen noch zu halten? Wie verträgt sich der Sozialstaat mit internationalen Entwicklungen, die auf keinerlei Staatsgefüge mehr Rücksicht nehmen? Wie viel Macht haben noch die Gewerkschaften? Am stärksten sind sie immer noch, wenn sie mit Streik drohen.

Während Gewerkschaften noch den Sozialstaat absichern wollen und nur ungern über den nationalen Tellerrand hinausblicken, spüren die Wirtschafter, dass unsere lokale Welt nicht mehr im Einklang mit der internationalen Entwicklung steht. In der großen weiten Welt der ökonomischen Raubritter fühlen sie sich zwar unsicher, aber auf der nationalen Bühne bewegen sie sich selbstsicher als die wahren Beweger und Modernisierer mit der Erpressungsformel: „Wenn ihr so weiter macht, wandern wir eben aus". Dieser Strukturwandel, zu dem die Wirtschaft seit den 90er Jahren gezwungen ist, traf die Arbeitnehmervertretungen unvorbereitet. Vor allem die Schnelligkeit, mit der sich diese Entwicklungen bewegten. Die Wirtschaft bewegt sich, die meisten Gewerkschaften hinken hinterher.

Wir dürfen aber nicht Wasser predigen und Wein trinken. Dieses soziale europäische Handeln, das wir an dieser Stelle einfordern, muss auch in unserem eigenen Arbeitsbereich täglich unter Beweis gestellt werden.

Faktum ist, dass ein funktionierendes Sozialsystem und solide gesellschaftliche Strukturen erheblich zur Wettbewerbsfähigkeit Österreichs, aber auch Europas in den letzten Jahrzehnten beigetragen haben.

Schere Arm und Reich geht auseinander

In Österreich vergrößert sich trotz kontinuierlichen Wirtschaftswachstums die Schere zwischen Arm und Reich. Der Hauptgrund liegt auch hier in einer jahrelangen Fehlentwicklung in der Budget- und Steuerpolitik. Während die steuerliche Belastung der Arbeitseinkommen ständig gestiegen ist, hat sich der Anteil der Unternehmensgewinn-Steuern am Gesamtsteueraufkommen seit 1970 nahezu halbiert. Der Beitrag der Vermögenssteuern zur Staatsfinanzierung ging um zwei Drittel zurück. Mit dem Stiftungsrecht haben die Reichsten seit 1993 die Möglichkeit, fast gar keine Steuern mehr auf ihre Einkommen zu zahlen. Wo bleibt die steuerliche Gleichbehandlung aller Einkommensarten?

Der Faktor Arbeit trägt 60 % aller Steuern und Abgaben

Der Faktor Arbeit kommt der Gemeinschaft zugute und ist erneuerbar. Dennoch wird er steuerlich bestraft. Er trägt bereits 60 % aller Steuern und Abgaben – der Konsumbereich 25 % und der Kapitalbereich gar nur 10 %.

Soziale Gerechtigkeit im Gesundheitswesen

Eine der wichtigsten Säulen in jedem modernen Sozialstaat ist ein funktionierendes, effektives und faires Gesundheitssystem. In wohl keinem anderen Sozialbereich - mit Ausnahme der Pensionen – wurden in den letzten Jahren – und dies in nahezu allen europäischen Staaten - intensivere Einschnitte gemacht als im Bereich der gesetzlichen Krankenversicherung. Gerade die jüngsten Reformen in diesem Bereich zeichnen klare Trends, wohin die sozialpolitische Reise – nicht nur in Österreich – gehen soll.

Krank sein macht arm

Armut macht krank und Krankheit zunehmend arm. Von der Rezeptgebühr bis zu den Selbstbehalten – Kranksein wird zum Luxus. Die Leistungen der sozialen Krankenversicherung werden ständig beschnitten. Es gibt ein Wirrwarr an Leistungen und Beiträgen.

Kranksein wird zum Luxus

Die Weltgesundheitsorganisation hat das österreichische Gesundheitssystem auf Platz 9 gereiht, das der USA nur auf Platz 37. Von der viel gerühmten Eigenverantwortung des Einzelnen ist wenig zu spüren, wenn man noch dazu erwähnt, dass das US-System 14 % der Wirtschaftleistung verschlingt, das österreichische zwischen 7,3 und 10,9 %.

Gesundheitsreform

Von einer Gesundheitsreform ist die Rede, eine Geldbeschaffungsaktion ist daraus geworden. Noch immer findet der wesentlichste Punkt zu wenig Beachtung: Kosten dadurch einzusparen, indem Krankheiten verhindert werden. Eine wesentliche Grundlage dafür sind jedoch Präventionsmaßnahmen, die vom Land gemeinsam mit der Sozialversicherung für das Bundesland erarbeitet werden sollten. Entscheidend ist, wie dabei das Gesundheitsbewusstsein der Bevölkerung gestärkt werden kann.

Die größten Kostenverursacher sind Ärzte und Spitäler. In diesen Bereichen haben die Sozialversicherungen nur die Verantwortung, aber keine Kompetenzen und damit kaum Steuerungsmöglichkeiten.

Kostenverursacher Ärzte und Spitäler

Paritätische Finanzierung bedroht!

Die soziale Krankenversicherung baut seit je her auf dem Prinzip der gleichteiligen (paritätischen) Finanzierung zwischen Dienstgebern und Dienstnehmern. Der durch dieses Prinzip zum Ausdruck kommende Ausgleich der Interessen zwischen Dienstgebern und Dienstnehmern soll trotz sich laufend verändernder Rahmenbedingungen erhalten bleiben. Den Nährboden für das Verlassen dieses fairen Prinzips der Finanzierung bildet einerseits die chronische Finanznot der sozialen Krankenversicherung, andererseits der wirtschaftspolitisch angeheizte Standortwettbewerb verbunden mit dem Dogma der Lohnnebenkostensenkung. Daraus ergibt sich für eine liberale Wirtschaftspolitik, dass die notwendige Mittelzufuhr – sofern man diese als notwendig erachtet hat – keinesfalls zu Lasten der Dienstgeber gehen darf.

Damit verbleibt die Anhebung bestehender Selbstbehalte (z.B. die Rezeptgebühr, Selbstbehalte bei Heilbehelfen und Hilfsmittel – jüngst für Sehbehelfe sogar verdreifacht!) oder die Einführung neuer Selbstbehalte (z.B. Krankenscheingebühr, e-card-Gebühr, Ambulanzgebühr) oder die einseitige Erhöhung des Krankenversicherungsbeitrages.

Dienstnehmer einseitig mit „Freizeitunfallversicherung" belastet

Diese zweite Variante der einseitigen Erhöhung des Finanzierungsanteiles der Dienstnehmer trat außerordentlich unsinnig mit der Einführung der so genannten „Freizeitunfallversicherung" im Ausmaß von 0,1 % in Erscheinung. Sie ist nur vom Versicherten zu bezahlen – die Dienstgeber werden nicht belastet. Ironie: Damit ist nicht etwa ein besonderes Leistungspaket und damit die Zufuhr zu einem „Sonderleistungspaket" wie bei einer privaten Freizeitunfallversicherung verbunden, sondern diese Mehreinnahmen fließen in die allgemeine Gebarung der Krankenversicherungsträger. Die seitens der Politik angeführten Argumente, dass die besonders risikoreichen Freizeitaktivitäten und deren Folgen dies notwendig machen, sind bei genauerem Hinsehen nur Tarnung für eine einseitig belastende Finanzierung. Weitere Ironie: Auch Pensionisten zahlen diesen Sonderbeitrag, obwohl sie ja ohnedies nur „Freizeit" haben und sicherlich nicht zu den viel zitierten Paragleitern und Snowboardern gehören.

Leiser Abschied aus sozialpolitischer Verpflichtung

So verabschiedet sich der Staat leise von seinen sozialpolitischen Verpflichtungen zu Lasten der Pensionisten und der Krankenversicherungsträger.

Die gleichen Tendenzen sind in Deutschland unter der rot-grünen Regierung zu erkennen. Dort wurden die Leistungen Krankengeld und Zahnersatz aus dem normalen Leistungskatalog und damit aus der paritätischen Finanzierung herausgenommen. Nunmehr zahlt der Versicherte dafür verpflichtend um 0,9 % extra. Bei gleichzeitiger Reduktion der Krankenversicherungsbeiträge reduziert sich der Anteil der Dienstgeber damit ebenfalls, während die Versicherten weiter belastet werden. Die Ersparnis der Dienstgeber beträgt rund 2,3 Milliarden Euro jährlich.

Selbstbehalte sind die am stärksten steigende Einnahmequelle im öffentlichen Gesundheitswesen in den letzten Jahren. Gerade unter dem Deckmantel der modernen Bürgergesellschaft und der Stärkung der Eigenverantwortung wird die Finanzierungslast auf die Versicherten und im Falle der Selbstbehalte leider auf die Kranken verlagert. Nach verschiedensten Berechnungen liegt die Summe der Belastung der ASVG-Versicherten durch die Unzahl an Selbstbehalten bereits jetzt bei 17 bis 21 % – Tendenz steigend.

Belastung durch Selbstbehalte

Wer das System genau beobachtet und nur diese wenigen Maßnahmen der letzten Jahre sieht und bewertet, kann und darf hier nicht leise sein. Derartige im Rahmen von Sammelgesetzen verpackte Belastungen und Verlagerungen sind für den einzelnen Bürger nicht klar erkennbar – aber ihre Summe umso spürbarer. Hier sind die Arbeitnehmervertretungen gefordert, ihre Stimme zu erheben, um diesen Strömungen Einhalt zu gebieten. Gute Arbeitnehmerpolitik hat sich aber auch – und dass habe ich auch in den letzten Jahren immer wieder versucht – konstruktiv und innovativ zu beteiligen und nicht in der mahnenden Rolle zu verharren. Für die nächsten Jahre gilt es, den Wunsch einiger Wirtschaftskammervertreter zu vereiteln, auch bei den Krankenversicherungsträgern der Unselbstständigen – nämlich bei den Gebietskrankenkassen – eine Parität zwischen Dienstgeber und Dienstnehmer zu erzeugen. Um solche Fehlentwicklungen aufzuzeigen und ein weiteres Fortschreiten stoppen zu können, muss man sich oft unbequemer und lauter Methoden bedienen, um gehört zu werden.

Krankheit oder Pflegefall?

Die Hightech-Medizin verschlingt Milliarden, doch den Pflegebedürftigen wird vielfach das Nötigste vorenthalten. Für die Pflege werden etwa 0,5 bis 2,5 % des Brutto-Inlandsproduktes ausgegeben, für die Gesundheit jedoch 8 %. Dies bedeutet, dass die Pflegekosten großteils von den Betroffenen selbst getragen werden müssen. Ist es einsichtig, dass etwa ein Krankenhausaufenthalt mit geringen Selbstbehalten öffentlich finanziert wird, während für den Heimaufenthalt das gesamte eigene Vermögen eingesetzt werden muss?

Bedarfsplan für Pflegebetten

Aufgrund der Bevölkerungsprognosen ist es dringend nötig, schon jetzt für die nähere Zukunft einen Bedarfsplan für erforderliche Pflegebetten für die kommenden zehn Jahre und den dafür notwendigen Personalbedarf zu erstellen. Eine derartige Erhebung würde auch die zuständigen Sozialpolitiker endlich auf den Plan rufen. So lange jedoch keine Zahlen auf den Tisch gelegt werden, so lange wird auch das Problem an sich nicht angegangen werden.

Sozialpolitik ist Menschenpolitik

Wir müssen gerade für diejenigen Menschen laut die Stimme erheben, die nicht mehr gehört werden. Wir sind oft immer noch viel zu weit weg von den Menschen. Nicht das Fachwissen geht unseren Landes-, Bundes- und EU-Politikern, unseren tausenden Beamten in Österreich und auf EU-Ebene ab, sondern oftmals das Menschenwissen! Das Gefühl für die Beschäftigten und nicht nur das Kalkulieren und Spekulieren mit Bilanzen und Zahlen. Ich bin überzeugt, dass wir in diesem Bereich ein europaweites Defizit haben. Das Soziale haben wir den Kirchen und karitativen Organisationen überlassen. Dabei ist es unsere Kernaufgabe, in diesem Bereich aktiv tätig zu sein. Politische und gesellschaftliche Entwicklungen können nur dann geschehen, wenn wir sie zulassen, sie ignorieren oder uns nicht damit beschäftigen wollen. Wir müssen dieses Vakuum so rasch wie möglich füllen. Es muss uns gelingen, den Verantwortlichen wieder klar zu machen, dass es um die Menschen in Europa geht. Wenn die europäische Idee von Dauer sein will, müssen die Herzen der Menschen gewonnen werden.

Alle, die Sozialpolitik ernst nehmen, müssen noch viel lauter werden, denn auf der Strecke bleiben diejenigen, die keine Stimme mehr haben, weil sie alt, arm, krank oder hilfsbedürftig sind, weil sie keine laute Stimme mehr haben und keine Lobby, die hinter ihnen steht.

Es geht um ein Sammeln aller positiven Kräfte im nationalen und im internationalen Bereich. Es geht darum, eine machtvolle Stimme zu finden gegen Ausbeutung und Unterdrückung. Für die Sicherung des sozialen Ausgleichs, um die Wahrung der menschlichen Werte des Miteinander und der Solidarität. Es geht um die gerechte Verteilung des Vermögens, dass die Armen nicht noch ärmer und die Reichen nicht noch reicher werden.

Es geht darum, den Sozialstaat weiter zu entwickeln, der den Menschen Sicherheit bietet, Leistungsanreize schafft, aber immer vom Gedanken getragen ist, den Schwachen zu helfen und das Gemeinsame über das Trennende zu stellen. Gerade Arbeitnehmervertreter dürfen es nicht zulassen, dass die Spaltungstendenzen in unserer Gesellschaft noch stärker werden. Wir müssen allen Vorbild sein, wenn es um Menschlichkeit und soziales Empfinden geht. Hören wir genau hin, was uns die Menschen sagen und helfen wir ihnen mit all unserer Kraft!

Dr. Imma Palme,
studierte Politikwissenschaft und African Studies an den Universitäten Wien und Glasgow. Sie ist Meinungsforscherin und Geschäftsführerin des Instituts für empirische Sozialforschung (IFES)

Sozialstaat und öffentliche Meinung

Die österreichische Bevölkerung befürwortet heute so wie vor 30 Jahren eine sozialstaatliche Absicherung als Schutz vor Arbeitslosigkeit, Krankheit, Alter und Armut. Auch gesellschaftspolitische Bereiche wie Bildung, Kinderbetreuung und Familienförderung sollen integrativer Bestandteil des Sozialstaates sein.

Das IFES wiederholte im Februar 2005 eine Studie aus dem Jahr 1976 über die Einstellungen zum Sozialstaat und zur Sozialversicherung. Damals hieß es im Bericht:

„Fast ausnahmslos wird dieses System (der Sozialversicherung) als unentbehrlich und als großer Fortschritt angesehen, mit dessen Leistungen man im allgemeinen zufrieden ist. Recht weit verbreitet ist allerdings die Auffassung, daß die Sozialversicherung sehr bürokratisch und unüberschaubar geworden ist; eine starke Mehrheit findet auch den Verwaltungsaufwand zu hoch."

Ein Befund, der drei Jahrzehnte später nicht viel anders formuliert werden müsste. Die Österreicherinnen und Österreicher sind auch heute gegen Reduzierungen beim Umfang der staatlichen sozialen Dienstleistungen, wenngleich dieser Sozialstaat durchaus den heutigen Gegebenheiten angepasst, sprich modernisiert werden könnte und sollte.

Einstellung zur Sozialversicherung

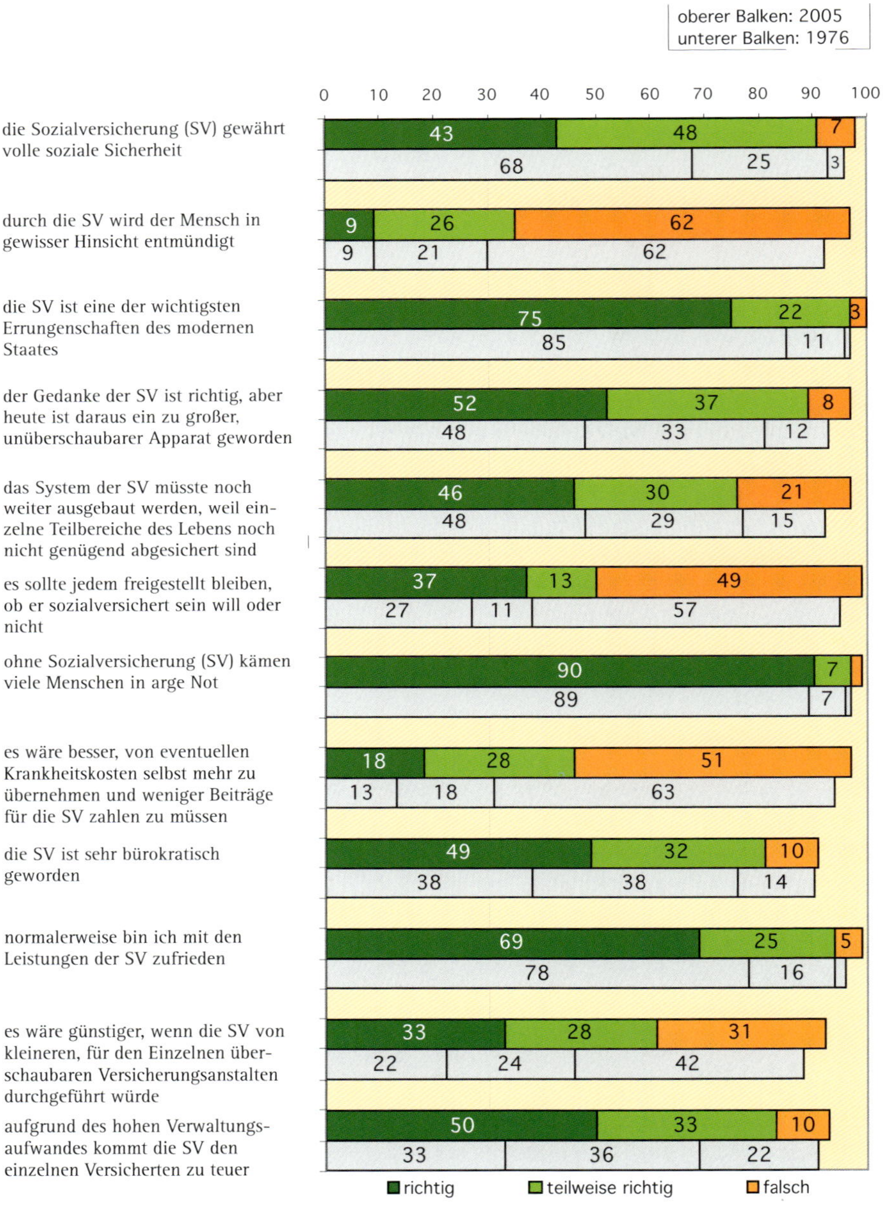

in Prozent

„Zum Thema Sozialversicherung möchten wir Ihnen einige Fragen stellen. Bitte sagen Sie jeweils, ob die vorgebrachte Meinung richtig, teilweise richtig oder falsch ist.“

Neun von zehn Befragten antworten ungeachtet der zeitlichen Differenz von fast drei Jahrzehnten, *dass „viele Menschen ohne Sozialversicherung in arge Not kämen“*. Hier zeigt sich das starke Bedürfnis nach gesellschaftlicher Solidarität und ein massives Ja zur Risikoabdeckung durch die Allgemeinheit. Die starken sozialen Bindungen von einst, vermittelt über die Klassenzugehörigkeit, haben sich im gesellschaftlichen Bewusstsein nahtlos zur wichtigen Errungenschaft des modernen Staates fortentwickelt; eines Staates, der strukturell als Bewahrer dieser solidarischen Grundhaltung und sozialen Absicherung erhofft wird. Und dies, obwohl der gesellschaftliche und soziale Zusammenhalt erodiert und die permanenten Verweise auf Globalisierung, marktwirtschaftliche Erfordernisse und Hervorstreichen des individuellen Leistungsprinzips Reformmodellen Platz machen, die signifikante Einschnitte im sozialen Dienstleistungsangebot spürbar machen. An die Stelle gemeinsamer Handlungsperspektiven tritt das resignative Einzelschicksal. So wie beruflicher Aufstieg als persönliche Leistung begriffen wird, scheint auch das Gegenteil – schlecht bezahlte Kurzzeit-Jobs, Probleme am Arbeitsmarkt bis hin zur Arbeitslosigkeit – die persönliche Niederlage jedes Einzelnen zu sein.

Und dennoch: Die grundsätzlich positive Haltung zum solidarischen Sozialstaat drückt sich ganz deutlich in folgender Übersicht aus, die zeigt, dass der Sozialstaat mit seinen vielen Facetten nach wie vor als Dienstleistung der Allgemeinheit und nicht als Verpflichtung des Individuums gesehen wird.

Sozialpolitische Aufgabenbereiche

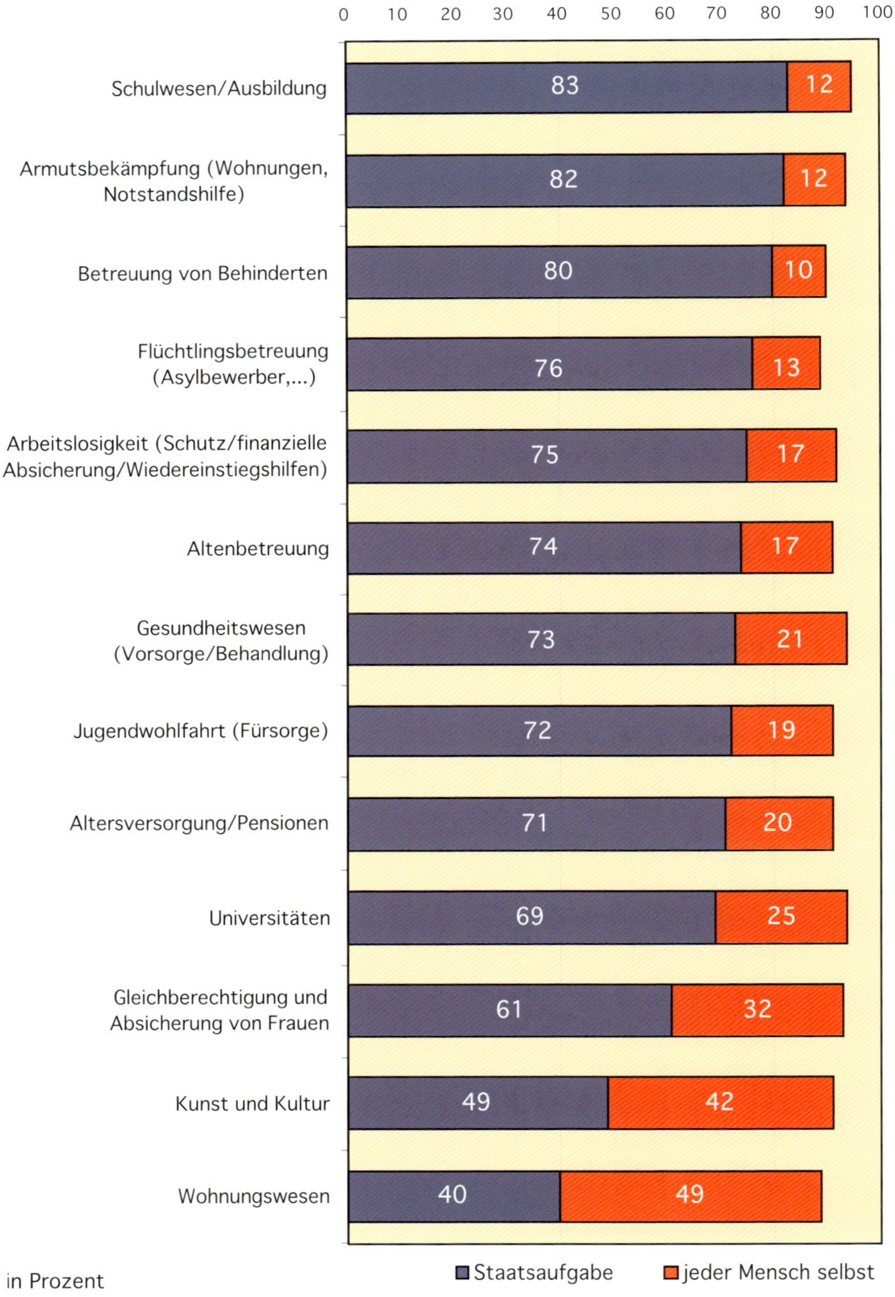

„Sind Ihrer Meinung nach folgende Bereiche Aufgaben des Staates oder sollte sich jeder Mensch selbst darum kümmern?"

Deutlich wirkt sich diese Einstellung auch in den viel diskutierten Maßnahmen im Gesundheits- und Pensionssystem aus. Nahezu jeder zweite Befragte meint, dass für die Gesundheits- und Pensionsversorgung am ehesten die Sozialversicherung bzw. die Krankenkassen zuständig sind, 37 Prozent geben an, jeder Einzelne selbst solle sich darum kümmern. Je älter die Befragten sind, desto häufiger nennen sie das Versicherungssystem.

Allerdings prägt seit rund 30 Jahren ein zweiter Aspekt die Einstellung zum Sozialstaat: Er gilt neben seinen positiv wahrgenommenen Funktionen auch als undurchschaubarer, bürokratischer, zu großer Apparat. Ob und welche Ansprüche des Individuums jeweils erfüllt werden, entzieht sich einer transparenten Vorgangsweise. Argumentationslinien, die marktwirtschaftliche Reformmodelle nicht nur mit budgetären Notwendigkeiten begründen, sondern auch in Richtung Überwindung des übermächtig scheinenden Apparates darstellen, setzen genau bei dieser Unzufriedenheit an. Die enormen gesellschaftlichen Veränderungen finden keine Entsprechung in einer analog dynamischen Debatte über den sozialen Grundkonsens: Soziale Gerechtigkeit ist keine Konstante, sondern sollte immer wieder neu definiert werden.

Erstaunlich stabil bleiben über die Zeitläufte hinweg Grundeinstellungen der Bevölkerung zu Fragen der Finanzierung verschiedener Aspekte des Sozialstaates. Entgegen aller Fokussierung der Verfechter eines „schlanken Staates" und einer „schlanken Sozialverwaltung" soll für die große Mehrheit in erster Linie „der Staat" etwa für Kosten der Pensions- oder der Krankenversicherung aufkommen.

Finanzierung der Krankenversicherung

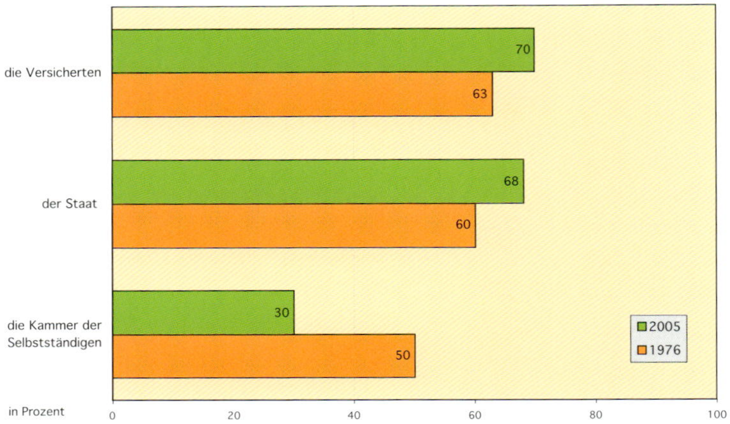

„Wie sollte die Finanzierung der Krankenversicherung ausschauen, wer sollte dafür aufkommen?“

Daher nimmt es nicht wunder, wenn die Zufriedenheit mit dem sozialen Klima in Österreich bescheiden ist. Auf einer fünfteiligen Schulnotenskala beträgt der Mittelwert nur 3,02 – ein signifikanter Ausdruck für Unzufriedenheit. Überwiegend beruht dieser Ärger auf den steigenden Einsparungen bei vielen Sozialleistungen, die mehr und mehr Menschen in Armutslagen abdrängt, da persönliche Probleme in Kombination mit materiellen Notlagen für immer mehr Menschen bedeutet, auf soziale Dienstleistungen angewiesen zu sein.

Die andere Quelle der Verdrossenheit in Bezug auf das Sozialsystem sind aber auch jene Gegebenheiten, in denen sich die Bürgerinnen und Bürger als „Parteien“, als Bittsteller erleben, die quasi von der Willkür und Großmütigkeit einzelner Vertreter des Sozialstaates abhängen, und nicht als mündige und selbstbewusst auftretende Personen, die ihr Recht und ihren Anspruch auf soziale Dienstleistungen problemlos durchsetzen können. Bereits 1976 wurde der paternalistische Aspekt des Wohlfahrtsstaates kritisiert, vor allem aber der bürokratische Apparat, als es in einer IFES-Studie hieß: *„Dem Statement, durch die Sozialversicherung würde der Mensch in gewisser Hinsicht entmündigt, stimmen 30 Prozent der Befragten ganz oder teilweise zu. Dem Statement hingegen, der Gedanke der Sozialversicherung sei richtig, es sei aber ein zu großer, unüberschaubarer Apparat geworden, geben 81 Prozent der Befragten ihre volle oder teilweise Zustimmung. Die völlige und teilweise Zustimmung zu der Feststellung, die Sozialversicherung sei sehr bürokratisch geworden, erreicht 76 Prozent.“*

Zufriedenheit mit dem Sozialstaat

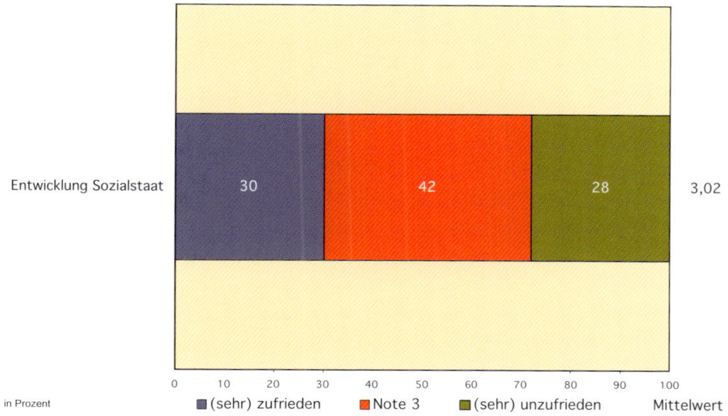

„Wie zufrieden sind Sie mit der Entwicklung des Sozialstaates in Österreich? Geben Sie bitte eine Note wie in der Schule, 1 bedeutet ‚sehr zufrieden' und 5 bedeutet ‚sehr unzufrieden'. Dazwischen können Sie abstufen."

Österreichs Bevölkerung ist unschlüssig darüber, ob der Staat stärker als bisher eine wirtschaftliche Lenkungsfunktion ausüben soll oder nicht. Aber im sozialen Bereich besteht ein viel größerer Konsens: Da spricht sich jeder Zweite dafür aus, dass der Staat mehr als bisher tun solle.

Staatliche Lenkungsfunktion

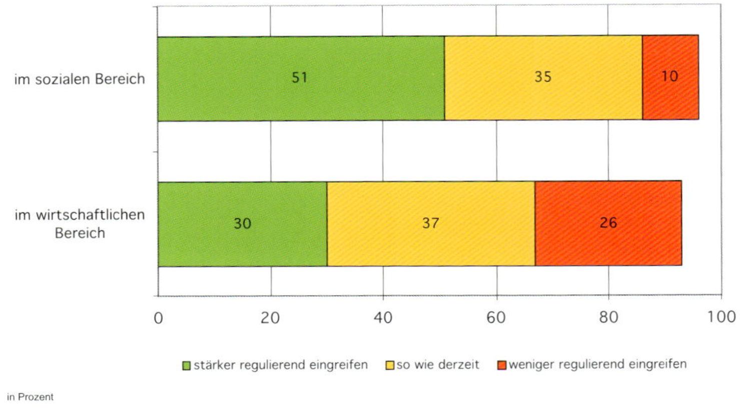

„Sollten der Staat und seine Einrichtungen in wirtschaftlichen Belangen stärker regulierend eingreifen, sollte er das so wie derzeit tun, oder sollte der Staat weniger regulierend eingreifen? Und wie ist das im sozialen Bereich?"

Die unterschiedlichen Bereiche sozialstaatlichen Handelns haben jedoch nicht dieselben Prioritäten für die Bevölkerung – und auch das Bedrohungspotential des jeweiligen Bereiches wird verschieden bewertet.

Wichtigkeit und Bedrohung verschiedener sozialer Bereiche

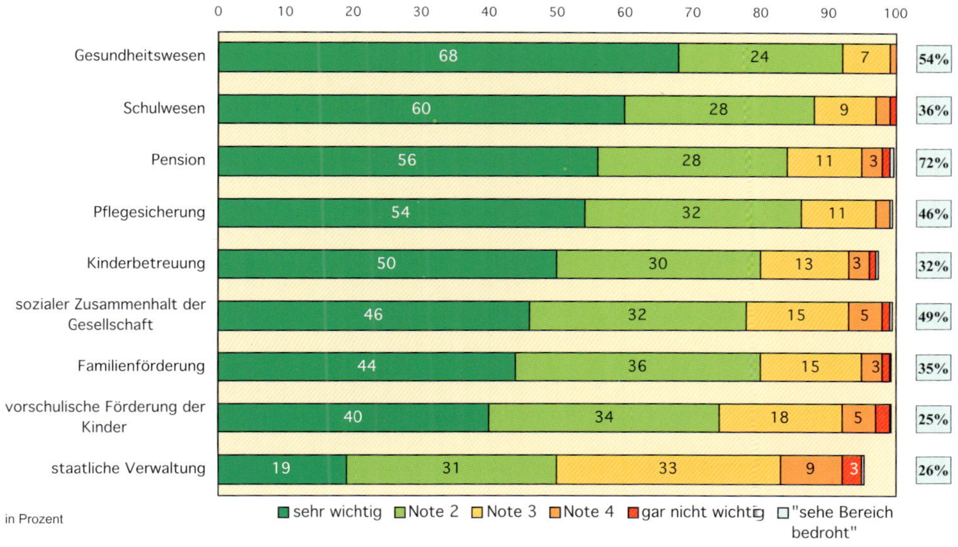

„Allgemein heißt es, dass der Sozialstaat reformiert werden muss. Ich lese Ihnen nun einige wichtige Bereiche vor. Sagen Sie mir bitte jeweils, wie wichtig Ihnen persönlich dieser Bereich ist. Note 1 = sehr wichtig, Note 5 = gar nicht wichtig."

„Und welche dieser Bereiche sehen Sie durch die laufende Debatte bedroht?"
Die größten Ängste gelten der langfristigen und nachhaltigen Sicherung der Pensionen. Sorgen bereitet auch die Entwicklung im Gesundheitswesen, wo zwei Drittel befürchten, dass Österreich einer Zwei-Klassen-Medizin entgegensteuert.

Noch vor den großen Schulreformdiskussionen, die durch die Ergebnisse der PISA-Studie für Österreich befeuert wurden, war das Schulwesen für 6 von 10 Befragten ein sehr wichtiger Sozialbereich, den zugleich über ein Drittel der Befragten gefährdet sieht. Zudem zeigen zahlreiche Studien, dass alle Generationen in Österreich neben der Arbeitsplatzfrage den Bereich „Bildung – Ausbildung" als eminent wichtiges Anliegen beurteilen.

Am Themenfeld „Pensionen" lässt sich exemplarisch zeigen, dass die Bevölkerung sehr nachdrücklich die Verantwortung für dessen Aufrechterhaltung, nachhaltige Sicherung und Leistbarkeit in erster Linie beim Staat sieht – bei aller Bereitschaft, auch Eigenleistungen in Form individueller Vorsorge einzubringen. Sehr interessant ist der Vergleich der Einstellungen von 1976 und 2005: Waren damals nicht einmal 6 von 10 – exakt: 56 Prozent – aller Befragten dafür, dass der Staat die Finanzierung der Pensionsversicherung übernimmt, ist dieser Wert jetzt auf 74 Prozent und damit nahezu drei Viertel angestiegen. Zugleich sind 54 Prozent bereit, mehr Eigenleistungen für die Pension zu erbringen.

Gerade die jüngste Pensionsreform der Bundesregierung unter Bundeskanzler *Schüssel* widerspricht dem Gerechtigkeitsempfinden der Österreicherinnen und Österreicher, obwohl es in keinem anderen Bereich eine derart hohe Bereitschaft gibt, auch selbst finanzielle Vorsorge zu treffen. 8 von 10 Befragten geben an, dass die Weiterexistenz unterschiedlicher Pensionssysteme für Beamte, ASVG-Versicherte, Bauern und andere ungerecht sei. Ebenso viele meinen, dass es ungerecht sei, wenn die heutigen Pensionisten mit hoher Pension keinen Solidarbeitrag leisten müssen. Insgesamt erhält die Pensionsreform der ÖVP-FPÖ-Regierung nur von 2 Prozent aller Befragten die Note 1, aber von 18 Prozent die Note 5. Auf der fünfteiligen Schulnotenskala ergibt dies den schlechten Mittelwert von 3,52, der massive Unzufriedenheit ausdrückt. Es ist daher nicht überraschend, wenn fast zwei Drittel sagen, dass die jetzige Pensionsreform eine Geldbeschaffung fürs Budget sei, und nur knapp 3 von 10 Befragten meinen, dass sie eine Sicherung für die Zukunft darstelle.

Finanzierung der Pensionsversicherung

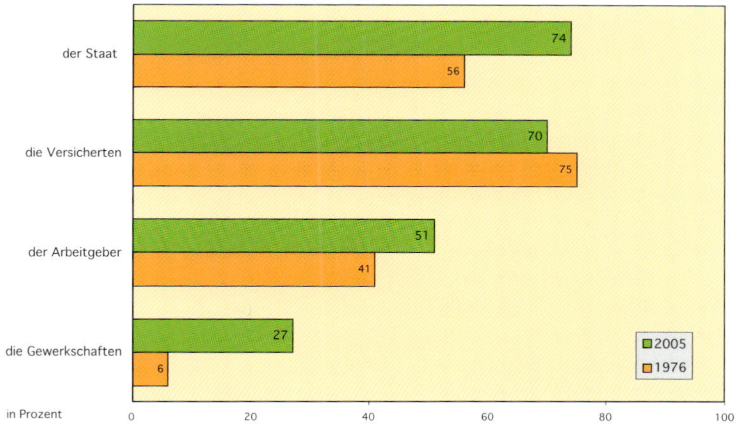

„Wie sollte die Finanzierung der Pensionsversicherung ausschauen, wer sollte dafür aufkommen?“

Die seit Jahren anhaltenden Reformdiskussionen, die mehr oder weniger intensiv Österreich durchfluten, haben ihre Spuren im allgemeinen Bewusstsein hinterlassen. Die Bereitschaft für Selbstbehalte und Eigenleistungen in sämtlichen sozialen Bereichen ist spürbar gestiegen.

Bereitschaft Selbstbehalt

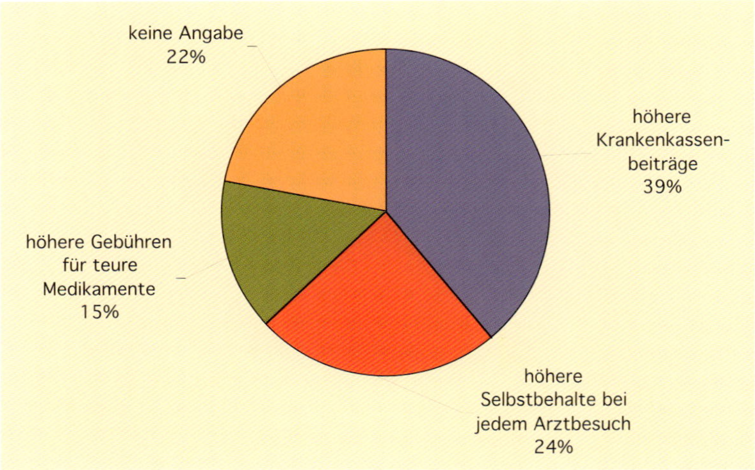

„Um das Gesundheitssystem so, wie es derzeit in Österreich ist, aufrechtzuerhalten – wären Sie da bereit, auch mehr Beiträge zu leisten?"

Dennoch bleibt der gesellschaftliche Grundkonsens aufrecht: Ja zum Sozialstaat – aber er möge „schlanker" sein, sprich kostengünstiger. Steuern und Abgaben zur Finanzierung staatlicher sozialer Dienstleistungen empfinden zunehmend mehr Menschen als Belastungen, deren Nutzen nicht ausreichend spürbar ist. Die „Lohnnebenkosten" konnten in diesem Kontext eine Karriere hin zu einem negativ besetzten Begriff machen – nicht nur auf Unternehmerseite, sondern allmählich auch unter den Arbeitnehmern selbst. Eine Abschaffung dieser Lohnnebenkosten wird als Maßnahme gesehen, die höhere individuelle Nettogehälter mit sich bringe und nicht als weitere Beschneidung des Sozialstaates.

Der Generationenkonflikt anhand der Frage der langfristigen Finanzierbarkeit der Pensionen und Renten ist an die Stelle unterschiedlicher gesellschaftspolitischer Zielvorstellungen getreten. Nicht mehr Ideologien sind die trennscharfen Triebkräfte, sondern die Zugehörigkeit zu bestimmten Altersgruppen. Bei aller Unzufriedenheit mit dem Sozialstaat heute – zu teuer, zu wenig kundenfreundlich, ohne Qualitätskontrolle und häufig bevormundend – stehen die Österreicherinnen und Österreicher auf ihren und zu ihrem Sozialstaat. 82 Prozent halten es persönlich für sehr wichtig, dass es hierzulande weiterhin einen Sozialstaat gibt, der die wichtigsten Bereiche wie Gesundheit, Pensionen, Schulen garantiert. Weitere 14 Prozent sagen, dass ihnen dies eher wichtig sei.

Wichtigkeit des Sozialstaates

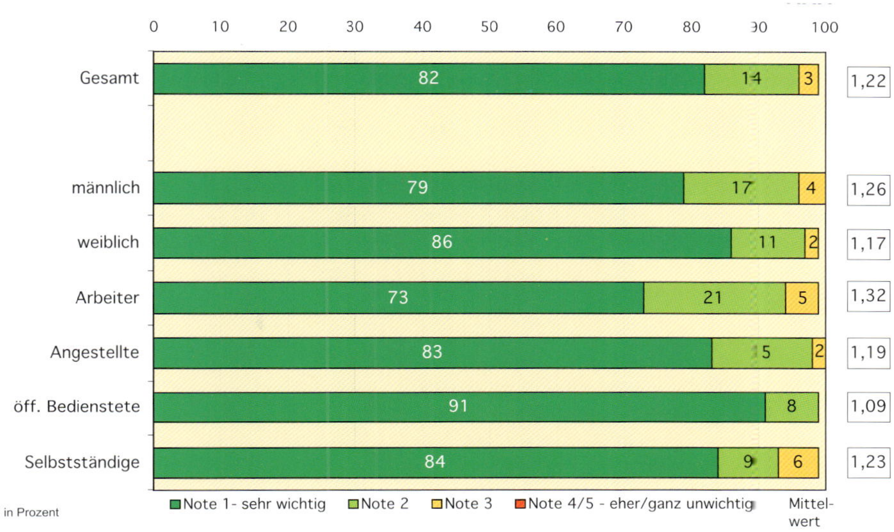

„Alles in allem genommen: Wie wichtig ist es Ihnen persönlich, dass es in Österreich auch weiterhin einen Sozialstaat gibt, der die wichtigsten Bereiche wie Gesundheit, Pensionen, Schulen usw. garantiert? Note 1 = sehr wichtig, Note 5 = ganz unwichtig."

Frauen noch mehr als Männer, Beschäftigte im öffentlichen Dienst signifikant stärker als Arbeiter bzw. Arbeiterinnen, aber auch als Angestellte und Selbstständige befürworten die Weiterexistenz des österreichischen Sozialstaates – eine Überzeugung, die quer über die Parteien streut; sehr viel weiter als das traditionell sozialdemokratische Milieu.

Schließlich gelten mögliche Kürzungen der Sozialleistungen für die Hälfte der österreichischen Bevölkerung als wirkliche Bedrohung des Wohlstandes in unserem Land – noch vor der Entwicklung am Arbeitsmarkt, wie der folgende Überblick zeigt.

Bedrohung des Wohlstandes

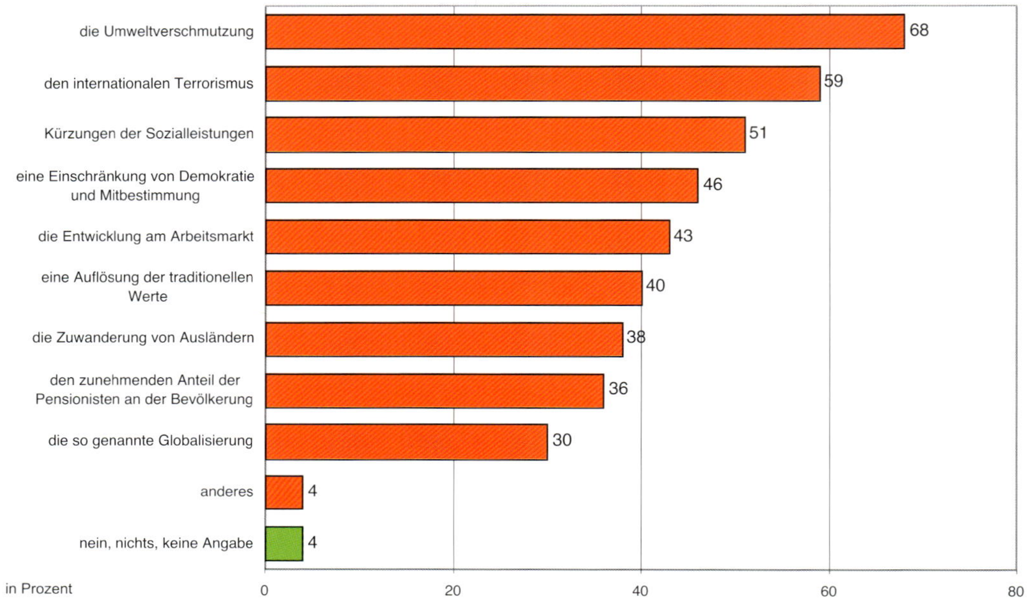

„Empfinden Sie davon etwas als wirkliche Bedrohung des Wohlstandes in unserem Land?“

Literaturverzeichnis

IFES-Studie „Einstellungen zum Sozialstaat und zur Sozialversicherung", Februar 2005, 500 Repräsentativinterviews, Eigenforschung

IFES-Studie „Einstellung zum Sozialstaat", Oktober 2003, 1.000 Repräsentativinterviews, Telefonerhebung, Auftraggeber: Renner-Institut

IFES-Studie „Sozialer Fortschritt, Wohlstand und Wohlfahrt", März 2002, 500 Repräsentativinterviews, Telefonerhebung, Auftraggeber: Wissenschaftstage Steyr

IFES-Studie „Sozial-Volksbegehren", Dezember 2001, 500 Repräsentativinterviews, Telefonerhebung, Eigenforschung

IFES-Studie „Einstellungen zum Sozialstaat und zur Sozialversicherung", September 1976, 2.000 Repräsentativinterviews, Face-to-face-Befragung, Auftraggeber: Hauptverband der österreichischen Sozialversicherungsträger

Bilder: Begsteiger, Mannsberger, Ulrich, Votava/Polfoto, Wodicka, www.kathbild.at.

Trotz sorgfältiger Bemühungen des Verlages und seiner Beauftragten konnten nicht in allen Fällen die Inhaber der Bildrechte ermittelt werden. Allfällige Ansprüche der Rechteinhaber bleiben gewahrt.